U0463017

CHONGWENGUAN

读古人书 友天下士

百余年前，崇文书局于武昌正觉寺开馆刻书，成晚清四大书局之一。所刻经籍，镌工精雅，数量众多，流布甚广，影响巨大。为赓续前贤，昌明国学，弘扬文化，本社现致力于传统典籍的出版。既专事文献整理，效力学术，亦重文化普及，面向大众。或经学，或史论，或诸子，或诗词，各成系列，统一标识，名之为"崇文馆"。

崇文馆

教育部人文社会科学研究

"王阳明诗全集编年校注评（19YJA751015）"项目资助

中 国 古 典 诗 词 校 注 评 丛 书

王阳明诗全集

【编年校注评】

郝 永 评注

长江出版传媒 崇文书局

中国古典诗词校注评丛书
编撰委员会

前　言

　　王阳明是哲学家，也是一位颇有成就的诗人。关于他的诗作，《四库全书总目提要》有"秀逸有致""足传世"的评价。就数量而言，据统计，今可见者已有近 800 首。或因诗名为学名所掩，王阳明之诗以合入"全集"为基本样态，至今尚未有专集出现。有鉴于此，本书将王阳明的诗作单独辑出并辅以校注及评析，为还原一个作为诗人的王阳明形象做出努力。

　　王阳明之诗不惟是抒情感怀的诗人之诗，还是以文字、才学为诗的学人之诗，以议论为诗的哲人之诗。文学上，为王阳明诗作编专集为文学史的必然要求。王阳明诗篇具有心态史、生活史的自传性，并且有其时代史的蕴蓄和研究价值，故而本书亦因而有史的价值。王阳明的诗作虽然也是吟咏性情的感怀之作，但作为哲人之诗，必然有哲学思想的蕴蓄，故而从诗篇入手研究他的哲学思想具有视角的新颖性。

　　本书是在充分把握前人学术成果并在其基础上的继续研究。首先，相较于前人的合入"全集"，本书对王阳明诗作进行专集研究。其次，在于"全"与"真"："全"，本书全力收集当下学界关于阳明诗篇的新发现；"真"，即对诗篇尤其是新发现的佚诗作真伪辨别。再次，本书予王阳明诗作以编年，对近 800 首诗按创作时序编排，然后以中国传统文献学方法，进行校勘、注释、评析的初步研究。校勘即对诗篇文字异同的校正。注释研究的内容包括各篇章的创作时期；鉴于阳明之诗是文人之诗，所以要研究具体诗篇所抒发的感情，以及采用的是赋（叙述）还是比兴寄托的创作手法；鉴于王阳明之诗是学人之诗，所以要研究各诗篇的类型或题材，比如是古体或者近体（格律诗），并对其中的典故考辨出注；鉴于王阳明之诗是哲人之诗，所以要研究具体诗篇中的思想观点、哲理表达。此外，鉴于王阳明作诗有因事而作的习惯，故而诗篇所写之事也是注释的内容；鉴于阳明的时代去今已 500 余年，还要对诗篇中的典章制度、风土人情、名物用语等进行注释。佚诗部分，在注释的同时，将束景南、钱明等先生考证真伪的内容择要附上，同时也要做辨别工作。这一部分的工作比较复杂，因为在不同的辑佚者那里，对佚诗的态度存在多种情况：有均认为真者；有虽均认为真但在写作年份上有异议者；有对某诗真伪持相反意见者。本书对以上情况所持态度为：首先对三种情况都在学力所及范围内进行再考辨，并列出考辨结果；关于前学对某诗作年、真伪的异议，先两存其说，然后再表明态度。

总之，本书全面辑录业已面世的王阳明诗篇，考定创作时间加以编年，然后作校正、注释和评析。为了解研究王阳明的情感世界、人生历程以及哲学思想提供新的文本、文献。

本书是教育部人文社会科学研究规划基金项目（编号：19YJA751015）成果，承蒙崇文书局垂青付梓，在此深表谢意！

郝　永*

二〇二二年二月二十日

---

* 郝永：1975 年 8 月生，河南省永城市人，文学博士，博士生导师。现为浙江外国语学院教授，西溪学者，中国语言文化学院院长、宋韵文化传播研究所所长。

目　录

第一编　因言获罪谪龙场前

1

第二编　因言获罪贬谪龙场

第三编　谪后至平宁藩前

第四编　平宁藩及之后

疑存之篇　浙古本《王阳明全集》

第一编 |

因言获罪谪龙场前

（97题，124首）

资圣寺杏花楼①

成化十五年(1479)

东风日日杏花开,春雪多情故换胎。②素质翻疑同苦李,淡妆新解学寒梅。③心成铁石还谁赋,冻合青枝亦任猜。④迷却晚来沽酒处,午桥真讶灞桥回。⑤

【校注】

①该诗束景南先生《王阳明佚文辑考编年》辑自《〔天启〕海盐县图经》卷三。〇资圣寺:在海盐县(今属浙江嘉兴)。据《永乐志》,"在县治西五十步,东晋右将军戴威宅"。《〔天启〕海盐县图经》云:"王守仁幼从海日公授徒资圣寺,寺有杏花楼。"海日公,指王阳明父王华,王华字德辉,晚号海日翁,故称。《〔天启〕海盐县图经》并引张宁《资圣古杏赏花诗》:"何处招寻泛羽觞,高楼花近净年芳。荒村暮雨曾沽酒,梵境春风不出墙。老我重思曲江院,是谁今卧午桥庄? 相逢尽是凭栏者,莫道偷闲过竹房。"阳明该诗或为仿张宁作。

②东风:春风。《礼记·月令》:"(孟春之月)东风解冻,蛰虫始振,鱼上冰。"〇换胎:此谓杏花的白色是洁白春雪所换之胎。

③素质:朴素的质地。〇苦李:苦味的李子,此指李花。《世说新语·雅量》有"路边苦李"之典:"王戎七岁,尝与诸小儿游。看道边李树多子折枝,诸儿竞走取之,唯戎不动。人问之,答曰:'树在道边而多子,此必苦李。'取之,信然。"李花,即李树之花。李树又名"玉梅",花白色,小而繁茂,素雅清新。〇新解:新开,新上。〇寒梅:梅花,常冬春季开放,与兰、竹、菊一起列为四君子,也与松、竹一起被称为岁寒三友。

④心成铁石:谓心志坚定不移。〇青枝:植物的青嫩枝条,柔韧性强,折而不易断。和上"心成铁石"之"铁石"呼应,喻心志坚定不移、百折不挠。

⑤沽酒:买酒。〇午桥:故址在今河南省洛阳市南,因唐宰相裴度建别

墅"午桥庄"而名。《旧唐书》卷一百七十《裴度传》:"(裴)度以年及悬舆,王纲板荡,不复以出处为意。东都立第于集贤里,筑山穿池,竹木丛萃,有风亭水榭,梯桥架阁,岛屿回环,极都城之胜概。又于午桥创别墅,花木万株,中起凉台暑馆,名曰绿野堂。……度视事之隙,与诗人白居易、刘禹锡酾宴终日,高歌放言,以诗酒琴书自乐,当时名士,皆从之游。"○灞桥:故址在今陕西省西安市东,春秋时秦穆公称霸西戎,改滋水为灞水并修桥,故称。古代,灞桥一直居于关中交通要冲。隋朝时于桥两边广植杨柳,到唐朝时,灞桥上设立驿站,凡送别亲人好友东去,一般都要送到灞桥后才分手,并折下桥头柳枝相赠,久之成俗。

【评析】

该诗是王阳明八岁时的习作。写杏花,以东风和春雪为背景,喻以苦李、寒梅。以铁石的坚定不移、青枝柔韧难折喻杏花之质,进而喻写自己的心志,据束景南先生《王阳明佚文辑考编年》,或为向佛之志。该诗将相距遥远的洛阳午桥庄和西安灞桥联系起来写沽酒归来迷路,运用了想象、夸饰的艺术技巧,一定程度上体现了王阳明的少年才学。

寓资圣寺①

成化十六年(1480)

落日平堤海气黄,短亭衰柳舣孤航。②鱼虾入市乘潮晚,鼓角收城返棹忙。③人世道缘逢郡博,客途归梦借僧房。④一年几度频留此,他日重来是故乡。⑤

【校注】

①该诗钱明先生《王阳明全集未刊散佚诗文汇编及考释》著录。《王阳明佚文辑考编年》自〔万历〕嘉兴府志》卷二十九、《〔康熙〕嘉兴府志》卷十八、《〔光绪〕海盐县志》卷三十辑出,题为《寓资圣僧房》。

②海气:海上气象。○短亭:旧时城外大道旁,五里设短亭、十里设长

4

亭,为行人休憩或送行饯别之所。北周庾信《哀江南赋》:"十里五里,长亭短亭。"唐李白《菩萨蛮》:"何处是归程,长亭更短亭。"○衰柳:秋天的柳树。宋徐照《衰柳》:"风吹无一叶,不复翠成窠。枝脆经霜气,根空入水波。寒栖江鹭早,暗出野萤多。废苑荒堤外,人嗟旧迹过。"○舣:音 yǐ,使船靠岸。○孤航:孤舟。

③潮晚:晚潮。○鼓角:鼓角声,此指即将关城门的预报鼓角声。

④郡博:郡博士,府学学官。

⑤故乡:据束景南先生《王阳明佚文辑考编年》,王阳明以故乡称海盐县有两个原因,一为少年多次居此感情深厚,再或因其母郑氏是海盐人。

【评析】

由诗中语词"海气黄""衰柳"可知,该诗写于秋季,是王阳明返余姚寓资圣寺时的有感之作。诗以"海气黄""短亭""衰柳""孤航""潮晚""返棹忙""道缘""客途""归梦"等语词,形象化了自己归途的凄凉与匆忙。尾联下句"他日重来是故乡",直白道出了自己对资圣寺的一往情深。全诗首联、颔联写景,但能做到寓情于景;颈联、尾联写人事并直接抒情。

象棋诗①

成化十六年(1480)

象棋终日乐悠悠,苦被严亲一旦丢。②兵卒堕河皆不救,将军溺水一齐休。马行千里随波去,象入三川逐浪游。③炮响一声天地震,忽然惊起卧龙愁。④

【校注】

①该诗束景南先生《王阳明佚文辑考编年》辑自褚人获《坚瓠集》甲集卷一,又名《棋落水》,其述诗本事谓:"一人谈王阳明幼时好棋,海日规之不止,遂将棋抛于水,阳明因作诗。"束景南先生考谓,阳明父海日翁王华于成化十七年(1481)举进士第一,之后出仕京师,故此海日将棋抛水事,必在成

化十七年之前。

②严亲:此单指父亲。

③三川:指黄河、洛河、伊河三条河流。三川流域的中心是洛阳地区,其作为文化符号象征华夏民族、中华文明的发源地。

④卧龙:三国时诸葛亮,人称卧龙,深为王阳明所追慕。此诗中,为王阳明自指。

【评析】

该诗虽为七律,却无一般格律诗的法度谨严、语词典重,而是语言自然、形象生动,寓拟人夸张于象棋被抛入水中的叙述描写之中。关于拟人,表现为颔联"兵卒堕河皆不救,将军溺水一齐休"。关于夸张,表现为颈联的"马行千里随波去,象入三川逐浪游"。首联上句中的"乐悠悠"和尾联下句中的"卧龙愁"所示现的"乐"与"愁"的霄壤变化,在对比的落差中展现了象棋被严亲抛入水中前后的情感体验。全诗传神地活现了一才气少年因贪玩而受惩戒的"宣泄"与"无奈"。

金山寺①

成化十八年(1482)

金山一点大如拳,打破维扬水底天。②醉倚妙高台上月,玉箫吹彻洞龙眠。③

【校注】

①该诗和下《蔽月山房》,束景南先生《王阳明年谱长编》辑自钱德洪《阳明先生年谱》。○金山寺:在时镇江府城西北长江中金山上,清初曾改名江天寺。

②维扬:本指扬州,此指长江。

③妙高台:金山最高峰妙高峰上的高台,又名晒台。苏轼《金山妙高台》:"我欲乘飞车,东访赤松子。蓬莱不可到,弱水三万里。不如金山去,

清风半帆耳。中有妙高台,云峰自孤起。"○洞龙:龙洞中的龙。龙洞,据束景南先生《王阳明佚文辑考编年》考自《行海金山志略》卷一:"在朝阳之左,深不可测,俗呼珠洞。"

【评析】

该诗本事,钱氏《年谱》谓:"成化十八年壬寅,先生十一岁……龙山公迎养竹轩翁,因携先生如京师……翁过金山寺,与客酒酣,拟赋诗,未成。先生从傍赋曰:'金山一点大如拳,打破维扬水底天。醉倚妙高台上月,玉箫吹彻洞龙眠。'客大惊异,复命赋《蔽月山房》诗。先生随口应曰:'山近月远觉月小,便道此山大于月。若人有眼大如天,还见山小月更阔。'"该《金山寺》和《蔽月山房》二诗的创作,体现了天才少年王阳明的敏捷才思和想象的大胆奇特。

蔽月山房①

成化十八年(1482)

　　山近月远觉月小,便道此山大于月。若人有眼大如天,还见山小月更阔。

【校注】

①据束景南先生《王阳明佚文辑考编年》,此"蔽月山房"或为"水月山房"之误。水月山房,金山寺客堂。

【评析】

诗本事见上《金山寺》之"评析"。正如束景南先生《王阳明佚文辑考编年》所谓,王阳明该诗直如禅家说禅,是他少时习禅心态的流露。

梦中绝句①

成化二十二年(1486)

此予十五岁时梦中所作。今拜伏波祠下,宛如梦中。兹行殆有不偶然者,因识其事于此。

拜表归来马伏波,早年兵法鬓毛皤。②云埋铜柱雷轰折,六字铭文永不磨。③

【校注】

①该诗与序《王阳明全集》卷二十著录,另据束景南先生《王阳明佚文辑考编年》,董谷《董汉阳碧里后集·杂存·铜柱梦》中,尚有题辞"铜柱折,交趾灭,拜表归来白如雪";再有钱德洪《阳明先生年谱》记此诗:"卷甲归来马伏波,早年兵法鬓毛皤。云埋铜柱雷轰折,六字题文尚不磨。"但和其他版本比较,首句有"拜表""卷甲"异文。

②拜表:上奏章。曹植《上责躬应诏诗表》:"谨拜表并献诗二篇。"晋李密《陈情表》:"臣不胜犬马怖惧之情,谨拜表以闻。"○马伏波:东汉开国将军马援(前14—49),年迈之时南征交趾,封伏波将军,为王阳明所崇拜,伏波祠(庙)在时南宁府横州(今广西横州)。○皤:音 pó,形容白色。

③铜柱:作为边界标志的铜制界桩。李贤注《后汉书》引晋顾微《广州记》:"援到交阯,立铜柱,为汉之极界也。"并有铭文:"铜柱折,交阯灭。"○六字铭文:即"铜柱折,交阯灭"。

【评析】

该诗是王阳明十五岁梦至伏波将军马援庙所作。诗的内容是赞颂、崇敬鬓发如雪仍为国建功、平叛交趾的东汉开国将军马援。当然,赞颂、崇敬的目的,是要以之为榜样。四十年后,梦想变为现实,于是,王阳明有诗序"今拜伏波祠下,宛如梦中。兹行殆有不偶然"的感慨。

万松窝①

弘治二年(1489)

　　隐君何所有,云是万松窝。②一径清影合,三冬翠色多。③
喜无车马迹,射兔麂鹿过。④千古陶弘景,高风满浙阿。⑤

【校注】

　　①该诗束景南先生《王阳明佚文辑考编年》辑自〔道光〕东阳县志》卷
二十六。另,录入《王阳明全集》(浙江古籍出版社2010年版)卷四十三《补
录五》(录自清党金衡主修、王思注总纂《东阳县志》卷二十六《广闻志四·
诗》)。○万松窝:陶弘景在东阳东门外的隐居之所。

　　②隐君:隐者,隐士。

　　③清影:清凉的树阴。○三冬:冬季的三个月,指阴历十月、十一月、十
二月,此指冬季。

　　④射兔:一作"时见"。○麂鹿:一作"鹿麇"。

　　⑤陶弘景(456—536):字通明,号华阳隐居,南朝梁丹阳秣陵(治所在
今江苏南京)人,道教思想家、医药家、文学家。○高风:高尚的品格与气
节。○浙阿:浙江的山阿。阿,从阜从可,"阜"意为"土堆","可"意为"肩
挑、担荷","阜"与"可"联合起来表示"人工堆积起来的土山",代指"山"。

【评析】

　　该诗是王阳明弘治二年(1489)自南昌归余姚经东阳访万松窝时作。
据钱德洪《阳明先生年谱》,此时王阳明虽"始慕圣学(儒学)",但更是深
耽神仙之学,此可由全诗对陶弘景的向往,尤其末二句对陶弘景的赞
赏知。

毒热有怀用少陵执热怀李尚书韵
寄年兄程守夫吟伯①

弘治六年(1493)

晓来梅雨望沾凌,坐久红炉天地蒸。②幽朔多寒还酷烈,清虚无语漫飞升。③此时头羡千茎雪,何处身倚百丈冰。④且欲泠然从御寇,海桴吾道未须乘。⑤

【校注】

①该诗束景南先生《王阳明佚文辑考编年》辑自《〔光绪〕淳安县志》卷十五。〇毒热:酷热、闷热,宋杨万里《入郡城泊文家宅子夜热不寐》:"毒热通宵不得眠,起来弄水绕庭前。"〇少陵执热怀李尚书韵:即杜甫《多病执热奉怀李尚书》韵,全诗为:"衰年正苦病侵凌,首夏何须气郁蒸。大水森茫炎海接,奇峰硉兀火云升。思沾道暍黄梅雨,敢望宫恩玉井冰。不是尚书期不顾,山阴野雪兴难乘。"〇年兄:科举考试制度中同榜登科者相互间的尊称。〇程守夫吟伯:即程文楷,淳安人,和王阳明于弘治五年(1492)同举乡试。

②梅雨:江南梅子黄熟之时持续时间较长的阴沉多雨天气。〇沾凌:接触冰凌。〇红炉:烧得很旺的火炉,此喻天气酷热。

③幽朔:幽都,朔方。《尚书·尧典》:"申命和叔,宅朔方,曰幽都。"孔安国《传》:"北称幽,则南称明,从可知也。都,谓所聚也。"蔡沈《传》:"朔方,北荒之地。"《诗经·小雅·出车》:"天子命我,城彼朔方。"〇清虚:太空,天空。

④千茎雪:头发全白,义如唐戴叔伦诗"白发千茎雪,寒窗懒著书。最怜吟首藉,不及向桑榆"(《口号·白发千茎雪》)中的"千茎雪"。

⑤泠然:轻妙貌。《庄子·逍遥游》:"夫列子御风而行,泠然善也。"郭象注:"泠然,轻妙之貌。"〇御寇:即列御寇,《庄子》中的人物,可以飘然驾

风而行,是道家自由思想的符号与象征。○海桴:用"乘桴浮于海"之典,出《论语·公冶长》:"子曰:'道不行,乘桴浮于海。'"

【评析】

该诗写梅雨季节酷热、闷热的感受。"望沾凌""红炉""天地蒸"以夸张手法形象地言说酷热感受;"幽朔""清虚"则是跨越时空的想象、联想;"千茎雪""百丈冰"则化用古人诗句于无形,体现了王阳明的诗歌创作技巧。尾联自然地表达了价值倾向,可见他在道家遗世高蹈和儒家入世作为的纠结上,倾向了后者。

口　诀①

弘治九年(1496)

闲观物态皆生意,静悟天机入穹冥。②道在险夷随地乐,心忘鱼鸟自流形。③

【校注】

①该诗束景南先生《王阳明佚文辑考编年》辑自明代论内丹修炼名著——《性命圭旨》。

②天机:万物的奥妙、真谛。○穹冥:犹穹玄,指苍天。

③鱼鸟:此代指"物",和"心"对。

【评析】

该诗是王阳明会试下第后南归余姚,结社于龙山的静坐修炼之作。处顺境时欲有为,遇挫折则归道佛。王阳明此诗,满满的庄、禅意趣,是在用佛、禅忘怀世事之法,来排遣心中因科举失败导致的忧郁情绪。

雨霁游龙山次五松韵二首^①

弘治九年(1496)

其 一

晴日须登独秀台,碧山重叠画图开。^②闲心自与澄江老,逸兴谁还白发来?^③潮入海门舟乱发,风临松顶鹤双回。^④夜凭虚阁窥星汉,殊觉诸峰近斗魁。^⑤

其 二

严光亭子胜云台,雨后高凭远目开。^⑥乡里正须吾辈在,湖山不负此公来。^⑦江边秋思丹枫尽,霜外缄书白雁回。^⑧幽朔会传戈甲散,已闻南檄授渠魁。^⑨

【校注】

①该二诗《王阳明全集》卷二十九著录。○雨霁:雨过天晴。○龙山:又名龙泉山,在姚江北岸,余姚市中心偏西,蜿蜒起伏如青龙横卧,故名。○五松:魏五松,魏瀚之号。魏瀚,浙江余姚人,字九源,一字孔源,景泰五年(1454)进士,官终江西右布政,至此弘治九年已致仕,为王阳明诗社中友人。阳明另有《次魏五松荷亭晚兴》等。魏瀚和王阳明是世交,长王阳明一辈,此可见于他为王阳明祖父王伦(字天叙,号竹轩公)所撰《竹轩先生传》:"先生与先君菊庄翁订盟吟社,有莫逆好。瀚自致政归,每月旦亦获陪先生杖履游。且辱知于先生仲子龙山学士。学士之子守仁,又与吾儿朝端同举于乡。累世通家,知先生之深者,固莫如瀚。"

②独秀台:当在龙山上。

③澄江:澄清的江水,南朝谢朓的"澄江静如练"(《晚登三山还望京

邑》）中的"澄江"指长江，王阳明此指姚江。

④海门：江河的入海口处。〇松顶：松树顶端。

⑤星汉：星空。〇斗魁：指北斗七星之第一至第四星，此代指北斗。

⑥严光亭：当在龙山上。严光，字子陵，东汉著名隐士，浙江余姚人，汉光武帝刘秀至交。〇云台：东汉都城洛阳内南宫中的云台阁。汉明帝为纪念、表彰光武帝刘秀麾下邓禹等二十八位将军，命人于云台阁画像，称"云台二十八将"，后来，"云台"成为为国建立卓越功勋的符号与象征。

⑦此公：指严光。

⑧缄书：书信。

⑨渠魁：大头目，首领。《尚书·胤征》："歼厥渠魁，胁从罔治。"孔安国《传》："渠，大。魁，帅也。"孔颖达疏："'歼厥渠魁'，谓灭其元首，故以渠为大，魁为帅，史传因此谓贼之首领为渠帅，本原出于此。"

【评析】

此二首七律是王阳明秋日雨过天晴和诗社中友人登龙山之作。就其审美构成而言，包括了写景物和写情怀。所写景物有"独秀台""碧山重叠""澄江""潮入海门""舟乱发""松顶鹤双回""星汉""诸峰""斗魁""严光亭""江边丹枫""霜外白雁"，等等。所写情怀是出世与入世的纠结，表现在"严光亭子胜云台""乡里正须吾辈在，湖山不负此公来"的话音刚落，"幽朔会传戈甲散，已闻南檄授渠魁"的功业情怀又旋踵而至。点题的诗眼是"江边秋思丹枫尽"句。

雪窗闲卧①
弘治九年（1496）

梦回双阙曙光浮，懒卧茅斋且自由。②巷僻料应无客到，景多唯拟作诗酬。③千岩积素供开卷，叠嶂回溪好放舟。④破虏玉关真细事，未将吾笔遂轻投。⑤

【校注】

①该诗《王阳明全集》卷二十九著录。

②双阙:本义是宫殿前左右各一上起楼观的高台,此代指朝廷。○茅斋:茅草书舍。斋,多指书房、学舍。○自由:传统语境中,指不受约束的自由自在,语词出汉郑玄以"去止不敢自由"解释《礼记·少仪》的"请见不请退"文;作为思想观念,最早出《庄子》中"逍遥游"所表述的精神,和"自然"义同。

③诗酬:由全句看,为以诗酬答多样的美景。

④积素:积雪。《文选·谢惠连〈雪赋〉》:"积素未亏,白日朝鲜。"李周翰注:"言积雪未销,白日鲜明。"《文选·西陵遇风献康乐诗》:"积素惑原畴。"吕向注:"积素,谓雪也。"○叠嶂:层叠的山峦。○回溪:回曲的溪流。汉枚乘《七发》:"向虚壑兮背槁槐,依绝区兮临回溪。"○放舟:自由行船。宋梅尧臣《鬼火赋》:"放舟于颍水之上,夜憩于项城之野。"

⑤破虏玉关:直义为玉门关破侵犯之敌,此指为国建立功勋。玉关,玉门关,始置于汉武帝设河西四郡之时,为通往西域的门户,因西域输入玉石时取道于此而得名,位于敦煌城西北九十公里处。○细事:琐碎的小事。○未将吾笔遂轻投:该句中有"投笔从戎"之典,意谓幸好自己没有轻易投笔从戎。投笔从戎,典出东汉班超事,史书谓超:"辍业投笔叹曰:'大丈夫无它志略,犹当效傅介子、张骞立功异域,以取封侯,安能久事笔研间乎?'"(《后汉书·班超传》)。

【评析】

该诗是王阳明冬日小睡梦醒,眼望窗外积雪的有感之作,字里行间流露的依然是入世建功和出世自由的矛盾心情。梦是率真的,"梦回双阙"反映了他入世建功的真实情怀;现实是残酷的,"懒卧茅斋且自由""景多唯拟作诗酬",尤其颈联、尾联,则是出世自由的表达,但不得不说,这是他无奈的选择。诗中有用典,"投笔从戎"典事用得很自然,但"积素"典语则给人难解之感。

次魏五松荷亭晚兴二首①

弘治九年(1496)

其　一

入座松阴尽日清,当轩野鹤复时鸣。风光于我能留意,世味醺人未解醒。长拟心神窥物外,休将姓字重乡评。②飞腾岂必皆伊吕,归去山田亦可耕。③

其　二

醉后飞觞乱掷梭,起从风竹舞婆娑。④疏慵已分投箕颍,事业无劳问保阿。⑤碧水层城来鹤驾,紫云双阙笑金娥。⑥抟风自有天池翼,莫倚蓬蒿斥鹖窠。⑦

【校注】

①该二诗《王阳明全集》卷二十九著录。

②心神:精神,注意力。○物外:超脱于尘世之境界。《景德传灯录》记神秀:"禅师亦远俗尘,神游物外,契无相之妙理,化有结之迷途。"○乡评:乡里的评价。

③飞腾:此指名气大、地位高。○伊吕:伊尹和吕尚,伊尹辅商汤、吕尚佐周武王成大业,后指辅弼重臣。

④飞觞:形容频繁举杯。觞,古代盛器。○掷梭:织布的梭子来往不停,此喻频繁举杯。○舞婆娑:翩翩舞蹈貌。《诗经·陈风·东门之枌》:"子仲之子,婆娑其下。"

⑤疏慵:疏懒,懒散。○箕颍:箕山和颍水,相传尧时贤者许由曾隐居箕山之下、颍水之阳,后指隐居。箕山,在登封境内与嵩山隔登封城和颍河

相望,在禹州境内隔颍河和颍川平原相望。颍水,颍河,又称沙颍河。○保阿:抚养教育贵族子女的妇女,此代指辅佐朝廷治理天下。《汉书·李寻传》:"唯陛下执乾刚之德,强志守度,毋听女谒邪臣之态。诸保阿乳母甘言悲辞之托,断而勿听。"《后汉书·皇后纪序》:"居有保阿之训,动有环佩之响。"

⑥层城:即曾城,传说中的地名,亦泛指仙乡。张衡《思玄赋》:"登阆风之曾城兮,构不死而为床。"李贤注引《淮南子》:"昆仑山有曾城九重,高万一千里,上有不死树在其西。"○鹤驾:此指仙人的车架。鹤,在道教中是长寿的象征,称仙鹤,常作仙人的坐骑。○紫云双阙:紫云山双阙宫,道教仙山宫殿名。○金娥:嫦娥,亦泛指仙女、仙娥。

⑦抟风:旋风。出《庄子·逍遥游》:"齐谐者,志怪者也。谐之言曰:'鹏之徙于南冥也,水击三千里,抟扶摇而上者九万里,去以六月息者也。'"○天池翼:即"大鹏翅",喻人奋发有为、建功立业及其豪迈气概。○蓬蒿:蓬草和蒿草,泛指草丛、草莽。《庄子·逍遥游》:"斥鷃笑之曰:'彼且奚适也?我腾跃而上,不过数仞而下,翱翔蓬蒿之间,此亦飞之至也。而彼且奚适也?'"

【评析】

该二诗依然在写落第后,闲居故里的生活与情怀。闲居生活是山野林泉的诗酒自由生活;情怀则是超越世俗具象的仙道倾向,但依然内隐着建功不得的无奈。

春晴散步二首①

弘治十年(1497)

其 一

清晨急雨过林霏,余点烟稍尚滴衣。②隔水霞明桃乱吐,沿溪风暖药初肥。③物情到底能容懒,世事从前且任非。④对眼春光唯自领,如谁歌咏月中归。⑤

其　二

　　袛用舞霓裳,岩花自举觞。⑥古崖松半朽,阳谷草长芳。⑦
径竹穿风磴,云萝绣石床。⑧孤吟动梁甫,何处卧龙冈?⑨

【校注】

①该二诗《王阳明全集》卷二十九著录。

②林霏:林中雾气、细雨弥漫貌。○烟稍:如烟的雨雾弥漫树梢。北宋
强至有"露叶烟稍拂草亭"(《园竹为大雪所折》)句。稍,本义为禾末。

③霞明:谓桃花像彩霞一样明丽。○药:芍药的简称。

④物情:和下文"世事"对,指自然物之性情。

⑤对眼:目之所见,此指眼前看到的物景。○自领:独自领会。

⑥袛用:只、仅,此处义为独自。○霓裳:唐代宫廷舞曲霓裳羽衣曲的
简称,此用以代王阳明独自舞蹈。

⑦阳谷:得阳光照射的山谷。

⑧径竹:两边长满竹子的小路。○风磴:山岩上的石级。岩高多风,故
称。杜甫"窈窕入风磴,长芦纷卷舒"(《谒文公上方》)句曾用,仇兆鳌注:
"风磴,石梯凌风。"○云萝:藤萝,即紫藤,因藤茎屈曲攀绕如云之缭绕,
故称。

⑨梁甫:又名梁父,泰山下的小山,古代帝王常于此辟基祭奠山川。
《梁甫吟》,亦作《梁父吟》,乐府"楚调曲",是古代用作葬歌的一支民间曲
调,音调悲切凄苦。○卧龙冈:即卧龙岗,在今河南省南阳市西南,旧时传
为诸葛亮结庐隐居之所。山势盘旋如卧龙状,故名。

【评析】

　　该二诗是王阳明春雨过后晴天的早晨出游散步之作。诗以写景为主,
兼写情怀。其一,所写之怀是闲居自在的"懒散",此为尾联"对眼春光唯自
领,如谁歌咏月中归"点明;其二,所写之怀则是骨子里的"功业"志向,此为
尾联"孤吟动梁甫,何处卧龙冈"对诸葛孔明的追慕点明。

兰亭次秦行人韵^①

弘治十年(1497)

　　十里红尘踏浅沙,兰亭何处是吾家?^②茂林有竹啼残鸟,曲水无觞见落花。^③野老逢人谈往事,山僧留客荐新茶。^④临风无限斯文感,回首天章隔紫霞。^⑤

【校注】

　　①该诗束景南先生《王阳明佚文辑考编年》辑自沈复灿《山阴道上集》,并考谓:作于弘治十年(1497)上巳日;秦行人为秦文(字从简,浙江临海人),时南京行人司行人,弘治五年(1492)浙江乡试解元,弘治六年(1493)登进士第,和王阳明多有交往。○兰亭:位于今浙江省绍兴市柯桥区西南兰渚山下,传春秋时代越王勾践曾在此植兰,汉时设驿亭,故名兰亭。东晋时期,是王羲之的园林住所,史载,东晋永和九年(353)上巳日(三月三日),王羲之与友人谢安、孙绰等名流及亲朋共四十二人聚会于兰亭行修禊之礼,曲水流觞,饮酒赋诗,后汇集各人的诗文成集并序,此即著名的《兰亭集序》。

　　②红尘:尘埃,一般指早晨或傍晚的尘埃,因此时太阳是紫红色的,阳光下的尘埃亦现紫红色,故谓。

　　③残鸟:或指受伤残疾的小鸟,此为王阳明因落第心灵受伤的自况。○曲水无觞:见上"兰亭"注。

　　④野老:村野老人。

　　⑤斯文:出《论语·子罕》:"天之将丧斯文也,后死者不得与于斯文也。"斯,此。文,礼乐制度。○天章:天文,指分布在天空的日月星辰等。又,帝王的诗文,此或喻指朝廷。○紫霞:紫色云霞。

【评析】

　　该诗为王阳明和友人秦文上巳日游兰亭之作。或许是和秦比较之下相形见绌,该诗充满着低落迷茫的情绪,此可由"啼残鸟""曲水无觞""见落花""谈往事""斯文感""天章隔紫霞"等意象寓意知。

登秦望山用壁间韵①

弘治十一年(1498)

秦望独出万山雄,萦纡鸟道盘苍空。②飞来百道泻碧玉,翠壁千仞削古铜。③久雨初晴真可喜,山灵于我岂无以?④初拟步入画图中,岂知身在青云里。⑤蓬岛茫茫几万重,此地犹传望祖龙。⑥仙舟一去竟不返,断碑千古原无踪。⑦北望稽山怀禹迹,却叹秦皇为惭色。⑧落日凄风结晚愁,归云半掩春湖碧。⑨便欲峰头拂石眠,吊古伤今益黯然。⑩未暇长卿哀二世,且续苏君观海篇。⑪长啸归来景渐促,山鸟山花吟不足。⑫夜深风雨过溪来,小榻寒灯卧僧屋。⑬

【校注】

①该诗束景南先生《王阳明佚文辑考编年》自张元忭《云门志略》辑出,另于《〔康熙〕绍兴府志》卷四、《古今图书集成·山川典》第一百零五卷《秦望山部》等有存。钱明先生《王阳明全集未刊散佚诗文汇编及考释》将该诗分六首著录。○秦望山:刻石山,因秦始皇登临望海,命随行的丞相李斯手书小篆、铭文刻石而名。○壁间韵:宋代诗人陆游韵,此据《云门志略》于王阳明此诗前录宋陆游《醉书秦望山石壁》知。陆游《醉书秦望山石壁》:"秋雨初霁开长空,夜天无云吐白虹。擘波浴海出日月,破山卷地驱雷风。昆仑黄流泻浩浩,太华巨掌摩穹穹。平生所怀正如此,拜赐虚皇称放翁。放翁七十饮千钟,耳目未废头未童。向来楚汉何足道,真觉万古无英雄。行穷禹迹亦安往,聊借旷快洗我胸。涛澜屡犯蛟鳄怒,洞谷或与精灵逢。黄金铸就决河塞,俘献颉利长安宫。不如醉笔扫青嶂,入石一寸毫健惊天

公。"后尚有陆相、高台分别作的《登秦望次韵》等。

②万山雄:谓秦望山是会稽山秦望、法华、兰渚、香炉、云门、委宛等众山的最高峰。○萦纡:盘旋弯曲、回旋曲折。○鸟道:只有鸟才能飞越的路,比喻狭窄陡峻的山间小道。李白"西当太白有鸟道,可以横绝峨嵋巅"(《蜀道难》)句曾用。

③泻碧玉:此谓飞瀑泻落潭中成如碧玉的潭水。○翠壁:翠绿的山间石壁,因有绿色植物生长覆盖而有此名。○古铜:古代铜铸器皿,青绿色,犹今谓青铜。

④山灵:山中神灵。○无以:没有关联、感应。

⑤拟:打算。钱明先生《王阳明全集未刊散佚诗文汇编及考释》作"疑",今从《王阳明佚文辑考编年》作"拟"。

⑥蓬岛:蓬莱山,传说中东海蓬莱、方丈、瀛洲三神山之一。○望祖龙:指登秦望山望东海的秦始皇。祖龙,指秦始皇,因是"千古一帝",而皇帝的象征符号是龙,故称。

⑦仙舟:指秦始皇派往海中寻找长生不老药的舟船。○断碑:指秦始皇的秦望山刻石碑。据《史记·秦始皇本纪》:"三十七年(前210)十月癸丑,始皇出游。左丞相斯从……十一月,行至云梦,望祀虞舜于九疑山……上会稽,祭大禹,望于南海,而立石刻颂秦德。"唐代张守节《正义》:"其碑见在会稽山上。其文及书皆李斯,其字四寸,画如小指,圆镌。今文字整顿,是小篆字。"

⑧禹迹:大禹王的遗迹,他封禅、娶亲、计功、归葬都发生在会稽山。○惭:逊色,此指秦始皇相较大禹显得逊色,其因在于,大禹一心为民、天下为公,秦始皇却是出于自私追求威权、幻想长生。

⑨凄风:寒冷的风,喻境遇悲惨凄凉。出《左传·昭公四年》:"春无凄风,秋无苦雨。"○归云:犹行云。《汉书·礼乐志》:"流星陨,感惟风,笁归云,抚怀心。"

⑩拂石:拂拭石头上的尘土。

⑪长卿哀二世:指司马相如《哀二世赋》,该文为司马相如随汉武帝长杨打猎归来,经过宜春宫秦二世胡亥墓时,哀悼二世并委婉议政之作。前

半部分写宜春宫游览远眺之景,叙秦二世坟前凭吊事;后半部分借前车之鉴委婉讽谏汉武帝,抒情议论。○苏君观海篇:指苏轼《海市(并序)》诗。

⑫景渐促:景色因天色向晚而渐少。○吟不足:山中的花鸟也因天色向晚而不够吟咏。

⑬卧僧屋:可见王阳明此次游秦望山晚归是在僧社安歇。

【评析】

该诗为一古风,春间登秦望山作。诗的内容是融写景与吊古伤今之情于叙事之中。叙事是整个登游秦望山过程的书写,全诗看,应是一天的游程。写景,有秦望山整体之景,如"万山雄""鸟道盘苍空"等;有具体景色描写,如飞流而下的瀑布、高千仞的石壁等;还有情景交织,如"落日凄风结晚愁""长啸归来景渐促"等句。吊古伤今的吊古,将大禹的公而忘私和秦始皇的自私自利作对比。

登峨嵋归经云门①

弘治十一年(1498)

一年忙里过,几度梦中游。自觉非元亮,何曾得惠休。②乱藤溪屋邃,细草石池幽。③回首俱陈迹,无劳说故丘。④

【校注】

①该诗束景南先生《王阳明佚文辑考编年》辑自张元忭《云门志略》卷五。○峨嵋:此指绍兴峨嵋山。据《〔万历〕绍兴府志》卷四:"在火珠山下百余步,石隐起土中,状如峨嵋。"○云门:指绍兴云门山,上有云门僧舍。

②元亮:陶渊明字元亮。○惠休:南朝宋、齐间僧人,宋孝武帝命其还俗入仕,官至扬州从事史,常从鲍照游,时称"休鲍"。

③溪屋:有溪水环绕的屋舍。○细草:纤弱的草。杜甫"细草微风岸,危樯独夜舟"(《旅夜书怀》)句曾用。

④故丘:故乡的山丘,出杜甫《解闷十二首》之二"一辞故国十经秋,每

见秋瓜忆故丘"句。

【评析】

该诗以三个历史人物，写出了王阳明此时的情怀。第一个是后悔"误落尘网中，一去三十年"而自觉归隐的陶渊明，王阳明说自己没有达到陶渊明的境界——"自觉非元亮"。第二个是被南朝宋武帝命令还俗入世的惠休和尚，王阳明显然是在羡慕他——"何曾得惠休"。第三个是杜甫，相对于陶渊明和惠休的明写，杜甫是暗写，通过袭用杜甫诗中成词"细草""故丘"可见，王阳明是在以郁郁不得志的杜甫自况。就艺术而言，诗的颔联、颈联对仗工整巧妙。

留题金粟山①

弘治十一年（1498）

独上高峰纵远观，山云不动万松寒。②飞崖溜碧雨初歇，古涧流红春欲阑。③佛地潜移龙窟小，僧房高借鹤巢宽。④飘然便觉离尘世，万里长空振羽翰。⑤

【校注】

①该诗束景南先生《王阳明佚文辑考编年》辑自《嘉兴府图记》卷六，是王阳明弘治十一年（1498）春游秦望山后赴京，经嘉兴海盐县金粟山时作，作于三月间。○金粟山：在今浙江海盐西南，上有金粟寺。

②纵远观：纵目远望。

③飞崖：有飞动之势的山崖。○溜碧：从碧绿山崖溜下的雨水。○流红：漂浮着落花的水流。○春欲阑：春天即将过完。阑，残，将尽。

④佛地：此指金粟山金粟寺。○龙窟：龙宫，此或为金粟寺僧房名。○鹤巢：仙鹤的巢，筑在高处。唐王维"鹤巢松树遍，人访荜门稀"（《山居即事》）句曾用。

⑤羽翰：指翅膀。翰，长而坚硬的羽毛。

【评析】

该诗首联、颔联写景,颈联、尾联写怀。首联的高远之景和尾联的高远怀抱呼应。但是,高远怀抱不是入世建功的远大志向,而是遗世高蹈的庄仙情怀,此可由尾联的"飘然离尘世"知,又明确见于颈联、尾联义脉相连的愿做"万里长空振羽翰"的仙鹤,而不愿做居于龙宫的潜龙。

堕马行①

弘治十二年(1499)

我昔北关初使归,匹马远随边檄飞。②涉危趋险日百里,了无尘土沾人衣。长安城中乃安宅,西涯却倒东山屐。③疲骡历块误一蹶,啼鸟笑人行不得。④伏枕兼旬不下庭,扶携稚子或能行。⑤勘谱寻方于油皮,闲窗药果罗瓶罂。⑥可怜不才与多福,步屧已觉今令轻。⑦西涯先生真缪爱,感此慰问勤拳情。⑧入门下马坐则坐,往往东来须一过。⑨词林意气薄云汉,高义谁云在曹佐?⑩少顷夷险已秦越,幸尔今非井中堕。⑪细和丁丁伐木篇,一杯已属清平贺。⑫拂拭床头古太阿,七星宝拔金盘蛇。⑬血诚许国久无恙,定知神物相挐诃。⑭黄金台前秋草深,不须感激荆卿歌。⑮尝闻所献在文字,我今健笔如挥戈。独惭著作非门户,明时尚阻康庄步。⑯却尚骅留索惆怅,俯首风尘谁复顾?⑰昆仑瑶池事茫惚,善御未应逢造父。⑱物理从来天如此,滥名旦任东曹簿。⑲世事纷纷一匀狗,为乐及时君莫误。⑳忆昨城东两月前,健马疾驱君亦仆。黄门宅里赴拯时,殿屎共惜无能助。㉑转首黄门大颠蹶,仓遑万里滇南路。㉒幻泡区区何足惊,安得从之黄叔度?㉓佩撷馨香六尺躯,婉娩去隔坐来暮。㉔

余堕马几一月，荷菊先生下问，因道马讼故事，遇出倡和，奉观间，录此篇求教，万一走笔以补。甚幸。赋在玉河东第。㉕

八月一日书，阳明山人。

【校注】

①该诗束景南先生《王阳明佚文辑考编年》辑自蓬累轩编《姚江杂纂》。弘治十二年(1499)，王阳明观政工部，五六月间奉命出使关外，巡查边戍军屯，其间堕马，返京养伤期间，同僚李士实前来探视，王阳明作此诗。

②边檄：边关的檄文。檄，征讨、晓谕的公文。

③长安城：以皇城(紫禁城)为中心扩建的北京城主城区，主要是国家中央机构办公场所，长安街可为其标志。○安宅：安居。○西涯：指李东阳，李东阳号西涯。○东山屐：此指萧显的鞋子，由李东阳《坠马后束萧文明给事长句并呈同游诸君子》诗"主翁醉睡惊倒屐"句知，他堕马后当晚没有回家，而是在萧显家借宿一夜，惊讶得萧显"倒屐"迎接、照顾。作为典故，"东山屐"即"谢公屐"，李白的《梦游天姥吟留别》"脚著谢公屐"曾用，相传是东晋谢安隐居东山时的发明，为了上山下山安全方便，在木拖鞋的底部加了两块带齿的小木块，"上山时去其后齿，下山时去其前齿"。

④历块：形容迅疾，速度极快。出《汉书·王褒传》："纵骋驰骛，忽如影靡，过都越国，蹶如历块；追奔电，逐遗风，周流八极，万里一息。何其辽哉！人马相得也。"颜师古注："如经历一块，言其疾之甚。"

⑤伏枕：卧床。

⑥勘谱：勘验药书、药谱。○油皮：黄皮，果皮及果核皆可入药。○瓶罂：小口大腹的陶瓷容器。

⑦步屟：步履。

⑧缪爱：错爱。○拳情：真挚的感情。《礼记·中庸》："得一善，则拳拳服膺而弗失之矣。"

⑨该联下句谓李东阳上朝经过王阳明住所时，要停留探视一下。

⑩云汉：银河，云天。○曹佐：此指萧显，官兵科给事中，后迁镇宁州同知。曹，古代分科办事的官署、部曹。佐，处于辅助地位的官员、僚佐。

⑪秦越：春秋时秦、越两国，一西北一东南相距很远，此喻远离。

⑫丁丁伐木篇：指《诗经·小雅·伐木》之篇，有"伐木丁丁，鸟鸣嘤嘤。出自幽谷，迁于乔木。嘤其鸣矣，求其友声"句，诗主旨为咏吟友情。

⑬太阿：古宝剑名，相传为欧冶子、干将所铸。○金盘蛇：盘金蛇。

⑭拻诃：音 huīhē，挥斥，引申为卫护。

⑮黄金台：亦称招贤台，战国时期燕昭王筑，为燕昭王尊师郭隗之所。《战国策·燕策一》："于是昭王为隗筑宫而师之，乐毅自魏往，邹衍自齐往，剧辛自赵往，士争凑燕。"《战国策》原文系"筑宫"，至孔融《论盛孝章书》始有"筑台"之说。唐李白《南奔书怀》："侍笔黄金台，传觞青玉案。"○荆卿歌：即《易水歌》，据《战国策·燕策三》，荆轲将为燕太子丹往刺秦王，丹在易水边为他饯行，高渐离击筑，荆轲和而歌曰："风萧萧兮易水寒，壮士一去兮不复还！"荆卿，荆轲，战国末年著名刺客，受燕太子丹之托入刺秦王嬴政，失败被杀。

⑯著作：著述创作。○门户：此指自己的专长。○康庄：宽阔平坦四通八达的大路。《尔雅·释宫》："四达谓之衢，五达谓之康，六达谓之庄。"

⑰骓骝：骐骝，周穆王"八骏"之一，后用以泛指红色的骏马。《庄子·秋水》："骐骥骅骝，一日而驰千里。"○俯首：低头，表示服从。

⑱昆仑瑶池：昆仑山瑶池，传说中西王母的居处。○茫惚：恍惚。唐韩愈诗"因言天外事，茫惚使人愁"（《嗟哉行》）曾用。○造父：西周人物，著名善御者，嬴姓，赵氏始祖。《史记·赵世家》载："穆王使造父御，西巡狩，见西王母，乐之忘归。而徐偃王反，穆王日驰千里马，攻徐偃王，大破之。乃赐造父以赵城，由此为赵氏。"

⑲东曹：官署名。为公府诸曹之一。东汉时，丞相、三公等府置东曹，辟有掾、属，主二千石、长吏迁除及军吏。三国魏、蜀丞相、大将军等府均置。两晋、南北朝诸公及开府位从公者多沿置。

⑳刍狗：古代祭祀时用草扎成的狗。《老子》："天地不仁，以万物为刍狗；圣人不仁，以百姓为刍狗。"魏源《本义》："结刍为狗，用之祭祀，既毕事

则弃而践之。"

㉑殿屎:音 diànxī,愁苦呻吟。《诗经·大雅·板》:"民之方殿屎,则莫我敢葵。"毛《传》:"殿屎,呻吟也。"

㉒黄门大颠蹶:指萧显擢迁镇宁州同知。颠蹶,困顿挫折,因萧显自京师赴任西南荒原地区,故谓。○滇南:云南。

㉓幻泡:佛教语,喻事物虚幻无常。唐白居易诗"清净久辞香火伴,尘劳难索幻泡身"(《春忆二林寺旧游因寄朗满晦三上人》)曾用。○黄叔度:黄宪(109—156),叔度为其字,号征君,东汉著名贤士,汝南慎阳(治所在今河南正阳)人,《后汉书》有传。

㉔馨香:芳香,此喻贤良高士德操的芬芳。○婉娩:音 wǎnwǎn,柔顺貌。《礼记·内则》:"女子十年不出,姆教婉娩听从。"郑玄注:"婉谓言语也,娩之言媚也,媚谓容貌也。"

㉕菊先生:李士实,字若虚,号白洲,时为刑部侍郎,刑部古称"秋官",秋季以菊花为象征,故此处王阳明称李士实为"菊先生"。李士实后来依附朱宸濠并助其叛乱,被诛。○马讼故事:成化十七年(1481)李东阳堕马,有《堕马后柬萧文明给事长句并呈同游诸君子》诗,是一古风歌行体。萧文明,萧显,字文明。同时,冯兰(字佩之,号雪湖,浙江余姚人)、邵珪(字文敬,人称半江,宜兴人)也堕马。于是,在李东阳的倡导下,朝中诗友们就此展开唱和,其中包括李士实。大致内容是对以李东阳为首的三人堕马事件展开"评论",故谓"马讼故事"。○遇出倡和:指李士实拿出自己的唱和李东阳堕马诗。○玉河:在顺天府西北,王阳明观政工部时居处,河水源自玉泉山,系皇家御用,故称玉河。

【评析】

该诗是一倡和诗,属于诗友往来之作,受原作体制格局和主题的限制,又有在诗中显示才学的特征。显示才学的主要表现是用典,比如"东山屺""丁丁伐木篇""古太阿""造父""殿屎""黄叔度"等。该诗价值更在于其史的方面,是王阳明最早边务历练的证明,又证明了他和两个重要人物的交游:一是李东阳,李东阳是当时文坛领袖,王阳明和李的倡和,是他和当时文坛关系的证据;第二个是李士实,由该诗可见,这个人物和王阳明早期有较深的交往,但他后来因依附宁藩朱宸濠为国师,和王阳明成了敌人,败于王阳明并被处死。故而,束景南先生《王阳明佚文辑考编年》谓:"王阳明此诗卒未入《王阳明全集》,或因此邪?"

大伾山诗①

弘治十二年(1499)

晓披烟雾入青峦,山寺疏钟万木寒。②千古河流成沃野,几年沙势自风湍。③水穿石甲龙鳞动,日绕峰头佛顶宽。④宫阙五云天北极,高秋更上九霄看。⑤

【校注】

①该诗束景南先生《王阳明佚文辑考编年》辑自《浚县金石录》卷下、《〔正德〕大名府志》卷二等,是秋间王阳明于浚县督造王越坟时作,镌刻于大伾山大石佛右侧。○大伾山:在《尚书·禹贡》中即有记载:"东过洛汭,至于大伾。"又名黎山,位于今河南浚县(明代属北直隶大名府)县城东南,为太行余脉,是平原突起的孤峰,历来是佛道胜地,因其有中国最早、北方最大的大石佛而著称于世。古时,黄河流于其脚下,每到雨季,常会洪水泛滥,故雕石佛以镇之。该石佛始建于北魏,依山开凿,总高八丈,藏于七丈高的楼内。

②青峦:苍翠的山峦,晋张协《七命》:"尔乃布飞罼(按:音 luán,捕捉野猪用的网),张修罠(按:音 mín,钓鱼绳,捕捉走兽的网),陵黄岑,挂青峦。"○疏钟:疏朗的钟声。

③千古河流:指黄河。○风湍:急风。湍,急流。

④水穿石甲龙鳞动:指龙洞(龙窟),在山西南,因王阳明登临,后名阳明洞。○佛顶:大伾山大佛顶部。

⑤宫阙:宫殿,此指天上宫殿,犹苏轼"不知天上宫阙"(《水调歌头·丙辰中秋》)句之用。○五云天:此指宇宙天空,因上有五色云彩,故称。○北极:天之极北处,是极尽想象的称名。○九霄:天之极高处,高空。晋葛洪

27

《抱朴子·畅玄》："其高则冠盖乎九霄，其旷则笼罩乎八隅。"据《太清玉册》，九霄分别为神霄、青霄、碧霄、丹霄、景霄、玉霄、琅霄、紫霄、太霄，皆为神仙居所。

【评析】

该诗有两点值得注意。第一是关于王阳明文学的，第二是关于王阳明价值取向的，两者之间又是紧密关联的。此时的王阳明，价值取向上耽于道佛，故他不会放过出差浚县登临道佛名山大伾山的机会，此在诗中体现为对龙洞、大佛的描写，尤其是尾联对天上官阙神仙居的向往。而文学上，正是他驰骋文辞的时候，此表现在首联、颔联意象连环、时空跨越的气势上，"披烟雾"—"入青峦"—"山寺疏钟"—"万木寒"—"千古河流"—"成沃野"—"沙势自风湍"。以该诗和后期归儒后的道学诗如《咏良知四首》之一的"个个人心有仲尼，自将闻见苦遮迷。而今指与真头面，只是良知更莫疑"比较，简直令人不会相信出于一人之手。

送李贻教归省图诗①

弘治十三年(1500)

九秋旌旗出长安，千里军容马上看。②到处临淮惊节制，趋庭莱子得承欢。③瞻云渐喜家山近，梦阙还依禁漏寒。④闻说间门高已久，不妨冠盖拥归鞍。⑤

【校注】

①该诗束景南先生《王阳明佚文辑考编年》辑自《〔嘉庆〕郴县志》卷三十七。据《王阳明佚文辑考编年》考，李贻教即李永敷，号鹤仙，永兴（今属湖南）城关石屏村人，景泰六年(1455)生，成化十年(1474)进士，是李东阳门人，弘治中任职京师，与茶陵派、前七子和王阳明多有唱酬。弘治十三年，李贻教出使南直隶州，传湖广武臣所受诰命，便道归省，朝中大臣文士杨一清、王阳明等赋诗送行，并将诗写于归省图上，故名"送李贻教归省图诗"。

②九秋：九月深秋。

③莱子：老莱子，此用"老莱斑衣"之典，出汉刘向《列女传》："老莱子孝养二亲，行年七十，婴儿自娱，着五色彩衣，尝取浆上堂，跌仆，因卧地为小儿啼，或弄雏鸟于亲侧。"○承欢：迎合人意，求得欢心，此指侍奉父母。

④瞻云：此用"瞻云就日"之典，喻君主的恩泽。典出《史记·五帝本纪》："就之如日，望之如云。"○家山：家乡的山，代指家乡。○梦阙：思念朝廷。阙，宫阙，代指朝廷。○禁漏：宫中计时的漏刻。禁，禁中，皇宫之中。漏，古代计时器，铜制有孔，可以滴水或漏沙，有刻度标志以计时。

⑤闾门高：此用"高大闾门"之典，出《汉书·于定国传》："始，定国父于公，其闾门坏，父老方共治之。于公谓曰：'少高大闾门，令容驷马高盖车。我治狱多阴德，未尝有所冤，子孙必有兴者。'至定国为丞相，永（按：于永，于定国子，尚馆陶公主）为御史大夫，封侯传世云。"为预见子孙后世将发迹的典故，左思《蜀都赋》："坛宇显敞，高门纳驷。"古代二十五家为一闾，闾门指里巷的大门。○冠盖：官员的冠服和车乘，代指仕宦、贵官。

【评析】

该诗作为践行诗，以溢美之词写场景送祝福。首联"九秋旌旗出长安，千里军容马上看"写钦差出京的壮丽场景。"老莱斑衣"和"高大闾门"之典用以赞扬李永敷冠盖还乡承欢父母。

奉和宗一高韵①

弘治十三年（1500）

懒爱官闲不计升，解嘲还计昔人曾。②沉迷簿领今应免，料理诗篇老更能。③未许少陵夸吏隐，真同摩诘作禅僧。④龙渊且复三冬蛰，鹏翼终当万里腾。⑤

【校注】

①该诗束景南先生《王阳明佚文辑考编年》辑自朱孟震《朱秉器全集·

29

游宦余谈·献吉伯安和韵》。○宗一:李宗一,名元,祥符人,李梦阳业师。○高韵:好诗。韵,诗韵,代诗。

②官闲:官事清闲。

③簿领:文书,代指公务、官务。三国魏刘桢《杂诗》:"沉迷簿领书,回回自昏乱。"李善注:"簿领,谓文簿而记录之。"

④少陵夸吏隐:出杜甫"浣花溪里花饶笑,肯信吾兼吏隐名"(《院中晚晴怀西郭茅舍》)句。○摩诘:王维字摩诘,号摩诘居士。

⑤三冬:冬季的三个月,即冬季。唐杨炯《李舍人山亭诗序》:"三冬事隙,五日归休。"

【评析】

该诗的价值,在于证明王阳明归依儒家圣学前,"溺于辞章"和文人才士唱酬骋才的情况。

登谯楼①

弘治十四年(1501)

千尺层栏倚碧空,下临溪谷散鸿蒙。②祖陵王气蟠龙虎,帝阙重城锁蝃蝀。③客思江南惟故国,雁飞天北碍长风。④沛歌却忆回銮日,白昼旌旗渡海东。⑤

【校注】

①该诗束景南先生《王阳明佚文辑考编年》辑自《〔光绪〕凤阳府志》卷十五,并考谓此谯楼为凤阳谯楼,是王阳明弘治十四年(1501)八月南下直隶审囚,经凤阳府(治今安徽滁州)时作。

②鸿蒙:宇宙形成之前的混沌状况,此指溪谷中的云气混沌。

③祖陵:明朝开国皇帝朱元璋在凤阳的祖陵。○蝃蝀:音 dìdōng,彩虹。

④雁飞天北:鸿雁自北方天空飞来,可见此诗写于深秋之时。

⑤尾联是以汉高祖刘邦返乡类比朱元璋成大业后的返乡。○沛歌：即汉高祖还乡的《大风歌》，歌曰："大风起兮云飞扬，威加海内兮归故乡，安得猛士兮守四方。"沛，刘邦故乡地名，今属江苏。

【评析】

该诗全诗以写景为主，价值在于写作手法。首联写实景，在"倚碧空"和"临溪谷"的落差中言谯楼之高。颔联则虚实结合写景，实景是"祖陵王气"的眼前景，虚景则是想象中的遥远帝都。颈联采用情景结合的方式，上句写思乡之情，下句则以"雁飞天北碍长风"之景喻思乡遇到强烈阻遏，而越是遇阻遏，则越是烘托思乡之情之浓郁。尾联通过想象、联想的思维极致，在帝王还乡的宏大历史景象中结束全诗。

化城寺六首①

弘治十四年(1501)

其 一

化城高住万山深，楼阁凭空上界侵。②天外清秋度明月，人间微雨结浮阴。③钵龙降处云生座，岩虎归时风满林。④最爱山僧能好事，夜堂灯火伴孤吟。⑤

其 二

云里轩窗半上钩，望中千里见江流。⑥高林日出三更晓，幽谷风多六月秋。⑦仙骨自怜何日化，尘缘翻觉此生浮。⑧夜深忽起蓬莱兴，飞上青天十二楼。⑨

其 三

云端鼓角落星斗，松顶袈裟散雨花。⑩一百六峰开碧汉，八十四梯踏紫霞。⑪山空仙骨葬金椁,春暖石芝抽玉芽。⑫独挥谈麈拂烟雾,一笑天地真无涯。⑬

其　　四

化城天上寺,石磴八星躔。⑭云外开丹井,峰头耕石田。⑮月明猿听偈,风静鹤参禅。⑯今日揩双眼,幽怀二十年。⑰

其　　五

僧屋烟霏外,山深绝世哗。⑱茶分龙井水,饭带石田砂。⑲香细云岚杂,窗高峰影遮。⑳林栖无一事,终日弄丹霞。㉑

其　　六

突兀开穹阁,氤氲散晓钟。㉒饭遗黄稻粒,花发五钗松。㉓金骨藏灵塔,神光照远峰。㉔微茫竟何是?老衲话遗踪。㉕

【校注】

①该六诗《王阳明全集》卷十九著录,为弘治十四年(1501)深秋,王阳明游九华山化城寺时作。○化城寺:位于今安徽省青阳县九华山,是九华山开山祖寺,地藏菩萨道场。

②上界:和下界对,下界指人间世界,上界则指天上仙界。

③清秋:明净爽朗的秋天。○浮阴:漂浮的微雨所致的阴天。

④钵龙:钵中之龙,此代降雨。典出北魏崔鸿《十六国春秋·前秦·僧涉公》:"僧涉公者,西域人……有秘咒能下神龙。时天大旱,坚命咒龙请雨,龙便下钵中,其雨需然。"

⑤孤吟:独自吟唱,应指诵经或唱经。

⑥半上钩:应是弯月如钩半上窗的景象。

⑦三更晓:此言三更可见日出景象。○六月秋:此言深谷之中因相对海拔较高且风大,六月即有秋天般的感觉。

⑧仙骨:仙人的骨相,引指成仙的资质,此指王阳明超脱尘俗的道仙追求。〇尘缘:主张出世的佛教、道教对与尘世关系的称谓。

⑨蓬莱兴:追慕道仙的兴致。蓬莱,海中三神山之一,此代指道仙。〇青天十二楼:又谓玉京十二楼,泛指神仙居所。玉京,道家称天帝所居之处,东晋葛洪《枕中书》引《真记》:"元都玉京,七宝山,周回九万里,在大罗之上。"十二楼,神话传说中的仙人居处,《史记·封禅书》:"方士有言:'黄帝时为五城十二楼,以候神人于执期,命曰迎年。'"《汉书·郊祀志下》:"黄帝时为五城十二楼。"应邵注:"昆仑玄圃,五城十二楼,仙人之所常居。"

⑩落星斗:此谓鼓角之声传到空中简直能使星星落下。

⑪一百六峰:谓九华山众多的山峰。〇碧汉:碧天银汉,即天空、碧空。〇八十四梯:此指从化城寺到地藏塔所要攀登的最后八十四级台阶,有关于此,宋陈岩《金地藏塔》诗云:"八十四级山头石,五百余年地藏坟。风撼塔铃半天语,众人都向梦中闻。"金地藏塔,即月身宝殿,金地藏是新罗僧人金乔觉的俗称,唐朝年间,作为新罗王子的金乔觉出家为僧,在九华山结庐修行,圆寂三年后,仍颜面如生,弟子遂建三层石塔安葬其肉身。〇紫霞:紫色云霞,是道家的标志性用语,如谓神仙乘紫霞而行。

⑫葬金椁:此指以金包金地藏菩萨肉身。〇石芝:像芝(菌类)的石头,道家以之为仙食;山中石间的灵芝也可有此称名。

⑬谈麈:清谈时所执的麈尾。麈,音 zhǔ,鹿类动物,尾巴可做拂尘。〇烟雾:此为繁杂的俗务之谓。〇无涯:此以天地的宽阔喻心胸的开阔。

⑭八星躔:此言如日月星辰运行的度次、轨迹的石级。八,约数。星躔,日月星辰运行的度次、轨迹。南朝梁武帝《闺阃篇》:"长旗扫月窟,凤迹辗星躔。"《旧唐书·文宗纪下》:"德有所未至,信有所未孚,灾气上腾,天文谪见,再周期月,重扰星躔。"躔,音 chán,本义是践、践履。

⑮丹井:道教炼丹取水的井。〇石田:多石的田地,在凡俗是不易耕种的田地,道仙却以之为符号象征耕种的田地。

⑯偈:音 jì,通常指僧人用来阐发佛理的类似诗的韵文。

⑰幽怀:隐藏于内心的情感。

⑱世哗:尘世的喧嚣。

⑲龙井水:在道教看来,龙王掌管天下之水,泉井之水也不例外,故而有龙井水之说。○石田砂:道家仙人所耕石田中的砂子。

⑳云岚:山中云雾之气。

㉑丹霞:同紫霞。

㉒穹阁:此言九华山化城寺的楼阁。○氤氲:山寺清晨云雾弥漫之状。

㉓黄稻:此谓稻谷成熟时稻叶的金黄色泽。○五钗松:即五针松,因五叶丛生似钗,故名。

㉔灵塔:即金地藏塔,见前"八十四梯"注。○神光:在化城寺西,地藏塔所在地。

㉕老衲:老和尚或老道士的谦称,因所穿衣服由他人不用的布块缝补而成,称为衲衣,故以代指,此指化城寺中的老和尚。○遗踪:此指金地藏遗留的踪迹。

【评析】

九华山是佛教名山,化城寺是地藏菩萨的道场。王阳明一生和九华山渊源深厚,曾经五次到访,这是第一次。诗以游化城寺为立足点,写了九华山的景色。写景的价值色彩是仙道、佛禅,直接体现了他这一时期的道佛倾向。就驰骋才气和艺术创造而言,道佛价值倾向在该《化城寺六首》中显然助力了王阳明想象、联想与夸张的成就。如其一的"钵龙降处云生座,岩虎归时风满林"带给人的是痛快之感,"最爱山僧能好事,夜堂灯火伴孤吟"则又创造了深幽的禅境;其二的"高林日出三更晓,幽谷风多六月秋"无疑是用了夸张的手法言高林日出早、幽谷风来凉,"夜深忽起蓬莱兴,飞上青天十二楼"则不能不使人马上想到李白的"俱怀逸兴壮思飞,欲上青天揽明月";其三的"独挥谈麈拂烟雾,一笑天地真无涯",也足够超脱与豪迈。

地藏塔①

弘治十四年(1501)

渡海离乡国,辞荣九苦空。②结第双树底,成塔万花中。③

【校注】

①该诗束景南先生《王阳明佚文辑考编年》辑自《〔光绪〕青阳县志》卷十。

②辞荣:此指金地藏金乔觉舍弃新罗王子的荣华富贵出家,渡海来到中国。

③结第:此指金地藏建化城寺。○双树:即娑罗双树,此寓意佛教,原指佛入灭处之林,为娑罗树之并木,故谓。据唐玄奘《大唐西域记·拘尸那揭罗国》:"城西北三四里,渡阿特多伐底河,西岸不远,至娑罗林。其树类槲,而皮青白,叶甚光润,四树特高,如来寂灭之所也。"

【评析】

该诗咏地藏塔,实为咏叹金地藏能够抛弃荣华富贵,皈依佛教弘扬佛法。

双　峰①

弘治十四年(1501)

凌崖望双峰,苍茫竟何在?②载拜西北风,为我扫浮霭。③

【校注】

①该诗《王阳明全集》卷十九著录。

②凌崖:登上山崖。○双峰:在九华山北麓。

③载拜：又拜，再拜。载，又，且。宋曾巩《寄欧阳舍人书》："巩顿首载拜。"〇浮霭：漂浮的雾霭。

【评析】

该诗于记史、写景外，更重要的内容是表现了王阳明的思想归宿，即对于真理追求的迷茫。"苍茫竟何在"寓意着真理何在，以至于拜请西北风帮助自己扫除迷茫。

莲花峰①

弘治十四年(1501)

夜静凉飒发，轻云散碧空。②玉钩挂新月，露出青芙蓉。③

【校注】

①该诗《王阳明全集》卷十九著录。〇莲花峰：九华山属峰，在翠盖峰北、西洪岭南，"莲峰云海"为九华山古十景之一。

②凉飒：清凉的风。

③玉钩：喻新月。南朝宋鲍照"蛾眉蔽珠栊，玉钩隔琐窗"(《玩月城西门廨中》)和李白"倏忽城西郭，青天悬玉钩"(《挂席江上待月有怀》)句曾用。〇青芙蓉：此指青绿色莲花峰。芙蓉，莲花的别称。

【评析】

该诗为五绝，用清新自然的笔触描写了静夜观莲花峰的景色与感受，是一诗画一体之作。就构图而言，以碧空为底色，上有轻云、新月，碧空、轻云、新月之下，是青绿色的莲花峰。但这一清幽的构图也只能是背景，是为了衬托静夜凉风中观莲花峰的诗人的。就审美价值而言，该诗可谓创造了"有我"与"无我"之间的禅境。

列仙峰①

弘治十四年(1501)

灵峭九万丈,参差生晓寒。②仙人招我去,挥手青云端。

【校注】

①该诗《王阳明全集》卷十九著录。○列仙峰:九华山属峰,峰顶多人形奇石,故名。

②灵峭:此为因有仙人而对列仙峰的美称。○晓寒:早晨的寒意。

【评析】

该诗为五绝,写即时随地感受。以夸张手法"九万丈"言列仙峰之高。"仙人招我去,挥手青云端"则又是想象中的"幻觉"。

云门峰①

弘治十四年(1501)

云门出孤月,秋色坐苍涛。②夜久群籁绝,独照宫锦袍。③

【校注】

①该诗《王阳明全集》卷十九著录。○云门峰:九华山属峰。

②苍涛:苍茫的涛声。

③宫锦袍:用宫锦制成的袍子。典出《旧唐书·文苑传下·李白》:"尝月夜乘舟,自采石达金陵,白衣宫锦袍,于舟中顾瞻笑傲,傍若无人。初,贺知章见白,赏之曰:'此天上谪仙人也。'"

该诗是月夜眺望云门峰之作。诗用李白"官锦袍"之典故,有王维"独坐幽篁里,弹琴复长啸。深林人不知,明月来相照"(《竹里馆》)的境界与风味,充满着禅仙之气。

李白祠二首①

弘治十四年(1501)

其 一

千古人豪去,空山尚有祠。②竹深荒旧径,藓合失残碑。③
云雨罗文藻,溪泉系梦思。④老僧殊未解,犹自索题诗。⑤

其 二

谪仙栖隐地,千载尚高风。⑥云散九峰雨,岩飞百丈虹。⑦
寺僧传旧事,词客吊遗踪。⑧回首苍茫外,青山感慨中。⑨

【校注】

①该二诗《王阳明全集》卷十九著录。○李白祠:即"太白书堂""太白祠",为纪念李白遭权贵谗毁而离开长安游九华山并栖隐而建,初建于南宋嘉熙初,明成化年间扩建,王阳明游九华至此,因有是作。

②人豪:人中豪杰,此指李白。

③该联谓此李白祠因人迹罕至,长满了茂盛的竹子和丛生的苔藓。

④文藻:本指水草、水藻,引申为词采、文采。《三国志·魏志·文帝纪》:"文帝天资文藻,下笔成章。"○梦思:梦中的思念。

⑤该联谓九华山的老僧不理解王阳明的心思,还在紧跟着索要题诗。

⑥高风:高尚的风貌、节操。

⑦九峰:九华山九座山峰,代指九华山。

⑧旧事:李白当年隐居九华事。○词客:诗人,此为王阳明自指。○遗踪:李白留下的踪迹。

⑨苍茫:既可与青山相对指青山之外,也可指哲理层面的茫茫宇宙。

【评析】

该二诗文不甚深,为吊古之作。吊的是千古人豪李白遭人谗毁不为世用;吊的是李白祠堂人迹罕至不为后世挂记。诗中有自己对李白高风与文采的追慕,或者还有身遭不遇的自况,等等,最后都归结为时空无限宇宙无穷——"回首苍茫外,青山感慨中",也即有与无的辩证之中。

和九柏老仙诗①

弘治十四年(1501)

石涧西头千树梅,洞门深锁雪中开。②寻常不放凡夫到,珍重唯容道士来。③风乱细香笛无韵,夜寒清影衣生苔。④于今踏破石桥路,一月须过三十回。⑤

九柏老仙之作,本不可和,詹炼师必欲得之,遂为走笔,以塞其意,且以彰吾之不度也。

弘治辛酉仲冬望日,阳明山人王守仁识。

【校注】

①该诗束景南先生《王阳明佚文辑考编年》辑自《王阳明法书集》收录的计文渊藏王阳明手迹拓本,为王阳明应詹炼师之请和九柏老仙之作。○九柏老仙:钱明先生《王阳明散佚诗汇编及考释》以为是唐代隐士王季文:"王季文,字宗素,唐隐士,青阳人。唐成通四年进士,授秘书郎,告病辞官,归隐九华,筑室北麓头陀岭下。"诗作有《九华山谣》:"九华峥嵘占南陆,莲花擢本山半腹。翠屏横截万里天,瀑水落深千丈玉。云梯石磴入杳冥,俯看

四极如中庭。丹崖压下庐霍势,白日隐出牛斗星。杉松一岁抽数尺,琼草衔缘秀层壁。南风拂晓烟雾开,满山葱蒨铺鲜碧。雷霆往往从地发,龙卧豹藏安可别。峻极遥看夏昊苍,挺生岂得无才杰。神仙惮险莫敢登,驭风驾鹤循丘陵。阳乌不见峰顶树,大火尚结岩中冰。灵光爽气曛复旭,晴天倒影西江渌。具区彭蠡夹两旁,正可别作一岳当少阳。"词作有《青出蓝》:"芳蓝滋匹帛,人力半天经。浸润加新气,光辉胜本青。还同冰出水,不共草为萤。翻覆依襟上,偏知造化灵。"束景南先生《王阳明佚文辑考编年》以为是王阳明游九华山时所遇道者蔡蓬头。詹炼师,和王阳明同游九华山的高道仙隐。

②石洞:应在九华山北麓头陀岭下。○洞门:九柏老仙洞。

③凡夫:凡夫俗子,和高道仙人相对。

④细香:梅花发出的缕缕馨香。

⑤石桥路:问道求仙之路。

【评析】

据诗后款识,该诗王阳明作于弘治十四年(1501)十一月十六日。结合下注,应为访问九华山北麓头陀岭下石洞西头九柏老仙洞作。首联写九柏老仙洞洞门深锁,雪中梅开情景;颔联、颈联写九柏老仙洞的高仙格调;尾联——"于今踏破石桥路,一月须过三十回",表达了自己求仙问道的坚定决心。

无相寺三首①

弘治十五年(1502)

其　一

老僧岩下屋,绕屋皆松竹。朝闻春鸟啼,夜伴岩虎宿。

其　二

坐望九华碧,浮云生晓寒。山灵应秘惜,不许俗人看。②

其　三

静夜闻林雨，山灵似欲留。只愁梯石滑，不得到峰头。

【校注】

①该三诗《王阳明全集》卷十九著录。○无相寺：又名无相院，九华山开山寺院之一。位于九华山北麓头陀岭下，始建于唐初。唐咸通二年（861）扩建成寺，北宋治平元年（1064）朝廷赐额"无相寺"，明景泰三年（1452）再次扩建。李白曾居无相寺，有《宿无相寺》诗："头陀悬万仞，远眺望华峰。聊借金沙水，洗开九芙蓉。烟岚随遍览，踏屐走双龙。明日登高去，山僧孰与从？禅床今暂歇，枕月卧青松。更尽闻呼鸟，恍来报晓钟。"

②秘惜：隐藏珍惜不以示人。宋洪迈《夷坚志·伊阳古瓶》："凡他物有水者皆冻，独此瓶不然……张（虞卿）或与客出郊，置瓶于箧，倾水瀹茗，皆如新沸者，自是始知秘惜。"

【评析】

该三诗为五绝，和下《夜宿无相寺》《芙蓉阁二首》《题四老围棋图》《书梅竹小画》等，皆为弘治十五年（1502）春正月王阳明再游九华山时作。绝句在诗体中为短小精悍之体，适宜书写即事即地的见闻感受。其一写无相寺的环境体验，充满禅机趣味；其二写坐望九华的仙灵体验；其三写追慕仙灵恐不可得的即时心理。

夜宿无相寺①

弘治十五年（1502）

春宵卧无相，月照五溪花。②掬水洗双眼，披云看九华。岩头金佛国，树杪谪仙家。③仿佛闻笙鹤，青天落绛霞。④

【校注】

①该诗《王阳明全集》卷十九著录。

②五溪:九华山北大门,由龙溪、漂溪、舒溪、双溪、濂溪五溪汇集于六泉口,北流注入长江。

③树杪:树的末梢。唐王维诗"山中一夜雨,树杪百重泉"(《送梓州李使君》)曾用。

④笙鹤:道仙象征符号。典出汉刘向《列仙传》,为周灵王太子晋(王子乔)故事,他好吹笙作凤鸣,游伊洛间,道士浮丘公接其上嵩山,三十余年后乘白鹤驻缑氏山(按:又称"抚父堆",位于古缑氏镇东南,在今天河南省洛阳市偃师区南。缑,音 gōu)顶,举手谢时人仙去,后因以"笙鹤"指仙人乘骑之仙鹤,杜甫诗"人传有笙鹤,时过北山头"(《玉台观》)曾用。○绛霞:紫霞,道仙象征符号。

【评析】

该诗为一五律,是王阳明夜宿无相寺写怀之作。诗中弥漫的是禅境与慕仙的意味。

芙蓉阁二首①

弘治十五年(1502)

其 一

青山意不尽,还向月中看。明日归城市,风尘又马鞍。

其 二

岩下云万重,洞口桃千树。终岁无人来,惟许山僧住。

【校注】

①该二诗《王阳明全集》卷十九著录。○芙蓉阁:又名芙蓉庵,位于九华山下九华街化城寺山门左侧,南宋嘉定年间僧佛棱创建,后毁于火灾,明代僧能滨重修、僧宗佛再建。

【评析】

该二诗为五绝,是王阳明登芙蓉阁的有感之作。其一表达了即将离别禅意仙趣浓郁的九华山而入世俗的依依不舍之情。其二所写为九柏老仙洞的情景。

题四老围棋图①

弘治十五年(1502)

世外烟霞亦许时,至今风致后人思。②却怀刘项当年事,不及山中一着棋。③

【校注】

①该诗《王阳明全集》卷十九著录。○四老围棋图:即《四皓围棋图》。四皓,即秦汉时期的商山四皓——东园公唐秉、夏黄公崔广、绮里季吴实、甪(lù)里先生周术。四皓隐居于商山,采芝充饥。因年过八十,须发皆白,故称。四人喜欢下围棋,唐代王维、李思训、孙位,五代支仲元、石恪,北宋孙可元、李公麟,南宋马元,元代钱选、黄潽等,都曾以此为题材创作"四皓围棋",称名不一,或为《商山四皓图》,或为《四皓弈棋图》,或为《山居四皓图》,或为《四皓围棋图》。

②风致:风格,韵味,情致。

③刘项:刘邦与项羽,楚汉时期斗智斗勇,激烈争夺天下的两个军事政治集团的首领,此代世事纷争。

【评析】

该诗是一七绝,为一题画诗,《王阳明全集》和束景南先生《王阳明年谱长编》均谓作于王阳明此次游九华山之时,结合下《书梅竹小画》诗,或二者皆为宿九华山下柯家时作。该诗创作情况及内容,向未为深解。笔者认为,《四老围棋图》即《四皓围棋图》。关于诗的内容,就诗中表达的观点来看,王阳明是在以秦汉时期隐居商山的四皓和争夺天下的刘项二人对比,由后二句的"却怀刘项当年事,不及山中一着棋"可见,王阳明显然是倾向于商山四皓的,这和他此一时期的佛禅、道仙思想倾向一致。

书梅竹小画①

弘治十五年(1502)

寒倚春霄苍玉杖,九华峰顶独归来。②柯家草亭深云里,却有梅花傍竹开。③

【校注】

①该诗《王阳明全集》卷十九著录,为王阳明住九华山下柯家应请题《梅竹小画》诗。

②春霄:春宵,春夜。

③柯家:即柯乔家。柯乔(1497—1550),字迁之,号双华,世居柯村,嘉靖八年(1529)进士,历任御史、经筵讲官、湖广按察史佥事、福建布政司参议、巡海道副使等职,有《九华山诗集》二卷。师承王阳明。此时柯乔尚且幼小(六岁),接待王阳明的应是其父柯崧林。

【评析】

该诗为一七绝,记载王阳明游九华住柯家史实,反映他和柯家的友情。

清风楼①

弘治十五年(1502)

远看秋鹤下云皋,压帽青天碍眼高。②石底蟠蟆吹锦雾,海门孤月送银涛。③酒经残雪浑无力,诗倚新春欲放豪。④倦赋登楼聊短述,清风曾不愧吾曹。

【校注】

①该诗束景南先生《王阳明佚文辑考编年》自《太平三书》卷四、《〔乾隆〕太平府志》卷四十一辑出。诗的创作时间,先《王阳明佚文辑考编年》以诗中句"远看秋鹤下云皋"判定弘治十四年(1501)秋,后《王阳明年谱长编》又依诗中句"酒经残雪浑无力,诗倚新春欲放豪"判定为弘治十五年(1502)春,笔者以为后说近是。○清风楼:在时太平府芜湖县北八里临江处,明成化间建。

②云皋:云海、云天。宋永颐诗"夜歌新诗喜达旦,起看征雁飞云皋"(《苎溪夜泊》)曾用。

③蟠蟏:盘曲的蟏獭。蟏,音 xiāo,蟏獭,传说中为害鱼类的水中动物。○银涛:银白色的波涛。

④残雪:春天到来即将融化的雪。

【评析】

该诗是王阳明游九华山后经芜湖访问友人李贡时作,创作背景是酒后登楼。也许是酒的作用,王阳明时而兴奋时而疲倦,此表现在该诗颈联上句谓"酒经残雪浑无力",下句却说"诗倚新春欲放豪"。酒力造成的反常体验,还表现在诗句中时间与空间的"错乱"上。关于时间的错乱,如首联上句"远看秋鹤下云皋"的"秋鹤"意象,显然传达给人秋天的信息,而颈联下句"诗倚新春欲放豪"的"新春"语词则明白表现春天的信息。关于空间的错乱,颔联上句"石底蟠蟏吹锦雾"表明,诗人看到了江水中石头底下盘曲的蟏獭在吐着锦绣般的水雾,下句"海门孤月送银涛"则又表明时间已经是晚上。总之,该诗的创作,符合今天的意识流理论。

谪仙楼①

弘治十五年(1502)

揽衣登采石,明月满矶头。②天碍乌纱帽,寒生紫绮裘。③江流词客恨,风景谪仙楼。④安得骑黄鹤,随公八极游。⑤

①该诗束景南先生《王阳明佚文辑考编年》自〔乾隆〕太平府志》卷四十一辑出。○谪仙楼：在当涂县，因李白披宫锦、登采石矶、泛舟赏月而修建。

②该联写王阳明效仿李白登采石矶赏月故事。○采石：即采石矶，在时太平府当涂县，因三国东吴时此处曾产五彩石而得名；又因其状如蜗牛有"金牛出渚"传说，故又名牛渚矶，和岳阳城陵矶、南京燕子矶合称"长江三矶"。李白一生多次登临采石矶，写下了《横江词》《牛渚矶》《望天门山》《夜泊牛渚怀古》等诗篇，民间流传其披宫锦袍、泛舟赏月、跳江捉月、骑鲸升天的故事与传说。矶，水边突出的岩石或石滩。

③该联化用李白"草裹乌纱巾，倒披紫绮裘"（《玩月金陵城西往石头访崔四侍御》）句。阴时夫《韵府群玉》释为："（李）白着紫绮裘乌纱帽与客数人棹歌过淮。"紫绮裘，据房本文《李白"紫绮裘"考》考证，为李白所穿上清道士法服。

④词客：诗人。

⑤黄鹤：道仙象征符号，神仙乘骑。○八极：天下至远之地。《荀子·解蔽》："明参日月，大满八极，夫是之谓大人，夫恶有蔽矣哉。"

【评析】

该诗是王阳明弘治十五年（1502）春游九华归经芜湖、当涂追慕李白仙踪之作，真切体现了此时他价值取向上的道仙特质。追慕表现在诗中，是他首联的追踪登采石矶赏月、颔联的化用李白诗句以及尾联追随李白遨游宇宙的企望。

游茅山二首①

弘治十五年（1502）

其 一

山雾沾衣润，溪风洒面凉。②藓花凝雨碧，松粉落春黄。③

古剑时闻吼,遗丹尚有光。④短才惭宋玉,何敢赋高唐。⑤

其　二

灵峭九千丈,穷跻亦未难。⑥江山无遁景,天地此奇观。⑦
海月迎峰白,溪风振叶寒。⑧夜深凌绝峤,翘首望长安。⑨

【校注】

①该二诗束景南先生《王阳明佚文辑考编年》自《茅山全志》卷三十辑
出,创作背景是弘治十五年(1502)二月王阳明至镇江府,往丹阳访问云谷
汤礼敬,并相偕游茅山道教圣地。○茅山:三茅山的简称,原名句曲山,又
称地肺山,位于今江苏省句容市东南,传西汉景帝时有茅盈、茅固、茅衷三
兄弟在此采药炼丹,济世救民,人们遂将句曲山改名为三茅山以为纪念。

②溪风:沿山溪吹来的风。

③该联为了凑韵,使用了倒装的创作手法,正序应为“雨凝碧藓花,春
落黄松粉”。○松粉:即松花粉,松科植物如马尾松、油松的干燥花粉,淡黄
色,体轻,易飞扬,手捻有滑润感,气微,味淡。

④该联内容实则是王阳明的追慕道仙的幻觉,诗中的“剑”“丹”意象分
别指其剑修和丹修法门。

⑤该联“宋玉”“高唐”所用为战国楚著名文学家宋玉《高唐赋》典事。
《高唐赋》之作,是宋玉用宏富的才思和高超的艺术技巧,将自然物象、宗教
观念和社会政治融为一体,其动机在于通过前二者之和谐喻社会和谐、政
治清明、国富民丰,因而,表面是写楚怀王和神女的云雨交媾,实则不淫不
俗,而是蕴蓄着大义理、大情怀。

⑥穷跻:尽力攀登。宋宋祁“穷跻叩寥廓”(《晓过二里山》)句曾用。

⑦遁景:隐匿的风景。

⑧该联为了凑韵,使用了倒装的方法,正序应为“峰迎海月白,叶振溪
风寒”。○迎:对。

⑨峤:尖而高的山。○长安:长安城,代指京师,见上《堕马行》“长安
城”注。

该二诗以写茅山景色为主,包括其自然景观和道教文化内涵。但是,写景中也有写怀,主要情怀是对道仙的向往与追慕;次要情怀,从二诗尾联的"短才惭宋玉,何敢赋高唐""夜深凌绝嶠,翘首望长安"可知,王阳明仍然不能忘怀入世建功。就创作方法而言,值得提出的是其一颔联"藓花凝雨碧,松粉落春黄"和其二颈联"海月迎峰白,溪风振叶寒"语序上倒装的运用,运用此手法,主观上是为了凑韵,但客观上却增强了诗作的审美价值。

蓬莱方丈偶书二首①

弘治十五年(1502)

其 一

兴剧夜无寐,中宵问雨晴。②水凉壑鹤骤,岩日映窗明。石窦窥涧黑,云梯上水清。③福庭真可住,尘土奈浮生。④

其 二

仙屋烟飞外,青罗隔世哗。⑤茶分龙井水,饭带玉田砂。⑥香细岚光杂,窗虚峰影遮。⑦空林无一事,尽日卧丹霞。

【校注】

①该二诗束景南先生《王阳明佚文辑考编年》自《茅山全志》卷十三辑出,当时王阳明题写在蓬莱方丈壁上。○蓬莱、方丈:本为传说中东海道教三神山,此应为王阳明游茅山的居所(或为道观)名。

②兴剧:过度兴奋。○中宵:中夜,半夜。

③石窦:石窟,石洞。

④福庭:幸福的地方,常指仙佛所居。

⑤仙屋:此指王阳明在茅山的居处。○青罗:青色丝织物,因道教尚青色,此代道教。关于道教尚青色,《清规玄妙》有:"凡全真服式,唯青为主。青为东方甲乙木,泰卦之位,又为青龙生旺之气,是为东华帝君之后脉,有木青泰之喻言,隐藏全真性命双修之义也。"○世哗:尘世的喧嚣、喧哗。

⑥玉田砂:玉田里的砂子。此意涵中国道仙的食玉文化,如早在屈原《九章·涉江》中就有"登昆仑兮食玉英"之说,秦汉以后方士们以服食丹药、玉屑作为延年益寿、长生不老的仙方,魏晋以后,食玉被记载在道教典籍中,如葛洪《抱朴子·内篇·仙药》就有"玉亦仙药"之说。"玉田"之典,则出干宝《搜神记》:"杨公伯雍,洛阳县人也。本以侩卖为业。性笃孝。父母亡,葬无终山,遂家焉。山高八十里,上无水,公汲水,作义浆于阪头,行者皆饮之。三年,有一人就饮,以一斗石子与之,使至高平好地有石处种之,云:'玉当生其中。'杨公未娶,又语云:'汝后当得好妇。'语毕不见。乃种其石。数岁,时时往视,见玉子生石上,人莫知也。有徐氏者,右北平著姓,女甚有行,时人求,多不许。公乃试求徐氏。徐氏笑以为狂,因戏云:'得白璧一双来,当听为婚。'公至所种玉田中,得白璧五双,以聘。徐氏大惊,遂以女妻公。天子闻而异之,拜为大夫。乃于种玉处,四角作大石柱,各一丈,中央一顷地,名曰'玉田'。"

⑦香细:此应指茶香。○岚光:山间雾气经日光照射而发出的光彩。唐李绅"岚光花影绕山阴,山转花稀到碧浔"(《若耶溪》)句曾用。

【评析】

该二诗王阳明在写茅山仙境与超脱生活,弥漫的是道仙之气。但是细读下来,感到又不尽然,似乎是隐存着恋世的一丝躁动,因为,如果真的做到了恬淡自适,他怎么会"兴剧夜无寐"呢?

游北固山①

弘治十五年(1502)

　　北固山头偶一行,禅林甘露几时名。②枕江左右金焦寺,
面午中节铁瓮城。③松竹两崖青野兵,人烟万井暗吟情。④江南
景物应难望,入眼风光处处清。⑤

【校注】

　　①该诗束景南先生《王阳明佚文辑考编年》辑自"博宝艺术拍卖网",并
命名《游北固山》,认为王阳明弘治十五年(1502)春审录江北事竣北归,由
九华、太平至句容、丹阳,再北上扬州,由丹阳往润州在春三月,此诗即作于
此时。润州,治今江苏镇江。○北固山:位于江苏镇江,北临长江,形势险
固,故名,与金山、焦山鼎立,成掎角之势。

　　②禅林甘露:甘露寺,坐落在北固山,始建于东吴甘露年间,故名。一
说为唐代李德裕所建。

　　③金焦寺:镇江金山寺和焦山寺二寺。金山寺,见前《金山寺》注。焦
山寺,焦山上的定慧寺,始建于东汉兴平年间,原名普济寺,宋朝时称普济
禅院,元代改称焦山寺。○铁瓮城:今镇江"铁瓮城",是保存至今的三座三
国时期的东吴古都之一。南朝顾野王《舆地志》谓:"吴大帝孙权所筑,周回
六百三十步,开南、西二门,内外皆固以砖壁。"关于其命名,元代《〔至顺〕镇
江志》引唐代《润州图经》:"古谓之铁瓮者,谓坚若金城汤池之类。"唐韩滉
《南征记》谓:"润州城如铁瓮。"

　　④颈联借松、竹、崖、人、烟、井等意象,代北固山、润州的自然风物与历
史文化,以"青野兵""暗吟情"代人文情怀。我们要问的是,在此"满眼风光
北固楼"(辛弃疾《南乡子·登京口北固亭有怀》)的"南北咽喉"之地,王阳
明在想什么?

　　⑤尾联下句,王阳明是在说,他已将此北固山所维系的历史风云真谛

看透了。

【评析】

该诗为王阳明登北固山写景怀古的感怀之作。写景,见注释。怀古,可与南宋辛弃疾名篇《南乡子·登京口北固亭有怀》对读。辛作是:"何处望神州?满眼风光北固楼。千古兴亡多少事?悠悠。不尽长江滚滚流。年少万兜鍪,坐断东南战未休。天下英雄谁敌手?曹刘。生子当如孙仲谋。"辛弃疾的时代,宋金对峙,国家南北分裂,其借怀古所表达的是统一国家的理想与壮志。而王阳明的时代,国家一统,地无分南北,他借怀古所要表达的,应是政治清明的理想吧。

金山赠野闲钦上人①

弘治十五年(1502)

江净如平野,寒波漫绿苔。地穷无客到,天迥有云来。禅榻朝慵起,松关午始开。②月明随老鹤,散步妙高台。③

【校注】

①该诗和下《题蒲菊钰上人房》《赠雪航上人》《赠甘露寺性空上人》,束景南先生《王阳明佚文辑考编年》自张莱《京口三山志》卷五,刘名芳《〔乾隆〕金山志》卷十,庐见曾《金山志》卷七,周伯义、陈任旸《北固山志》卷九等辑出,为王阳明弘治十五年(1502)八月自京返越,经润州,游三山,访三山僧时的题赠之作。○钦上人:名惠钦,号野闲,为时金山寺一僧人。

②禅榻:禅床。唐杜牧诗"今日鬓丝禅榻畔,茶烟轻扬落花风"(《题禅院》)句曾用。○松关:犹柴门。唐孟郊诗"日暮静归时,幽幽扣松关"(《退居》)句曾用。

③妙高台:见前《金山寺》注。

【评析】

该诗为一五言律诗,首联、颔联写境,为王阳明此时所处的清静自然、远离尘嚣之境;颈联、尾联写事,所写为一天之中早、午、晚的生活状态,颔联以慵懒写恬淡,尾联则营造了王维诗"明月松间照,清泉石上流"的禅意、禅趣。

题蒲菊钰上人房①

弘治十五年(1502)

禅扉云水上,地迥一尘无。②涧有千年菊,盆余九节蒲。③湿烟笼细雨,晴露滴苍芜。④好汲中泠水,飧香嚼翠腴。⑤

【校注】

①蒲菊钰上人:为金山寺一老僧。

②禅扉:禅门。

③涧:山间水沟。○蒲:多年生草本植物,生池沼中。

④湿烟:蒙蒙细雨中的烟。○苍芜:苍色杂乱的草。

⑤中泠水:泉名,亦称中泠泉,在今江苏镇江西北金山下的长江中。○飧:音 sūn,晚饭,泛指饭食。○翠腴:当为绿色丰润的植物食材。

【评析】

该诗和上诗同旨,亦为清静自然之境和禅意、禅趣的营造。

赠雪航上人

弘治十五年(1502)

身世真如不系舟,浪花深处伴闲鸥。我来亦有山阴兴,银海乘槎上斗牛。①

【校注】

①乘槎:乘木筏,遗世飞升义。出晋张华《博物志》卷十:"旧说云天河

与海通。近世有人居海渚者，每年八月有浮槎去来，不失期，人有奇志，立飞阁于槎上，多赍粮，乘槎而去。"槎，音 chá，木筏。○斗牛：斗宿和牛宿，代指天空。

【评析】

该诗是王阳明人生无常的感慨和遗世高蹈志向的表达。

赠甘露寺性空上人

弘治十五年(1502)

片月海门出，浑如白玉舟。沧波千里晚，风露九天秋。寒影随杯渡，清晖共梗流。底须分彼岸，天地自沉浮。

【评析】

该诗情境之中，王阳明所表达的依然是人生无着、身世飘零意旨。

屋舟为京口钱宗玉作①

弘治十五年(1502)

小屋新开傍岛屿，沉浮聊与渔舟同。②有时沙鸥飞席上，深夜海月来轩中。③醉梦春潮石屏冷，棹歌碧水秋江空。④人生何地不疏放，岂必市隐如壶公。⑤

【校注】

①该诗束景南先生《王阳明佚文辑考编年》自《穰梨馆过眼续集》卷七《屋舟题咏卷》辑出。○屋舟：钱组号，字宗玉，润州人，以医官归隐，买大桴而屋其上，故号。○京口：今镇江，因北固山前峰环抱着开阔高平地块，取《尔雅》"丘绝高曰京"称为"京"，"口"指北固山下的江口。

②小屋:指钱组的舟屋。

③席上:座席之上。

④石屏:石制屏风。

⑤市隐:隐居于城市,指居于城市的隐士。出《晋书·邓粲列传》:"隐之为道,朝亦可隐,市亦可隐。隐初在我,不在于物。"○壶公:指道仙之人。出《后汉书·方术列传·费长房传》:"费长房者,汝南人也。曾为市掾。市中有老翁卖药,悬一壶于肆头,及市罢,辄跳入壶中。市人莫之见,唯长房于楼上睹之,异焉,因往再拜奉酒脯。翁知长房之意其神也。谓之曰:'子可明日来。'长房旦日复诣翁,翁乃与俱人壶中。唯见玉堂严丽,旨酒甘肴盈衍其中,共饮毕而出。"杜甫诗句"家家迎蓟子,处处识壶公"(《寄司马山人十二韵》)曾用。

【评析】

该诗是王阳明八月离京返越经润州前往拜见钱组之作,此可由"棹歌碧水秋江空"中之"秋江"语词知。就诗的内容看,于写景中寓托着归隐之情志。

登吴江塔①

弘治十五年(1502)

天深北斗望不见,更蹑丹梯最上层。②太华之西目双断,衡山以北栏独凭。③渔舟渺渺去欲尽,客子依依愁未胜。④夜久月出海风冷,飘然思欲登云鹏。⑤

【校注】

①该诗和下《仰高亭》,束景南先生《王阳明佚文辑考编年》自徐崧、张大纯《百城烟水》卷四辑出,为王阳明是次告病归越经苏州时作。○吴江塔:时吴江华严寺之塔。

②丹梯:此指寻仙之路。唐宋之问《发端州初入西江》:"金陵有仙馆,

54

即事寻丹梯。"唐杜甫《赠特进汝阳王》："鸿宝宁全秘,丹梯庶可凌。"

③太华:西岳华山。

④胜:能承受、承担。

⑤云鹏:翱翔高空的大鹏。出自晋葛洪《抱朴子·逸民》："犹焦螟之笑云鹏,朝菌之怪大椿。"

【评析】

该诗是一登高书怀之作。在创作上,王阳明极尽想象之能事,表现在空间上是"天深北斗""渔舟渺渺""太华之西""衡山以北"。情怀的书写,一是羁旅愁情,表现为"栏独凭""愁未胜"等语词语义;再是道仙向慕,表现为"蹑丹梯""登云鹏"等语词语义,客观地证明着他这一时期思想情怀上的道仙倾向。笔者认为,道仙向慕和想象之间又存在相辅相成关系,也就是说,八极万仞遨游的道仙性格为想象的内容插上了翅膀。

仰高亭①

弘治十五年(1502)

楼船一别是何年,斜日孤亭思渺然。秋兴绝怜红树晚,闲心并在白鸥前。林僧定久能知客,巢鹤年多亦解禅。莫向病夫询出处,梦魂长绕碧溪烟。②

【校注】

①仰高亭:时仰高亭在吴县,南宋宁宗开禧间知县罗劢建。

②病夫:王阳明自指,因是次他告病归越,故称。○碧溪:绿色的溪流,代指恬淡自然的归隐生活。李白"闲来垂钓碧溪上"(《行路难》)句曾用。

【评析】

该诗所写的是旅途登高临远的渺然情思,以及此一时期的佛禅道仙归隐倾向。

赠芳上人归三塔^①

弘治十五年(1502)

秀水城西久闭关,偶然飞锡出尘寰。^②调心亦复聊同俗,习定由来不在山。^③秋晚菱歌湖水阔,月明清磬塔窗闲。^④毗庐好似嵩山笠,天际仍随日影边。^⑤

【校注】

①该诗束景南先生《王阳明佚文辑考编年》自《〔万历〕秀水县志》卷八辑出。○芳上人:时三塔寺的僧人。○三塔:在秀水县西三里景德寺中,其来历,据《〔万历〕秀水县志》卷二,是唐代末年僧人行云所修,目的是镇压寺下白龙潭妖气,故而景德寺又名三塔寺。

②秀水:时秀水县,明宣德五年(1430年)析嘉兴县地置,属嘉兴府。○飞锡:佛教语,本指僧人执锡杖飞空,后指僧人游方。据《释氏要览》:"今僧游行,嘉称飞锡。此因高僧隐峰游五台,出淮西,掷锡飞空而往也。若西天得道僧,往来多是飞锡。"

③同俗:此处义为随顺世俗。宋王安石《答司马谏议书》:"人习于苟且非一日,士大夫多以不恤国事,同俗自媚于众为善。"○习定:休习禅定。

④秋晚:晚秋,由此可知,王阳明该诗作于晚秋九月间。○清磬:寺中之磬晚上发出的清音。

⑤毗庐:此指毗庐帽,又称毗卢帽、毗罗帽,主座和尚所戴的一种绣有毗卢佛像的帽子,亦泛称僧帽。明黄一正《事物绀珠》:"毗罗帽、宝公帽、僧迦帽、山子帽、班吒帽、瓢帽、六和巾、顶包,八者皆释冠也。"《西游记》中唐僧戴的帽子就是毗庐帽。毗卢佛,"毗卢遮那佛"的简称。"毗卢遮那佛"是释迦牟尼的法身佛。法身佛是佛教中经常提到"三身佛",即法身"毗卢遮那佛"、应身"释迦牟尼佛"、报身"卢舍那佛"之一。关于三身佛的关系和地位,佛教中有一个精妙的比喻说,法身佛如明月,报身佛如月光,应身佛如

月之影,由此可见"毗卢遮那佛"的本体地位。○嵩山笠:此指南北朝时期,自印度渡海远道而来中国的嵩山少林寺禅宗初祖菩提达摩祖师头戴或身背的斗笠,是不畏艰险弘扬佛法的象征符号。

【评析】

该诗是王阳明赠芳上人游方归来之作,以写人、写景、记事为主,价值倾向蕴蓄其中。所写之人是修水县三塔寺的僧人芳上人,写他生活的主要方式是寺中闭关,出去游方只是偶尔为之,因为修心、禅定之法不仅仅是在山门之中,还要通过和世俗接触的方式进行,此为首联、颔联所表明。所写之景是晚秋三塔寺傍晚之景,由宽阔湖水菱歌飘扬、月照塔窗磬声清亮构成了三塔寺晚秋的意境,此是颈联的内容。所记之事为芳上人头戴毗卢帽游方傍晚归来,"嵩山笠"是以芳上人比达摩祖师,和尾联末句"天际仍随日影边"一起,表达的是赞赏芳上人不辞辛苦的精神。当然,全诗也说明了此一时期王阳明向慕佛禅的价值倾向。

审山诗①

弘治十五年(1502)

朝登硖石巅,霁色浮高宇。②长冈抱回龙,怪石骇奔虎。③古刹凌层云,中天立鳌柱。④万室涌鱼鳞,晴光动江浒。⑤曲径入藤萝,行行见危堵。⑥寺僧闻客来,袈裟候庭庑。⑦登堂识遗像,画绘衣冠古。⑧乃知顾况宅,今为梵王土。⑨书台空有名,湮埋化烟芜。⑩葛井虽依然,日暮饮牛羖。⑪长松非旧枝,子规啼正苦。⑫古人岂不立,身后杳难睹。⑬悲风振林薄,落木惊秋雨。⑭人生一无成,寂寞知向许?

【校注】

①该诗束景南先生《王阳明佚文辑考编年》自《〔乾隆〕海宁州志》卷二、

《〔嘉庆〕峡川续志》卷一辑出。○审山:俗名东山、东硤山,位于浙江海宁。山上有崇惠寺,山中有汉代审食其之墓,故名,山下有唐代诗人顾况的读书台。

②硤石巅:即审山之巅。硤石,即审山。○霁色:晴朗的天色。唐元稹诗句"雪映烟光薄,霜涵霁色泠"(《饮致用神曲酒三十韵》)曾用。

③回龙:回曲的龙。

④鳌柱:传说中指天柱,此指寺庙中以鳌为柱基的柱子。

⑤鱼鳞:喻室内阳光照射所产生的鱼鳞状的光影现象。○江浒:江边。

⑥危堵:山路上藤萝堵塞道路。

⑦庭庑:堂下四周的廊屋。

⑧遗像:联系下文知为顾况的遗像。

⑨顾况宅:顾况的宅第。顾况,唐代著名诗人,字逋翁,号华阳真逸(一说华阳真隐),晚年自号悲翁,隐居茅山,有《华阳集》行世。○梵王:佛教指色界初禅天的大梵天王,亦泛指此界诸天之王,此代指佛教。

⑩书台:顾况读书台。○烟芜:烟雾中的草丛。唐权德舆诗句"烟芜敛暝色,霜菊发寒姿"(《奉和李大夫九日龙沙宴会》)、宋柳永词"露花倒影,烟芜蘸碧,灵沼波暖"(《破阵乐》)曾用。

⑪葛井:此指审山寺中的葛洪炼丹井。○羖:音 gǔ,公羊,代指羊。

⑫子规:又名杜宇、杜鹃、催归。传说周时蜀国国君被迫逊位,死后魂魄化为子归鸟,啼声悲哀。顾况有诗作《子规》:"杜宇冤亡积有时,年年啼血动人悲。若教恨魄皆能化,何树何山著子规?"

⑬该联意谓难道顾况不想有所作为吗?他之所以没有作为,是因背后有小人作梗。

⑭林薄:交错丛生的草木。屈原《涉江》"露申辛夷,死林薄兮"句曾用,王逸注:"丛木曰林,草木交错曰薄。"

【评析】

该诗除了写审山寺之景以及审山寺僧迎接自己到来事况之外,更有价值的是通过怀古和审山寺关联的顾况、葛洪炼丹井来写世事沧桑的哲理:"乃知顾况宅,今为梵王土。书台空有名,湮埋化烟芜。葛井虽依然,日暮饮牛羖。"其最有价值的是借顾况以自况的内心悲情的书写。以顾况之悲自况，顾况晚年自号"悲翁"，并曾作《子规》诗以表达自己的悲情。再者，王阳明自己的悲情，则又表现在诗中直言"悲风振林薄，落木惊秋雨"两句，悲之致因在于背后小人作梗。"人生一无成，寂寞知向许"则是王阳明心迹的表达，看来他此次告病归越，也并非自己的心愿理想，而是政治失意的无奈选择。

坐　功①
弘治十五年(1502)

　　春嘘明目夏呵心，秋呬冬吹肺肾宁。②四季常呼脾化食，依此法行相火平。③

【校注】

　　①该诗束景南先生《王阳明佚文辑考编年》自游日升《臆见汇考》卷三辑出。○坐功：即静坐导引之功，为王阳明是次告病归越于阳明洞中所行导引之术。

　　②嘘：音 xū，缓缓吐气，和呵、呼、呬(xì)、吹、嘻构成导引吐纳法的"六字诀"。

　　③相火：和"君火"（心火）相对，是在君火指挥下具体完成、促进自然界多种生物成长变化或人体生长发育的火。出《素问·天元纪大论》："君火以明，相火以位。"指肝肾的相火。君火，指使事物生长和变化的最高主持者和动力。

【评析】

　　该诗是王阳明行导引之术的证明，也是他导引之法的记载。

乡思二首(次韵答黄舆)①

弘治十五年(1502)

其 一

百事支离力不禁,一官栖息病相侵。②星辰魏阙江湖迥,松柏茅茨岁月深。③欲倚黄精消白发,由来空谷有余音。④曲肱已醒浮云梦,荷蒉休疑击磬心。⑤

其 二

独夜残灯梦未成,萧萧总是故园声。⑥草深石径鼪鼯啸,雪静空山猿鹤惊。⑦漫有缄书怀旧侣,尚牵缨冕负初情。⑧云溪漠漠春风转,紫菌黄芝又日生。⑨

【校注】

①该二诗其一编在《王阳明全集》卷二十,名《冬夜偶书》,并谓作于正德九年(1514)在南京时;其二名为《夜坐偶怀故山》,作于正德十三年(1518)在赣时。束景南先生《王阳明佚文辑考编年》自真迹《中华文物集萃·清玩雅集收藏展》(Ⅱ)(鸿禧美术馆)和端方《壬寅消夏录·王阳明诗真迹卷》辑出,并考谓《王阳明全集》作年之非,谓作于弘治十五年(1502)末。○黄舆:即王文辕,字司舆,号黄罍子,山林隐遁之士,王阳明道友。

②支离:琐碎,繁杂。

③星辰:此代指岁月,和下句"岁月"互文。如唐孟郊"中夜登高楼,忆我旧星辰"(《感怀八首》之三)句之用。○魏阙:高大的宫阙,代指朝廷。○江湖:代指远离朝廷的乡野。○茅茨:茅屋。

④黄精:药用植物,又名老虎姜、鸡头参,具有壮筋骨、益精髓、变白发功效。○空谷:此用空谷足音之典,本义为在寂静的山谷里听到脚步声,喻

60

极难有音信、言论或来访。典出《庄子·徐无鬼》："夫逃虚空者，藜藋柱乎鼪鼬之径，踉位其空，闻人足音，跫然而喜矣。"

⑤曲肱：弯着胳膊作枕头，喻清贫而闲适的生活。出自《论语·述而》："饭疏食饮水，曲肱而枕之，乐在其中矣。不义而富且贵，于我如浮云。"○荷蒉：挑着装土的草筐。典出《论语·宪问》："子击磬于卫，有荷蒉而过孔氏之门者。曰：'有心哉，击磬乎！'既而曰：'鄙哉，硁硁乎！莫己知也，斯已而已矣。深则厉，浅则揭。'"朱熹《集注》："此荷蒉者亦隐士也。"后用为隐士之典。蒉，音 kuì，古代用草编的筐子，一般用来盛土。

⑥萧萧：此指夜晚风吹草木发出的声音。

⑦鼪鼯：音 shēngwú，鼪鼠与鼯鼠，黄鼠狼一类的小动物。

⑧旧侣：旧友。如南朝宋谢灵运诗"羁雌恋旧侣，迷鸟怀故林"（《晚出西射堂》）句之用。○缨冕：仕宦的代称。南朝梁沈约"（王源）忝籍世资，得参缨冕"（《奏弹王源》）曾用。○初情：此指王阳明出仕的初衷、初心。

⑨紫菌：和下黄芝用来代指道教以为养生之物的山间菌类。

【评析】

该二诗王阳明写自己病躯体弱不能胜任繁杂的世事，"百事支离力不禁，一官栖息病相侵"；写自己归隐江湖之志，"星辰魏阙江湖迥，松柏茅茨岁月深""曲肱已醒浮云梦，荷蒉休疑击磬心"；写道仙养生实践，"欲倚黄精消白发""紫菌黄芝又日生"；写山林生活环境，"草深石径鼪鼯啸，雪静空山猿鹤惊"，似乎满满的都是归隐气息。但是，"独夜残灯梦未成，萧萧总是故园声""漫有缄书怀旧侣，尚牵缨冕负初情"表明，他并没有真正忘怀包括乡思、友情以及建立功业的初心等世事。

本觉寺①

弘治十六年(1503)

春风吹画舫，载酒入青山。②云散晴湖曲，江深绿树湾。③
寺晚钟韵急，松高鹤梦闲。④夕阳摧暮景，老衲闭柴关。⑤

【校注】

①该诗束景南先生《王阳明佚文辑考编年》自《〔乾隆〕绍兴府志》卷三十八、《〔嘉庆〕山阴县志》卷二十八辑出。○本觉寺：在时山阴县西北十五里梅山。该诗或为弘治十六年（1503）春王阳明由山阴移疾钱塘经梅山时作。

②画舫：装饰漂亮、美丽的游船，专供游人乘坐。唐刘希夷诗句"画舫烟中浅，青阳日际微"（《江南曲八首》其二）曾用。

③晴湖：天气晴朗的湖面。

④钟韵：钟声的节奏。○鹤梦：超脱凡俗的梦想。鹤，为道仙象征符号。

⑤暮景：傍晚的景色。○闭柴关：关闭柴门。

【评析】

该诗首联、颔联写春风吹拂，乘坐漂亮的游船载酒入游梅山的闲逸，颈联上句的"寺晚钟韵急"、尾联上句的"夕阳摧暮景"的"急"字和"摧"字，又是在"抱怨"美好时光的短暂。总之，该诗作为一五言律诗，是在写即时之景与即时之情。

游牛峰寺四首①

弘治十六年（1503）

其　一

洞门春霭蔽深松，飞磴缠空转石峰。②猛虎踞崖如出柙，断螭蟠顶讶悬钟。③金城绛阙应无处，翠壁丹书尚有踪。④天下名区皆一到，此山殊不厌来重。⑤

其　二

萦纡鸟道入云松，下数湖南百二峰。⑥岩犬吠人时出树，山僧迎客自鸣钟。⑦凌飙陟险真扶病,异日探奇是旧踪。⑧欲扣灵关问丹诀,春风萝薜隔重重。⑨

其　三

偶寻春寺入层峰,曾到浑疑是梦中。⑩飞鸟去边悬栈道,冯夷宿处有幽宫。⑪溪云晚度千岩雨,海月凉飘万里风。⑫夜拥苍崖卧丹洞,山中亦自有王公。⑬

其　四

一卧禅房隔岁心,五峰烟月听猿吟。⑭飞湍映树悬苍玉,香粉吹香落细金。⑮翠壁年多霜藓合,石床春尽雨花深。⑯胜游过眼俱陈迹,珍重新题满竹林。⑰

【原注】牛峰:今改名浮峰。

【校注】

①该四诗《王阳明全集》卷十九著录。○牛峰:在萧山,后改为浮峰,又名牛头山。

②春霭:春日的云气。唐高适诗"远思驻江帆,暮时结春霭"(《登广陵栖灵寺塔》)曾用。○飞磴:高山上的石台阶,从下面望上去,好像飞起来一样。

③断螭:或为截断登山之路的螭。螭,音 chī,无角的龙。○讶:和上句"如"自互文,当为"如"义,全句意为截断登山道路的螭龙像悬挂着的大钟一样。

④金城:犹言京城。○绛阙:帝王宫阙。○翠壁丹书:或指绿色崖壁上的红色石刻。

⑤名区:名胜。

⑥湖南:萧山湘湖南。

⑦岩犬:山岩间跑动的狗。

⑧凌飙:忍受、冒着大风。

⑨灵关:道教语,指仙界的关门。○丹诀:养生名词,泛指炼丹的方法、口诀。○萝薜:音luóbì,泛指能爬蔓的植物。萝,女萝、茑萝、藤萝。薜,即薜荔,常绿灌木,茎蔓生,果实球形,可做淀粉,捣汁可做饮料。

⑩春寺:此指牛峰寺。

⑪冯夷:传说中的黄河之神,即河伯,泛指水神。出自《庄子·大宗师》:"冯夷得之,以游大川。"○幽宫:深宫。

⑫溪云:如溪流般轻柔飘动的云丝。

⑬丹洞:仙境。唐刘禹锡诗句"云盖青山龙卧处,日临丹洞鹤归时"(《麻姑山》)曾用。

⑭禅房:寺院,僧房。○烟月:朦胧的月色。唐张九龄诗"林园事益简,烟月赏恒余"(《初发道中赠王司马兼寄诸公诗》)句曾用。

⑮飞湍:飞流而下的瀑布。○苍玉:青绿色玉石,翠玉,此指绿树在水中的倒影。○香粉:寺庙中礼佛焚香所用的粉末。

⑯霜藓:青霜藓,是一种很敏感的藻类,可以在极度寒冷的环境下生存,会汲取岩壁缝隙中残存的水分,然后在充分吸收后将黏液作为代谢物分泌在表面上,但周围的温度一旦上升,它们会反常地将黏液再次吸回体内,来保证水分储存的充足,以免干枯而死。

⑰胜游:快意的游览,此指胜游之地。○新题:新创作的诗作。

【评析】

就情志而言,该四诗依然蕴蓄王阳明归隐和出仕的矛盾心态。归隐心态,表现在"欲扣灵关问丹诀""夜拥苍崖卧丹洞,山中亦自有王公"等句中。出仕心态,表现在"金城绛阙应无处,翠壁丹书尚有踪"句中。艺术创造上,王阳明使用了夸张手法建构了调动读者想象力的艺术境界,表现在"飞磴缠空转石峰""猛虎踞崖如出柙,断螭蟠顶讶悬钟""萦纡鸟道入云松""岩犬吠人""凌飙陟险""飞鸟去边悬栈道,冯夷宿处有幽宫""飞湍映树悬苍玉,香粉吹香落细金""翠壁年多霜藓合"等句中。

寻　春①

弘治十六年(1503)

十里湖光放小舟,谩寻春事及西畴。②江鸥意到忽飞去,野老情深只自留。③日暮草香含雨气,九峰晴色散溪流。吾侪是处皆行乐,何必兰亭说旧游?④

【校注】

①该诗《王阳明全集》卷十九著录,是王阳明春三月移钱塘养病时作。

②西畴:当为杭州西边的田畴。

③江鸥:钱塘江的鸥鸟。

④吾侪:我们。

【评析】

该诗充溢的是自适与和乐,可见此时王阳明的心情已不复先前居山阴时的矛盾与焦虑。

西湖醉中谩书①

弘治十六年(1503)

湖光潋滟晴偏好,此语相传信不诬。②景中况有佳宾主,世上更无真画图。溪风欲雨吟堤树,春水新添没渚蒲。南北双峰引高兴,醉携青竹不须扶。③

【校注】

①该诗《王阳明全集》卷二十九著录。

②首联上句直接袭用苏轼"水光潋滟晴方好"(《饮湖上初晴后雨》)句。

③南北双峰:南高峰和北高峰。

【评析】

该诗表明,西湖的美景已使王阳明陶醉。

圣水寺二首①

弘治十六年(1503)

其 一

拂袖风尘尚未能,偷闲殊觉愧山僧。杖藜终拟投三竺,裘马无劳说五陵。②

其 二

长拟西湖放小舟,看山随意逐春流。烟霞只作鸥凫主,断却纷纷世上愁。③

【校注】

①该二诗束景南先生《王阳明佚文辑考编年》自《〔康熙〕钱塘县志》卷十四辑出。○圣水寺:在云居山,故又名云居寺。

②三竺:杭州灵隐山飞来峰东南的天竺山,有上天竺、中天竺、下天竺三座寺院,合称三天竺,简称三竺。○裘马:轻裘肥马,形容生活豪华。典出《论语·雍也》:"赤之适齐也,乘肥马,衣轻裘。"朱熹《集注》:"言其富也。"○五陵:五陵原,地处关中平原中部,因西汉王朝在这里设立过五个陵邑而得名。西汉初年,汉高祖刘邦接受了郎中刘敬的建议,在陵园附近修建长陵县邑,供迁徙者居住,后相继在陵园附近修造安陵邑、阳陵邑、茂陵邑和平陵邑。"五陵"和前"裘马"是袭用杜甫诗句"同学少年多不贱,五陵衣马自轻肥"(《秋兴八首》其三)。

③该联上句是"只作烟霞鸥凫主"的倒装,烟霞、鸥凫,以自然物代随顺自然的生活态度。○鸥凫:水鸮和野鸭。

【评析】

美是主观的还是客观的,将是一个永远持续下去的问题。在杭州西湖美景的背景下,王阳明该二诗其一起句的"拂袖风尘尚未能"表明他不能忘怀世事彻底退隐,其二末句的"断却纷纷世上愁"则表达了相反的志向。

胜果寺①

弘治十六年(1503)

深林容鸟道,古洞隐春萝。②天迥闻潮早,江空得月多。冰霜丛草木,舟楫玩风波。岩下幽栖处,时闻白石歌。

【校注】

①该诗束景南先生《王阳明佚文辑考编年》自《西湖游览志》卷七、《武林梵志》卷二辑出。○胜果寺:在钱塘万松岭,据束景南先生《王阳明年谱长编》考,寺初由唐代乾宁间无着文喜禅师建;宋代庆历初,郡守郑戬请额"崇圣寺";明代洪武初年重建。唐僧人处默有《胜果寺》诗:"路自中峰上,盘回出薜萝。到江吴地尽,隔岸越山多。古木丛青霭,遥天浸白波。下方城郭近,钟磬杂笙歌。"王阳明该诗则是处默和诗。

②鸟道:只有鸟才能飞越的路,比喻狭窄陡峻的山间小道。

【评析】

该诗以写景为主,由尾联可见王阳明此时心境的悠然自得。

春日宿宝界禅房赋①

弘治十六年(1503)

晴日落霞红蘸水,杖藜扶客眺西津。莺莺唤处青山晓,
燕燕飞时绿野春。明月海楼高倚遍,翠峰烟寺远游频。②情多
谩赋诗囊锦,对镜愁添白发新。③

【校注】

①该诗束景南先生《王阳明佚文辑考编年》自《〔嘉靖〕仁和县志》卷十
二辑出。〇宝界禅房:宝界寺中僧房。宝界寺,在杭州艮山门外。

②烟寺:烟雾缭绕的寺庙。宋陆游诗句"东村隔烟寺,杳杳送钟声"
(《晚行舍北》)曾用。

③诗囊锦:锦诗囊,指贮放诗稿的囊锦袋子。典事关联唐代李贺的作
诗方式与习惯,出《全唐文·李商隐十·李贺小传》:"京兆杜牧为李长吉集
序,状长吉之奇甚尽,世传之。……恒从小奚奴骑距驴,背一古破锦囊,遇
有所得,即书投囊中。及暮归,太夫人使婢受囊出之,见所书多,辄曰:'是
儿要当呕出心始已耳!'上灯与食,长吉从婢取书,研墨叠纸足成之,投他囊
中。非大醉及吊丧日,率如此,过亦不复省。"

【评析】

该诗可见,即使是春日在杭州的游山玩水,也不能消弭、冲淡王阳明的
功业之心,此为诗尾联"情多谩赋诗囊锦,对镜愁添白发新"表明。纵使学
习李贺"锦诗囊",但却不能做到像李贺那样以作诗为生活的全部。

无题道诗①

弘治十六年(1503)

　　靸龙节虎往昆仑,挹剖元机孰共论?②袖里青萍三尺剑,夜深长啸出天根。③天根顶上即昆仑,水满华池石鼎温。④一卷《黄庭》真诀秘,不教红液走旁寸。⑤杖挂《真形五岳图》,德共心迹似冰壶。⑥春来只贯余杭湿,不问蓬莱水满无。

　　阳明王守仁临书。

【校注】

　　①该诗束景南先生《王阳明佚文辑考编年》自"说宝网"辑出,《王阳明年谱长编》谓为王阳明在杭行内丹导引修炼时自咏修炼方法之诗,并考谓作于是次移居钱塘养病之时。但是,据今人考辨:"此为朵云轩2005年秋拍品,为说宝网所转载者,此篇七言十二句,其实是七绝三首,为清代道光时马星翼《东泉诗话》卷八所记滕县吕仙阁内所谓李太白乩仙七绝诗九首之末三首。原件作行草书,《王阳明佚文辑考编年》直接抄录拍卖行所作之录文,错字甚多,此不具论。手书中'玄机'作"元机",已避清讳;且书法庸弱,作伪技法低劣,一望即辨非阳明真笔。"(秦蓁:《释守仁不是王守仁:阳明佚文辨析》)

　　②靸龙节虎:道教内丹修炼语,即龙虎交媾、坎离相交、水火相济。○昆仑:上丹田。上丹田,即印堂,在两眉之间,古人认为此处为藏神之府。○元机:天机。

　　③青萍三尺剑:指青萍剑。青萍剑,宝剑名,早在东汉建安时期陈琳之文"君侯体高俗之材,秉青萍干将之器"(《答东阿王笺》)中即出现,且还和干将剑并列。相传东汉光武帝舞剑于莲花池畔,见蜻蜓飞掠于花叶浮萍之间,或立莲枝随风飘摇,或驻足青萍随波荡漾,姿态轻盈曼妙,如剑之击刺翻飞,遂名其剑为"青萍"。○天根:天地根,天地万物生成变化的根本,《道

德经》喻为"玄牝之门"："玄牝之门,是谓天根。"玄牝,道化生万物而不见其所以生,故而将之比作一个女性生殖器,作为"道"的象征。

④华池:道教内丹修炼下丹田藏精之所,在脐后肾前正中外稍下一寸三分。〇石鼎:指下丹田,在脐下三寸。洞玄子《内丹诀》谓:"下丹田曰气海,亦曰鼎。"

⑤黄庭:道教经典《黄庭经》,分《上清黄庭内景经》和《上清黄庭外景经》,据道教释义,黄者中央之色,喻"中央";庭者四方之中,阶前空地,喻"中空",以古道经中人身脏腑各有主神之说为本,结合古医经脏腑作用理论阐述道教内丹修炼根据,强调固精炼气。〇红液:赤水心液,束景南先生《王阳明年谱长编》引《陈先生内丹诀解》:"赤水者,心之液是也。"

⑥真形五岳图:即《五岳真形图》,道士入山护身符图,《抱朴子·遐览》:"道士欲求长生,持此书(《五岳真形图》)入山,辟虎狼山精。五毒百邪,皆不敢近人。"〇冰壶:本义为盛冰的玉壶,喻品德清白廉洁。唐姚崇《冰壶诫序》:"冰壶者,清洁之至也。君子对之,示不忘清也……内怀冰清,外涵玉润,此君子冰壶之德也。"

【评析】

该诗可见王阳明此时溺于神仙(内丹导引)之深,具体表现在"杖挂《真形五岳图》""春来只贯余杭湿,不问蓬莱水满无"等句;以及内丹修炼之专,此可由诗中相关专用名词知,不详述。

西湖醉中漫书二首①

弘治十六年(1503)

其 一

十年尘海劳魂梦,此日重来眼倍清。好景恨无苏老笔,乞归徒有贺公情。②白鼋飞处青林晚,翠壁明边返照晴。烂醉湖云宿湖寺,不知山月堕江城。③

其　二

掩映红妆莫谩猜,隔林知是藕花开。^④共君醉卧不须到,
自有香风拂面来。

【校注】

①该二诗《王阳明全集》卷十九著录,据束景南先生《王阳明年谱长编》,
该二诗是王阳明六月间住南屏净慈寺时作,其中第二首咏净慈寺藕花居。

②苏老:指苏轼,他在任杭州知府期间,写下了"水光潋滟晴方好,山色
空蒙雨亦奇。欲把西湖比西子,淡妆浓抹总相宜"(《饮湖上初晴后雨》)的
名篇。○贺公:贺知章。

③湖寺:西湖边的净慈寺。

④藕花开:藕花即荷花,荷花开在六月,故知诗作于六月间,并因而知,
诗为咏净慈寺藕花居之作。

【评析】

该诗在写西湖美景时,情怀上以唐代诗人贺知章自况。贺知章,萧山
人,为人旷达不羁,好酒。关于贺知章好酒,有"金龟换酒"之典,典出李白
《对酒忆贺监诗序》:"太子宾客贺公,于长安紫极宫一见余,呼余为'谪仙
人',因解金龟,换酒为乐。"王阳明该二诗"烂醉湖云宿湖寺,不知山月堕江
城""共君醉卧不须到,自有香风拂面来"已得贺知章之真精神。

西　湖^①

弘治十六年(1503)

灵鹫高林暑气清,天竺石壁雨痕晴。^②客来湖上逢云起,
僧住峰头话月明。世路久知难直道,此身那得尚虚名! 移家
早定孤山计,种果支茅却易成。^③

【校注】

①该诗《王阳明全集》卷二十著录,定为正德十四年(1501)九月献俘至杭州时作,束景南先生《王阳明年谱长编》认为,当为此弘治十六年六月间移钱塘养病时作,理由有三:一是首联上句的"暑气清"证明是夏天而不应是晚秋九月;二是尾联上句"移家早定孤山计"表明作于是次移居杭州;三是《武林梵志》引此诗题作《游灵隐寺》而不是《王阳明全集》的《西湖》,或《游灵隐寺》是诗原题,钱德洪编集时有意改为《西湖》。今从束说。

②灵鹫:杭州西湖灵隐寺前的飞来峰,又名灵鹫峰,传说由印度飞来。灵鹫,在古印度摩揭陀国王舍城之东北,梵名耆阇崛,山中多鹫,故名;或云山形像鹫头而得名。释迦牟尼曾在此讲经,故佛教以之为圣地,又简称灵山或鹫峰。

③孤山:杭州西湖孤山。

【评析】

该诗首联、颔联写景写事,颈联、尾联写知写志。景与事,是游灵隐寺、飞来峰之景事。知是颈联对行事正直难、不可尚虚名的认知;志是移居杭州归隐的志向。

西　湖①

弘治十六年(1503)

　　画舫西湖载酒行,藕花风渡管弦声。余情未尽归来晚,杨柳池台月又生。

【校注】

①该诗束景南先生《王阳明佚文辑考编年》自贵阳扶风山阳明祠的王阳明手迹石碑录入,并谓和上《西湖醉中漫书二首》一样,是咏净慈寺藕花居之作。但据学者考,该诗是明代初年贺甫所作:"据《列朝诗集》乙集卷

七,此为明初贺甫诗,题作《题画次矫以明韵》。石刻或是阳明书前人诗作,或竟是伪迹。"(秦蓁:《释守仁不是王守仁:阳明佚文辨析》)

山中立秋日偶书①

弘治十六年(1503)

风吹蝉声乱,林卧惊新秋。山池静澄碧,暑气亦已收。青峰出白云,突兀成琼楼。②祖裼坐溪石,对之心悠悠。③倏忽无定态,变化不可求。浩然发长啸,忽起双白鸥。

【校注】

①该诗《王阳明全集》卷十九著录。

②该联意谓,缥缈朦胧于白云中的青绿色山峰好像天上仙宫中的楼台一样。○琼楼:指仙宫中的楼台。苏轼名句"不知天上宫阙,今夕是何年。我欲乘风归去,又恐琼楼玉宇,高处不胜寒"(《水调歌头·丙辰中秋》)曾用。

③祖裼:音 tǎnxī,脱去或敞开上衣,露出身体的一部分。

【评析】

该诗是王阳明于七月立秋日的写景感怀之作。所写之景是万松山中新秋之景,和意象结合,有秋风、秋蝉、秋山、秋池、秋气、秋云,还有秋天的白鸥,但不是深秋的冷肃,而是初秋的沉静与悠然。所感之怀主要是由秋云引起,面对秋云的"倏忽无定态",王阳明联想到的是世事无常的"变化不可求"。面对这种变动不居,他先是"对之心悠悠",忽而又"浩然发长啸",这种情绪的剧烈变化,或是因从中悟出了宇宙和人生的真谛。

无题诗①

弘治十六年(1503)

江上月明看不彻,山窗夜半只须开。②万松深处无人到,千里空中有鹤来。③受此幽居真结托,怜予游迹尚风埃。④年来病马秋尤瘦,不向黄金高筑台。⑤

【校注】

①该诗束景南先生《王阳明佚文辑考编年》自日本九州大学文学部藏《阳明先生文录》卷四辑出。钱明先生《王阳明全集未刊散佚诗文汇编及考释》亦有著录。

②江上:钱塘江上。○山窗:万松山胜果寺僧房的窗子。

③万松:万松山。

④结托:此处义为纠结。

⑤该尾联以病马自比,谓自己的病躯秋来更瘦弱,不能在京师为国事做贡献。○黄金高筑台:即黄金台,见前《堕马诗》之"黄金台"注,因在京师,故明代文人常以之代京师,并寓招贤义于其中。

【评析】

该诗亦为王阳明于万松山胜果寺月夜写景、写怀之作。首联、颔联写景,颈联、尾联写怀。所写之景是于万松山胜果寺观钱塘江上之明月,以及万松山因山深而人迹罕至,只有万里之遥的仙鹤飞来。所写之怀,是自己幽居于此,不能在京师为国事做贡献的忧虑心情。

夜　归①

弘治十六年(1503)

夜深归来月正中,满身香带桂花风。流萤数点楼台外,孤雁一声天地空。沽酒唤回茅店梦,狂歌惊起石潭龙。倚栏试看青锋剑,万丈寒光透九重。②

【校注】

①该诗束景南先生《王阳明佚文辑考编年》辑自"厦门伯雅——博宝艺术品拍卖网",为阮元书王阳明诗。阮元书为:"此王阳明先生所作,贵卿先生雅教。"并考谓作于是次移居钱塘养病秋间。

②九重:指天空,九重天。

【评析】

该诗结构上和上《无题诗》同,首联、颔联写秋夜景色,颈联、尾联写怀,但在风貌上却有异。前《无题诗》之情景交融带给人们的是纠结与焦虑,该《夜归》的风貌则是自信与豪迈。关于此自信与豪迈的风貌,可由首联、颔联语词意象的"月正中""桂花风"和"孤雁一声天地空"直观逼人地感受到,更体现在尾联"倚栏试看青锋剑,万丈寒光透九重"的明确宣誓中。

无题诗①

弘治十六年(1503)

青山晴壑小茆檐,明月秋窥细升帘。②折得荷花红欲语,净香深处续华严。③

【校注】

①该诗束景南先生《王阳明佚文辑考编年》辑自《艺苑掇英》(第70期,

上海人民美术出版社,2005年)。

②该联下句为"细帘秋窥明月升"的倒装。

③荷花:据束景南先生《王阳明佚文辑考编年》,此为咏南屏净慈寺藕花居的表征。○华严:此指净慈寺中的华严千佛阁。

【评析】

该诗为七言绝句,起句由青山、晴壑、小茆檐三个由远而近的意象组合,构成了净慈寺的存在之境;承句,自然导入人的介入,即人在秋天的晚上通过窗子的细帘窥视明月的升起;转句,人的形象与活动逐渐大了起来,折一朵红莲想要有所表达;合句,是在深深的荷花香气中继续参禅。总之,该诗像电影镜头一样,给读者呈现由意象组合之境开始,经过人的主体参与后归于禅的富于禅意的艺术世界。

夜雨山翁家偶书①

弘治十六年(1503)

山空秋夜静,月明松桧凉。沿溪步月色,溪影摇空苍。②山翁隔水语,酒熟呼我尝。褰衣涉溪去,笑引开竹房。③谦言值暮夜,盘餐百无将。露华明橘柚,摘献冰盘香。④洗盏对酬酢,浩歌入苍茫。醉拂岩石卧,言归遂相忘。

【校注】

①该诗《王阳明全集》卷十九著录。

②空苍:苍茫的天空,苍天。明李东阳诗"麒麟高阁摩空苍,岩廊屹立中昂藏"句(《送张修撰养正擢金都御史北巡》)曾用。

③褰衣:撩起衣服。出《诗经·郑风·褰裳》:"子惠思我,褰裳涉溱。"褰,音 qiān,撩起。

④露华:露水,露珠。李白"云想衣裳花想容,春风拂槛露华浓"(《清平调》)句曾用。

【评析】

该诗是王阳明雨后秋夜游山,遇山翁招呼饮新酒,酒后写此行过程之作。诗题目谓"夜雨",但全诗无一"雨"字,故而当是雨后游山。游山于雨后,诗首四句谓"山空秋夜静,月明松桧凉。沿溪步月色,溪影摇空苍",已有王维诗"空山新雨后,天气晚来秋。明月松间照,清泉石上流"(《山居秋暝》)的禅境。但是,王阳明该诗又没有仅止于写禅境,而是将诗的着重点放在以此禅境为底色而写人情上,写山翁以酒、果相交的淳朴真情,计八句。诗末四句写与淳朴山翁真情交流后,借酒所流露的真性情——豪放与率性——"洗盏对酬酢,浩歌入苍茫。醉拂岩石卧,言归遂相忘"。

次韵毕方伯写怀之作①

弘治十六年(1503)

孔颜心迹皋夔业,落落乾坤无古今。②公自平王怀真气,谁能晚节负初心?③猎情老去惊犹在,此乐年来不费寻。④矮屋低头真局促,且从峰顶一高吟。

【校注】

①该诗《王阳明全集》卷二十九著录。○毕方伯:毕亨(? —1515),时浙江右布政使(弘治十五年在任,十七年去任),山东新城人,字嘉会,明成化十一年(1475)进士,历官吏部验封司主事、员外郎、郎中,顺天府丞,两淮盐运使,浙江右布政使,陕西左布政使,右副都御史,甘肃巡抚,南京工部尚书等。方伯,此为对布政使的称呼,因主政一方,故称。

②孔颜心迹:此指孔子和他的弟子颜渊内心真正的人生追求和价值趣尚。二人即使在简陋的物质生活条件下也能恬淡自适、乐在其中,这种境界被宋儒提炼为"孔颜乐处"。"孔颜乐处"的依据在《论语》中:其一,"饭疏食饮水,曲肱而枕之,乐亦在其中矣。不义而富且贵,于我如浮云"(《述而》);其二,"一箪食,一瓢饮,在陋巷,人不堪其忧,回也不改其乐"(《雍

也》）。○皋夔业：皋陶和夔的功业。皋夔，皋陶和夔的并称，皋陶是虞舜时刑官，夔是虞舜时乐官，后常借指贤臣。

③平王：此指浙江赈灾事。

④猎情：或为喜好游猎的情致。

【评析】

该诗为王阳明陪时浙江右布政使毕亨游西湖诸峰文会中的次韵之作。该诗创作的政治背景是，毕亨任职浙江期间遇灾荒，朝廷出资赈济，有人诬告毕亨贪污，朝廷派人前往调查，证明了毕亨的廉洁。由诗意看，王阳明是在安慰毕亨，说毕方伯您有孔圣和颜子的心迹、皋陶和夔的业绩，是个光明磊落之人，是出于公正之心处理赈灾事宜，怎么可能忘记初心呢？尾联——"矮屋低头真局促，且从峰顶一高吟"，是王阳明在说，方伯大人您就释怀了吧！

游牛峰寺四绝句①

弘治十六年(1503)

其　一

翠壁看无厌，山池坐益清。深林落轻叶，不道是秋声。②

其　二

怪石有千窟，老松多半枝。清风洒岩洞，是我再来时。

其　三

人间酷暑避不得，清风都在深山中。池边一坐即三日，忽见岩头碧树红。

其　四

两到浮峰兴转剧,醉眠三日不知还。^③眼前风景色色异,惟有人声似世间。

【校注】

①该四诗《王阳明全集》卷十九著录。

②该联的创作使用了通感的手法,将看到的落叶转移为听到的秋声。

③两到浮峰:指是年春间由越移居钱塘养病经浮峰,和是次由钱塘归越再游浮峰。

【评析】

该四绝句和下《惠济寺》《曹林庵》《觉苑寺》应是王阳明九月自杭归越经萧山再游浮峰寺之作。该四绝句的价值,在于历史地再现了王阳明对浮峰的喜爱,此表现在诗中"池边一坐即三日""两到浮峰兴转剧,醉眠三日不知还"等句的直白表达,如此看来,他在下《曹林庵》中有"素有卜居阳羡兴"句,明确说自己想要定居萧山,也就不足为怪了。

惠济寺^①

弘治十六年(1503)

停车古寺竹林幽,石壁烟霞淡素秋。^②趺坐观心禅榻静,紫薇花上月华浮。^③

【校注】

①该诗束景南先生《阳明佚文辑考编年》自《〔乾隆〕绍兴府志》卷三十九辑出;后《王阳明佚文辑考编年》(增订版)不载。据束先生考,惠济寺在时萧山县东北一百五十步,始建于南朝齐代,俗称竹林寺,故址位于今浙江省杭州市萧山区。

②素秋:秋季,古代五行之说,秋属金,其色白,故称。

③跌坐:佛教徒两脚盘腿打坐姿势,唐王维诗"软草承跌坐,长松响梵声"(《登辨觉寺诗》)句曾用。○观心:佛教修行法门,将注意力集中在自己的精神意识上,和观察外界事物的观物相对。佛教以心为万事万物的本体,心外无物,故而,只要通过观心即能究明万事万物之理:"盖一切教行,皆以观心为要。"(《十不二门指要钞》)

【评析】

该诗证明,王阳明此时是禅仙双修的。所谓仙修,指的是他所修炼的内丹导引之术;所谓禅修,此诗可见,是"跌坐观心"的法门。二者的相通之处都是静坐,但动机有所不同:仙修在于追求长生久视,或者起码也是祛病健体;而禅修则在于使意识归于空寂。作为一七绝,该诗取得了较高艺术成就,尤其是在前三句的烘托下,末一句自然而出的"紫薇花上月华浮",创造了意蕴空灵的禅境,带给读者的是心有默契又难以名状的审美体验。

曹林庵①

弘治十六年(1503)

好山兼在水云间,如此湖须如此山。②素有卜居阳羡兴,此身争是未能闲。③

【校注】

①该诗束景南先生《王阳明佚文辑考编年》自《〔康熙〕萧山县志》卷十四辑出。○曹林庵:在萧山湘湖南,南宋咸淳年间建,清代同治年间废。湘湖,在萧山,被誉为西湖姊妹湖。

②湖:湘湖。

③该联上句"素有卜居阳羡兴",是在化用苏轼"买田阳羡吾将老,从初只为溪山好"(《菩萨蛮·买田阳羡吾将老》)义,谓自己和苏轼有共同趣尚,

要像苏轼定居阳羡一样定居萧山。阳羡,县名,秦始皇二十六年(前221年)置阳羡县,属会稽郡,治今江苏宜兴南。争,怎。

【评析】

该诗所表达的依然是出世归隐于美丽山水和入世有所作为的矛盾心理。

觉苑寺①

弘治十六年(1503)

独寺澄江滨,双刹青汉表。②揽衣试登陟,深林惊宿鸟。老僧丘壑癯,古颜冰雪好。③霏霏出幽谈,落落见孤抱。④雨霁江气收,天虚月色皓。夜静卧禅关,吾笔梦生草。⑤

【校注】

①该诗束景南先生《王阳明佚文辑考编年》自《〔乾隆〕绍兴府志》卷三十九、《〔康熙〕萧山县志》卷十四辑出。○觉苑寺:在时萧山县北一百三十步。

②青汉:高空。如南朝梁陶弘景"栖六翮于荆枝,望绮云于青汉者,有日于兹矣"(《答虞中书书》)之用。

③丘壑癯:此处形容老僧精瘦,皮肤皱纹像山峰和峡谷一样。丘壑,山峰和峡谷。癯,音 qú,清瘦。

④孤抱:不为众人理解的怀抱、志向。唐韦应物诗"清诗舞艳雪,孤抱莹玄冰"(《答徐秀才》)句曾用。

⑤禅关:禅门。○吾笔梦生草:"梦吾笔生草"的倒装句。"笔生草"为"笔生花"的化用,为王阳明的自谦之词。

【评析】

该诗主要写夜游并宿觉苑寺之事与景,在写事与景中寓托自己对居住在此美景中的生活的向往,这尤其表现在"老僧丘壑癯,古颜冰雪好"句对寺中老僧清瘦中的精神矍铄和"冰雪古颜"的赞美上。

姑苏吴氏海天楼次邝尹韵①

弘治十七年(1504)

晴雪吹寒春事浓,江楼三月尚残冬。②青山暗逐回廊转,碧海真成捷径通。风暖檐牙双燕剧,云深帘幕万花重。倚阑天北疑回首,想像丹梯下六龙。③

【校注】

①该诗《王阳明全集》卷十九著录。据束景南先生《王阳明年谱长编》,该诗作于三月,为王阳明弘治十七年(1504)二月往姑苏送父王华祭江淮诸神,登海天楼时作。○邝尹:即弘治七年(1494)至弘治十二年(1499)知吴县的邝璠(fán),因他在海天楼有诗留,王阳明该诗为次其韵之作。

②晴雪:晴天的积雪。○春事:春耕之事。○江楼:海天楼。

③丹梯:红色的台阶,喻仕进之路。南朝宋谢灵运《拟魏太子邺中集诗·阮瑀》:"躧步陵丹梯,并坐侍君子。"黄节注:"丹梯,丹墀也。"丹墀,指古时宫殿前的石阶,因其以红色涂饰,故名。墀,音 chí,台阶。○六龙:此代天子,古代天子的车驾为六马(马八尺称龙),因以为天子车驾的代称,进而指代天子。

【评析】

该诗为王阳明送父王华返京之作。诗以写感受和景色为主,寓情志于感受、写景之中。就颔联"青山暗逐回廊转,碧海真成捷径通"的"回廊转""捷径通"看,似乎寓意父亲官运即将由捷径而亨通,或是自己也因而渡过了仕途的寒冬,此又为尾联"倚阑天北疑回首,想像丹梯下六龙",自己想象天子降阶迎候所证明。

石门晚泊①

弘治十七年（1504）

风雨石门晚，停舟问旧游。烟花春欲尽，惆怅远溪头。②

【校注】

①该诗束景南先生《王阳明佚文辑考编年》自《嘉兴府图记》卷六辑出。
○石门：时嘉兴府平湖县石门镇。

②烟花：三月下旬春尽之时杨花柳絮漂浮如烟，故称。

【评析】

该诗是王阳明于姑苏送别父亲王华返京后，自己归越经嘉兴石门时作，作于三月春尽杨花柳絮漫天飞舞的情景之下。末二句"烟花"弥漫空中之景和心中"惆怅"之情异质同构，达到了情景交融的艺术境界。

别友诗①

弘治十七年（1504）

千里来游小洞天，春风无计挽归船。柳花撩乱飞寒白，何异山阴雪后天。

□年来访予阳明洞天，其归也，赋首尾韵，以见别意。

弘治甲子四月朔，阳明山人王守仁书。

【校注】

①该诗束景南先生《王阳明佚文辑考编年》自计文渊先生《王阳明法书集》辑出。

【评析】

据落款可知，该诗作于弘治十七年四月初一日。所别之友，束景南先生《王阳明佚文辑考编年》据诗跋"□年来访予阳明洞天"之"□年"推测，或为王阳明京师好友画家籽余年。其自京师来访，符合诗首句"千里来游"之谓。该诗首二句交代别友的背景，末二句以"柳花撩乱"不异于"雪后天"的陈述，寓托了好友将归的依依不舍之情。

若耶溪送友诗①

弘治十七年(1504)

　　若耶溪上雨初歇，若耶溪边船欲发。杨枝袅袅风乍晴，杨花漫漫如雪白。湖山满眼不可收，画手凭谁写清绝。②金樽绿酒照玄发，送君暂作沙头别。③长风破浪下吴越，飞帆夜渡钱塘月。遥指扶桑向溟渤，翠水金城见丹阙。④绛气扶疏藏兀突，中有清虚广寒窟。⑤冷光莹射精魂慑，云楼万丈凌风蹑。⑥玉宫桂树秋正馥，最上高枝堪手折。⑦携向彤墀献天子，金匮琅函贮芳烈。⑧

　　内兄诸用冕惟奇，负艺，不平于公道者久矣。今年将赴南都试，予别之耶溪之上，固知其高捷北辕，不久当会于都下，然而缱绻之情自有不容已也。越山农邹鲁英为写耶溪别意，予因诗以送之，属冗不及长歌。俟其对榻垣南草堂，尚当为君和《鹿鸣》之歌也。⑨

　　弘治甲子又四月望，阳明山人王守仁书于西清轩。垣南草堂，予都下寓舍也。⑩

【校注】

①该诗见日本大阪博文堂影印《王阳明先生若耶溪帖墨妙》，束景南先

生《王阳明佚文辑考编年》自计文渊先生《吉光片羽弥足珍》辑出。○若耶溪:今名平水江,是绍兴境内一条著名的溪流,在绍兴市东南,发源于离城区四十余里的若耶山(今称化山),北入鉴湖,因传为西施浣纱之处而著名。○送友:据诗跋知,所送之友为王阳明内兄诸用冕;据跋文的"不久当会于都下"知是送他往京师。

②清绝:美妙至极。唐李山甫诗"记室新诗相寄我,蔼然清绝更无过"(《山中览刘书记新诗》)句曾用。

③绿酒:新酿的酒还未滤清时,酒面浮起酒渣,色微绿,故称。在中古诗中经常出现,如陶渊明有"清歌散新声,绿酒开芳颜"(《诸人共游周家墓柏下》),五代冯延巳有"春日宴,绿酒一杯歌一遍"(《长命女·春日宴》),李白有"东山春酒绿,归隐谢浮名"(《留别西河刘少府》),唐杜甫有"灯花何太喜,酒绿正相亲"(《独酌成诗》)等。

④扶桑:本义为和日出关联的海中神木。见《淮南子·天文篇》:"日出于旸谷,浴于咸池,拂于扶桑,是谓晨明。"此代指大海。○溟渤:溟海和渤海,泛指大海。南朝宋鲍照诗"筑山拟蓬壶,穿池类溟渤"(《代陆平原君子有所思》)句曾用。○翠水:和瑶池同为西王母所居。○丹阙:赤色的宫门。李白诗"皎如飞镜临丹阙,绿烟灭尽清辉发"(《把酒问月》)句曾用。

⑤绛气:紫气。○扶疏:此指紫气飘散貌。○清虚:冷清而空落。○广寒窟:广寒宫,月宫。

⑥精魂:精神魂魄。○云楼:此指广寒宫的高楼。

⑦玉宫:此指广寒宫,月宫。

⑧彤墀:丹墀。○金匮琅函:黄金质的柜子、美玉做的盒子,谓柜子、盒子之珍贵、贵重。琅,音 láng,像珠子的美玉。○芳烈:芳香浓郁,此谓盛于金匮琅函中呈于天子的月中桂花。

⑨垣南草堂:王阳明在京师的居所,其他材料多不见,此材料弥足珍贵。○《鹿鸣》之歌:《鹿鸣》是《诗经》中《小雅》诗篇,本为天子宴群臣诗乐,自唐始,和科举关联,至于明清依然。关联的代表是鹿鸣宴,作为非常正式的礼仪,唐代在乡试放榜次日,宴请新科举人和内外帘官等,歌《诗经》中《鹿鸣》篇;宋代升级为宫廷宴会;明代沿袭宋代宫廷规格,以"鹿脯"为宴会

上的硬菜,于是鹿鸣宴名副其实。于此正式的官方属性之外,民间私下对科举成功的庆祝活动,也以"鹿鸣"名之,王阳明此处"《鹿鸣》之歌"即是。

⑩又四月望:闰四月十五日。○西清轩:王阳明在越的居所名,其他材料多不见,此材料弥足珍贵。

【评析】

该诗是王阳明于若耶溪送别内兄诸用冕赴南都准备秋闱之作。内容上,写别景、别情,主旨当然是激励、鼓励,预祝他能蟾宫折桂面见天子,然后自己为他歌《鹿鸣》庆祝。作为以激励、鼓励为主旨之篇,该诗写得才情骏发、催人奋进,此可见于诗文,不再详陈。此外,该诗的最大价值是史学上的:其一,证明他已从溺于道仙、佛禅中解脱出来,欲入世有所作为了;其二,证明了他迟至该年闰四月中旬仍在越,而尚未北上主持山东乡试;其三,他在越有名为"西清轩"的居所,在京师有名为"垣南草堂"的居所。

趵突泉和赵松雪韵①

弘治十七年(1504)

泺水特起根虚无,下有鳌窟连蓬壶。②绝喜坤灵能尔幻,却愁地脉还时枯。③惊湍怒涌喷石窦,流沫下泻翻云湖。④月色照衣归独晚,溪边瘦影伴人孤。

【校注】

①该诗束景南先生《王阳明佚文辑考编年》自《〔嘉靖〕山东通志》卷五辑出,《王阳明年谱长编》谓为王阳明主持山东乡试时,于八月初一与山东提学副使陈镐游趵突泉和赵松雪韵之作。○趵突泉:在济南,为泺水之源。○赵松雪:赵孟頫(1254—1322),字子昂,号松雪道人,宋末元初人,书法家、画家、诗人,其《趵突泉》诗为:"泺水发源天下无,平地涌出白玉壶。谷虚久恐元气泄,岁旱不愁东海枯。云雾润蒸华不注,波涛声震大明湖。时来泉上濯尘土,冰雪满怀清兴孤。"

②泺(luò)水:发源于趵突泉,北流至泺口入古济水。○鳌窟:鳌洞。
○蓬壶:蓬莱,古代传说中的东海仙山,此代东海。

③坤灵:大地之神灵。坤,《易经》的《坤卦》,象征大地。○尔幻:幻化。
○地脉:大地的脉络。

④石窦:石洞穴。

【评析】

该诗前三联写趵突泉:首联写趵突泉作为一泉水是泺水之源,是因地下连着大海;颔联上句写大地的神奇,下句写趵突泉也会干枯的实情;颈联写趵突泉喷涌的壮美景观。尾联写意,表达自己对趵突泉的流连。

晚堂孤坐吟①

弘治十七年(1504)

晚堂孤坐漫沉沉,数尽寒更落叶深。高栋月明对燕语,古阶霜细或驰吟。校评正恐非吾所,报答徒能尽此心。②赖有胜游堪自解,秋风华岳得高寻。③

予谬以校文至此,假馆济南道,夜坐偶书壁间,兼呈道主袁先生请教。

弘治甲子仲秋五日,余姚王守仁书。④

【校注】

①该诗束景南先生《王阳明佚文辑考编年》自《〔乾隆〕历城县志》卷二十五辑出。○堂:指文衡堂,为山东乡试评卷之所。

②校评:评卷。

③华岳:此指泰山。

④馆:据束景南先生《王阳明佚文辑考编年》考,为平陵(治今山东省济南市章丘区西)行馆。○道主袁先生:时山东提刑按察副使袁文华。

该诗是一七律,首联、颔联写景,颈联、尾联写意,表现了王阳明是次评山东乡试卷的谦虚心情。

文衡堂试事毕书壁①

弘治十七年(1504)

棘闱秋锁动经旬,事了惊看白发新。②造作曾无醅蚁句,支离莫作画蛇人。③寸丝拟得长才补,五色兼愁过眼频。袖手虚堂听明发,此中豪杰定谁真。

【校注】

①该诗《王阳明全集》卷二十九著录。

②棘闱:科举时代对考场、试院的称呼。○秋锁动经旬:乡试秋季举行,共三场,八月九日至十一日考经义,十二至十四日考策论,十五至十七日考诗赋,计九天,约十天,故谓。

③造作:此指考生的答卷。○醅蚁:醅酒绿蚁。醅酒,痛快地饮酒。绿蚁,新酿的酒色微绿,酒的泡沫细如蚁,故称"绿蚁"。此喻令人陶醉的优秀答卷。○支离:分散杂论无条理。○画蛇:画蛇添足。

【评析】

该诗内容在于写事写情。所写之事,是自己自八月五日至十七日主持山东是次乡试结束,书写感受于文衡堂:首联说自己经过十来天的繁忙新添了白发;颔联写对考生答卷的认识;颈联、尾联写自己对国家选材结果的期待之情。

白发谩书一绝^①

弘治十七年(1504)

诸君以予白发之句,试观予鬓,果见一丝。予作诗实未尝知也。谩书一绝识之。

忽然相见尚非时,岂亦殷勤效一丝? 总使皓然吾不恨,此心还有尔能知。^②

【校注】

①该诗《王阳明全集》卷二十九著录。

②皓然:谓满头白发。

【评析】

该诗是一首同僚因上《文衡堂试事毕书壁》诗"事了惊看白发新"句,查看王阳明发鬓,果然发现白发的应景之作。

游灵岩次苏颍滨韵^①

弘治十七年(1504)

客途亦幽寻,窈窕穿谷底。尘土填胸臆,到此方一洗。^②仰视剑戟锋,巉岏颡有泚。^③俯窥蛟龙窟,匍伏首如稽。^④绝境固灵秘,兹游实天启。^⑤梵宇遍岩壑,檐牙相角抵。^⑥山僧出延客,经营设酒醴。道引入云雾,峻陟历堂陛。^⑦石田唯种椒,晚炊仍有米。张灯坐小轩,矮榻便倦体。清游感畴昔,陈李两昆弟。^⑧侵晨访旧迹,古碣埋荒荠。^⑨

【校注】

①该诗束景南先生《王阳明佚文辑考编年》自《〔光绪〕长清县志》卷之末下《灵岩志略》、《山东通志》卷三十五之一上辑出,《王阳明全集》卷二十九之《雪岩次苏颖滨韵》即此诗,并有异文或舛误。〇灵岩:即灵岩寺,在泰山下,在时长清县东九十里,为北魏梵僧佛图澄建。〇苏颖滨韵:苏辙《题灵岩寺》:"青山何重重,行尽土囊底。岩高日气薄,秀色如新洗。入门尘虑息,盥漱得清泚。升堂见真人,不觉首自稽。祖师古禅伯,荆棘昔亲启。人迹尚萧条,豺狼夜相抵。白鹤导清泉,甘芳胜醇醴。声鸣青龙口,光照白石陛。尚可满畦塍,岂惟濯蔬米。居僧三百人,饮食安四体。一念但清凉,四方尽兄弟。何言庇华屋,食苦当如荠。"颖滨,苏辙晚号颖滨遗老。

②尘土:此喻世间俗务。

③剑戟:如剑戟的山峰。〇巉岏:音 cuánwán,山高锐貌。〇颡有泚:额头汗出之貌。出《孟子·滕文公上》:"其颡有泚。"赵岐注:"颡(sǎng),额也。泚(cǐ),汗出泚泚然也。"

④匍伏:跪伏,趴伏。〇稽:音 qǐ,一种叩头到地的跪拜礼。

⑤灵秘:神奇莫测的奥秘。

⑥梵宇:佛寺。《梁书·张缵传》:"经法王之梵宇。"

⑦峻陟:登高。〇堂陛:厅堂和台阶。

⑧畴昔:往昔,往日。〇陈李:据束景南先生《王阳明年谱长编》,或为时山东提学副使陈镐、佥事李宗泗。

⑨荒荠:荒草。

【评析】

该诗是王阳明九月上旬处理完山东乡试公务,游泰山灵岩寺次苏辙《题灵岩寺》诗韵之作,艺术地记载了此次游览。

谒周公庙①

弘治十七年(1504)

　　守仁祇奉朝命,主考山东乡试,因得谒元圣周公庙,谨书诗一首,以寓景仰之意云尔。时弘治甲子九月九日。

　　我来谒周公,嗒焉默不语。②归去展陈篇,诗书说向汝。

【校注】

①该诗束景南先生《王阳明佚文辑考编年》自吕兆祥《东野志》卷二、《〔乾隆〕曲阜县志》卷四辑出。○周公庙:在曲阜。

②嗒焉:怅然若失貌。出《庄子·齐物论》:"南郭子綦隐机而坐,仰天而嘘,嗒焉似丧其耦。"

【评析】

该诗创作缘起和诗义见诗原序。

登泰山五首①

弘治十七年(1504)

其　一

　　晓登泰山道,行行入烟霏。②阳光散岩壑,秋容淡相辉。云梯挂青壁,仰见蛛丝微。长风吹海色,飘飘送天衣。峰顶动笙乐,青童两相依。③振衣将往从,凌云忽高飞。挥手若相待,丹霞闪余晖。凡躯无健羽,怅望未能归。

其 二

天门何崔嵬,下见青云浮。泱漭绝人世,迥豁高天秋。④
暝色从地起,夜宿天上楼。天鸡鸣半夜,日出东海头。⑤隐约
蓬壶树,缥缈扶桑洲。⑥浩歌落青冥,遗响入沧流。唐虞变楚
汉,灭没如风沤。⑦藐矣鹤山仙,秦皇岂堪求?⑧金砂费日月,颓
颜竟难留。⑨吾意在庞古,泠然驭凉飔。⑩相期广成子,太虚恣
遨游。⑪枯槁向岩谷,黄绮不足俦。⑫

其 三

穷崖不可极,飞步凌烟虹。危泉泻石道,空影垂云松。
千峰互攒簇,掩映青芙蓉。⑬高台倚巉削,倾侧临崆峒。⑭失足
堕烟雾,碎骨颠崖中。⑮下愚竟难晓,摧折纷相从。吾方坐日
观,披云笑天风。赤水问轩后,苍梧叫重瞳。⑯隐隐落天语,阊
阖开玲珑。去去勿复道,浊世将焉穷!

其 四

尘网苦羁縻,富贵真露草!不如骑白鹿,东游入蓬岛。
朝登太山望,洪涛隔缥缈。⑰阳辉出海云,来作天门晓。遥见
碧霞君,翩翩起员峤。⑱玉女紫鸾笙,双吹入晴昊。⑲举首望不
及,下拜风浩浩。掷我《玉虚篇》,读之殊未了。⑳傍有长眉翁,
一一能指道。从此炼金砂,人间迹如扫。

其 五

我才不救时,匡扶志空大。置我有无间,缓急非所赖。
孤坐万峰颠,嗒然遗下块。㉑已矣复何求?至精谅斯在。淡泊

非虚杳,洒脱无蒂芥。^㉒世人闻予言,不笑即吁怪。^㉓吾亦不强语,惟复笑相待。鲁叟不可作,此意聊自快。^㉔

【校注】

①该五诗《王阳明全集》卷十九著录。

②烟霏:烟雾云团。

③青童:道童,因穿青色法服,故名。

④泱漭:音 yāngmǎng,晋陆云"飞烽戢煜而泱漭"(《南征赋》)曾用。○迥嶱:高远空朗。

⑤天鸡:神话传说中的神鸡。南朝梁任昉《述异记》:"东南有桃都山,上有大树……上有天鸡,日初出,照此木,天鸡则鸣,天下鸡皆随之鸣。"

⑥隐约:模糊不清,和下"缥缈"义同互文。

⑦唐虞:唐尧、虞舜,传说中的上古圣王,此指他们的时代。○风沤:风中的泡沫,喻时间短暂。

⑧鹤山:在今山东省青岛市即墨区,是秦始皇派将军寻入东海求长生不老药的徐福的观海处。

⑨金砂:道教外丹的金丹。○颓颜:衰老的容颜。

⑩庞古:或通"盘古",代指幽远的太古。○泠然:寒冷或凉爽貌。○凉飔:飔飔的凉风。

⑪广成子:据晋葛洪《神仙传·广成子》:"广成子者,古之仙人也。居崆峒之山石室之中。黄帝闻而造焉。"

⑫黄绮:商山四皓中夏黄公、绮里季的合称。

⑬攒簇:攒集簇拥。

⑭巉削:音 chánxuē,形容山势陡峭。

⑮颠崖:高耸的山崖。宋文天祥诗"颠崖一陷落千寻,奴仆偏生负主心"(《至扬州》诗之十)句曾用。

⑯赤水:古代中国神话传说中的河水名,黄帝曾于此游历。典出《庄子·天地》:"黄帝游乎赤水之北,登乎昆仑之丘而南望。"○轩后:黄帝轩辕氏。○苍梧:舜帝巡狩地方崩葬之地。《礼记·檀弓上》:"舜葬于苍梧之

野,盖三妃未之从也。"《山海经·海内南经》:"苍梧之山,帝舜葬于阳,帝丹朱葬于阴。"○重瞳:指帝舜,他眼睛里有两个瞳孔。

⑰太山:泰山。

⑱碧霞君:碧霞元君,道教神仙,道场在泰山。○员峤:传说中海外五仙山之一,后沉没。《列子·汤问》:"渤海之东不知几亿万里,有大壑焉……其中有五山焉:一曰岱舆,二曰员峤,三曰方壶,四曰瀛洲,五曰蓬莱。"

⑲鸾笙:笙的美称。鸾,凤凰之属。○晴昊:晴空。

⑳玉虚篇:道教神仙著作。

㉑下块:此指身体处于静处如泥块的状态。

㉒虚杳:虚无。○蒂芥:芥蒂,挂怀。

㉓吁怪:称怪。

㉔鲁叟:孔子。李白诗"荆人泣美玉,鲁叟悲匏瓜"(《早秋赠裴十七仲堪》)句曾用;苏轼诗"空余鲁叟乘桴意,粗识轩辕奏乐声"(《夜渡海》)句曾用。

【评析】

王阳明一生酷爱山水幽洞,他逢山必登、逢水必临、逢洞必探,且随顺感想多有诗咏。泰山是中国文化名山,谓为五岳之尊。王阳明是次主考山东乡试,于公务之余自然不会放弃登攀机会,此《登泰山五首》其一首句"晓登泰山道"证明,他赶个大早就开始登山了。在文人的笔下,登临泰山带给人的是心胸的开阔与志向的豪迈,孔子的"登东山而小鲁,登泰山而小天下"与杜甫的"会当凌绝顶,一览众山小"堪称代表。但是,王阳明此《登泰山五首》却展现了一个大不相同的情怀倾向——对道仙的追慕。他对道仙追慕的情怀倾向,是通过两种方式表达的:一是寓情于景,"一切景语皆情语",如其一的"峰顶动笙乐,青童两相依""挥手若相待,丹霞闪余晖",其二的"隐约蓬壶树,缥缈扶桑洲",其三的"隐隐落天语,阊阖开玲珑",其四的"遥见碧霞君,翩翩起员峤。玉女紫鸾笙,双吹入晴昊",等等;二是直抒胸臆,如其一的"振衣将往从,凌云忽高飞",其二的"吾意在庞古,泠然驭凉飈。相期广成子,太虚显遨游。枯槁向岩谷,黄绮不足侪",其三的"去去勿

94

复道,浊世将焉穷",其四的"尘网苦羁縻,富贵真露草！不如骑白鹿,东游入蓬岛",最后是其五结句(也是全五诗结句)的"鲁叟不可作,此意聊自快",等等。"鲁叟不可作,此意聊自快","鲁叟"指孔子,这岂不是直接和孔子"登泰山而小天下"唱反调?！

游泰山①

弘治十七年(1504)

飞湍下云窟,千尺泻高寒。昨向山中见,真如画里看。松风吹短鬓,霜气肃群峦。好记相从地,秋深十八盘。②

【校注】

①该诗《王阳明全集》卷二十九著录。

②十八盘:登山盘路中最险要的一段,今有一千多级石阶,是泰山的主要标志之一。

【评析】

该诗是一五绝,为王阳明是次游泰山登十八盘之作。主要内容是描写十八盘的险要,可以和同为明代的祁承濮的《十八盘》对读,祁诗为:"拔地五千丈,冲霄十八盘。径丛穷处见,天向隙中观。重累行如画,孤悬峻若竿。生平饶胜具,此日骨犹寒。"

御帐坪①

弘治十七年(1504)

危构云烟上,凭高一望空。②断碑存汉字,老树袭秦封。路入天衢畔,身当宇宙中。③短诗殊草草,聊以记吾踪。

①该诗束景南先生《王阳明佚文辑考编年》自《〔嘉靖〕山东通志》卷二十二辑出。〇御帐坪：一表面平坦之巨石，在泰山之半五大夫松附近，因北宋真宗登岱封禅，于此建帐休憩而有此名。

②危构：高建。

③天衢：天街。

【评析】

该诗写景写史。景是御帐坪高危之景，表现为首联"危构云烟上，凭高一望空"、颈联"路入天衢畔，身当宇宙中"。史是御帐坪所沉积的史迹，"断碑存汉字，老树袭秦封"，以及自己登临的记载，"短诗殊草草，聊以记吾踪"。

泰山高诗碑①

弘治十七年（1504）

欧生诚楚人，但识庐山高，庐山之高犹可计寻丈。②若夫泰山，仰视恍惚，吾不知其尚在青天之下乎，其已直出青天上？我欲仿拟试作《泰山高》，但恐培塿之见，未能测识高大，笔底难具状。③扶舆磅礴元气钟，突兀半遮天地东。④南衡北恒西泰华，俯视伛偻谁争雄？⑤人寰茫昧乍隐见，雷雨初解开鸿蒙。⑥绣壁丹梯，烟霏霭霴，海日初涌，照耀苍翠。⑦平麓远抱沧海湾，日观正与扶桑对。⑧听涛声之下泻，知百川之东会。⑨天门石扇，豁然中开，幽崖邃谷，聚积隐埋。⑩中有遁世之流，龟潜雌伏，飧霞吸秀于其间，往往怪谲多仙才。⑪上有百丈之飞湍，悬空络石穿云而直下，其源疑自青天来。⑫岩头肤寸出烟雾，须臾滂沱遍九垓。⑬古来登封，七十二主；后来相效，纷纷如雨。⑭玉检金函无不为,只今埋没知何许?⑮但见白云犹复起封中,断碑无字,天外日月磨刚风。⑯飞尘过眼倏超忽,飘荡岂复有遗踪!⑰天空翠华远,落日辞千峰。⑱鲁郊获麟,岐阳会凤,明堂既毁,闷宫兴颂。⑲宣尼曳杖,逍遥一去不复来,幽泉鸣咽而含悲,群峦拱揖如相送。⑳俯仰宇宙,千载相望,堕山乔岳,尚被其光,峻极配天,无敢颉颃。㉑嗟予瞻眺门墙外,何能仿佛窥室堂?㉒也来攀附摄遗迹,三千之下,不知亦许再拜占末行?㉓吁嗟乎!泰山之高,其高不可极,半壁回首,此身不觉已在东斗傍。㉔

　　弘治十七年甲子九月既望,余姚阳明山人王守仁识。

【校注】

　　①该诗《王阳明全集》卷十九题为《泰山高次王内翰司献韵》,束景南先生《王阳明年谱长编》辑自孙星衍《泰山石刻记》,命名《泰山高诗碑》,两者相较,前者无落款,且有异文。王内翰司献,王瓒,字司献,永嘉人,弘治九年(1496)进士,时翰林院编修。

　　②欧生:或为时随行书生。

　　③培塿:小山丘,小土堆。柳宗元《始得西山宴游记》:"然后知是山之特立,不与培塿为类。"

　　④扶舆:盘旋而上。韩愈《送廖道士序》:"气之所穷,盛而不过,必蜿蟺扶舆,磅礴而郁积。"

　　⑤伛偻:脊背弯曲。

　　⑥人寰:人间,人世。寰,音 huán,本义是"王畿",古代京城周围千里以内的地方,引申义为广大的地域。

　　⑦霴:音 duì,云雾。《说文》:"黮霴,云黑貌。"

　　⑧日观:日观峰,位于泰山玉皇顶东南,因观日出名。

　　⑨该联下句义为百川东流入海。

　　⑩聚积:《王阳明全集》本作"襞积"。

⑪飧:《王阳明全集》本作"餐"。

⑫络石:瀑布联络山石。

⑬肤寸:古代一指之宽为寸,伸直四指的宽度为肤,一肤为四寸,此比喻极小。○九垓:中央至八极之地。《抱朴子·外篇·审举》:"今普天一统,九垓同风。"此言极其广大的空间。

⑭古来登封,七十二主:指登泰山封禅的七十二位君主。《史记·封禅书》:"古者封泰山禅梁父者七十二家,而夷吾所记者十有二焉。"管仲所谓古代封泰山、禅梁父的帝王有七十二家,他所列出的有无怀氏、伏羲、神农氏、炎帝、黄帝、颛顼、帝喾、尧、舜、禹、汤、周成王等十二家。○后来相效,纷纷如雨:自始皇开始,其后汉武帝、东汉光武帝、唐高宗、唐玄宗和宋真宗,计有六位帝王十次封禅泰山。

⑮玉检金函:此指封禅泰山时埋在地下的告天文书的封匣。

⑯封中:玉检金函的封匣中。○刚风:八风之一,指从西方来的风。《黄帝内经·灵枢·九宫八风》:"风从西方来,名曰刚风。其伤人也,内舍于肺,外在于皮肤,其气主为燥。"八风,大自然不同方向的八种风,《黄帝内经》认为八风伤人的严重程度及所伤的脏腑部位各有不同,故命以不同名称,具体是东方婴儿风、南方大弱风、西方刚风、北方大刚风、东北方凶风、东南方弱风、西南方谋风、西北方折风。

⑰倏超忽:倏忽,言极快。

⑱翠华:天子仪仗中以翠羽为饰的旗帜或车盖,如张衡"望翠华兮葳蕤,建太常兮裶裶"(《蜀都赋》)句之用。代称御车或帝王,如杜甫诗"都人望翠华,佳气向金阙"(《北征》)句之用。

⑲鲁郊获麟:据《史记·孔子世家》:"鲁哀公十四年春,狩大野。叔孙氏车子钮商获兽,以为不祥。仲尼视之,曰:'麟也。'取之。曰:'河不出图,洛不出书,吾已矣夫!'"○岐阳会风:《国语·周语上》:"(周惠王)十五年,有神降于莘,王问于内史过,曰:'是何故?固有之乎?'对曰:'有之……周之兴也,鸑鷟鸣于岐山。'"鸑鷟,韦昭注谓"凤之别名"。岐山,在今陕西省岐山县北,相传周太王古公亶父迁入此地时有凤凰飞鸣。○明堂:古代帝王宣明政教、朝会、祭祀、庆赏、选士、养老、教学等大典之所。《孟子·梁惠

王下》:"夫明堂者,王者之堂也。"○閟宫兴颂:指《诗经·鲁颂·閟宫》,诗以鲁僖公作閟宫为素材,广泛歌颂僖公的文治武功,表达诗人希望鲁国恢复其在周初时尊长地位的强烈愿望,其首章:"閟宫有侐,实实枚枚。赫赫姜嫄,其德不回。上帝是依,无灾无害。弥月不迟,是生后稷。降之百福。黍稷重穋,稙稺菽麦。奄有下国,俾民稼穑。有稷有黍,有稻有秬。奄有下土,缵禹之绪。"閟宫,音 bìgōng,毛《传》谓:"閟,闭也。先姒姜嫄之庙在周,常闭而无事,孟仲子曰:是禖宫也。"郑玄笺谓:"閟,神也。姜嫄神所依,故庙曰神宫。"

⑳宣尼曳杖,逍遥一去不复来:出《史记·孔子世家》:"孔子病,子贡请见。孔子方负杖逍遥于门,曰:'赐,汝来何其晚也?'孔子因叹,歌曰:'太山坏乎!梁柱摧乎!哲人萎乎!'因以涕下。……后七日卒。"

㉑堕山:在今山东烟台。○乔岳:泰山。○峻极配天:高大到与天齐同。出《中庸》:"大哉圣人之道,洋洋乎发育万物,峻极于天,优优大哉。礼仪三百,威仪三千,待其人而后行。"远指"圣人之道",此指孔子本人。○颉颃 音 xiéháng,指鸟上下翻飞。出《诗经·邶风·燕燕》:"燕燕于飞,颉之颃之。"引申义为不相上下。

㉒该联典出《论语·子张》:"叔孙武叔语大夫于朝曰:'子贡贤于仲尼。'子服景伯以告子贡,子贡曰:'譬之宫墙,赐之墙也及肩,窥见室家之好;夫子之墙数仞,不得其门而入,不见宗庙之美、百官之富。得其门者或寡矣,夫子之云,不亦宜乎!'"

㉓三千:指孔门弟子三千。

㉔东斗:东斗三星。

【评析】

据款识,该诗撰写于九月十六日,是一古风。古风和近体相比,因为不受字数、格律的限制,更适宜进行纵横驰骋超越时空的描写,抒发起伏跌宕中变化的情思。在超越时空的描写上,王阳明该诗笔触雄奇,由起首"扶舆磅礴元气钟,突兀半遮天地东。南衡北恒西泰华,俯视伛偻谁争雄?人寰茫昧乍隐见,雷雨初解开鸿蒙"六句写泰山,以及写历代帝王封禅泰山——"古来登封,七十二主;后来相效,纷纷如雨"即可见出,更详见诗本文。关于起伏跌宕变化的情思,夹杂在关于泰山的描写中,顺次是对泰山仙隐的猜测,"遁世之流,龟潜雌伏,飡霞吸秀于其间,往往怪谲多仙才",并似乎流露出向慕;对历史上封禅泰山的帝王煊赫一时但却深埋于茫茫历史的沉思与感叹,"玉检金函无不为,只今埋没知何许""飞尘过眼倏超忽,飘荡岂复有遗踪",这体现了王阳明的历史哲学。最后是对孔子"高山仰止"膜拜至极的情怀表达。诗到结尾处,主题豁然,原来极写具体的泰山之高,根本在于烘托描写孔圣之高:具象和征旨相得益彰,体现了王阳明高明的诗歌艺术创作技能。

观画师作画次韵[1]

弘治十八年(1505)

晓日明华屋,晴窗闲卷牍。试拈枯笔事游戏,巧心妙思回长毂。[2]貌出寒林鸦万头,泼画金壶墨千斛。[3]从容点染不经意,欻忽轩腾骇神速。[4]写情适兴各有得,岂必校书向天禄。[5]怪石昂藏文变虎,古树叉牙角解鹿。[6]飞鸣相从各以族,翻舞斜阳如背暴。[7]平原萧萧新落木,归霞掩映随孤鹜。[8]高行拂暝挟长风,剧势抟风卷微霂。[9]开合低昂整复乱,宛若八阵列鱼腹。[10]出奇邀险倏变化,无穷何止三百六。[11]独往耻为腐鼠争,疾击时同秋隼逐。[12]画师精妙乃如此,天机飞动疑可掬。秋堂华烛光闪煜,展视还嫌双眼肉。[13]俗手环观徒叹羡,摹仿安能步一蹴。嗟哉用心虽小技,犹胜饱食终日无归宿。

即席阳明山人王守仁次韵。

【校注】

①该诗束景南先生《王阳明佚文辑考编年》谓诗真迹今藏浙江省博物馆,计文渊《吉光片羽弥足珍》著录,题名为《古诗》。并考谓:"此古诗作年

莫考。观诗所述,此诗乃是观画师作画之作,云'次韵',即当时还有多人观画作诗者,一如吴伟作《文会赠言图》者。按弘治中阳明在京师学画,多观画师作画,有诗咏,兹将此诗系于弘治十八年下。"

②长毂:本指车轮中心较长的承轴圆木,此指画师作画的笔势回环。

③金壶:此为用金壶墨汁之典,指极其珍贵罕见的书画用品。典出晋王嘉《拾遗记·周灵王》:"浮提之国献神通、善书二人,乍老乍少,隐形则出影,闻声则藏形,出肘间金壶四寸,上有五龙之检,封以青泥,壶中有墨汁,如淳漆,洒地及石,皆成篆隶科斗之字。"○千斛:言墨汁之多。斛,量器名、容量单位,一斛本为十斗,后改为五斗。

④欻忽:音 xūhū,忽然、迅疾貌。○轩腾:飞腾。轩,古代一种有围棚或帷幕的车,车前高后低称"轩",车前低后高称"轾",故有"高"义,如轩敞、轩昂。

⑤天禄:天禄阁,汉代宫中的藏书阁。汉高祖时创建,刘向、刘歆、扬雄曾在此校书。

⑥文变虎:随着老虎慢慢长大,身上的皮毛花纹日渐鲜艳多彩。出《周易·革卦》:"大人虎变,其文炳也。"○角解鹿:出《逸周书》:"夏至之日,鹿角解。"意谓夏至到来,鹿角脱落。

⑦背暴:曝背,晒背,以背向日取暖。唐刘长卿诗"渐老知身累,初寒曝背眠"(《初到碧涧招明契上人》)句曾用。

⑧该联上句化用杜甫"无边落木萧萧下"(《登高》),下句袭用王勃"落霞与孤鹜齐飞"(《滕王阁序》)句。

⑨霂:音 mù,小雨。《诗经·小雅·信南山》:"益之以霢霂。"

⑩八阵:古代军事阵法。诸葛亮曾有洞当、中黄、龙腾、鸟飞、折冲、虎翼、握机、连衡八阵。南宋孙应时诗有"江近瞿唐急,沙从鱼腹碛。千秋应有恨,八阵竟难平"(《八阵碛》)。据《荆州图副》和刘禹锡《嘉话录》记载,这里的八阵图聚细石成堆,高五尺,六十围,纵横棋布,排列为六十四堆,始终保持原样不变,即使夏天大水冲击淹没,冬季水落平川时也依然如旧,六百年来如此,符"江流石不转"之谓。

⑪邀险:在险要之地拦阻,此指诸葛亮八阵碛,当年拦阻东吴将军陆逊

之用。

⑫腐鼠:腐烂的死鼠。典出《庄子·秋水》:"惠子相梁,庄子往见之。或谓惠子曰:'庄子来,欲代子相。'于是惠子恐,搜于国中三日三夜。庄子往见之,曰:'南方有鸟,其名为鹓雏,子知之乎?夫鹓雏发于南海,而飞于北海,非梧桐不止,非练实不食,非醴泉不饮。于是鸱得腐鼠,鹓雏过之,仰而视之曰:"吓!"今子欲以子之梁国而吓我邪?'"○秋隼逐:秋天的鹰隼迅疾逐兔。

⑬肉:方言,慢的意思。

【评析】

该诗虽为次韵之作,但实质上是一首题画诗。艺术创造的成就表现在以下方面。首先在诗体上:整体上是一古风,突出的是首二句的五言和末二句的杂言,不同于中间的严整七言;但整体的古风中又夹杂着律句,如"怪石昂藏文变虎,古树叉牙角解鹿""平原萧萧新落木,归霞掩映随孤骛"和"独往耻为腐鼠争,疾击时同秋隼逐"则是严整的律句。其次,是题画诗作应有的诗中有画,调动想象,则"貌出寒林鸦万头""怪石昂藏文变虎,古树叉牙角解鹿。飞鸣相从各以族,翻舞斜阳如背暴。平原萧萧新落木,归霞掩映随孤骛"所带给人的,俨然一副《秋山晚霞图》。就该诗王阳明所发表的观点而言,又分为形象的夸饰性述评和直接观点的表达两种情况。关于前者,是形容画师运笔,如"拂暝挟长风""抟风卷微霙"的形象夸饰,"开合低昂整复乱,宛若八阵列鱼腹"将画面的整体感比作诸葛孔明的"八阵碛"。关于后者,是王阳明对绘画的价值判断,今天看来,在王阳明的笔下,画师的作画技艺已经很高超,但仍然不像今天被视作画家(艺术家),而作画仍然被称为"游戏""小技",此表现在诗作开头的"试拈枯笔事游戏"和末二句上句的"嗟哉用心虽小技",这历史地证明了画家在当时的地位的相对低下,其根源在于儒家传统"志于道,据于德,依于仁,游于艺"之"重道轻艺"价值观。

书扇赠扬伯①

弘治十八年（1505）

扬伯慕伯阳，伯阳竟安在？②大道即吾心，万古未尝改。③
长生在求仁，金丹非外待。④缪矣三十年，于今吾始悔。⑤

诸扬伯有希仙之意，吾将进之于道也。于其归，属扇为别。

阳明山人伯安识。

【校注】

①该诗束景南先生《王阳明佚文辑考编年》谓书扇今藏日本定静美术馆，计文渊《王阳明法书集》著录。《王阳明全集》卷十九将此诗置于弘治十八年诗中，题作《赠阳伯》，但无后题、款识。据束先生，扬伯为是，阳伯为非，理由有二：其一，《国朝献征录》卷一百零三戚元佐《贵州诸观察偶传》有"公名偶，字扬伯"，可见诸扬伯即诸偶，字扬伯；由常识，古人名与字义相应，偶者，扬也，故应为扬伯。

②伯阳：老子，姓李名耳，字伯阳，此代指道仙。

③该联上句"大道即吾心"证明，此时王阳明已经确立了"心即理"的心学第一原理了。

④该联证明，王阳明此时已经明确了自己的儒家旨归而摒弃了道仙。

⑤王阳明时年三十四岁，此处"三十年"为约数。

【评析】

该诗证明，王阳明在此三十四岁时，已确立自己的心学理学（儒学）的基本价值观，只是还没有系统整理、立说进而广泛传播。

忆诸弟①

弘治十八年(1505)

久别龙山云,时梦龙山雨。②觉来枕簟凉,诸弟在何许?③终年走风尘,何似山中住。百岁如转蓬,拂衣从此去。④

【校注】

①该诗《王阳明全集》卷十九著录。

②龙山:龙泉山,见前《雨霁游龙山次五松韵二首》注。

③枕簟:枕席。

④转蓬:蓬草随风飘转,常用来比喻行踪无定或身世飘零。

【评析】

该诗和下《寄舅》《送人东归》《故山》《忆鉴湖友》等作于该年晚秋九月下旬,是王阳明怀乡思念亲友的同主题之作。由诗可见,他思念家乡的卧龙山、卧龙山的云和雨,从而引出思念诸弟的主体,末二句"百岁如转蓬,拂衣从此去",足见他思念之切。

寄　舅①

弘治十八年(1505)

老舅近何如? 心性老不改。世故恼情怀,光阴不相待。借问同辈中,乡邻几人在? 从今且为乐,旧事无劳悔!

【校注】

①该诗《王阳明全集》卷十九著录。

【评析】

该诗思念老舅,思念情深是自然,但其中显出价值的是首联下句的"心性老不改",以"责备"的口吻表现老人性格倔强的个性情趣。

送人东归^①

弘治十八年（1505）

　　五泄佳山水，平生思一游。^②送子东归省，莼鲈况复秋。幽探须及壮，世事苦悠悠。来岁春风里，长安忆故丘。

【校注】

①该诗《王阳明全集》卷十九著录。

①五泄：在今浙江诸暨西三十公里的群山之中。所谓"泄"，就是瀑布之意。瀑布从五泄山巅的崇崖峻壁间飞流而下，折为五级，总称"五泄溪"。

【评析】

　　该诗表达了对诸暨五泄溪风景名胜的向往，体现了他好入名山游的嗜好。

故　　山^①

弘治十八年（1505）

　　鉴水终年碧，云山尽日闲。^②故山不可到，幽梦每相关。雾豹言长隐，云龙欲共攀。^③缘知丹壑意，未胜紫宸班。^④

【校注】

①该诗《王阳明全集》卷十九著录。

②鉴水：浙江绍兴鉴湖。

③雾豹：典出《烈女传·贤明传·陶荅子妻》："南山有玄豹，雾雨七日而不下食者，何也？欲以泽其毛而成文章也。故藏而远害。犬彘不择食以肥其身，坐而须死耳。"后因以"雾豹"指隐居伏处退藏避害之人。同源典故

有南山豹、南山隐、南山雾、南山雾豹、玄豹隐,等等。

④丹壑:红色山沟,为道隐常用名物。李白"石径入丹壑,松门闭青苔"(《寻山僧不遇作》)句曾用。○紫宸:宫殿名,天子所居,代指朝廷。

【评析】

该诗写思念绍兴故山之情。

忆鉴湖友①

弘治十八年(1505)

长见人来说,扁舟每独游。春风梅市晚,月色鉴湖秋。②空有烟霞好,犹为尘世留。自今当勇往,先与报江鸥。

【校注】

①该诗《王阳明全集》卷十九著录。

②梅市:在今浙江绍兴境内,传汉梅福避王莽乱,至会稽,人多依之,遂为村市,诗人多有诗咏及之。如唐张籍诗"梅市门何在,兰亭水尚流"(《送李评事游越》),宋代秦观词"梅市旧书,兰亭古墨,依稀风韵生秋"(《望海潮·越州怀古》)。

【评析】

该诗通过回忆鉴湖友人,在梅市、鉴湖等具体景象所代表的故乡中,寓托自己的思乡情怀。

天涯思归①

弘治十八年(1505)

趋庭恋阙心俱似,将父勤王事□违。②使节已从青汉下,亲庐休望白云飞。③秋深峡口猿啼急,岁晚衡阳雁□稀。邻里过逢如话我，天涯无日不思归。

　　□□行，名父作诗送，予亦次韵。阳明守仁书。④

【校注】

①该诗束景南先生《王阳明年谱长编》自计文渊《王阳明法书集》辑出。

②趋庭恋阙：指留恋世俗政事、功业。庭，朝堂；阙，宫阙。二者代指政事功业。〇将父勤王：和上"趋庭恋阙"互文义同。将父，助父；勤王，勤于王事。

③使节：赋予职责的凭证。〇青汉：天汉，高空。〇亲庐：父母亲居住的庐舍，代指双亲。

④名父：束景南先生《王阳明年谱长编》考为杨子器，慈溪人。

【评析】

　　该诗写王阳明思归，但鉴于王事而不得的情感，尾联"邻里过逢如话我，天涯无日不思归"寄语邻里，尤显其思归之情殷切。

忆龙泉山①
弘治十八年(1505)

　　我爱龙泉寺，寺僧颇疏野。尽日坐井栏，有时卧松下。一夕别山云，三年走车马。愧杀岩下泉，朝夕自清泻。

【校注】

①该诗《王阳明全集》卷十九著录。

【评析】

　　该诗是王阳明回忆龙泉山龙泉寺之作。

寄西湖友①

弘治十八年(1505)

予有西湖梦,西湖亦梦予。三年成阔别,近事竟何如?况有诸贤在,他时终卜庐。②但恐吾归日,君还轩冕拘。③

【校注】

①该诗《王阳明全集》卷十九著录。

②卜庐:即卜居。

③轩冕:指古时大夫以上官员的车乘和冕服,后引申为借指官位爵禄,泛指为官。

【评析】

该诗写自己对杭州西湖的深切思念,"予有西湖梦,西湖亦梦予"给人印象深刻。"他时终卜庐"明确表达了自己终究归居杭州西湖的愿望。

题临水幽居图①

疑正德元年(1506)

秋日淡云影,松风生昼阴。②幽人□絜想,宁有书与琴。③

【校注】

①该诗束景南先生《王阳明佚文辑考编年》自梁章钜《退庵所藏金石书画跋尾》卷十五(中并有图)辑出。

②昼阴:白昼阴暗的气象。

③絜想:高洁的志向。絜,同"洁"。

第二编
因言获罪贬谪龙场

（166 题，217 首）

有室七章①

正德元年（1506）

　　有室如虡，周之崇墉。②室如穴处，无秋无冬！耿彼屋漏，天光入之。③瞻彼日月，何嗟及之！④倏晦倏明，凄其以风。⑤倏雨倏雪，当昼而蒙。夜何其矣，靡星靡粲。⑥岂无白日？寤寐永叹！⑦心之忧矣，匪家匪室。⑧或其启矣，殒予匪恤。⑨氤氲其埃，日之光矣。⑩渊渊其鼓，明既昌矣。⑪朝既式矣，日既夕矣。⑫悠悠我思，曷其极矣！⑬

【校注】

①该诗《王阳明全集》卷十九著录。

②虡：音 jù，古代挂钟磬的架子上的立柱。○崇墉：高墙。出《诗经·大雅·皇矣》：“与尔临冲，以伐崇墉。”

③耿：光明。

④该联感叹光阴流逝。○瞻彼日月：用《诗经·卫风·雄雉》“瞻彼日月，悠悠我思。道之云远，曷云能来”句。○何嗟及之：用《诗经·王风·中谷有蓷》“中谷有蓷，暵其湿矣。有女仳离，啜其泣矣。啜其泣矣，何嗟及矣”句。

⑤凄其以风：用《诗经·邶风·绿衣》“绿兮绤兮，凄其以风。我思古人，实获我心”句。

⑥夜何其矣：用《诗经·小雅·庭燎》“夜如何其？夜未央，庭燎之光。君子至止，鸾声将将”句。

⑦寤寐永叹：用《诗经·小雅·小弁》“假寐永叹，维忧用老”句。

⑧心之忧矣：用《诗经·曹风·蜉蝣》“心之忧矣，于我归处”、《诗经·小雅·小弁》“心之忧矣，云如之何”句。

⑨殒：同“陨”，坠落。

⑩氤氲:音 yīnyūn,烟云弥漫状。

⑪渊渊其鼓:用《诗经·小雅·采芑》"伐鼓渊渊,振旅阗阗"、《诗经·商颂·那》"鼛鼓渊渊,嘒嘒管声"句。○明既昌矣:用《诗经·齐风·鸡鸣》"东方明矣,朝既昌矣"句。

⑫朝既式矣:用《诗经·齐风·鸡鸣》"鸡既鸣矣,朝既盈矣"句。式,以语境解,或为"逝"之同音假借。○日既夕矣:用《诗经·王风·君子于役》"日之夕矣,羊牛下来"句。日既夕,傍晚到来,夜幕降临。

⑬悠悠我思:用《诗经·卫风·雄雉》"瞻彼日月,悠悠我思。道之云远,曷云能来"句。○曷其极矣:用《诗经·唐风·鸨羽》"肃肃鸨翼,集于苞棘。王事靡盬,不能蓺黍稷。父母何食?悠悠苍天,曷其有极"句。

【评析】

该诗为王阳明写狱中感受,创作方法上为拟《诗经》的四言之体,并能袭用、化用《诗经》之句于自己语境,达到浑然无形的程度。全诗以四句为一章,一章写监狱的壁立高墙,犯人的生活回到原始社会没有时间概念的穴居时代。二章写光线从监狱的屋漏进入,由此引起对光阴逝去的感慨。三章写感受到的阴晴雨雪的无常。四章慨叹暗夜无光以比自己所处的时代。五章写监狱生活没有家的感觉,心中充满忧愁,即使有时狱门打开,也不是在体恤自己。六章寓言时代昏暗,又幻想深深的更鼓能带来光明。七章言日子一天天过去,惆怅自己的忧思什么时候是尽头呢?

读 易①

正德元年(1506)

囚居亦何事?省愆惧安饱。②瞑坐玩义《易》,洗心见微奥。③乃知先天翁,画画有至教。④包蒙戒为寇,童牿事宜早。⑤蹇蹇匪为节,虩虩未违道。⑥遁四获我心,蛊上庸自保。⑦俯仰天地间,触目俱浩浩。箪瓢有余乐,此意良匪矫。⑧幽哉阳明麓,可以忘吾老。⑨

①该诗《王阳明全集》卷十九著录。

②省愆:反省自己的过错。

③瞑坐:闭目静坐。○洗心:专心一志。○微奥:幽微深奥。

④先天翁:指伏羲。先天,先天八卦,《易·系辞上》:"易有太极,是生两仪,两仪生四象,四象生八卦。"先天八卦因是伏羲氏观物取象所作,又称伏羲八卦。○画画:指伏羲的阴爻、阳爻三叠画八卦。○至教:深刻的教导。

⑤包蒙:包容愚昧的人,出自《蒙》卦九二爻辞"包蒙,吉"。其上九爻辞为:"击蒙,不利为寇,利御寇。"○童牿:出于《大畜》六四爻辞:"童牛之牿,元吉。"童牛,指未经驯化的小牛。牿,用来防止牛角抵人而安在牛角上的横木。该爻辞义为给小牛犊戴上木枷约束它,吉利。

⑥蹇蹇:出《蹇》卦六二爻辞:"王臣蹇蹇,匪躬之故。"高亨注:"言王臣謇謇忠告直谏者,非其身之事,乃君国之事也。"后因以"蹇蹇匪躬"谓为君国而忠直谏诤。蹇,通"謇"。○虩虩:音 xìxì,恐惧貌,出《震》卦初九爻辞:"震来虩虩,后笑言哑哑,吉。"《象》曰:"震来虩虩,恐致福也。笑言哑哑,后有则也。"

⑦遁四:指《遁》卦九四爻,爻辞为:"好遁,君子吉,小人否。"好,有利于。否,通"闭",指遁道闭塞。爻辞义为形势有利于遁让之时,君子能适时隐退而获吉。○蛊上:指《蛊》卦上九爻辞:"不事王侯,高尚其事。"义为不再为王侯之事而操劳,这是很高尚的。

⑧箪瓢:此用颜子"箪食瓢饮,不改其乐"之典。出《论语·雍也》:"一箪食,一瓢饮,在陋巷,人不堪其忧,回也不改其乐。"

⑨阳明麓:指家乡的阳明洞所在之山麓。

【评析】

该诗为一五古,十八句,是王阳明狱中读《易》悟得的书写。前四句交代背景,说监狱生活闲暇反省之余,闭目静坐专心一志体味《易》理。中八句写味《易》的悟得,符合自己对"因言获罪"事的梳理。最后六句写时空的无穷,表示要超越眼前的俗务羁绊,自由快乐地终老林泉。

不寐并序①

正德元年(1506)

正德丙寅年十二月，以上疏忤逆瑾，下锦衣狱作。

天寒岁云暮，冰雪关河迥。②幽室魍魉生，不寐知夜永。③惊风起林木，骤若波浪汹。我心良匪石，讵为戚欣动。④滔滔眼前事，逝者去相踵。崖穷犹可陟，水深犹可泳。焉知非日月，胡为乱予衷？深谷自逶迤，烟霞日悠永。⑤匡时在贤达，归哉盍耕垄！

【校注】

①该诗《王阳明全集》卷十九著录。

②岁云暮：年将尽，此为化用杜甫、白居易句。杜甫句为"岁云暮矣多北风，潇湘洞庭白雪中"(《岁晏行》)，白居易句为"秦中岁云暮，大雪满皇州"(《秦中吟·歌舞》)。○关河迥：关山远，此为化用周邦彦句。周邦彦句为"枫林凋晚叶，关河迥，楚客惨将归"(《风流子》)。

③魍魉：古代神话传说中的山川精怪。○夜永：夜长、夜深。如唐戴叔伦句"美人不眠怜夜永，起舞亭亭乱花影"(《白苎词》)中"夜永"之用。

④讵：音 jù，怎，怎么，表反问语气词。

⑤悠永：久远。如南朝梁沈约句"驾雌蜺之连卷，泛天江之悠永"(《郊居赋》)中"悠永"之用。

【评析】

该诗作于正德元年(1506)十二月，其创作背景已为诗序道出。该诗为一五古，计十六句，王阳明《狱中诗八首》之第一首，是他狱中夜不能寐的有感而发。前四句由想象中的时空转换写到狱中之夜的恐怖与漫长，第五、六句用比喻手法描写了所经历的凶险政治事件，随后两句写"因言获罪"事给自己带来的凄凉之感。后八句写自己失望后欲归隐山林之意。

岁　暮①

正德元年(1506)

兀坐经旬成木石，忽惊岁暮还思乡。②高檐白日不到地，深夜黠鼠时登床。③峰头霁雪开草阁，瀑下古松闲石房。④溪鹤洞猿尔无恙，春江归棹吾相将。⑤

【校注】

①该诗《王阳明全集》卷十九著录。

②兀坐：茫然端坐。○旬：十日。○岁暮：年末，年终岁尾。

③黠鼠：狡猾的老鼠。

④霁雪：雪过天晴。○草阁：茅草屋。○石房：指故乡的阳明洞。

⑤该联想象自己和故乡的鹤猿亲密地在一起。○相将：相偕、相共。如汉王符《潜夫论·救边》句"相将诣阙，谐辞礼谢"中"相将"之用。

【评析】

该诗为一七律，是王阳明写狱中独坐的所思所感。首联、颔联实写：首联写自己在狱中茫然端坐连续十天，几乎成了木头，突然惊觉已是年终岁尾，不由得思念家乡；颔联写由于监狱高耸的墙檐遮挡，即使日中也见不到阳光，深夜中狡猾的老鼠还会到狱床上来。颈联、尾联为想象家乡景色的虚写：颈联说远处峰头的晴雪映照着自己的茅屋，还有瀑布古松下自己的阳明洞；尾联写和故乡的鹤、猿在溪水洞涧边亲密、悠然地在一起。

见 月^①

正德元年（1506）

屋罅见明月，还见地上霜。^②客子夜中起，旁皇涕沾裳。^③匪为严霜苦，悲此明月光。月光如流水，徘徊照高堂。胡为此幽室，奄忽逾飞扬？^④逝者不可及，来者犹可望。盈虚有天运，叹息何能忘！^⑤

【校注】

①该诗《王阳明全集》卷十九著录。

②罅：音 xià，缝隙，裂缝。

③旁皇：内心不安而徘徊不定貌。

④幽室：此指监狱。○奄忽：忽然、突然。

⑤盈虚：盈满或虚空，代指发展变化。

【评析】

该诗为一五古，十四句，是王阳明狱中夜不能寐，睹月光的有感而发。诗化用李白《静夜思》，但其月光没有引得客子思乡，而是以月光喻时光，慨叹时光易逝，表明他对未来抱有希望，最后慨叹自然盈虚变化的规律。

天 涯^①

正德元年（1506）

天涯岁暮冰霜结，永巷人稀罔象游。^②长夜星辰瞻阁道，晓天钟鼓隔云楼。^③思家有泪仍多病，报主无能合远投。留得升平双眼在，且应蓑笠卧沧洲。^④

【校注】

①该诗《王阳明全集》卷十九著录。

②永巷：本指宫中狭长的小巷，亦指幽禁犯错的嫔妃、宫人之所，此指一般的狭长小巷。○罔象：亦作"罔像"，古代传说中的水怪，或谓木石之怪。

③阁道：栈道。

④蓑笠：蓑衣与笠帽，为渔夫、樵人、隐者装束，此代指归隐。

【评析】

该诗为一七律，是王阳明狱中驰骋想象之作。首联、颔联是关于天涯的描写，颈联的"合远投"语，意谓他已臆测或得到行将贬谪龙场的消息，颈联的"思家有泪仍多病"、尾联的"且应蓑笠卧沧洲"则表达了思念家人之情和归隐林泉之意。

屋罅月①

正德元年(1506)

幽室不知年，夜长昼苦短。②但见屋罅月，清光自亏满。③佳人宴清夜，繁丝激哀管。④朱阁出浮云，高歌正凄婉。宁知幽室妇，中夜独愁叹！良人事游侠，经岁去不返。⑤来归在何时？年华忽将晚。萧条念宗祀，泪下长如霰。⑥

【校注】

①该诗《王阳明全集》卷十九著录。

②夜长昼苦短：此为化用《古诗十九首·生年不满百》之"昼短苦夜长，何不秉烛游"句。

③屋罅月：房子缝隙进来的月光。

④佳人宴清夜：此为化用陶渊明"日暮天无云，春风扇微和。佳人美清夜，达曙酣且歌"（《拟古九首》其七）句。○繁丝：犹繁弦，繁杂的弦乐声。

汉蔡邕《琴赋》"于是繁弦既抑,雅韵复扬"有用。〇哀管:管乐器奏出的哀伤声调。

⑤良人:先时夫妻互称为良人,后多用于妻子称丈夫。

⑥泪下长如霰:此为谢朓《晚登三山还望京邑》中"佳期怅何许,泪下如流霰"句的化用。流霰,飞降的雪粒,常形容流泪。

【评析】

该诗为一五古,十六句,是阳明狱中夜睹屋蟏月的咏叹。诗为比体,以丈夫外出游侠而独居的幽妇自比,写幽苦与悲情。

别友狱中①

正德元年(1506)

居常念朋旧,簿领成阔绝。②嗟我二三友,胡然此簪盍!③累累图圄间,讲诵未能辍。④桎梏敢忘罪? 至道良足悦。⑤所恨精诚眇,尚口徒自蹶。⑥天王本明圣,旋已但中热。⑦行藏未可期,明当与君别。⑧愿言无诡随,努力从前哲!⑨

【校注】

①该诗《王阳明全集》卷十九著录。

②簿领:官府记事的簿册或文书。〇阔绝:指长时间断绝音信,此指即将诀别。

③二三友:指狱友。〇簪盍:音 zānhé,此为用典,典出《周易·豫卦》:"勿疑,朋盍簪。"朱熹《易本义》:"然又当至诚不疑,则朋类合而从之矣。"后因以"簪盍"谓朋友相聚。宋王十朋"天高气肃,秋色平分,簪盍良朋,把酒论文"(《蓬来阁赋》)、明李东阳"旧堂簪盍地,梦醒不知年"(《斋居和亨父用杜韵二首》之二)于"簪盍"曾用。

④图圄:监狱,同"图圉"。〇讲诵:讲授诵读。

⑤桎梏:脚镣和手铐。〇至道:真理。

⑥眇：细小，微小。○自蹶：跌倒。

⑦中热：内心激动。

⑧行藏：义为被任用就出仕，不被任用就退隐。出《论语・述而》："用之则行，舍之则藏。"

⑨诡随：谓不顾是非而妄随人意。《诗经・大雅・民劳》："无纵诡随，以谨无良。"《毛传》："诡随，诡人之善，随人之恶者。"朱熹《诗集传》："诡随，不顾是非而妄随人也。"

【评析】

该诗为一五古，十六句，是王阳明行将出狱的别狱友之辞。王阳明正德元年(1506)十一月下狱，十二月出狱，知该诗作于十二月。诗有以下内容：表达了和狱友之间的情谊；虽在狱中依然讲学不辍；教导狱友要以圣贤为榜样；亦见他即将出狱的喜悦之情，以及对道的遵信。

赠刘秋佩①

正德二年(1507)

骨鲠英风海外知，况于青史万年垂。紫雾四塞麟惊去，红目重光凤落仪。②天夺忠良谁可问，神为雷电鬼难知。莫邪亘古无终秘，屈轶何时到玉墀？③

【校注】

①据束景南先生《王阳明佚文辑考编年》，该诗与下《又赠刘秋佩》见《〔同治〕重修涪州志》卷十五。○刘秋佩：刘蕇，字惟馨，号凤山，秋佩，涪州人，与王阳明同年进士及第，故《又赠刘秋佩》诗中有"检点同年三百辈"之句。王阳明与刘秋佩因忤刘瑾，均下锦衣卫狱，为狱友。

②紫雾四塞：和下"红目重光"为当时忠良耿直弹劾刘瑾这一历史风云的形象描写。

③莫邪：此为用干将莫邪之典，典出刘向《列士传》："干将莫邪为晋君

作剑,三年而成,剑有雌雄,天下名器也。乃以雌剑献君,留其雄者。谓其妻曰:'吾藏剑在南山之阴,北山之阳,松生石上,剑在其中矣。君若觉,杀我。尔生男以告之。'及至君觉,杀干将,妻后生男名赤鼻,具以告之。赤鼻斫南山之松不得剑,思于屋柱中得之。晋君梦一人,眉广三寸,辞欲报仇,购求甚急。乃逃朱兴山中。遇客欲为之报,乃刎首。将以奉晋君。客令镬煮之,头三日三夕跳不烂。君往观之,客以雄剑倚拟君,君头堕镬中,客又自刎,三头悉烂,不可分别。分葬之,名曰三王冢。"○屈轶:古代传说中一种草,能指识佞人,故又名"指佞草",被用来喻能识别奸佞的贤臣。关于"屈轶"的文献记载,汉王充《论衡·是应》有:"屈轶,草也。安能知佞?"晋张华《博物志》卷三有:"尧时有屈佚草,生于庭,佞人入朝,则屈而指之。"○玉墀:音 yùchí,宫殿前的石阶,借指朝廷。

【评析】

王阳明《赠刘秋佩》二诗,当为出狱告别刘菦而作。该诗在重现历史事件的同时,赞扬了刘秋佩的忠义骨鲠,也再现了王阳明自己的忠义之气。

又赠刘秋佩

正德二年(1507)

检点同年三百辈,大都碌碌在风尘。①西川若也无秋佩,谁作乾坤不劳人?

【校注】

①同年三百辈:指和王阳明于弘治十二年(1499)乙未科同中进士的三百许人。

【评析】

该诗和前《赠刘秋佩》为王阳明出锦衣卫狱赠同年狱友刘秋佩之作,再次赞赏了刘的忠义。

答汪抑之三首^①

正德二年(1507)

其 一

去国心已恫,别子意弥恻。^②伊迩怨昕夕,况兹万里隔。^③
恋恋歧路间,执手何能默？子有昆弟居,而我远亲侧。回思
菽水欢,羡子何由得。^④知子念我深,夙夜敢忘惕。良心忠信
资,蛮貊非我戚。^⑤

其 二

北风春尚号,浮云正南驰。风云一相失,各在天一涯。
客子怀往路,起视明星稀。驱车赴长阪,迢迢入岚霏。^⑥旅宿
苍山底,雾雨昏朝弥。^⑦间关不足道,嗟此白日微。^⑧切磋怀良
友,愿言毋心违！^⑨

其 三

闻子赋茆屋,来归在何年？索居间楚越,连峰郁参天。
缅怀岩中隐,磴道穷扳缘。^⑩江云动苍壁,山月流澄川。朝采
石上芝,暮漱松间泉。鹅湖有前约,鹿洞多遗篇。^⑪寄子春鸿
书,待我秋江船。^⑫

【校注】

①该三诗《王阳明全集》卷十九著录。

②恫:音 tōng,哀痛。○子:指汪抑之。汪抑之即汪俊,字抑之,江西广

121

信府弋阳县(今江西弋阳)人,进士出身,官至礼部尚书,尊崇程朱理学,与王守仁交好。

③伊迩:近,将近。〇昕夕:朝暮,谓终日。昕,音xīn,日将出时。

④菽水欢:即菽水承欢,特指侍奉父母。菽水,豆和水,最平凡的食品。典出《礼记·檀弓下》:"啜菽饮水尽其欢,斯之谓孝。"

⑤蛮貊:泛指落后部族。貊,音mò,我国古代对北方部族的称呼。〇戚:忧愁,悲哀。

⑥长阪:长山坡。〇迢迢:形容遥远。〇岚霏:山间云雾。岚,音lán,山间的雾气。霏,音fēi,云气。

⑦雾雨昏朝弥:一整天都是雾雨的天气。

⑧间关:辗转,形容旅途的艰辛。《汉书·王莽传》"间关至渐台"有用。

⑨切磋:切磋相正。〇心违:达不成心愿。

⑩磴道:登山的石路。

⑪此处以朱(熹)陆(九渊)鹅湖友辩类比自己和汪抑之的道友关系。

⑫鸿书:对他人书信的敬称。清袁枚《奉和李雨村观察见寄原韵》"访君恨乏葛陂龙,接得鸿书笑启封"有用。

【评析】

该三诗写于正德二年(1507)春,是阳明赴谪龙场驿丞伊始和饯别他的挚友汪抑之的唱和之作。三诗皆为古体,古体诗不受格律限制,适合自由表达思想与情感。其一以诗歌形式忠实记录了王阳明当时的话语,使用了赋的手法、素朴的语言,再现了好友汪抑之送别他的情形,表现了他当时矛盾复杂的心情。其二使用了比兴想象、虚实结合等手法,整篇如电影镜头一样,是一个由实到虚,再由虚到实的顺序。其三也采取了虚实结合的写作手法,前两句是实写,问对方何时实现归隐之志;随后八句写想象中的友人的隐居生活;最后四句回到现实,说两人有意效法朱陆两先贤的聚会论学,相约聚集于秋天的讲船之上。

阳明子之南也,其友湛元明歌九章以赠,崔子钟和之以五诗,于是阳明子作八咏以答之[①]

正德二年(1507)

其 一

君莫歌九章,歌以伤我心。[②]微言破寥寂,重以《离别吟》。[③]别离悲尚浅,言微感逾深。瓦缶易谐俗,谁辨黄钟音?[④]

其 二

君莫歌五诗,歌之增离忧。[⑤]岂无良朋侣?洵乐相遨游。[⑥]譬彼桃与李,不为仓囷谋。[⑦]君莫忘五诗,忘之我焉求?

其 三

洙泗流浸微,伊洛仅如线。[⑧]后来三四公,瑕瑜未相掩。嗟予不量力,跛鳖期致远。[⑨]屡兴还屡仆,惴息几不免。[⑩]道逢同心人,秉节倡予敢。力争毫厘间,万里或可勉。风波忽相失,言之泪徒泫。[⑪]

其 四

此心还此理,宁论己与人?[⑫]千古一嘘吸,谁为叹离群?浩浩天地内,何物非同春!相思辄奋励,无为俗所分。但使心无间,万里如相亲。不见宴游交,征逐胥以沦。[⑬]

其　五

器道不可离，二之即非性。⑭孔圣欲无言，下学从泛应。⑮君子勤小物，蕴蓄乃成行。⑯我诵穷索篇，于子既闻命。⑰如何圜中士，空谷以为静？

其　六

静虚非虚寂，中有未发中。⑱中有亦何有？无之即成空。无欲见真体，忘助皆非功。⑲至哉玄化机，非子孰与穷！

其　七

忆与美人别，赠我青琅函。⑳受之不敢发，焚香始开缄。㉑讽诵意弥远，期我濂洛间。㉒道远恐莫致，庶几终不惭。㉓

其　八

忆与美人别，惠我云锦裳。锦裳不足贵，遗我冰雪肠。寸肠亦何遗？誓言终不渝。珍重美人意，深秋以为期。

【校注】

①该组诗《王阳明全集》卷十九著录。该组诗之作，《湛若水年谱》曰："正德二年……正月，王阳明被贬贵州龙场驿丞，甘泉作《九章赠别》，阳明回赠《别湛甘泉》。"

②君：指湛若水。○九章：本指屈原以"楚辞体"作的一组诗，此指湛若水所赋的《九章赠别》。

③微言：富于深奥内涵义理的简约话语。○《离别吟》：元代王冕有《离别吟》诗："寒风飒大野，行子行河梁。执手不忍弃，迟迟复遑遑。朋友会面难，慷慨热中肠。人生岂无家？结交在路傍。今晨强绸缪，明各天一方。相见苦不早，离别徒悲伤。"此指阳明自己的答咏。

④瓦缶:指通俗乐器。○黄钟:指高雅乐器。

⑤君:指崔子钟。○五诗:指崔子钟所作的五首诗。

⑥洵:实在。○遨游:嬉戏游玩。

⑦仓囷:盛粮食的仓库。

⑧洙泗:洙水、泗水,春秋时在鲁国境内,因孔子在洙、泗之间聚徒讲学,后以"洙泗"代孔子或其开创的儒家学派。○伊洛:伊水、洛水,在今河南洛阳,为北宋理学家程颢、程颐故里,后以"伊洛"代二程或其理学。

⑨跛鳖:音 bǒbié,跛行。

⑩惴息:恐惧害怕得不敢喘息。

⑪泪徒泫:泪空流。泫,音 xuàn。

⑫该联上句化用了陆九渊"人同此心,心同此理,往古来今,概莫能外"之说。

⑬征逐:交往过从。唐代韩愈"今夫平居里巷相慕悦,酒食游戏相征逐"(《柳子厚墓志铭》)曾用。○胥:全,都。

⑭器道:器指物的表现形式,道指物的内在本质。出《周易·系辞上》:"形而上者谓之道,形而下者谓之器。"

⑮该联上句所指为孔子对形而上的道不作讨论,只讨论日用人伦的立场:"子贡曰:'夫子之文章,可得而闻也;夫子之言性与天道,不可得而闻也。'"(《论语·公冶长》)

⑯该联上句典出《国语·晋语九》:"夫君子能勤小物,故无大患。"意谓君子做事能不避小事、小节,故而不会有闪失、错误,进而不会有大的祸患。

⑰穷索:苦心思索。朱熹《答林择之书》"熹近只就此处见得向来所未见底意思,乃知'存久自明,何待穷索'之语,是真实不诳语"曾用。

⑱静虚:恬淡平和。○虚寂:虚静寂灭。○未发中:出《中庸》"喜怒哀乐未发谓之中"句。这种状态不是虚无,也不是空,因为其内有喜、怒、哀、乐等情感。

⑲无欲:没有欲望。○忘助:义谓做事情既不要玩忽不当回事,也不要有拔苗助长的心态。忘,玩忽。助,长,拔苗助长。典出《孟子·公孙丑上》:"必有事焉……心勿忘,勿助长。"

125

⑳美人:传统上美人既可指容貌姣好的女子、才貌出众的男子,亦可指君主或品德美好的人,该诗指湛若水,取"品德美好的人"之义。○青琅:美石的一种,青色。琅,音 láng,似玉的美石或青色的珊瑚。

㉑不敢发:不敢开启信函。○开缄:开启书信。

㉒濂洛:指周敦颐和二程(程颢、程颐)。濂,周敦颐号濂溪,此为以号代其人。洛,二程为洛阳人,因以此代之。

㉓庶几:差不多,接近。

【评析】

该组诗写于正德二年(1507)春,是阳明赴谪龙场驿丞伊始和挚友湛若水(字元明,号甘泉)、崔子钟(崔铣字,1478—1541,又字仲凫,号后渠,又号洹野,世称后渠先生)的答和之作。该组诗是五言古体,为以理化情、以志消情之作。以理化情者,以深刻、宏阔的道理化解赴谪的忧愁幽思之情;以志消情者,以艰巨、远大的志向消解赴谪的忧愁幽思之情。

忆昔答乔白岩因寄储柴墟三首①

正德二年(1507)

其 一

忆昔与君约,玩《易》探玄微。②君行赴西岳,经年始来归。③方将事穷索,忽复当远辞。④相去万里余,后会安可期?⑤问我长生诀,惑也吾谁欺!盈亏消息间,至哉天地机。⑥圣狂天渊隔,失得分毫厘。⑦

其 二

毫厘何所辨? 惟在公与私。⑧公私何所辨? 天动与人为。⑨遗体岂不贵? 践形乃无亏。⑩愿君崇德性,问学刊支离。⑪

无为气所役,毋为物所疑。⑫恬淡自无欲,精专绝交驰。⑬博弈亦何事,好之甘若饴?⑭吟咏有性情,丧志非所宜。⑮非君爱忠告,斯语容见嗤。试问柴墟子,吾言亦何如?

其　三

柴墟吾所爱,春阳溢鬓眉。⑯白岩吾所爱,慎默长如愚。⑰二君廊庙器,予亦山泉姿。⑱度量较齿德,长者皆吾师。⑲置我五人末,庶亦忘崇卑。⑳迢迢万里别,心事两不疑。㉑北风送南雁,慰我长相思。

【校注】

①该三诗《王阳明全集》卷十九著录。○乔白岩(1457—1524):名宇,字希大,号白岩山人,乐平(今山西昔阳)人,成化二十年(1484)登进士第,长阳明十五岁。王阳明有《送宗伯乔白岩序》一文,"宗伯"者,礼部尚书的别称,乔白岩曾任南京礼部尚书,故称。○储柴墟(1457—1513):名罐,字静夫,号柴墟,明直隶泰州人,成化二十年(1483)登进士第,亦长阳明十五岁。

②君:指储柴墟。

③西岳:指华山。

④该联上句意为正要践履约定讨论《易》学,探究深奥的道理,下句指自己将赴谪龙场。

⑤该联上句谓贵州龙场和京师相隔遥远。

⑥盈亏:出自《易·谦·象》的"天道亏盈"句,谓自然之道的盈满则亏减。○消息:出自《易·丰·象》的"日中则昃,月盈则食,天地盈虚,与时消息"句,"息"为滋长义,和"消"为反义词。○至哉天地机:"至哉"语出《易·坤·象》的"至哉坤元,万物资生,乃顺承天"句。《易·坤·象》的"至哉坤元,万物资生,乃顺承天"与《易·乾·象》的"大哉乾元,万物资始,乃统天"合而构成天地乾坤交合的机运,译文可为"伟大啊,高深啊,天地乾坤,两者

的交合始生万物"。王阳明这里的"至哉天地机"亦是合《易·坤·象》与《易·乾·象》而成句成义。

⑦圣狂：儒者对道的坚守而不媚流俗所表现的"狂妄"，陈寅恪先生"天赋迂儒自圣狂"句有用。"天赋迂儒自圣狂"句出自1929年陈先生在《北大己巳级史学系毕业生赠言》诗："天赋迂儒自圣狂，读书不肯为人忙。平生所学宁堪赠，独此区区是秘方。"○失得分毫厘：出《礼记·经解》：《易》曰：'君子慎始，差若毫厘，缪以千里。'"

⑧惟在公与私：惟，仅仅，只。公，公心。私，私心。

⑨天动：此指天理的运行。○人为：此指人欲的运行。

⑩遗体：自己的肉体，旧说以自己的身体为父母的"遗体"。○践形：实践。出《孟子·尽心上》："形色，天性也，惟圣人，然后可以践形。"后曾国藩《送刘椒云南归序》有："使夫一身得职，而天地万物，各安其分。以位以育，以效吾之官司，所谓践形者也。"使得"践形"的实践义越发明确。

⑪崇德性：即"尊德性"。"尊德性"是在"心为万物之体"命题的前提下，主张道德修养只需反观自己的心体而不假外求，和"尊德性"相对的是"道问学"。"道问学"在"格物致知"的本体论指导下，主张读书问学以穷理而向外求索。"尊德性"和"道问学"的分野，是理学内部"理学"和"心学"在修养方法论上的分歧，该分歧在南宋朱熹、陆九渊那里曾经公开化，二人著名的"鹅湖之辩"即聚焦于此。阳明在此已明确他归属陆九渊的"心学"一派。○问学刊支离："问学"即"道问学"。刊，斫，删削。支离，分散，散乱没有条理。王阳明以朱子"道问学"一派的向外求索为头绪繁多难以把握，故而他警告储柴墟要于此有所注意。

⑫气：指变化多端的气质，理学认为其为导致人欲的渊源因。○物：即外在事物，理学认为其为导致人欲的诱发因。

⑬恬淡：性情淡泊，不求名利。出《老子》"恬淡为上，胜而不美"句。○精专：即专一。

⑭博弈：此处当泛指儒家圣学以外的游戏。语出《论语·阳货》："不有博弈者乎？"朱子《论语集注》释为："博，局戏，弈，围棋也。"○甘若饴：义同成语"甘之如饴"。甘，甜。饴，麦芽糖。

⑮该联谓沉溺于辞章而忽略圣学,有玩物丧志之嫌。

⑯春阳:春天的阳光。汉荀悦《申鉴·杂言上》有"喜如春阳,怒如秋霜"句,故而可以"春阳"喻"和悦"的情感。○溢:本义为水流出容器,此为引申的"表现"义。○鬓眉:代指面容。

⑰慎默:谨慎、沉默,不轻易言谈。○长:通"常"。

⑱廊庙:代朝廷、国家。○器:器物,引申为"才具"义。○山泉:义同"林泉",代指隐居。

⑲度量:比较。○齿:牙齿,代指年龄,如前交代,储柴墟和乔白岩均长阳明十五岁。○德:德行。

⑳庶:"庶几"的略说,或许、差不多的意思。○崇卑:尊卑。

㉑心事两不疑:互不猜疑,肝胆相照。

【评析】

该三诗为五言古体组诗。阳明论道学友除湛若水、汪抑之、崔子钟三人外,尚有乔白岩、储柴墟二位。王阳明赴谪龙场,当时乔、储二人因不在京,未能送行。王阳明于赴谪途中忆起二人,故有《忆昔答乔白岩因寄储柴墟三首》之作。

一日怀抑之也。抑之之赠既尝答以
三诗,意若有歉焉,是以赋也①

正德二年(1507)

其 一

一日复一日,去子日以远。惠我金石言,沉郁未能展。②
人生各有际,道谊尤所眷。③尝嗤儿女悲,忧来仍不免。④缅怀
沧洲期,聊以慰迟晚。

其 二

迟晚不足叹,人命各有常。相去忽万里,河山郁苍苍。

中夜不能寐,起视江月光。中情良自抑,美人难自忘。⑤

其　三

美人隔江水,仿佛若可睹。风吹蒹葭雪,飘荡知何处?⑥
美人有瑶瑟,清奏含太古。⑦高楼明月夜,惆怅为谁鼓?

【校注】

①该组诗《王阳明全集》卷十九著录。

②金石言:像黄金宝石那样珍贵的话语,比喻可贵而有价值的劝告。

③该联可以理解为,尽管人生相逢各有其缘分际遇,但基于志同道合的友谊更值得珍贵。

④儿女悲:指儿女情长。儿女情长和英雄气短对,指男女之间恋情绵绵不断,而慷慨奋发的气概消沉不足,多用来形容离愁别绪,尤其用来形容应有作为的男子行事不够果断。

⑤该联意为,思念的情感可以抑制,但对您却难以忘却。此处美人取有美德之人义,指汪抑之。

⑥蒹葭雪:苇荻花被风吹落,飘飘似雪。

⑦瑶瑟:玉琴。○清奏:独奏。○太古:最古老幽远的时代。

【评析】

该组诗三首均为五古。其创作缘起,据诗题知为思念汪抑之、弥补对汪的歉意而作。该诗为情谊缠绵的思念之情的反复咏叹,咏叹中有写景有言理,可谓做到了融抒情、写景、言理于一体。抒情之句有"沉郁未能展""忧来仍不免""缅怀沧洲期""美人难自忘""惆怅为谁鼓"。写景之句有"河山郁苍苍""风吹蒹葭雪,飘荡知何处"。言理之句有"人生各有际,道谊尤所眷""迟晚不足叹,人命各有常"。实写与虚写相结合:实写之句有"一日复一日,去子日以远""中夜不能寐,起视江月光";虚写为组诗之其三。

梦与抑之昆季语，湛、崔皆在焉。觉而有感，因记以诗三首①

正德二年(1507)

其　一

梦与故人语，语我以相思。才为旬日别，宛若三秋期。②令弟坐我侧，屈指如有为。须臾湛君至，崔子行相随。③肴醑旋罗列，语笑如平时。④纵言及微奥，会意忘其辞。⑤觉来复何有？起坐空嗟咨！

其　二

起坐忆所梦，默溯犹历历。初谈自有形，继论入无极。⑥无极生往来，往来万化出。⑦万化无停机，往来何时息！⑧来者胡为信？往者胡为屈？⑨微哉屈信间，子午当其屈。⑩非子尽精微，此理谁与测？何当衡庐间，相携玩义《易》。⑪

其　三

衡庐曾有约，相携尚无时。去事多翻覆，来踪岂前知？⑫斜月满虚牖，树影何参差。⑬林风正萧瑟，惊鹊无宁枝。邈彼二三子，怒焉劳我思。⑭

【校注】

①该组诗《王阳明全集》卷十九著录。

②三秋：代三年。

③湛君：湛甘泉。○崔子：崔铣，字子钟。

④肴醑:音 yáoxǔ,佳肴美酒。

⑤会意忘其辞:"得意忘言"义。

⑥有形:形而下的具体。○无极:形而上的超越。

⑦往来:可具指阴阳二气。○万化:指阴阳二气化生的万物。

⑧此二句意谓万事万物的运行变化永不停息。

⑨胡为:何为,为什么。○信:通"伸",伸直。

⑩微:细微、隐微,不易察觉。○子午:指南北,古人以"子"为正北,以"午"为正南。唐苏颋"揆阴阳之中,居子午之直,丛依观阁,层立殿堂"(《唐长安西明寺塔碑》)曾用。

⑪衡庐:衡门小屋,言简陋,多指隐者之居。典出"衡门之下,可以栖迟"(《诗经·陈风·衡门》)。○义《易》:《易》理。

⑫翻覆:反复无常。

⑬牖:窗户。

⑭邈:邈远。○怒:音 nì,忧郁,失意貌。

【评析】

该组诗为五古,是王阳明记梦之作。所梦为自己与汪抑之兄弟、湛甘泉、崔子钟等五人相与论道。其一写先是和汪抑之兄弟在一起,而后湛甘泉和崔子钟相继而至,五人于酒席宴上论道的情景,以及醒觉是梦的嗟咨叹息。其二写梦中论道的内容,先由形而下的具体至形而上的超越,再由形而上至于形而下万物生化不息的推演;末二句"何当衡庐间,相携玩义《易》"是相与隐居推衍《易》理志愿与约定的表达。其三结合自己月夜梦觉的孤独,抒发了约定不能实现的忧郁与遗憾之情。该组诗的审美价值是:现实中不能实现情况下,梦中再现友情更显友情之厚;梦中论道更见道契之深。

云龙山次乔宇韵^①

正德二年(1507)

几度舟人指石冈，东西长是客途忙。^②百年风物初经眼，三月烟花正向阳。芒砀汉云春寂寞，黄楼楚调晚凄凉。^③惟余放鹤亭前草，还与游人藉醉觞。^④

【校注】

①该诗束景南先生自《〔民国〕铜山县志》卷七十三、《古今图书集成·山川典》卷九十四《云龙山部》辑出，入《王阳明佚文辑考编年》。束先生考证说，徐州为阳明仕宦往返京师、南都、绍兴所必经之地，故其在徐州多有诗咏，如弘治十七年(1504)七月赴山东主考乡试所作《黄楼夜涛赋》。王阳明该诗作于三月，则必是正德二年由京师赴谪经徐州时作。○云龙山：在时铜山县城南，今属江苏徐州。○乔宇：即乔白岩。

②客途：指自己作为谪客的赴谪之路。

③芒砀汉云：指汉高祖于芒砀山斩蛇起义事。《史记·高祖本纪》："高祖被酒，夜径泽中，令一人行前。行前者还报曰：'前有大蛇当径，愿还。'高祖醉，曰：'壮士行，何畏！'乃前，拔剑击斩蛇。蛇遂分为两，径开。行数里，醉，因卧。后人来至蛇所，有一老妪夜哭。人问何哭，妪曰：'人杀吾子，故哭之。'人曰：'妪子何为见杀？'妪曰：'吾子，白帝子也，化为蛇，当道，今为赤帝子斩之，故哭。'人乃以妪为不诚，欲告之，妪因忽不见。"芒砀山在今河南省永城市境内。○黄楼楚调：黄楼即徐州黄楼，苏轼修，王阳明曾有《黄楼夜涛赋》。楚调，即汉高祖刘邦《大风歌》。

④放鹤亭：在云龙山上。○醉觞：欢饮。觞，古代酒器。

【评析】

该诗为一七律。王阳明离京赴谪是在正德二年闰正月，此时别乔宇；

经徐州在三月，见乔宇诗有感而次韵。诗首联、颔联写三月徐州大地的景物；颈联、尾联怀古以寄托自己的寂寞、凄凉心情。

赴谪次北新关喜见诸弟①

正德二年(1507)

扁舟风雨泊江关，兄弟相看梦寐间。②已分天涯成死别，宁知意外得生还！投荒自识君恩远，多病心便吏事闲。③携汝耕樵应有日，好移茅屋傍云山。④

【校注】

①该诗《王阳明全集》卷十九著录。

②江关：此指杭州北新关。

③投荒：贬谪、流放至荒远之地，此指王阳明自己遭贬谪至贵州龙场。

④耕樵：耕田、打柴，代指务农，进一步指无官一身轻的闲适生活。〇云山：代指归隐。

【评析】

该诗是一七律，内容为赴谪止宿杭州北新关时，见到赶来的诸弟之事。诗的情感基调上虽用一"喜"字，但仅是意料之外的"惊喜"，"惊喜"过后是骨肉分离的"悲"，一喜一悲，喜突转悲，两相落差的结果，无疑是加倍的离别悲情。这一悲情在"扁舟风雨"的情形下，实又增添孤凉意味。诵读该诗，眼前自然浮现一副"扁舟风雨""执手相看泪眼"的"寒江图"。好在王阳明是有宽阔胸怀的豁达之人，他没有使悲凉的气氛成为当时情景的全部，而是用"多病心便吏事闲""携汝耕樵应有日"来宽慰诸弟，结束全诗。

南　屏①

正德二年(1507)

溪风漠漠南屏路,春服初成病眼开。②花竹日新僧已老,湖山如旧我重来。③层楼雨急青林迥,古殿云晴碧嶂回。④独有幽禽解相信,双飞时下读书台。⑤

【校注】

①该诗《王阳明全集》卷十九著录。

②溪风,沿着水溪的风。○漠漠:细密而无声状。宋末元初文人戴表元(1244—1310)的《白岩山》诗有"漠漠溪风吹路尘"句,王阳明此处的"溪风漠漠"当从戴诗化用而来。○南屏:指南屏山,在杭州西湖南岸,山中有静慈寺,王阳明彼时栖居寺中养病。○春服初成:此为《论语》"莫春者,春服既成"之袭用,"初成"与"既成"同义,间接交代了该诗创作时间为农历三月的暮春时节。○病眼开:形象地指病情好转。

③颔联对仗工整,意境清新,写的是南屏山静慈寺故地重游的感慨。王阳明感慨的是尽管湖山如旧、花竹日新,但是旧识的僧友却较前老衰。

④颈联以互文的手法写了"急雨云晴"的即目之景,"层楼""古殿"是近处所见,"青林迥""碧嶂回"则为远望之景。

⑤幽禽:鸣声优雅的禽鸟。○解相信:相互理解对方。

【评析】

该诗为一七律,以开、来、回、台为韵,属"上平十灰"韵。诗首句不入韵,首联、尾联不对仗,颔联、颈联对仗工整。颔联"花竹日新"对"湖山如旧","僧已老"对"我重来"。颈联"层楼"对"古殿","雨急"对"云晴","青林"对"碧嶂","迥"则与"回"对。律诗和古体比起来,更适合表达理性的内容,创造幽远的意境。该诗没有强烈的情感抒发,全诗呈现着冷静含蓄的格调,内容上则事、景、理、情兼具。事,为诗人病居杭州南屏山静慈寺,在病情有所好转的情况下，于暮春三月，漫步山路、溪水之间事。景则为诗人漫步时的即目之景，包括溪风、花竹、湖山、层楼、古殿这些静景，还有青林迥、碧嶂回、急雨云情、幽禽双飞这些动景，动景、静景有机结合，给人如在风景画中之感。理是诗人由旧地重来而物是人非感悟到的时光人老的自然之理。情则是通过幽禽双飞含蓄表达的知音不在的孤寂之感。时光人老与孤寂之感的交织，又隐约流露出诗人将届不惑之年而功业之志不得伸展的郁冈与怅惘。

卧病静慈写怀①

正德二年(1507)

卧病空山春复夏，山中幽事最能知。②雨晴阶下泉声急，夜静松间月色迟。把卷有时眠白石。解缨随意濯清漪。③吴山越峤俱堪老，正奈燕云系远思。④

【校注】

①该诗《王阳明全集》卷十九著录。

②空山：此指静慈寺所在的南屏山，因少有人至，故曰空山。○春复夏：由春到夏。○幽事：结合下文，当指自己的清幽生活。

③卷：书卷。○缨：带子，此代指头发，用法如"沧浪之水清兮，可以濯我缨"之"缨"。

④吴山：山名，位于杭州西湖东南。○越峤：山名，指越王城山，在杭州萧山。○堪：承受。用法如"人不堪其忧"（《论语·雍也》）之"堪"。○正奈：怎奈。○燕云：宋代有燕云十六州之说，泛指北京周围包括天津、河北北部、山西北部地区。此处王阳明典用之，以指当时的明都北京。

【评析】

该诗为一七律，以知、迟、漪、思为韵，属"上平四支"韵。诗首句不入韵，首联、尾联不对仗，颔联、颈联对仗工整。该诗是叙述体，以平缓语气叙述自己数月来卧病静慈寺的生活境况和心理状态。他的生活境况完全符合隐居生活的"闲适"要求,这可由中间二联的"雨晴阶下泉声急,夜静松间月色迟"得证。但是,看来闲适的隐居生活并不符合他的理想,由末句的"燕云系远思"知,此时的他,虽远在江湖,却心在庙堂。处江湖之远则忧其君,这是中国传统知识分子基因性的家国情怀。这一情怀在诗中通过对比反衬方式实现:一是闲适生活境况对远在江湖心系庙堂的对比反衬;再是以吴山越峤的青山不老,而人的生命却是有限对比,反衬自己远在江湖心系庙堂的焦虑心情。此外,王阳明的焦虑心情从该诗对"泉声急"的有意描绘和"月色迟"的低声抱怨也可见出。

移居胜果寺二首①

正德二年(1507)

其 一

江上俱知山色好,峰回始见寺门开。②半空虚阁有云住,六月深松无暑来。病肺正思移枕簟,洗心兼得远尘埃。③富春咫尺烟涛外,时倚层霞望钓台。

其 二

病余岩阁坐朝曛,异景相新得未闻。④日脚倒明千顷雾,雨声高度万峰云。⑤越山阵水当吴峤,江月随潮上海门。便欲携书从此老,不教猿鹤更移文。

【校注】

①该二诗《王阳明全集》卷十九著录。

②江上:钱塘江上。

③簟：音 diàn，竹席。○尘埃：代指喧嚣的世俗生活。

④曛：暮，傍晚。

⑤日脚：太阳穿过云隙射下来的光线。

【评析】

该二诗为七律，和《南屏》《卧病静慈写怀》共同艺术地写照着王阳明正德二年(1507)春夏的生活和情怀。但与后二诗所反映的信息又有不同。《南屏》《卧病静慈写怀》写的是他于南屏山静慈寺的卧病生活和情怀；《移居胜果寺二首》则写的是他移居凤凰山胜果寺的卧病生活和情怀。基本的生活环境还是山水林泉，基本的生活方式还是读书养病，但情怀取向却有细微的差别：因为《南屏》中对"幽禽解相信"的艳羡，和《卧病静慈写怀》中的"燕云系远思"的表白，说明他依然有强烈的功业之心；而《移居胜果寺二首》其一的"洗心兼得远尘埃""时倚层霞望钓台"，以及其二尾联的"便欲携书从此老，不教猿鹤更移文"，则可理解为冷静下来后，他有意于远离尘俗、林泉耕读的情怀取向。

忆　别①

正德二年(1507)

忆别江干风雪阴，艰难岁月两侵寻。②重看骨肉情何限，况复斯文约旧深。贤圣可期先立志，尘凡未脱谩言心。③移家便住烟霞壑，绿水青山长对吟。④

【校注】

①该诗《王阳明全集》卷十九次此。但是，详味之发现，该诗义脉相连于《赴谪次北新关喜见诸弟》。若果《赴谪次北新关喜见诸弟》为离开杭州赴谪之作，则该诗可能作于抵达龙场之后的正德三年(1508)或四年(1509)。今姑置于此。

②江干:江边,江岸。

③谩:莫,不要。

④烟霞:代归隐生活。

【评析】

杭州北新关别诸弟后,王阳明还对此时时念叨,诗中有情景的回忆、感情的深化、谆谆的教导,最后两句则是带领大家过闲适生活的重申。

因雨和杜韵①

正德二年(1507)

晚堂疏雨暗柴门,忽入残荷泻石盆。②万里沧江生白发,几人灯火坐黄昏?客途最觉秋先到,荒径惟怜菊尚存。却忆故园耕钓处,短蓑长笛下江村。③

【校注】

①该诗《王阳明全集》卷十九次《南屏》之前,详味诗意显然不妥,尤与"客途最觉秋先到,荒径惟怜菊尚存"句不合。据"秋先到"义推测,笔者认为该诗或作于正德二年(1507)七月。

②疏雨:不大不小一下就是几天的秋雨。○残荷:入秋之荷。

③故园:故乡。

【评析】

该诗为一七律,诗为王阳明黄昏疏雨中晚堂独坐的和韵杜甫之作,所和杜诗为《白帝》,《白帝》原诗为:"白帝城中云出门,白帝城下雨翻盆。高江急峡雷霆斗,翠木苍藤日月昏。戎马不如归马逸,千家今有百家存。哀哀寡妇诛求尽,恸哭秋原何处村。"杜诗不愧"诗史"之称,为白帝城所见凄惨景象的实录。王诗首联、颔联、颈联寓忧愁的谪客之情于写实景之中;尾联虚写,所写为想象中的故园耕钓、短蓑长笛,表达对田园生活的向往之意。

游海诗二首 并序①

正德二年（1507）

　　予，余姚王守仁也。以罪南谪，道钱塘，以病且暑，寓居江头之胜果寺。一日，有二校排闼而入，直抵予卧内，挟予而行。有二人出自某山蒙茸中，其来甚速，若将尾予者。既及，执二校，二校即挺二刃厉声曰："今日之事，非彼即我，势不两生。吾奉吾主命，行万余里，至谪所不获，乃今得见于此，尚可少贷以不毕吾事耶？"二人请曰："王公，今之大贤，令死刃下，不亦难乎！"二校曰："诺。"即出绳丈余，令予自缢。二人又请曰："以缢与刃，其惨一也。令自溺江死，何如？"二校曰："是则可耳。"将予锁江头空室中。予从窗谓二人曰："予今夕固决死，为我报家人知之。"二人曰："使公无手笔，恐无所取信。"予告无以作书。二人则从窗隙与我纸笔。予为诗二首、告终辞一章授之，以为家信。

其　一

　　学道无闻岁月虚，天乎至此欲何如。生曾许国惭无补，死不忘亲恨有余。自信孤忠悬日月，岂论遗骨葬江鱼。百年臣子悲何极，日夜潮声泣子胥。②

其　二

　　敢将世道一身担，显被天刑万死甘。③满腹文章方有用，百年臣子独无惭。涓流裨海今真见，片雪填沟旧齿谈。④昔代

140

衣冠谁上品,状元门第好奇男。⑤

二人,一姓沈,一姓殷,俱住江头,必报吾家,必报吾家

【校注】

①该诗束景南先生《王阳明佚文辑考编年》自杨仪《高坡异纂》卷下、《烟霞小说十三种》第六帙辑出。

②子胥:伍子胥,春秋时期人物,和屈原一样是忠义被害的象征。

③天刑:此指朝廷的刑罚。

④涓流裨海:涓涓细流有补于大海,为言自己的投海自尽。

⑤该联下句为王阳明自指,因其父王华为成化十七年(1481)辛丑科进士第一,故称。

【评析】

该二诗创作缘起,其序颇详,说自己为锦衣卫二校追杀,幸有沈玉、殷计二人相助,得写此二诗及一辞托二人为家信,然后投海。该二诗为慷慨赴死前的真情书写,充溢着忠贞、孝亲、豪迈之气。

泛　海①

正德二年(1507)

险夷原不滞胸中,何异浮云过太空!②夜静海涛三万里,月明飞锡下天风。③

【校注】

①该诗《王阳明全集》卷十九著录。

②险夷:崎岖与平坦,指生活的顺与逆。

③飞锡:佛教语,僧人等执锡杖飞空。孙绰《游天台山赋》"王乔控鹤以冲天,应真飞锡以蹑虚"句有用,李周翰注谓:"应真,得真道之人,执锡杖而行于虚空,故云飞也。"

141

【评析】

该诗为一七绝,是王阳明赴武夷山游历后决定赴谪龙场时的心志表达。由病卧杭州的忧郁到该诗的豁达与豪迈,中间的过渡在《托异人言诗》,诗为:"二十年前曾见君,今来消息我先闻。君将性命轻毫发,谁把纲常重昆仑? 寰海已知夸令德,皇天终不丧斯文。武夷山下经行处,好把椒浆荐夕曛。"据明王世贞《弇山堂别集》,沈周《客座新闻》(《明史》卷九十八载,沈周有《客座新闻》二十二卷,现存残本)认为该诗为王阳明假托异人所作的己作。据钱德洪《年谱》,此"异人"指阳明逃到福建一山寺中所遇到的、二十年前在南昌铁柱宫相识的方士。该"异人"当时和阳明曾有二十年后海上相见的约定,这次相见算是践约。整首诗的内容,是以"异人"的口气开导、启示阳明。该诗题名为笔者所加,为一七律。诗的前二句出自钱德洪《年谱》,钱氏认为该诗为"异人"作;后六句,如下注所述,出自《客座新闻》中,沈氏认为是阳明作。笔者将八句合为一诗后,发现前二句和后六句是语义贯通、首句入韵且对仗工整的七言律诗。语义上,该诗表达的是珍惜生命、以道自任,进而经纶天下的壮志与情怀。笔者认为,该诗如果是王阳明假托于"异人"的己作,则表明他经过苦闷与沉沦之后,终于下定了以道济世的决心;如果确为"异人"的点化之文,则也是他心理状态转折的表现。因为此时他意志的抉择,可由题于山寺壁的《泛海》来确证。《泛海》诗表明,此时的王阳明已坦然于人生的艰难险阻,超越了人生的生死浮沉,达到此心光明的豪迈境界。

武夷次壁间韵①

正德二年(1507)

肩舆飞度万峰云,回首沧波月下闻。②海上真为沧水使,山中又遇武夷君。③溪流九曲初谙路,精舍千年始及门。④归去高堂慰垂白,细探更拟在春分。⑤

【校注】

①该诗《王阳明全集》卷十九著录。

②肩舆:轿子的一种,载人山行的交通工具。

③沧水使:又作"苍水使",典出《吴越春秋》卷六《越王无余外传》:"禹乃东巡,登衡岳……仰天而啸,因梦见赤绣衣男子,自称玄夷苍水使者,闻帝使文命于斯,故来候之。"苍水使的使命是迎候大禹,故而又代指迎候客人的使者。〇武夷君:主管武夷山的神仙,汉代始祀。朱熹《武夷棹歌》(又名《九曲棹歌》)中的"武夷山上有仙灵"的"仙灵"当指武夷君。

④溪流九曲:朱熹《武夷棹歌》所咏赞的九曲溪。九曲溪一曲转过所见的大王峰,是武夷君宴请乡人的地方;第五曲转过后的山高云深的隐屏峰,是当年朱熹修筑武夷精舍聚徒讲学之处。〇精舍:武夷精舍,始由朱熹建于淳熙十年(1183),用于聚集讲学。朱熹在此形成了他的理学思想体系,武夷山也因而被誉为"道南理窟",成为儒学的圣山。

⑤高堂:家庭中父母居住的堂屋,代指父母。〇细探:精细推算。

【评析】

或者是由于"异人"的指点,抑或是自己痛苦后的抉择,阳明心地坦然地选择了积极用世的人生道路。由于积极用世是中国传统儒家价值观,故而来到福建的他,前往武夷山朝圣便成为逻辑中的应有之义。该诗即为他朝圣武夷山朱文公祠(武夷精舍)时,次壁间韵的表达心迹之作。诗中洋溢着的是喜悦急迫之情,这从"肩舆飞度万峰云""精舍千年始及门"可知。"肩舆"的"飞"实际是作者心情的"飞",三百余年的精舍也因而被描绘成"千年"。再者,这种心情也为神使、仙灵的助阵所侧面烘托。阳明痛苦思想斗争后的回归圣学,落到自己的切实行动上,当然是首先告慰高堂父母,还有就是赴龙场驿丞任的圣命。据钱德洪《年谱》,当时阳明父亲王华正在南京吏部尚书任上,阳明离开武夷山后,是取道鄱阳湖赴南京省亲的。阳明自南京回到杭州,已经是正德二年(1507)十二月。在做了必要的安排之后,他踏上了赴任龙场驿丞的旅途。

中和堂主赠诗①

正德二年(1507)

　　十五年前始识荆,此来消息最先闻。君将性命轻毫发,谁把纲常重一分? 寰海已知夸令德,皇天终不丧斯文。②武夷山下经行处,好对青尊醉夕曛。③

【校注】

　　①据束景南先生《王阳明佚文辑考编年》考,诗见《高坡异纂》卷下、《存馀堂诗话》,束先生认为该诗为王阳明借"中和堂主"(阳明虚构道人)之口所自作诗。

　　②斯文:指礼乐教化、典章制度。典出《论语·子罕》的"天之将丧斯文也,后死者不得与于斯文也"文。

　　③夕曛:落日的余晖,亦指黄昏时分。

【评析】

　　该诗为一七律,和笔者前《泛海》所辨《托异人言诗》文相仿佛,应为后人传抄过程中修改变化形成不同版本的一首诗。现再录《托异人言诗》于此,以方便辨读:"二十年前曾见君,今来消息我先闻。君将性命轻毫发,谁把纲常重昆仑? 寰海已知夸令德,皇天终不丧斯文。武夷山下经行处,好把椒浆荐夕曛。"

大中祥符寺①

正德二年(1507)

　　漂泊新从海上至,偶经江寺聊一游。②老僧见客频问姓,行子避人还掉头。③山水于吾成痼疾,险夷过眼真蜉蝣。④为报

144

同年张郡伯，烟江此去理渔舟。⑤

【校注】

①该诗由束景南先生自《〔嘉庆〕西安县志》卷四十四、《〔民国〕衢县志》卷四辑出，入《王阳明佚文辑考编年》，并谓为王阳明游海入山，归经西安时所作，原应为《游海诗》中之篇。○大中祥符寺：故址位于今浙江衢州。

②江寺：指大中祥符寺。

③行子：王阳明自谓。

④蜉蝣：亦作"蜉蝤"，虫名，幼虫生活在水中，成虫褐绿色，有四翅，生存期极短，《诗经·曹风·蜉蝣》："蜉蝣之羽，衣裳楚楚。"《毛传》："蜉蝣，渠略也，朝生夕死。"喻微小、不足挂齿。

⑤该联上句指时衢州知府张维新，弘治十二年（1499）进士，是王阳明同年。

【评析】

该诗为王阳明游大中祥符寺记事写怀之作。其所写之怀，由"山水于吾成痼疾，险夷过眼真蜉蝣"见，与《泛海》"险夷原不滞胸中，何异浮云过太空"的超越与豪迈相同。另，他的好游与好友，亦于该诗见出。

舍利寺①

正德二年（1507）

经行舍利寺，登眺几徘徊。峡转滩声急，雨晴江雾开。颠危知往事，飘泊长诗才。②一段沧洲兴，沙鸥莫浪猜。③

【校注】

①该诗束景南先生自《〔万历〕龙游县志》卷二、《〔民国〕龙游县志》卷三十三辑出，入《王阳明佚文辑考编年》，并谓为王阳明游海入山，经龙游县时所作，应为《游海诗》中之篇。据《〔民国〕龙游县志》卷二十四："舍利寺，在

县东三十里。"

②颠危知往事：指因言获罪与游海经历危难。○飘泊长诗才：指游海至武夷山，随处题咏，锻炼了诗歌创作能力，提升了诗歌创作水平。

③一段沧洲兴：指王阳明视此次游武夷山为一段沧洲隐遁经历。沧洲，滨水的地方，是常用的隐居符号。

【评析】

该诗为一五律，是王阳明行经龙游舍利寺时作。由诗中之写景抒情可见，他此时已调整好遭遇政治不公的心态，准备正面面对——"一段沧洲兴，沙鸥莫浪猜"，以辩证之理看待——"颠危知往事，飘泊长诗才"。

题兰溪圣寿教寺壁①

正德二年(1507)

兰溪山水地，卜筑趁云岑。②况复径行日，方多避地心。潭沉秋色静，山晚市烟深。更有枫山老，时堪杖履寻。③

【校注】

①该诗束景南先生《王阳明佚文辑考编年》自《〔万历〕兰溪县志》卷六、《〔光绪〕兰溪县志》卷三辑出，谓为《游海诗》中诗。○圣寿教寺：在兰溪县（今浙江兰溪）东隅大云山麓，为祝圣习仪之所。

②云岑：云雾缭绕的山峰。

③枫山老：章懋(1437—1522)，字德懋，号枫山，浙江兰溪人，成化二年(1466)进士，选为庶吉士，授翰林编修，著有《枫山语录》《枫山集》，纂《兰溪县志》。

【评析】

该诗为五言律，首联、颔联写避世心志，颈联写深秋景色，尾联写访寻章懋。

登蟂矶次草泉心刘石门韵二首①

正德二年(1507)

其　一

中流片石倚孤雄，下有冯夷百尺宫。②滟滪西蟠浑失地，长江东去正无穷。③徒闻吴女埋香玉，惟见沙鸥乱雪风。④往事凄微何足问，永安宫阙草莱中。⑤

其　二

江上孤臣一片心，几经漂没水痕深。⑥极怜撑住即从古，正恐崩颓或自今。薜蚀秋螺残老翠，蟂鸣春雨落空音。⑦好携双鹤矶头坐，明月中宵一朗吟。

【原注】二诗壬戌年作，误入此。

【校注】

①该诗《王阳明全集》卷二十著录，原在正德十五年作诗中，钱德洪于下题"二诗壬戌年作，误入此"，束景南先生《王阳明年谱长编》考谓，作于是次王阳明自武夷山回南都经芜湖之秋九月之时，亦为《游海诗》中之篇。○蟂矶：音 xiāojī，在安徽芜湖西江中，上旧有灵泽夫人（俗传即三国时刘备妻、孙权妹）祠。○刘石门：石门刘准，监察御史。

②冯夷：传说中的黄河之神——河伯，泛指水神。《庄子·大宗师》："冯夷得之，以游大川。"成玄英疏："姓冯名夷，弘农华阴潼乡堤首里人也。……天帝锡冯夷为河伯，故游处盟津大川之中也。"

③滟滪：滟滪堆，位于白帝城下瞿塘峡口。

④吴女：灵泽夫人，孙氏，传说为吴王孙权之妹，蜀汉昭烈帝刘备之妻，

传孙权用周瑜之计，迎孙氏于荆州，孙氏乃识其诈，遂沉江死；一云孙氏闻昭烈帝崩，哀毁投江自尽。后人遂立庙蟆矶山上，以示纪念。

⑤永安宫：蜀汉昭烈皇帝刘备托孤的故址，222年，刘备率20万大军东下，遭东吴大将陆逊火烧连营，败归巫山建平，还守鱼复，改县名永安，营亦名永安宫。○草莱：草莽，杂生的草。

⑥孤臣：孤立无助不受重用之臣。

⑦蟆鸣：水獭的叫声。

【评析】

该二诗其一首联、颔联写长江之景，颈联、尾联怀三国刘备夫人、孙权之妹故事。其二在其一怀古前提下写怀，写自己身遭不公，依然心系国家的忠诚，尾联所写是报国无门的无奈。

草萍驿次林见素韵奉寄①

正德三年(1508)

山行风雪瘦能当，会喜江花照野航。②本与宦途成懒散，颇因诗景受闲忙。③乡心草色春同远，客鬓松梢晚更苍。④料得烟霞终有分，未须连夜梦溪堂。⑤

【校注】

①该诗《王阳明全集》卷十九著录。○草萍驿：明代驿站名，在今浙江省衢州市常山县城西四十里。○林见素：即林俊(1452—1527)，字待用，见素为其号，福建莆田人，曾在草萍驿有诗，王阳明该诗则为次其韵之作。

②上联句意为，尽管自己身体瘦弱，不过尚且能承受风雪山行的艰难。○会：恰巧碰上。○野航：农家小船，元王祯《农书》载："野航，田家小渡舟也。或谓之舴艋，谓形如蚱蜢，因以名之。"杜甫《南邻》诗"秋水才深四五尺，野航恰受两三人"句曾用。

③宦途：仕途。

④客鬓松梢:此处是比喻,将自己客途的鬓发比作苍松。

⑤溪堂:临溪的堂舍。用如宋辛弃疾的"枕簟溪堂冷欲秋,断云依水晚来收"(《鹧鸪天·鹅湖归病起作》)之"溪堂",代指隐居自适的生活状态。

【评析】

该诗为一七律,以当、航、忙、苍、堂为韵,押下平"阳"韵。颔联、颈联"本与宦途成懒散,颇因诗景受闲忙。乡心草色春同远,客鬓松梢晚更苍"对仗工整,音韵和谐。诗的内容在于情状的描写和情怀的书写,两者相互交织、相得益彰。首联是瘦弱的身体能承受风雪山行,以及对山花照野航的欢喜情状描写与情怀书写的交织。颔联是宦途懒散和忙于诗景的交织。颈联是客鬓晚更苍和乡心春草远的交织。尾联则表达的是山林生活迟早到来而未必就在当下的自我安慰。全诗给人平淡自然、意境幽远之美感。

玉山东岳庙遇旧识严星士①

正德三年(1508)

忆昨东归亭下路,数峰箫管隔秋云。②肩舆欲到妨多事,鼓枻重来会有云。③春夜绝怜灯节近,溪声最好月中闻。④行藏无用君平卜,请看沙边鸥鹭群。⑤

【校注】

①该诗《王阳明全集》卷十九著录。○玉山:今江西省上饶市玉山县,临浙江省衢州市常山县。○东岳庙:即今上饶东岳庙,宋建炎元年(1127)修建。○严星士:一位姓严的术士,为王阳明旧识。

②东归:指王阳明八月游武夷山和严星士分别后的东归。○箫管:排箫和大管,泛指管乐器,又代指乐器、音乐。○隔秋云:隔断遏止天空的秋云,此为用"响遏行云"之典。"响遏行云"典出《列子·汤问》:"薛谭学讴于秦青,未穷青之技,自谓尽之,遂辞归。秦青弗止,饯于郊衢,抚节悲歌,声振林木,响遏行云。薛谭乃谢求反,终身不敢言归。"

③鼓枻:义为划桨,代指泛舟。用如"渔父莞尔而笑,鼓枻而去"(屈原《渔父》)之"鼓枻"。枻,音 yì,船桨。

④灯节:指元宵节。

⑤行藏:指出处行止。典出《论语·述而》:"用之则行,舍之则藏。"义为被任用就出仕,不被任用就退隐。

【评析】

该诗为一七律,是王阳明过浙江衢州常山到上饶玉山东岳庙巧遇旧识严星士时所写。诗分两部分:首联、颔联为第一部分,为回忆上次分别;颈联、尾联为第二部分,是当下情况的书写。上次的分别写的是严星士送别自己时的依依不舍,采用了"箫管隔秋云""肩舆妨多事"等侧面衬托的方法。当下情况的书写有两个内容:一是和严星士共度元宵的期待;再是表明自己已经坚定了赴谪的决心,无需星士再为自己的行藏出处占卜。

广信元夕蒋太守舟中夜话①

正德三年(1508)

楼台灯火水西东,箫鼓星桥渡碧空。②何处忽谈尘世外?百年惟此月明中。客途孤寂浑常事,远地相求见古风。别后新诗如不惜,衡南今亦有飞鸿。③

【校注】

①该诗《王阳明全集》卷十九著录。○广信:广信府,治所在今江西上饶。○元夕:元宵节之夜。○蒋太守:太守是知府的别称,此处蒋太守指当时的广信府知府。

②箫鼓:代指音乐。

③衡南:南岳衡山之南,犹曰衡阳。○飞鸿:代指书信,义出"鸿雁传书"之说。"鸿雁传书"典出《汉书·苏建传》载苏武事:"汉求武等,匈奴诡言武死。后汉使复至匈奴,常惠请其守者与俱,得夜见汉使,具自陈道。教

使者谓单于,言天子射上林中,得雁,足有系帛书,言武等在某泽中。"

【评析】

该诗娓娓道来,语调平和,为王阳明正德三年(1508)至广信时和时任广信知府蒋太守舟中共度元宵佳节的即兴之作。首联以写景引起全诗,所写之景为舟中所见所闻。所见者为元宵夜的灯火楼台,所闻者为通过星桥渡越碧空的歌乐。颔联、颈联明志:此时的他已不再有尘世之外的想法,也不在意旅途的孤独寂寞,而是踏实地践履现实生活,去远方(贵州龙场)寻求淳朴的古风。尾联意味深长地谈论和蒋太守的友谊,表达了分别之后书信往来的意向。该诗写元宵之夜与当地知府的相谈相聚,一方面说明王阳明和蒋太守的友谊深厚;另一方面,也可说明此时的他作为赴谪的"罪臣",在人们的心目中,并非鄙视或引火烧身的对象。

夜泊石亭寺,用韵呈陈娄诸公,因寄储柴墟都宪及乔白岩太常诸友[①]

正德三年(1508)

其 一

廿年不到石亭寺,惟有西山只旧青。[②]白拂挂墙僧已去,红阑照水客重经。[③]沙村远树凝春望,江雨孤篷入夜听。[④]何处故人还笑语? 东风啼鸟梦初醒。[⑤]

其 二

怅望沙头成久坐,江洲春树何青青。[⑥]烟霞故国虚梦想,风雨客途真惯经![⑦]白璧屡投终自信,朱弦一绝好谁听。[⑧]扁舟心事沧浪旧,从与渔人笑独醒。[⑨]

【校注】

①该诗《王阳明全集》卷十九著录。○石亭寺:时南昌一寺庙,王阳明

151

赴谪龙场,正德三年(1508)元宵后至南昌泊宿之所。阳明于弘治元年(1488)在南昌完婚时曾到过石亭寺,二十年后正德三年(1508)赴谪龙场驿经过南昌再泊宿该寺。此二诗即为泊宿该寺时的有感而作,作之以呈示陈娄诸公,并寄挚友储䥑储柴墟、乔宇乔白岩。○陈娄诸公:当指陈石斋、娄谅等,是王阳明前辈学人。陈石斋即陈献章(1428—1500),字公甫,石斋为其号,又号碧玉老人、玉台居士、江门渔父、南海樵夫、黄云老人等,因曾在白沙村居住,人称白沙先生,世称陈白沙,和娄谅等同为吴与弼所创"崇仁学派"中人,亦为吴门人。娄谅(1422—1491),字克贞,别号一斋,江西广信上饶人,为王阳明蒙师。

②该诗上句意谓二十年前曾到石亭寺,即曾到南昌,指阳明弘治元年(1488)十七岁时在南昌迎娶其妻诸氏之事。据载,在此期间,王阳明曾有诸多学术活动,如曾经拜访大学者娄谅。

③白拂:白色的拂尘。○阑:栅栏,栏杆。

④凝春望:凝聚着春天的希望。

⑤东风啼鸟:化用唐杜牧"日暮东风怨啼鸟"(《金谷园》)句。

⑥怅望:惆怅地想望。○江洲:江上的沙洲。

⑦烟霞故国:化用唐代诗人冷朝阳"故国烟霞外"(《送唐六赴举》)句。

⑧该联化用宋人李流谦"朱弦无复人三叹,白璧空惭我屡投"(《遣兴》)句。

⑨该联典用屈原《渔父》:"屈原既放,游于江潭,行吟泽畔,颜色憔悴,形容枯槁。渔父见而问之曰:'子非三闾大夫与? 何故至于斯?'屈原曰:'举世皆浊我独清,众人皆醉我独醒,是以见放。'渔父曰:'圣人不凝滞于物,而能与世推移。世人皆浊,何不淈其泥而扬其波? 众人皆醉,何不铺其糟而歠其醨? 何故深思高举,自令放为?'屈原曰:'吾闻之,新沐者必弹冠,新浴者必振衣;安能以身之察察,受物之汶汶者乎? 宁赴湘流,葬于江鱼腹中。安能以皓皓之白,而蒙世俗之尘埃乎?'渔父莞尔而笑,鼓枻而去,乃歌曰:'沧浪之水清兮,可以濯吾缨;沧浪之水浊兮,可以濯吾足。'遂去,不复与言。"

该二诗,其一表达的是物是人非的怀恋,其二表达的则是挚友不在的孤独以及自己淡泊的心志。

过分宜望钤冈庙①

正德三年(1508)

　　共传峰顶树,古庙有灵神。楚俗多尊鬼,巫言解惑人。②
望禋存旧典,捍御及斯民。③世事浑如此,题诗感慨新!

【校注】

　　①该诗《王阳明全集》卷十九著录。○分宜:分宜县,取"分得宜春地"义以为名,时属袁州府,今属江西新余,西临江西宜春。○钤冈庙:位于和分宜古县城隔河相望的钤冈岭上。钤冈岭海拔 252 米,是分宜古县城的天然屏障。

　　②解惑:解,解使他人明白;惑,故意使他人不明白。此处解、惑连用,偏指惑义。

　　③该联上句化用了唐人李复"禋祠彰旧典"(《恒岳晨望有怀》)句。○禋:音 yīn,烧柴升烟以为祭祀。○旧典:古代的典籍。○捍御:捍卫。

【评析】

　　该诗为阳明遇目即事的有感而发。诗写民间俗信及其仪式,以及阳明对该俗信的看法。民间信仰钤冈岭上的大树,以及钤冈庙中的神灵,并用烧柴升烟的仪式祭祀神灵,祈求其捍卫保护此方百姓。作为一儒者,阳明是不信鬼神存在的,因先圣孔子已立不语怪力乱神之训。但对于这一民间俗信,他尚能以平常心看待曰:"世事浑如此。"并认为以之充实诗作的内容,尚且颇有新意。

杂诗三首①

正德三年（1508）

其　一

危栈断我前，猛虎尾我后。倒崖落我左，绝壑临我右。我足复荆榛，雨雪更纷骤。邈然思古人，无闷聊自有。②无闷虽足珍，警惕忘尔守。③君观真宰意，匪薄亦良厚。④

其　二

青山清我目，流水静我耳；琴瑟在我御，经书满我几。措足践坦道，悦心有妙理。顽冥非所惩，贤达何靡靡！乾乾怀往训，敢忘惜分晷？⑤悠哉天地内，不知老将至。

其　三

羊肠亦坦道，太虚何阴晴？⑥灯窗玩古《易》，欣然获我情。⑦起舞还再拜，圣训垂明明。拜舞讵逾节？顿忘乐所形。敛衽复端坐，玄思窥沉溟。⑧寒根固生意，息灰抱阳精。⑨冲漠际无极，列宿罗青冥。⑩夜深向晦息，始闻风雨声。⑪

【校注】

①该诗《王阳明全集》卷十九著录。
②无闷：此谓超越逆境、险境的乐观。如颜子的"箪食瓢饮不改其乐"。
③警惕：指临深履薄的心态。
④真宰：宇宙万物的主宰、本体，后在王阳明那里是"良知"。

⑤乾乾:敬慎貌。〇晷:音 guǐ,日影、光阴,代指时间。

⑥该联上句谓掌握了辩证之理后对具象的超越。〇太虚:宇宙,太空。

⑦该联言己意和《易》理契合的喜悦。

⑧衽:衣襟。〇沉溟:幽冥、幽深貌。

⑨寒根:冬天的树根。〇息灰:无火星的灰烬。

⑩冲漠:虚寂恬静。〇列宿:众星。〇青冥:青苍幽远,指青天。

⑪晦息:内心安静下来。

【评析】

该三诗意象奇诡多变。有言临险者,如"危栈""猛虎""倒崖""绝壑""荆榛""雨雪"。有言清和者,如"青山""流水""琴瑟""经书"。有言玄理者,如"无闷""警惕""真宰""乾乾""太虚""古《易》""玄思""寒根""息灰""青冥""晦息"。乍看杂乱,其实三诗分工明确,有其秩序:其一起临险并超越,经其二的清和中有感于光阴易逝,到其三仰观俯察、深思冥想,悟得古《易》的万物辩证之理后与自然归于一体的心灵宁静。

袁州府宜春台四绝①

正德三年(1508)

其 一

宜春台上还春望,山水南来眼未尝。却笑韩公亦多事,更从南浦羡滕王。②

其 二

台名何事只宜春?山色无时不可人。不用烟花费妆点,尽教刊落尽嶙峋。③

其　三

持修江藻拜祠前，正是春风欲暮天。^④童冠尽多归咏兴，城南兼说有温泉。^⑤

其　四

古庙香灯几许年？增修还费大官钱。^⑥至今楚地多风雨，犹道山神驾铁船。^⑦

【校注】

①该诗《王阳明全集》卷十九著录。〇袁州府：府治在今江西省宜春市袁州区。〇宜春台：汉武帝元光六年(前129)宜春侯刘成建。王阳明的时代台顶有韩文公(韩愈)祠。

②该联上句为笑韩愈为袁州刺史时逢大旱，于宜春台仰山神庙求雨事。韩愈于宜春台求雨，载于其所写三篇祭文及《谢雨文》中。〇南浦：地名，在南昌市西南。王勃《滕王阁诗》"画栋朝飞南浦云"句有用。〇滕王：王爵的封号，此专指唐朝滕王李元婴。李元婴曾任洪州都督，王勃所写《滕王阁序》中的滕王阁为其所建。

③烟花：雾霭中的花。〇刊落：删除。

④持修江藻：江藻，或为人名，疑为韩文公祠主持，当时负责接待阳明拜谒该祠。〇祠：时宜春台上的韩文公(愈)祠。

⑤该联上句为浓缩化用《论语·先进》曾点答孔子问志，曾点之答为："莫春者，春服既成，冠者五六人，童子六七人，浴乎沂，风乎舞雩，咏而归。"

⑥古庙：此指宜春台上的祠庙，如韩文公(愈)祠等。

⑦驾铁船：超然于尘俗。出《传灯录》卷二十：有僧问潭州文殊法师："仁王登位，万姓沾恩，和尚出世何如？"师曰："万里长沙驾铁船。"

【评析】

该四诗为他于袁州府宜春台的登临口占，涵写景(事)、抒情、议论、咏怀于其中。其一的前两句是写登临的即目之景;后两句则是通过怀古而抒情,所怀之古为唐代韩愈及唐代滕王李元婴的袁州旧事,抒情则着一"笑"字和一"羡"字。其二则是通过议论表达了自己对宜春台的喜爱之情。其三是通过写事表达自己有曾点气象的情怀。其四是通过议论写怀,议论的是感慨修庙花费了大量公帑,所写之怀为自己无能为力的情况下只好超然物外。

夜宿宣风馆①

正德三年(1508)

山石崎岖古辙痕,沙溪马渡水犹浑。夕阳归鸟投深麓,烟火行人望远村。天际浮云生白发,林间孤月坐黄昏。越南冀北俱千里,正恐春愁入夜魂。②

【校注】

①该诗《王阳明全集》卷十九著录。○宣风馆:宣风驿馆,在今江西萍乡。

②越南:百越之南,泛指遥远的南方。○冀北:冀州之北,泛指遥远的北方。

【评析】

该诗为一七律,是阳明宿江西萍乡宣风驿馆时作,是一首羁旅情愁诗。诗首联、颔联写景,颈联、尾联写情。首联写的是自己赶路的情状,有崎岖山路上的古车辙,马过水浑的沙溪;颔联所写为傍晚时分即目之景,包括投林的归鸟、路上的行人、远村的炊烟。颈联、尾联所写为羁旅的孤独与愁绪,分别由"孤"字和"愁"字道出。在写作手法的运用上:首联、颔联是赋体;颈联的"天际浮云生白发,林间孤月坐黄昏"是比体,以浮云的白比头发的白,以林间月的孤比自己的孤;"越南冀北俱千里"则动用了想象机制,或许是他想起远方的友人,而更增添了羁旅的愁绪吧!

萍乡道中谒濂溪祠①

正德三年(1508)

　　木偶相沿恐未真,清辉亦复凛衣巾。②簿书曾屑乘田吏,俎豆犹存畏垒民。③碧水苍山俱过化,光风霁月自传神。④千年私淑心丧后,下拜春祠荐渚蘋。⑤

【校注】

　　①该诗《王阳明全集》卷十九著录。○濂溪:本为今湖南省永州市道县一水名,亦为北宋大儒周敦颐号。周敦颐(1017—1073)字茂叔,湖南道县人,理学奠基人。

　　②木偶:此指濂溪祠内周敦颐的木质塑像。○清辉:清澈明亮的光辉,多指月光。此为比喻用法,指周敦颐高尚品格展现出的感召风采。

　　③簿书:指官方文书,公文。○乘田吏:掌管畜牧的小吏,孔子曾履此职。有关于此,《孟子·万章下》谓:"(孔子)尝为乘田矣,曰:'牛羊茁壮,长而已矣。'"赵岐注:"乘田,苑囿之吏也,主六畜之刍牧者也。"○俎豆:俎、豆均为古代祭祀的用品,代指祭祀。○畏垒民:乡野之人。畏垒,本为山名,借指乡野。

　　④光风霁月:形容雨过天晴时万物明净的景象,亦喻开阔的胸襟和心地。开阔的胸襟和心地之喻,最早出自黄庭坚《濂溪诗序》对周敦颐形象的评价:"春陵周茂叔,人品甚高,胸怀洒落如光风霁月。"光风,雨后初晴时的风。霁月,雨雪停止后晴空的月亮。

　　⑤私淑:未经亲授的弟子。○春祠:春天的祭祀,古代宗庙的四时祭之一,王阳明此次过濂溪祠祭祀濂溪恰逢春天,故借用"春祠"入诗。

【评析】

　　该诗为一七律,主要使用的是以议论为诗的写作手法。首联是对濂溪祠中周敦颐木质塑像的评价,认为尽管有所失真,但衣巾尚能表现濂溪凛然的风采。颔联是对周敦颐的评价,赞赏了其不以官小而不为,只以教化为旨归的高风亮节。颈联赞赏了周敦颐教化甚至及于山水自然物的功绩,并认为光风霁月是濂溪形象的传神写照。该诗虽是以议论为诗,却不是空洞的说教,而是议论中充溢着情感与形象:全诗洋溢着王阳明对周敦颐的崇敬之情,读者眼前仿佛出现了他恭敬地在濂溪祠中祭拜周敦颐的画面。

宿萍乡武云观①

正德三年(1508)

晓行山径树高低,雨后春泥没马蹄。翠色绝云开远嶂,寒声隔竹隐晴溪。②已闻南去艰舟楫,漫忆东归沮杖藜。夜宿仙家见明月,清光还似鉴湖西。③

【校注】

①该诗《王阳明全集》卷十九著录。

②翠色绝云:翠绿的山色耸入云端。

③鉴湖:位于浙江省绍兴市南,原名镜湖,相传黄帝铸镜于此而得名。此处王阳明以之代家乡。

【评析】

该诗为一七律,首联、颔联为旅途景物的描写;颈联、尾联是阳明思乡情愫的表现。其思乡情愫可由诗中"漫忆东归",和由其时所见明月联想到家乡鉴湖的明月见出。

醴陵道中风雨夜宿泗州寺次韵①

正德三年(1508)

风雨偏从险道尝,深泥没马陷车箱。虚传鸟路通巴蜀,岂必羊肠在太行。②远渡渐看连暝色,晚霞会喜见朝阳。水南昏黑投僧寺,还理义编坐夜长。③

【校注】

①该诗《王阳明全集》卷十九著录。

②虚传鸟路通巴蜀:此为言湖南通巴蜀道路艰险,仅飞鸟可过。

③僧寺:此指"泗州寺"。○义编:载有义理的书卷。

【评析】

正德三年(1508)早春,阳明赴谪离开江西萍乡,进入湖南境内,过醴陵,作该诗,叙写旅途的艰辛、孤寂以及羁旅情愫。

靖兴寺①

正德三年(1508)

隔水不见寺,但闻清磬来。②已指峰头路,始瞻云外台。洞天藏日月,潭窟隐风雷。欲询兴废迹,荒碣满蒿莱。

【校注】

①该诗由束景南先生自《〔乾隆〕长沙府志》卷四十七辑出,入《王阳明佚文辑考编年》。○靖兴寺:在今湖南醴陵靖兴山。正德三年(1508)春王阳明赴谪龙场,途经醴陵,和前《醴陵道中风雨夜宿泗州寺次韵》为同时作。

②清磬:磬的清音。

【评析】

该诗为五律,内容为记事、言理。言理在颈联、尾联:"洞天藏日月,潭窟隐风雷。欲询兴废迹,荒碣满蒿莱。"为言自然孕化、社会兴废的辩证之理。

龙　潭①

正德三年(1508)

老树千年惟鹤住,深潭百尺有龙蟠。②僧居却在云深处,别作人间境界看。

【校注】

①该诗由束景南先生自《〔乾隆〕长沙府志》卷四十九、《〔雍正〕湖广通志》卷八十辑出,入《王阳明佚文辑考编年》。○龙潭:为醴陵靖兴山下龙潭,前《靖兴寺》诗的"潭窟隐风雷"即指该潭。

②蟠:屈曲,环绕,盘伏。

【评析】

该诗为七绝。乍读该诗,感觉纯为写实,无寓托,但深味"深潭百尺有龙蟠"句,似又有以潜龙自况之意,这或许就是诗体艺术魅力之所在吧。

望赫曦台①

正德三年(1508)

隔江岳麓悬情久,雷雨潇湘日夜来。安得轻风扫微霭,振衣直上赫曦台。②

【校注】

①该诗束景南先生《王阳明佚文辑考编年》自赵宁《长沙府岳麓志》卷六辑出。○赫曦台:在岳麓山顶,"赫曦"是朱熹命名,台是张栻所建。有关于此,朱熹《云谷山记》云:"余名岳麓山顶曰赫曦。"

②微霭:薄雾。

该诗是一七绝,简洁地表达了王阳明对朱熹、张栻二理学先贤的仰慕之情,其"悬情久""振衣"尤其传神。

游岳麓书事①

正德三年(1508)

醴陵西来涉湘水,信宿江城沮风雨。②不独病齿畏风湿,泥潦侵途绝行旅。③人言岳麓最形胜,隔水溟蒙隐云雾。赵侯需晴邀我游,故人徐陈各传语。④周生好事屡来速,森森雨脚何由住!⑤晓来阴翳稍披拂,便携周生涉江去。⑤戒令休遣府中知,徒尔劳人更妨务。⑥橘洲僧寺浮江流,鸣钟出延立沙际。⑦停桡一至答其情,三洲连绵亦佳处。⑧行云散漫浮日色,是时峰峦益开雾。⑨乱流荡桨济倏忽,系楫江边老檀树。岸行里许入麓口,周生道予勤指顾。柳溪梅堤存仿佛,道林林壑独如故。⑩赤沙想像虚田中,西屿倾颓今冢墓。⑪道乡荒趾留突兀,赫曦远望石如鼓。⑫殿堂释菜礼从宜,下拜朱张息游地。⑬凿石开山面势改,双峰辟阙见江渚。闻是吴君所规画,此举良是反遭忌。⑭九仞谁亏一篑功,叹息遗基独延伫!浮屠观阁摩青霄,盘据名区遍寰宇。⑮其徒素为儒所摈,以此方之反多愧。爱礼思存告朔羊,况此实作匪文具。⑯人云赵侯意颇深,隐忍调停旋修举。昨来风雨破栋脊,方遣圬人补残敝。⑰予闻此语心稍慰,野人蔬蕨亦罗置。⑱欣然一酌才举杯,津夫走报郡侯至。⑲此行隐迹何由闻?遣骑候访自吾寓。潜来鄙意正为此,仓卒行庖益劳费。整冠出迓见两盖,乃知王君亦同御。⑳肴羞层叠丝竹繁,避席兴辞恳莫拒。多仪劣薄非所承,乐阕觞周日将暮。黄堂吏散君请先，病夫沾醉须少憩。[21]入舟暝色渐微茫，却喜顺流还易渡。严城灯火人已稀，小巷曲折忘归路。[22]仙宫酣倦成熟寐，晓闻檐声复如注。昨游偶遂实天假，信知行乐皆有数。[23]涉躐差偿夙好心，尚有名山敢多慕！齿角盈亏分则然，行李虽淹吾不恶。[24]

【校注】

①该诗《王阳明全集》卷十九著录。关于王阳明这次游览岳麓，清代赵宁《新修岳麓书院志》谓："正德间忤阉瑾，谪贵阳。道经长沙，泛湘沅，吊屈贾，寓岳麓，为朋徒斤斤讲良知之学。是时，朱张遗迹久湮，赖公过化，有志之士复多兴起焉。"

②信宿：连住两夜。〇江城：此指长沙，因湘江流经，故称。

③潦：音 lǎo，路上的雨水。

④赵侯：时长沙知府赵维藩。〇徐：指徐成之。徐为浙江余姚人，曾与王阳明论学。〇陈：陈文鸣（凤梧），时任湖广提学。

⑤阴翳：阴霾，阴云。

⑥府中：此指长沙府。

⑦橘洲：湘江中的橘子洲。〇鸣钟：敲钟。

⑧桡：桨，楫。

⑨开霁：阴天放晴。

⑩柳溪梅堤：柳溪、梅堤，皆为岳麓景点。〇道林林壑：语用杜甫"玉泉之南麓山殊，道林林壑争盘纡"（《岳麓山道林二寺行》）句。道林，道林寺，位于岳麓山东麓，约建于六朝。

⑪赤沙：赤沙湖。如前"道林林壑"，亦为用杜甫"寺门高开洞庭野，殿脚插入赤沙湖"（《岳麓山道林二寺行》）句。〇西屿：岳麓山的景点。

⑫道乡：道乡台，岳麓景点。〇赫曦：赫曦台。

⑬释菜：亦作"释采"，古时入学祭祀先圣先师的典礼。有关于此，《礼记・月令》有"（仲春之月）上丁，命乐正习舞，释菜"文，郑玄注为"将舞，必释菜于先师以礼之"。〇朱张：朱熹、张栻。

⑭吴君:指时规划毁寺扩院的长沙府参议吴世忠。

⑮浮屠观阁:此指岳麓山上的佛教建筑。

⑯该联上句是用"爱礼存羊"之典,比喻为维护根本而保留有关仪节。典出《论语·八佾》:"子贡欲去告朔之饩羊,子曰:'赐也,尔爱其羊,我爱其礼。'"

⑰圬人:涂抹墙壁的泥瓦工人。圬,音 wū,泥瓦工用的抹子。

⑱野人:指当地土著。

⑲津夫:指湘江渡口的摆渡者。○郡侯:即前文赵侯,时长沙知府赵维藩。

⑳王君:王推官,王阳明有《次韵答赵太守王推官》诗。

㉑黄堂:古代太守衙中的正堂。《后汉书·郭丹传》:"敕以丹事编署黄堂,以为后法。"李贤注曰:"黄堂,太守之厅事。"后为太守的代称:"太守曰黄堂。"(宋黄朝英《靖康缃素杂记》卷上)○病夫:王阳明自称,如上交代,因有牙病,故谓。

㉒严城:戒备森严的城市,此指长沙城。

㉓天假:上天授予。如"公之挺生,实惟天假"(北周庾信《周上柱国齐王宪神道碑铭》)之"天假"之用。

㉔齿角:此指用象牙、鹿角等制成的量器。

【评析】

该诗为王阳明正德三年(1508)早春过长沙游岳麓时作,为一叙事诗,以时间的先后叙述了游岳麓山的过程,是一融写景、怀古、抒情与议论于叙事之中的嘉篇。叙事有情节的变化,尽管长沙知府赵维藩等当地官员已多次正式约请,但阳明游岳麓的初衷是仅携周生的低调出行,而中午时分赵知府却访迹而至。情节的落差表明阳明虽为谪客,但仍为所重的事实。写景则为一天之中游览岳麓的盛景。怀古所写为道林寺、赫曦台等的变迁。抒情有对朱熹、张栻等先贤的崇敬之情。议论如末二句"齿角盈亏分则然,行李虽淹吾不恶",表达的是顺应自然的生活态度。

长沙答周生①

正德三年(1508)

　　旅倦憩江观,病齿废谈诵。之子特相求,礼殚意弥重。②
自言绝学余,有志莫与共。手持一编书,披历见肝衷。近希
小范踪,远为贾生恸。③兵符及射艺,方技靡不综。④我方惩创
后,见之色亦动。子诚仁者心,所言亦屡中。⑤愿子且求志,蕴
蓄事涵泳。⑥孔圣固惶惶,与点乐归咏。⑦回也王佐才,闭户避
邻哄。⑧知子信美才,大构中梁栋。未当匠石求,滋植务培
壅。⑨愧子勤绻意,何以相规讽? 养心在寡欲,操存舍即纵。⑩
岳麓何森森,遗址自南宋。江山足游息,贤迹尚堪踵。⑪何当
谢病来,士气多沈勇。

【校注】

　　①该诗《王阳明全集》卷十九著录。

　　②之子:犹言这个人,此指周金,为时长沙府生员。用如《诗·周南·
汉广》的"之子于归,言秣其马"句之"之子",唐代邱为有"兴尽方下山,何必
待之子"(《寻西山隐者不遇》)。

　　③小范:指范仲淹。范仲淹被西夏人呼为"小范老子",此见朱熹《三朝
名臣言行录》:"仲淹领延安,养兵蓄锐,夏人闻之,相戒曰:'今小范老子腹
中自有兵甲……'戎人呼知州为老子。"○贾生:指西汉贾谊。贾谊为西汉
文帝时政论家、文学家,少有才名,世称贾生。

　　④兵符:传达命令或调兵遣将所用的凭证,此代指军事。○射艺:射箭
技艺,此代指武艺。○方技:古代指医、卜、星、相之术。

　　⑤仁者心:指儒家的仁爱之心。

　　⑥志:儒学的志向。○蕴蓄:积累。○涵泳:沉下心来深深体味。

⑦该联意谓孔子固然栖栖遑遑地周游列国推行自己的主张,但"与点乐归咏"却是他的更高理想和志向。

⑧回:指颜回。颜回(前521—前481)尊称颜子,字子渊,孔子最得意的弟子,极富学问。《论语·雍也》谓:"一箪食,一瓢饮,在陋巷,人不堪其忧,回也不改其乐。"○王佐才:意指辅佐君主、帝王定国安邦的才能。"王佐"为"佐王"的倒装,辅佐君主、帝王。○闭户避邻哄:意谓尽管颜回有佐王之才,但却能避开邻里的喧嚣而专心于学。哄,喧闹。

⑨匠石:名为石的巧匠,泛指技艺高超之人。典出《庄子·徐无鬼》:"郢人垩慢其鼻端,若蝇翼,使匠石斫之。匠石运斤成风,听而斫之,尽垩而鼻不伤,郢人立不失容。"

⑩操存舍即纵:操持心志,精神专一,儒家为学方法论。语出《孟子·告子上》:"操则存,舍则亡,出入无时,莫知其乡,惟心之谓与!"

⑪该联明游息江山、踵武贤迹的涵养之法。

【评析】

该诗共三十六句,为一五古叙事诗,所叙为长沙过化一周姓后生之事,周生名周金。诗采用铺陈手法,先写自己病中周金虔诚地前来请教,次赞扬周金的志向和素质,鼓励他要以孔子、曾子、颜子等圣贤为榜样,立志做圣贤,最后教以专心一志的以自然山水圣贤遗迹涵养之法。

陟湘于迈,岳麓是尊。仰止先哲,因怀友生丽泽,兴感《伐木》寄言二首①

正德三年(1508)

其 一

客行长沙道,山川郁绸缪。②西探指岳麓,凌晨渡湘流。③逾冈复陟巘,吊古还寻幽。林壑有余采,昔贤此藏修。④我来实仰止,匪伊事盘游。⑤衡云闲晓望,洞野浮春洲。怀我二三友，伐木增离忧。⑥何当此来聚？道谊日相求。

其　二

林间憩白石，好风亦时来。春阳熙百物，欣然得予怀。缅思两夫子，此地得徘徊。当年麋童冠，旷代登堂阶。⑦高情讵今昔，物色遗吾侪。顾谓二三子，取瑟为我谐。⑧我弹尔为歌，尔舞我与偕。吾道有至乐，富贵真浮埃！若时乘大化，勿愧点与回。⑨陟冈采松柏，将以遗所思。勿采松柏枝，两贤昔所依。缘峰践台石，将以望所期。勿践台上石，两贤昔所跻。两贤去邈矣，我友何相违？吾斯未能信，役役空尔疲。胡不此簪盍，丽泽相邀嬉？渴饮松下泉，饥餐石上芝。偃仰绝余念，迁客难久稽。⑩洞庭春浪阔，浮云隔九疑。江洲满芳草，目极令人悲。已矣从此去，奚必兹山为！恋系乃从欲，安土惟随时。⑪晚闻冀有得，此外吾何知！⑫

【校注】

①该二诗《王阳明全集》卷十九著录。○岳麓：岳麓山，上有儒学圣地岳麓书院。○先哲：朱熹、张栻。○丽泽：谓两个沼泽相连。《易·兑》："丽泽兑，君子以朋友讲习。"王弼注谓"丽犹连也"，朱熹《周易本义》谓"两泽相丽，互相滋益，朋友讲习，其象如此"，后比喻朋友互相切磋，疑此或为王阳明友人之名，抑或为其假托。○伐木：为《诗经·小雅》之篇，歌咏友情之诗。

②长沙：时长沙府，亦可指时长沙府治所长沙城。○绸缪：紧密缠缚。

③岳麓：岳麓山，在时长沙城西。○湘流：湘江，亦称湘水。

④昔贤：当指朱熹、张栻等。

⑤仰止：仰慕、向往。出《诗经·小雅·车舝》："高山仰止，景行行止。"

⑥伐木：此用《诗经·小雅》的《伐木》之篇以为义，该诗有"伐木丁丁，鸟鸣嘤嘤……嘤其鸣矣，求其友声"句，后因以"伐木"为表达深厚友情之

典。结合下文的"何当此来聚？道谊日相求"之义，王阳明此当为思念湛若水、汪抑之等。

⑦靡童冠：指当时朱张会讲于岳麓书院，在青年人中形成的风靡情状。靡，风靡。童，童子，少年。冠，冠者，青年男子。童冠，指青少年，典出《论语·先进》："莫春者，春服既成，冠者五六人，童子六七人，浴乎沂，风乎舞雩，咏而归。"○旷代：空前、绝代。用如谢灵运《伤己赋》"丁旷代之渥惠，遭谬眷于君子"句之"旷代"。

⑧二三子：犹言诸位、你们。用如"孤违蹇叔，以辱二三子，孤之罪也"（《左传·僖公三十三年》)中之"二三子"。

⑨大化：天地万物的自然更化。用如陶渊明"纵浪大化中"(《形影神》)之"大化"。○点与回：曾点与颜回。

⑩迁客：指遭贬斥放逐之人，此为王阳明自谓。

⑪欲：此为理学术语，与理对。王阳明此处将留恋此地山水看作应当格除的人欲。○安土：安乐的地方。

⑫晚闻：即晚闻道之义。此为"朝闻道，夕死可矣"(《论语·里仁》)的活用。

【评析】

该二诗将虚与实结合、历史与现实结合、自然与人文结合、叙事与抒情言理结合，内涵相当丰富，又扣紧友情，友情的归宿则是道友，道友的标杆是朱熹、张栻，朱熹、张栻又和岳麓山关联起来。而他自己的二三道友为谁？湛甘泉、汪抑之、崔子钟欤？

朱张祠书怀示同游①

正德三年(1508)

客行长沙道，山川郁绸缪。西探指岳麓，凌晨渡湘流。逾冈复陟巘，吊古还寻幽。林壑有余采，昔贤此藏修。我来实仰止，匪伊事盘游。衡云闲晓望，洞野浮春洲。怀我二三友，伐木增离忧。何当此来聚？道谊日相求。灵杰三湘会，朱张二月留。②学在濂洛系，文共汉江流。

【校注】

①该诗由束景南先生自《石鼓志》卷五辑出，入《王阳明佚文辑考编年》。

②朱张：朱熹、张栻。

【评析】

该诗前十六句和《陟湘于迈，岳麓是尊。仰止先哲，因怀友生丽泽，兴感〈伐木〉寄言二首》其一同，后四句"灵杰三湘会，朱张二月留。学在濂洛系，文共汉江流"为其所无。疑该诗为原貌，前诗为钱德洪编《文录》时删去后四句而成。或谓钱以后四句的"朱张二月留。学在濂洛系"，与王阳明"致良知"之学谓朱子向心外求理为非，有抵牾之处而删，也未可知。

次韵答赵太守王推官①

正德三年(1508)

诘朝事虔谒，玄居宿斋沐。②积霖喜新霁，风日散清燠。③兰桡渡芳渚，半涉见水陆。④溪山俨新宇，雷雨荒大麓。皇皇弦诵区，斯文昔炳郁。⑤兴废尚屯疑，使我怀悱懊。⑥近闻牧守贤，经营亟乘屋。⑦方舟为予来，飞盖遥肃肃。⑧花絮媚晚筵，韶景正柔淑。⑨浴沂谅同情，及兹授春服。令德倡高词，混珠愧鱼目。努力崇修名，迂疏自岩谷。⑩

【校注】

①该诗《王阳明全集》卷十九著录。○赵太守：时长沙知府赵维藩。○王推官：时长沙府王姓推官，推官为明朝各府的佐贰官，掌理刑名、赞计典。

②虔谒：虔诚拜谒岳麓。○斋沐：斋戒沐浴。

③新霁:新晴。○燠:音 yù,暖。

④兰桡:小舟的美称。○芳渚:长满芳草的水中小块陆地。

⑤弦诵:弦歌、诵读。○炳郁:兴盛貌。

⑥屯疑:或为存疑义。○悱懊:抑郁,忧虑,遗憾。

⑦牧守:古官名,州牧、太守,此指长沙府知府赵维藩。

⑧飞盖:高高的车篷,此借指车。晋陆机《挽歌诗》"素骖伫轜轩,玄驷骛飞盖"有用。

⑨韶景:指春景。南朝梁元帝《纂要》谓"春曰青阳……景曰媚景、和景、韶景"。

⑩迂疏:犹言迂远疏阔。唐权德舆《自杨子归丹阳初遂闲居聊呈惠公》诗"蹇浅逢机少,迂疏应物难"有用。

【评析】

该诗为王阳明与时长沙知府赵维藩、王推官的唱和之作,叙写了自己虔诚拜谒岳麓的情形及当时的自然之景。表达了对南宋时期斯文兴盛的赞赏以及当下荒废的担忧,表彰了长沙知府赵维藩等重振斯文之举。在描述晚宴的和乐后表达自己要努力进取之意。

赠龙以昭隐君①

正德三年(1508)

长沙有翁号颐真,乡人共称避世士。②自言龙逢之后嗣,早岁工文颇求仕。③中年忽慕伯夷风,脱弃功名如敝屣。④似翁含章良可贞,或从王事应有子。

【校注】

①该诗由束景南先生自赵宁《〔乾隆〕长沙府志》卷四十六辑出,入《王阳明佚文辑考编年》。○龙以昭:龙时熙,字以昭,号颐真,湖南攸县人。

②颐真:即龙时熙。《〔乾隆〕长沙府志》谓龙时熙:"刚正不屈。少寓金

170

陵,有少妇暮行失钗,夫疑赠人,适时熙拾而还之,夫疑以释。湛甘泉、王阳明皆高其行。”

③龙逢:亦作“龙逄”,即关龙逢,夏之贤人,因谏而被桀所杀,后用为忠臣之代称。有关于此,《庄子·胠箧》:“昔者龙逢斩、比干剖。”汉刘向《九叹·怨思》:“若龙逢之沉首兮,王子比干之逢醢。”

④伯夷:商末孤竹君长子。《孟子·公孙丑上》载:“非其君不事,非其民不使;治则进,乱则退,伯夷也。”○敝屣:亦作“敝蹝”“敝躧”,破烂的鞋子,喻无价值之物。《孟子·尽心上》有“敝蹝”之用:“舜视弃天下犹弃敝蹝也。”

【评析】

该诗赞扬龙时熙的高风亮节。

南游三首 并序①

正德三年(1508)

元明与予有衡岳、罗浮之期,赋《南游》,申约也。

其　一

南游何迢迢,苍山亦南驰。②如何衡阳雁,不见燕台书?③莫歌沣浦曲,莫吊湘君祠。④苍梧烟雨绝,从谁问九疑?⑤

其　二

九疑不可问,罗浮如可攀。⑥遥拜罗浮云,奠以双琼环。⑦渺渺洞庭波,东逝何时还?生人不努力,草木同衰残!

其　三

洞庭何渺茫,衡岳何崔嵬。⑧风飘回雁雪,美人归未归?⑨我有紫瑜珮,留挂芙蓉台。⑩下有蛟龙峡,往往兴云雷。

【校注】

①该组诗《王阳明全集》卷十九著录。

②迢迢:也作"迢递",遥远貌。

③衡阳雁:汉张衡"上春候来,季秋就温。南翔衡阳,北栖雁门"(《西京赋》),古代北雁南飞,至此歇翅栖息,比喻音信不通。大雁之所以选择飞到衡阳避寒,是因为衡阳北部有衡山挡住了冬季从北方刮来的强冷空气。

④沣浦曲:或指南宋范成大的《沣浦》诗。该诗为:"苇岸齐齐似碧城,江船罨岸逆风行。绿苹白芷俱憔悴,惟有菱蒿满意生。"○湘君祠:或指杨时的《湘君祠》诗。该诗为:"鸟鼠荒庭暮,秋花覆短墙。苍梧云不断,湘水意何长。泽岸蒹葭绿,篱根草树黄。萧萧竹间泪,千古一悲伤。"

⑤苍梧:今广西梧州。○九疑:山名,亦作"九嶷",在湖南宁远南。

⑥罗浮:山名,即罗浮山,在今广东博罗。

⑦双琼环:一对玉环。

⑧衡岳:衡山。

⑨美人:指湛甘泉。

⑩瑜珮:玉佩。○芙蓉台:和下句之"蛟龙峡"均当在南岳衡山。

【评析】

《南游三首》为五古组诗,是王阳明重申和湛甘泉游衡山、罗浮山之约定而作,于其序知该组诗有以下内容:交代湛甘泉失约且无音信的史实;联想到衡山、罗浮山、洞庭湖等湖南、广东的景色;表达了无湛甘泉音信的内心不宁,以及由洞庭水波的东去不还想到的时光流逝,而引出的应及时努力的紧迫心情。

吊易忠节公墓①

正德三年(1508)

金石心肝熊豹姿,煌煌大节系人思。长风撼树声悲壮,仿佛当年骂贼时。

【校注】

①该诗由束景南先生自《湘阴易氏族谱》卷首之二辑出，入《王阳明佚文辑考编年》。〇易忠节：易先(1365—1427)，字太初，湖南湘阴人，以国子监生授谅山知府，越南后黎朝开国君主黎利率兵攻占谅山后，易先自缢身亡，明宣宗得知此事大为感慨，赐广西布政司右参政，谥“忠节”。易忠节墓在湘阴栗桥。

【评析】

王阳明该诗极言易先大节，盖为己之因言获罪自况、自励。

天心湖阻泊既济书事[①]

正德三年(1508)

挂席下长沙，瞬息百余里。[②]舟人共扬眉，予独忧其驶。[③]日暮入沅江，抵石舟果圮。[④]补敝诘朝发，冲风遂龃龉。[⑤]暝泊后江湖，萧条旁罾垒。[⑥]月黑波涛惊，蛟鼍互睥睨。[⑦]翼午风益厉，狼狈收断汜。[⑧]天心数里间，三日但遥指。甚雨迅雷电，作势殊未已。溟溟云雾中，四望渺涯涘。篙桨不得施，丁夫尽嗟噫。淋漓念同胞，吾宁忍暴使？馇粥且倾橐，苦甘吾与尔。[⑨]众意在必济，粮绝亦均死。凭陵向高浪，吾亦讵容止。[⑩]虎怒安可撄？志同稍足倚。[⑪]且令并岸行，试涉湖滨沚。[⑫]收舵幸无事，风雨亦浸弛。逡巡缘沚湄，迤逦就风势。[⑬]新涨翼回湍，倏忽逝如矢。夜入武阳江，渔村稳堪舣。[⑭]籴市谋晚炊，且为众人喜。江醪信漓浊，聊复荡胸滓。[⑮]济险在需时，徼幸岂常理？[⑯]尔辈勿轻生，偶然非可恃！

【校注】

①该诗《王阳明全集》卷十九著录。

②挂席:挂帆,随风张幔曰帆,或以席为之,故谓帆席。《文选》选谢灵运诗有"扬帆采石华,挂席拾海月"(《游赤石进帆海》),李善注曰:"扬帆、挂席,其义一也。"

③駃:音kuài,古通"快",迅疾。

④圮:音pǐ,毁。

⑤龃龉:音jǔyǔ,本义为牙齿上下对不上,比喻事物抵触、不协调。

⑥罾:音zēng,用木棍和竹杆作支架的渔网。

⑦蛟鼍:当指鳄鱼。鼍,音tuó,爬行动物,吻短,体长可达二米左右,背部、尾部均有麟甲。穴居江河岸边。亦称"扬子鳄""鼍龙""猪婆龙"。

⑧汜:音sì,不流通的水沟,穷渎。

⑨馓:音zhān,稠的意思。○橐:音tuó,口袋。

⑩讵:音jù,岂能,怎会。

⑪撄:音yīng,接触,触犯。

⑫沚:水中的小块陆地。

⑬湄:音méi,水与草交接的地方。"水草交为湄。"(《说文》)

⑭舣:音yǐ,停船靠岸。

⑮漓浊:酒不浓、不清澈。○胸滓:胸中的郁积。

⑯徼幸:音jiǎoxìng,同"侥幸"。

【评析】

该诗为一叙事诗,记王阳明正德三年(1508)春经长沙天心湖赴谪时遇险,最终渡过难关事。叙事之中包含着写景、抒情与说理。叙事表现为过程的叙写:先是顺水顺风,"瞬息百余里";未成想"日暮入沅江"时舟船却不幸撞在石头上,"抵石舟果圮",同时遭遇月黑风高、雷电交加甚至鳄鱼的威胁;最后侥幸渡过难关,夜入渔村,晚炊食宿。在叙事过程中,王阳明有近乎恐怖的遇险时的景色描写:"月黑波涛惊,蛟鼍互晔睍……甚雨迅雷电,作势殊未已。溟溟云雾中,四望渺涯涘。"在叙事的过程中,当丁夫面对困难气馁的时候,他自然地插入要与之同甘共苦的情感表达:"篙桨不得施,丁夫尽嗟噎。淋漓念同胞,吾宁忍暴使?馓粥且倾橐,苦甘吾与尔。"叙事结束后,他借教导丁夫总结这次阻泊既济的道理说:"济险在需时,徼幸岂常理？尔辈勿轻生，偶然非可恃！"义为：在碰到困难时不要气馁，不要把希望寄托在偶然的侥幸上，要有信心想办法渡过难关。

晚泊沅江①
正德三年(1508)

古洞何年隐七仙，仙踪欲叩竟茫然。②惟余洞口桃花树，笑倚东风自岁年。

【校注】

①该诗束景南先生自《桃花源志略》卷八辑出，入《王阳明佚文辑考编年》。

②古洞：即桃源洞。

【评析】

该诗为王阳明游桃源洞的有感而发。

去妇叹五首并序①
正德三年(1508)

楚人有间于新娶而去其妇者。其妇无所归，去之山间独居，怀绻不忘，终无他适。予闻其事而悲之，为作《去妇叹》。

其 一

委身奉箕帚，中道成弃捐。②苍蝇间白璧，君心亦何愆？独嗟贫家女，素质难为妍。命薄良自喟，敢忘君子贤？③春华不再艳，颓魄无重圆。④新欢莫终恃，令仪慎周还。⑤

175

其 二

依违出门去,欲行复迟迟。⑥邻妪尽出别,强语含辛悲。
陋质容有缪,放逐理则宜。姑老藉相慰,缺乏多所资。妾行
长已矣,会面当无时!⑦

其 三

妾命如草芥,君身比琅玕。⑧奈何以妾故,废食怀愤冤?
无为伤姑意,燕尔且为欢。⑨中厨存宿旨,为姑备朝餐。⑩畜育
意千绪,仓卒徒悲酸。⑪伊迩望门屏,盍从新人言。⑫夫意已如
此,妾还当谁颜!

其 四

去矣勿复道,已去还踌蹰。⑬鸡鸣尚闻响,犬恋犹相随。
感此摧肝肺,泪下不可挥。冈回行渐远,日落群鸟飞。群鸟
各有托,孤妾去何之?

其 五

空谷多凄风,树木何潇森!浣衣涧冰合,采苓山雪深。
离居寄岩穴,忧思托鸣琴。朝弹《别鹤操》,暮弹《孤鸿吟》。⑭
弹苦思弥切,巉岏隔云岑。⑮君聪甚明哲,何因闻此音?

【校注】

①该五诗《王阳明全集》卷十九著录。

②箕帚:以箕帚扫除,操持家内杂务,代指妻妾。○中道:半路,半道,
中途。

③君子:此为妻子对丈夫的称呼。用如《诗经·召南·草虫》之"未见

君子,忧心忡忡"句中之"君子"。

④颓魄:残月。如"颓魄不再圆,倾羲无两旦"(谢惠连《秋怀》诗)中"颓魄"之用。

⑤新欢:新的情人或恋人,此指去妇故夫的新婚妻子。如"故娇隔分别,新欢起旧情"(南朝后主陈叔宝《同管记陆琛七夕五韵诗》)中"新欢"之用。○令仪:美好的仪容。

⑥依违:此为迟疑义。如"余思旧邦,心依违兮"(汉代刘向《九叹·离世》)中"依违"之用。

⑦妾:此为去妇谦称。

⑧草芥:干枯的小草,枯草的一段,喻物之不足珍、无价值。○琅玕:音lánggān,似玉的美石。张衡"美人赠我金琅玕,何以报之双玉盘"(《四愁诗》)中有用;一说为神话传说中其实似珠的仙树,"服常树,其上有三头人,伺琅玕树"(《山海经》)。

⑨燕尔:原为弃妇诉说原夫再娶与新欢作乐,语出"宴尔新昏,如兄如弟"(《诗经·邶风·谷风》),后反其意,用作庆贺新婚之辞,王阳明此处为用其原意。

⑩中厨:内厨房。《玉台新咏》之"谈笑未及竟,左顾敕中厨"(《古乐府·陇西行》)句有用。○宿旨:晚上准备好的美食,以为翌日早餐之备。旨,美食。

⑪畜育:此处代指妇女的家庭责任。畜,畜养家禽家畜。育,生养教育孩子。

⑫伊迩:近,不远。出《诗经·邶风·谷风》之"不远伊迩,薄送我畿"句。

⑬踌躇:犹豫不决。

⑭别鹤操:乐府琴曲名,指夫妻分离,抒发别情。典出晋崔豹《古今注》:"《别鹤操》,商陵牧子所作也。娶妻五年而无子,父兄将为之改娶。妻闻之,中夜起,倚户而悲啸。牧子闻之,怆然而悲,乃歌曰:'将乖比翼隔天端,山川悠远路漫漫,揽衣不寝食忘餐!'后人因为乐章焉。"○孤鸿吟:亦当为以孤鸿自况写孤寂之情的琴曲。

⑮巑岏:音 cuánwán,山高而尖之状。

【评析】

该组诗为王阳明入夷地后抵达龙场之前作。其《序》讲明了作诗原委。王阳明听说楚地有个人,因为被新欢离间而驱逐了前妻。前妻无处安身,被迫到山中独住。该妇人对其丈夫依然眷恋,终究没有再嫁。王阳明说他闻此故事,深为之悲伤,于是写了该组诗。王阳明此《序》所述去妇故事或为实有,但观其内容,又可理解为自况之作。去妇故事应为其感同身受后创作该组诗的缘起。

罗旧驿①

正德三年(1508)

客行日日万峰头,山水南来亦胜游。布谷鸟啼村雨暗,刺桐花暝石溪幽。②蛮烟喜过青杨瘴,乡思愁经芳杜洲。③身在夜郎家万里,五云天北是神州。④

【校注】

①该诗《王阳明全集》卷十九著录。○罗旧驿:在今天湖南省芷江县罗旧镇。

②刺桐花:一种落叶乔木,花为红色。

③蛮烟:指南方少数民族地区山林中的瘴气。宋张咏"山连古洞蛮烟合,地落秋畲楚俗欢"(《舟次辰阳》诗)句有用。

④夜郎:地名,所在地说法有多种。由《罗旧驿》诗题中的"罗旧驿"在今天湖南省芷江县罗旧镇可知,此处已为夜郎之地。○五云天:可直译为有五色云的天空,该句为言离家遥远。

【评析】

该诗为王阳明到此见闻感受的书写,见闻的是春天的美景,感受的是思乡的情愫。

沅水驿①

正德三年(1508)

辰阳南望接沅州,碧树林中古驿楼。②远客日怜风土异,空山惟见瘴云浮。耶溪有信从谁问,楚水无情只自流。③却幸此身如野鹤,人间随地可淹留。

【校注】

①该诗《王阳明全集》卷十九著录。○沅水驿:故址在今湖南省怀化市辰溪县西。

②辰阳:辰溪(辰水)之阳,故址当在今辰溪县西,辰溪入沅水。○沅州:时沅州隶辰州府,辖黔阳、麻阳二县。○驿楼:沅水驿站的楼房。

③耶溪:即若耶溪,传为西施浣纱处。

【评析】

该诗亦为写眼前景而思家之作。

钟鼓洞①

正德三年(1508)

见说水南多异迹,岩头时有鼓钟声。②空遗石壁千年在,未信金砂九转成。③远地星辰瞻北极,春山明月坐更深。④年来夷险还忘却,始信羊肠路亦平。

【校注】

①该诗《王阳明全集》卷十九著录。○钟鼓洞:据《湖广通志》:"钟鼓洞在县南,龟山石壁峭立,入数十步,二石悬焉,扣之作钟鼓声。"此钟鼓洞当

在今湖南辰溪南钟鼓山下。

②水南：辰溪之南。

③金砂九转成：此为用"九转丹成"之典，为道家以丹砂和汞为原料制丹药的炼转之法。典出晋葛洪《抱朴子·金丹》："其一转至九转，迟速各有日数多少，以此知之耳。其转数少，其药力不足，故服之用日多，得仙迟也；其转数多，药力盛，故服之用日少，而得仙速也。"

④远地星辰瞻北极：该句中所藏之北极星，当喻远在北方京师的君主。

【评析】

该诗是王阳明游钟鼓洞作。游览异迹是其一，重在对传说中洞中时有钟鼓声做科学考察；更重要的是颈联、尾联写志写怀，不计前嫌，怀念远在京师的君主，进而表达希望为国建功立业的坚定信念。

平溪馆次王文济韵①

正德三年（1508）

山城寥落闭黄昏，灯火人家隔水村。②清世独便吾职易，穷途还赖此心存。③蛮烟瘴雾承相往，翠壁丹崖好共论。畎亩投闲终有日，小臣何以答君恩？④

【校注】

①《王阳明全集》卷十九著录。○平溪：今贵州玉屏的舞阳河，古名雄溪，穿玉屏县城而过。今玉屏县明代时称平溪卫，因水得名。平溪卫治所在今平溪镇，亦为今玉屏县城所在地。平溪馆即平溪卫的宾馆。○王文济：即王铠，号守拙，山西忻州人，王阳明好友，时为贵州布政司参议。

②山城：此指平溪卫城。

③职易：职务的变化，此指王阳明由兵部主事贬为龙场驿丞。

④畎亩：指田地。畎，田地中间的沟。亩，地积单位。○小臣：职卑的

臣子,此为王阳明自称。〇君:指时君正德皇帝朱厚照。

【评析】

该诗为一七律,是阳明于平溪驿馆的次韵之作。

清平卫即事①

正德三年(1508)

积雨山途喜乍晴,暖云浮动水花明。故园日与青春远,敝缊凉思白苎轻。②烟际卉衣窥绝栈,峰头戍角隐孤城。③华夷节制严冠履,漫说殊方列省卿。④

【原诗句中夹注】"烟际卉衣窥绝栈":时土苗方仇杀。

【校注】

①该诗《王阳明全集》卷十九著录。〇清平卫:今贵州省黔东南苗族侗族自治州凯里市。

②青春:指春天,春天草木茂盛呈青葱色,故称。〇敝缊:敝,破旧;缊,乱麻、乱棉絮。〇白苎:白色的苎麻。

③卉衣:卉服、草服。卉,草的总称。"卉衣"出《后汉书·南蛮西南夷传赞》:"百蛮蠢居,仞彼方徼。镂体卉衣,凭深阻峭。"李贤注:"卉衣,草服也。"〇戍角:驻军的号角声。

④华夷:通常指汉族与少数民族。〇殊方:远方,异域。东汉班固《西都赋》之"逾昆仑,越巨海,殊方异类,至于三万里"句有用。

【评析】

该诗是阳明于清平卫目睹土苗仇杀事件之作。

兴隆卫书壁①

正德三年(1508)

山城高下见楼台,野戍参差暮角摧。②贵竹路从峰顶入,
夜郎人自日边来。莺花夹道惊春老,雉堞连云向晚开。③尺素
屡题还屡掷,衡南那有雁飞回?④

【校注】

①该诗《王阳明全集》卷十九著录。○兴隆卫:今贵州省黄平县,属黔
东南苗族侗族自治州。

②山城:此指兴隆卫城。○野戍:野外驻防之处。用如"野戍孤烟起,
春山百鸟啼"(北周庾信《至老子庙应诏》)中之"野戍"。○暮角:日暮的号
角声。用如"岳阳城头暮角绝,荡漾已过君山东"(唐刘禹锡《洞庭秋月行》)
中之"暮角"。

③莺花:莺啼花开,泛指春日景色。杜甫《陪李梓州等四使君登惠义
寺》诗"莺花随世界,楼阁倚山巅"句有用。○雉堞:古代城墙的外侧,泛指
城墙。堞,音 dié,城上如齿状的矮墙。

④尺素:中国古代早期曾为书写材料,如用于书写函件,因为古书函长
约一尺,故名尺素。素,没有染色的丝绸。

【评析】

该诗为王阳明在兴隆卫书于墙壁之作,前六句写傍晚时分所见之景,
后二句描写反复题写家书,却无条件寄出的现实情状,其中"屡题""屡掷"
二词传神,给人如在目前之感。

七　盘①

正德三年(1508)

鸟道萦纡下七盘,古藤苍木峡声寒。②境多奇绝非吾土,
时可淹留是谪官。③犹记边峰传羽檄,近闻苗俗化衣冠。④投簪
实有居夷志,垂白难承菽水欢。⑤

【校注】

①该诗《王阳明全集》卷十九著录。○七盘:时平越卫七盘坡,平越卫
为今贵州省福泉市,属黔南布依族苗族自治州。

②萦纡:音 yíngyū,盘旋环绕。东汉班固"步甬道以萦纡"(《西都赋》)
句有用。

③吾土:自己的故乡。王粲"虽信美而非吾土兮,曾何足以少留"(《登
楼赋》)句有用。○淹留:羁留,逗留。此如屈原"时缤纷其变易兮,又何可
以淹留"(《楚辞·离骚》)句中"淹留"之用。

④羽檄:中国古代插鸟羽以示紧急的军事文书。典出《汉书·高帝
纪》:"以羽檄征天下兵。"○苗俗:当地苗族风俗。

⑤投簪:字面义为丢下固冠用的簪子,后则以之喻弃官。南朝齐孔稚
珪《北山移文》"昔闻投簪逸海岸"句有用。○垂白:白发下垂,谓年老。《汉
书·杜业传》之"诚哀老姊垂白,随无状子出关"句有用,颜师古注:"垂白
者,言白发下垂也。"

【评析】

在该诗中,王阳明有感于七盘坡环境的奇绝与风物土俗,流露了居夷
行教化与尽孝高堂难以两全的矛盾心情。

初至龙场无所止结草庵居之[①]

正德三年(1508)

草庵不及肩,旅倦体方适。开棘自成篱,土阶漫无级。迎风亦萧疏,漏雨易补缉。灵濑响朝湍,深林凝暮色。[②]群獠环聚讯,语庞意颇质。[③]鹿豕且同游,兹类犹人属。[④]污樽映瓦豆,尽醉不知夕。缅怀黄唐化,略称茅茨迹。[⑤]

【校注】

①该诗《王阳明全集》卷十九著录。

②该联上句意为早晨听到沙石上迅疾的流水的声音。濑,音 lài,"水流沙上也"(《说文》)。灵濑,沙上流动迅疾的水。湍,急流,和"濑"互文。

③獠:中国古族名,分布在今两广、湖南、云贵川等地区,亦泛指南方各少数民族。

④该联上句为用古圣舜居深山与鹿豕同游之典以自慰、自励。典出《孟子·尽心上》:"舜之居深山之中,与木石居,与鹿豕游。"

⑤黄唐化:谓以黄帝、唐尧等为代表的古圣有教无类的教化情怀与实践。

【评析】

该诗为王阳明记其于正德三年(1508)春(三月上旬)抵龙场无所止,而自结草庵以居事。全诗内容依次为对草庵、草庵周围景色的描写,对土著以及和土著相处的描写,最后是躬行教化意向的表达。

始得东洞遂改为阳明小洞天[①]

正德三年(1508)

群峭会龙场,戟雉四环集。[②]迩觏有遗观,远览颇未给。[③]寻溪涉深林,陟巘下层隰。[④]东峰丛石秀,独往凌日夕。崖穹洞萝偃,苔滑径路涩。月照石门开,风飘客衣入。仰窥嵌窦玄,俯聆暗泉急。惬意恋清夜,会景忘旅邑。熠熠岩鹘翻,凄凄草虫泣。[⑤]点咏怀沂朋,孔叹阻陈楫。[⑥]踌躇且归休,毋使霜露及。

【校注】

①该诗束景南先生《王阳明佚文辑考编年》认为应为阳明手定。钱德洪删定《王文成公全书》未录该诗,吴光等先生编《王阳明全集》亦未录,而是存于《居夷集》卷二中。《居夷集》,嘉靖三年丘养浩叙刊,韩柱、徐珊校订。《居夷集》现存三本,北京图书馆、上海图书馆各一,第三本是上海工美拍卖有限公司 2013 年春季拍卖会本。

②群峭:指龙场周围高而陡的群山。峭,形容山高而陡。○戟雉:因雉尾如戟,故谓。戟,一种合戈、矛为一体的古兵器。雉,俗称野鸡,尾长,羽毛鲜艳。

③觏:音 gòu,遇见,看见。如《诗经·召南·草虫》的"亦既觏止"句中之"觏"。

④巘:音 yǎn,形状像甑的山。○隰:音 xí,低湿的地方。

⑤熠熠:光亮、闪烁、鲜明状。○鹘:音 hú,鸷鸟名,隼。

⑥点咏:此为用"曾点气象"之典。典出《论语·先进》:"(子曰):'点,尔何如?'鼓瑟希,铿尔,舍瑟而作,对曰:'异乎三子者之撰。'子曰:'何伤乎? 亦各言其志也!'曰:'莫春者,春服既成,冠者五六人,童子六七人,浴乎沂,风乎舞雩,咏而归。'夫子喟然叹曰:'吾与点也。'"○孔叹:

此为用"孔叹逝川"之典。典出《论语·子罕》:"子在川上,曰:'逝者如斯夫,不舍昼夜。'"

【评析】

阳明于正德三年(1508)春抵龙场后发现东峰的"东洞",遂改其名为"阳明小洞天",并作此诗。该诗为一景、情、志交融的五言古体佳篇。

始得东洞遂改为阳明小洞天三首①

正德三年(1508)

其　一

古洞闷荒僻,虚设疑相待。②披莱历风磴,移居快幽垲。③营炊就岩窦,放榻依石垒。穿窒旋薰塞,夷坎仍洒扫。④卷帙漫堆列,樽壶动光彩。⑤夷居信何陋,恬淡意方在。⑥岂不桑梓怀?素位聊无悔。⑦

其二

童仆自相语,洞居颇不恶。人力免结构,天巧谢雕凿。清泉傍厨落,翠雾还成幕。⑧我辈日嬉偃,主人自愉乐。虽无榮戟荣,且远尘嚣聒。⑨但恐霜雪凝,云深衣絮薄。

其三

我闻莞尔笑,周虑愧尔言。上古处巢窟,抔饮皆污樽。⑩沍极阳内伏,古穴多冬暄。⑪豹隐文始泽,龙蛰身乃存。⑫岂无数尽粮,轻裘吾不温。⑬邈矣箪瓢子,此心期与论。⑭

【校注】

①该三诗在《王阳明全集》卷十九中用是题名,在《居夷集》中名为"移居阳明小洞天"。

②闷:音 bì,古同"闭",本义为关门,引申为隐秘、幽静义。此为用其引申义。

③莱:本义为藜,草名,此代指荒草。○风磴:指山岩上的石级,因岩高多风故名。杜甫诗"窈窕入风磴,长芦纷卷舒"(《谒文公上方》)句曾用。○幽垲:幽静而高爽。垲,音 kǎi,地势高而干燥。《左传·昭公三年》有"爽垲"之说:"请更诸爽垲者。"

④穹窒:此谓鼠穴。如《诗经·豳风·东山》之"洒扫穹窒"句之"穹窒"之用。○夷坎:平凹的地面。夷,平的地面。坎,低凹的地面。

⑤卷帙:代指书籍,可舒卷者曰卷,编次者曰帙。帙,音 zhì。○樽壶:樽、壶,盛酒或者茶水的两种器具,此代指酒器。

⑥该联上句为用《论语·子罕》的"君子居夷何陋之有"之典,典文曰:"子欲居九夷。或曰:'陋,如之何?'子曰:'君子居之,何陋之有?'"

⑦桑梓怀:"怀桑梓"的倒装,怀桑梓即思念父母、故乡,因桑梓在中国传统文化中是父母、故乡的代称。有关于此,《诗经·小雅·小弁》有:"维桑与梓,必恭敬止;靡瞻匪父,靡依匪母。"朱熹《诗集传》注谓:"桑、梓二木,古者五亩之宅,树之墙下,以遗子孙,给蚕食,具器用者也……桑梓父母所植。"○素位聊无悔:此为用"素位而行"之典,意谓安于所处之位而行事。典出《礼记·中庸》:"君子素其位而行,不愿乎其外。"孔颖达疏曰:"素,乡也。乡其所居之位而行其所行之事,不愿行在位外之事。"

⑧翠雾:苍郁的雾气。如元代倪瓒《题画》之"雨后池塘竹色新,钩帘翠雾湿衣巾"句中"翠雾"之用。

⑨棨戟:音 qǐjǐ,有缯衣或油漆的木戟,古代官吏所用的仪仗,出行时作为前导,后亦列于门庭,代表地位和荣耀。

⑩该联写上古巢居、礼之始成的简陋情况,"抔饮皆污樽"为用"污尊而抔饮"之典。《礼记·礼运》:"夫礼之初,始诸饮食,其燔黍捭豚,污尊而抔饮。"郑玄注曰:"污尊,凿地为尊也。抔饮,手掬之也。"

⑪该联阳明在向童仆说明洞穴之内相对于洞穴之外的冬暖夏凉的物理现象。冱，音 hù，寒冷。

⑫该联王阳明是以豹隐文泽、龙蛰身存的道理开导鼓励童仆。"豹隐文始泽"典出《列女传》："南山有玄豹，雾雨七日而不下食者，何也？欲以泽其毛而成文章也。""龙蛰身乃存"典出《周易·系辞下》："尺蠖之屈，以求信也；龙蛇之蛰，以存身也。精义入神，以致用也；利用安身，以崇德也。"

⑬数尽榱：此为用"榱题数尺"之典，表达了蔑视富贵、以道自任的气概。"榱题数尺"直义为房子的椽子露出很长，引申代指广厦，进而代指富贵。典出于《孟子·尽心下》："说大人，则藐之，勿视其巍巍然。堂高数仞，榱题数尺，我得志，弗为也……在彼者，皆我所不为也；在我者，皆古之制也。吾何畏彼哉？"榱，音 cuī，椽子。○轻裘：此为用肥马轻裘之典。典出《论语·雍也》："赤之适齐也，乘肥马，衣轻裘。"

⑭箪瓢子：指安贫乐道的颜回。典出《论语·雍也》："一箪食，一瓢饮，在陋巷，人不堪其忧，回也不改其乐。"

【评析】

该三诗描写了移居东洞后颇具生活情趣的情景，表达了以苦为乐、居夷何陋的君子情怀。

谪居绝粮请学于农将田南山永言寄怀①

正德三年（1508）

谪居屡在陈，从者有愠见。②山荒聊可田，钱镈还易办。③夷俗多火耕，仿习亦颇便。④及兹春未深，数亩犹足佃。⑤岂徒实口腹？且以理荒宴。⑥遗穗及鸟雀，贫寡发余羡。⑦出耒在明晨，山寒易霜霰。

【校注】

①该诗《王阳明全集》卷十九著录。

②在陈:此为用孔子"在陈绝粮"之典以自励。《论语·卫灵公》:"在陈绝粮,从者病,莫能兴。子路愠见曰:'君子亦有穷乎?'子曰:'君子固穷,小人穷斯滥矣。'"〇愠:音 yùn,《说文》释曰"恨"。

③钱镈:音 qiánbó,钱、镈分别为两种农具,此代指农具。

④火耕:人类的一种古老而原始的烧掉森林获得农田的农业生产技术,义同"刀耕火种"。

⑤佃:本义为耕种土地,引申为租种田地,此为用其本义。

⑥荒宴:沉溺宴饮。南朝宋颜延之《五君咏·刘参军》之"韬精日沉饮,谁知非荒宴"句有用,王阳明此用抛弃该词"沉溺"的贬义,转而为逸怀的抒发。

⑦余羡:盈余。《晋书·齐王攸传》之"计今地有余羡,而不农者众,加附业之人复有虚假,通天下谋之,则饥者必不少矣"曾用。

【评析】

王阳明时遇绝粮事,其以孔子在陈绝粮的故事自慰、自励,并师从土著火耕,自田南山。此诗抒发了王阳明的逸者情怀——收成不独用来解决温饱,还要用来宴饮;还有他的仁者情怀——自给之余,还将粮食遗之鸟雀。

观　稼①

正德三年(1508)

下田既宜稌,高田亦宜稷。②种蔬须土疏,种蓣须土湿。③寒多不实秀,暑多有螟螣。④去草不厌频,耘禾不厌密。⑤物理既可玩,化机还默识。即是参赞功,毋为轻稼穑!⑥

【校注】

①该诗《王阳明全集》卷十九著录。

②稌:音 tú,稻子。〇稷:粟,一说高粱。

③蓣:芋薯类。

189

④实秀：庄稼结实开花。实，结实。秀，开花。○螟螣：音 míngtè，分别为两种食禾苗的害虫。出《诗经·小雅·大田》："去其螟螣，及其蟊贼，无害我田稚。"《毛传》释谓："食心曰螟，食叶曰螣，食根曰蟊，食节曰贼。"

⑤耘禾：除草的同时给禾苗培土。

⑥参赞：指人对天地自然变化的参与和调节。

【评析】

王阳明题曰"观稼"，但其所写内容并非稼穑情状的再现，而是稼穑、农圃学理的心得。前八句是写具体的农圃之理，包括下田、高田分别适宜种植何种作物，种植蔬菜和芋薯类分别适宜用何类土质，天气的寒、暑对农圃的不良影响，以及除草耕耘的规则，等等。后四句阳明则将农圃、稼穑提升到形而上的人的参赞物理化机的高度。最后则提出了勿为轻鄙稼穑的观点。

采 蕨①

正德三年（1508）

采蕨西山下，扳援陟崔嵬。②游子望乡国，泪下心如摧。浮云塞长空，颓阳不可回。③南归断舟楫，北望多风埃。④已矣供子职，勿更贻亲哀。⑤

【校注】

①该诗《王阳明全集》卷十九著录。

②西山：今贵州修文县城西门坡。○扳援：攀援。

③颓阳：落日。南朝宋谢瞻"颓阳照通津，夕阳暖平陆"（《王抚军庚西阳集别作》）有用。

④南归：此为南归故里义，王阳明故里浙江余姚在国之东南，故谓。○

北望:此指北望京师,说明王阳明尚有强烈的报国情怀。

⑤该联王阳明提醒自己不要多想了,好好履行自己龙场驿丞的职责吧,以免再给双亲增加新的担忧与哀伤,为一个清醒理性的王阳明对一个为情感所控制的王阳明所说的话。○亲:指父母亲。

【评析】

贵阳蕨菜可食始农历二月间,此诗为王阳明为解决温饱,亲采蕨菜以充饥的自传之作。前两句写采蕨的地点与情状,后八句则是写强烈的思乡思亲情感。

猗　猗①

正德三年(1508)

猗猗涧边竹,青青岩畔松。②直干历冰雪,密叶留清风。自期永相托,云壑无违踪。如何两分植,憔悴叹西东。人事多翻覆,有如道上蓬。惟应岁寒意,随处还当同。③

【校注】

①该诗《王阳明全集》卷十九著录。

②猗猗:音 yīyī,美盛貌,此为状竹。如《诗经·卫风·淇奥》"瞻彼淇奥,绿竹猗猗"句"猗猗"之用。

③岁寒:一年中的寒冷季节,深冬。此处为用松、竹为岁寒友义。

【评析】

该诗为五古,是王阳明用松、竹的岁寒友关系寓意自己怀念友人之作。其所怀念之友,当为汪抑之、湛甘泉等。谓松、竹本期永相伴随而不分离,未曾想却中遭变故,两相分离,末用岁寒友、天涯比邻义作结。

南　溟①

正德三年(1508)

南溟有瑞鸟,东海有灵禽。②飞游集上苑,结侣珍树林。③顾言饰羽仪,共舞《箫韶》音。④风云忽中变,一失难相寻。瑞鸟既遭縻,灵禽投荒岑。⑤天衢雨雪积,江汉虞罗侵。⑥哀哀鸣索侣,病翼飞未任。群鸟亦千百,谁当会其心?南岳有竹实,丹溜青松阴。⑦何时共栖息?永托云泉深。

【校注】

①该诗《王阳明全集》卷十九著录。

②南溟:南边的大海,典故名。典出《庄子·逍遥游》:"南溟者,天池也。"〇瑞鸟:吉祥之鸟,如鸾、凤等。《禽经》:"鸾,瑞鸟……一曰鸡趣。"〇灵禽:珍禽,神鸟。《乐府诗集·燕射歌辞三》之"振鹭涵天泽,灵禽下乐悬"句有用。

③上苑:皇家园林。用如南朝梁鲍泉《落日看还》之"妖姬竞早春,上苑逐名辰"句中之"上苑"。

④饰羽仪:喻才德俱佳者。《北史·文苑传序》之"潘陆张左,擅侈丽之才,饰羽仪于凤穴"句有用。〇箫韶:舜时乐名,又曰《韶》或《九韶》,其音美妙祥和。典出《尚书·益稷》:"《箫韶》九成,凤皇来仪。"

⑤岑:小而高的山。

⑥虞罗:山泽之虞人所张设的网罗。唐陈子昂《感遇诗》之"岂不在遐远,虞罗忽见寻。多材信为累,叹息此珍禽"句有用。

⑦丹溜:道教所说的仙水。晋郭璞《游仙诗》之"陵阳挹丹溜,容成挥玉杯"句有用。

【评析】

该诗为五古,其义实为《猗猗》的姊妹之篇:对友人汪抑之或湛甘泉等的深沉思念。所不同者,在于变松、竹之喻为南溟瑞鸟和东海灵禽。瑞鸟、灵禽皆为德仪美好之鸟，王阳明此处用以喻自己和友人。但从《猗猗》结篇的"惟应岁寒意，随处还当同"和《南溪》结篇的"何时共栖息？永托云泉深"看来，后者思念的强烈程度是远大于前者的。

溪　水①

正德三年（1508）

溪石何落落，溪水何泠泠。②坐石弄溪水，欣然濯我缨。③溪水清见底，照我白发生。年华若流水，一去无回停。悠悠百年内，吾道终何成！

【校注】

①该诗《王阳明全集》卷十九著录。

②落落：形容石的粗劣。《后汉书·冯衍传下》："冯子以为夫人之德，不碌碌如玉，落落如石。"李贤注："玉貌碌碌，为人所贵。石形落落，为人所贱。"南朝梁刘勰《文心雕龙·总术》："落落之玉，或乱乎石；碌碌之石，时似乎玉。"

③濯我缨：此为《楚辞·渔父》"沧浪之水清兮，可以濯吾缨"的直用。

【评析】

该诗为王阳明的即景写怀之作。他在闲适地弄溪水濯其缨时，忽见溪水映照的白发，因而产生年华逝去，道终何成的感慨与惆怅。

山　石①

正德三年（1508）

山石犹有理，山木犹有枝。人生非木石，别久宁无思？愁来步前庭，仰视行云驰。行云随长风，飘飘去何之？行云有时定,游子无还期。高梁始归燕,题鴂已先悲。②有生岂不苦,逝者长若斯! 已矣复何事? 商山行采芝。③

【校注】

①该诗《王阳明全集》卷十九著录。
②题鴂:即鹈鴂(tíguī)、杜鹃、布谷鸟。鴂,音 guī。
③商山:位于今陕西省商洛市丹凤县,王阳明此句为用"商山四皓"典事。

【评析】

该诗用比兴之体,表达了游子思归无期的悲伤与无奈。无奈之下,唯有效法"商山四皓"过隐居日子。

龙冈新构二首并序①

正德三年(1508)

诸夷以予穴居颇阴湿,请构小庐。欣然趋事,不月而成。诸生闻之,亦皆来集,请名龙冈书院,其轩曰"何陋"。

其 一

谪居聊假息,荒秽亦须治。②凿巇薙林条,小构自成趣。③开窗入远峰,架扉出深树。墟寨俯逶迤,竹木互蒙翳。④畦蔬稍溉锄,花药颇杂莳。⑤宴适岂专予,来者得同憩。⑥轮奂非致美,毋令易倾敝。⑦

其 二

营茅乘田隙,浃旬始苟完。⑧初心待风雨,落成还美观。锄荒既开径,拓樊亦理园。⑨低檐避松偃,疏土行竹根。勿剪

墙下棘,束列因可藩。⑩莫撷林间萝,蒙笼覆云轩。⑪素缺农圃
学,因兹得深论。⑫毋为轻鄙事,吾道固斯存。⑬

【校注】

①该二诗《王阳明全集》卷十九著录。

②假息:暂时休息。○荒秽:荒芜。如晋陶潜《归园田居》其三"晨兴理
荒秽,带月荷锄归"之用。

③薙:音 tì,同"剃"。

④墟寨:村寨。○翳:音 yì,原指用羽毛做的华盖,此处用如动词,义为
遮盖。

⑤莳:音 shì,栽种。

⑥宴适:安适。

⑦轮奂:形容屋宇高大众多。此为用"美轮美奂"之典,典出《礼记·檀
弓》:"晋献文子成室,晋大夫发焉。张老曰:'美哉轮焉,美哉奂焉。歌于
斯,哭于斯,聚国族于斯。'"东汉郑玄注曰:"轮,轮囷,言高大;奂,言众多。"

⑧苟完:大致完备。典出《论语·子路》:"子谓卫公子荆:善居室。始
有,曰'苟合矣'。少有,曰'苟完矣'。富有,曰'苟美矣'。"

⑨樊:篱笆。如《诗经·小雅·青蝇》"营营青蝇,止于樊"中"樊"之用。

⑩棘:酸枣树,茎上多刺,泛指有刺的苗木。

⑪萝:通常指某些能爬蔓的植物,如女萝、茑萝、藤萝等。

⑫农圃:农田花圃,此代指农活。

⑬轻鄙事:值得轻视鄙夷之事。

【评析】

该二诗为阳明因事而作,皆为先叙后议的结构。其一叙的是对新构的
打理,议的是对新构不独专享而是与众同有的观点。其二所叙亦为对新构
的打理,所议者是交代自己对"素缺农圃学"的补课,还发表了不轻鄙农圃、
道存农圃的观点。

诸生来①

正德三年(1508)

简滞动罹咎,废幽得幸免。②夷居虽异俗,野朴意所眷。③思亲独疢心,疾忧庸自遣。④门生颇群集,樽斝亦时展。⑤讲习性所乐,记问复怀觏。⑥林行或沿涧,洞游还陟巘。月榭坐鸣琴,云窗卧披卷。⑦澹泊生道真,旷达匪荒宴。⑧岂必鹿门栖,自得乃高践。⑨

【校注】

①该诗《王阳明全集》卷十九著录。

②简滞:头脑简单且不通世故,阳明此谓自己上书得罪刘瑾事。〇幽:幽禁,此指其下锦衣卫狱事。

③夷居:此指其龙场谪居。〇异俗:生活习俗不同。〇野朴:无文但却质朴淳朴。

④疢心:负疢,忧心。用如晋潘岳"彼四戚之疢心兮,遭一涂而难忍"(《秋兴赋》)句之"疢心"。

⑤樽斝:酒器,代指饮酒。斝,音 jiǎ,古代青铜制的酒器,圆口,三足。

⑥怀觏:怀想。

⑦月榭:赏月的台榭。南朝梁沈约《郊居赋》之"风台累翼,月榭重栌"句有用。

⑧澹泊:清静寡欲,不追逐名利的心态。《汉书·叙传上》之"清虚澹泊,归之自然"句有用。〇荒宴:沉溺于宴饮。南朝宋颜延之《五君咏·刘参军》之"韬精日沉饮,谁知非荒宴"句有用。

⑨鹿门:鹿门山的简称,位于湖北省襄阳市,东汉庞德公携妻子登鹿门山,采药不返,故后因用指隐士所居之地。〇自得:自己得意或舒适。《史记·管晏列传》:"其夫为相御,拥大盖,策驷马,意气扬扬,甚自得也。"又和

其自得之学有关。自得之学反对不求甚解的死记硬背、知行分离的空谈，力倡以主体的体验来获得认知，《孟子》《中庸》、北宋大儒程颢皆有所论，到明代大儒陈白沙才明确把自得视为学问及涵养宗旨，其弟子湛若水更指出心学即自得之学，认为自得之学是儒家正学。王阳明《别湛甘泉序》曾说："晚得于甘泉湛子，而后吾之志益坚，毅然若不可遏。则予之资于甘泉多矣。甘泉之学，务求自得者也。"〇高践：即高蹈，指隐居。

【评析】

该诗以诸生来集为创作契机，内容上首先回顾了自己因言获罪的前情往事，随后写到当下虽谪居龙场但却眷恋夷人的淳朴，思亲却不得不独自排遣，以及和诸生宴饮、讲习、行游的情状。最后写到的是自己淡泊、旷达的胸次和自得的生活，并表达了自得乃高践的观点。自得是明代儒学形上化的方法论，在陈白沙、湛甘泉以及王阳明自己这里都得到重视，此处是他较早关于自得的言说。

诸生夜坐①

正德三年(1508)

谪居澹虚寂，眇然怀同游。②日入山气夕，孤亭俯平畴。③草际见数骑，取径如相求。④渐近识颜面，隔树停鸣驺。⑤投辖雁鹜进，携榼各有羞。⑥分席夜堂坐，绛蜡清樽浮。⑦鸣琴复散帙，壶矢交觥筹。⑧夜弄溪上月，晓陟林间丘。村翁或招饮，洞客偕探幽。⑨讲习有真乐，谈笑无俗流。缅怀风沂兴，千载相为谋。⑩

【校注】

①该诗《王阳明全集》卷十九著录。

②眇然：高远、幽远、遥远状。南朝梁江淹"眇然万里游，矫掌望烟客"（《杂体诗·郭弘农璞游仙》）有用。

③孤亭：此当指东峰何陋轩（龙冈书院）前的"君子亭"。

④草际:草的边远,此处义为远处。

⑤鸣驺:古代随从显贵出行并传呼喝道的骑卒,有时代指显贵。南朝齐孔稚珪"及其鸣驺入谷,鹤书赴陇,形驰魄散,志变神动"(《北山移文》)有用。

⑥雁鹜进:像大雁和鸭子一样排行行进。○榼:音kē,盛酒的器具。○羞:同"馐",美食。

⑦绛蜡:红色蜡烛。○清樽:指清酒。樽,酒器。

⑧壶矢:投壶的两种要件,即壶和矢(箭)。投壶,中国古代上层宴饮时的游戏,流行两千多年,游戏的基本规则是箭投入壶中者胜,起源于古代礼仪。○觥筹:酒杯和酒筹。酒筹为用以计算饮酒的数量的器具。

⑨该联下句为"偕客探幽洞"的倒装。

⑩风沂:即"浴乎沂,风乎舞雩"(《论语·先进》),此处意在表明对曾点气象的理想追求。由上文可见,这是他诗作中的反复申说。

【评析】

该诗题曰"诸生夜坐",实则写了"夜坐"前情后事的全过程。傍晚时分诸生前来,之后宴饮,宴饮之后溪上弄月,临近天亮仍兴致不减地"陟林间丘"。以至于第二天有当地村翁的招饮,偕同游览幽洞。诗的最后表达了自己讲习真乐的感受和对曾点气象的理想追求。最后要交代一下,这次和王阳明夜坐的诸生并非贫寒之辈,而是富贵之流,这从诗中的语词"鸣驺""羞""绛蜡""清樽""鸣琴""壶矢""觥筹"等得以见出,表明抵龙场半年后的他,生活状态已从初始的窘迫转向了宽裕与文雅。

西　园①

正德三年(1508)

方园不盈亩,蔬卉颇成列。分溪免瓮灌,补篱防豕蹢。②
芜草稍焚薙,清雨夜来歇。濯濯新叶敷,荧荧夜花发。③放
锄息重阴,旧书漫披阅。④倦枕竹下石,醒望松间月。起来
步闲谣,晚酌檐下设。尽醉即草铺,忘与邻翁别。

【校注】

①该诗《王阳明全集》卷十九著录。

②蹢：音 dí，蹄子。

③濯濯：清新、明净貌。唐韩愈"春阳潜沮洳，濯濯吐深秀"（《南山》）句有用。○敷：义为铺、铺开。○发：花开放。用如"野芳发而幽香"（宋欧阳修《醉翁亭记》）之"发"。

④重阴：义为浓阴。用如王粲《七哀诗》之二"山冈有余映，岩阿增重阴"之"重阴"。

【评析】

该诗是阳明所写的田园诗，用田家语写成。其田家生活的内容，田园景色的描写，闲适的田园情趣，平淡朴素的风格，自然隽永的意境，已持平渊明《饮酒》诗。

答毛拙庵见招书院①

正德三年（1509）

野夫病卧成疏懒，书卷长抛旧学荒。②岂有威仪堪法象？实惭文檄过称扬。③移居正拟投医肆，虚席仍烦避讲堂。④范我定应无所获，空令多士笑王良。⑤

【校注】

①该诗《王阳明全集》卷十九著录。○毛拙庵：王阳明同乡，时贵州副都御史毛科之号。副都御史有都督地方教化之责，又称宪副。

②野夫：粗俗之人，王阳明自称。

③法象：效法，该句为用典，表达了王阳明的自谦。典出《汉书·礼乐志》："今幸有前圣遗制之威仪，诚可法象而补备之。"○文檄：指拙庵致王阳明请其主贵阳书院的信函。○过称扬：言过其实的赞扬。

④移居：此指阳明自阳明小洞天移居何陋轩。○医肆：医药铺子。

⑤该联意为：如果设定范围让我讲授，必然因无所收获而令您失望，白白地使众生员们嘲笑我如王良。此处"范我""无所获""王良"为用典，典出《孟子·滕文公下》："昔者赵简子使王良与嬖奚乘，终日而不获一禽。嬖奚反命曰：'天下之贱工也。'或以告王良。良曰：'请复之。'强而后可，一朝而获十禽。嬖奚反命曰：'天下之良工也。'简子曰：'我使掌与女乘。'谓王良。良不可，曰：'吾为之范我驰驱，终日不获一；为之诡遇，一朝而获十。《诗》云："不失其驰，舍矢如破。"我不贯与小人乘，请辞。'"该王良之典在"获禽"的结果上有"终日而不获一禽"和"一朝而获十禽"的区别，其致因：前者在于"范我驰驱"，即用规则约束王良；后者在于"诡遇"，即违背礼法，驱车横射禽兽。

【评析】

该诗是答毛拙庵见招书院之作，为一七律。因前王阳明办龙冈书院事，曾与拙庵有龃龉，故此次拙庵相请主持贵阳书院，阳明委婉辞谢。

龙冈漫兴五首①

正德三年(1508)

其 一

投荒万里入炎州，却喜官卑得自由。②心在夷居何有陋？身虽吏隐未忘忧。③春山卉服时相问，雪寨蓝舆每独游。④拟把犁锄从许子，谩将弦诵止言游。⑤

其 二

旅况萧条寄草堂，虚檐落日自生凉。芳春已共烟花尽，孟夏俄惊草木长。⑥绝壁千寻凌杳霭，深崖六月宿冰霜。人间不有宣尼叟，谁信申枨未是刚？⑦

其　三

路僻官卑病益闲,空林惟听鸟间关。⑧地无医药凭书卷,身处蛮夷亦故山。用世谩怀伊尹耻,思家独切老莱斑。⑨梦魂兼喜无余事,只在耶溪舜水湾。⑩

其　四

卧龙一去忘消息,千古龙冈漫有名。⑪草屋何人方管乐,桑间无耳听咸英。⑫江沙漠漠遗云鸟,草木萧萧动甲兵。好共鹿门庞处士,相期采药入青冥。⑬

其　五

归与吾道在沧浪,颜氏何曾击柝忙?⑭枉尺已非贤者事,斫轮徒有古人方。⑮白云晚忆归岩洞,苍藓春应遍石床。⑯寄语峰头双白鹤,野夫终不久龙场。

【校注】

①该组诗五首《王阳明全集》卷十九著录,由诗文"春山卉服时相问""芳春已共烟花尽,孟夏俄惊草木长"知,当作于春夏之交。束景南先生《王阳明年谱长编》谓该五首诗作于三月至六月间,非作于一时。

②投荒:贬谪、流放到荒远之地。○炎州:该典语出《楚辞·远游》:"嘉南州之炎德兮,丽桂树之冬荣。"后以"炎州"泛指南方广大地区。

③吏隐:谓虽居官却犹如隐者,不以利禄萦心。唐宋之问"宦游非吏隐,心事好幽偏"(《蓝田山庄》)有用。

④卉服:草做的衣服。《尚书·禹贡》:"岛夷卉服。"故卉服又代指边远地区少数民族或岛居之人穿着的衣服。卉,草。○蓝舆:即竹轿。如宋司马光"蓝舆但恨无人举,坐想纷纷醉落晖"(《王安之以诗二绝见招依韵和呈》之一)中"蓝舆"之用。

201

⑤许子:指许由,传为尧时隐者,尧欲传位于他,他却以尧以名位侮辱他,用颍水洗其耳。○弦诵:古授《诗》、学《诗》,配弦乐而歌者为弦歌,无乐而朗读者为诵,合称"弦诵"。《礼记·文王世子》:"春诵、夏弦。"后即用以泛指授业、诵读之事。

⑥该联下句为陶渊明"孟夏草木长"(《读山海经十三首》其一)之化用。○孟夏:初夏,一般指农历四月。

⑦宣尼叟:指孔子,因孔子字仲尼,后世又有文宣王之封号,故称。○申枨:鲁国人,孔子弟子,七十二贤之一。枨,音 chéng。关于申枨的记载有:"子曰:'吾未见刚者。'或对曰:'申枨。'子曰:'枨也欲,焉得刚?'"(《论语·公冶长》)

⑧间关:拟声词,鸟叫声。如白居易"间关莺语花底滑"(《琵琶行》)中"间关"之用。

⑨伊尹:商朝初期丞相,政治家。○老莱斑:此为用"老莱子斑衣"之典,见《送李贲教归省图诗》注。表达的是王阳明事亲堂前的心愿。

⑩耶溪:即王阳明故里绍兴若耶溪。○舜水湾:亦在绍兴。

⑪卧龙:指诸葛孔明。

⑫管乐:此代指演奏乐曲。○咸英:尧乐《咸池》与帝喾乐《六英》的并称,南朝梁刘勰有"自《咸》《英》以降,亦无得而论矣"(《文心雕龙·乐府》)之说,后泛指古乐。

⑬鹿门:湖北襄阳之鹿门山。○庞处士:东汉末年的庞德公,携妻子入鹿门山采药不返。

⑭沧浪:典出《孟子·离娄上》:"有孺子歌曰:'沧浪之水清兮,可以濯我缨;沧浪之水浊兮,可以濯我足。'"○颜氏:颜渊。○击柝:此为用"抱关击柝"之典。《孟子·万章下》:"为贫者,辞尊居卑,辞富居贫。辞尊居卑,辞富居贫,恶乎宜乎?抱关击柝。"杨惊注:"抱关,门卒也;击柝,击木所以警夜者。""抱关击柝"代指守门巡夜者,为职位卑微之谓。

⑮枉尺:此为用"枉尺直寻"之典,寓"小失而大得"义。"枉尺而直寻,宜若可为也"(《孟子·滕文公下》)。○斫轮:此为用"轮扁斫轮"之典,喻经验丰富、功力娴熟。"桓公读书于堂上,轮扁斫轮于堂下,释椎凿而上……

曰：'臣也以臣之事观之，斫轮，徐则甘而不固，疾则苦而不入，不徐不疾，得之于手而应于心，口不能言，有数存乎其间。臣不能以喻臣之子，臣之子亦不能受之于臣，是以行年七十而老斫轮。'"（《庄子·天道》）

⑯岩洞：阳明小洞天。

【评析】

王阳明该组诗为随兴之作，写景且有叙事，但主要是写怀。所写之怀则又隐逸、用世杂糅，是他当时矛盾心绪的真实反映。

老　桧①

正德三年(1508)

老桧斜生古驿傍，客来系马解衣裳。托根非所还怜汝，直干不挠终异常。风雪凛然存节概，刮摩聊尔见文章。②何当移植山林下，偃蹇从渠拂汉苍。③

【校注】

①该诗《王阳明全集》卷十九著录。○桧：圆柏，刺柏，常绿乔木。

②该联下句在写老桧树即使刮削摩擦也仅伤及纹理的坚实质地。○刮摩：刮削摩擦。○文章：此指老桧的纹理。

③偃蹇：此处义为高耸。如屈原"望瑶台之偃蹇兮，见有娀之佚女"（《离骚》）中"偃蹇"之用。○汉苍：河汉、苍穹义，指天空。

【评析】

该诗写老桧树，为托物寓志、以桧自况之作。老桧"斜生古驿傍"的"托根非所"实是写自己的贬谪驿丞；老桧的"直干不挠""风雪凛然""刮摩聊尔见文章"实亦为写自己的节操；老桧的"移植山林""偃蹇拂汉苍"则是写自己施展才华用世的愿望。

却　巫[①]

正德三年(1508)

卧病空山无药石,相传土俗事神巫。吾行久矣将焉祷?众议纷然反见迂。积习片言容未解,舆情三月或应孚。[②]也知伯有能为厉,自笑孙侨非丈夫。[③]

【校注】

①该诗《王阳明全集》卷十九著录。

②孚:信。

③伯有:春秋时郑国大夫良霄的字,死后化为厉鬼,事见《左传·昭公七年》。〇孙侨:在人见伯有皆惊惧奔走时,敢于抚其背并和其对话者。

【评析】

该诗记录了自己生病拒绝巫神的一则生活事件。一方面反映了当地事神巫的土俗;另一方面也反映了自己作为儒者不信怪力乱神的理性精神。

试诸生有作[①]

正德三年(1508)

醉后相看眼倍明,绝怜诗骨逼人清。菁莪见辱真惭我,胶漆常存底用盟。[②]沧海浮云悲绝域,碧山秋月动新情。[③]忧时谩作中宵坐,共听萧萧落木声。

【校注】

①该诗《王阳明全集》卷二十九著录。

②菁莪:《诗经·小雅·菁菁者莪·序》:"《菁菁者莪》,乐育材也,君子能长育人材,则天下喜乐之矣。"后因以"菁莪"指育材。○胶漆:胶与漆,比喻情意投合,亲密无间。

③绝域:此指远离京师的龙场之地。○秋月:交代了该诗撰写时间应为正德三年(1508)秋天。

【评析】

该诗为七律,是王阳明于龙场教学,考试门人之作,由"碧山秋月动新情"知,诗当创作于正德三年(1508)秋。诗再现了他龙场教学的情况,价值与美学意义兼具。情感表达上有三种,一是和门人的深厚师友真情,此可由"胶漆常存底用盟""碧山秋月动新情"知;再是投荒万里的悲情,此可由"沧海浮云悲绝域"知;三为对时局的忧虑,此可由"忧时谩作中宵坐"知。

诸　生①

正德三年(1508)

人生多离别,佳会难再遇。如何百里来,三宿便辞去?有琴不肯弹,有酒不肯御。远陟见深情,宁予有弗顾?洞云还自栖,溪月谁同步?不念南寺时,寒江雪将暮?②不记西园日,桃花夹川路?③相去倏几月,秋风落高树。富贵犹尘沙,浮名亦飞絮。嗟我二三子,吾道有真趣。胡不携书来,茆堂好同住!

【校注】

①该诗《王阳明全集》卷十九著录。

②南寺:疑指时贵阳南庵,南庵故址在今南明河侧临甲秀楼的翠微园。○寒江:疑指今贵州南明河。

③西园:应为阳明所开辟的种植蔬菜花卉的园圃。

【评析】

　　该诗是王阳明秋日之作。内容所写为对紧来急去的门人的依依惜别的深情,同时也是他教化情怀的表现。行文不事雕琢,不用典故,娓娓道来,情真意切,正所谓秀才拉家常之语。

秋　夜①

正德三年(1508)

　　树暝栖翼喧,萤飞夜堂静。②遥穹出晴月,低檐入峰影。③宵然坐幽独,怵尔抱深警。④年徂道无闻,心违迹未屏。⑤萧瑟中林秋,云凝松桂冷。山泉岂无适?离人怀故境。安得驾云鸿,高飞越南景!

【校注】

　　①该诗《王阳明全集》卷十九著录。

　　②暝:昏暗。

　　③遥穹:遥远的天空。

　　④宵然:怅然、岑寂的样子。宵,音 yǎo。

　　⑤徂:音 cú,过去、逝去。○心违:心愿没有达到。杜甫"秋山眼冷魂未归,仙赏心违泪交堕"(《忆昔行》)有用。○迹未屏:结合上"年徂道无闻"句,其义应为未有完全摒除尘迹,即心中仍有牵挂。

【评析】

　　该诗是王阳明秋夜见闻感受的书写。后四句写离人怀归,欲驾云鸿而不得的无奈。

过天生桥①

正德三年(1508)

　　水光如练落长松,云际天桥隐白虹。辽鹤不来华表烂,仙人一去石桥空。②徒闻鹊驾横秋夕,谩说秦鞭到海东。③移放长江还济险,可怜虚却万山中。

【校注】

　　①该诗《王阳明全集》卷十九著录。○天生桥:在今贵州修文西北。

　　②该联上句用"鹤归华表"之典,出《搜神后记》:"丁令威,本辽东人,学道于灵虚山,后化鹤归辽,集城门华表柱。时有少年举弓欲射之,鹤乃飞,徘徊空中而言曰:'有鸟有鸟丁令威,去家千年今始归。城郭如故人民非,何不学仙冢累累!'遂高上冲天。"杜甫《陪李七司马皂江上观造竹桥》诗亦曾用此典:"伐竹为桥结构同,褰裳不涉往来通。天寒白鹤归华表,日落青龙见水中。顾我老非题柱客,知君才是济川功。合观却笑千年事,驱石何时到海东。"○该联下句用仙人造天生桥传说。

　　③鹊驾横秋夕:此为用牛郎织女七夕鹊桥会的民间故事。○秦鞭到海东:指神灵帮助秦始皇驱赶石头造桥的故事,典出晋伏琛《三齐略记》。上条所引杜甫诗末句"驱石何时到海东"亦用此典。

【评析】

　　该诗是王阳明过天生桥时作,融自然的奇特造化——天生桥和奇妙动人的民间传说(仙人造桥、牛女鹊桥、秦鞭赶海)为一体,表达了对天生桥藏于万山之中无所作为的叹惋,其实也是以天生桥自况。

栖霞山①

正德三年(1508)

宛宛南明水,回旋抱此山。②解鞍夷曲磴,策杖列禅关。③
薄雾侵衣湿,孤云入座闲。④少留心已寂,不信在乌蛮。⑤

【校注】

①该诗原载于日本东亚同文书院油印本《新修支那省别全志·贵阳名胜古迹部分》,余怀彦主编《王阳明与贵州文化》著录,束景南先生辑出入《王阳明佚文辑考编年》。

②宛宛:弯曲,蜿蜒貌。○南明水:贵阳南明河。○回旋:回环旋绕。○此山:栖霞山,即今东山。

③解鞍:解下马鞍,表示下马停驻。○曲磴:弯曲的石级山路。○策杖:拄杖,也称杖策。○禅关:禅门,此当指当时东山寺的寺门。

④孤云:喻贫寒或客居的人,此为阳明自指。

⑤少留:短时间停留。○寂:此指心静。

【评析】

该诗为一五律,所写栖霞山是贵阳市云岩区的东山,因东山又名栖霞山;而不是修文县阳明洞所在的那个也叫栖霞山的龙冈山。之所以这样说,是因为诗的首句"宛宛南明水,回旋抱此山"的"南明水"之所指,是贵阳的"南明河","南明河"所环抱的"栖霞山"只能是贵阳的"栖霞山",而非修文的"栖霞山"。另外,《贵阳府志·山水附记》所载的"栖霞山,去城三里,横锁南明河中"和王阳明该诗的诗文吻合,又证其所写"栖霞山"为贵阳"栖霞山"。从诗的内容看,王阳明为东山的美景、禅意所陶醉,暂时排遣了内心的郁冈和家国之思。

题施总兵所翁龙①

正德三年(1508)

君不见所翁所画龙，虽画两目不点瞳。②曾闻弟子误落笔，即时雷雨飞腾空。运精入神夺元化，浅夫未识徒惊诧。③操舵移山律回阳，世间不独所翁画。④高堂四壁生风云，黑雷柴电日昼昏。山崩谷陷屋瓦震，雨声如泻长平军。⑤头角峥嵘岁千丈，倏忽神灵露乾象。⑥小臣正抱乌号思，一堕胡髯不可上。⑦视久眩定凝心神，生绡漠漠开嶙峋。⑧乃知所翁遗笔迹，当年为写苍龙真。只今旱剧枯原野，万国苍生望霈洒。⑨凭谁拈笔点双睛，一作甘霖遍天下！

【校注】

①该诗《王阳明全集》卷二十九著录。○施总兵：当时贵州总兵施瓚。施瓒为明英宗所封怀柔伯施聚长孙施鉴之子(见李永强、刘风亮《新获明代怀柔伯施聚、施鉴墓志》)，袭怀柔伯。○所翁：指陈所翁，名容，字公储，号所翁，南宋人，善画墨龙抒发远大抱负。广东博物馆存其《墨龙图》。

②所翁所画龙：为施总兵所藏南宋陈所翁所画苍龙图。

③元化：天地自然造化。○浅夫：浅薄之人。

④回阳：衰微的阳气复苏。

⑤长平军：此为用战国秦、赵之间长平之战那场激烈的恶战之典，该战的惨烈程度，唐杜佑《通典》评曰："长平之战，血流漂卤。"

⑥乾象：天象。

⑦乌号：良弓名。典出《淮南子·原道训》："射者扞乌号之弓，弯棋卫之箭。"高诱注："乌号，桑柘，其材坚劲，乌崎其上，及其将飞，枝必桡下，劲

209

能复巢,乌随之,乌不敢飞,号呼其上。伐其枝以为弓,因曰乌号之弓也。一说黄帝铸鼎于荆山鼎湖,得道而仙,乘龙而上,其臣援弓射龙,欲下黄帝,不能也。乌,于也;号,呼也。于是抱弓而号,因名其弓为乌号之弓也。"后以"乌号"指良弓。

⑧眩定:镇定下来。○生绡:未漂煮过的丝织品,古时多用以作画,因亦以之指画卷。

⑨霡洒:水珠洒落沾物濡湿,此谓龙行雨降以解剧旱,惠及苍生。

【评析】

该诗是王阳明题施总兵所藏陈所翁苍龙图之作,为王阳明少见的七古,洋洋洒洒、酣畅淋漓,运用大胆想象夸饰,尽情展开描写苍龙与黑雷柴电结合的壮美:"高堂四壁生风云,黑雷柴电日昼昏。山崩谷陷屋瓦震,雨声如泻长平军。头角峥嵘岁千丈,倏忽神灵露乾象。小臣正抱乌号思,一堕胡髯不可上。"结以忧国忧民的博大情怀:"只今旱剧枯原野,万国苍生望霡洒。凭谁拈笔点双睛,一作甘霖遍天下!"龙与雷电结合的壮美和博大情怀融为一体,形成了该诗"醇而肆"的风格。

艾草次胡少参韵①

正德三年(1508)

艾草莫艾兰,兰有芬芳姿。况生幽谷底,不碍君稻畦。艾之亦何益? 徒令香气衰。荆棘生满道,出刺伤人肌。持刀忌触手,睨视不敢挥。②艾草须艾棘,勿为棘所欺。

【校注】

①该诗《王阳明全集》卷十九著录。
②睨:斜着眼睛看。

【评析】

该诗是次韵胡少参的比体之作。胡少参为王阳明好友,时任贵州布政使司参议。二人的友谊体现在诗歌交流上，此首之外，尚有《凤雏次韵答胡少参》《鹦鹉和胡韵》《与胡少参小集》等。谓为比体者见诸其诗："艾草"比当权者，如时君；"草"泛比恶人；"兰"为才德俱佳者，可解为阳明自比；"棘"则比当道为害的恶人，可解为时宦官刘瑾之流。因而王阳明该诗是在以含蓄委婉言己贬谪之事，抒贬谪之情。

凤雏次韵答胡少参①

正德三年(1508)

凤雏生高崖，风雨摧其翼。②养疴深林中，百鸟惊辟易。③虞人视为妖，举网争弹弋。④此本王者瑞，惜哉谁能识！⑤吾方哀其穷，胡忍复相亟？⑥鸱枭据丛林，驱鸟恣搏食。⑦嗟尔独何心？枭凤如白黑。

【校注】

①该诗《王阳明全集》卷十九著录。

②凤雏：雏凤、幼凤。凤为瑞鸟，雄者曰凤，雌者曰皇。

③疴：音 kē，重病。○辟易：退避，避开。该义项司马迁较早使用，《史记·项羽本纪》："是时，赤泉侯为骑将，追项王，项王瞋目而叱之，赤泉侯人马俱惊，辟易数里。"张守节《正义》曰："言人马俱惊，开张易旧处，乃至数里。"

④虞人：古者掌管山泽苑囿田猎的职官，此似指以网络、弹弓、弋捕鸟的猎者。○弋：用来射鸟的系有绳子的箭。

⑤瑞：征兆。"禹亲把天之瑞令，以征有苗"(《墨子·非攻下》)用此义。

⑥亟：急切，迫切。

⑦鸱枭：音 chīxiāo，猫头鹰，在古诗文中被视为恶鸟，如"天下幽险，恐失世英。螭龙为蝘蜓，鸱枭为凤凰"(《荀子·赋》)中即以其与凤凰相对。王阳明此处亦是。

211

该诗亦为次韵胡少参的比体之作,义同上篇(《艾草次胡少参韵》)。不同的是上篇以兰自比,而该诗的喻体则是凤雏。

鹦鹉和胡韵①

正德三年(1508)

鹦鹉生陇西,群飞恣鸣游。②何意虞罗及?充贡来中州。③金绦縻华屋,云泉谢林丘。能言实阶祸,吞声亦何求!④主人有隐寇,窃发闻其谋。⑤感君惠养德,一语思所酬。惧君不见察,杀身反为尤。⑥

【校注】

①该诗《王阳明全集》卷十九著录。

②恣:随意。

③虞罗:猎鸟人的罗网。

④阶:由来。

⑤隐寇:暗藏的敌人。

⑥尤:过失,罪过。如"废为残贼,莫知其尤"(《诗经·小雅·四月》)句中"尤"字之用。

【评析】

该诗亦为次韵胡少参的比体之作,义同上二篇(《艾草次胡少参韵》《凤雏次韵答胡少参》)。不同的是上二篇分别以兰、凤雏自比,该篇则以鹦鹉为喻体。

南霁云祠①

正德三年(1509)

　　死矣中丞莫谩疑,孤城援绝久知危。②贺兰未灭空遗恨,南八如生定有为。③风雨长廊嘶铁马,松杉阴雾卷灵旗。④英魂千载知何处? 岁岁边人赛旅祠。⑤

【校注】

　　①该诗《王阳明全集》卷十九著录。〇南霁云祠:又称忠烈祠、忠烈庙,俗称黑神庙,为祭祀唐代安史之乱时保卫睢阳城战死的将军南霁云而建。祠始建于元代,明代正德元年(1506)重建。南霁云事迹见唐韩愈作《张中丞传后叙》:"城陷,贼以刃胁降巡,巡不屈,即牵去,将斩之。又降霁云,云未应,巡呼云曰:'南八,男儿死耳,不可为不义屈!'云笑曰:'欲将以有为也。公有言,云敢不死?'即不屈。"

　　②中丞:张巡,安史之乱时守睢阳城的主帅,辅将有许远、南霁云等。

　　③贺兰:即贺兰进明,安史之乱时为临淮节度使,睢阳被围,张巡派人向其求救,他却因嫉妒张而拒绝发兵,是睢阳失守的主要责任人。〇南八:即南霁云,因行八,故名。

　　④铁马:檐铃,此指悬挂于南霁云祠房檐下的铃儿。如元王实甫"莫不是铁马儿檐前骤风"(《西厢记》第二本第四折)句"铁马"之用。〇灵旗:此指悬挂于南霁云祠中的灵幡。

　　⑤赛旅祠:此指在南霁云祠举行的祭祀活动。

【评析】

　　该诗为王阳明游南霁云祠的怀古之作,于议论中表达了自己对南霁云的景仰之情。"风雨长廊嘶铁马,松杉阴雾卷灵旗"二句对南霁云祠景色的描写则对情感的抒发起到恰如其分的衬托作用。

书庭蕉①

正德三年(1508)

檐前蕉叶绿成林,长夏全无暑气侵。但得雨声连夜静,不妨月色半床阴。新诗旧叶题将满,老芰疏梧根共深。②莫笑郑人谈讼鹿,至今醒梦两难寻。③

【校注】

①该诗《王阳明全集》卷十九著录。

②芰:水生植物,菱角。

③谈讼鹿:谈笑郑人藏鹿之事,喻人生飘忽,恍若梦境。典出《列子·周穆王》:"郑人有薪于野者,遇骇鹿,御而击之,毙之,恐人见之也,遽而藏诸隍中,覆之以蕉,不胜其喜,俄而遗其所藏之处,遂以为梦焉。"

【评析】

该诗是王阳明于雨声与月色共夜背景下的咏叹庭蕉之作。雨打芭蕉、梧桐本为写愁情之题,如"梧桐更兼细雨,到黄昏,点点滴滴,这次第,怎一个愁字了得"(宋代李清照《声声慢》),又如"一声梧叶一声秋,一点芭蕉一点愁"(元代徐再思《水仙子·夜雨》)。王阳明此诗虽亦写愁绪,但更有思绪的烦乱与人生飘忽恍若梦境的体悟,此由诗中尾联所用"郑人藏鹿"之事可知。

送张宪长左迁滇南大参次韵①

正德三年(1508)

世味知公最饱谙,百年清德亦何惭! 柏台藩省官非左,江汉滇池道益南。②绝域烟花怜我远,今宵风月好谁谈? 交游若问居夷事,为说山泉颇自堪。

①该诗《王阳明全集》卷十九著录。○张宪长:张贯,生卒不详,时保定府蠡县人,成化十一年(1475)进士,授河南知县,后任陕西按察司佥事、贵州按察使,因得罪宦官刘瑾,改任云南右参政。宪长,古代中央监察机关的长官。

②柏台:代指御史台,御史府。○藩省:指边疆的屏藩之省。

【评析】

该诗为阳明送别因得罪刘瑾而自贵州按察使任贬云南右参政任的张贯的次韵之作,虽为送别之题,但内容却不主于写离别的悲伤,而是重在对友人的慰藉,此可由"柏台藩省官非左""交游若问居夷事,为说山泉颇自堪"等句意知。

游来仙洞早发道中①

正德三年(1508)

霜风清木叶,秋意生萧疏。冲星策晓骑,幽事将有徂。②股虫乱飞掷,道狭草露濡。③倾暑特晨发,征夫已先途。④浙米石间溜,炊火岩中庐。⑤烟峰上初日,林鸟相嘤呼。意欣物情适,战胜癯色腴。⑥行乐信宇宙,富贵非吾图!

【校注】

①该诗《王阳明全集》卷十九著录。○来仙洞:位于贵阳城东栖霞山上,为时名胜。明弘治时举人易弦有《游来仙洞》诗赞:"携酒来仙洞里游,洞云客与久相留。朱颜醉倚春长在,不信人间有白头。"

②幽事:幽景、胜景。如"丛篁低地碧,高柳半天青。稠叠多幽事,喧呼阅使星"(杜甫《秦州杂诗二十首》之九)之用。○徂:音 cú,往。

③股虫:股,大腿。此股虫当为以股跳跃的飞虫的总称,具如蟋蟀、蚂蚱等。○濡:音 rú,沾湿,润泽。

④征夫:此泛指行人。如"问征夫以前路"(陶渊明《归去来兮辞》)句中"征夫"之用。

⑤淅米:当为淅米,"淅"与"淅"形近而讹。淅米典故出《仪礼·士丧礼》:"祝淅米于堂,南面用盆。"郑玄注:"淅,汰也。"汰,音 tài,古同"汰",淘洗义。

⑥意欣物情适:该句为"意欣适物情"的倒装,其义是说自己的好心情也感染了景物,符合今天的审美主客关系理论。○战胜癯色腴:指一种思想克服另一种思想。典出《韩非子·喻老》:"子夏见曾子,曾子曰:'何肥也?'对曰:'战胜,故肥也。'曾子曰:'何谓也?'子夏曰:'吾入见先王之义,则荣之,出见富贵之乐,又荣之。两者战于胸中,未知胜负,故癯。今先王之义胜,故肥。'"

【评析】

王阳明于来仙洞有二诗,此为其一(其二见后),作于正德三年(1508)秋,表达了他克服谪居苦闷的心理,以豁达、行乐的心态面对现实后,满怀兴奋早发往游贵阳来仙洞的景、情、意。景为早发道中所见之景,情为探幽的兴奋之情,意则为行乐人间不图富贵的价值观。

别　友①

正德三年(1508)

幽寻意方结,奈此世累牵。凌晨驱马别,持杯且为传。相求苦非远,山路多风烟。所贵明哲士,秉道非苟全。去矣崇令德,吾亦行归田。②

【校注】

①该诗《王阳明全集》卷十九著录。
②令德:美好的品德。○归田:指隐居的田园生活。

【评析】

该诗与前诗(《游来仙洞早发道中》)义脉相联,当为游贵阳栖霞山来仙洞后的别友之作,但道别的友人为谁不详。诗文可见,王阳明道别友人在凌晨时,内容写到了对"明哲士"的贵重,提出秉持道义的田园生活是"令德"而非苟全的观点。

山途二首①

正德三年(1508)

其 一

上山见日下山阴,阴欲开时日欲沈。②晚景无多伤远道,朝阳莫更沮云岑。③人归暝市分渔火,客舍空林依暮禽。④世事验来还自领,古人先已得吾心。

其 二

南北驱驰任板舆,谪乡何地是安居?⑤家家细雨残灯后,处处荒原野烧余。江树欲迷游子望,朔云长断故人书。⑥茂陵多病终萧散,何事相如赋《子虚》?⑦

【校注】

①该诗《王阳明全集》卷十九著录。

②沈:沉。

③岑:小山。

④暝市:晚市。

⑤板舆:古代以人力抬、举的代步工具,此代指舟车。

⑥朔云:此处义为北方的云。如唐宋璟"德风边草偃,胜气朔云平"(《奉和圣制送张说巡边》)句中"朔云"之用。

⑦茂陵:此处代指司马相如,因其晚年曾退居茂陵。茂陵是汉武帝刘彻的陵墓,位于今陕西省兴平市。〇萧散:萧条、凄凉。

217

【评析】

该诗是王阳明傍晚行走山途，触景而有所感悟之作。所触之景为变动不居的自然现象，即诗所谓"上山见日下山阴，阴欲开时日欲沈""南北驱驰任板舆，谪乡何地是安居"等，所感之悟大概是和变动不居的自然现象对应的世事无常吧。其二尾联的"茂陵多病终萧散，何事相如赋《子虚》"以司马相如故事设问，有功名利禄、是非成败甚至于万事万物终归于空寂之义。

白　云①

正德四年(1509)

白云冉冉出晴峰，客路无心处处逢。已逐肩舆度青壁，还随孤鹤下苍松。此身愧尔长多系，他日从龙谩托踪。断鹜残鸦飞欲尽，故山回首意重重。

【校注】

①该诗《王阳明全集》卷十九著录。

【评析】

该诗是取句中字词为题的无题诗，是一情景交融的佳作。首联、颔联写客途有意无意遇目的鸢飞鱼跃式自然风景，表达的是轻松自然的心情；颈联、尾联话锋一转，展现的却又是因为"他日从龙""托踪"用事而不能尽情欣赏自然景物的矛盾心情，这种心情对应的是"断鹜残鸦飞欲尽"之景。

寄徐掌教①

正德三年(1508)

　　徐稚今安在? 空梁榻久悬。②北门倾盖日,东鲁校文年。③
岁月成超忽,风云易变迁。新诗劳寄我,不愧鸟鸣篇。④

【校注】

　　①该诗《王阳明全集》卷十九著录。

　　②该联用徐稚、陈蕃之典,典出《后汉书·徐稚传》。

　　③该联当言王阳明主试山东时和徐掌教交友甚欢事。○倾盖:代路遇
而相交甚欢。典出《史记·鲁仲连邹阳列传》:"谚曰:'白头如新,倾盖如
故。'何则? 知与不知也。"司马贞《索隐》引《志林》曰:"倾盖者,道行相遇,
轺车对语,两盖相切,小敧之,故曰倾。"

　　④鸟鸣篇:此当指《诗经·小雅·伐木》的咏叹友情之篇,诗文有"伐木
丁丁,鸟鸣嘤嘤,出自幽谷,迁于乔木。嘤其鸣矣,求其友声"之句。

【评析】

　　该诗是王阳明寄友人徐掌教之作。"掌教"为明清对府、县教官及书院
主讲的称呼。从诗文看,徐掌教与阳明早年主试山东时已相识。诗中王阳
明以东汉徐稚自比,而以对方比陈蕃。有对早年友谊的回忆,以及对当下
友谊的叙写。

无寐二首①

正德三年(1508)

其 一

烟灯暖无寐,忧思坐长往。②寒风振乔林,叶落闻窗响。

219

起窥庭月光,山空游罔象。^③怀人阻积雪,崖冰几千丈。

其 二

穷崖多杂树,上与青冥连。^④穿云下飞瀑,谁能识其源?
但闻清猿啸,时见皓鹤翻。中有避世士,冥寂栖其巅。^⑤繄予
亦同调,路绝难攀缘。^⑥

【校注】

①该二诗《王阳明全集》卷十九著录。

②暖:昏暗不明。○往:往来。

③罔象:又称罔像,魍象,传说中的一种水怪,或谓木石之怪。《国语·
鲁语下》:"水之怪曰龙、罔象。"王阳明此处指木石之怪,如张衡"残夔魖与
罔像,殪野仲而歼游光"(《文选·东京赋》)中之"罔像"。

④穷崖:高山。○青冥:指天空的青苍幽远。义如"据青冥而摅虹兮,
遂倏忽而扪天"(《楚辞·九章·悲回风》)句的"青冥"。

⑤冥寂:静默。

⑥繄:音 yī,此为助词,无实义。

【评析】

该二诗是王阳明月夜无寐的怀人之作。二诗结合看,其所怀者当为居
穷崖高巅的隐者。之所以怀而不往见,是因积雪崖冰,路绝难攀。其一的
月夜山中景象描写,"寒风振乔林,叶落闻窗响。起窥庭月光,山空游罔
象",营造了一种恐怖的氛围。

雪 夜^①

正德三年(1508)

天涯久客岁侵寻,茆屋新开枫树林。渐惯省言因病齿,

屡经多难解安心。②犹怜未系苍生望,且得闲为白石吟。③乘兴最堪风雪夜,小舟何日返山阴?④

【校注】

①该诗《王阳明全集》卷十九著录。

②省言:少说话。〇解安心:解决了心的安顿问题。

③怜:此处义为庆幸、窃喜。〇白石吟:"白石",当为夜雪如石之喻,为"明时尚阻青云步,半夜犹追白石吟"(唐代陆龟蒙《寒夜同袭美访北禅院寂上人》)中"白石吟"之化用。

④该联巧用"雪夜访戴"之典,但因榫合时情时景,加以王阳明的高超技巧,已化用于无行迹矣。"雪夜访戴"之典曰:"王子猷居山阴,夜大雪,眠觉,开室命酌酒。四望皎然,因起彷徨,咏左思《招隐诗》。忽忆戴安道。时戴在剡,即便夜乘小舟就之。经宿方至,造门不前而返。人问其故,王曰:'吾本乘兴而行,兴尽而返,何必见戴!'"(南朝宋刘义庆《世说新语·任诞》)

【评析】

该诗中所提到的新开的茅屋,当是草庵居、洞穴居和庐舍居(何陋轩)以外的新居,并可由诗知该茅屋边枫树林的周遭环境。诗写王阳明雪夜独处的复杂感受,提到了病齿和多难落魄的自慰及思乡的情愫。该诗艺术地再现了雪夜情景与遭际的榫合。后四句将前人诗句意、"雪夜访戴"的典故化用于无形,亦见王阳明艺术功力。

赠黄太守澍①

正德三年(1508)

岁宴乡思切,客久亲旧疏。②卧疴闭空院,忽来故人车。③入门辨眉宇,喜定还惊吁。远行亦安适,符竹膺新除。④荒郡号难理,况兹征索余!⑤君才素通敏,窘剧宜有纡。⑥蛮乡虽瘴毒,逐客犹安居。⑦经济非复事,时还理残书。山泉足游憩,鹿麋能友予。澹然穷壤内,容膝皆吾庐。⑧惟营垂白念,旦夕怀归图。⑨君行勉三事,吾计终五湖。⑩

【校注】

①该诗《王阳明全集》卷十九著录。○黄太守澍:黄澍,字文泽,福建侯官(治今福建福州)人,赴任云南姚安知府过贵州来访,相聚于王阳明处。

②岁宴:亦作"岁晏",义为年终岁尾、岁末。唐白居易《观刈麦》"吏禄三百石,岁晏有余粮"句有用。○乡思:念家的情思。○客久:此指作为谪客的久居。

③卧疴:卧病。

④该联下句意在称说黄澍能够承担知府的职任。○符竹:典出《汉书·文帝纪》:"(二年)九月,初与郡守为……竹使符。"颜师古注引应劭曰:"竹使符皆以竹箭五枚,长五寸,镌刻篆书,第一至第五。"后因以"符竹"指郡守职权。○膺:承担。○新除:新任命官职。除,授官,任命官职。

⑤荒郡:贫穷未开发的落后郡县。○征索余:征收、索取盈余。

⑥窘剧宜有纾:尽管非常困难,您也应该有纾解的办法。

⑦逐客:犹言谪客。

⑧穷壤:指天地。

⑨垂白:白发垂下来,代指父母亲。

⑩三事:指黄澍勉励阳明的三件事,内容不详,大致应为劝勉他不要颓废、沉沦,以待时变而东山再起,等等。

【评析】

该诗作于岁末,诗中写到正在卧病而故友突然来访的惊喜,对友人政材的表彰,以及自己作为谪客的"理残书"的生活状态、淡然的生活态度,还有思亲怀归的情绪。

寄友用韵①

正德三年（1508）

怀人坐沈夜，帷灯暖幽光。②耿耿积烦绪，忽忽如有忘。③玄景逝不处，朱炎化微凉。④相彼谷中葛，重阴殒衰黄。感此游客子，经年未还乡。伊人不在目，丝竹徒满堂。⑤天深雁书杳，梦短关塞长。情好矢无致，愿言觊终偿。⑥惠我金石编，徽音激宫商。驰辉不可即，式尔增予伤！⑦馨香袭肝膂，聊用心中藏。

【校注】

①该诗《王阳明全集》卷十九著录。

②沈夜：深夜。〇帷灯暖幽光：此为当时室内灯光忽明忽暗的描写，亦是王阳明此时心情烦闷、恍惚不定的同构，此可由下句的"耿耿积烦绪"知。

③耿耿：挂怀、烦躁不安貌。此为袭用"夜耿耿而不寐兮，魂茕茕而至曙"（《楚辞·远游》）之"耿耿"。

④玄景：黑影、夜影。〇朱炎：本指太阳、烈日。如何晏《景福殿赋》之"开建阳则朱炎艳，启金光则清风臻"中"朱炎"之用。此处当指灯火发出的红光。

⑤该联为阳明赴谪满一年的感慨。〇伊人：指所怀之友。〇丝竹：代乐器。

⑥矢：通"誓"，如"矢志不渝"之"矢"。〇致：音 yì，厌烦。〇觊：音 jì，希望得到不应该或难得到的东西，义近"奢望"。

⑦驰辉：亦作"驰晖"，义为时光、光阴。南朝齐谢朓"驰晖不可接，何况隔两乡"（《暂使下都夜发新林至京邑赠西府同僚》）句有用。〇式尔：义为继续、反复这样。典出《尚书·周书·康诰》："人有小罪，非眚，乃惟终自作不典；式尔，有厥罪小，乃不可不杀。"

该诗是怀友寄友之作,写了深夜独坐,知音不在,丝竹徒设的孤寂之情,以及路途遥远、通书艰难的感伤。所怀寄之友为谁,诗中未有交代,从其中深沉的感情看来,或为湛元明、汪抑之等。

春　行①

正德四年(1509)

冬尽西归满山雪,春初复来花满山。白鸥乱浴清溪上,黄鸟双飞绿树间。②物色变迁随转眼,人生岂得长朱颜。③好将吾道从吾党,归把渔竿东海湾。

【校注】

①该诗《王阳明全集》卷十九著录。

②白鸥:鸥鸟的一种,中等体型,嘴绿黄色,白尾。○黄鸟:黄莺。

③朱颜:红润的颜容,代指人的年轻时代。如李煜"雕栏玉砌应犹在,只是朱颜改"(《虞美人》)中"朱颜"之用。

【评析】

该诗是王阳明正德四年(1509)正月初一面对满眼初春的写景抒情之作。首联、颔联写春景,颈联、尾联写感怀。颈联写物色变迁、人生易老的感慨,尾联写道为所用后归钓东海的理想与怀抱。

春　晴①

正德四年(1509)

林下春晴风渐和,高岩残雪已无多。游丝冉冉花枝静,青壁迢迢白鸟过。②忽向山中怀旧侣,几从洞口梦烟萝。③客衣尘土终须换，好与湖边长芰荷。④

【校注】

①该诗《王阳明全集》卷十九著录。

②游丝：春天空中游挂的蛛丝。○青壁：雪水流过的青石板路。

③烟萝：草树茂密、烟聚萝缠谓之"烟萝"。如唐李端"更说谢公南座好，烟萝到地几重阴"（《寄庐山真上人》）句"烟萝"之用。

④该联上句仍是王阳明谪客情怀的表达，表达了早日结束贬谪的心愿。○芰荷：菱与荷。

【评析】

该诗为王阳明正德四年（1509）春所作，为一七律。诗首联、颔联写景，所写春晴的景色是由春风、残雪、游丝、花枝、青壁、白鸟等动态构成。颈联、尾联写情，由"山中怀旧侣""洞口梦烟萝""尘土终须换""湖边长芰荷"构成的情思显得有些散乱，但又符合春思多多的特点。景与情的异质同构，示现的是清新明净而又朦胧"凌乱"的春晴（情）美。

陆广晓发①

正德四年(1509)

初日曈曈似晓霞，雨痕新霁渡头沙。②溪深几曲云藏峡，树老千年雪作花。白鸟去边回驿路，青崖缺处见人家。遍行奇胜才经此，江上无劳羡九华。③

【校注】

①该诗《王阳明全集》卷十九著录。○陆广：六广河上的六广河码头（今名阳明码头），在今贵州省修文县。六广河是乌江的上游，流经今贵州修文县、息烽县等。

②曈曈：日初出渐明亮貌。○霁：雨后初晴。

③九华：即九华山。

该诗是王阳明正德四年(1509)春早晨出发游六广河大峡谷,极赞遇目的写景之作。

木阁道中雪①

正德四年(1509)

瘦马支离缘绝壁,连峰窅窱入层云。②山村树暝惊鸦阵,涧道雪深逢鹿群。冻合衡茅炊火断,望迷孤戍暮笳闻。③正思讲习诸贤在,绛蜡清醅坐夜分。④

【校注】

①该诗《王阳明全集》卷十九著录。○木阁:即栈道。

②支离:此处义为瘦弱。○窅窱:音 yǎotiǎo,幽深、阴暗貌。如宋秦观"参差水石瘦,窅窱房栊深"(《同子瞻端午日游诸寺赋得深字》)句中"窅窱"之用。

③衡茅:衡门茅屋。衡门,横木为门,指简陋的屋舍,亦指隐居处所。典出《诗经·陈风·衡门》:"衡门之下,可以栖迟。"○暮笳:傍晚的笳声。笳,音 jiā,古代北方民族吹奏乐器,似笛。

④清醅:此指清酒。醅,音 pēi,没滤过的酒。

【评析】

该诗是王阳明正德四年(1509)春傍晚行走在栈道上的遇目写思之作。前六句所写为孤寂清凉、生活窘困的境况。但在此境况之下,他挂怀的却是和诸生夜分讲习的情景。

次韵陆金宪元日喜晴①

正德四年(1509)

　　城里夕阳城外雪，相将十里异阴晴。也知造物曾何意？底是人心苦未平！柏府楼台衔倒景，茆茨松竹泻寒声。②布衾莫谩愁僵卧，积素还多达曙明。③

【校注】

　　①该诗《王阳明全集》卷十九著录。○陆金宪：即陆文顺。○元日：一般指农历正月初一，而此处，从各本排列的次序看，当为元宵节的翌日，即正月十六日。

　　②柏府：御史府，因其内多植松柏，故称；又称柏台；因柏树上多乌鸦鸟窝，故亦称乌台。○衔倒景：义为连倒影。衔，形象的说法。景，"影"的本字。

　　③积素：积雪，因雪色白，故称。如南朝宋谢惠连"积素未亏，白日朝鲜"(《雪赋》)句中"积素"之用。

【评析】

　　该诗是王阳明次韵元日喜晴之作，以描写为主，在描写中表达了内心的不平和愁情。

白云堂①

正德四年(1509)

　　白云僧舍市桥东，别院回廊小径通。②岁古檐松存独干，春还庭竹发新丛。晴窗暗映群峰雪，清梵长飘高阁风。③迁客从来甘寂寞，青鞋时过月明中。④

227

①该诗《王阳明全集》卷十九著录。○白云堂:当为一佛舍,又称白云庵,故址在今贵州贵阳东山脚下。

②白云僧舍:白云堂。○市:指贵阳。

③清梵:佛教僧尼诵经的声音。如南朝梁王僧孺《初夜文》之"清梵含吐,一唱三叹"中"清梵"之用。

④青鞋:草鞋。杜甫《发刘郎浦》之"白头厌伴渔人宿,黄帽青鞋归去来"句有用。

【评析】

诗写白云堂情景,末二句写不得不安于迁谪生活的无奈。结合诗中"春还庭竹发新丛",以及"迁客从来甘寂寞"中"甘寂寞"的态度表达看,该诗当作于正德四年(1509)春。

来仙洞①

正德四年(1509)

古洞春寒客到稀,绿苔荒径草霏霏。②书悬绝壁留僧偈,花发层萝绣佛衣。壶榼远从童冠集,杖藜随处宦情微。③石门遥锁阳明鹤,应笑山人久不归。

【校注】

①该诗《王阳明全集》卷十九著录。○来仙洞:在贵阳东山,王阳明正德三年(1508)秋曾游,此可见其前作《游来仙洞早发道中》。

②古洞:此指来仙洞。○春寒:此处在于交代王阳明游来仙洞的时间为正德四年(1509)春。

③宦情:做官的志趣、意愿。

【评析】

该诗前六句写来仙洞周遭景象。末二句以轻描淡写的笔触,借家乡锁于阳明洞中的爱鹤笑自己的久不还乡,表达了自己的思乡之情。

夜宿汪氏园①

正德四年(1509)

小阁藏身一斗方,夜深虚白自生光。②梁间来下徐生榻,座上惭无荀令香。③驿树雨声翻屋瓦,龙池月色浸书床。他年贵竹传异事,应说阳明旧草堂。

【校注】

①该诗《王阳明全集》卷十九著录。

②虚白:义为心中纯净。典出《庄子·人间世》"虚室生白,吉祥止止"句。

③徐生榻:此为用汉徐稚、陈蕃典事,写汪氏对自己的盛意延请。王勃《滕王阁序》有"徐孺下陈蕃之榻"用此典。○荀令香:荀令所指为东汉曹操高级谋臣荀彧,因曾为尚书令,故名。"荀令香"亦为典实,荀彧注重仪表,风度翩翩并好熏香,席坐后三日不散,人以"荀令香"赞美之。

【评析】

从内容看,该诗当为王阳明被时汪姓大户延至庄园夜宿不归的有感而发。首联写景,颔联用东汉徐孺下陈蕃之榻、荀彧留香典义,表达了自己惭对汪氏延请的美意。颈联写景,尾联则表达了对自己谪居龙场成就与影响力的自信。

元夕二首①

正德四年(1509)

其　一

故园今夕是元宵,独向蛮村坐寂寥。赖有遗经堪作伴,喜无车马过相邀。春还草阁梅先动，月满虚庭雪未消。堂上花灯诸弟集，重闱应念一身遥。②

其　二

去年今日卧燕台，铜鼓中宵隐地雷。③月傍苑楼灯彩淡，风传阁道马蹄回。炎荒万里频回首，羌笛三更谩自哀。尚忆先朝多乐事，孝皇曾为两宫开。④

【校注】

①该二诗《王阳明全集》卷十九著录。

②重闱：此为对父母的称呼。如宋岳珂"尊重闱而濡渶于庆施"（《桯史·周益公降官》）句中"重闱"之用。

③去年：当为前年。〇燕台：燕昭王求士所筑之台，即幽州台，代指京师。

④孝皇：明孝宗朱祐樘。〇两宫：帝、后所居之宫，此当泛指后宫。

【评析】

该二诗为王阳明正德四年(1509)于元宵节的有感而发，表达了他身在蛮荒而思念故土、故都之情。其一写思念故土，用了联想的方法，联想到故园家庭团聚却独缺自己一人，父母想必十分思念自己。其二写思念故都，用了回忆的方法，回忆了前年居京华时元宵节的荣华。联想到的故土的家人的团聚、回忆到的京华的荣华，和当下蛮荒的元宵形成对比，增强了诗作的感染力。

元夕木阁山火①

正德四年(1509)

荒村灯夕偶逢晴,野烧峰头处处明。内苑但知鳌作岭,九门空说火为城。②天应为我开奇观,地有兹山不世情。却恐炎威被松柏,休教玉石遂同赪。③

【校注】

①该诗《王阳明全集》卷十九著录。

②内苑:皇宫内苑。○鳌:音 áo,传说中的大龟或大鳖,此指鳌状的灯。○九门:时京师内城九门,分别是朝阳门、崇文门、正阳门、宣武门、阜成门、德胜门、安定门、东直门和西直门。代指京师内城。

③炎威:指时山火的威力。○赪:音 chēng,赤,红色。

【评析】

该诗是王阳明面对正德四年(1509)元夕的一场山火奇观的有感而发。首先描写山火的景象,随后联想到京城内苑灯火的渺小,随后写对此奇观难以忘怀,最后表达的是对松柏、玉石等美好事物的仁爱之情。

元夕雪用苏韵二首①

正德四年(1509)

其 一

林间暮雪定归鸦,山外铃声报使车。玉盏春光传柏叶,夜堂银烛乱槍花。②萧条音信愁边雁,迢递关河梦里家。③何日扁舟还旧隐，一蓑江上把鱼叉。

其 二

寒威入夜益廉纤，酒瓮炉床亦戒严。④久客渐怜衣有结，蛮居长叹食无盐。⑤饥豺正尔群当路，冻雀从渠自宿檐。⑥阴极阳回知不远，兰芽行见发春尖。

【校注】

①该二诗《王阳明全集》卷十九著录。

②柏叶：此指柏叶酒，古俗元旦饮用，可却寒，有益长寿。唐杜甫句"尊前柏叶休随酒，胜里金花巧耐寒"（《人日二首》之二）有用。○檐花：临近檐下所开的花，此处指檐下飞动的雪花。

③关河：关山河川，喻万水千山、路途遥远。

④廉纤：细小、细微，多以喻细雨。唐韩愈"廉纤晚雨不能晴，池岸草间蚯蚓鸣"（《晚雨》）句有用。○戒严：警惕。

⑤结：指衣服上的补丁。

⑥渠：此处义为首领，犹"渠帅"之"渠"。

【评析】

该二诗是王阳明正德四年（1509）元夕雪夜用苏韵的七律。苏韵即苏轼《雪后书北台壁二首》所用之韵。《雪后书北台壁二首》：其一为"黄昏犹作雨纤纤，夜静无风势转严。但觉衾裯如泼水，不知庭院已堆盐。五更晓色来书幌，半夜寒声落画檐。试扫北台看马耳，未随埋没有双尖"；其二为"城头初日始翻鸦，陌上晴泥已没车。冻合玉楼寒起粟，光摇银海眼生花。遗蝗入地应千尺，宿麦连云有几家。老病自嗟诗力退，空吟冰柱忆刘叉"。苏轼该二诗为熙宁七年（1074）十一月赴密州知州遇雪的逞才之作。之所以说是逞才之作，是因要求咏雪禁用玉、月、梨、梅、练、絮、白、舞、鹅、鹤、银等字，其一韵押"十四盐韵"其二韵押"六麻韵"，并用"尖""叉"等险字。后人（苏辙、王安石等）在咏雪的七律中依样用上"尖""叉"的韵脚，形成了别具一格的"尖叉体"。王阳明此作亦为"尖叉体",内容写自己元夕雪夜的物景和自己的生活境况,落脚在于写情志,写自己的思乡之情和归隐之志。其二的"阴极阳回知不远,兰芽行见发春尖"形象地表明王阳明对情志的实现是充满希望的。

家僮作纸灯^①

正德四年(1509)

　　寥落荒村灯事赊,蛮奴试巧剪春纱。^②花枝绰约含轻雾,月色玲珑映绮霞。取办不徒酬令节,赏心兼是惜年华。如何京国王侯第,一盏中人产十家!^③

【校注】

①该诗《王阳明全集》卷十九著录。

②赊:奢望、过高的愿望。

③如何:何如,怎比。

【评析】

　　该诗前四句写事,后四句写意。事为尽管身处寥落荒村,元宵节的灯事只能是奢望,但家僮自做纸灯以度节日,且制作的纸灯在王阳明眼里颇具艺术情趣、朦胧美感。意上,王阳明说做纸灯不单纯是为了应付节日,而是为了心情愉悦、珍惜年华。末二句和前两句对比,批评了京城王侯一盏灯的造价抵得上普通十家人的家产的豪奢。

晓霁用前韵书怀二首^①

正德四年(1509)

其　一

双阙钟声起万鸦,禁城月色满朝车。竟谁诗咏东曹桧? 正忆梅开西寺花。^②此日天涯伤逐客,何年江上却还家? 曾无一字堪驱使,谩有虚名拟八叉。^③

其　二

涧草岩花欲斗纤,溪风林雪故争严。连歧尽说还宜麦,煮海何曾见作盐。^④路断暂怜无过客,病余兼喜曝晴檐。谪居亦自多清绝,门外群峰玉笋尖。

【校注】
　　①该二诗《王阳明全集》卷十九著录。○前韵:即前《元夕雪用苏韵二首》之韵。
　　②东曹:此指朝廷官署。○西寺:和上句中的"东曹"一样,亦为朝廷官署。
　　③八叉:即温八叉,唐代诗人温庭筠,因其多才,凡八叉手而八韵成,故名。
　　④该联写雪之大,却没有直写雪如何大,而是运用联想手法,超越雪而写了和雪相关的东西:上句写覆盖了纵横相连的路径的大雪,在人们眼中是对种植小麦有利的大雪;下句比雪为盐,但却不是煮海所得之盐。

【评析】
　　该二诗为元夕翌晨雪晴后作。其一写庙堂之念和乡关之思,其二写自

234

己谪居生活的病余与清绝。二诗均运用了实写与虚写结合的手法,其二的"连歧尽说还宜麦,煮海何曾见作盐"句的联想有时空的跨越感。

次韵陆文顺佥宪[①]

正德四年(1509)

春王正月十七日,薄暮甚雨雷电风。[②]卷我茅堂岂足念,伤兹岁事难为功。金縢秋日亦已异,鲁史冬月将无同。老臣正忧元气泄,中夜起坐心忡忡。[③]

【校注】

①该诗《王阳明全集》卷二十九著录。

②春王正月十七日:指正德四年(1509)年正月十七。

③元气:指宇宙万物存在的基本能量。

【评析】

该诗为王阳明次韵陆文顺佥宪之作。诗以当日傍晚电闪雷鸣、雷电交加的异常气象状况,兴起忧国忧民情怀的表达。说尽管古书如《尚书·金縢》和《鲁史》中分别记载秋天、冬天有此雷雨气象,但那是由历法不同造成的。这一正月雷雨的反常现象会带来系列效应,比如农业会受损害。这是在天人相副逻辑指导下,联想到社会政治上的诸事。

次韵陆佥宪病起见寄[①]

正德四年(1509)

一赋归来不愿余,文园多病滞相如。[②]篱边竹笋青应满,洞口桃花红自舒。荷蒉有心还击磬,周公无梦欲删书。[③]云间宪伯能相慰,尺素长题问谪居。[④]

【校注】

①该诗《王阳明全集》卷十九著录。

②一赋归来:指陶渊明的《归去来兮辞》。〇文园:即孝文园,汉文帝的陵园,因司马相如曾任文园令,遂指汉司马相如。

③该联上句典出《论语·宪问》,其曰:"子击磬于卫,有荷蒉而过孔子之门者,曰:'有心哉,击磬乎!'"〇该联下句典出《论语·述而》,其曰:"子曰:'甚矣,吾衰也,久矣吾不复梦见周公。'"据司马迁《史记》,孔子曾删《诗经》。

④宪伯:指陆文顺,因其时任金都御史,故称。〇尺素:代指书信。

【评析】

该诗是王阳明病起次韵陆文顺见寄之作。诗写自己龙场生活的困窘,以及友人对自己的安慰。该诗用典颇多,如陶渊明的《归去来兮辞》,司马相如曾任文园令,及孔子击磬、删书事。

太子桥①

正德四年(1509)

乍寒乍暖早春天,随意寻芳到水边。②树里茅亭藏小景,竹间石溜引清泉。③汀花照日犹含雨,岸柳垂阴渐满川。④欲把桥名寻野老,凄凉空说建文年。⑤

【校注】

①该诗《王阳明全集》卷二十九著录。〇太子桥:即今太慈桥。

②芳:由下文知可有两指,一为自然之道,再为建文帝旧事。

③石溜:岩石间的水流。

④汀花:水边平地上的小花。

⑤该联上句引用传说,据说明建文四年,燕王朱棣举兵攻打南京,破城后,建文帝化装成和尚逃往贵州的深山老林躲藏。那时小车河两岸山民生

活不便,想架桥沟通东西,苦于经费困难,一直不能实现。一过路僧人见此情况,自愿出钱帮助。待桥竣工之日,和尚突然不知去向,最后探知此乃逃难至此的朱允炆,为纪念他的功德,遂以"太子"为桥名。为掩蔽建文帝行踪,故意将其讹传为"太慈桥",沿袭至今。

【评析】

该诗为正德四年(1509)春王阳明游贵阳太子桥作。王阳明该诗描写了太子桥的清新、清秀春景,其意或是以建文帝的落魄自况。

夜 寒①

正德四年(1509)

檐际重阴覆夜寒,石炉松火坐更残。②穷荒正讶乡书绝,险路仍愁归梦难。仙侣春风怀越峤,钓船明月负严滩。③未因谪宦伤憔悴,客鬓还羞镜里看。

【校注】

①该诗《王阳明全集》卷十九著录。

②更残:更将尽时,义指夜将尽天将明。

③仙侣:人品高尚、心神契合的朋友。如杜甫"佳人拾翠春相问,仙侣同舟晚更移"(《秋兴八首》之八)之用。○越峤:浙江故乡的山。○严滩:即严陵濑,在浙江桐庐南,相传为东汉严光隐居垂钓处。

【评析】

该诗是一七律,为王阳明写其寒夜难眠,坐至更尽时的思乡情感。颔联写家书断绝、归梦难圆;颈联写的是对故乡生活的回忆,回忆起的内容是春天时仙侣同游、船钓严滩。

雪中桃次韵^①

正德四年(1509)

雪里桃花强自春,萧疏终觉损精神。却惭幽竹节逾劲,始信寒梅骨自真。遭际本非甘冷淡,飘零须信季风尘。^②从来此事还希阔,莫怪临轩赏更新。^③

【校注】

①该诗《王阳明全集》卷十九著录。

②季风尘:季从语境看当为"寄"的同音假借,故"季风尘"应为"寄风尘"义。

③从来此事还希阔:此事指桃花于雪中开放之事。希阔,稀少,罕见。

【评析】

该诗为王阳明赏雪里桃花时的次韵之作。诗在写雪里桃花的挺立精神的同时,联想到同样刚劲的雪中幽竹和寒梅。写雪中桃花、幽竹和寒梅的不屈精神,实际上是以之自况,说自己谪居蛮荒并非真正甘于冷淡,而是骨子里有着顽强的期待。

村　南^①

正德四年(1509)

花事纷纷春欲酣,杖藜随步过村南。^②田翁开野教新犊,溪女分流浴种蚕。稚犬吠人依密槿,闲凫照影立晴潭。^③偶逢江客传乡信,归卧枫堂梦石龛。^④

【校注】

①该诗《王阳明全集》卷十九著录。

②杖藜:一年生大型草本植物。因茎可做手杖用,故古诗文中多有以之代"手杖"者,如"杖藜扶我过桥东"(南宋诗僧志南《绝句》)即是。

③凫:音 fú,水鸟,俗名野鸭。

④石龛:供奉神像或神位的石头阁子。

【评析】

该诗是王阳明正德四年(1509)春意渐浓时信步村南之作。首、颔、颈联写景,移步换景、娓娓道来,可谓一副春浓田园图,可当诗中有画之谓。尾联转为写意,写自己偶逢江客传乡信,归去后在枫树林的草堂之中梦到了故里的石龛,亦为信步中自然得来。全诗看来平淡,但平淡之中却可领略王阳明深沉的思乡情感,正所谓平淡之中也动人也。

龙冈谩书①

正德四年(1509)

子规昼啼蛮日荒,柴扉寂寂春茫茫。②北山之薇应笑汝,汝胡局促淹他方。彩凤葳蕤临紫苍,予亦鼓棹还沧浪。③只今已在由求下,颜闵高风安可望。④

【校注】

①该诗束景南先生《王阳明佚文辑考编年》自《新刊阳明先生文录续编》卷三《诗类》(明嘉靖十四年王杏序刊本)辑出。而由"子规昼啼蛮日荒"知该诗写于春季。

②子规:即杜鹃鸟,杜鹃又叫杜宇催归,它总是朝着北方鸣叫,六、七月鸣叫声更甚,昼夜不止,发出的声音极其哀切,所以叫杜鹃啼归。

③该联上句之"彩凤",由下"葳蕤"的草木茂盛义看,或为一植物名;而"紫苍"或亦为一植物名。

④由求：子路和冉有，二人均为孔子弟子，列七十二贤靠前，但道行在颜渊、曾子、闵子骞诸人之下。由，子路。求，冉有。○颜闵：颜渊和闵子骞，二人于孔门弟子中道行靠前。

【评析】

王阳明该诗写到了自己贬谪的孤寂生活、思乡之情、归隐之意，以及道行在子路、冉有之下，不敢比于颜渊、闵子骞的自谦。

再试诸生①

正德四年(1509)

草堂深酌坐寒更，蜡炬烟消落降英。旅况最怜文作会，客心聊喜困还亨。春回马帐惭桃李，花满田家忆紫荆。②世事浮云堪一笑，百年持此竟何成？

【校注】

①该诗《王阳明全集》卷二十九著录。

②马帐：此为用东汉大儒马融设帐授徒之典。典出《后汉书·马融传》："融才高博洽，为世通儒，教养诸生，常有千数。……常坐高堂，施绛纱帐，前授生徒，后列女乐，弟子以次相传，鲜有入其室者。"○桃李：喻栽培的后辈和所教的门生。典出《韩诗外传》："夫春树桃李，夏得阴其下，秋得食其实。"○该联下句为用"田家紫荆"之典，典出南朝梁吴均《续齐谐记》："京兆田真兄弟三人，共议分财，生赀皆平均，惟堂前一株紫荆树，共议欲破三片。明日，就截之，其树即枯死，状如火然。真往见之，大惊，谓诸弟曰：'树本同株，闻将分斫，所以憔悴，是人不如木也。'因悲不自胜，不复解树，树应声荣茂。兄弟相感，合财宝，遂为孝门。"

【评析】

由诗文"春回马帐惭桃李，花满田家忆紫荆"知，该诗当作于正德四年(1509)春，为再试诸生之作。首联是情景的描写，说草堂的宴饮已经到了夜寒更深之时,此时的蜡烛已经燃尽,只留下点点蜡泪。颔联为王阳明独特的心理体验,说谪居此地最令他欣慰的是今晚这样的诗文之会,客居他乡会为困境中的一点亨通感到欢喜。颈联为王阳明感想的书写,说春天到来了,我为让你们在这里听我讲课感到惭愧,花开时节更思念自己家乡的兄弟。尾联说世上的事只值得付之一笑,若千年后再看今天的诗作又有多大价值呢?

再试诸生用唐韵①

正德四年(1509)

天涯犹未隔年回,何处严光有钓台?②樽酒可怜人独远,封书空有雁飞来。渐惊雪色头颅改,莫漫风情笑口开。遥想阳明旧诗石,春来应自长莓苔。

【校注】

①该诗《王阳明全集》卷二十九著录。

②严光有钓台:此为用"严光钓台"之典,典出《后汉书·严光传》:"严光字子陵,一名遵,会稽余姚人也。少有高名,与光武(刘秀)同游学。及光武即位,乃变名姓,隐身不见。帝思其贤,乃令以物色访之。后齐国上言:'有一男子,披羊裘钓泽中。'帝疑其光,乃备安车玄纁(聘请贤士的赘礼。纁,音 xūn),遣使聘之。三反而后至。舍于北军,给床褥,太官朝夕进膳。司徒侯霸与光素旧,遣使奉书。使人因谓光曰:'公闻先生至,区区欲即诣造,迫于典司,是以不获。愿因日暮,自屈语言。'光不答,乃投札与之,口授曰:'君房足下:位至鼎足,甚善。怀仁辅义天下悦,阿谀顺旨要领绝。'霸得书,封奏之。帝笑曰:'狂奴故态也。'车驾即日幸其馆。光卧不起,帝即其卧所,抚光腹曰:'咄咄,子陵,不可相助为理邪?'光又眠不应,良久,乃张目熟视,曰:'昔唐尧著德,巢父洗耳。士故有志,何至相迫乎!'帝曰:'子陵,我竟不能下汝邪?'于是升舆叹息而去。复引光入,论道旧故,相对累日。帝从容问光曰:'朕何如昔时?'对曰:'陛下差增于往。'因共偃卧,光以足加

帝腹上。明日，太史奏客星犯御坐甚急。帝笑曰：'朕故人严子陵共卧耳。'除为谏议大夫，不屈，乃耕于富春山，后人名其钓处为严陵濑焉。建武十七年，复特征，不至。年八十，终于家。帝伤惜之，诏下郡县赐钱百万、谷千斛。"严光钓台在今浙江省桐庐县距城南十五公里的富春山麓，是富春江上的主要风景区。

【评析】

该诗是王阳明再试诸生之作。由诗文"天涯犹未隔年回"的"隔年"知，诗作于正德四年(1509)，主要表达了思乡之情，此可由"人独远""雁飞来""阳明旧诗石"等知。

次韵胡少参见过①

正德四年(1509)

旋管小酌典春裘，佳客真惭竟日留。②长怪岭云迷楚望，忽闻吴语破乡愁。③镜湖自昔堪归老，杞国何人独抱忧！④莫讶临花倍惆怅，赏心原不在枝头。

【校注】

①该诗《王阳明全集》卷十九著录。

②竟日：整日、整天。

③吴语：吴地的口音。吴地，今江浙一带。

④镜湖：即鉴湖，在今浙江绍兴会稽山北麓。○该联下句为用"杞人忧天"之典，典出《列子·天瑞》："杞国有人，忧天地崩坠，身亡所寄，废寝食者。"

【评析】

该诗是王阳明于胡少参(胡洪，浙江余姚人)来见的次韵之作，胡少参为时贵州布政使司参事。诗写自己和胡少参的同乡友情，以及自己对故乡的思念之情。

与胡少参小集①

正德四年(1509)

细雨初晴蠛蠓飞,小亭花竹晚凉微。②后期客到停杯久,远道春来得信稀。翰墨多凭消旅况,道心无赖入禅机。③何时喜遂风泉赏,甘作山中一白衣?④

【校注】

①该诗《王阳明全集》卷二十九著录。

②蠛蠓:音 mièměng,飞虫的一种。

③禅机:禅法机要。

④风泉:代指归隐。

【评析】

该诗是王阳明写与胡少参小聚之作,在写景道情中表达了归隐之意。

再用前韵赋鹦鹉①

正德四年(1509)

低垂犹忆陇西飞,金锁长羁念力微。只为能言离土远,可怜折翼叹群稀。春林羞比黄鹂巧,晴渚思忘白鸟机。千古正平名正赋,风尘谁与惜毛衣?②

【校注】

①该诗《王阳明全集》卷二十九著录。

②正平:祢衡字。祢衡,东汉末年文学家,曾撰《鹦鹉赋》。祢衡《鹦鹉赋》为托物言志之作,赋中描写具有"奇姿""殊智"的鹦鹉,却不幸被"闭以

雕笼,剪其翅羽",失去自由;赋中"顺笼槛以俯仰,窥户牖以踟蹰""顾六翮之残毁,虽奋迅其焉如"的不自由生活,显然是以鹦鹉自况,抒写才智之士生于乱世的愤懑心情,反映作者对东汉末年政治黑暗的强烈不满。祢衡赋寓意深刻,状物惟肖,感慨深沉,融咏物、抒情、刺世为一体。

【评析】

该诗是用前《与胡少参小集》韵的赋鹦鹉之作,和前《鹦鹉和胡韵》一样以鹦鹉自况。王阳明两赋鹦鹉和东汉末年祢衡《鹦鹉赋》取旨相同。

送客过二桥①

正德四年(1509)

下马溪边偶共行,好山当面正如屏。不缘送客何因到,还喜门人伴独醒。②小洞巧容危膝坐,清泉不厌洗心听。③经过转眼俱陈迹,多少高崖漫勒铭。④

【校注】

①该诗《王阳明全集》卷二十九著录。〇二桥:故址在今贵州贵阳。

②独醒:独自清醒,喻不同流俗。出《楚辞·渔父》:"屈原曰:'举世皆浊我独清,众人皆醉我独醒,是以见放!'"

③危膝坐:危坐、跪坐,即正身而跪,表严肃恭敬。

④勒铭:镌文于金石。

【评析】

该诗是王阳明送客过二桥之作。从诗文看,客或为他的门人。首联写送客情景;颔联写感想,幸而有送客,才使自己得睹二桥的美景;颈联写二桥环境,谓其小洞和清泉恰适自己修心养性;尾联则为是非成败转头空的感悟。

复用杜韵一首①

正德四年(1509)

濯缨何处有清流,三月寻幽始得幽。②送客正逢催驿骑,笑人且复任沙鸥。崖傍石偃门双启,洞口萝垂箔半钩。③淡我平生无一好,独于泉石尚多求。④

【校注】

①该诗《王阳明全集》卷二十九著录。
②濯缨:洗濯冠缨,比喻超脱世俗,操守高洁。
③箔:用苇子、秫秸等做成的帘子。
④泉石:代指隐居生活。

【评析】

该诗是承上《送客过二桥》而作,诗义相同,用杜甫《江村》之韵。杜甫《江村》云:"清江一曲抱村流,长夏江村事事幽。自去自来堂上燕,相亲相近水中鸥。老妻画纸为棋局,稚子敲针作钓钩。多病所须唯药物,微躯此外更何求。"王阳明该诗自然恬淡的诗境与诗义也与杜甫《江村》同。

先日与诸友有郊园之约是日
因送客后期小诗写怀三首①

正德四年(1509)

其 一

郊园隔宿有幽期,送客三桥故故迟。②樽酒定应须我久,诸君且莫向人疑。③同游更忆春前日,归醉先拼日暮时。却笑相望才咫尺，无因走马送新诗。

其 二

自欲探幽肯后期，若为尘事故能迟。④缓归已受山童促，久坐翻令溪鸟疑。竹里清醅应几酌，水边相候定多时。⑤临风无限停云思，回首空歌《伐木》诗。⑥

其 三

三桥客散赴前期，纵辔还嫌马足迟。好鸟花间先报语，浮云山顶尚堪疑。曾传江阁邀宾句，颇似篱边送酒时。便与诸公须痛饮，日斜潦倒更题诗。⑦

【校注】

①该诗《王阳明全集》卷二十九著录。○郊园：贵阳郊外的园林，类似今日的郊区农家乐。

②三桥：贵阳三桥，故址在今贵州贵阳。

③诸君：本次约定聚会的各位好朋友。

④尘事：俗务。

⑤醅：没滤过的酒。

⑥伐木：《诗经·小雅》之篇，以伐木起兴的写友情之诗。

⑦潦倒：此指饮酒醉倒。

【评析】

该诗是王阳明迤送客之后，践前日与诸友郊园之约的写怀之作。该诗以颇具豪放之笔触，写出王阳明对这次聚会的期待。如"归醉先拼日暮时""便与诸公须痛饮，日斜潦倒更题诗"等句，是他在贵阳真实生活的反映。

春日花间偶集示门生①

正德四年(1509)

闲来聊与二三子,单夹初成行暮春。改课讲题非我事,研几悟道是何人?②阶前细草雨还碧,檐下小桃晴更新。坐起咏歌俱实学,毫厘须遣认教真。

【校注】

①该诗《王阳明全集》卷十九著录。

②研几:指哲学上的穷究精微之理,亦作"研机"。出《周易·系辞上》:"夫易,圣人之所以极深而研几也。"

【评析】

该诗当为暮春时作。诗起《论语》"曾点气象"典,后又写研几悟道及雨中细草、清新小桃的意象,还有坐起咏歌俱实学的观点,证明阳明龙场所悟之道是具有实践特质的儒学。

答刘美之见寄次韵①

正德四年(1509)

休疑迁客迹全贫,犹有沙鸥日见亲。勋业已辞沧海梦,烟花多负故园春。百年长恐终无补,万里宁期尚得身。念我不劳伤鬓雪,知君亦欲拂衣尘。②

【校注】

①该诗《王阳明全集》卷十九著录。

②拂衣尘:代归隐。

247

该诗是阳明次韵友人刘美之(刘瑜,字美之,号省斋,山东文登[今属山东威海]人,时铜仁知府)之作,为一七律。诗写到了对刘美之怀疑自己贫困的谪居生活的回应,进而叙述了自己谪居的生活与思乡的情感以及消极归隐的思想。

夏日游阳明小洞天喜诸生偕集偶用唐韵^①

正德四年(1509)

古洞闲来日日游,山中宰相胜封侯。^②绝粮每自嗟尼父,愠见还时有仲由。^③云里高崖微入暑,石间寒溜已含秋。他年故国怀诸友,魂梦还须到水头。

【校注】

①该诗《王阳明全集》卷二十九著录。

②古洞:指阳明小洞天。○山中宰相:指南朝梁时陶弘景隐居茅山,屡聘不出,梁武帝常向他请教国家大事,故人称"山中宰相"。《南史·陶弘景传》谓:"国家每有吉凶征讨大事,无不前以谘询。月中常有数信,时人谓为山中宰相。"后喻隐居的高贤。

③该联为用孔子"在陈绝粮"之典。

【评析】

该诗题目即表示王阳明对教学工作的热爱,以及和门人们深厚的感情:正德四年(1509)游阳明小洞天,门人都来了,他难掩喜悦,随即用唐韵赋七律一首,用"山中宰相"、孔子"在陈绝粮"表达此时情志。尾联"他年故国怀诸友,魂梦还须到水头"义,或为他行将告别龙场谪居之暗示。

夏日登易氏万卷楼用唐韵①

正德四年(1509)

高楼六月自生寒,沓嶂回峰拥碧兰。久客已忘非故土,此身兼喜是闲官。②幽花傍晚烟初暝,深树新晴雨未干。极目海天家万里,风尘关塞欲归难。

【校注】

①该诗《王阳明全集》卷二十九著录。○易氏万卷楼:明代贵阳人易贵建的藏书楼,现已不存。

②闲官:指王阳明在龙场驿丞任上无事可做,十分清闲。

【评析】

该诗是正德四年(1509)夏,王阳明赴贵阳送陆健迁福建副使,登贵阳易氏万卷楼用唐韵之作。该诗表达了喜忧参半的矛盾心情,喜表现在"久客已忘非故土,此身兼喜是闲官"句,忧则表现为"高楼六月自生寒""极目海天家万里,风尘关塞欲归难"的思念故土之情。

次韵送陆文顺佥宪①

正德四年(1509)

贵阳东望楚山平,无奈天涯又送行。杯酒豫期倾盖日,封书烦慰倚门情。②心驰魏阙星辰迥,路绕乡山草木荣。③京国交游零落尽,空将秋月寄猿声。

【校注】

①该诗《王阳明全集》卷十九著录。

②豫期:预期。○倾盖:代指知音的忘情交谈。○倚门情:代指父母倚门殷切望归之情。如唐张说"天从扇枕愿,人遂倚门情"(《岳州别姚司马绍之制许归侍》)的"倚门情"之用。典出《战国策·齐策六》:"女朝出而晚来,则吾倚门而望,女暮出而不还,则吾倚闾而望。"

③魏阙:宫门上巍然高出的观楼,代指朝廷。典出《庄子·让王》:"身在江海之上,心居乎魏阙之下。"

【评析】

该诗是王阳明送别陆健的次韵之作。首联、颔联写和陆文顺的依依惜别,颈联、尾联写自己对京师的眷恋与无奈。

徐都宪同游南庵次韵①

正德四年(1509)

岩寺藏春长不夏,江花映日艳于桃。山阴入户川光暮,林影浮空暑气高。②树老岂能知岁月,溪清真可鉴秋毫。③但逢佳景须行乐,莫遣风霜著鬓毛。

【校注】

①该诗《王阳明全集》卷十九著录。

②山阴:山的阴影。○川光:平地的阳光。

③秋毫:秋天鸟兽的毫毛,形容极细小的事物,此处用本义。

【评析】

该诗是正德四年(1509)夏王阳明陪徐都宪(徐文华,嘉定[治今四川乐川]人,字用光,一作用先,时贵州巡按御史)游南庵的次韵之作。诗以写南庵长春无夏、明净宜人的景色为主,亦发表了感叹岁月、及时行乐的人生态度。

南庵次韵二首①

正德四年(1509)

其 一

隔水樵渔亦几家?缘冈石路入溪斜。松林晚映千峰雨,枫叶秋连万树霞。渐觉形骸逃物外,未妨游乐在天涯。②频来不用劳僧榻,已僭汀鸥一席沙。③

其 二

斜日江波动客衣,水南深竹见岩扉。④渔人收网舟初集,野老忘机坐未归。⑤渐觉云间栖翼乱,愁看天北暮云飞。年年岁晚长为客,闲杀西湖旧钓矶。⑥

【校注】

①该二诗《王阳明全集》卷十九著录。○南庵:即今翠微园,在贵阳南明河南岸,和甲秀楼紧邻。

②该联上句写陶醉于眼前美景时的忘怀尘世之感。

③僭:超越。

④岩扉:岩洞的门。如唐孟浩然"岩扉松径长寂寥,惟有幽人自来去"(《夜归鹿门歌》)中"岩扉"之用。

⑤机:此指俗务。

⑥矶:水边突出的岩石或石滩。如孟浩然"钓矶平可坐,苔磴滑难步"(《经七里滩》)中"矶"字之用。

【评析】

该诗是正德四年(1509)秋阳明游南庵的次韵之作,体为七律。诗在写即目之景的同时，抒发了自己的谪客情怀。谪客之情蕴蓄在"渐觉形骸逃物外，未妨游乐在天涯""年年岁晚长为客，闲杀西湖旧钓矶"等句中。

观傀儡次韵①

正德四年(1509)

处处相逢是戏场，何须傀儡夜登堂？②繁华过眼三更促，名利牵人一线长。稚子自应争诧说，矮人亦复浪悲伤。③本来面目还谁识？且向樽前学楚狂。④

【校注】

①该诗《王阳明全集》卷十九著录。

②傀儡：傀儡戏，一种用木偶表演的故事戏。

③稚子：此指看戏的小孩子。○争诧说：争相就傀儡戏带来的惊异表达观点。○矮人：此指傀儡戏表演者。

④楚狂：指春秋末期楚国狂人接舆。典出《论语·微子》："楚狂接舆歌而过孔子，曰：'凤兮凤兮！何德之衰？往者不可谏，来者犹可追。已而，已而！今之从政者殆而！'孔子下，欲与之言。趋而辟之，不得与之言。"

【评析】

该诗是王阳明观傀儡戏的次韵之作，也是彼时感慨的书写，富于人生感悟的哲理意味，表达了对人生如戏的感受，和"樽前学楚狂"的即时心境。这种心境和人生如戏观点，根源于他遭遇贬谪的不公平对待。

即席次王文济少参韵二首①

正德四年（1509）

其 一

摇落休教感客途，南来秋兴未全孤。②肝肠已自成金石，齿发从渠变柳蒲。③倾倒酒杯金谷罚，逼真词格《辋川图》。④谪乡莫道贫消骨，犹有新诗了旧逋。⑤

其 二

此身未拟泣穷途，随处翻飞野鹤孤。⑥霜冷几枝存晚菊，溪春两度见新蒲。荆西寇盗纡筹策，湘北流移入画图。⑦莫怪当筵倍凄切，诛求满地促官逋。

【校注】

①该二诗《王阳明全集》卷十九著录。

②摇落：草木凋零、飘落，为"悲哉，秋之为气也，萧瑟兮草木摇落而变衰"（宋玉《九辩》）之袭用。

③柳蒲：柳树和蒲草，两种易于凋零的植物。

④金谷罚：酒令名。如李白"如诗不成，罚伊金谷酒数"（《春夜宴从弟桃李园序》）中"金谷"之用。典源为晋代石崇《金谷诗序》："余以元康六年（296年），从太仆卿出为使，持节监青、徐诸军事、征虏将军。有别庐在河南县界金谷涧中……遂各赋诗，以叙中怀，或不能者，罚酒三斗。"引句中"别庐"即金谷园，为石崇极其奢华的私家园林，在今河南洛阳西北。○辋川图：唐代王维所作名画，为其辋川别业的诗意书写。辋川，故址在今陕西省蓝田县辋川镇。

253

⑤旧逋:过去的拖欠。逋,拖欠。

⑥泣穷途:谓身处困境而悲伤。

⑦纡筹策:规划计划受阻而没有实现。纡,打结、捆住。筹策,计划、规划。

【评析】

该二诗是王阳明的即席次韵之作。诗写了身处宴会,对谪居的感慨:其一感慨了自己身心的变化,以及和王文济的友情;其二则是自己感慨当前处境,和为国靖难规划的落空。

赠刘侍御二首并序①

正德四年(1509)

蹇以反身,困以遂志。②今日患难,正阁下受用处也。知之,则处此当自别。病笔不能多及,然其余亦无足言者。聊次韵。某顿首刘侍御大人契长。

其　一

相送溪桥未隔年,相逢又过小春天。忧时敢负君臣义?念别羞为儿女怜。

其　二

道自升沈宁有定,心存气节不无偏。知君已得虚舟意,随处风波只宴然。③

【校注】

①该诗《王阳明全集》卷十九著录。○刘侍御:即刘寓生。

②蹇:艰阻、不顺利。为《易》之六十四卦之一的《蹇》卦,其《象》曰:"蹇,难也,险在前也。见险而能止。知矣哉。"○困:困窘。亦为《易》之六

十四卦之一的《困》卦,其《象》曰:"困,刚弇也。"王弼释曰:"处困而屈其志者,小人也。君子固穷,道可忘乎?君子以致命遂志。"

③虚舟:此当为归隐义。如唐高适"片云对渔父,独鸟随虚舟"(《同薛司直诸公秋霁曲江俯见南山作》)句"虚舟"之用。

【评析】

该诗是阳明在其友人刘侍御处于困境时的次韵赠与之作,背景其序已言明。诗的内容在于勉励友人,同时亦有自我勉励义。

冬　至①

正德四年(1509)

客床无寐听潜雷,珍重初阳夜半回。②天地未尝生意息,冰霜不耐鬓毛催。春添衮线谁能补?岁晚心丹自动灰。料得重闱强健在,早看消息报窗梅。③

【校注】

①该诗《王阳明全集》卷十九著录,作于正德四年(1509)冬至。

②潜雷:潜在的而不是现实的雷声,此指作者心中希望的雷声,因为其代表生机勃勃的春天的到来。○初阳:传统指冬至至立春以前的一段时间,因有"冬至一阳始生"的说法。如"往昔初阳岁,谢家来贵门"(《孔雀东南飞》)中"初阳"之用。

③重闱:指父母或祖父母。

【评析】

冬至为一年中最寒冷的开始,同时蕴蓄着暖春的信息,故而也被理解为被严冬折磨的人们看到希望的开始,而这正与谪居两载的王阳明的心理同构。同样是音信断绝情况下的思乡,这时的王阳明内心深处却萌动着希望,此可由"客床无寐听潜雷""天地未尝生意息""早看消息报窗梅"知。

将归与诸生别于城南蔡氏楼①

正德四年(1509)

天际层楼树杪开,夕阳下见鸟飞回。②城隅碧水光连座,槛外青山翠作堆。③颇恨眼前离别近,惟余他日梦魂来。新诗好记同游处,长扫溪南旧钓台。

【校注】

①该诗《王阳明全集》卷二十九著录,是王阳明离去前与诸门人别于贵阳城南蔡氏楼时作。

②杪:音 miǎo,树枝的细梢。

③城隅:城角,多指城根偏僻空旷处。

【评析】

首联、颔联写登上蔡氏楼所遇目的贵阳城南傍晚远近高低的景色。颈联写离别的愁情。尾联写临别的叮咛。就门人教育来说,此可见王阳明以真情换真情,在谪居龙场不足两年的时间里,撒播了良知的种子。

诸门人送至龙里道中二首①

正德四年(1509)

其 一

蹊路高低入乱山,诸贤相送愧间关。②溪云压帽兼愁重,峰雪吹衣著鬓斑。花烛夜堂还共语,桂枝秋殿听跻攀。③相思不用勤书札,别后吾言在订顽。④

【原诗句中夹注】跻攀之说甚陋,聊取其对偶耳。

其　二

雪满山城入暮天,归心别意两茫然。及门真愧从陈日,微服还思过宋年。⑤樽酒无因同岁晚,缄书有雁寄春前。莫辞秉烛通宵坐,明日相思隔陇烟。⑥

【校注】

①该诗《王阳明全集》卷二十九著录。

②乱山:此以山乱喻心情之乱,即归心与别意的矛盾。○间关:辗转、曲折。此指诸贤相送的路途很长。

③跻攀:亦作"跻扳",犹攀登。唐杜甫《白水县崔少府十九翁高斋三十韵》:"清晨陪跻攀,傲睨俯峭壁。"此活用为探讨学问。此"跻攀"之用不甚恰当,因此有原诗中之夹注。

④订顽:订正愚顽。典出宋张载题字于学堂双牖,左书《砭愚》,右书《订顽》。后程颐将《订顽》改称《西铭》并评曰:《订顽》之言,极纯无杂,秦汉以来学者所未到。"(《二程遗书》)

⑤从陈:此以孔子"在陈绝粮"之典为喻。○微服还思过宋年:此为用"孔子过宋"之典以喻。典出《论语·述而》:"子曰:'天生德于予,桓魋其如予何?'""宋司马桓魋欲杀孔子"之事当发生在鲁哀公三年(前492),《史记·宋世家》载:"(宋)景公二十五年,孔子过宋,宋司马桓魋恶之,欲杀孔子,孔子微服去。"

⑥陇:泛指山。

【评析】

该诗写诸门人送王阳明至龙里驿,依依惜别又不忍分别。该诗将低沉的景色和别离的愁情融为一体,为应异质同构的格式塔之论;又写到归心和别意的两相矛盾。依依惜别的深情表现为"花烛夜堂还共语,桂枝秋殿听跻攀""莫辞秉烛通宵坐,明日相思隔陇烟"。还有临别的叮咛,"相思不用勤书札,别后吾言在订顽",又说"樽酒无因同岁晚,缄书有雁寄春前"。

赠陈宗鲁^①

正德四年(1509)

学文须学古,脱俗去陈言。^②譬若千丈木,勿为藤蔓缠。
又如昆仑派,一泻成大川。^③人言古今异,此语皆虚传。吾苟
得其意,今古何异焉?子才良可进,望汝师圣贤。学文乃余
事,聊云子所偏。

【校注】

①该诗《王阳明全集》卷二十九著录。

②学古:古指古文,即言之有物的汉唐散文,对应的是空洞无物的应制
之时文(八股文)。○去陈言:典出唐韩愈《答李翊书》:"惟陈言之务去。"务
必除去陈旧的言辞,在韩愈这里是六朝以降浮华放荡的文风,王阳明此处
当指时下刻板而无生气的八股文风。

③昆仑派:此为言文势要像昆仑山派生的众流一样奔腾,形成强烈的
艺术感染力。

【评析】

该诗是王阳明临别答门人陈宗鲁(陈文学)的论文之作,可视为他的文
学创作主张。首先他主张德本文末,此由末四句的"子才良可进,望汝师圣
贤。学文乃余事,聊云子所偏"知,这还是宋以来理学家甚至是孔子以来儒
家的文学主张,孔子说"行有余力,则以学文"(《论语·学而》)。其次,他主
张文无古今,此由"人言古今异,此语皆虚传"知,这是基于为文在继承表达
一以贯之的儒家圣贤精神上一致性的理论。其三,提倡言之有物承载儒家
圣贤精神的古文,反对空洞无物的应制时文。最后,在文风上,反对无病呻
吟的羸弱文风,主张浩然正气的刚健文风。

醉后歌用《燕思亭》韵①

正德四年（1509）

万峰攒簇高连天，贵阳久客经徂年。②思亲谩想斑衣舞，寄友空歌《伐木》篇。③短鬓萧疏夜中老，急管哀丝为谁好。敛翼樊笼恨已迟，奋翮云霄苦不早。缅怀冥寂岩中人，萝衣菢佩芙蓉巾。④黄精紫芝满山谷，采石不愁仓菌贫。⑤清溪常伴明月夜，小洞自报梅花春。高闲岂说商山皓，绰约真如藐姑神。⑥封书远寄贵阳客，胡不来归浪相忆？记取青松涧底枝，莫学杨花满阡陌。

【校注】

①该诗《王阳明全集》卷二十九著录。○燕思亭：宋马存作，著录于《宋艺圃集》："李白骑鲸飞上天，江南风月闲多年。纵有高亭与美酒，何人一斗诗百篇。主人定是金龟老，未到亭中名已好。紫蟹肥时晚稻香，黄鸡啄处秋风早。我忆金銮殿上人，醉著宫锦乌角巾。巨灵摩山洪河竭，长鲸吸海万壑贫。如倾元气入胸腹，须臾百媚生阳春。读书不必破万卷，笔下自有鬼与神。我曹本是狂吟客，寄语溪山莫相忆。他年须使襄阳儿，再唱铜鞮满街陌。"

②徂年：流年，光阴。《后汉书·马援传赞》："徂年已流，壮情方勇。"

③斑衣舞：此为用"老莱斑衣"之典，指孝亲。见《送李贻教归省图诗》注。○伐木：《诗经·小雅》之篇，咏友情。

④菢：音 qú，本义当为一草本植物。

⑤黄精紫芝：黄精为草本植物名，可入药；紫芝即灵芝。

⑥商山皓：指商山四皓，为秦末汉初四位隐居商山的隐士，分别是东园公、绮里季、夏黄公、甪里先生，见《史记·留侯世家》。王阳明有《四皓论》

之专文。○藐姑神：出《庄子·逍遥游》：“藐姑射之山，有神人居焉，肌肤若冰雪，淖（绰）约若处子。不食五谷，吸风饮露。乘云气，御飞龙，而游乎四海之外。其神凝，使物不疵疬而年谷熟。”

【评析】

该诗为一排律，是王阳明醉后次韵之作，是酒后真情的流露。其所抒真情有：其一，思亲怀友，“思亲谩想斑衣舞，寄友空歌《伐木》篇”；其二，有所作为，“敛翼樊笼恨已迟，奋翮云霄苦不早”；其三，归隐情怀，“缅怀冥寂岩中人，萝衣茝佩芙蓉巾。黄精紫芝满山谷，采石不愁仓菌贫。清溪常伴明月夜，小洞自报梅花春。高闲岂说商山皓，绰约真如藐姑神”；其四，思念、寄言贵阳门人要超越世俗、志存高远，“封书远寄贵阳客，胡不来归浪相忆？记取青松涧底枝，莫学杨花满阡陌”。

舟中除夕二首①

正德五年(1510)

其　一

扁舟除夕尚穷途，荆楚还怜俗未殊。②处处送神悬楮马，家家迎岁换桃符。③江醪信薄聊相慰，世路多歧谩自吁。④白发频年伤远别，彩衣何日是庭趋？⑤

其　二

远客天涯又岁除，孤航随处亦吾庐。也知世上风波满，还恋山中木石居。⑥事业无心从齿发，亲交多难绝音书。⑦江湖未就新春计，夜半樵歌忽起予。

【校注】

①该二诗《王阳明全集》卷十九著录。

②穷途:此处义为赶路。〇怜:爱、喜欢。

③楮马:纸马,传统祭祀物品。楮,音 chǔ,落叶乔木,树皮是制造桑皮纸的原料。〇桃符:挂在大门上的两块画着神荼、郁垒二神,寓辟邪义的桃木板,后为春联替代。

④江醪:江米酒。醪,音 láo,浊酒。

⑤彩衣:此为用"老莱斑衣"之典。〇庭趋:承受父亲的教诲。典出《论语·季氏》:"(孔子)尝独立,鲤趋而过庭,曰:'学诗乎?'对曰:'未也。''不学诗,无以言。'鲤退而学诗。他日,又独立,鲤趋而过庭。曰:'学礼乎?'对曰:'未也。''不学礼,无以立。'鲤退而学礼。"

⑥风波满:代指世事艰辛。〇木石居:典出《孟子·告子下》:"舜之居深山之中,与木石居,与鹿豕游,其所以异于深山之野人者几希。"此指龙场何陋轩之居。

⑦齿发:牙齿和头发,代指年龄。

【评析】

该二诗是正德五年(1510)除夕,王阳明离黔赴庐陵令时舟中所作,诗写其时的见闻与感受。其所见者,有荆楚大地与其他地方相同的"处处送神悬楮马,家家迎岁换桃符"的民俗。所感者有世多歧路、多风波,白发已生却不能尽孝于父母;有对龙场木石居的留恋,以及对亲交音讯断绝的无奈;还有夜半樵歌对自己做新春规划的提醒。

溆浦山夜泊①

正德五年(1510)

溆浦山边泊,云间见驿楼。②滩声回远树,崖影落中流。③
柳放新年绿,人归隔岁舟。④客途时极目,天北暮阴愁。

【校注】

①该诗《王阳明全集》卷十九著录。〇溆浦:溆浦县,时属辰州府,今属

湖南怀化。

②驿楼:驿站的楼房。

③滩声:水激滩石发出的声音。南朝梁萧绎"滩声下溅石,猿鸣上逐风"(《巫山高》)句中"滩声"之用。

④柳放:柳花开放。

【评析】

该诗为一五律,为王阳明在溆浦夜泊时作。该诗以写景为主,景中含情。景为夜泊遇目之景,情为过新年却不能与家人团聚的愁情。

过江门崖①

正德五年(1510)

三年谪宦沮蛮氛,天放扁舟下楚云。②归信应先春雁到,闲心期与白鸥群。晴溪欲转新年色,苍壁多遗古篆文。③此地从来山水胜,它时回首忆江门。

【校注】

①该诗《王阳明全集》卷十九著录。○江门崖:故址当在今湖南怀化境内。

②三年谪宦:指阳明贬谪龙场驿丞谪居的三年。○蛮氛:粗野、凶悍、不通情理之风气。

③晴溪:晴日的溪水。

【评析】

该诗为阳明过江门崖时作。诗作时适逢春晴之日,阳明即将结束谪居生活,联想到和家人的即将团聚,流露出喜悦的心情。但同时他又对此地的山水和人文有所留恋,说以后会回忆起江门崖这个地方。

游钟鼓洞

正德五年(1510)

奇石临江渚,轻敲度远声。鼓钟名世闻,音韵自天成。
风送歌传谷,舟回漏转更。今须参雅乐,同奏泰阶平。①

【校注】

①雅乐:典雅纯正的音乐,是一种古代的传统宫廷音乐,指帝王朝贺、祭祀天地等大典时所用的音乐。○泰阶:古星座名,即三台,上台、中台、下台共六星,两两并排而斜上如阶梯,故名。后借指朝廷。

【评析】

该诗为一五律,刻在辰溪县沅水畔山崖下钟鼓洞内石壁上,《辰溪县志》称王阳明正德五年升任庐陵县知县,由龙场赴任经辰溪,夜游钟鼓洞,作该诗刻于洞壁上,束景南先生考证后辑入《王阳明佚文辑考编年》。束先生以诗尾联的"今须参雅乐,同奏泰阶平"和王阳明复被起用的用世心情吻合,定其为真迹。

观音山①

正德五年(1510)

烟鬟雾髻动青波,野老传闻似普陀。②那识其中真色相,一轮明月照青螺。③

【校注】

①该诗束景南先生自《〔雍正〕湖广通志》卷十二辑出,入《王阳明佚文辑考编年》。观音山在辰溪县南,与龟山钟鼓洞临近。束先生考定该诗和

263

上《游钟鼓洞》同作于正德五年(1510)去龙场驿丞任赴庐陵令任,过辰溪游此观音山时。

②普陀:普陀山,地处浙江省杭州湾东南海中,为观音菩萨道场,佛教圣地。

③真色相:佛教语,即真相、真谛。○青螺:有四义,其一,螺的一种,壳形椭圆,表面稍暗,杂有斑纹,可食,大者其壳可制酒器;其二,指法螺,佛教称讲经说法为吹法螺;其三,喻青山;其四,古代的一种发型。其一为本义,其他为比喻义。王阳明此处兼四义而用之。

【评析】

该诗巧妙地喻佛理于对观音山的吟咏之中,其末句"一轮明月照青螺"为巧妙地融"青螺"四义于诗意中,又为双关,一则以观音山似青螺,再则此"一轮明月照青螺"言心本的明净如月才是万物的真谛、本体,也即他后来标举的心之本体的"良知",可谓妙哉。

辰州虎溪龙兴寺闻杨名父将到留韵壁间①

正德五年(1510)

杖藜一过虎溪头,何处僧房是惠休?②云起峰头沈阁影,林疏地底见江流。烟花日暖犹含雨,鸥鹭春闲欲满洲。③好景同来不同赏,诗篇还为故人留。

【校注】

①该诗《王阳明全集》卷十九著录。○辰州虎溪龙兴寺:故址在今湖南省怀化市沅陵县西郊的虎溪山上。王阳明离谪赴庐陵令曾经此逗留,并与当地学人有所交往。

②杖藜:一种植物,其茎杆可作手杖。○虎溪头:虎溪的源头,联系下文,龙兴寺应在虎溪的源头不远处。○惠休:南朝宋诗僧汤惠休。

③烟花:绮丽的春景。如李白"烟花三月下扬州"(《送孟浩然之广陵》)

句中"烟花"之用。

【评析】

该诗是王阳明离谪赴任前,听说杨名父(杨子器,时湖广布政司参议)将来送别、讲会的留韵壁间之作。诗为一七律,首、颌、颈联写春天的好景,尾联的"好景同来不同赏,诗篇还为故人留"表达的是好景不能同赏、留诗以寄友情之意。

阁中坐雨①

正德五年(1510)

台下春云及寺门,懒夫睡起正开轩。烟芜涨野平堤绿,江雨随风入夜喧。道意萧疏惭岁月,归心迢递忆乡园。②年来身迹如漂梗,自笑迂痴欲手援。③

【校注】

①该诗《王阳明全集》卷十九著录。

②道意:求道的意志。○迢递:遥远貌。

③漂梗:随水漂流的桃梗,引申为漂泊者。语出《战国策·齐策三》:"(苏秦)谓孟尝君曰:'今者臣来,过于淄上,有土偶人与桃梗相与语。桃梗谓土偶人曰:"子,西岸之土也,挺子以为人,至岁八月,降雨下,淄水至,则汝残矣。"土偶曰:"不然。吾西岸之土也,土则复西岸耳。今子,东国之桃梗也,刻削子以为人,降雨下,淄水至,流子而去,则子漂漂者将何如耳。"'"○手援:授手援溺,伸出手去救援落水的人,比喻救援苦难的人。语出《孟子·离娄上》:"天下溺,援之以道;嫂溺,授之以手。"

【评析】

该诗是王阳明即时情意的书写。首联、颌联写雨夜不能寐,起而独坐的情景;颈联、尾联写求道意志衰落、思乡之意,以及耻笑自己漂泊之身还思救援苦难的"荒唐"。

桃源东禅寺^①

正德五年(1510)

绝顶深泥冒雨扳,天于佳景亦多悭。^②自怜久客频移棹,颇羡高僧独闭关。江草远连云梦泽,楚云长断九疑山。^③年来出处浑无定,惭愧沙鸥尽日闲。

【校注】

①该诗有两个版本,一是《王阳明全集》卷二十著录,题为《栖禅寺雨中与惟乾同登》,谓作于"正德丙子年九月升南赣金都御史以后",惟乾,冀元亨字,为王阳明弟子;再据梁颂成《王守仁在常德的诗歌创作》,该诗《桃源县志》卷十六著录,并考谓作于"往贵州进发溯沅江而上经桃源之时"。笔者结合两者之说认为,作于此谪龙场期间可信,但不是赴谪,而是离谪龙场过武陵之时。〇东禅寺:在桃源县东。

②悭:音 qiān,小气,吝啬。

③云梦泽:长江以北江汉平原湖泊群的总称。孟浩然有"气蒸云梦泽,波撼岳阳城"(《望洞庭湖赠张丞相》)句。〇九疑山:九嶷山。

【评析】

诚如梁颂成所言,王守仁在急雨泥泞之中攀登去东禅寺的山坡,路途的艰难使他联想到经历的人生坎坷,不禁发出了"惭愧沙鸥尽日闲"的感慨,"江草远连云梦泽,楚云长断九疑山"的情景及"年来出处浑无定。惭愧沙鸥尽日闲"的心情,和此时创作的《阁中坐雨》等一致。

霁　夜①

正德五年(1510)

雨霁僧堂钟磬清，春溪月色特分明。②沙边宿鹭寒无影，洞口流云夜有声。③静后始知群动妄，闲来还觉道心惊。问津久已惭沮溺，归向东皋学耦耕。④

【校注】

①该诗《王阳明全集》卷十九著录。

②雨霁：雨过天晴。

③该联用通感手法创造了"清夜"的意境。

④该联为用典，典出《论语·微子》："长沮、桀溺耦而耕，孔子过之，使子路问津焉。"孔子问津代表功利追求，长沮、桀溺耦耕代表归隐田园，王阳明此处表达了归隐田园的意向。

【评析】

该诗写王阳明雨夜坐僧堂的闻见感受。首联、颔联写景，颔联又用通感艺术手法创造了"清夜"的意境。颈联写对道的感悟，感悟到静是动的本体，并通过一"惊"字表达对自己"群动"的悔悟。尾联用孔子问津于长沮、桀溺之典，表达了自己的归隐意向。

僧　斋①

正德五年(1510)

尽日僧斋不厌闲，独余春睡得相关。②檐前水涨遂无地，江外云晴忽有山。远客趁墟招渡急，舟人晒网得鱼还。③也知世事终无补，亦复心存出处间。

267

①该诗《王阳明全集》卷十九著录。

②不厌闲：义谓很清闲。

③趁墟：赶集，亦作"趁虚"。唐柳宗元《柳州峒氓》诗："青箬裹盐归峒客，绿荷包饭趁虚人。"

【评析】

前诗说要效法长沮、桀溺耦耕而归隐田园，此诗又说要"心存出处间"，可见人在无聊时的情绪多变，即使大贤亦不能免。

武陵潮音阁怀元明①

正德五年(1510)

高阁凭虚台十寻，卷帘疏雨动微吟。②江天云鸟自来去，楚泽风烟无古今。山色渐疑衡岳近，花源欲问武陵深。③新春尚沮东归楫，落日谁堪话此心？

【校注】

①该诗《王阳明全集》卷十九著录。○武陵：时常德府，今湖南常德。○元明：湛甘泉字。

②寻：古代的长度单位，一寻等于八尺。

③衡岳：南岳衡山。○花源：桃花源，此为用陶渊明《桃花源记》之典。

【评析】

该诗为一七律，是王阳明去龙场过常德登潮音阁怀湛甘泉之作。诗在首联、颔联写景后，于颈联、尾联书写了思念知音好友的惆怅。

德山寺次壁间韵①

正德五年(1510)

乘兴看山薄暮来,山僧迎客寺门开。雨昏碧草春申墓,
云卷青峰善卷台。②性爱烟霞终是僻,诗留名姓不须猜。岩根
老衲成灰色,枯坐何年解结胎?

【校注】

①该诗《王阳明全集》卷十九著录。

②春申墓:战国四君子之一的楚国春申君之墓。○善卷:相传为尧舜
时隐士,归隐枉山(位于今湖南常德)。《庄子·让王》于此有载:"舜以天下
让善卷,善卷曰:'余立于宇宙之中,冬日衣皮毛,夏日衣葛缔;春耕种,形足
以劳动;秋收敛,身足以休食;日出而作,日入而息,逍遥于天地之间而心意
自得。吾何以天下为哉!悲夫,子之不知余也!'遂不受。于是去而入深
山,莫知其处。"

【评析】

该诗和《霁夜》《僧斋》二诗的归隐、出处间的情怀不同,在颔联借助春
申君和善卷的铺垫后,颈联说归隐之志褊狭;尾联反问,山麓的老僧归隐这
么多年了,整天枯坐,何时才能悟得真理、真谛?

沅江晚泊二首①

正德五年(1510)

其 一

去时烟雨沅江暮,此日沅江暮雨归。水漫远沙村市改,
泊依旧店主人非。草深廨宇无官住,花落僧房有鸟啼。②处处

春光萧索甚,正思荆棘掩岩扉。③

<h2 align="center">其 二</h2>

春来客思独萧骚,处处东田没野蒿。④雷雨满江喧日夜,
扁舟经月住风涛。流民失业乘时横,原兽争群薄暮号。却忆
鹿门栖隐地,杖藜壶榼饷东皋。⑤

【校注】

①该二诗《王阳明全集》卷十九著录。

②廨宇:官舍。语出《南史·蔡凝传》:"及将之郡,更令左右修中书
廨宇。"

③萧索:衰败,冷落。○岩扉:岩洞的门。

④萧骚:景色冷落。

⑤壶榼:音húkē,盛酒或茶水的容器。

【评析】

该二诗为七律,为王阳明晚泊沅江所写。该二诗和两年前赴谪龙场过
沅江对比,反复写物是人非,由繁华走向败落的世事变迁,尾联写到归隐。
历史地记载当时社会状况。

<h1 align="center">夜泊江思湖忆元明①</h1>

正德五年(1510)

扁舟泊近渔家晚,茅屋深环柳港清。雷雨骤开江雾散,
星河不动暮川平。②梦回客枕人千里,月上春堤夜四更。欲寄
愁心无过雁,披衣坐听野鸡鸣。

【校注】

①该诗《王阳明全集》卷十九著录。○江思湖:当为沅江常德段附近一

湖名。

②星河:星空。○暮川:晚上的川流。

【评析】

王阳明夜泊江思湖,在此清凉孤寂的背景下,生发了对好友湛甘泉的思念之情。

睡起写怀①

正德五年(1510)

江日熙熙春睡醒,江云飞尽楚山青。②闲观物态皆生意,静悟天机入窅冥。③道在险夷随地乐,心忘鱼鸟自流形。未须更觅羲唐事,一曲沧浪击壤听。④

【校注】

①该诗《王阳明全集》卷十九著录。

②熙熙:和暖貌。

③窅冥:幽远之处。

④羲唐:伏羲、唐尧。○沧浪击壤:沧浪,《孺子之歌》之代。出《孟子·离娄上》:"有孺子歌曰:'沧浪之水清兮,可以濯我缨;沧浪之水浊兮,可以濯我足。'"后遂以"沧浪"指此歌。该《孺子之歌》后为屈原《渔父》引,见《夜泊石亭寺,用韵号陈娄诸公,因寄储柴墟都宪及乔白岩太常诸友》注。后以歌此"沧浪"之渔父为隐者符号。击壤,即《击壤歌》:"日出而作,日入而息。凿井而饮,耕田而食。帝力于我何有哉!"清沈德潜以此《击壤歌》为我民族诗歌的开篇:"帝尧以前,近于荒渺。虽有《皇娥》《白帝》二歌,系王嘉伪撰,其事近诬,故以《击壤歌》为始。"(《古诗源》)该诗王阳明以此"沧浪""击壤"作尾联结诗,以表达自己对自由的向往。

【评析】

该诗是王阳明春睡醒觉的写怀之作。首联写江上物态的自然与自由;

271

颔联、颈联写自己静悟天机的生生与超越具象;尾联写自己对自由生活的向往。全诗有着道契自然的审美取向。

三山晚眺①

正德五年(1510)

南望长沙杳霭中,鹅羊只在暮云东。②天高双橹哀明月,江阔千帆舞逆风。花暗渐惊春事晚,水流应与客愁穷。北飞亦有衡阳雁,上苑封书未易通。③

【校注】

①该诗《王阳明全集》卷十九著录。

②杳霭:云雾缥缈貌。○鹅羊:鹅羊山,又名东华山、石宝山,道家所谓七十二福地之一,位于今长沙市开福区境内,此代长沙。

③上苑:皇家园林,代指朝廷。

【评析】

该诗是王阳明离开常德将到长沙的望长沙之作,全诗为哀愁的情感基调。诗一改前几诗对隐居自由生活的向往,寄托了自己的社会责任,此可由尾联下句的"上苑封书未易通"知。

鹅羊山①

正德五年(1510)

福地相传楚水阿,三年春色两经过。②羊亡但有初平石,书罢惟笼道士鹅,礼斗坛空松影静,步虚台迥月明多。③岩房一宿犹缘薄,遥忆开云住薜萝。④

泗洲寺①

正德五年(1510)

渌水西头泗洲寺,经过转眼又三年。②老僧熟认直呼姓,笑我清癯只似前。③每有客来看宿处,诗留佛壁作灯传。④开轩扫榻还相慰,惭愧维摩世外缘。⑤

【校注】

①该诗《王阳明全集》卷十九著录。

②渌水:发源于湘赣边界的浏阳河,是醴陵最大的河流。○泗洲寺:此为醴陵泗洲寺,据《醴陵县志》载:"泗洲寺,在城西,一名崇林寺,唐建。明洪武间重修。"

③清癯:清瘦。癯,音 qú。

④灯传:佛家指传法。佛法犹如明灯,能破除迷暗,故称。

⑤维摩:维摩诘的省称。维摩诘为早期佛教著名居士、在家菩萨。

【评析】

该诗所写为醴陵县泗洲寺,王阳明赴谪去谪两次经过该寺。诗写再次经过的缘分,"老僧熟认直呼姓,笑我清癯只似前"的逼真描写,给人如在目前之感。尾联则写因国事在身,和泗洲寺以至于和佛教的缘浅。

次韵自叹①

正德五年(1510)

孤寺逢僧话旧扉,无端日暖更风微。②汤沸釜中鱼翻沫,网罗石下雀频飞。芝兰却喜栖凡草,桃李那看伴野薇。观我未持天下帚,不能为国扫公非。

【校注】

①该诗束景南先生《王阳明佚文辑考编年》自《〔康熙〕云梦县志》卷十二辑出。考以王阳明正德五年去龙场赴庐陵任,过醴陵泗洲寺的题壁之作,和前《泗洲寺》同时,并以前《泗洲寺》的"老僧熟认直呼姓"句和该诗的"孤寺逢僧话旧扉"互证。其所次之韵为《〔康熙〕云梦县志》卷十二该诗前录黄巩《正德己巳春国泗洲寺》,详《王阳明佚文辑考编年》。

②孤寺:醴陵泗洲寺。

【评析】

该诗为一七律,首、颔、颈联写事写景,铺垫尾联——"观我未持天下帚,不能为国扫公非"自叹,不难发现,王阳明自叹的是空有满腹才学却壮志难酬的境况。

再经武云观书林玉玑道士壁①

正德五年(1510)

碧山道士曾相约,归路还来宿武云。月满仙台依鹤侣,书留苍壁看鹅群。春岩多雨林芳淡,暗水穿花石溜分。奔走

连年家尚远,空余魂梦到柴门。^②

【校注】

①该诗《王阳明全集》卷十九著录。○武云观:见前《宿萍乡武云观》之注。○林玉玑:武云观道士。

②柴门:陋室,代指隐居。《晋书·儒林传论》:"若仲宁之清贞守道,抗志柴门;行齐之居室屡空,栖心陋巷……斯并通儒之高尚者也。"元张可久《山坡羊·雪夜》:"扁舟乘兴,读书相映,不如高卧柴门静。"

【评析】

该诗为王阳明去龙场驿丞谪赴庐陵令任时,再过萍乡武云观的题壁之作。首、颔、颈联写武云观的恬淡自然景色,尾联写到思念家乡。

再过濂溪祠用前韵^①

正德五年(1510)

曾向图书识面真,半生长自愧儒巾。斯文久已无先觉,圣世今应有逸民。^②一自支离乖学术,竟将雕刻费精神。^③瞻依多少高山意,水漫莲池长绿蘋。^④

【校注】

①该诗《王阳明全集》卷十九著录。

②斯文:指儒学。出《论语·子罕》:"天之将丧斯文也,后死者不得与于斯文也。"○逸民:指遁世隐居的人。出《论语·微子》:"逸民:伯夷、叔齐、虞仲、夷逸、朱张、柳下惠、少连。"何晏《论语集解》:"逸民者,节行超逸也。"

③支离乖学术:指朱子学。王阳明认为,朱子学对经典的章解句释破坏了圣贤精神的整体性,已远离圣贤本旨,故谓。○雕刻:此指不从根本上把握周敦颐的精神(如光风霁月的胸中洒落),而是将精力放在精雕细琢周

敦颐的雕像上,是舍本逐末。

④水漫莲池长绿蘋:此以"莲池"(周敦颐有《爱莲说》)喻周敦颐的理学精神,以其意境喻周敦颐的理学精神被埋没。

【评析】

赴谪途中,王阳明曾有《萍乡道中谒濂溪祠》,去谪途中再次经过,有此《再过濂溪祠用前韵》。该诗已现他"致良知"学遥承周敦颐理学精神以及反对朱子学之支离的学问倾向。

过安福①

正德五年(1510)

归兴长时切,淹留直到今。含羞还屈膝,直道愧初心。世事应无补,遗经尚可寻。清风彭泽令,千载是知音。②

【校注】

①该诗束景南先生《王阳明佚文辑考编年》自《〔同治〕安福县志》卷二十八辑出。○安福:时江西布政司吉安府安福县,今江西省吉安市安福县。束先生以该诗义和王阳明赴庐陵任过安福吻合,故定为正德五年(1510)作。

②彭泽令:谓陶渊明。

【评析】

该诗首联写终遂离开贬所的心愿;颔联写贬谪受辱,未能很好履行正道直行初心;颈联说先前的违背初心已无可挽回,但尚可向经典中寻找出路;尾联写做庐陵令要效法陶渊明的风清气正,以之为自己千载的知音。该诗之后,王阳明于正德五年(1510)三月十八日到任庐陵令:"正德五年三月十八日,本职方才到任。"(《庐陵县公移》)

第三编

谪后至平宁藩前

（105题，168首）

游瑞华二首①

正德五年(1510)

其　一

簿领终年未出郊，此行聊解俗人嘲。②忧时有志怀先达，作县无能愧旧交。③松古尚存经雪干，竹高还长拂云梢。溪山处处堪行乐，正是浮名未易抛。

其　二

万死投荒不拟回，生还且复荷栽培。④逢时已负三年学，治剧兼非百里才。⑤身可益民宁论屈，志存经国未全灰。正愁不是中流砥，千尺狂澜岂易摧！

【校注】

①该二诗《王阳明全集》卷二十著录。○瑞华：在时庐陵县城郊外，今位于江西吉安。

②簿领：官府记事的簿册或文书，代指公务。

③作县：指主政庐陵县。

④万死投荒：指贬谪贵州龙场驿丞。

⑤百里才：治理一县的人才。古时一县辖地约百里，因以为县的代称。

【评析】

该二诗是王阳明公务闲暇之余游庐陵县郊瑞华之作。内容由记事、写景、写怀构成。所写之怀，是经过贬谪龙场三年的生活后，自己虽有"溪山处处堪行乐"之志，但更有用世建功的怀抱，此正其所谓"正是浮名未易抛""身可益民宁论屈，志存经国未全灰""正愁不是中流砥，千尺狂澜岂易摧"。

午憩香社寺①

正德五年(1510)

修程动百里,往往饷僧居。②佛鼓迎官急,禅床为客虚。③
桃花成井落,云水接郊墟。④不觉泥尘涩,看山兴有余。⑤

【校注】

①该诗《王阳明全集》卷二十著录,是王阳明十月自庐陵入京师述职经
和县香社寺时作。〇香社寺:在和县香泉镇。

②饷僧居:在寺庙吃饭。

③佛鼓:寺庙中因有事集众而敲响的鼓。

④井落:村落。宋张耒句"南壁苍崖壮,穷冬井落闲"(《冬日杂兴》诗之
五)曾用。〇郊墟:村野荒丘之间。韩愈"时秋积雨霁,新凉入郊墟"(《符读
书城南》)曾用。

⑤尘涩:沾了灰尘而失去光泽,此指为俗务缠绕。

【评析】

该诗是王阳明紧急赴京师述职,途经和县,午间休息于香社寺的即兴
之作。首联、颔联写事,颈联写景,尾联写怀。所写之怀依然是禅寺触动的
逸怀和缠身俗务的两相对照。

古　道①

正德五年(1510)

古道当长阪,肩舆入暮天。苍茫闻驿鼓,冷落见炊烟。
冻烛寒无焰,泥炉湿未燃。正思江槛外,闲却钓鱼船。②

①该诗《王阳明全集》卷二十著录。是王阳明十二月下旬赴京师任吏部验封清吏司主事途中作。

②江槛外：江边的栏杆之外，代指世俗之外。

【评析】

该诗为王阳明道中即时所感之作，写寒冬之景之外，尾联依然写逸怀。

立春日道中短述①

正德六年（1511）

腊意中宵尽，春容傍晓生。②野塘冰转绿，江寺雪消晴。③农事沾泥犊，羁怀听谷莺。④故山梅正发，谁寄欲归情？

【校注】

①该诗《王阳明全集》卷二十著录，是王阳明赴京道中逢立春之作。

②腊意：拟人手法表达，指腊月。○春容：春天的气息。

③冰转绿：冰融化为绿水。

④该联下句化用唐司空曙《残莺百啭歌同王员外耿拾遗吉中孚李端游慈恩各赋一物》句"歌残莺，歌残莺，悠然万感生。谢朓羁怀方一听，何郎闲吟本多情"。羁怀，羁旅情怀。谷莺，山谷中传来的鸟鸣声。

【评析】

该诗在审美创造上给人惊异之感，首联、颔联和颈联上句正写立春日始生的春意，颈联下句和尾联却突转写羁旅的思乡情愁。

公馆午饭偶书①

正德六年(1511)

行台依独寺,僧屋自成邻。②殿古凝残雪,墙低入早春。巷泥晴淖马,檐日暖堪人。③雪散小岩碧,松梢挂月新。

【校注】

①该诗《王阳明全集》卷二十著录。○公馆:相当于现在的政府招待所。

②行台:旅馆。

③淖马:泥泞马脚。

【评析】

该诗的价值在于诗中有画的构图艺术美。由"行台""独寺""僧屋""古殿""残雪""低墙""泥巷""房檐""小岩""松梢""新月"等景物构成一副早春图。

崇玄道院①

正德六年(1511)

逆旅崇玄几度来,主人闻客放舟回。②小山花木添新景,古壁诗篇拂旧埃。老去须眉能雪白,春还消息待梅开。松堂一宿殊匆遽,拟傍鸳湖筑钓台。③

【校注】

①该诗束景南先生《王阳明年谱长编》自于凤喈、邹衡《〔正德〕嘉兴志补》卷九辑出。并考,崇玄道院在嘉兴,诗为王阳明访嘉兴知府于凤喈,记

二人同游崇玄道的赠于之作。

②该联上句意因王阳明生平仕宦,往返京师与故里必经嘉兴而访崇玄
道院。○主人:此指于凤喈,时嘉兴知府。

③邃:音 jù,仓促。○鸳湖:嘉兴城西南鸳鸯湖。

【评析】

该诗首联写事,颔联、颈联写景,尾联写怀。所写之事是经嘉兴和时知
府于凤喈同游崇玄道院。所写之怀,依然是逸怀。

游焦山次邃庵韵三首①

正德六年(1511)

其 一

长江二月春水生,坐没洲渚浮太清。②势挟惊风振孤石,
气喷浊浪摇空城。海门青觇楚山小,天末翠飘吴树平。不用
凌飙蹑圆峤,眼前鱼鸟俱同盟。③

其 二

倚云东望晓溟溟,江上诸峰数点萍。漂泊转惭成窃禄,
幽栖终拟抱残经。岩花入暖新凝紫,壁树悬江欲堕青。春水
特深埋鹤地,又随斜日下江亭。

其 三

扁舟乘雨渡青山,坐见晴沙涨几湾。高宇堕江撑独柱,
长流入海振重关。北来宫阙参差见,东望蓬瀛缥缈间。奔逐
终年何所就,端居翻觉愧僧闲。④

【校注】

①该诗束景南先生《王阳明佚文辑考编年》自张莱《京口三山志》卷六辑出。○邃庵:杨一清之号。杨一清,字应宁,云南安宁人,徙巴陵,后移居镇江,建待隐园。

②洲渚:水中可以居住的地方,大称洲、小称渚。

③凌飙:凌风,乘风。飙,暴风。

④奔逐:奔走追逐,此指自己自龙场转庐陵令以来的宦途奔波。

【评析】

该三诗为王阳明赴京师任,二月经镇江时游焦山次杨一清韵之作。堪称道者是夸张想象中呈现的长江春水气势以及超越空间的艺术创造。写二月长江的春水气势,有"势挟惊风振孤石,气喷浊浪摇空城""倚云东望晓溟溟,江上诸峰数点萍""岩花入暖新凝紫,壁树悬江欲堕青""高宇堕江撑独柱,长流入海振重关"等。超越空间的艺术创造,有"海门青觇楚山小,天末翠飘吴树平""凌飙蹑圆峤""北来宫阙参差见,东望蓬瀛缥缈间"等。就写怀抱而言,仍然是自己的逸怀,此见于"眼前鱼鸟俱同盟""漂泊转惭成窃禄,幽栖终拟抱残经""春水特深埋鹤地,又随斜日下江亭""奔逐终年何所就,端居翻觉愧僧闲"等句。

听潮轩①

正德六年(1511)

水心龙窟只宜僧,也许诗人到上层。江日迎人明白帽,海风吹醉掖枯藤。鲸波四面长疑动,鳌背千年恐未胜。②王气金陵真在眼,坐看西北亦谁曾?

【校注】

①该诗束景南先生《王阳明佚文辑考编年》自《京口三山志》卷五辑出。○听潮轩:在金山灵观阁下。

②颈联化用唐代刘禹锡"烟开鳌背千寻碧,日浴鲸波万顷金"(《送源中丞充新罗册立使》)句。〇鲸波:巨浪。〇鳌背:借指大海。出"龙伯钓鳌"之典,《列子·汤问》:"(渤海之东有五山)而五山之根无所连著,常随潮波上下往还,不得暂峙焉。仙圣毒之,诉之于帝。帝恐流于西极,失群圣之居,乃命禺彊使巨鳌十五,举首而戴之,迭为三番,六万岁一交焉,五山始峙。而龙伯之国有大人,举足不盈数步而暨五山之所,一钓而连六鳌,合负而趣归其国,灼其骨以数焉。于是岱舆、员峤二山流于北极,沈于大海。"

【评析】

该诗为王阳明于听潮轩借酒势写景感怀之作。在艺术创造上用了"白帽""枯藤""鲸波""鳌背"等相对奇特的意象,尾联"王气金陵真在眼,坐看西北亦谁曾"则写出了王霸之气,不亚于"天下英雄谁敌手"(辛弃疾的《南乡子》)的气势。

夜宿功德寺次宗贤韵二绝①

正德六年(1511)

其 一

山行初试夹衣轻,脚软黄尘石路生。一夜洞云眠未足,湖风吹月渡溪清。②

其 二

水边杨柳覆茅楹,饮马春流更一登。坐久遂忘归路夕,溪云正泻春山青。

【校注】

①该二诗《王阳明全集》卷二十著录,是王阳明三月携黄绾等于京城外郊游宿功德寺时作。〇功德寺:在京城西郊。〇宗贤:黄绾字。

②洞云:洞云宗,原为曹洞宗,由良价禅师在江西洞山创宗。功德寺或为洞云宗法脉,故而王阳明此诗谓此。

【评析】

该诗和下《香山次韵》《夜宿香山林宗师房次韵二首》当为同时之作,意旨风格相同,充溢着庄意禅趣与逸怀。

香山次韵①

正德六年(1511)

寻山到山寺,得意却忘山。岩树坐来静,壁萝春自闲。楼台星斗上,钟磬翠微间。②顿息尘寰念,清溪踏月还。③

【校注】

①该诗《王阳明全集》卷二十著录。
②翠微:青绿的山色,泛指青山。
③尘寰:世俗。

【评析】

该诗为五律,写即时情趣,充满禅趣。

夜宿香山林宗师房次韵二首①

正德六年(1511)

其 一

幽壑来寻物外情,石门遥指白云生。林间伐木时闻响,谷口逢僧不记名。天壁倒涵湖月晓,烟梯高接纬阶平。松堂静夜浑无寐,到枕风泉处处声。

其　二

久落泥涂惹世情，紫崖丹壑是平生。^②养真无力常怀静，窃禄未归羞问名。树隐洞泉穿石细，云回溪路入花平。道人只住层萝上，明月峰头有磬声。

【校注】

①该二诗《王阳明全集》卷二十著录。

②泥涂：泥泞的道路，喻指烦扰的尘世。

【评析】

该二诗意趣同上《香山次韵》。

彰孝坊^①

正德六年（1511）

金楚维南屏，贤王更令名。^②日星昭涣汗，雨雪霁精诚。^③端礼巍巍地，灵泉脉脉情。^④他年青史上，无用数东平。^⑤

【校注】

①该诗束景南先生《王阳明佚文辑考编年》自《〔嘉靖〕湖广图经志书》卷一辑出。○彰孝坊：在时武昌端王府端礼门外大街中，为表彰端王克孝于亲所建，明武宗赐予御书"彰孝"。当时京师公卿文士多有诗咏其事，包括王阳明此诗。

②金楚：对楚地的美称。○南屏：国家南部屏障。○贤王：指时端王。

③涣汗：本谓号令一发如人之汗出不能复收。出《易经·涣卦·九五》："涣汗其大号。"用以比喻帝王的圣旨、号令。

④端礼：端王府端礼门。

⑤东平：汉东平王刘宇，事见《汉书》，汉成帝曾以"亲亲之恩莫重于孝"

287

敕谕之。

【评析】

王阳明该诗是应景之作,在于赞颂端王的孝道。

别方叔贤四首①

正德六年(1511)

其 一

西樵山色远依依,东指江门石路微。②料得楚云台上客,久悬秋月待君归。

其 二

自是孤云天际浮,篋中枯蠧岂相谋。请君静后看羲画,曾有陈篇一字不?③

其 三

休论寂寂与惺惺,不妄由来即性情。笑却殷勤诸老子,翻从知见觅虚灵。④

其 四

道本无为只在人,自行自住岂须邻?坐中便是天台路,不用渔郎更问津。

【校注】

①该四诗《王阳明全集》卷二十著录,是王阳明九月别方献夫归西樵时作。○叔贤:方献夫字。方献夫(1485—1544),广东南海(治今广东佛山)人,弘治十八年(1505)进士,为庶吉士,正德初,授礼部主事,调任吏部员外

郎,不久称病归,于西樵山读书十载。方献夫和湛甘泉此时和王阳明是理学同道,他有《别阳明》二首,其一:"春风桃李总依依,领得春心入翠微。不是寻常挂冠去,洒然真是浴沂归。"其二:"闻道萧山有主人,为寻王翰卜佳邻。野人亦有湘湖约,何日孤舟许问津。"(《西樵遗稿》)

②西樵山:在今广东佛山。○江门:今广东江门。

③该联是说,伏羲所画的八卦是用卦象来寓托事物之理,而没有用文字,此所表达的是王阳明心学不立文字之法。○羲画:指伏羲八卦。

④该联是说,真理不在后天的知觉见闻中,而是在先天的心体中,即心外无理。○知见:后天的知觉见闻。○虚灵:指心体、天理,也就是他后来所命名的"良知"。

【评析】

该四诗,其一是勉励方献夫南归西樵山隐居读书,其二、其三、其四是以诗的形式表达他的心学理学。其二是不立文字的方法论主张;其三表达的是心即理,理不在后天的知觉见闻中;其四是说,道不远人,全在己身。该四诗是王阳明较早使用诗歌的形式谈心学理学的作品。

白湾六章①

正德六年(1511)

宗岩文先生居白浦之湾,四方学者称曰白浦先生,而不敢以姓字。某素高先生,又辱为之僚,因为书"白湾"二字,并诗以咏之。②

其　一

浦之湾,其白漫漫。彼美君子,在水之盘。

其　二

湾之浦,其白弥弥。③彼美君子,在水之涘。④

其　三

云之溶溶,于湾之湄。⑤君子于处,民以为期。

其　四

云之油油,于湾之委。⑥君子于兴,施及四海。

其　五

白湾之渚,于游以处。彼美君子兮,可以容与。⑦

其　六

白湾之洋,于濯以湘。彼美君子兮,可以徜徉。⑧

【校注】

①该诗《王阳明全集》卷二十著录,束景南先生《王阳明年谱长编》考谓作于九月间,是王阳明颂咏时监察御史文森之作。文森,字宗岩,号白浦先生,苏州府长洲(在今江苏苏州)人。

②白浦之湾:白浦,白湾,在今北京市密云区。

③弥弥:弥漫。

④涘:音 sì,水边。

⑤湄:音 méi,河岸水与草交接处。

⑥委:和源对,指水的下流汇聚的地方。《礼记·学记》:"三王之祭川也,皆先河而后海,或源也,或委也,此之谓务本。"事之本末谓之源委(原委)。

⑦容与:悠闲自得貌,此谓可以自然相处。

⑧徜徉:义同上"容与"。

【评析】

该《白湾六章》,王阳明以《诗》体赞颂文森的高义。

别湛甘泉二首①

正德七年(1512)

其　一

行子朝欲发,驱车不得留。驱车下长阪,顾见城东楼。
远别情已惨,况此艰难秋!分手诀河梁,涕下不可收。②车行
望渐杳,飞埃越层丘。迟回歧路侧,孰知我心忧!

其　二

我心忧以伤,君去阻且长。③一别岂得已?母老思所将。
奉命危难际,流俗反猜量。黄鹄万里逝,岂伊为稻粱?④栋火
及毛羽,燕雀犹栖堂。⑤跳梁多不测,君行戒前途。⑥达命谅何
滞,将母能忘虞。安居尤阽攓,关路非歧岖。⑦令德崇易简,可
以知险阻。⑧结茆湖水阴,幽期终不忘。⑨伊尔得相就,我心亦
何伤!世艰变倏忽,人命非可常。斯文天未坠,别短会日长。
南寺春月夜,风泉闲竹房。逢僧或停楫,先扫白云床。⑩

【校注】
　　①该诗是二月七日湛甘泉离京往封安南国,王阳明的送行之作,《王阳
明全集》卷二十著录。据束景南先生《王阳明年谱长编》考按,该二诗在《增
城沙堤湛氏族谱》卷二十八录阳明辞别湛甘泉诗作三首,乃以"可以知险
阻"以下为第三首,或出于阳明此诗手书原稿。其一诗意用韵如南朝陈江
总《别袁昌州诗》:"河梁望陇头,分手路悠悠。徂年惊若电,别日欲成秋。
黄鹄飞飞远,青山去去愁。不言云雨散,更似东西流。"
　　②河梁:桥梁,借指送别之地。出旧题汉李陵《与苏武》诗之二:"携手

上河梁,游子暮何之。徘徊蹊路侧,恨恨不能辞。行人难久留,各言长相思。安知非日月,弦望自有时。努力崇明德,皓首以为期。"

③阻且长:化用"道阻且长"(《诗经·秦风·蒹葭》)。

④黄鹄:神话传说中的大鸟,和"鸡鹜"对出。屈原《卜居》:"宁与黄鹄比翼乎?将与鸡鹜争食乎?此孰吉孰凶,何去何从?"〇稻粱:义为稻粮谋、稻粱谋,原谓羽类之谋取稻粱作为口食。杜甫《同诸公登慈恩寺塔》:"君看随阳雁,各有稻粱谋。"喻为了糊口而付出辛苦。

⑤该联意谓,房梁上的火已经烧到了羽毛,但是,燕雀依然在堂上栖居。

⑥跳梁:(梁上起火时燕雀)从梁上跳下来。

⑦阱攫:出《周礼·秋官》:"冥氏掌设弧张。为阱攫以攻猛兽,以灵鼓驱之,若得其兽,则献其皮革、齿、须、备。"孔颖达《尚书正义》卷二十《费誓》解曰:"'阱''攫'皆是捕兽之器也。攫以捕虎豹,穿地为深坑,又设机于上,防其跃而出也。阱以捕小兽,穿地为深坑,入必不能出,其上不设机也。阱以穿地为名,攫以得兽为名,攫亦设于阱中,但阱不设机为异耳。"攫,音 huò。

⑧该联上句指湛甘泉"随处体认天理"之学崇尚"易简"之法。

⑨该联意指湛甘泉在萧山湘湖卜居,欲与王阳明在越之阳明洞邻居之事。

⑩白云床:此指寺庙中的僧床。

【评析】

王阳明该别湛甘泉诗是在湛出使安南、背负重要使命背景下创作的,主旨写二人之间的深厚友谊。常言道"男儿有泪不轻弹",其一的"远别情已惨,况此艰难秋!分手诀河梁,涕下不可收",王阳明因甘泉而泪下,足见二人情谊之深。诗中又写了湛甘泉临危受命却为人猜忌所反映的世风偷薄,"奉命危难际,流俗反猜量。黄鹄万里逝,岂伊为稻粱"。深见二人友情的是王阳明此处重申二人"阳明洞"和"湘湖阴"卜邻而居的约定:"结茆湖水阴,幽期终不忘。伊尔得相就,我心亦何伤。"

与诸门人夜话①

正德七年(1512)

　　翰苑争夸仙吏班,更兼年少出尘寰。②敷珍摘藻依天仗,载笔抽毫近圣颜。③大块文章宗哲匠,中原人物仰高山。④谭经无事收衙蠹,得句尝吟对酒间。⑤

　　羽飞皎雪迎双鹤,砚洗玄云注一湾。⑥诸生北面能传业,吾道东来可化顽。⑦久识金瓯藏姓字,暂违玉署寄贤关。⑧通家自愧非文举,浪许登龙任往还。⑨

　　与诸门人夜话,阳明山人王守仁。

【校注】

　　①该诗束景南先生《王阳明佚文辑考编年》自《石渠宝笈三编》第一○七八册《延春阁藏》四十《元明书翰》辑出,并考谓作于正德七年。

　　②翰苑:翰林院。

　　③敷珍:陈设珍宝,喻铺陈善道或精义。○摘藻:铺陈辞藻。

　　④大块文章:此为化用李白"大块假我以文章"(《春夜宴诸从弟桃李园序》)句。大块,大自然。

　　⑤谭经:谈经论道。

　　⑥羽飞:羽檄飞驰,插上鸟羽的紧急文书送来,比喻军情紧急。○皎雪:皎雪骢,骏马名。《新唐书·回鹘传下》:"骨利干处瀚海北……其大酋俟斤因使者献马,帝取其异者号十骥,皆为美名:曰'腾霜白',曰'皎雪骢',曰'凝露骢'……厚礼其使。"○玄云:此为以水洗砚所成墨迹如黑云漂于水中之喻。苏轼诗"紫潭出玄云,翳我潭中星"(《和范子功月石砚屏》)曾用。

　　⑦化顽:教化顽劣,使知礼义。

　　⑧金瓯藏姓:唐玄宗任命宰相,先书写姓名用金瓯罩起,后遂用"金瓯

藏名"形容名声很大,是国家选用的栋梁之材。○玉署寄贤:宋代苏易简中进士第一名,宋太宗用飞白书写"玉堂之署"四字赠给他。

⑨登龙:指登进士第。

【评析】

该诗是王阳明与诸门人集会夜饮之作。据束景南先生《王阳明年谱长编》,诗中所述皆实有所指,如"翰苑争夸仙吏班,更兼年少出尘寰"指授翰林检讨的穆孔晖和授翰林编修的邹守益,以及中进士均选为庶吉士的应良、王道、王元正、张鳌山、王思等;"羽飞皎雪迎双鹤"指王元凯、王元正兄弟双举进士;"诸生北面能传业,吾道东来可化顽"指顾应祥征至京师补锦衣卫经历、梁谷升吏部考功主事、徐爱任祁州知州等;"久识金瓯藏姓字,暂违玉署寄贤关"指王道由庶吉士出为应天府学教授;"通家自愧非文举,浪许登龙任往还"是王阳明自指任会试考官亲录多名举子。该诗因为是面对的才学之士,故而王阳明自己也要显示才学,此表现为诗中多摭藻用典,详注释,不详评。

与徽州程毕二子①

正德七年(1512)

句句糠秕字字陈,却于何处觅知新?②紫阳山下多豪俊,应有吟风弄月人。③

【校注】

①该诗《王阳明全集》卷二十著录,据束景南先生《王阳明年谱长编》考,该诗作于正德七年(1512)三月,而非"全集"所谓的正德十年(1515)四月。其创作背景,是时徽州知府熊世芳新建紫阳书院成,派庠生程曾、毕珊来求王阳明作《紫阳书院集序》,该诗是王阳明写给二人的诗作。

②糠秕:音 kāngbǐ,谷皮和瘪谷,喻粗劣而无价值之物。

③紫阳山:在今安徽歙县城南三里,宋婺源朱松游而乐之,后寓闽中,

常以紫阳书堂刻其印章。据朱熹《名堂室记》:"紫阳山在徽州城南五里,先君子故家婺源,少而学于郡学,因往游而乐之。既来闽中,思之独不置,故尝以紫阳书堂者刻其印章,盖其意未尝一日而忘返也。"○吟风弄月:出唐代范传正《李翰林白墓志铭》:"吟风咏月,席地幕天。"指文学创作。

【评析】

该诗王阳明是教导勉励程曾、毕珊两位学子。首二句指出他们为文缺乏创新,后二句勉励他们以紫阳山的精神激励自己,创作出有价值能推陈出新的文字来。

赠别黄宗贤①

正德七年(1512)

古人戒从恶,今人戒从善。从恶乃同污,从善翻滋怨。②纷纷嫉媢兴,指谪相非讪。③自非笃信士,依违多背面。④宁知竟漂流,沦胥亦污贱。⑤卓哉汪陂子,奋身勇厥践。⑥拂衣还旧山,雾隐期豹变。⑦嗟嗟吾党贤,白黑匪难辩!

【校注】

①该诗《王阳明全集》卷二十著录,该年九月,黄绾谢病归天台,王阳明作该诗送别。

②滋怨:滋生抱怨。

③媢:音 mào,嫉妒。○指谪:谴责,责备。○非讪:非议讪谤。

④依违:顺从和违背,指犹豫不决,遇事模棱两可。

⑤沦胥:音 lúnxū,受到牵连而遭遇苦难。出《诗经·小雅·雨无正》:"舍彼有罪,既伏其辜;若此无罪,沦胥以铺。"○污贱:卑污下贱。

⑥汪陂:此用"汪汪陂量"之典,比喻度量宽广恢宏。典出南朝宋范晔《后汉书·黄宪传》:"叔度汪汪若千顷陂,澄之不清,淆之不浊,不可量也。"

⑦该联用"豹隐南山雾"之典,见前《故山》之"雾豹"注。

【评析】

王阳明该诗有三个层面的意思。第一,这是一首写伦理的诗,涉及善恶践履的问题,旨归是在奋力践善不得认同的情况下愤而归隐。第二,是世风不古白黑颠倒的问题,此可从"古人戒从恶,今人戒从善。从恶乃同污,从善翻滋怨。纷纷嫉媚兴,指谪相非讪"等义知。第三,诗的背景是王阳明参与了当时政治上的党争,此可由末二句的"嗟嗟吾党贤,白黑匪难辩"知。

宝林寺①

正德八年(1513)

怪山何日海边来,一塔高悬拂斗台。②面面晴峰云外出,迢迢白水镜中开。招提半废空狮象,亭馆全颓蔚草莱。③落日晚风无限恨,荒台石上几徘徊。

【校注】

①该诗束景南先生《王阳明佚文辑考编年》自《〔乾隆〕绍兴府志》卷三十八辑出。○宝林寺:在绍兴府城南。

②怪山:指白水山,山上有泉四十二道自峭壁投空而下,水似白练,故曰白水。○斗台:指星斗。

③招提:四方之僧称招提僧,四方僧之住处称为招提僧坊,北魏太武帝造伽蓝,创招提之名,后遂为寺院的别称。○狮象:狮子和大象是佛教吉祥物,分别是文殊和普贤两位菩萨的坐骑,狮子象征力量、无畏,大象象征稳重、大力、无烦扰,故而佛家以狮象把门。○草莱:草莽,杂生的草。

【评析】

正德七年(1512)十二月王阳明升南京太仆寺少卿,正德八年(1513)六月偕门人从上虞入四明观白水有此作。该诗首联、颔联写景,但主于写景。颈联写景,但景中含情,宝林寺和亭馆的空废和尾联"落日晚风无限恨,荒台石上几徘徊”的“恨”之情、“徘徊”之行动形成异质同构,折射了王阳明此时的心情。这种徘徊不定中有遗憾,肯定和他此时的仕途有关。

咏钓台石笋①

正德八年(1513)

云根奇怪起双峰,惯历风霜几万冬。②春去已无斑箨落,雨余唯见碧苔封。③不随众卉生枝节,却笑繁花惹蝶蜂。④借使放梢成翠竹,等闲应得化虬龙。

【校注】

①该诗束景南先生《王阳明佚文辑考编年》自《四明山志》卷一辑出,《〔光绪〕上虞县志》卷四十六载此诗题为《双笋石》。○钓台:钓台山,在上虞县(今浙江省绍兴市上虞区)南四十里,下有双笋石。双笋石临倚山峤,参天并峙,高各数百尺,上有异花,开时烂若霞锦。

②双峰:指钓台山双笋石。

③斑箨:有斑纹的竹笋的外壳。箨,音 tuò,竹皮、笋壳。○碧苔:碧绿的苔藓。

④卉:草。

【评析】

该诗是王阳明咏上虞钓台山双笋石之作。大凡咏物,在于写志。首联、颔联写双笋石着一“奇”字,“奇”来自自然的造化,故而不同于真实的“竹笋”。尾联,王阳明使用了假设的手法,说假设双笋石能够像真实的竹笋一样生长成翠竹,那么,它应该能够成长为“虬龙”。当然,此处王阳明在以双笋石自况。

游雪窦三首^①

正德八年（1513）

其 一

平生性野多违俗，长望云山叹式微。^②暂向溪流濯尘冕，益怜萝薜胜朝衣。^③林间烟起知僧住，岩下云开见鸟飞。绝境自余麋鹿伴，况闻体远悟禅机。^④

其 二

穷山路断独来难，过尽千溪见石坛。高阁鸣钟僧睡起，深林无暑葛衣寒。^⑤蛰雷隐隐连岩瀑，山雨森森映竹竿。^⑥莫讶诸峰俱眼熟，当年曾向书图看。

其 三

僧居俯瞰万山尖，六月凉飙早送炎。^⑦夜枕风溪鸣急雨，晓窗宿雾卷青帘。开池种藕当峰顶，架竹分泉过屋檐。幽谷时常思豹隐，深更犹自愧蛟潜。^⑧

【校注】

①该三诗束景南先生《王阳明佚文辑考编年》自《〔嘉靖〕宁波府志》卷六、黄宗羲《四明山志》卷一、《〔光绪〕奉化县志》卷十五等辑出，《王阳明全集·补录》著录。○雪窦：雪窦山，在今浙江省宁波市奉化区西，为四明山支脉的最高峰，山上有乳峰，乳峰有窦，水从窦出，色白如乳，故泉名乳泉，窦称雪窦。

②违俗：不合于世俗。○式微：本义是天黑（傍晚）。式，发语词。微，黄昏。出《诗经·邶风·式微》："式微，式微，胡不归？"诗意是："天黑了傍

晚了,(你)怎么还不回来?"王阳明此诗引申用其义,指自己的归隐之志。

③尘冕:布满尘土的帽子,代指自己的尘俗生活。○朝衣:朝服,官服。

④该联下句《〔光绪〕奉化县志》作"况逢林远悟禅机"。○麋鹿伴:以麋鹿为伴,此指隐逸的生活。○体远:此指思维进入玄远之境。○禅机:禅宗启发门徒悟佛门精义时使用的隐语、比喻以及带有暗示性的动作等。

⑤葛衣:葛布制作的衣服,多在夏季穿戴。《史记·太史公自序》:"夏日葛衣,冬日鹿裘。"

⑥壑雷:山中的雷声。

⑦凉飙:凉风。

⑧蛟潜:潜龙。

【评析】

该三诗虽名为游览之作,但诗的主要部分却不是以写景为主,而是以写怀为主。所写之怀,应是王阳明的"郁怀",即他此时心情的郁闷。心情的郁闷是自己生性的云山之志和现实生活的仕途矛盾造成的,此由诗中"平生性野多违俗,长望云山叹式微""溪流濯尘冕""萝薜胜朝衣""绝境自余麋鹿伴,况闻体远悟禅机""高阁鸣钟僧睡起,深林无暑葛衣寒""幽谷时常思豹隐,深更犹自愧蛟潜"等句可见。

乌斯道《春草斋集》题辞①
疑正德八年(1513)

缅想先生每心折,论其文章并气节。②群芳有萎君不朽,削尽铅华无销歇。③

【校注】

①该诗束景南先生《王阳明佚文辑考编年》自乌斯道《春草斋集》卷十二《附录》(《四明丛书》本)辑出。并考谓:乌斯道,字继善,号春草,慈溪人,工古文,善书法,《明史》卷二百八十五《文苑》有传。《春草斋集》前有宋濂序,谓乌斯道"其为人也,温然如玉,盖与文相称"。王阳明此题辞作年莫

299

考,或疑为正德八年(1513)游四明、雪窦,过慈溪、宁波而得见乌斯道此《春草斋集》,遂作此题辞。

②心折:心服。

③铅华:华丽的妆容。铅,将白铅化成糊状的面脂。华,华丽。

【评析】

该诗王阳明表达了对乌斯道的钦佩之情,谓其文章、气节将不朽。

题陈瓆所藏《雁衔芦图》诗①

疑正德八年(1513)

西风一夜芦云秋,千里归来忆壮游。②羽翼平沙应养健,知君不为稻粱谋。③

【校注】

①该诗束景南先生《王阳明佚文辑考编年》自《〔光绪〕惠州府志》卷三十八《陈瓆传》辑出。《陈瓆传》谓陈瓆:"归善铁庐湖人。成化间岁贡,仕终庐州教授。为诸生时,读书翟夫子舍。有同舍生亡其资,众疑诟瓆,瓆不与校。后获真盗,人始服其量。"此诗之作,《王阳明佚文辑考编年》考谓:"阳明此诗作年莫考。按阳明正德八年来滁州任南京太仆寺少卿,滁州与庐州近在咫尺,疑陈瓆即在其时自庐州来滁州问学,阳明为其《雁衔芦图》题诗。"

②芦云秋:秋天开放的似云芦花。○壮游:怀抱壮志的远游。

③羽翼平沙:此为用平沙落雁之典,《平沙落雁》是一首中国古琴名曲,其意在借大雁之远志写逸士之心胸,最早刊于明代《古音正宗》(1634)。平沙,广阔的沙原。

【评析】

该题辞旨在赞赏陈瓆的远大志向,勉励他要先打好健壮的基础。

四明观白水二首^①

正德八年(1513)

其 一

　　邑南富岩壑,白水尤奇观。^②兴来每思往,十年就兹观。停
骖指绝壁,涉涧缘危蟠。百源旱方歇,云际犹飞湍。霏霏洒林
薄,漠漠凝风寒。前闻若未惬,仰视终莫攀。石阴暑气薄,流触
溯回澜。兹游讵盘乐?养静意所关。^③逝者谅如斯,哀此岁月
残。择幽虽得所,避时时犹难。刘樊古方外,感慨有余叹!^④

其 二

　　千丈飞流舞白鸾,碧潭倒影镜中看。^⑤藤萝半壁云烟湿,
殿角长年风雨寒。野性从来山水癖,直躬更觉世途难。^⑥卜居
断拟如周叔,高卧无劳比谢安。^⑦

【校注】

①该二诗《王阳明全集》卷二十著录。

②邑南:余姚城南。

③讵:音 jù,岂、怎。○盘乐:隐逸之乐。典出《诗经·卫风·考槃》:
"考槃在涧,硕人之宽。独寐寤言,永矢弗谖。考槃在阿,硕人之薖。独寐
寤歌,永矢弗过。考槃在陆,硕人之轴。独寐寤宿,永矢弗告。"考槃,毛
《传》:"考,成;槃,乐。"朱熹《诗集传》:"考,扣也;槃,器名。盖扣之以节歌,
如鼓盆拊缶之为乐也。"

④刘樊:刘纲、樊云翘夫妇。刘纲,三国吴下邳人。据晋葛洪《神仙传》
卷六:"樊夫人者,刘纲妻也。纲……仕为上虞令,亦有道术,能檄召鬼

神……纲与夫人入四明山,路值虎,以面向地,不敢仰视,夫人以绳缚虎牵归,系于床脚下。纲每共试术,事事不胜。将升天,县厅侧先有大皂荚树,纲升树数丈,方能飞举;夫人即平坐床上,冉冉如云气之举,同升天而去矣。"○方外:世俗之外、世外。

⑤白鸾:白色凤凰,传说中的瑞鸟,此喻白水若白鸾。

⑥直躬:以正直之道持身。出《论语·子路》:"吾党有直躬者,其父攘羊而子证之。"《宋史·赵普传》:"必须公正之人典衡轴,直躬敢言,以辨得失。"

⑦周叔:周茂叔,茂叔是周敦颐之字,他曾卜居庐山莲花峰下。○谢安:东晋高人,淝水之战的最高指挥官,曾高卧会稽附近的东山隐居。

【评析】

该二诗,其一是古体,其二是七律。内容上写到了白水地址、自己游白水的兴致和大致过程,还用"云际犹飞湍""仰视终莫攀""流触溯回澜"以及其二的首联、颔联"千丈飞流舞白鸾,碧潭倒影镜中看。藤萝半壁云烟湿,殿角长年风雨寒"等句描写了白水奇观。写意主要是其一的后八句和其二的颈联、尾联,"兹游讵盘乐? 养静意所关"是说自己在游乐和养静上倾向于后者;"逝者谅如斯,哀此岁月残"表达的是对时光流逝而自己一无所成的哀伤;"择幽虽得所,避时时犹难"是说自己虽然在寻找幽静之所上有所得,但要避开世俗却很艰难,因而羡慕四明山中得道成仙的刘纲、樊云翘夫妇;"野性从来山水癖,直躬更觉世途难"是说自己天生性情疏野,具有山水癖好,这和在世俗生活中的正道直行刚好形成互补。诗意的旨归是效仿周敦颐的庐山卜居和谢安的高卧东山。

杖锡道中用张宪使韵①

正德八年(1513)

山鸟欢呼欲问名,山花含笑似相迎。风回碧树秋声早,雨过丹岩夕照明。②雪岭插天开玉帐,云溪环碧抱金城。③悬灯夜宿茅堂静,洞鹤林僧相对清。④

①该诗《王阳明全集》卷二十著录。○杖锡:杖锡山,位于今浙江宁波。关于杖锡山,宋代诗人孙应时有《杖锡山》诗:"万杉夹道磴千盘,岩水溪风彻骨寒。坐久云烟过庭角,睡余星斗转阑干。登临不尽山川险,景物无穷世界宽。会得人生安乐法,不须禅板与蒲团。"

②丹岩:落日余晖照射下呈红色的岩石。

③玉帐:本指洁白如玉的帐幕,此用以喻杖锡山的雪峰。

④洞鹤:居于山洞的仙鹤。

【评析】

该诗是王阳明往游杖锡山道中的次张宪使韵作,写了杖锡山之险和自己达观安乐的价值观。王阳明该诗审美创造的突出特点是一诗之中所带给人的是四季变化的感受:首联用拟人手法写山鸟山花妙趣横生,是春夏;颔联的秋风求雨、碧树丹岩、秋声夕照是秋天;颈联"雪岭插天开玉帐,云溪环碧抱金城"给人以冬天般的感受;尾联"悬灯夜宿茅堂静,洞鹤林僧相对清"写意,写的是"仙禅之意",洞鹤代指道仙,林僧代指佛禅。

又用曰仁韵①

正德八年(1513)

每逢佳处问山名,风景依稀过眼生。归雾忽连千嶂暝,夕阳偏放一溪晴。晚投岩寺依云宿,静爱枫林送雨声。②夜久披衣还起坐,不禁风月照人清。

【校注】

①该诗《王阳明全集》卷二十著录。

②岩寺:浙江宁波四明山杖锡禅寺,唐龙纪元年(889)建,天祐三年(906)吴越王赐额,宋天圣四年(1026)重修,明末毁于火。

【评析】

该诗是王阳明次徐爱韵作,和上《杖锡道中用张宪使韵》趣境相类。其中颔联"归雾忽连千嶂暝,夕阳偏放一溪晴"写出了山中倏忽变化的奇观。

书杖锡寺①

正德八年(1513)

杖锡青冥端,涧壁环天险。②垂岩下陡壑,涉水攀绝巘。③溪深听喧瀑,路绝骇危栈。④扪萝登峻极,披翳见平衍。⑤僧逋寄孤衲,守废遗荒殿。⑥伤兹穷僻墟,曾未诛求免。⑦探幽冀累息,愤时翻意惨。⑧拯援才已疏,栖迟心益眷。⑨哀猿啸春嶂,悬灯宿西崦。⑩诛茆竟何时? 白云愧舒卷。⑪

【校注】

①该诗《王阳明全集》卷二十著录。

②青冥:青天,天空。

③绝巘:陡峭而极高的山峰。

④危栈:高而险的栈道。

⑤该联化用唐刘长卿"扪萝披翳荟"(《题虎丘寺》)句。

⑥该联是说,杖锡寺的僧人逃亡了,留下的僧衣独自守着寺庙的殿堂。

⑦诛求免:求免诛。

⑧累息:长叹。王逸《楚辞章句》录刘向《九叹》:"立江界而长吟兮,愁哀哀而累息。"王逸注:"言己还入大江之界,远望长吟,心中悲叹而太息,哀不遇也。"

⑨栖迟:此指归隐生活,见前《梦与抑之昆季语,湛、崔皆在焉。觉而有感,因记以诗三首》之"衡庐"注。

⑩西崦:西山。崦,崦嵫(yānzī),山名,在甘肃天水西,亦指太阳落下的

地方。李商隐句有"一川虚月魄,万崦自芝苗"(《送从翁从东川弘农尚书幕》)。

⑪诛茆:芟除茅草,引申为结庐安居。茆,同"茅"。北周庾信《哀江南赋》有"诛茅宋玉之宅,穿径临江之府"。

【评析】

该诗在内容上由三个层面构成。第一个层面,写杖锡山之险,此可见于首句"杖锡青冥端,涧壁环天险"至"扪萝登峻极,披翳见平衍"前八句。第二个层面,写杖锡寺之废,此可见于"僧逋寄孤衲,守废遗荒殿。伤兹穷僻墟,曾未诛求免。探幽冀累息,愤时翻意惨"六句,该六句表明,杖锡寺是因遭遇政治灾难而荒废,王阳明表达的是"愤时""意惨"的态度。第三个层面是王阳明的归隐之志,此表现在诗末六句中。

寄浮峰诗社①

正德八年(1513)

晚凉庭院坐新秋,微月初生亦满楼。千里故人谁命驾,百年多病有孤舟。②风霜草木惊时态,砧杵关河动远愁。③饮水曲肱吾自乐,茆堂今在越溪头。④

【校注】

①该诗《王阳明全集》卷二十归入"滁州诗",束景南先生《王阳明年谱长编》谓"误",因为王阳明是十月二十日到任滁州,不符合诗中"晚凉庭院坐新秋""风霜草木惊时态"句意,因而考谓于九月中作于绍兴。笔者认为,非作于滁州固有理,但若谓作于九月,却与诗中首联上句"晚凉庭院坐新秋"句之"新秋"意不符,因传统"新秋"指七月,故而,该诗应作于七月;加之,首联下句"微月初生亦满楼"中的"微月"义为"新月",故而诗或作于七月初二或初三日。再据束景南先生《王阳明年谱长编》,王阳明七月初二自宁波归余姚,则诗或作于此时此地。○浮峰:牛峰,见前《游牛峰寺四首》等

关于浮峰之注。浮峰诗社,据束景南先生《王阳明年谱长编》,指山阴文士与萧山文士结社于浮峰吟诗作赋者,中多阳明弟子故友;或是闻甘泉与阳明其时欲卜居萧山湘湖,萧山文士亦结社于浮峰,有诗寄阳明,阳明作此诗寄答。

②该联意,束景南先生《王阳明年谱长编》考谓,上句写湛甘泉出使安南,下句写王阳明自己归养于阳明洞。

③砧杵:音 zhēnchǔ,捣衣石和棒槌。

④饮水曲肱:指恬淡自然的安贫乐道的生活。典出《论语·述而》:"子曰:'饭疏食,饮水,曲肱而枕之,乐亦在其中矣。不义而富且贵,于我如浮云。'"

【评析】

该诗以"新秋"起篇,和宋代孙仅《新秋》诗有几分渊源,孙诗为:"火云犹未敛奇峰,欹枕初惊一叶风。几处园林萧瑟里,谁家砧杵寂寥中。蝉声断续悲残月,萤焰高低照暮空。赋就金门期再献,夜深搔首叹飞蓬。"王阳明该诗,诗眼是"砧杵"一词。二诗相较,尽管在新秋之景和悲愁之情上相同,但旨归趣尚却有异。孙诗的旨归趣尚在于为时所用,此为尾联"赋就金门期再献,夜深搔首叹飞蓬"所证明;王阳明该诗的旨归趣尚则是安贫乐道,此可由"饮水曲肱吾自乐,茆堂今在越溪头"证明。

赠熊彰归①

正德八年(1513)

门径荒凉蔓草生,相求深愧远来情。千年绝学蒙尘土,何处澄江无月明?②坐看远山凝暮色,忽惊废叶起秋声。归途望岳多幽兴,为问山田待耦耕。③

【校注】

①该诗《王阳明全集》卷二十亦录为"滁州诗",束景南先生《王阳明年

谱长编》认为作于九月间居绍兴时。

②千年绝学：指孔子开创的儒学。

③耦耕：两人拉犁并耕，后亦泛指农事或务农，此处代指归农隐士。典出《论语·微子》："长沮、桀溺耦而耕，孔子过之，使子路问津焉。长沮曰：'夫执舆者为谁？'子路曰：'为孔丘。'曰：'是鲁孔丘与？'曰：'是也。'曰：'是知津矣。'问于桀溺，桀溺曰：'子为谁？'曰：'为仲由。'曰：'是鲁孔丘之徒与？'对曰：'然。'曰：'滔滔者天下皆是也，而谁以易之？且而与其从辟人之士也，岂若从辟世之士哉？'耰而不辍。子路行，以告。夫子怃然曰：'鸟兽不可与同群，吾非斯人之徒与而谁与？天下有道，丘不与易也。'"长沮、桀溺是春秋时楚国叶地(治今河南叶县)两名避世隐者，二人在与子路的对话中讽刺了孔子为挽救西周制度所作的努力，后以其二人喻避世隐居的高士。

【评析】

该诗是王阳明赠别远来求教的门人之作。就题材而言，当然在于表达观点和主张，此主要在于颔联"千年绝学蒙尘土，何处澄江无月明"和尾联"归途望岳多幽兴，为问山田待耦耕"。颔联的意思是，孔子开创的儒学真精神，千年来都被蒙蔽曲解了，其实一点儿也不难懂，就像江上明月一样明白。尾联表达的依然是王阳明念兹在兹的自得归隐情怀。

龙潭夜坐①

正德八年(1513)

何处花香入夜清？石林茅屋隔溪声。幽人月出每孤往，栖鸟山空时一鸣。草露不辞芒履湿，松风偏与葛衣轻。②临流欲写《猗兰》意，江北江南无限情。③

【校注】

①该诗《王阳明全集》卷二十著录，据束景南先生《王阳明年谱长编》考，作于十月间。是时，王阳明到任滁州，以静坐教诸生，常往龙潭静坐讲

学。○龙潭:又名柏子龙潭、柏子潭、柏子灵湫,在滁州城南不远,传为唐代采铜留下的矿坑,后山泉流注积水为潭,潭深水黑,常有不明物翻腾搅动,传为神龙藏身之处,故名。

②芒履:芒鞋,草鞋。

③猗兰:古琴曲《猗兰操》的省称。《猗兰操》,又名《幽兰操》,相传是孔子所作,曲似诉似泣、如怨如愤,寓情于兰。东汉蔡邕《琴操·猗兰操》:"孔子所作也。孔子历聘诸侯,诸侯莫能任。自卫反鲁,过隐谷之中,见芗兰独茂,喟然叹曰:'夫兰当为王者香,今乃独茂,与众草为伍,譬犹贤者不逢时,与鄙夫为伦也。'乃止车援琴鼓之云:'习习谷风,以阴以雨。之子于归,远送于野。何彼苍天,不得其所。逍遥九州,无所定处。世人暗蔽,不知贤者。年纪逝迈,一身将老。'自伤不逢时,托辞于芗兰云。"由此看来,孔子所谓"习习谷风,以阴以雨。之子于归,远送于野。何彼苍天,不得其所。逍遥九州,无所定处。世人暗蔽,不知贤者。年纪逝迈,一身将老"当为《猗兰诗》,就其义而言,显为以"独茂,与众草为伍"自况,抒发自己"贤者不逢时"的情怀。

【评析】

王阳明之学,就修持方法而言,分为"静中体悟"和"事上磨练"两种。但两种又有先后之分。其以"静中体悟"教门人,是在此滁阳之时,该诗则是他夫子静坐修养的证据。就诗的内容而言,首联、颔联、颈联三联写月出夜静之时,王阳明前往龙潭静坐体悟,诗境是明显的禅境,已有王维禅境诗之趣。但尾联的尾巴,却以"贤者不逢时"之《猗兰》意,"破坏"了该诗整体的禅境,而体现出了儒者的特征。可见王阳明的"静坐"不是"禅",而是以同于"禅"的方式体悟"儒"。

梧桐江用韵①

正德八年(1513)

凤鸟久不至,梧桐生高冈。②我来竟日坐,清阴洒衣裳。③

援琴俯流水,调短意苦长。遗音满空谷,随风递悠扬。④人生贵自得,外慕非所臧。⑤颜子岂忘世?仲尼固遑遑。⑥已矣复何事,吾道归沧浪。⑦

【校注】

①该诗《王阳明全集》卷二十著录,据束景南先生《王阳明年谱长编》,诗在《南滁会景编》卷二题为《坐龙潭梧桐冈用韵》,故而"梧桐江"当为"梧桐冈",因滁州无梧桐江。梧桐冈,龙潭西北边的山冈。

②该联合用了"凤鸟不至"和凤凰"非梧桐不止"两个典故,一谓时不太平,再是以凤凰自况。凤鸟不至,出《论语·子罕》:"凤鸟不至,河不出图,吾已矣夫。"非梧桐不止,出《庄子·秋水》:"夫鹓鶵,发于南海,而飞于北海,非梧桐不止,非练实不食,非醴泉不饮。"鹓鶵,音 yuānchú,凤凰的一种,《小学绀珠》卷十谓:"凤象者五,五色而赤者凤;黄者鹓鶵;青者青鸾;紫者鸑鷟(yuèzhuó);白者鸿鹄。"

③竟日:从早到晚,整天,终天。○清阴:清凉的树阴。

④该联上句用"空谷遗(足)音"之典,典注见前《乡思二首》"空谷"注。

⑤自得:怡然自得的心态,在如王阳明和陈献章的心学家那里,俨然成为哲学概念而具有了哲学的价值。○臧:此处义为擅长。

⑥颜子:颜渊,孔子最欣赏的弟子。○遑遑:见前《长沙答周生》"孔圣固惶惶,与点乐归咏"注。

⑦沧浪:见前《龙冈漫兴五首》等关于"沧浪"之注。

【评析】

该诗可见,王阳明此时心情是很矛盾很不平静的。也就是说,"自得""沧浪"都还是他拿来调整自己功利心态的工具,远没有达到"此心光明"的境界。之所以这样说,是因为他在诗中以"凤凰"之典,明显表达了时代不公和己之不遇;临水抚琴却仅是空谷遗音,其中"调短意苦长"足以说明。诗中的"颜子岂忘世?仲尼固遑遑"表明——王阳明不能真正做到"忘怀世事"。

琅琊山中三首①

正德九年(1514)

其 一

草堂寄放琅琊间,溪鹿岩僧且共闲。冰雪能回草木死,春风不化山石顽。六经散地莫收拾,丛棘被道谁刊删?已矣驱驰二三子,凤图不出吾将还。②

其 二

狂歌莫笑酒杯增,异境人间得未曾。绝壁倒翻银海浪,远山真作玉龙腾。③浮云野思春前动,虚室清香静后凝。懒拙惟余林壑计,伐檀长自愧无能。④

其 三

风景山中雪后增,看山雪后亦谁曾?隔溪岩犬迎人吠,饮涧飞猱踔树腾。⑤归骑林间灯火动,鸣钟谷口暮光凝。尘踪正自韬笼在,一宿云房尚未能。⑥

【校注】

①该三诗《王阳明全集》卷二十著录,据束景南先生《王阳明年谱长编》,作于正月滁州大雪后王阳明率众门人二十八人登琅琊山望祭之时。《南滁会景编》卷八题为《雪后游琅琊用韵》。

②凤图:凤鸟不至,河不出图。见前《梧桐江用韵》注。

③该联的"银海""玉龙",皆写雪景。

④伐檀:此指伐木,用本义,而非用《诗经·卫风·伐檀》寓义。

⑤猱:音 náo,猴的一种。○踔:音 chuō,跳跃。

⑥韬笼:犹言牢笼。韬,弓或剑的皮套子。○云房:隐居者的房舍。唐韦应物诗"填壑跻花界,叠石构云房"(《游琅琊山寺》)曾用。

【评析】

该诗内容主要由写景色和写情怀构成。所写景色是琅琊山雪后之景,此可见于其二和其三的颔联、颈联:其二的"绝壁倒翻银海浪,远山真作玉龙腾。浮云野思春前动,虚室清香静后凝",颔联写雪后壮观的山景,颈联"浮云野思春"和"虚室清香静"则一动一静相映成趣;其三的"隔溪岩犬迎人吠,饮涧飞猱踔树腾。归骑林间灯火动,鸣钟谷口暮光凝"则创造了一幅人与自然和谐的图景。所写情怀依然是闲逸与用事的矛盾,此可见于其一的"草堂寄放琅琊间,溪鹿岩僧且共闲"和"已矣驱驰二三子,凤图不出吾将还"所反映的矛盾心理,其二的"狂歌莫笑酒杯增,异境人间得未曾"和"懒拙惟余林壑计,伐檀长自愧无能"所反映的矛盾心理,以及"尘踪正自韬笼在,一宿云房尚未能"的直接表达。此外,也有写哲理,"冰雪能回草木死,春风不化山石顽"即是。

栖云楼坐雪二首①

正德九年(1514)

其　一

才看庭树玉森森,忽漫阶除已许深。②但得诸生通夕坐,不妨老子半酣吟。③琼花入座能欺酒,冰溜垂檐欲堕针。④却忆征南诸将士,未禁寒夜铁衣沉。⑤

其　二

此日栖云楼上雪,不知天意为谁深。忽然夜半一言觉,

又动人间万古吟。玉树有花难结果，天机无线可通针。晓来
不觉城头鼓，老懒羲皇睡正沉。⑥

【校注】

①该诗《王阳明全集》卷十二著录，束景南先生《王阳明年谱长编》谓作
于正德九年（1514）正月滁州大雪之时。○栖云楼：在南京太仆寺正堂后，
弘治十七年（1504）建。

②玉森森：此谓庭中树木披雪，如玉树林立。森森，繁密如森林貌。○
阶除：台阶。

③老子：老年人自称，犹老夫。如《后汉书·逸民传·韩康》："康曰：
'此自老子与之，亭长何罪！'"宋辛弃疾词"老子旧游处，回首梦耶非"
（《水调歌头·和王正之右司吴江观雪见寄》）曾用。此为王阳明自称。

④琼花：此指落在树上的雪花。○冰溜：雪后檐头滴水凝成的锥
形冰。

⑤该联束景南先生《王阳明年谱长编》谓指其时南方——南赣汀漳，正
调兵征战，推测王阳明此时已关注南赣汀漳战事。

⑥羲皇：伏羲，代表古朴的上古时期。

【评析】

该诗依然是写雪景和人事。此外，仍然在写情感与怀抱的矛盾，"却忆
征南诸将士，未禁寒夜铁衣沉"说明王阳明密切关注时事，"晓来不觉城头
鼓，老懒羲皇睡正沉"则又是写自己的自得。但是，最值得注意的是写意，
其二"忽然夜半一言觉，又动人间万古吟。玉树有花难结果，天机无线可通
针"表明，此时的王阳明在深刻地思索他的哲学，处于"致良知"之教孕育而
成的前夜。

送守中至龙盘山中①

正德八年(1513)

未尽师生六日情,天教风雪阻西行。茅堂岂有春风坐,江郭虚留一月程。②客邸琴书灯火静,故园风竹梦魂清。何年稳闭阳明洞,榾柮山炉煮石羹。③

【校注】

①该诗《王阳明全集》卷二十著录,为王阳明送朱节赴南宫春试时作。○守中:朱节字。○龙盘山:即下诗题中的"龙蟠山",在滁州城南,《〔万历〕滁阳志》谓"在州城南十七里",似卧龙盘亘,故称。

②江郭:濒江的城郭,此指滁州。

③榾柮:音 gǔduò,如骨头状短小的木头,木柴块,树根疙瘩,可代炭用。宋陆游诗"榾柮烧残地炉冷,喔咿声断天窗明"(《霜夜二首》之二)句曾用。

【评析】

该诗主于写情与写怀。所写之情是王阳明和朱节师生深情,此可见于诗的首联和颔联。所写之怀,仍然是山林隐逸之怀,此可见于颈联和尾联。

龙蟠山中用韵①

正德九年(1514)

无奈青山处处情,村沽日日辨山行。②真惭廪食虚官守,只把山游作课程。③谷口乱云随骑远,林间飞雪点衣轻。长思淡泊还真性,世味年来久絮羹。④

①该诗《王阳明全集》卷二十著录。

②村沽:村酤,村酒。出唐虚中《赠秀才》诗:"谁解伊人趣,村沽对郁陶。"

③廪食:官方供应的粮食,官俸。

④絮羹:加盐、梅于羹中以调味。出《礼记·曲礼上》:"毋絮羹。"郑玄注:"絮,犹调也。"孔颖达疏:"毋絮羹者,絮谓就食器中调和盐梅也。若得主人羹,更于器中调和,是嫌主人食味恶也。"

【评析】

该诗首联、颔联写滁阳官闲的生活,颈联写送朱节所见之景,尾联表现了王阳明的淡泊情怀。

赠守中北行二首①

正德九年(1514)

其　一

江北梅花雪易残,山窗一树自家看。临行掇赠聊数颗,珍重清香是岁寒。

其　二

来何匆促去何迟,来去何心莫漫疑。不为高堂双雪鬓,岁寒宁受北风欺。

【校注】

①该诗《王阳明全集》卷二十著录。

【评析】

该诗是王阳明写自己和朱节的依依惜别与勉励之情。

送蔡希颜三首①

正德九年(1514)

正德癸酉冬，希渊赴南宫试，访予滁阳，遂留阅岁。②既而东归，问其故，辞以疾。希渊与予论学琅琊之间，于斯道既释然矣，别之以诗。

其 一

风雪蔽旷野，百鸟冻不翻。孤鸿亦何事，嗷嗷溯寒云？③岂伊稻粱计，独往求其群？之子眇万钟，就我滁水滨。④野寺同游请，春山共攀援。鸟鸣幽谷曙，伐木西涧矄。清夜湛玄思，晴窗玩奇文。寂景赏新悟，微言欣有闻。寥寥绝代下，此意冀可论。

其 二

群鸟喧北林，黄鹄独南逝。⑤北林岂无枝？罗弋苦难避。⑥之子丹霞姿，辞我云门去。⑦山空响流泉，路僻迷深树。长谷何盘纡，紫芝春可茹。求志暂栖岩，避喧宁遁世。系予辱风尘，送子愧云雾。匡时已无术，希圣徒有慕。倘入阳明峰，为寻旧栖处。

其 三

何事憧憧南北行，望云依阙两关情。⑧风尘暂息滁阳驾，鸥鹭还寻鉴水盟。悟后六经无一字，静余孤月湛虚明。从知归路多相忆，伐木山山春鸟鸣。

【校注】

①该三诗《王阳明全集》卷二十著录。○蔡希颜:蔡宗兖,字希颜,又字希渊,浙江山阴(治今浙江绍兴)人,王阳明较早入门弟子,正德十二年(1517)进士。正德二年(1507)王阳明撰《别三子序》中"三子"之一(另外两个是徐爱和朱节)。

②阅岁:此处义为一起过年。

③嗷:同"叫"。

④万钟:指代高官厚禄。钟,古量器名。

⑤黄鹄:鸟名,比喻高才贤士。详前《别湛甘泉二首》等"黄鹄"注。

⑥罗弋:捕鸟的工具。罗,网罗。弋,带绳子的箭。

⑦云门:云门山,在浙江绍兴南,又名东山。

⑧憧憧:音 chōngchōng,往来不断貌。○依阙:依帝阙,此指依附朝廷

【评析】

该三诗创作背景是,蔡希颜于正德八年(1513)冬赴京师礼部春闱,过滁州访学于王阳明,二人一同过了新年。按说,过完年后蔡希颜应该赶赴京师参加考试了,但是,他却没有,而是选择返回故里,这样做表面上看是"以疾辞",但根本不是,而是他此时的兴趣使然。诗的内容表明,王阳明没有劝说他去获取功名,而是表示理解,此在诗"之子眇万钟,就我滁水滨""群鸟喧北林,黄鹄独南逝""倘入阳明峰,为寻旧栖处"等句中有所表现。当然,这也表明此时王阳明自己的价值取向依然是归隐山林。再有,"悟后六经无一字,静余孤月湛虚明"表明,此时王阳明虚无六经的心学思想已经被大胆提出来了。还有,诗中写了王阳明和蔡希颜滁州的相得,此不详述。

别希颜二首①

正德九年（1514）

其 一

中岁幽期亦几人，是谁长负故山春？道情暗与物情化，世味争如酒味醇。耶水云门空旧隐，青鞋布袜定何晨？②童心如故容颜改，惭愧年年草木新。

其 二

后会难期别未轻，莫辞行李滞江城。且留南国春山兴，共听西堂夜雨声。归路终知云外去，晴湖想见镜中行。为寻洞里幽栖处，还有峰头双鹤鸣。③

【校注】
①该二诗《王阳明全集》卷二十著录。
②耶水云门：若耶溪和云门山。
③洞里：阳明洞里。

【评析】
该二诗旨趣同于前《送蔡希颜三首》诗。

别易仲并序①

正德九年（1514）

辰州刘易仲从予滁阳，一日问："道可言乎？"予曰："哑子吃苦瓜，与你说不得。尔要知我苦，还须你自吃。"易仲省然有悟。久之辞归，别以诗。

　　迢递滁山春，子行亦何远。② 累然良苦心，惝恍不遑饭。③
至道不外得，一悟失群暗。秋风洞庭波，游子归已晚。结兰
意方勤，寸草心先断。④ 末学久仳离，颓波竟谁挽？⑤ 归哉念流
光，一逝不复返。

【校注】

　　①该诗《王阳明全集》卷二十著录，是刘观时来滁州问学归辰州时王阳
明的赠作。○易仲：刘观时字，湖南沅陵人，匾其居曰"见斋"以自励，王阳
明为作《见斋说》。

　　②迢递：高耸貌。南朝齐谢朓诗句"逶迤带绿水，迢递起朱楼"（《入朝
曲》）曾用。

　　③累然：失意貌。《孔子家语·困誓》："累然如丧家之狗。"○惝恍：失
意恍惚貌。

　　④结兰：义结金兰，指朋友情投意合。义结金兰，出《世说新语·贤
媛》："山公与嵇、阮一面，契若金兰。"金兰，出《周易·系辞上》："二人同心，
其利断金；同心之言，其臭如兰。"○寸草心：小草抽出的嫩心，此指结兰之
意初生。

　　⑤末学：此指当时的儒学末流，直接所指的是朱子学末流。○仳离：音
pǐlí，背离，此指朱子学末流已背离孔孟原初儒学的本义。

【评析】

　　该诗和大多数王阳明与门人的辞别诗一样，表达了老师弟子间依依惜
别的深情，此不详评。此外，该诗的价值在于心学的言说，其中"至道不外
得，一悟失群暗"明确了道在本心不假外求，以及道之得的方法在"悟"的观
点；"末学久仳离，颓波竟谁挽"则表达了自己要纠正当时朱子学末流的支
离而恢复儒学心学本质的责任与担当；再者，就该诗在王阳明心学上的价
值而言，尤其"序"中的"哑子吃苦瓜，与你说不得。尔要知我苦，还须你自
吃"，简直就是佛禅的偈子。故而，如果说王阳明心学在方法论上为禅，当
是不冤枉他的。

送德观归省二首①

正德九年(1514)

其 一

雪里闭门十日坐,开门一笑忽青天。茅檐正好负暄日,客子胡为思故园?②椿树惯经霜雪老,梅花偏向岁寒妍。琅琊春色如相忆,好放山阴月下船。

其 二

琅琊雪是故园雪,故园春亦琅琊春。天机动处即生意,世事到头还俗尘。立雪浴沂传故事,吟风弄月是何人?③到家好谢二三子,莫向长沮错问津。④

【校注】

①该二诗《王阳明全集》卷二十著录。○德观:当为王阳明门人,由诗"好放山阴月下船""琅琊雪是故园雪,故园春亦琅琊春""到家好谢二三子"等句意看,是王阳明同乡山阴人无疑。

②暄日:暖和的太阳。暄,音 xuān,暖和。○胡为:为何。

③立雪:程门立雪之典。《宋史·杨时传》谓杨时和游酢"一日见颐,颐偶瞑坐,时与游酢侍立不去,颐既觉,则门外雪深一尺矣"。○吟风弄月:程颢语:"《诗》可以兴,某自再见茂叔后,吟风弄月以归,有'吾与点也'之意。"(《河南程氏遗书》卷三)

④长沮:见前《霁夜》等"长沮"注。

【评析】

该诗的主旨依然是老师弟子间的深情厚谊,同时因为德观为山阴人,故而送德观回乡寄托着王阳明的相思。有意思的是,王阳明此时的哲学倾向还真的是"禅"，因为诗中的"琅琊雪是故园雪，故园春亦琅琊春"像绕口令一样，显然符合禅家话语机锋特征。

郑伯兴谢病还鹿门雪夜过别赋赠三首①

正德九年(1514)

其 一

之子将去远，雪夜来相寻。秉烛耿无寐，怜此岁寒心。②岁寒岂徒尔，何以赠远行？圣路塞已久，千载无复寻。岂无群儒迹？蹊径榛茆深。浚流须寻源，积土成高岑。揽衣望远道，请君从此征。

其 二

浚流须有源，植木须有根。根源未浚植，枝派宁先蕃？谓胜通夕话，义利分毫间。至理匪外得，譬犹镜本明。外尘荡瑕垢，镜体自寂然。③孔训示克己，孟子垂反身。④明明贤圣训，请君勿与谖。⑤

其 三

鹿门在何许？君今鹿门去。千载庞德公，犹存栖隐处。洁身匪乱伦，其次乃避地。世人失其心，顾瞻多外慕。安宅舍弗居，狂驰惊奔骛。高言诋独善，文非遂巧智。⑥琐琐功利儒，宁复知此意！⑦

【校注】

①该三诗《王阳明全集》卷二十著录。○郑伯兴：郑杰字，湖北襄阳人。○鹿门：在襄阳城东北，为汉末名士庞德公隐居之处。

②岁寒心:指如松柏般坚韧的心志。取"岁寒,然后知松柏之后凋"(《论语·子罕》)典义。

③瑕垢:此指镜面上的污点与尘垢。

④克己:克己复礼。出《论语·颜渊》:"颜渊问仁。子曰:'克己复礼为仁。一日克己复礼,天下归仁焉!为仁由己,而由人乎哉?'"○反身而诚:反身而诚。出《孟子·尽心上》:"孟子曰:'万物皆备于我矣。反身而诚,乐莫大焉。强恕而行,求仁莫近焉。'"

⑤谖:音 xuān,忘记。

⑥文非:文过饰非。

⑦琐琐:鄙陋,平庸。《诗经·小雅·节南山》:"琐琐姻亚,则无膴仕。"

【评析】

王阳明该三诗于主旨上各有分工:其一,写自己和郑杰牢固而深厚的友情;其二,他心学的根本在于孔孟的求仁之法,元点是孔子的"克己复礼"和孟子的"反身而诚";其三,写追慕庞德公的归隐之志,并为之辩护,批判世俗的心放与功利。

门人王嘉秀实夫、萧琦子玉告归,书此见别意,兼寄声辰阳诸贤①

正德九年(1514)

王生兼养生,萧生颇慕禅。迢迢数千里,拜我滁山前。吾道既匪佛,吾学亦匪仙。坦然由简易,日用匪深玄。②始闻半疑信,既乃心豁然。譬彼土中镜,暗暗光内全。外但去昏翳,精明烛媸妍。③世学如剪彩,妆缀事蔓延。④宛宛具枝叶,生理终无缘。⑤所以君子学,布种培根原。萌芽渐舒发,畅茂皆由天。秋风动归思,共鼓湘江船。湘中富英彦,往往多及门。⑥临歧缀斯语,因之寄拳拳。

【校注】

①该诗《王阳明全集》卷二十著录,是王阳明赠别王嘉秀、萧琦归辰阳时作。

②日用:日用即道。

③昏翳:昏暗。○精明:指明亮的心体,即他后来所谓的良知。○媸妍:丑陋和美丽。

④该联谓世俗儒学如剪彩化妆般令人眼花缭乱。

⑤该联谓世俗儒学只是及于道的细枝末节,而没有触到其生生之理。

⑥英彦:此为对才智卓越者的美称。

【评析】

该诗的价值在于王阳明对自己的心学进行了系统的阐述。在其学的定性上,他说他的心学既不是道仙也不是佛禅,而是极简易的日用即道的儒学,他把心学的道体(或心体)比作明亮的镜子,能够对事物做出价值判断。在其学的工夫论上,他主张不要在细枝末节上纠缠,而应该直奔本原——"布种培根原",然后再向根深叶茂发展。

诸用文归用子美韵为别①

正德九年(1514)

一别烟云岁月深,天涯相见二毛侵。②孤帆江上亲朋意,樽酒灯前故国心。冷雪晴林还作雨,鸟声幽谷自成吟。饮余莫上峰头望,烟树迷茫思不禁。

【校注】

①该诗《王阳明全集》卷二十归入"南都诗",谓"正德甲戌年四月升南京鸿胪寺卿作",束景南先生《王阳明年谱长编》以诗中"冷雪晴林还作雨"义,判为正月在滁州作。其背景,是诸用文以部运过南京来滁州相见,王阳明为其送别而作。○诸用文:诸缙,是王阳明的内从兄。○子美韵:杜甫

《登楼》韵,诗为:"花近高楼伤客心,万方多难此登临。锦江春色来天地,玉垒浮云变古今。北极朝廷终不改,西山寇盗莫相侵。可怜后主还祠庙,日暮聊为《梁甫吟》。"

②二毛侵:头生白发而头发花白。二毛,黑白两种颜色的头发。

【评析】

该诗主旨在于写情谊、写家国情怀。

答朱汝德用韵①

正德九年(1514)

东去蓬瀛合有津,若为风雨动经旬。②同来海岸登舟在,俱是尘寰欲渡人。③弱水洪涛非世险,长年三老定谁真。④青鸾眇眇无消息,怅望烟花又暮春。⑤

【校注】

①该诗是王阳明送朱汝德渡海赴东瀛时作,《王阳明全集》卷二十著录。○朱汝德:束景南先生《王阳明年谱长编》谓或为滁阳士子朱绩。

②蓬瀛:蓬莱、瀛洲,指东瀛。

③尘寰:尘世。

④长年三老:船工。杜甫《拨闷》:"长年三老遥怜汝,捩柁开头捷有神。"陆游《入蜀记》:"问何谓长年三老?云:'梢公是也。'"

⑤青鸾:凤凰的一种,青色的凤凰。见前《梧桐江用韵》注。

【评析】

该诗王阳明表达了对渡海远赴东瀛的朱汝德的情谊。

送惟乾二首①

正德九年(1514)

其 一

独见长年思避地,相从千里欲移家。惭予岂有万间庇? 借尔刚余一席沙。古洞幽期攀桂树,春溪归路问桃花。故人劳念还相慰,回雁新秋寄彩霞。

其 二

簦芨连年愧远求,本来无物若为酬。②春城驿路聊相送,夜雪空山且复留。③江浦云开庐岳曙,洞庭湖阔九疑浮。④悬知再鼓潇湘柂,应是芙蓉湘水秋。⑤

【校注】

①该二诗是王阳明送冀元亨归武陵时作,《王阳明全集》卷二十著录。〇惟乾:冀元亨字,武陵(治今湖南常德)人,和王阳明有深厚交情。

②簦:音 dēng,古代有柄的笠,类似现在的伞。〇芨:音 jī,多年生草本植物,茎和叶可编织器物。

③春城:此指滁州。

④庐岳:庐山。〇九疑:九嶷山。

⑤柂:同"舵"。

【评析】

冀元亨是王阳明谪龙场时过化的门人,二人感情甚深。比如,王阳明曾以冀元亨为子王正宪之师;平宸濠之乱时命冀元亨深入敌营卧底;冀元亨蒙冤,王阳明为其据理力诉,等等。二人之深契由此诗可见出,不详述。由诗其一尾联"故人劳念还相慰,回雁新秋寄彩霞"和其二尾联"悬知再鼓潇湘枻,应是芙蓉湘水秋"可见,二人尚有秋天再聚之约。

林间睡起[①]

正德九年(1514)

　　林间尽日扫花眠,只是官闲愧俸钱。门径不妨春草合,斋居长对晚山妍。每疑方朔非真隐,始信扬雄误《太玄》。[②]混世亦能随地得,野情终是爱丘园。

　　奉命将赴南赣,白楼先生出钱江浒,示此卷,须旧作为别,即席承命。时正德丙子九月廿五日,阳明山人王守仁书于龙江舟中。雨暗舟发,匆匆极潦草。伯安。

【校注】

　　①该诗《王阳明全集》卷二十收录入"滁州诗",束景南先生《王阳明佚文辑考编年》自端方《壬寅消夏录·王阳明诗真迹卷》辑出,题为《小园睡起次韵寄乡友》,据诗中"门径不妨春草合"句意,当作于春间。据诗后跋文可知,王阳明后曾以该诗于正德十一年(1516)九月二十五日"须旧作为别",即吴一鹏送别王阳明至龙江关时,赠别吴一鹏。

　　②方朔:汉代东方朔。○太玄:汉代扬雄著作,该书仿《易》体例,构建了一套以"玄"为中心的哲学体系。

【评析】

　　该诗是王阳明小园睡起的即时有感之作。首联、颔联写自己此时官闲自适的生活。颈联则以自己的真隐嘲笑汉代东方朔和扬雄的假隐。尾联则说的是,如果浑浑噩噩地过,也可随时随地自得其乐,但他最终想要的,还是归隐故里——"野情终是爱丘园"。

山中示诸生五首^①

正德九年(1514)

其 一

路绝春山久废寻，野人扶病强登临。同游仙侣须乘兴，共探花源莫厌深。鸣鸟游丝俱自得，闲云流水亦何心？从前却恨牵文句，展转支离叹陆沉！^②

其 二

滁流亦沂水，童冠得几人？莫负咏归兴，溪山正暮春。

其 三

桃源在何许？西峰最深处。不用问渔人，沿溪踏花去。

其 四

池上偶然到，红花间白花。小亭闲可坐，不必问谁家。

其 五

溪边坐流水，水流心共闲。不知山月上，松影落衣斑。

【校注】

①该五诗《王阳明全集》卷二十著录，据束景南先生《王阳明年谱长编》，是王阳明三月二十四日与张俊、李校、徐爱、毕麟再游琅琊山的感怀之作。

②陆沉：本义指陆地沉下去，此指儒学的本旨被埋没。

【评析】

该五诗主要内容是谈他的心学理学。其一的"从前却恨牵文句,展转支离叹陆沉"明确向心求理而非向外物,尤其经书求理。其二,是将是次游览滁州山水比作孔子暮春游沂水。其三、其四、其五,是在以陶渊明"桃花源"立意并引申之。引申的价值是达到新的有意无意境界,此由其五末二句"不知山月上,松影落衣斑"自然而然写出。

与商贡士二首①

正德九年(1514)

其 一

见说浮山麓,深林绕石溪。②何时拂衣去,三十六岩栖。③

其 二

见说浮山胜,心与浮山期。三十六岩内,为选一岩奇。

【校注】

①该二诗《王阳明全集》卷二十著录,写于即将离开滁州之时。○商贡士:指商佑,望江(今安徽省安庆市望江县)人,曾任成安县主簿。

②浮山:又名浮渡山,在桐城东九十里。

③三十六岩:浮山的三十六名岩。

【评析】

该二诗再现了王阳明好名胜的趣尚。

滁阳别诸友①

正德九年(1514)

滁阳诸友从游,送予至乌衣,不能别。及暮,王性甫汝德诸友送至江浦,必留居,俟予渡江。因书此促之归,并寄诸贤,庶几共进此学,以慰离索耳。②

滁之水,入江流,江潮日复来滁州。相思若潮水,来往何时休?空相思,亦何益?欲慰相思情,不如崇令德。③掘地见泉水,随处无弗得。何必驱驰为,千里远相即。君不见尧羹与舜墙,又不见孔与跖对面不相识?④逆旅主人多殷勤,出门转盼成路人。⑤

【校注】

①该诗《王阳明全集》卷二十著录,作于四月下旬,王阳明自滁州赴任南京鸿胪寺卿,诸门人送至江浦不忍分离,王阳明作此诗慰别。

②乌衣:滁阳乌衣河渡口。○离索:离别。

③令德:美好的品德。

④尧羹与舜墙:谓尧去世后,舜对尧的深沉思念。据《后汉书·李固传》:"昔尧殂之后,舜仰慕三年。坐则见尧于墙,食则睹尧于羹。"○孔与跖:孔子与盗跖,一为圣人,一为大盗,二人道不同不相为谋,故谓"对面不相识"也。

⑤逆旅:旅馆。

【评析】

该诗意旨有两个层面:其一是王阳明和滁阳门人的感情深厚;其二,是王阳明以理化情,指出真正的友谊在于道契,而不在于拘泥于情感的依依不舍。

次栾子仁韵送别四首①

正德九年(1514)

子仁归,以四诗请用其韵答之,言亦有过者,盖因子仁之病而药之,病已则去其药。

其 一

从来尼父欲无言,须信无言已跃然。②悟到鸢鱼飞跃处,工夫原不在陈编。③

其 二

操持存养本非禅,矫枉宁知已过偏。④此去好从根脚起,竿头百尺未须前。

其 三

野夫非不爱吟诗,才欲吟诗即乱思。⑤未会性情涵咏地,《二南》还合是淫辞。⑥

其 四

道听涂传影响前,可怜绝学遂多年。⑦正须闭口林间坐,莫道青山不解言。

【校注】

①该四诗《王阳明全集》卷二十著录。○栾子仁:栾惠,陕西西安人,来南都受学。

②尼父:孔子,因孔子字仲尼,故称。

③鸢鱼飞跃:鸢飞鱼跃。出《诗经·大雅·旱麓》:"鸢飞戾天,鱼跃于渊。"本指鹰在天上飞鱼在水里游的自然现象,后来逐渐被作了形而上的解释,赋予了自然之道的意义。孔颖达疏:"其上则鸢鸟得飞至于天以游翔,其下则鱼皆跳跃于渊中而喜乐,是道被飞潜,万物得所,化之明察故也。"再后来,到宋明儒学家那里,则被赋予了活泼泼的天理意蕴并获得了普遍认同,王阳明此处即是。○陈编:此指儒家经书。

④操持存养:在儒家工夫论那里,此为修持之法。出自《孟子·告子上》:"孔子曰:'操则存,舍则亡,出入无时,莫知其乡,惟心之谓与!'"需要指出的是,"操存"是宋明理学重要命题与范畴。

⑤野夫:王阳明自指。

⑥二南:《诗经》十五《国风》的前二《风》——《周南》《召南》,传统认为,诗歌内容所反映的是周公和召公教化下人们的生活与情感状况。○淫辞:此主要指《二南》中那些描写爱情的美好诗篇,王阳明站在儒家礼教立场上,认为这些诗篇是反映不经正常婚嫁程序,男女自由结合的"淫辞"。

⑦道听涂传:意思是过多地为外界繁杂的声音所左右,而不懂得修道的根本在于认识自己的本心。○绝学:此指孔孟心学的断绝。

【评析】

该诗是王阳明就其心学思想的一次因材施教对症下药的表达。其一表明,他坚持了"尊德性"的内心体悟而不是向经书寻求道的方法论(工夫论)。其二,他针对自己的方法被误会为"禅"进行了辩解,说这是来自孔孟的"操存"而不是禅的"空定"。其三,王阳明基于对道体认的理性特质,指出吟咏情性的诗歌创作能乱性,即使《诗经》中的《二南》也是这样。其四,他不但主张不读经书,而且还要求不要为外界杂音干扰,专心于自己内心的体悟——"正须闭口林间坐"。

送刘伯光①

正德九年(1514)

　　五月茅茨静竹扉,论心方洽忽辞归。沧江独棹冲新暑,白发高堂恋夕晖。谩道六经皆注脚,还谁一语悟真机?② 相知若问年来意,已傍西湖买钓矶。③

【校注】

　　①该诗《王阳明全集》卷二十著录。据束景南先生《王阳明年谱长编》,刘晓任新宁令过南都来受学,王阳明作此诗赠归。○刘伯光:刘晓,号梅源,江西安福人,是次受学,他请王阳明为作《竹江刘氏族谱跋》。

　　②六经皆注脚:儒家六经不是一般认为的经典,而是自己心体的注释。

　　③钓矶:钓鱼时凭坐的岸上向水中自然伸展的岩石。

【评析】

　　该诗首联、颔联写景写友情,颈联、尾联写理写志。颈联申明道不在六经,而是在自己的内心中,道的获得是自己内心的体悟。尾联申明的则是自己的归隐之志。

用实夫韵①

正德九年(1514)

　　诗从雪后吟偏好,酒向山中味转佳。岩瀑随风杂钟磬,水花如雨落袈裟。

【校注】

　　①该诗《王阳明全集》卷二十著录。

【评析】

　　该诗是辰州王嘉秀自滁州归后,再来南都受学,王阳明用其韵之作。首句"诗从雪后吟偏好"表明,诗的内容是在回忆和王嘉秀在滁州时的诗酒林泉、风花雪月生活。

题王实夫画①

正德九年(1514)

　　随处山泉着草庐,底须松竹掩柴扉。天涯游子何曾出?画里孤帆未是归。小酉诸峰开夕照,虎溪春寺入烟霏。②他年还向辰阳望,却忆题诗在翠微。③

【校注】

　　①该诗《王阳明全集》卷二十著录。

　　②小酉:小酉山,在湖南沅陵西北。○虎溪春寺:即辰州虎溪龙兴寺,因画中是春天的背景,故谓春寺。

　　③题诗在翠微:指正德五年(1510)正月王阳明离谪赴庐陵令任过辰州作《辰州虎溪龙兴寺闻杨名父将到,留韵壁间》事。

【评析】

　　该诗首、颔、颈联以诗写画,反复读来,画在脑海浮现。尾联写情,回忆起当年离谪过辰州湖溪隆兴寺情景,有来年故地重游愿望。

送徽州洪侄承瑞①

正德九年(1514)

　　平生举业最疏慵,挟册虚烦五月从。②竹院检方时论药,茆堂放鹤或开笼。③忧时漫有孤忠在,好古全无一艺工。④念我还能来夜雪,逢人休说坐春风。⑤

【校注】

①该诗《王阳明全集》卷二十著录。〇洪侹(tǐng):字廷瑞,安徽歙县人。

②疏慵:懒散。

③竹院:栽着竹子的庭院。唐张籍诗"寻师远到晖天观,竹院森森闭药房"(《寻徐道士》)曾用。〇检方:检视药方。

④孤忠:不见谅于人的忠贞。〇一艺:儒家六艺之一。六艺,指礼、乐、射、御、书、数六种技能,一说指儒家六经。

⑤坐春风:坐在春风中,喻得意。

【评析】

该诗是洪侹来受学,王阳明赠别之作。主旨还是在写"疏慵举业""论药""放鹤"等归隐生活的价值倾向。

寄张东所次前韵①

正德九年(1514)

远趋君命忽中违,此意年来识者稀。黄绮曾为炎祚出,子陵终向富春归。②江船一话千年阔,尘梦今惊四十非!③何日孤帆过天目,海门春浪扫渔矶。④

【校注】

①该诗《王阳明全集》卷二十著录。〇东所:张诩字,广东南海(治今广东佛山)人,是陈献章的门人,为王阳明所重。是年张诩除南京通政司左参议,曾来见王阳明。

②黄绮:汉初商山四皓中之夏黄公、绮里季的合称。〇炎祚:西汉的国统。因五行以汉为火德,故称炎汉。〇子陵:严子陵,见前《再试诸生用唐

韵》"严光旧钓台"注。

③千年阔：据束景南先生《王阳明年谱长编》，或为"十年阔"之误。

④天目：天目山，杭州西北部临安境内。

【评析】

该诗是王阳明寄张诩之作，表达了对张诩的敬重之情，由颔联以之比商山四皓可见，张诩甚至有对王阳明开悟之功。

题岁寒亭赠汪尚和①

正德九年（1514）

一觉红尘梦欲残，江城六月滞风湍。人间炎暑无逃遁，归向山中卧岁寒。

【校注】

①该诗《王阳明全集》卷二十著录。○岁寒亭：在南京瞻园内，坐落在园中的西甲山上，传为朱元璋和中山王徐达下棋处。○汪尚和：字节夫，号紫峰，安徽休宁人。

【评析】

该诗是王阳明和汪尚和游岁寒亭的题赠之作。巧妙地以"岁寒"设喻，含蓄表达了避世归隐志向。

别族太叔克彰①

正德九年（1514）

情深宗族谊同方，消息那堪别后荒。江上相逢疑未定，天涯独去意重伤。身闲最觉湖山静，家近殊闻草木香。云路莫嗟迟发轫，世涂崎曲尽羊肠。②

①该诗《王阳明全集》卷二十著录。○克彰：王克彰，号石川，束景南先生《王阳明年谱长编》疑为"王瑞"，具有双重身份，既是王阳明族太叔，又是王阳明门人，二人关系甚密。

②发轫：拿掉支住车轮的木头，使车前进。轫，音 rèn，阻止车轮转动的木头。

【评析】

该诗是王阳明送别王克彰归余姚之作。此诗可见，王阳明与王克彰感情甚厚，表达的依然是世路艰辛、思乡归隐的情结。

别诸伯生并序①

正德九年(1514)

予妻之侄诸升伯生将游岳麓，爰访舅氏，酌别江浒，寄怀于言。②

风吹大江秋，行子适万里。万里岂不遥，眷言怀舅氏。③朝登岳麓云，暮宿湘江水。湘江秋易寒，岳云夜多雨。远客虽有依，异乡非久止。岁宴山阴雪，归桡正迟尔。④

正德甲戌十月初三日，阳明居士伯安书于金陵之静观斋，至长沙见道岩，遂出此致意也。⑤

【校注】

①该诗束景南《王阳明佚文辑考编年》自《中国历代书法大观(上)》辑出。○诸伯生：诸升，由下"序"知，为王阳明内侄，妻舅诸用文之子。

②岳麓：长沙岳麓山。○舅氏：诸升的舅父。

③眷言：回顾貌。出《诗经·小雅·大东》："眷言顾之，潸焉出涕。"

④该联化用唐李端"岁晏蓬门迟尔开"(《忆故山赠司空曙》)句。○岁

宴：年将尽、年终。宴，通"晏"。白居易诗"吏禄三百石，岁晏有余粮"（《观刈麦》）句曾用。○归桡：归舟。○迟尔：等待你。迟，等待。《后汉书·章帝纪》："朕思迟直士，侧席异闻。"

⑤静观斋：王阳明在南都任鸿胪寺卿时的书斋名。静观是静坐观想的意思，以之名斋，可见此时他此时心学方法论的静坐特质。○道岩：为王阳明正德三年（1508）赴谪龙场过长沙时认识的一禅僧，字鲁讷，号玉峰。

【评析】

该诗作于深秋，写送别的深情。诗歌创作上用到的两个技巧值得注意，一是"朝登岳麓云，暮宿湘江水。湘江秋易寒，岳云夜多雨"顶针的运用；二是末二句"岁宴山阴雪，归桡正迟尔"的化用。

登凭虚阁和石少宰韵①

正德十年（1515）

山阁新春负一登，酒边孤兴晚堪乘。②松间鸣瑟惊栖鹤，竹里茶烟起定僧。③望远每来成久坐，伤时有涕恨无能。④峰头见说连阊阖，几欲排云尚未曾。⑤

【校注】

①该诗《王阳明全集》卷二十著录。○凭虚阁：在鸡鸣山鸡鸣寺。○石少宰：南京吏部侍郎石珤（bǎo）。石珤（1464—1528），字邦彦，别号熊峰，山东藁城（治今河北石家庄）人，为官正直敢言。著有《熊峰集》十卷。

②山阁：指凭虚阁。○孤兴：无人相同的兴致。陆机《文赋》："或托言于短韵，对穷迹而孤兴。"李善注："迹穷而无偶，故曰孤兴。"

③定僧：禅定打坐的僧人。

④该联上句表明王阳明经常来此凭虚阁静坐，下句说明王阳明很是关心时事，并感伤自己不能做出贡献。其时事之所指，或为南赣汀漳战事。

⑤阊阖：天门。屈原《离骚》："吾令帝阍开关兮，倚阊阖而望予。"○排

云:排开云层。刘禹锡诗"晴空一鹤排云上"(《秋词》)曾用。

【评析】

该诗是王阳明于春正月与南京吏部侍郎石珤游鸡鸣寺登凭虚阁作。首联、颔联写登凭虚阁之事与景。颈联、尾联写志,写自己为国建功的志,尤其尾联——"峰头见说连阊阖,几欲排云尚未曾",委婉含蓄地暗示了他曾经多次有上书朝廷主动请缨的冲动。

与沅陵郭掌教①

正德十年(1515)

记得春眠寺阁云,松林水鹤日为群。②诸生问业冲星入,稚子拈香静夜焚。③世事暗随江草换,道情曾许碧山闻。别来点瑟还谁鼓?怅望烟花此送君。④

【校注】

①该诗《王阳明全集》卷二十著录。○郭掌教:郭辚,闽县(治今福建福州)人,正德三年(1508)为沅陵教谕,王阳明正德五年(1510)春离开龙场过沅陵时,他曾来问学。

②寺阁:指正德五年(1510)春王阳明在虎溪讲学时所处的龙兴寺。

③冲星入:满天星辰时就急忙进来了。

④点瑟:曾点鼓瑟。出《论语·先进》,代指沅陵的教育工作。○烟花:柳絮,说明诗作于三月中。

【评析】

该诗是王阳明三月送郭辚归沅陵之作,具有史学价值。其中首联、颔联证明王阳明对自己过化湘西的经历印象深刻,尤其颔联"诸生问业冲星入,稚子拈香静夜焚"如实反映了他正德五年(1510)过化时学子前来听讲的盛况。

书《悟真篇》答张太常二首①

正德十年(1515)

其 一

《悟真篇》是误真篇,三注由来一手笺。②恨杀妖魔图利益,遂令迷妄竞流传。③造端难免张平叔,首祸谁诬薛紫贤。④直说与君惟个字,从头去看野狐禅。⑤

其 二

误真非是《悟真篇》,平叔当时已有言。只为世人多恋著,且从情欲起因缘。痴人前岂堪谈梦?真性中难更说玄。为问道人还具眼,试看何物是青天?⑥

【校注】

①该二诗《王阳明全集》卷二十著录。○张太常:张芮,字文卿,平阳府安邑(治今山西夏县)人。

②悟真篇:北宋张伯端所撰道教典籍,该书以诗、词、曲等体裁阐述内丹理论,《四库全书总目提要》:"是专明金丹之要,与魏伯阳《参同契》,道家并推为正宗。"○三注:指《紫阳真人悟真篇三注》,紫贤真人薛道光、子野真人陆墅、紫霄上阳子陈致虚注。

③迷妄:暗于事理、虚诞荒谬。

④张平叔:张伯端,平叔是其字,号紫阳、紫阳真人,浙江天台人,著《悟真篇》。○薛紫贤:薛式,一名道光,号紫贤真人,宋代道士,陕西凤翔府宝鸡县鸡足山人。

⑤野狐禅:此为斥责薛紫贤所注《悟真篇》为不得该书之真精神。禅家

以外道为野狐禅,典出《传灯录》:"有老人参百丈禅师云:'昔住此山,因错对一语,五百生堕野狐身。'"又《四家玄录》:"百丈大智禅师。……一老人听法,曰:'僧住此山,有人问:"大修行底人,还落因果也无?"遂对曰:"不落因果。"堕在野狐禅。请和尚代一转语。'师曰:'汝但问。'老人便问。师曰:'不昧因果。'老人大悟曰:'今已免老狐身,只在山后住,乞依亡僧例焚烧。'岩中果见一死狐,积薪化之。"

⑥具眼:识别事物的眼力。

【评析】

该二诗是王阳明书论《悟真篇》二首赠南京太常寺卿张芮致仕之作。其批评的矛头不是《悟真篇》,而是在批评薛紫贤的《紫阳真人悟真篇三注》没有真正解得《悟真篇》的本旨,此为其一首联、颔联所明确,并且于其二首联指出,这是当时张伯端已经指出的。在王阳明看来,薛注之所以"误真",在于其引导世人走向了情欲之路。但是同时,王阳明也指出了《悟真篇》自身也存在问题,因此他有"造端难免张平叔"之说。

病中大司马乔公有诗见怀次韵奉答二首①

正德十年(1515)

其 一

十日无缘拜后尘,病夫心地欲生榛。②诗篇极见怜才意,伎俩惭非可用人。③黄阁望公长秉轴,沧江容我老垂纶。④保厘珍重回天手,会看春风万木新。⑤

其 二

一自多歧分路尘,堂堂正道遂生榛。聊将肤浅窥前圣,敢谓心传启后人。淮海帝图须节制,云雷大造看经纶。⑥枉劳诗句裁风雅,欲借《盘铭》献日新。⑦

①该诗《王阳明全集》卷二十著录。○大司马乔公:乔宇,时为南京兵部尚书。

②十日:指自己抱病十天。

③伎俩:音 jìliǎng,技艺,本领。

④黄阁:代指三公等高官,汉代丞相、太尉和汉以后的三公官署避用朱门,厅门涂黄色以区别于天子,故称。○秉轴:喻执政。轴,机械中传递动力的要件。○垂纶:垂钓,传说吕尚未出仕时曾隐居渭滨垂钓,后因以"垂纶"指退隐。

⑤保厘:治理百姓,保护扶持使之安定。典出《尚书·毕命》:"越三日壬申,王朝步自宗周,至于丰,以成周之众,命毕公保厘东郊。"孔《传》:"用成周之民众,命毕公使安理治正成周东郊,令得所。"

⑥淮海帝图:淮海地区向为兵家必争之地,是图取帝王之业的根基。淮海,最早出《尚书·禹贡》:"海、岱及淮惟徐州。淮、沂其乂,蒙、羽其艺,大野既猪,东原底平。厥土赤埴坟,草木渐包。厥田惟上中,厥赋中中。厥贡惟土五色,羽畎夏翟,峄阳孤桐,泗滨浮磬,淮夷蚌珠暨鱼。厥篚玄纤、缟。浮于淮、泗,达于河。"《太始记》:"蚩尤氏乃据淮岱之地以挡轩辕东进之路。"○节制:控制。○云雷大造:成就大功业。《左传·成公十三年》:"文公恐惧,绥静诸侯,秦师克还无害,则是我有大造于西也。"○经纶:本义指整理过的蚕丝,喻筹划治理国家大事。

⑦《盘铭》献日新:出《大学》:"汤之《盘铭》曰:'苟日新,日日新,又日新。'"

【评析】

该诗作于五月,是王阳明抱病十天,乔宇等联句和韵见怀背景下,王阳明的次韵奉答之作。王阳明是年四月曾上疏自劾乞休,不允。由该二诗其一"诗篇极见怜才意,伎俩惭非可用人"看,乔宇曾向朝廷推荐重用他,他表达了谦虚之意,道"黄阁望公长秉轴,沧江容我老垂纶"。其二,他谈到了自己对时局的看法,"淮海帝图须节制"和"枉劳诗句裁风雅"似乎是在批评时君正德皇帝好大喜功、附庸风雅,指出应该精心谋划,革故鼎新。

山中懒睡四首^①

正德十年(1515)

其 一

竹里藤床识懒人,脱巾山麓任吾真。病夫已久逃方外,
不受人间礼数嗔。

其 二

扫石焚香任意眠,醒来时有客谈玄。松风不用蒲葵扇,
坐对青崖百丈泉。

其 三

古洞幽深绝世人,石床风细不生尘。日长一觉羲皇睡,
又见峰头上月轮。

其 四

人间白日醒犹睡,老子山中睡却醒。醒睡两非还两是,
溪云漠漠水泠泠。

【校注】

①该四诗《王阳明全集》卷二十收入"南都诗"中。

【评析】

该四诗文不甚深,是王阳明表达自适之意最洒脱之诗。"病夫已久逃
方外,不受人间礼数嗔"是指精神上的脱离尘俗,而不是真的"种豆南山",
"人间白日醒犹睡,老子山中睡却醒"说明他依然清醒地关心着时事,"醒睡
两非还两是"说明他依然在用世和归隐之间有着些许矛盾。

题灌山小隐二绝^①

正德十年（1515）

其 一

茆屋山中早晚成，任他风雨任他晴。男婚女嫁多年毕，不待而今学向平。^②

其 二

一自移家入紫烟，深林住久遂忘年。山中莫道无供给，明月清风不用钱。^③

【校注】

①该二诗《王阳明全集》卷二十收入"南都诗"中。

②向平：东汉高士向长，字子平，隐居不仕，子女婚嫁既毕，遂漫游五岳名山，后不知所终。见《后汉书·逸民传·向长》。

③该联下句袭用李白"清风朗月不用一钱买"（《襄阳歌》）。

【评析】

该二诗意趣和前《山中懒睡四首》同。

赠潘给事^①

正德十年（1515）

五月沧浪濯足归，正堪荷叶制初衣。^②甲非乙是君休问，酉水辰山志未违。^③沙鸟不须疑雀舫，江云先为扫鱼矶。^④武陵溪壑犹深僻，莫更移家入翠微。^⑤

【校注】

①该诗《王阳明全集》卷二十著录,其创作背景,据束景南先生《王阳明年谱长编》,该年二月,"乌思藏使者绰吉我些儿请其徒为正副使,还居乌思藏,如大乘法王例入贡,并请国师,设广茶,阳明疏论不听,南京给事中潘棠再抗辩,被罢"。五月,王阳明作此诗送潘棠归武陵。〇潘给事:潘棠,字希召,号云巢,辰州(今属湖南)人,官南京给事中。此乌思藏使者绰吉我些儿事,据《明史·刘春传》:"帝崇信西僧,常袭其衣服,演法内厂。有绰吉我些儿者,出入豹房,封大德法王,遣其徒二人还乌思藏,请给国师诰命如大乘法王例,岁时入贡,且得赏茶以行。春持不可。帝命再议,春执奏曰:'乌思藏远在西方,性极顽犷。虽设四王抚化,其来贡必有节制,使不为边患。若许其赏茶,给之诰敕,万一假上旨以诱羌人,妄有请乞,不从失异俗心,从之则滋害。'奏上,罢赏茶,卒与诰命。"乌思藏,乌思藏都指挥使司(简称乌思藏都司),时对今西藏自治区除昌都地区以外的大部分地区以及锡金、不丹进行管理的最高军政管辖机构。

②初衣:入仕前所穿的衣服。李白诗"久辞荣禄遂初衣,曾向长生说息机"(《送贺监归四明应制》)句用。

③酉水:古称酉溪,是武陵五溪之一。

④雀舫:形似鸟状的游船。〇鱼矶:钓鱼的石矶。

⑤溪壑:山谷溪涧。

【评析】

该诗劝导潘棠"甲非乙是君休问",不要再纠结于政治上的孰是孰非,勉励他遭此罢官不公,刚好"酉水辰山志未违",借机归隐。全诗集中了大量王阳明写归隐的语词,有"沧浪濯足""荷叶制初衣""雀舫""鱼矶""武陵溪壑",等等。

六月五章 并序①

正德十年（1515）

六月乙亥，南都熊峰少宰石公以少宗伯召。南都之士闻之，有恻然而戚者，有欣然而喜者。其戚者曰："公端介敏直，方为留都所倚重，今兹往，善类失所恃，群小罔以严。辩惑考学者曷从而讨究？剖政断疑者曷从而咨决？南都非根本地乎？而独不可以公遗之！"其喜者曰："公之端介敏直，宁独留都所倚重，其在京师，独无善类乎？独无群小乎？独无辩惑考学、剖政断疑者乎？且天子之召之也，亦宁以少宗伯，将必大用。大用则以庇天下，斯汇征之庆也。"公闻之曰："戚者，非吾之所敢；喜者，乃吾之所忧也。吾思所以逃吾之忧者，而不得其道，若之何？"阳明子素知于公，既以戚众之戚、喜众之喜，而复忧公之忧。乃叙其事，为赋《六月》，庸以赠公之行。

其　一

六月凄风，七月暑雨。倏雨倏寒，道修以阻。②允允君子，迪尔寝兴。③毋沾尔行，国步斯频。④

其　二

哀此下民，靡届靡极。⑤不有老成，其何能国？⑥吁嗟老成，独遗典刑。⑦若屋之倾，尚支其楹。⑧

其　三

心之忧矣，言靡有所。⑨如彼暗人，食荼与苦。⑩依依长谷，

344

言采其芝。⑪人各有时，我归孔时。⑫

其　　四

昔彼叔季，沉湎以逞。⑬耄集以咨，我人自靖。⑭允允君子，淑慎尔则。⑮靡曰休止，民何于极！⑯

其　　五

日月其逝，如彼沧浪。⑰南北其望，如彼参商。⑱允允君子，毋沾尔行。如日之升，以曷不光！⑲

【校注】

①该组诗《王阳明全集》卷二十著录。正德十年(1515)六月二十日，南京吏部左侍郎石珤升礼部右侍郎，王阳明赋此五章送行。具体的创作背景已详序。

②道修以阻：道路长远且不平坦。袭用《诗经·秦风·蒹葭》的"道阻且长"。

③允允君子：公正磊落之人。袭用《诗经·小雅·车攻》的"允矣君子，展也大成"句。〇迪尔寝兴：袭用《诗经·小雅·斯干》的"乃寝乃兴"句。迪，启发。寝兴，或睡或起。

④毋沾尔行：此言不要让"凄风""暑雨"耽误了你的行程。〇国步斯频：国运危机。直接袭用《诗经·大雅·桑柔》的"于乎有哀，国步斯频"句。

⑤哀此下民：袭用《诗经·大雅·桑柔》的"瘼此下民"句。〇靡届靡极：袭用《诗经·大雅·荡》的"侯作侯祝，靡届靡究"句，毛《传》："届，极。"

⑥该联袭用苏轼《三槐堂铭(并序)》的"不有君子，其何能国"句。〇老成：此指老成持重之臣。

⑦典刑：掌管刑法。

⑧该联可见王阳明对石珤评价极高。

⑨心之忧矣：该句直袭《诗经·邶风·柏舟》《诗经·小雅·苕之华》等

的"心之忧矣"句。

⑩喑人:哑人。喑,音 yīn,哑不能言。

⑪言采其芝:袭用《诗经·召南·草虫》的"言采其蕨"句。

⑫孔时:适时,及时。出《诗经·小雅·楚茨》:"孔惠孔时,维其尽之。"

⑬叔季:叔季之世。此来源于少长顺序按伯、仲、叔、季排列,叔季在兄弟中排行最后,喻末世将乱的时代。出《左传·昭公六年》:"三辟之兴,皆叔世也。"孔颖达疏:"政衰为叔世。"并谓"将亡为季世"。○沉湎以逞:指统治者沉湎酒色不理政事。此暗指正德皇帝朱厚照。

⑭自靖:各自图谋实行其志,指自谋献身于国事。《尚书·微子》:"自靖,人自献于先王。"孔颖达疏:"各自谋行其志,人人自献达于先王以不失道。"

⑮淑慎尔则:善良谨慎地遵守你的原则。此为袭用《诗经·大雅·抑》的"淑慎尔止"句。淑慎,贤良谨慎,《诗经·邶风·燕燕》:"终温且惠,淑慎其身。"

⑯休止:停止。

⑰日月其逝:时间很快过去。此为袭用《诗经·唐风·蟋蟀》的"日月其除""日月其迈"句。

⑱参商:参星与商星,二者不同时在天空出现,因以比喻亲友分隔。

⑲如日之升:直袭《诗经·小雅·天保》的"如月之恒,如日之升"句。

【评析】

该诗六章,每章八句。全诗在写赠别之情中抒发"忧时"与"颂人"的情怀。"忧时"表现在诗句中有"六月凄风,七月暑雨"的暗喻以及"国步斯频""哀此下民,靡届靡极""心之忧矣,言靡有所""昔彼叔季,沉湎以逞""民何于极"等的直说;"颂人"之句有"允允君子""不有老成,其何能国?吁嗟老成,独遗典刑。若屋之倾,尚支其楹""允允君子,淑慎尔则""如日之升,以曷不光"等。当然,也有直接写到王阳明和石珤的惜别之情的,如"南北其望,如彼参商"。

守文弟归省携其手歌以别之①

正德十年(1515)

尔来我心喜，尔去我心悲。不为倚门念，吾宁舍尔归?②长途正炎暑，尔行慎兴居!③凉茗勿频啜，节食但无饥。④勿出船旁立，忽登岸上嬉。⑤收心每澄坐，适意时观书。⑥申洪皆冥顽，不足长嗔答。见人勿多说，慎默真如愚。⑦接人莫轻率，忠信持谦卑。⑧从来为己学，慎独乃其基。⑨纷纷多嗜欲，尔病还尔知。到家良足乐，怡颜报重闱。⑩昨秋童蒙去，今夏成人归。⑪长者爱尔敬，少者悦尔慈。亲朋称啧啧，羡尔能若兹。信哉学问功，所贵在得师。吾匪崇外饰，欲尔沽名为? 望尔日慥慥，圣贤以为期。九兄及印弟，诵此共勉之!⑫

【校注】

①该诗《王阳明全集》卷二十著录。

②倚门:父母倚门盼望子女归来。

③兴居:起居。

④凉茗:凉茶。○啜:饮。

⑤该联告诫王守文乘船要注意安全。

⑥澄坐:静心默坐。

⑦慎默:谨慎静默。

⑧接人:与人交往。

⑨为己学:为己之学。出《论语·宪问》:"子曰:古之学者为己,今之学者为人。"孔安国注:"为己,履而行之。为人,徒能言之。"朱熹《四书集注》:"为己,欲得之于己也;为人,欲见之于人也。"

⑩怡颜:和颜悦色。

⑪童蒙：少年儿童。〇成人：长大成人。古时二十岁行"成人礼"，谓之"冠礼"。

⑫九兄：王守俭，王阳明称九兄。〇印弟：王守印，王阳明称弟。

【评析】

该诗是王守文正德九年(1514)七月来受学整整一年，归越省亲时王阳明的临行赠别之作，写得情真教切，可见王阳明对其弟之关怀备至。

书扇面寄馆宾①

正德十年(1515)

湖上群山落照晴，湖边万木起秋声。何年归去阳明洞，独棹扁舟鉴里行？

【校注】

①该诗《王阳明全集》卷二十著录，入"南都诗"中。

【评析】

王阳明八月曾上《乞养病疏》。八月和该诗"湖边万木起秋声"相应，"养病疏"和"何年归去阳明洞，独棹扁舟鉴里行"相应。

狮子山①

正德十年(1515)

残暑须还一雨清，高峰极目快新晴。②海门潮落江声急，吴苑秋深树脚明。③烽火正防胡骑入，羽书愁见朔云横。④百年未有涓埃报，白发今朝又几茎？⑤

【校注】

①该诗《王阳明全集》卷二十著录。束景南先生《王阳明年谱长编》录

此诗为《秋日陪登狮子山》，考王阳明所陪之人为李瀚。李瀚（1453—1535），字叔渊，一字冰心，号石楼居士，世居山西翼城，后徙山西沁水，明成化十七年（1481）进士，历官乐亭知县、河南布政使、顺天府尹、都察院右副都御史、礼部右侍郎、南户部尚书，有《石楼集》。李瀚和王华为同年进士，当早相识，故而是王阳明长辈。李瀚于正德六年（1511）乞休归，十年（1515）来南都访旧，王阳明陪登狮子山并登阅江楼，有此作。

②残暑：此谓八月暑气尚未散尽。○新晴：雨后初晴。

③吴苑：吴地的园囿，借指吴地。

④该联所写的历史背景是，当时蒙古小王子伯颜以十万之众侵入固原（今宁夏固原）。

⑤涓埃：细流轻尘，喻微小。《周书·萧㧑传》："臣披款归朝，十有六载，恩深海岳，报浅涓埃。"杜甫诗"惟将迟暮供多病，未有涓埃答圣朝"（《野望》）曾用。

【评析】

该诗是王阳明的一首登高临远之作，其不落俗套之处在于颈联和尾联。颈联和尾联所写是外敌入侵的军国大事，以及在此国家危难之时不能为国建功的遗憾，体现了他于万里之外忧患边务的情怀。

登阅江楼故址①

正德十年（1515）

绝顶楼荒旧有名，高皇曾此驻龙旌。②险存道德虚天堑，守在蛮夷岂石城？③山色古今余王气，江流天地变秋声。④登临授简谁能赋，千古新亭一怆情！

【校注】

①该诗《王阳明全集》卷二十著录，和上《秋日陪登狮子山》为同一背景下所写。束景南先生《王阳明年谱长编》录诗题为《登阅江楼》。○阅江楼：

在狮子山顶,明太祖朱元璋曾登临驻跸,动议修建,但没建成,故谓"故址"。

②绝顶楼荒:指阅江楼。○高皇:明太祖朱元璋。○龙旌:龙旗。

③险存道德:国家的稳定在于王道德政。○守在蛮夷:指稳定的国防在于边远地区而不在于京城。

④余王气:指明朝建国近一百五十年来尚存的国运。王气,王者之气,喻国运。○变秋声:或寓意明朝国运已走过昌隆而转向衰落。

【评析】

该诗首联写狮子山阅江楼修建的历史渊源。颔联表达的是王阳明的历史哲学,主张国家稳固的根本在于施行王道德政,稳固的基础是边远地区的稳定,而不在于京城建设多么坚固。颈联似乎是在暗寓明朝的国运已经转向。尾联在写自己登高而赋,表达悲怆之情。

梦游黄鹤楼奉答凤山院长①

正德十年(1515)

扁舟随地成淹泊,夜向矶头梦黄鹤。②黄鹤之楼高入云,下临风雨翔寥廓。③长江东来开禹凿,巫峡天边一丝络。④春阴水阔洞庭野,斜日帆收汉阳阁。⑤参差遥见九疑峰,中有崭嶪重华宫。⑥苍梧云接黄陵雨,千年尚觉精诚通。⑦忽闻孤鹤叫湖水,月明铁笛横天风。⑧丹霞闪映双玉童,醉拥白发非仙翁。仙翁呼我金闺彦,尔骨癯然仙已半。⑨胡为尚局风尘中,不屑刀圭生羽翰。⑩觉来枕簟失烟霞,江上清风人不见。故人仗钺镇湖襄,几岁书来思会面。⑪公余登眺赋清词,醉墨频劳写缃练。⑫写情投报愧琼瑶,皓皓秋阳濯江汉。⑬

【校注】

①该诗束景南先生《王阳明佚文辑考编年》自《古今图书集成》第一千

一百二十五卷《武昌部·艺文》、《〔同治〕江夏县志》卷十三《文征》、《黄鹄山志》卷八辑出。〇凤山院长：秦金，字国声，号凤山，江苏无锡人，时任都察院右副都御史，巡抚湖广，故称。另据束先生考，该诗是王阳明和秦金的唱和诗，当时参与唱和的还有李东阳、唐锦、夏言等人，于此更可见他与茶陵派诗人的交往。

②淹泊：滞留，漂泊。

③寥廓：空旷深远貌。

④禹凿：指大禹治水疏通江河之功。《孟子·滕文公上》："禹疏九河，沦济漯，而注诸海，决汝汉，排淮泗，而注之江，然后中国可得而食也。"〇丝络：丝线接连不断。此喻长江巫峡之高，视自黄鹤楼，其脉络如一丝线。

⑤洞庭野：八百里洞庭湖原野。〇汉阳阁：指黄鹤楼。

⑥九疑峰：即九嶷山，位于今湖南省永州市宁远县城南，因九峰而得名，《水经注》："……苍梧之野，峰秀数郡之间，罗岩九峰，各导一溪，岫壑负阻，异岭同势。游者疑焉，故曰九疑山。"《史记·五帝本纪》："（舜）南巡狩，崩于苍梧之野，葬于江南九疑。"〇嶭嶪：音 nièyè，高耸貌。〇重华宫：舜帝庙。

⑦苍梧云：此指九嶷山中舜帝庙所代表的舜帝精神。〇黄陵雨：此指陕西黄陵县黄帝陵所代表的黄帝精神。

⑧湖水：八百里洞庭湖水。

⑨金闺彦：指朝廷杰出的才士。语出南朝梁江淹《别赋》："金闺之诸彦，兰台之群英。"金闺，指金马门。金马门，汉代宫门名、官署名，学士待诏之处，门傍有铜马，故谓。《史记·东方朔传》："东方朔……时坐席中，酒酣，据地歌曰：'陆沉于俗，避世金马门。宫殿中可以避世全身，何必深山之中，蒿庐之下。'"因而有喻朝隐之义。

⑩尚局：尊崇规则。局，棋盘。〇刀圭：中药的量器名。晋葛洪《抱朴子·金丹》："服之三刀圭，三尸九虫皆即消坏，百病皆愈也。"王明校释："刀圭，量药具。武威汉墓出土医药木简中有刀圭之称。"《本草纲目·序例》引南朝梁陶弘景《名医别录·合药分剂法则》："凡散云刀圭者，十分方寸匕之一，准如梧桐子大也……一撮者，四刀圭也。"此亦代指规则、局限。

⑪故人:指秦金。○仗钺:手持黄钺,指执掌权柄。黄钺,以黄金为饰的斧,古代为帝王所专用。《尚书·牧誓》:"王左杖黄钺,右秉白旄以麾。"或特赐给专主征伐的重臣,《三国志·魏志·曹休传》:"帝征孙权,以休为征东大将军,假黄钺。"此指秦金奉朝廷命巡抚湖广。

⑫缃缣:缃缣,浅黄色细绢,用以书写。

⑬琼瑶:出《诗经·卫风·木瓜》:"投我以木桃,报之以琼瑶。"毛《传》:"琼瑶,美玉。"○皓皓:光明貌。○秋阳濯江汉:出《孟子·滕文公上》:"他日,子夏、子张、子游以有若似圣人,欲以所事孔子事之,强曾子。曾子曰:'不可。江汉以濯之,秋阳以暴之,皓皓乎不可尚已。'"

【评析】

该诗是王阳明记梦并唱和之作。所记之梦为梦游黄鹤楼;唱和奉答的是时巡按湖广的友人秦金。就文学美学成就而言,该诗于二十八句之中,容纳了历史与现实的时空跨越,体现了他的才学与气象。"苍梧云接黄陵雨,千年尚觉精诚通"表达了黄帝舜帝一脉相承的中华精神。并在唱和之中,赞美了对象——秦金,谓之"仗钺镇湖襄""登眺赋清词",更甚者是以"皓皓秋阳濯江汉"之典,以圣贤溢美之。在文学史上的价值,证明了王阳明和李东阳等茶陵诗人的交往关系。

送诸伯生归省①

正德十年(1515)

天涯送尔独伤神,岁月龙山梦里春。②为谢江南诸故旧,起居东岳太夫人。③闲中书卷堪时展,静里工夫要日新。④能向尘途薄轩冕,不妨蓑笠老江滨。⑤

【校注】

①该诗《王阳明全集》卷二十著录。

②龙山:余姚龙泉山,在王阳明的意识中,已经是家乡的符号,在他的

诗作中多次出现。

　　③东岳太夫人：或为王阳明的岳祖母，此时王阳明自己已移家山阴，其祖母岑太夫人当不在余姚而在山阴。

　　④静里工夫：王阳明心学主张的静中体悟工夫论。

　　⑤蓑笠：蓑衣和笠帽，渔人樵夫的穿戴，代指山林归隐。

【评析】

　　该诗是王阳明送内侄诸升归省余姚之作。首联、颔联写思乡思亲，颈联叮嘱诸升要勤奋读书、炼养心性，尾联写不留恋功名利禄而是倾向恬淡自适的归隐生活。

寄冯雪湖二首①

正德十年（1515）

其　一

　　竿竹谁隐扶桑东？白眉之叟今庞公。②隔湖闻鸡谢墅接，渡海有鹤蓬山通。③卤田经岁苦秋雨，浪痕半壁惊湖风。④歌声屋低似金石，点也此意当能同。⑤

其　二

　　海岸西头湖水东，他年蓑笠拟从公。⑥钓沙碧海群鸥借，樵径青云一鸟通。⑦席有春阳堪坐雪，门垂五柳好吟风。⑧于今犹是天涯梦，怅望青霄月色同。⑨

【校注】

　　①该诗《王阳明全集》卷二十著录。冯兰，字佩之，号雪湖，浙江余姚人，成化五年（1469）进士，选翰林院庶吉士，官至江西提学副使、江西按察

司副使,后辞官归乡隐居,于千金湖东面的桃花庄修建雪湖别墅。与谢迁、王阳明父子多有唱和。

②白眉之叟:指冯兰。○庞公:东汉归隐鹿门山的庞德公。

③谢墅:谢迁位于洹湖岭东的银杏山庄,与冯兰的雪湖别墅仅一岭之隔。谢迁,字于乔,号木斋,浙江余姚人,成化十一年(1475)状元,历修撰、左庶子,弘治八年(1495)入内阁参与机务,累官太子太保、兵部尚书兼东阁大学士,正德初年以刘瑾乱政乞归,隐居乡里,后于嘉靖朝被起用,历经成化、弘治、正德、嘉靖四朝。

④卤田:盐碱地。东汉蔡邕《京兆樊惠渠颂》:"昔日卤田,化为甘壤。"

⑤点也此意:指曾点气象。

⑥湖水东:洹湖东。

⑦樵径:樵夫上山砍柴的路径。

⑧门垂五柳:可具体指门前的柳树,也可理解为用陶渊明"五柳先生"之以寓归隐之志。

⑨青霄:青天。

【评析】

该二诗是王阳明寄给时在家乡隐居的名士冯兰之作,表达的是效法冯兰的归隐之志。但如果只是表达归隐之志,这在王阳明诗作中是常态,没有什么奇怪的。诗的价值在于其所透露的当时绍兴地区所形成的归隐名士群及其归隐风尚,这涉及到了冯兰、谢迁以及王华父子。

送胡廷尉①

正德十一年(1516)

钟陵雪后市灯残,箫鼓江船发晓寒。②山水总怜南国好,才猷须济朔方艰。③彩衣得侍仙舟远,春色行应故里看。④别去中宵瞻北极,五云飞处是长安。⑤

【校注】

①该诗作于正月间,《王阳明全集》卷二十著录,束景南先生《王阳明年谱长编》谓为送余姚胡东皋服阕改赴京职之作。○胡廷尉:胡东皋,字汝登,号方冈,浙江余姚人,王阳明姻亲(王正宪娶胡东皋女),时任南京刑部郎中,故称"廷尉"。

②钟陵:代指南都,因钟山而得名。○箫鼓:箫与鼓,泛指乐奏。

③才猷:才能谋略。唐钱起诗"喻士逢明主,才猷得所施"(《巨鱼纵大壑》)句用。○朔方艰:指蒙古军队侵入固原事,见前《狮子山》注。

④仙舟:舟船的美称。

⑤北极:代指朝廷。○长安:代指京师。

【评析】

该诗"市灯残""发晓寒""朔方艰"语词定下的是悲怆的基调,王阳明勉励胡汝登此番在京师要为国建功。

游清凉寺三首①

正德十一年(1516)

其 一

春寻载酒本无期,乘兴还嫌马足迟。古寺共怜春草没,远山偏与夕阳宜。雨晴涧竹消苍粉,风暖岩花落紫蕤。②昏黑更须凌绝顶,高怀想见少陵诗。

其 二

积雨山行已后期,更堪多病益迟迟。风尘渐觉初心负,丘壑真与野性宜。③绿树阴层新作盖,紫兰香细尚余蕤。辋川图画能如许,绝是无声亦有诗。④

其　三

不顾尚书此日期，欲为花外板舆迟。⑤繁丝急管人人醉，竹径松堂处处宜。⑥双树暗芳春寂寞，五峰晴秀晚羲蕤。⑦暮钟杳杳催归骑，惆怅烟光不尽诗。

【校注】

①该三诗《王阳明全集》卷二十著录，束景南先生《王阳明年谱长编》谓为二月与南京户部尚书邓庠游清凉山的唱酬之作。邓庠(1447—1524)，字宗周，号东溪，湖广郴州府宜章(今湖南宜章)人，成化八年(1472)进士，历官行人、御史、两广布政使、南京右都御史，官至南京户部尚书，正德十四年(1519)致仕，有《东溪稿》。此一时期，和王阳明关系甚密，多有唱酬。○清凉寺：法眼宗祖庭，位于南都清凉山上。

②紫蕤：紫色的花。蕤，音 ruí，花。

③初心：用世之心。

④辋川图：唐代王维晚年创作的《辋川图》，该图画中有诗，意境淡泊超尘。辋川，在今陕西蓝田南，王维晚年的隐居之所。

⑤尚书：邓庠。○板舆：以人力抬、举的代步工具。

⑥繁丝急管：管弦之音繁密而急促，形容音乐节拍快速，音色华丽多变。唐韦应物诗"繁丝急管一时合，他垆邻肆何寂然"(《酒肆行》)句曾用。

⑦羲蕤：太阳下的花。羲，本义是气，假借为专用词，如伏羲、羲和。此为用羲和义，原指神话中太阳御者，后用以指代太阳，此即用"太阳"义。

【评析】

该三诗主旨写游乐。其结构特征，三诗的首联、颔联、颈联叙事写景，尾联写意。三尾联"昏黑更须凌绝顶，高怀想见少陵诗"写游兴之高，有烛夜游的旨趣在；"辋川图画能如许，绝是无声亦有诗"写景色如画，画中有诗的感受；"暮钟杳杳催归骑，惆怅烟光不尽诗"直言游兴和诗兴之高。

别余缙子绅①

正德十一年(1516)

不须买棹往来频,我亦携家向海滨。但得青山随鹿豕,未论黄阁画麒麟。②丧心疾已千年痼,起死方存六籍真。③归向兰溪溪上问,桃花春水正迷津。④

【校注】

①该诗《王阳明全集》卷二十著录。

②黄阁画麒麟:袭用"莫度清秋吟蟋蟀,早闻黄阁画麒麟"(《季夏送乡弟韶陪黄门从叔朝谒》),用"麒麟阁十一功臣"之典。麒麟阁,汉代阁名,在未央宫内,《三辅黄阁》载:"麒麟阁,萧何造,以藏秘书、处贤才也。"西汉中兴之主汉宣帝刘询询匈奴归降大汉,思昔日股肱之臣,令人画十一名功臣图像于麒麟阁褒扬,后世往往将之和"云台二十八将""凌烟阁二十四功臣"并提。

③丧心疾:指孔孟心学的丧失。○六籍:儒家六经。

④兰溪:在时浙江金华府兰溪县(今浙江兰溪),因县西兰阴山下有溪,崖岸多兰茝,故名。

【评析】

由该诗首联上句"不须买棹往来频"可见,王阳明和余缙交往频繁;由尾联上句"归向兰溪溪上问"可见,余缙是金华府兰溪人。颔联依然写不慕功业的归隐。颈联"丧心疾已千年痼,起死方存六籍真"则明确他心学的核心主张,说孔孟心学已经被误解肢解了千年,只有回归心学的本体才能得到六经的真谛。

与郭子全①

正德十一年（1516）

相别翻怜相见时，碧桃开尽桂花枝。光阴如许成虚掷，世故摧人总不知。云路不须朱绂去，归帆且得彩衣随。②岚山风景濂溪近，此去还应自得师。③

【校注】

①该诗《王阳明全集》卷二十著录。

②朱绂：系佩玉或印章的红色丝带。

③岚山：崀山，在今湖南省邵阳市新宁县内。〇濂溪：在今湖南永州道县，周敦颐故里。

【评析】

由诗尾联上句"岚山风景濂溪近"看，郭子全应该是今湖南新宁人。用今天的度量单位计算，新宁县崀山距周敦颐故里永州道县约 200 公里，故有"岚山风景濂溪近"之说。诗的首联、颔联写送别之情，颈联、尾联写不慕功利，归隐孝亲之志。尾联下句叮嘱郭子全说，你的故乡离周濂溪故里很近，应该得风气之先，晓用心学自得之真精神。

游牛首山①

正德十一年（1516）

春寻指天阙，烟霞眇何许。双峰久相违，千岩来旧主。浮云刺中天，飞阁凌风雨。探秀涧阿入，萝阴息筐筥。②灭迹避尘缨，清朝入深沮。③风磴仰扪历，淙壑屡窥俯。④梯云跻石阁,下榻得吾所。释子上方候,鸣钟出延伫。⑤颓景耀回盼,层飙翼轻举。⑥暖暖林芳暮,泠泠石泉语。清宵耿无寐,峰月升烟宇。会晤得良朋,可以寄心腑。

【校注】

①该诗《王阳明全集》卷二十著录,束景南先生《王阳明年谱长编》谓为三月王阳明与南京户部尚书邓庠、太常寺卿吴一鹏、尚宝司卿刘乾游牛首山的唱酬之作。○牛首山:位于江苏省南京市江宁区,佛教名山,因山顶南北双峰似牛角,故名。

②涧阿:山涧弯曲处。宋黄庭坚"郭子遗我,扶余涧阿"(《筇竹颂》)曾用。○筐筥:音 kuāngjǔ,用竹子等材料编成的容器,方形为筐,圆形为筥,亦泛指竹器。

③尘缨:喻尘俗之事。南朝齐孔稚珪"昔闻投簪逸海岸,今见解兰缚尘缨"(《北山移文》)用,唐李周翰注:"尘缨,世事也。"

④淙壑:流水淙淙的山间谷沟。

⑤延伫:引颈企立,形容盼望之切。如陶渊明诗"良朋悠邈,搔首延伫"(《停云》)之用。

⑥颓景:此为"夕阳"义。如明李梦阳诗"凉飙激颓景,奄忽不可攀"(《杂诗六首》之三)之用。○层飙:高风。宋宋庠"临波飞阁迓层飙"(《题江南程氏家清风阁》)句曾用。

【评析】

该诗内容包括记游牛首山之事、写牛首山之景。在写情上,一是佛禅情怀,表现为"梯云跻石阁,下榻得吾所。释子上方候,鸣钟出延伫";再是友情,表现在末四句"清宵耿无寐,峰月升烟宇。会晤得良朋,可以寄心腑"之义上。

寿西冈罗老先生尊丈①

正德十一年(1516)

早赋归来意洒然,螺川犹及拜诗篇。②高风山斗长千里,道貌冰霜又几年。③曾与眉苏论世美,真从程洛溯心传。④西冈自并南山寿,姑射无劳更问仙。⑤

阳明山人侍生王守仁顿首稿上,时正德丙子季春后九日也。⑥

【校注】

①该诗真迹今藏上海博物馆,计文渊先生《王阳明法书集》著录,束景南先生《王阳明佚文辑考编年》辑入。○西冈罗老先生尊丈:即罗用俊。西冈,在今江西泰和,罗钦顺祖居所在,罗用俊因以为号(西冈退叟)。

②早赋归来:指罗用俊告老还乡赋闲在家(罗用俊弘治十七年[1504]即赋归)。○螺川犹及拜诗篇:指王阳明正德五年(1510)三月赴庐陵令任经泰和的拜会。螺川,罗川驿,在今江西吉安。

③山斗:泰山北斗。

④眉苏:眉山三苏,苏洵、苏轼、苏辙父子三人。○程洛:洛阳二程,程颢、程颐两兄弟。

⑤姑射:姑射山的得道真人。出《庄子·逍遥游》:"藐姑射之山,有神人居焉,肌肤若冰雪,淖约若处子。"

⑥季春后九日:三月二十四日。

【评析】

该诗是王阳明贺寿罗钦顺之父罗用俊八十寿诞之作。首联、颔联回忆自己与罗用俊的交往:首联说自己自贵阳赴庐陵令任时过吉安螺川驿,曾拜会罗用俊;颔联写自己在贵阳千里之外即声闻罗用俊的高风亮节,尊之为泰山北斗,算来到今天又过去了五六年。颈联赞美罗用俊文学堪比眉山三苏,理学深得洛阳二程真传。尾联将罗用俊比作姑射山的神仙。一般而言,王阳明和罗钦顺二人在学术上有宗陆(陆九渊)宗朱(朱熹)之争,但学术的争议,并不影响生活中的友好交往,这种说法,由王、罗二人再次证明,孟子与告子、庄子与惠子、朱子与陆子,无不皆然。

寄滁阳诸生二首①

正德十一年(1516)

其　一

一别滁山便两年,梦魂常是到山前。依稀山路还如旧,只奈迷茫草树烟。

其　二

归去滁山好寄声,滁山与我最多情。而今山下诸溪水,还有当时几派情。

【校注】

①该二诗和下《忆滁阳诸生》,束景南先生《王阳明佚文辑考编年》自孟津编《良知同然录》上册辑出,《王阳明年谱长编》谓作于五月孟源受学归滁之时。

【评析】

王阳明是哲学家,但就他和门弟子关系而言,王阳明没有板起面孔高高在上,而是营造了一副情真意切的师友形象,该二诗和下《忆滁阳诸生》即可证明。另外,联系他离开贵阳和滁州时门人的依依送别,以及分别后的书信来往,再结合后来在越城的规模化教学,尤其是天泉桥大宴众门人的盛况,都体现了他对教育的真心投入。

忆滁阳诸生

正德十一年（1516）

滁阳姚老将，有古孝廉风。^①流俗无知者，藏身隐市中。

【校注】

①姚老将：姚瑛，洪武时滁州卫指挥使姚成之后，袭世职，居家奉母，王阳明官滁州时曾入门受学。

【评析】

该诗王阳明赞美了姚瑛虽然出身世家但能坚守孝廉的高风亮节。王阳明曾有《姚瑛赞》，由束景南先生《王阳明佚文辑考编年》自《〔光绪〕滁州志》卷七辑出，可和该诗互注，文为："世胄之家，鲜克有礼。后之人有闻之名而兴起者乎！"

寄潘南山^①

正德十一年（1516）

秋风吹散锦溪云，一笑南山雨后新。^②诗妙尽从言外得，易微谁见画前真？^③登山脚健何妨老，留客情深不计贫。朱吕月林传故事，他年还许上西邻。^④

【校注】

①该诗《王阳明全集》卷二十著录，束景南先生《王阳明年谱长编》谓作于七月。○潘南山：潘府，字孔修，号南山，上虞驿亭（今属浙江绍兴）人，建南山书院聚徒讲学，主朱子学，和王阳明多不合。

②锦溪：叠锦溪，在上虞县北，东汉马融故宅之西，朱熹曾在这里讲学。

③该联上句表明王阳明深通"韵外之旨"的诗歌审美理论精神,下句谓易的真意在卦象(画)之外。

④朱吕月林:指朱熹、吕祖谦月林精舍讲学事。

【评析】

该诗再次证明,学术主张的相左并不影响成为生活上的朋友。潘府主朱子学,和王阳明不同,但是,王阳明依然将自己和潘南山比作朱熹和吕祖谦,有将来归隐为邻的期许——"他年还许上西邻"。

和大司马白岩乔公诸人送别五首并序①

正德十一年(1516)

正德丙子九月,守仁领南、赣之命,大司马白岩乔公、太常白楼吴公、大司成莲北鲁公、少司成双溪汪公,相与集饯于清凉山,又饯于借山亭,又再饯于大司马第,又出饯于龙江,诸公皆联句为赠,即席次韵奉酬,聊见留别之意。②

其　一

未去先愁别后思,百年何地更深知? 今宵灯火三人尔,他日缄书一问之。③漫有烟霞刊肺腑,不堪霜雪妒须眉。莫将分手看容易,知是重逢定几时?

其　二

谪乡还日是多余,长拟云山信所如。④岂谓尚悬苍水佩,无端又领紫泥书。⑤豺狼远道休为梗,鸥鹭初盟已渐虚。⑥他日姑苏归旧隐,总拚书籍便移居。

其 三

寒事俄惊蟋蟀先,同游刚是早春天。故人愈觉晨星少,别话聊凭杯酒延。⑦戎马驱驰非旧日,笔床相对又何年?⑧不因远地疏踪迹,惠我时裁金玉篇。

其 四

无补涓埃愧圣朝,漫将投笔拟班超。⑨论交义重能相负?惜别情多屡见招。地入风尘兵甲满,云深湖海梦魂遥。庙堂长策诸公在,铜柱何年折旧标?⑩

其 五

孤航眇眇去钟山,双阙回看杳霭间。⑪吴苑夕阳临水别,江天风雨共秋还。离怀远地书频寄,后会何时鬓渐斑。今夜梦魂汀渚隔,惟余梁月照容颜。⑫

阳明山人王守仁拜手书于龙江舟中。余数诗稿亡,不及录,容后便觅得补呈也。守仁顿首,白楼先生执事。

【校注】

①该诗作于九月中,束景南先生《王阳明佚文辑考编年》自《三希堂法帖》、端方《壬寅消夏录·王阳明诗真迹卷》辑出。诗卷真迹后有朱彝尊跋文:"阳明子功烈、气节、文章,皆居第一,特多讲学一事,为众口所訾。善夫西陂先生之言也,曰:'阳明以讲学故,毁誉迭见于当时,是非几混于后世,至谓其得宁邸金,初通宸濠,策其不胜而背之,此谤毁之余唾,不足拾取。'斯持平之论乎!龙江留别诗卷,乃将至官南、赣而作。是时宸濠反状未露,而公已滋殷忧,故诗中即有'戎马驱驰''风尘兵甲'等语,而又云'庙堂长策诸公在',其后卒与乔庄简犄角成功,盖公审之于樽俎间久矣。诗律清婉

364

书亦通神,宜为西陂先生所爱玩。岁在癸未二月戊寅朏,秀水朱彝尊年七十五书。"〇大司马白岩乔公:时南京兵部尚书乔宇。

②太常白楼吴公:吴一鹏(1460—1542),字南夫,号白楼,长洲(今属江苏苏州)人,弘治六年(1493)进士,时任南京太常寺卿。〇大司成莲北鲁公:鲁铎(1461—1527),字振之,号莲北,景陵(今湖北天门)人,弘治十五年(1502)进士,时为南京国子祭酒,故称大司成。〇少司成双溪汪公:汪伟,字器之,号双溪,时为南京国子司业,故称少司成。〇龙江:龙江关,位于今江苏南京。

③缄书:书信。

④谪乡还日:离谪贵州龙场驿丞之日。

⑤苍水佩:水苍佩,用水苍玉琢成的佩饰。由元人明诗人孙蕡有《赠鹤林周玄初尊师》:"物外逍遥月鼎翁,先生早岁得相从。榴皮画壁成黄鹤,竹叶书符化绿龙。天女时闻苍水佩,世人空拜累珠峰。神游倘遂烟霞约,便解朝衣问赤松。"诗中"天女时闻苍水佩"有"苍水佩"语词,考全诗旨趣,全在于写仙隐,故而判断"苍水佩"是蕴蓄着仙隐义的名符。〇紫泥书:皇帝诏书,古者以泥封书,泥上盖印,皇帝诏书用紫泥,故名。

⑥鸥鹭初盟:与鸥鹭之盟,喻隐退,此指王阳明的归隐情怀。元黄庚"不羡渔虾利,惟寻鸥鹭盟"(《渔隐为周仲明赋》)句曾用。

⑦该联上句是说友人日渐减少。

⑧笔床:搁放毛笔的专用器物。

⑨投笔拟班超:模仿班超投笔从戎。

⑩铜柱:见前《梦中绝句》"铜柱"注。〇旧标:指汉伏波将军马援所刻"铜柱折,交趾灭"铭文。

⑪杳霭:云气幽深貌。

⑫梁月:升照梁上月,正是寄托相思时。

【评析】

该五诗的创作背景是王阳明受重命巡抚南、赣、汀、漳等地,离南都时与以南京兵部尚书乔宇为首的友人饯别。五诗主写友情,可由本序四友人四饯别见,不详述。需要指出的是,即使在此大敌当前、重任在肩之时，他仍念念不忘自己的归隐，此可见于"漫有烟霞刊肺腑""鸥鹭初盟已渐虚""他日姑苏归旧隐"等句。当然，也必然有为国建功情怀的书写，此由"豺狼远道休为梗""漫将投笔拟班超""戎马驱驰非旧日""铜柱何年折旧标"等句见。

铁松公诗赞①

正德十一年（1516）

平生心迹两相奇，谁信云台重钓丝②。性僻每穷诗景远，身闲赢得鬓霜迟。

王守仁拜题。

【校注】

①该诗束景南先生《王阳明佚文辑考编年》自《余姚蒋氏宗谱》卷一辑出。据谱载，铁松公名泽，字民望，号铁松，性行高洁，不乐仕进，与善诗者日夕唱和。该诗是王阳明贺蒋泽八十寿辰之作，作于离南都至赣前归越之时。

②云台：指东汉光武帝云台二十八将。○钓丝：钓鱼的丝线，此代指严光富春江钓台隐居。

【评析】

该诗是王阳明赞蒋泽诗之作，不惟赞其诗，还在于赞其隐居高洁的人品，以及对其身闲长寿的羡慕。"谁信云台重钓丝"一句，则通过对汉光武帝刘秀重视严光的怀疑，暗指当时对遗贤的不重视。

游南冈寺①

正德十二年(1517)

古寺迥云麓,光含远近山。苔痕侵履湿,花影照衣斑。宦况随天远,归思对石顽。一身惕夙夜,不比老僧闲。②

【校注】

①该诗束景南先生《王阳明佚文辑考编年》自《〔光绪〕吉安府志》卷九、《〔光绪〕江西通志》卷一百二十三、《〔光绪〕吉水县志》卷十四等辑出,并考谓作于正月十二日左右王阳明赴赣州任过吉水游南冈寺时。○南冈寺:在吉水县东山,初名孝义寺,唐穆宗宝历年间性空和尚所创。

②惕夙夜:指王阳明感到重任在肩,夙夜警惕。

【评析】

该诗为五律。首联、颔联写南冈寺之景。其中首联"古寺迥云麓,光含远近山"写其高而险,原来,南冈寺倚着天钟山腰而筑,三面悬崖、奇险陡峻,性空法师赋诗《南冈孝义山寺》有"一茅深锁万松幽,云自飞兮水自流"之句。颈联、尾联写怀,颈联仍然写自己的逸怀,尾联则写自己时刻警惕着自己肩膀上的责任。

感梦有题①

正德十二年(1517)

梦中身拜五云□,□□家人妇子怀。犬马有心知恋主,孤寒无路可为阶。②风尘满眼谁能息?筝瑟三年我自乖。③默愧无功成老大,退休烂醉是生涯。

【校注】

①该诗束景南先生自《〔嘉靖〕汀州府志》卷十七辑出，并谓当作于二月入汀州征寇时。○感梦：指自己由母怀孕十四个月所生，出生时其祖母岑太夫人梦神人送婴儿。

②颔联上句指王阳明有心为朝廷出力。

③颈联上句指漳寇未平。○竽瑟三年：或指正德九年（1514）至正德十一年（1516）在南都的碌碌无为。

【评析】

该诗是王阳明有感于自己出生时的祥瑞之梦，而至于今却无大成就的题写。

丁丑二月征漳寇进兵长汀道中有感①

正德十二年（1517）

将略平生非所长，也提戎马入汀漳。数峰斜日旌旗远，一道春风鼓角扬。莫倚贰师能出塞，极知充国善平羌。②疮痍到处曾无补，翻忆钟山旧草堂。③

【校注】

①该诗上海古籍出版社《王阳明全集》（1992 年版）为"赣州诗"的第一首，浙江古籍出版社本《王阳明全集》题该诗名为"长汀道中□□诗"，录自明邵有道修、何云等编《汀州府志》卷十七《辞翰》（明嘉靖年间刻本，收入《天一阁藏明代方志选刊续编》第四十册），其下有序："夜宿行台（行台，出征时随其所驻之地设立的代表中央的政务机构），用韵于壁，时正德丁丑三月十三日。阳明□□□□□。"时间上和上古《全集》题目之"丁丑二月"不同；"夜宿行台，用韵于壁"亦和上古《全集》题"征漳寇进兵长汀道中有感"不同；应以上古《全集》为非。

②贰师：指西汉武帝派贰师将军李广利出塞击匈奴事。○充国：赵充

国,此指西汉神爵元年(前61)四月至十一月,汉后将军赵充国平定西羌事。

③翻忆钟山:《上杭县志》作"惭愧湖边",见清蒋廷诠纂修《上杭县志》卷十《艺文》下,清康熙二十六年刻本,收入《清代孤本方志选》。

【评析】

该诗是今见王阳明边务战事第一诗。首联说自己并不长于将兵,但也充当了领兵作战的角色。颔联写夕阳照耀群山背景下,战场旌旗飘扬、鼓角声扬。颈联以汉代贰师将军李广利和赵充国将军平定西羌事自励。尾联写国家危难之际自己不能建功的焦虑,为自己"草堂"归隐之志感到惭愧。该诗表明,战场的现实教育他,积极用世贡献才华才是正道,故而惭愧自己一己情怀的归隐之思。

祈雨二首①

正德十二年(1517)

其 一

旬初一雨遍汀漳,将谓汀虔是接疆。②天意岂知分彼此?人情端合有炎凉。月行今已虚缠毕,斗杓何曾解挹浆!③夜起中庭成久立,正思民瘼欲沾裳。④

其 二

见说虔南惟苦雨,深山毒雾长阴阴。⑤我来偏遇一春旱,谁解挽回三日霖?寇盗郴阳方出掠,干戈塞北还相寻。⑥忧民无计泪空堕,谢病几时归海浔?⑦

【校注】

①该二诗《王阳明全集》卷二十著录,是王阳明四月初在上杭行台祈雨

时作。另有《祈雨辞》："呜呼！十日不雨兮，田且无禾；一月不雨兮，川且无波；一月不雨兮，民已为疴；再月不雨兮，民将奈何？小民无罪兮，天无咎民！抚巡失职兮，罪在予臣。呜呼！盗贼兮为民大屯，天或罪此兮赫威降嗔；民则何罪兮，玉石俱焚？呜呼！民则何罪兮，天何遽怒？油然兴云兮，雨兹下土。彼罪遏通兮，哀此穷苦！"

②旬初：四月初。○汀漳：汀州，漳州。○汀虔：汀州，赣州。虔，赣州的简称。○接疆：疆界相接。

③斗杓：斗柄，北斗七星中，第五至第七颗星，形如酒斗之柄。○挹浆：挹酒浆。出《诗经·小雅·大东》："维北有斗，不可以挹酒浆。"

④中庭：庭院中央。○民瘼：人民的疾苦。瘼，音 mò，病，疾苦。

⑤虔南：赣南。

⑥郴阳：郴水之阳，郴州南部。

⑦海浔：海边，指故里绍兴。

【评析】

该诗王阳明写出了自己因赣州春旱无雨的焦虑之情与殷切的爱民之意。如其一首联、颔联"旬初一雨遍汀漳，将谓汀虔是接疆。天意岂知分彼此？人情端合有炎凉"，说四月初汀州、漳州下了一场透雨，而疆界相连的赣州却没有下，难道天意也和人一样有彼此炎凉的分别吗？这无疑是在抱怨老天不公。其一尾联"夜起中庭成久立，正思民瘼欲沾裳"，实写自己愁得夜不能寐、泪下沾衣。其二在延续了其一的情感基调基础上，颈联"寇盗郴阳方出掠，干戈塞北还相寻"写出了当时南北边疆同时告急的历史事实。

南泉庵漫书①

正德十二年（1517）

山城经月驻旌戈，亦复幽寻到薜萝。②南国已忻回甲马，东田初喜出农蓑。③溪云晓度千峰雨，江涨新生两岸波。暮倚七星瞻北极，绝怜苍翠晚来多。

雨中过南泉庵,书壁。是日,梁郡伯携酒来问,因并呈。④
时正德丁丑四月五日,阳明山人守仁顿首。

【校注】

①该诗是王阳明四月五日雨中过南泉庵题壁并呈梁乔之作。《王阳明全集》题为《回军上杭》(束景南先生《王阳明年谱长编》谓《回军上杭》误,王阳明四月十三日方回军上杭,而该诗作于四月五日),为"赣州诗"的第二首,无后跋文,今据浙古《全集》本(据计文渊收入《王阳明法书集》的上海博物馆藏王阳明手迹本移录)录。

②山城:指上杭城。

③忻:音 xīn,同"欣",心喜。○农蓑:农民下田穿的蓑衣。

④梁郡伯:梁乔,字迁之,上杭(今属福建龙岩)人,曾任绍兴知府,正德十一年(1516)离任归居。

【评析】

该诗是王阳明正当战事吃紧之时所作,此可由"山城经月驻旌戈""南国已忻回甲马"知,但所写的重点却不在此,而是聚焦于他一贯的"幽寻"生活。但是,此次"幽寻"又不同于一贯的"幽寻",而是和爱民情怀结合在一起——"东田初喜出农蓑"。

喜雨三首①

正德十二年(1517)

其 一

即看一雨洗兵戈,便觉光风转石萝。②顺水飞樯来买舶,绝江喧浪舞渔蓑。③片云东望怀梁国,五月南征想伏波。④长拟归耕犹未得,云门初伴渐无多。

其 二

辕门春尽犹多事,竹院空闲未得过。⑤特放小舟乘急浪,始闻幽碧出层萝。山田旱久兼逢雨,野老欢腾且纵歌。莫谓可塘终据险,地形原不胜人和。⑥

其 三

吹角峰头晓散军,横空万骑下氤氲。前旌已带洗兵雨,飞鸟犹惊卷阵云。南亩渐忻农事动,东山休共凯歌闻。正思锋镝堪挥泪,一战功成未足云。⑦

【校注】

①该三诗《王阳明全集》卷二十著录。其三〔嘉靖〕《汀州府志》卷十七录,题为《题察院壁》,下有序云:"四月戊午班师,上杭道中,都御史王守仁书。"知三诗是王阳明四月十三日由上杭道中班师遇喜雨时作,至汀州,则书其三于察院壁。

②光风:雨过天晴时风清景色。○石萝:附生石上的女萝。南朝梁江淹诗"水苔方下蔓,石萝日上寻"(《惜晚春应刘秘书》)句曾用。此代指王阳明的"幽寻"趣尚。

③飞樯:喻船疾速行驶。○舶:音 bó,船。○绝江:横渡江河。

④该联上句所言为西汉七国之乱时期梁国阻断七国叛乱之兵西进,为维护国家统一和稳定所做贡献事。○五月南征:指诸葛亮五月南征事。○伏波:汉伏波将军马援,见前《梦中绝句》注。

⑤辕门:将帅的营门。

⑥可塘:地名,王阳明在《奖励福建守巡漳南道广东守巡岭东道领兵官》中有"率领军兵夹攻象湖、可塘、箭灌、大伞等处贼巢",可见该地为当时起义者盘踞的据点。

⑦锋镝:刀口和箭头,代指兵器,进而代指战争。

【评析】

该三诗在内容上分为三种：一为喜雨利农事；二为战后景色与感受；三为写念念不忘的隐逸情怀。写喜雨利农事之句有"顺水飞樯来买舶，绝江喧浪舞渔蓑""山田旱久兼逢雨，野老欢腾且纵歌""南亩渐忻农事动，东山休共凯歌闻"等。写战后景色与感受之句有"即看一雨洗兵戈，便觉光风转石萝""片云东望怀梁国，五月南征想伏波""辕门春尽犹多事，竹院空闲未得过""莫谓可塘终据险，地形原不胜人和""吹角峰头晓散军，横空万骑下氤氲。前旌已带洗兵雨，飞鸟犹惊卷阵云""正思锋镝堪挥泪，一战功成未足云"，其中"片云东望怀梁国，五月南征想伏波"体现了王阳明的建功情怀，"正思锋镝堪挥泪，一战功成未足云"则体现了王阳明的仁者情怀。"长拟归耕犹未得，云门初伴渐无多""特放小舟乘急浪，始闻幽碧出层萝"则是他隐逸情怀的书写。

闻曰仁买田雪上携同志待予归二首①
正德十二年(1517)

其 一

见说相携雪上耕，连蓑应已出乌程。②荒畲初垦功须倍，秋熟虽微税亦轻。③雨后湖舠兼学钓，饷余堤树合闲行。④山人久有归农兴，犹向千峰夜度兵。⑤

其 二

月夜高林坐夜沉，此时何限故园心！山中古洞阴萝合，江上孤舟春水深。百战自知非旧学，三驱犹愧失前禽。⑥归期久负云门伴，独向幽溪雪后寻。

【校注】

①该二诗《王阳明全集》卷二十著录，又有束景南先生《王阳明年谱长编》自〔嘉靖〕汀州府志》卷十七辑出本，其一题为《四月壬戌复过行台□□□》，其录首联第一句为"见说相期雪上耕"，尾联第一句为"山人久办归农具"，其二题为《夜坐有怀故□□□次韵》，其录诗文为"月色虚堂坐夜沉，此时无限故园心。山中茅屋阴萝合，江上衡扉春水深。百战自知非旧学，三驱犹愧失前禽。归其久负黄徐约，独向幽溪雪后寻"，两个版本有异文，盖前者经过润色，后者直录之也。○曰仁：徐爱字。○雪上：浙江湖州的别称，因霅溪而得名。霅，音 zhà。霅溪，又称霅川、霅水，湖州境内河流。

②乌程：秦汉古县名，治今浙江省湖州市南。

③畬：音 shē，刀耕火种的田地。

④舠：音 dāo，小船。出《诗经·卫风·河广》："谁谓河广？曾不容舠。"○饷余：饭后。

⑤该联下句描写王阳明夜间用兵奇袭事。

⑥该联下句表明王阳明的军队是仁义之师，用三驱之典。典出《易·比卦》之九五爻辞："王用三驱，失前禽，邑人不诫，吉。"意思是商王汤围猎时只围三面，放过一面逃走的，网开一面，这样做不会受到父老的训诫，是好的。

【评析】

王阳明在军国大事的"百战"之中，依然在念念不忘规划着他的归隐，可见他的隐逸情怀是深入骨髓的，因为是一贯的，此不详析。值得一提的是其二颈联"百战自知非旧学，三驱犹愧失前禽"所表达的思想。由注可知，"王用三驱，失前禽"已经是王道仁义的了，但是王阳明仍因此感到愧疚，这当如何解？恐怕只能用他的"一体之仁"的良知之学解释了。他是想挽救所有他认为的误入歧途者，而不是在军事行动中将其斩杀灭亡了事。

题察院时雨堂①

正德十二年(1517)

　　三代王师不啻过,来苏良足慰童皤。②阴霾岩谷雷霆迅,枯槁郊原雨泽多。纤策顿能清海岱,洗兵真见挽天河。③时平复有丰年庆,满听农歌答凯歌。④

【校注】

　　①该诗束景南先生《王阳明年谱长编》自《〔嘉靖〕汀州府志》卷十七辑出。

　　②王师:仁义王道之师。〇不啻:不止,不只。啻,音 chì,只。〇来苏:形容百姓盼望明君来解脱其苦难。出《尚书·仲虺之诰》:"攸徂之民,室家相庆,曰:'徯予后,后来其苏。'"〇童皤:儿童老人。皤,音 pó,色白,此代指白发老人。

　　③海岱:渤海至泰山之间的地带,《尚书·禹贡》称青、徐二州之地,约今东海与泰山之间。〇洗兵:周武王征商遇雨,以为是老天为其洗刷兵器的好兆头,后来果然灭了商纣,见汉代刘向《说苑·权谋》。后遂以此比喻军队之出征。

　　④时平:时局太平。〇农歌答凯歌:农民田间歌唱和军队凯歌相互酬答,体现了战争胜利后军民一家的景象。

【评析】

　　该诗是王阳明题察院时雨堂之作,表现了王阳明漳州、汀州战事功成又逢喜雨的双喜临门的欢喜心情。诗中自许自己的军队为"仁义的王师",巧妙地将"洗兵"之典纳入自己的诗中。当然,"时平复有丰年庆,满听农歌答凯歌"则是欢喜心情的形象再现。

还　赣①

正德十二年(1517)

积雨雩都道,山途喜乍晴。②溪流迟渡马,冈树隐前旌。野屋多移灶,穷苗尚阻兵。③迎趋勤父老,无补愧巡行。

【校注】

①该诗《王阳明全集》卷二十著录,是王阳明五月初还赣,于雩都道中作。

②雩都:今于都县,位于江西赣州东部。

③穷苗:此指生活贫困的百姓。

【评析】

该诗是王阳明班师回赣州到雩都的景色与情感描写。首联下句"山途喜乍晴"以天晴而喜喻功成班师的喜悦。颈联、尾联写赣州父老喜迎王师,尾联下句"无补愧巡行"谦虚地说自己愧对父老乡亲的拥戴。

游罗田岩怀濂溪先生遗咏诗①

正德十二年(1517)

路转罗田一径微,吟鞭敲到白云扉。②山花笑午留人醉,野鸟啼春傍客飞。混沌凿来尘劫老,姓名空在旧游非。③洞前唯有元公草,袭我余香满袖归。④

【校注】

①该诗束景南先生《王阳明佚文辑考编年》自《〔光绪〕江西通志》卷五十六辑出。○罗田岩:在雩都县南,是一处发育较好的丹霞地貌景区。○

濂溪先生遗咏:指周敦颐的《游罗田岩》:"闻有山岩即去寻,亦跻云外入松阴。虽然未是洞中境,且异人间名利心。"其创作背景,嘉祐六年(1061),周敦颐迁国子监博士,任虔州(治今江西赣州)通判;嘉祐八年(1063),周敦颐巡视州辖诸县,在时县令沈希颜陪同下到了罗田岩,触景生情吟就该诗。

②吟鞭:诗人的马鞭。

③尘劫:佛教称一世为一劫,无量无边劫为尘劫,此谓时间久远。

④元公:此指周敦颐。

【评析】

由颔联"山花笑午留人醉,野鸟啼春傍客飞"知,该诗应作于春二、三月间。首联略写游罗田岩过程,颔联以拟人手法写山花笑、野鸟啼的醉人春色。颈联、尾联写对周敦颐的怀念,尤其尾联"洞前唯有元公草,袭我余香满袖归",暗喻了周敦颐对自己心学理学的沾溉。

借山亭①

正德十二年(1517)

借山亭子近如何?乘兴时从梦里过。尚想清池环醉影,犹疑花径驻鸣珂。②疏帘细雨灯前局,碧树凉风月下歌。传语诸公合频赏,休令岁月亦蹉跎。③

【校注】

①该诗《王阳明全集》卷二十著录。○借山亭:南京太常吴一鹏的园亭,吴一鹏初号借山。

②鸣珂:代指马,马以玉为饰,行则作响,故名。南朝梁何逊"隔林望行幰,下阪听鸣珂"(《车中见新林分别甚盛》)句曾用。

③诸公:指南京僚友吴一鹏、乔宇、鲁铎、汪伟、邓庠诸人。

【评析】

该诗是王阳明七月中感秋兴怀,思念南京僚友之作。王阳明以借山亭为符号，围绕借山亭用笔，文中"梦""想"二字是诗眼，写出了他对南京僚友思念之深。尾联"传语诸公合频赏，休令岁月亦蹉跎"隐含了自己的无奈，艺术地表达了自己深沉的思念。

茶寮纪事①

正德十二年(1517)

万壑风泉秋正哀，四山云雾晚初开。②不因王事兼程入，安得闲行向北来?③登陟未妨安石兴，纵擒徒羡孔明才。④乞身已拟全师日，归扫溪边旧钓台。

【校注】

①该诗《王阳明全集》卷二十著录。〇茶寮:在今江西省赣州市崇义县思顺乡齐云山村，是一险要之地，为王阳明所要镇压的谢志珊、蓝天凤等人的盘踞处。

②秋正哀:王阳明十月七日出师攻打横水、左溪，由此"秋正哀"知，诗当作于此时。

③向北来:北向来，自北方来。

④安石:东晋谢安、谢石。

【评析】

王阳明攻茶寮是杀伐之事，在镇压横水、左溪、桶冈农民起义上具有决定意义，但他却没有将笔触放在描写战争的惨烈上，而是以"秋正哀"作喻，着一"哀"字而境界全出。然后又举重若轻，以"闲行"等闲视之，自比东晋淝水之战主帅谢安、谢石的淡定，想要效仿诸葛亮南征对孟获的七擒七纵的心战手段。尾联，则是他念念不忘的功成身退。

桶冈和邢太守韵二首^①

正德十二年（1517）

其 一

处处山田尽入畲，可怜黎庶半无家。^②兴师正为民瘝甚，陟险宁辞鸟道斜。^③胜世真如瓴水建，先声不碍岭云遮。^④穷巢容有遭驱胁，尚恐兵锋或滥加。^⑤

其 二

戡乱兴师既有名，挥戈真已见风行。岂云薄劣能驱策？实仗皇威自震惊。烂额尚惭为上客，徙薪尤觉费经营。^⑥主恩未报身多病，旋凯须还陇上耕。

【校注】

①该诗《王阳明全集》卷二十著录，作于十一月中旬在桶冈都师之时。○桶冈：旧名桶冈峒，现大余帽子峰，农民起义首领畲族蓝天凤所在之处，也是其败亡之地。○邢太守：赣州知府邢珣，字子用，安徽当涂人，官至中奉大夫，江西左参政。

②入畲：用人力刀耕火种的田地。○黎庶：黎民百姓。

③民瘝：人民病苦。

④瓴水建："建瓴水"的倒装，倾倒瓶中之水，形容居高临下难以阻挡之势。出《史记·高祖本纪》："譬犹居高屋之上建瓴水也。"

⑤穷巢：起义农民即将被攻破的大本营。○驱胁：驱使胁迫。

⑥该联用"曲突徙薪亡恩泽，焦头烂额为上客"寓意。出《汉书·霍光传》："客有过主人者，见其灶直突，傍有积薪。客谓主人，更为曲突，远徙其

薪,不者且有火患。主人嘿然不应。俄而家果失火,邻里共救之,幸而得息。于是杀牛置酒,谢其邻人,灼烂者在于上行,余各以功次坐,而不录言曲突者。人谓主人曰:'向使听客之言,不费牛酒,终亡火患。今论功而请宾,曲突徙薪亡恩泽,焦头烂额为上客耶?'主人乃寤而请之。"曲突徙薪,把直的烟囱改造为弯曲的、把离烟囱近的柴禾搬远一点以避免失火。突,烟囱。

【评析】

该诗是王阳明酬答时赣州知府邢珣之作。其一描写了当地民众的正常生活为农民起义武装所影响的情状——"可怜黎庶半无家",以及自己代表国家镇压起义的威势,但是,尾联"穷巢容有遭驱胁,尚恐兵锋或滥加"的意思是,起义军中或有遭胁迫者,王阳明的意思是,这些人是拉拢合作的对象,应区别对待,不应"滥杀"。其二是王阳明谦虚的表达,说自己是焦头烂额的上客,不是"曲突徙薪"深谋远略的智者,说打败起义军的根本在于朝廷的威势,自己的初心终志是归耕陇上。

过梅岭①

正德十三年(1518)

处处人缘山上巅,夜深风雨不能前。②山林丛郁休瞻日,云树弥漫不见天。③猿叫一声耸耳听,龙泉三尺在腰悬。④此行漫说多辛苦,也得随时草上眠。

【校注】

①该诗束景南先生《王阳明佚文辑考编年》自《〔同治〕赣州府志》卷五辑出,是王阳明正月三日出征三浰,亲率兵进龙南,过梅岭时作。

②该联记载了王阳明风雨之夜行军事,是为出奇兵也。

③丛郁:林木丛生而蓊郁。

④龙泉三尺:宝剑的代称。龙泉,龙泉剑,初名龙渊剑。据《越绝书》载,春秋时欧冶子凿茨山,泄其溪,取山中铁英,作剑三枚,名为"龙渊""泰

阿""工布";又《越绝书·外传记宝剑》载,楚王问"何谓龙渊",对曰"欲知龙渊,观其状,如登高山、临深渊";唐时因避高祖李渊讳,易"渊"为"泉",称"龙泉剑"。三尺,古剑长凡三尺,故称。

【评析】

该诗写出了夜行军的辛苦与出奇,可由首联"处处人缘山上巅,夜深风雨不能前"和尾联"此行漫说多辛苦,也得随时草上眠"看出。"猿叫一声耸耳听"写出了王阳明的军事警惕性,"龙泉三尺在腰悬"则罕见地写到了王阳明的勇武气象。

回军九连山道中短述①

正德十三年(1518)

百里妖氛一战清,万峰雷雨洗回兵。②未能干羽苗顽格,深愧壶浆父老迎。③莫倚谋攻为上策,还须内治是先声。④功微不愿封侯赏,但乞蠲输绝横征。⑤

【校注】

①该诗《王阳明全集》卷二十著录,是王阳明破三浰后三月八日班师还赣时,于九连山道中作。○九连山:位于赣粤边界、南岭东部的核心部位,因环连赣粤两省九县并有九十九座山峰相连而得名。

②妖氛:不祥的云气,妖气,喻战乱。李白诗"横行负勇气,一战净妖氛"(《塞下曲六首》其六)句曾用。

③干羽苗顽格:此为上古虞舜以文德感化(而不是军事征伐)的方式征服南方苗族故事。典出《尚书·大禹谟》:"帝曰:'咨,禹!惟时有苗弗率,汝徂征。'禹乃会群后,誓于师曰:'济济有众,咸听朕命。蠢兹有苗,昏迷不恭,侮慢自贤,反道败德,君子在野,小人在位,民弃不保,天降之咎,肆予以尔众士,奉辞伐罪。尔尚一乃心力,其克有勋。'三旬,苗民逆命。益赞于禹曰:'惟德动天,无远弗届。满招损,谦受益,时乃天道。帝初于历山,往于田,日

号泣于旻天,于父母,负罪引慝。祗载见瞽瞍,夔夔斋栗,瞽亦允若。至诚感神,矧兹有苗。'禹拜昌言曰:'俞!'班师振旅。帝乃诞敷文德,舞干羽于两阶,七旬有苗格。"干羽,舞者所执的舞具,文舞执羽,武舞执干,指文德教化。苗顽,对不服王化的苗族的蔑称。格,本义是方格,引为规格、规则、法则,此指使本来没有礼教法则的苗族服从法则。○壶浆:百姓用箪盛饭,用壶盛汤来欢迎他们爱戴的军队。出《孟子·梁惠王上》:"箪食壶浆以迎王师。"

④该联的思想,和王阳明去年十月进兵桶冈前《与杨仕德薛尚谦》中提出的"破山中贼易,破心中贼难"一致。○谋攻:以智谋攻城而非专用武力。○内治:即治内,即攻心、破心中贼的意思。

⑤蠲输:免除百姓的租税输送。蠲,音 juān,免除。○横征:蛮横地滥征税捐。

【评析】

该诗在内容上层递分为三个层面:一写战争胜利受到百姓的欢迎;二是惭愧自己没有用文德教化,而是用军事杀伐的方式取得胜利;三是发自内心地说自己功劳微薄,不愿接受封赏,只希望官府能够体恤老百姓,横征暴敛的搜刮能够消失。该诗既表现了王阳明有深刻的军事政治思想,也表现了他的仁德,以及对南赣汀漳武装起义是政府逼迫结果的深刻认识。

回军龙南,小憩玉石岩,双洞绝奇,徘徊不忍去,因寓以"阳明别洞"之号兼留此作三首①

正德十三年(1518)

其 一

甲马新从鸟道回,览奇还更陟崔嵬。寇平渐喜流移复,春暖兼欣农务开。②两窦高明行日月,九关深黑闭风雷。③投簪最好支茅地,恋土犹怀旧钓台。④

其　二

洞府人寰此最佳,当年空自费青鞋。⑤麾幢旖旎悬仙仗,台殿高低接纬阶。⑥天巧固应非斧凿,化工无乃太安排?欲将点瑟携童冠,就揽春云结小斋。⑦

其　三

阳明山人旧有居,此地阳明景不如。⑧但在乾坤俱逆旅,曾留信宿即吾庐。⑨行窝已许人先号,别洞何妨我借书。⑩他日巾车还旧隐,应怀兹土复乡闾。⑪

【校注】

①该三诗《王阳明全集》卷二十著录,和上《回军九连山道中短述》同为班师途中作。〇龙南:赣州龙南县,今江西龙南。〇玉石岩:又称玉石仙岩,在城北郊。〇双洞:玉石岩的两个溶洞,王阳明为区别于绍兴"阳明洞",命其名为"阳明别洞"。

②流移:流民。

③两窦:即"阳明别洞"。〇九关:洞中自然形成的九道门关。

④投簪:喻弃官。簪,用于固定冠帽,喻官职。〇支茅:建造茅屋。

⑤洞府:指此阳明别洞。

⑥麾幢:旗帜。〇旖旎:音 yǐnǐ,旌旗随风飘扬貌。

⑦点瑟携童冠:此为王阳明诗中反复使用的"曾点气象"之典。

⑧旧有居:指故乡的阳明洞。

⑨信宿:连宿两夜。出《诗经·豳风·九罭》:"公归不复,于女信宿。"毛《传》:"再宿曰信;宿,犹处也。"

⑩行窝:指此"阳明别洞",北宋太宗皇帝曾于其后洞建藏书阁,相传时藏有御赐典籍一百六十册,以及府县配套书籍计三千六百册。

⑪巾车:张设帷幔的车子。此为用陶渊明"或命巾车,或棹孤舟,既窈窕以寻壑,亦崎岖而经丘"(《归去来兮辞》)中"巾车"旨趣。○乡间:古以二十五家为间,一万二千五百家为乡,因以泛指民众聚居之处,此指家乡、故里。

【评析】

王阳明一生酷爱幽洞,至此龙南"阳明别洞",加上绍兴"阳明洞"以及龙场"阳明小洞天",他已经有三个"阳明洞"了。该三诗除了其一首联、颔联写班师情状和战后流民归来正常开展农事的情况外,其余全是在写此"阳明别洞"。关于此"阳明别洞"自然情况的描写也仅"两窦高明行日月,九关深黑闭风雷""麾幢旖旎悬仙仗,台殿高低接纬阶"两联四句。其余八联十六句则全为直接表达对此别洞的喜爱之情,如"投簪最好支茅地""洞府人寰此最佳,当年空自费青鞋""天巧固应非斧凿,化工无乃太安排""欲将点瑟携童冠,就揽春云结小斋""但在乾坤俱逆旅,曾留信宿即吾庐",等等。但是,将此"阳明别洞"和故乡的"阳明洞"比较,王阳明最后倾情的还是后者,此可由"恋土犹怀旧钓台""阳明山人旧有居,此地阳明景不如""他日巾车还旧隐,应怀兹土复乡间"知。

再至阳明别洞和邢太守韵二首①

正德十三年(1518)

其 一

春山随处款归程,古洞幽虚道意生。②洞壑风泉时远近,石门萝月自分明。③林僧住久炊遗火,野老忘机罢席争。④习静未缘成久坐,却惭尘土逐虚名。

其 二

山水平生是课程,一淹尘土遂心生。耦耕亦欲随沮溺,七纵何缘得孔明？吾道羊肠须蠖屈，浮名蜗角任龙争。⑤好山当面驰车过，莫漫寻山说避名。

【校注】

①该二诗《王阳明全集》卷二十著录。〇邢太守：即邢珣，时赣州知府，见前《桶冈和邢太守韵二首》注。

②款：深情挽留。〇幽虚：幽静。

③风泉：风声和泉流之声组成的交响乐。〇萝月：藤萝间的明月。

④忘机：忘掉俗务。

⑤蠖屈：像尺蠖一样的屈曲身形，喻不遇时，屈居下位或退隐。蠖，音huò，尺蠖，生长在树上，颜色像树皮色，行动时身体一屈一伸地前进。〇浮名蜗角：蜗角虚名，微小而没有实在意义的名声。

【评析】

该二诗旨趣因此"阳明别洞"而生。幽静的"阳明别洞"正适合王阳明写幽居归隐的情怀与思想。一切景语皆情语，其一中的"春山""古洞""洞壑""风泉""石门""萝月"等，无不着上他幽情的色彩。但其所写之怀抱，仍然是归隐，只不过其二尾联"好山当面驰车过，莫漫寻山说避名"指出的是归隐不是到处寻找名山，而是随处的心境。再者，由其二颈联"吾道羊肠须蠖屈，浮名蜗角任龙争"可见，王阳明因此时立下的战功，或许被卷入了争名逐利的政坛旋涡。

送德声叔父归姚并序①
正德十三年(1518)

守仁与德声叔父共学于家君龙山先生。叔父屡困场屋，一旦以亲老辞廪归养。交游强之出，辄笑曰："古人一日养，不以三公易。吾岂以一老母博一弊儒冠乎？"呜呼！若叔父可谓真知内外轻重之分矣。今年夏,来赣视某,留三月。飘然归,兴不可挽,因谓某曰:"秋风莼鲈,知子之兴无日不切。然时事若此,恐即未能脱,吾不能俟子之归舟。吾先归,为子开荒阳明之麓,如何?"呜呼!若叔父可谓真知内外轻重之分矣。某方有诗戒,叔父曰:"吾行,子可无言?"辄为赋此。

犹记垂髫共学年,于今鬓发两苍然。穷通只好浮云看,岁月真同逝水悬。②归鸟长空随所适,秋江落木正无边。何时却返阳明洞,萝月松风扫石眠。

【校注】

①该诗《王阳明全集》卷二十著录,作于七月中。

②逝水:流水,逝水流年。

【评析】

该诗创作背景序已详明。诗的内容,在于写王阳明和叔父王德声的宗族同学情谊,以及归隐道契的志趣相投。

示宪儿①

正德十三年(1518)

幼儿曹,听教诲。勤读书,要孝弟。学谦恭,循礼义。节饮食,戒游戏。毋说谎,毋贪利。毋任情,毋斗气。毋责人,但自治。②能下人,是有志。能容人,是大器。凡做人,在心地。心地好,是良士。心地恶,是凶类。譬树果,心是蒂。蒂若坏,果必坠。吾教汝,全在是。汝谛听,勿轻弃!

【校注】

①该诗《王阳明全集》卷二十著录,束景南先生《王阳明年谱长编》考谓

作于王正宪师薛侃离开,冀元亨来接替的八月中。

②自治:修养自己的心性。

【评析】

王阳明该教子诗中所列具体德性如读书、孝悌、谦恭、礼义、诚实、不贪、中和、有气量等都是一般的原则,没有什么特别之处。其核心,在于体现他的心学本体精神的"凡做人,在心地""譬树果,心是蒂""吾教汝,全在是"上,这和他心学思想中的心是万事万物的本体精神是一致的。

怀归二首①

正德十三年(1518)

其　一

深惭经济学封侯,都付浮云自去留。往事每因心有得,身闲方喜世无求。狼烟幸息昆阳患,蠡测空怀杞国忧。②一笑海天空阔处,从知吾道在沧洲。③

其　二

身经多难早知非,此事年来识者稀。老大有情成旧德,细谋无计解重围。意常不足真夷道,情到方浓是险机。④怅望衡茅无事日,漫吹松火织秋衣。

【校注】

①该二诗《王阳明全集》卷二十著录,作于八月中。

②昆阳患:此指更始元年(23),刘秀指挥的绿林军与新莽军队决战于昆阳(在今河南叶县),最终新莽溃败事,用以类比王阳明是次战功。○蠡测:此为用"以蠡测海"之典,本义是用贝壳做的瓢测量海水,喻见识短浅,以浅见度人。典出《汉书·东方朔传》:"以管窥天,以蠡测海。"蠡,音lí,贝

壳做的瓢。○杞国忧:此为用"杞人忧天"之典。

③吾道在沧洲:用朱熹《水调歌头·富贵有余乐》中"永弃人间事,吾道付沧洲"典义。沧洲,滨水的地方,是常用的隐居符号,如阮籍有"然后临沧洲而谢支伯,登箕山以揖许由"(《为郑冲劝晋王笺》),南朝齐谢朓有"既欢怀禄情,复协沧洲趣"(《之宣城郡出新林浦向板桥》),杜甫有"吏情更觉沧洲远,老大悲伤未拂衣"(《曲江对酒》),陆游有"心在天山,身老沧州"(《诉衷情·当年万里觅封侯》),等等。

④夷道:平易之道。出《老子》:"明道若昧,进道若退,夷道若纇。"按:纇,音 lèi,本义指丝绸上的疙瘩。

【评析】

该二诗的主旨仍然是归隐,但"蠡测空怀杞国忧""意常不足真夷道,情到方浓是险机"句则透露出他因战功处于只有功利而少正义的政治暗流中。

赠陈东川①

正德十三年(1518)

白沙诗里莆阳子,尽是相逢逆旅间。②开口向人谈古礼,拂衣从此入云山。

【校注】

①该诗《王阳明全集》卷二十著录,作于八月间陈东川归莆过赣来见的赠别之时。○陈东川:名聪,号莆阳子,福建莆田人,陈白沙弟子。

②据束景南先生《王阳明年谱长编》,该联上句对应的是陈白沙"秋风两见莆阳子"(《陈献章集》卷五《与陈聪》)句。

【评析】

该诗可见,王阳明诗中念兹在兹的归隐多只是停留在嘴上,而真正潇洒淡然地做到学行合一的是陈白沙,此可由其弟子陈聪的"开口向人谈古礼,拂衣从此入云山"得见。

第四编 |
平宁藩及之后

（165题，223首）

立　春①

正德十四年(1519)

荒村乱后耕牛绝,城郭春来见土牛。家业苟存乡井恋,风尘先幸甲兵休。未能布德惭时令,聊复题诗写我忧。为报胡雏须远塞,暂时边将驻南州。②

【校注】

①该诗《王阳明全集》卷二十著录。

②胡雏:胡人小儿。唐岑参诗"紫髯胡雏金剪刀,平明剪出三鬣高"(《卫节度赤骠马歌》)、苏郁诗"君王莫信和亲策,生得胡雏虏更多"(《咏和亲》)曾用。

【评析】

该诗是王阳明正月立春咏怀之作。时至此时,王阳明履职巡抚(提督)南、赣、汀、漳,涉及江西、福建、广东、湖广四省九州边务,已整整两年时间。两年中,他用约一年的时间完成了基本军事行动,先后实现了对福建、江西、广东境内起义武装大本营的摧毁,然后进行了经济政治文化建设以巩固军事斗争成果,实现该四省边界地区长治久安。及至写诗之时,王阳明所开展的这些工作已初见成效,此可由该诗首联"荒村乱后耕牛绝,城郭春来见土牛"知。由上关于王阳明诗作约五百篇的评注可见,归隐故里是他常有的情怀书写,表现在结构上往往是在诗末呈现的旨归,但是,细读该诗,却发现尽管仍有归隐之志的表达,却是出现在颔联上句——"家业苟存乡井恋",并没有作为诗作的旨归,而旨归——尾联——"为报胡雏须远塞,暂时边将驻南州",说的却是为国建立边功的表达——是次国家南部边务的军事胜利只是暂时的,最终的目标是在北部边疆建立功勋。看来,是次军事行动王阳明充分施展了自己的军事才能,极大地增强了对自己军事才能的信心。王阳明的军事自信是很重要的,因为此时,他已经窥见了宁王朱宸濠的奸谋反状并已谋划防范，他施展军事才华为国建功的更大机会已在眼前了。

谒文山祠①

正德十四年(1519)

汗青思仰晋春秋，及拜遗像此灵游。②浩气乾坤还有隘，孤忠今古与谁侔？南朝未必当危运，北虏乌能卧小楼？③万世纲常须要立，千山高峙赣江流。

正德十四年秋七月，谒宋文山祠，有赋一则。王守仁。

【校注】

①该诗束景南先生《王阳明佚文辑考编年》辑录自山西晋宝斋艺术总公司2008年书画古董交流会，并考谓是王阳明七月十三日发兵吉安，赴南昌平朱宸濠反时，拜谒文山祠而作。○文山祠：南宋文天祥祠，在吉安城(治今江西吉安)北十里螺山之阴。文山，文天祥故里名。

②晋春秋：晋代的历史，由西晋一统到东晋，东晋开始了国家分裂的南北分治，此寓南宋的历史逻辑也是一样。○灵游：此谓由瞻仰文天祥遗像想到南宋又想到两晋。

③南朝：此指东晋、南宋。○北虏：此指扰乱中原的北方民族，以及灭北宋的女真族。○乌能：哪能，表疑问语气。

【评析】

该诗王阳明撰写于大敌当前大军出征之时。拜谒文天祥祠，显然是要自励、自况。首联"汗青思仰晋春秋，及拜遗像此灵游"和颈联"南朝未必当危运，北虏乌能卧小楼"，王阳明想到了东晋和南宋，表达的是不能使国家陷入分裂，要维护国家统一的决心和信心，也足见是次宁王之乱可能给国家民族带来的危害是多么巨大！颔联"浩气乾坤还有隘，孤忠今古与谁侔"和尾联"万世纲常须要立，千山高峙赣江流"，表现了王阳明身负历史担当的决心与信心,读来使人感到,面前站着的是一个需仰视才见的浩然之气充沛的儒雅将帅。

鄱阳战捷①

正德十四年(1519)

甲马秋惊鼓角风,旌旗晓拂阵云红。②勤王敢在汾淮后,恋阙真随江汉东。③群丑漫劳同吠犬,九重端合是飞龙。④涓埃未遂酬沧海,病懒先须伴赤松。

【校注】

①该诗《王阳明全集》卷二十著录,束景南先生《王阳明年谱长编》谓为作于八月二十七日破樵舍、破吴城,平朱宸濠乱的咏战捷之作。樵舍,今江西省南昌市新建区西北的樵舍镇。吴城,今江西永修吴城镇。○鄱阳:鄱阳湖。

②阵云:如云的军阵。

③勤王:君王有难,臣下起兵救援。○恋阙:思慕宫阙,念念不忘朝廷。

④群丑:邪恶之众。《晋书·陶侃传》:"侃以偏旅,独当大寇,无征不克,群丑破灭。"此指朱宸濠及其党众。○漫劳:空费精力。○九重:指朝廷,此指时君正德皇帝朱厚照。○端合:正应当。○飞龙:真龙天子。

【评析】

王阳明仅用半个月的时间(十三日兵发吉安,二十六日擒获朱宸濠,二十七日攻破吴城,乱平),就平定了这次足以动摇明朝国基的藩王叛乱,堪称厥功甚伟!该诗作于是次建立奇功的战争之后,是王阳明真实情怀的书写。首联"甲马秋惊鼓角风,旌旗晓拂阵云红"写战阵的雄壮。颔联"勤王敢在汾淮后,恋阙真随江汉东"写自己对国家的忠诚与担待。颈联"群丑漫劳同吠犬,九重端合是飞龙"写自己鲜明的政治态度,和中央保持一致而骂叛乱的藩王为"群丑"。尾联竟然还是他念念不忘的功成隐逸。古语有云,

"既明且哲,以保其身",王阳明实堪当之:于此大事当前之时能够立场鲜明、行动果断、智慧超群,并在事毕后有敏锐的政治洞察力,知道自己应该做什么——功成身退。

佛郎机私咏①

正德十四年(1519)

　　佛郎机,谁所为? 截取比干肠,裹以鸱夷皮。②苌弘之血衅不足,睢阳之怒恨有遗。③老臣忠愤寄所泄,震惊百里贼胆披。徒请尚方剑,空闻鲁阳挥。④段公笏板不在兹。⑤佛郎机,谁所为?

【校注】

　　①该诗束景南先生《王阳明佚文辑考编年》辑自王阳明《书佛郎机遗事》,是王阳明八月三日因林俊送佛朗机铳而作。《书佛郎机遗事》谓:"见素林公闻宁濠之变,即夜使人范锡为佛郎机铳,并抄火药方,手书勉予竭忠讨贼。时六月毒暑,人多道暍死。公遣两仆裹粮,从间道冒暑昼夜行三千余里以遗予,至则濠已就擒七日。予发书,为之感激涕下。盖濠之擒以七月二十六,距其始事六月十四仅月有十九日耳。世之君子当其任,能不畏难巧避者鲜矣,况已致其事,而能急国患逾其家如公者乎? 盖公之忠诚根于天性,故老而弥笃,身退而忧愈深,节愈励。呜呼! 是岂可以声音笑貌为哉! 尝欲列其事于朝,顾非公之心也。为作《佛郎机私咏》,君子之同声者,将不能已于言耳矣!"○佛郎机:十五世纪后期至十六世纪初期流行于欧洲的一种火炮,其名源于falcone(老鹰,意大利语),由葡萄牙人传入中国。

　　②比干肠:比干的忠肠。比干,商朝王族、大臣,商纣王的叔父,因忠言进谏激怒纣王,被剖腹取心。○鸱夷皮:鸱夷子皮,春秋时楚人范蠡之号,曾为越大夫,助越灭吴,后至陶经商致富,又称陶朱公。

　　③苌弘之血:典出《庄子·外物》:"人主莫不欲其臣之忠,而忠未必信,

故伍员流于江,苌弘死于蜀,藏其血,三年而化为碧。"苌弘,古资中县(治今四川资阳)人,周敬王忠臣,被谮而死,后用以借指屈死者形象。○睢阳之怒:指唐代安史之乱时固守睢阳城(位于今河南商丘)的张巡就义前怒斥不对就义表态的部将南霁云事,见韩愈《张中丞传后叙》:"城陷,贼以刃胁降巡。巡不屈,即牵去,将斩之。又降霁云。云未应。巡呼云曰:'南八(按:南霁云行八,故称),男儿死耳,不可为不义屈!'云笑曰:'欲将以有为也。公有言,云敢不死?'即不屈。"

④鲁阳挥:鲁阳挥戈。典出《淮南子·览冥训》:"武王伐纣,渡于孟津,阳侯之波,逆流而击,疾风晦冥,人马不相见。于是武王左操黄钺,右秉白旄,瞋目而㧑之曰:'余任天下,谁敢害吾意者!'于是,风济而波罢。鲁阳公与韩构难,战酣日暮,援戈而㧑之,日为之反三舍。"后以"鲁阳挥戈""鲁阳回日"谓力挽危局。

⑤段公笏板:唐德宗时段太尉以朝笏击朱泚面额事。段太尉,名秀实,字成公,汧阳(治今陕西千阳西北)人,官至泾州刺史兼泾原郑颍节度使。建中四年(783),泾原士兵在京哗变,德宗仓皇出奔,叛军遂拥戴原卢龙节度使朱泚为帝,时段秀实在朝,斥朱泚为狂贼,并以朝笏击其面额,被害,追赠太尉。据《旧唐书》本传:"泚召秀实议事……秀实戎服,与泚并膝,语至僭位,秀实勃然而起,执(源)休腕夺其象笏,奋跃而前,唾泚面大骂曰:'狂贼,吾恨不斩汝万段,我岂逐汝反耶!'遂击之。泚举臂自捍,才中其颡,流血匍匐而走。凶徒愕然,初不敢动;而海宾等不至,秀实乃曰:'我不同汝反,何不杀我!'凶党群至,遂遇害焉。……诏曰:'赠太尉,谥曰忠烈。'"

【评析】

该诗咏叹以史为喻,高度褒赞了林俊的忠贞,所涉历史人物有比干、范蠡、苌弘、张巡、鲁阳公、段秀实等。但同时,鲁阳公的力挽狂澜,似乎是在寓托自己此次平宸濠之功;而范蠡故事,则又是在寓托自己的功成身退吧。

哭孙许二公诗二首①

正德十四年（1519）

其 一

丢下乌纱做一场，男儿谁敢堕纲常。肯将言语阶前屈，硬着肩头剑下亡。万古朝端名姓重，千年地里骨头香。②史官漫把春秋笔，好好生生断几行。

其 二

天翻地覆片时间，取义成仁死不难。苏武坚持西汉节，天祥不受大元官。忠心贯日三台见，心血凝冰六月寒。③卖国欺君李士实，九泉相见有何颜。④

【校注】

①该二诗束景南先生《王阳明佚文辑考编年》辑自墨憨斋新编《皇明大儒王阳明出身靖乱录》。据该书卷下及《余姚市志》（浙江人民出版社1993年版）记载：正德十四年（1519）六月，都御史孙燧与按察司副使许逵，因不附朱宸濠而被斩首于南昌惠民门外。阳明平叛擒宸濠，得助于孙、许预先防备，故追奏其功，于南昌建旌忠祠祀之。孙燧（1460—1519），字德成，号一川，浙江余姚人，与王阳明同举于乡，弘治六年（1493）进士，正德十年（1515）以右副都御史巡抚江西。许逵（1484—1519），字汝登，河南固始人，正德三年（1508）进士，授乐陵知县，正德十二年（1517）迁江西按察司副使，谥忠节。

②朝端：朝廷。

③三台：汉代对尚书、御史、谒者三台的总称，唐代尚书省称中台、中书

396

省称西台、门下省称东台,代指朝廷、中央政府。

④李士实:见前《堕马行》之注。

【评析】

该二诗是王阳明哭祭在平定朱宸濠之乱时,不愿投降而被杀害,以身殉职的时巡抚江西的右副都御史孙燧与江西按察司副使许逵。其一主要是以议论方式发表看法。其二在议论的同时,加入对比手法,又分正比和反比:正比是以汉代的苏武和南宋文天祥比孙燧和许逵;反比是当时依附朱宸濠并为其国师,曾经是王阳明好友的李士实。

吊叠山先生①

正德十四年(1519)

国破家亡志不移,文山心事尔相期。② 当时不落豺狼手,成败于今未可知。

【校注】

①该诗束景南先生《王阳明佚文辑考编年》自《〔同治〕弋阳县志》卷十三辑出。○叠山先生:宋谢枋得,字君宜,号叠山,江西弋阳人。谢枋得以文章气节为宋忠臣,时元兵南下,遁入建宁唐石山,宋亡,元强起北行,入都不食而死。《王阳明佚文辑考编年》考谓,诗是王阳明九月献俘钱塘,经弋阳拜谒叠山祠时作。

②文山:文天祥。

【评析】

该诗王阳明当此受到朝廷猜疑之际,以谢枋得比文天祥,并以二者忠贞自况、自励。

书草萍驿二首①

正德十四年(1519)

九月献俘北上,驻草萍,时已暮。忽传王师已及徐淮,遂乘夜速发。次壁间韵纪之二首。②

其 一

一战功成未足奇,亲征消息尚堪危。③边烽西北方传警,民力东南已尽疲。万里秋风嘶甲马,千山斜日度旌旗。小臣何尔驱驰急?欲请回銮罢六师。④

其 二

千里风尘一剑当,万山秋色送归航。堂垂双白虚频疏,门已三过有底忙。⑤羽檄西来秋黯黯,关河北望夜苍苍。自嗟力尽螳螂臂,此日回天在庙堂。⑥

【校注】

①该二诗《王阳明全集》卷二十著录,是王阳明献俘,于九月二十五日至草萍驿时作。献俘,指九月十一日王阳明自南昌偕抚州知府陈槐向南征的正德皇帝献俘。○草萍驿:见前《草萍驿次林见素韵奉寄》注。

②王师:指正德皇帝南征之师。○徐淮:地域范围指以徐州为中心的淮河以北地区。○壁间韵:其二是林俊书于草坪驿壁间诗韵,见前《草萍驿次林见素韵奉寄》。

③一战功成:指王阳明平定朱宸濠之乱。

④小臣:王阳明自称。○回銮:亲征的正德皇帝返回。銮,帝王车驾上的銮铃,代称帝王车驾。○六师:本指周天子所统六军之师,《尚书·康王

之诰》："张皇六师，无坏我高祖寡命。"后指天子军队，此指正德皇帝亲征所率领的军队。

⑤堂垂双白：指家中头发斑白的父母亲。○虚：同"墟"。○门已三过：指大禹治水三过家门而不入事。

⑥螳螂臂：此为用"螳臂当车"之典。○庙堂：朝廷，此指正德皇帝朱厚照本人。

【评析】

该二诗形式上是次韵的七律之作，内容上在于写实事与情怀：所写实事首先是献俘之事，就"边烽西北方传警""羽檄西来秋黯黯，关河北望夜苍苍"看来，还有当时西北边关外敌入侵之事；所写之情怀，又和实事密切关联，抱怨正德皇帝朱厚照在自己已经平定朱宸濠之乱的情况下，不去抵御外敌入侵，而是荒诞地玩起亲征的游戏。王阳明说，自己此行献俘，就是要以螳臂当车的勇气劝说正德皇帝回师至京师。

宿净寺四首①

正德十四年(1519)

十月至杭，王师遣人追宸濠，复还江西。是日遂谢病退居西湖。

其 一

老屋深松覆古藤，羁栖犹记昔年曾。②棋声竹里消闲昼，药裹窗前对病僧。③烟艇避人长晓出，高峰望远亦时登。④而今更是多牵系，欲似当时又不能。

其 二

常苦人间不尽愁，每拼须是入山休。若为此夜山中宿，犹自中宵煎百忧。百战西江方底定,六飞南甸尚淹留。⑤何人真有回天力,诸老能无取日谋?

其　　三

百战归来一病身,可看时事更愁人。道人莫问行藏计,已买桃花洞里春。⑥

其　　四

山僧对我笑,长见说归山。如何十年别,依旧不曾闲?⑦

【校注】

①该四诗《王阳明全集》卷二十著录,是王阳明十月初抵杭州,于九日付俘于张永后,养病于西湖净慈寺时作。

②老屋:指王阳明此前多次宿净慈寺所居之屋。

③药裹:药包,药囊。

④烟艇:烟波中的小舟。杜甫诗"再读徐孺碑,犹思理烟艇"(《八哀诗·故右仆射相国曲江张公九龄》)曾用。

⑤百战西江:指王阳明巡抚(提督)南、赣、汀、漳的多次战争。○六飞:皇帝车驾六马,疾行如飞,故名。《史记·袁盎晁错列传》:"今陛下骋六骓,驰下峻山。"裴骃《集解》引如淳:"六马之疾若飞。"此指亲征的正德皇帝。

⑥行藏:出处或行止,出仕或退隐。出《论语·述而》:"用之则行,舍之则藏。"○桃花洞:陶渊明《桃花源记》所写之洞,是归隐生活的符号。

⑦该联上句指王阳明正德二年(1507)赴谪龙场经杭州时曾病卧净慈寺,"十年"只是约数。

【评析】

该四诗写出了王阳明面对荒诞不经的正德皇帝的无奈,艺术表现上用到了对比的手法,对比的是正德二年(1507)赴谪病卧净慈寺。赴谪的情绪就够苦闷的了,但他却说"而今更是多牵系,欲似当时又不能",是次自己的心情比上次更糟糕。如果说上次还是因为自己的遭际不公而郁闷成疾,那么这次则是因为身系国家的皇帝的荒诞而忧虑,故而有"多牵系""不尽愁""煎百忧""事更愁人"等语词来表达无奈的心情。是次的无奈,还表现在结果上,面对身为一国之君的正德皇帝,他必须"屈服",而上次赴谪养病后,他的表现是"险夷原不滞胸中"的振作。

归　兴①

正德十四年(1519)

　　一丝无补圣明朝,两鬓徒看长二毛。自识淮阴非国士,由来康节是人豪。②时方多难容安枕?事已无能欲善刀。③越水东头寻旧隐,白云茅屋数峰高。

【校注】

①该诗《王阳明全集》卷二十著录,和前《宿净寺四首》作于同时。

②淮阴:淮阴侯韩信,西汉开国功臣,后被处死。○康节:邵雍字。邵雍,北宋理学家,市隐洛阳。

③善刀:拭刀。出《庄子·养生主》:"善刀而藏之。"

【评析】

该诗从义脉上看,是前四诗苦闷后思索出的结论,表达了当此情势,要以韩信为戒,以邵雍为榜样,欲归隐以得保全,故而有"自识淮阴非国士,由来康节是人豪"之说。

即事漫述四首①

正德十四年（1519）

其　一

从来野兴只山林，翠壁丹梯处处寻。一自浮名萦世网，遂令真诀负初心。夜驰险寇天峰雪，秋虏强王汉水阴。辛苦半生成底事？始怜庄舄亦哀吟。②

其　二

百战深秋始罢兵，六师冬尽尚南征。诚微未足回天意，性僻还多拂世情。③烟水沧江从鹤好，风云滇海任龙争。他年若访陶元亮，五柳新居在赤城。④

其　三

宵宵深愁伴客居，江船风雨夜灯虚。尚劳车驾臣多缺，无补疮痍术已疏。亲老岂堪还远别，时危那得久无书！明朝且就君平卜，要使吾心不负初。⑤

其　四

茅茨松菊别多年，底事寒江尚客船？强所不能儒作将，付之无奈数由天。徒闻诸葛能兴汉，未必田单解误燕。⑥最羡渔翁闲事业，一竿明月一蓑烟。

【校注】

①该四诗《王阳明全集》卷二十著录。

402

②庄舄(xì)亦哀吟:此为用"庄舄越吟"之典,典义为虽富贵于外地,仍思念故土。出《史记·张仪列传》:"惠王曰:'子去寡人之楚,亦思寡人不?'陈轸对曰:'王闻夫越人庄舄乎?'王曰:'不闻。'曰:'越人庄舄仕楚执珪,有顷而病。楚王曰:"舄,故越之鄙细人也,今仕楚执珪,贵富矣,亦思越不?"中谢对曰:"凡人之思故,在其病也。彼思越则越声,不思越则楚声。"使人往听之,犹尚越声也。今臣虽弃逐之楚,岂能无秦声哉?'"

③拂世情:违背世情。《史记·李斯列传》:"凡贤主者,必将能拂世磨俗,而废其所恶,立其所欲。"

④赤城:赤城山,在浙江天台北部,为天台山南门。南朝宋孔灵符《会稽记》曰:"赤城,山名,色皆赤,状似云霞。"唐李白《梦游天姥吟留别》:"天姥连天向天横,势拔五岳掩赤城。"

⑤君平卜:指汉代隐居不仕的严遵(字君平)占卜于今四川成都等地,卜辞以劝人向善为旨归,他是扬雄少时师。

⑥田单:战国时齐人,以火牛阵击败燕国进攻,保全了齐国。

【评析】

该四诗所即之事,是一战平定朱宸濠乱但却荒唐地被要求向六师南征的正德皇帝献俘之事;漫述即当时情绪的信笔书写。就其内容而言,有重申自己归隐初心者,此表现为"从来野兴只山林,翠壁丹梯处处寻""他年若访陶元亮,五柳新居在赤城""明朝且就君平卜,要使吾心不负初""最羡渔翁闲事业,一竿明月一蓑烟"等句;有写实事的,此表现为"夜驰险寇天峰雪,秋虏强王汉水阴""百战深秋始罢兵,六师冬尽尚南征""窅窅深愁伴客居,江船风雨夜灯虚""强所不能儒作将,付之无奈数由天"等句;还写到了当时自己无奈的心情,此表现为"辛苦半生成底事?始怜庄舄亦哀吟""烟水沧江从鹤好,风云溟海任龙争""徒闻诸葛能兴汉,未必田单解误燕"等句。

泊金山寺二首①

正德十四年(1519)

其 一

但过金山便一登,鸣钟出迓每劳僧。云涛石壁深龙窟,风雨楼台迥佛灯。难后诗怀全欲减,酒边孤兴尚堪凭。岩梯未用妨苔滑,曾踏天峰雪栈冰。

其 二

醉入江风酒易醒,片帆西去雨冥冥。天回江汉留孤柱,地缺东南著此亭。②沙渚乱更新世态,峰峦不改旧时青。舟人指点龙王庙,欲话前朝不忍听。③

【校注】

①该二诗《王阳明全集》卷二十著录,是王阳明十月中旬赴南都迎驾,过镇江游金山寺时作。

②天回:天旋,天转,形容气象雄伟壮观。晋左思《蜀都赋》"望之天回,即之云昏"句曾用。○江汉:一般指长江汉水交汇处。○孤柱:此指金山,是长江中唯一一座岛屿,故称。

③龙王庙:此指时镇江龙王庙。

【评析】

王阳明和镇江有着很大的缘分,镇江是他自绍兴往返京师所经之地,故其一首句有"但过金山便一登"之句,就其诗作看,有成化八年(1472)《金山寺》、弘治十五年(1502)《游北固山》等。将该三次诗作比较发现,在情感书写上,《金山寺》是十一岁时少年才气;《游北固山》是访仙问道;

而此时，则是建立功业反遭猜忌，内心郁积的表达，此可由诗中"难后诗怀全欲减，酒边孤兴尚堪凭""沙渚乱更新世态""舟人指点龙王庙，欲话前朝不忍听"知。

舟　夜①

正德十四年(1519)

随处看山一叶舟，夜深霜月亦兼愁。翠华此际游何地？画角中宵起戍楼。②甲马尚屯淮海北，旌旗初散楚江头。③洪涛滚滚乘风势，容易开帆不易收。

【校注】

①该诗《王阳明全集》卷二十著录，和上《泊金山寺二首》作于同时。

②翠华：天子仪仗中以翠羽为饰的旗帜或车盖等，此代正德皇帝朱厚照。○画角：古管乐器，形如竹筒，本细末大，以竹木或皮革等制成，因表面有彩绘，故称；发声哀厉高亢，军中用以警昏晓、振士气、肃军容；亦用于帝王出巡报警戒严。○戍楼：用以防守、瞭望的岗楼。

③甲马：此指正德皇帝南征的军队。○楚江：此指长江。

【评析】

该诗写王阳明当时的愁情。句中最有价值的是尾联"洪涛滚滚乘风势，容易开帆不易收"所蕴含的哲理，乘风势之帆易开不易收，所喻的是行事开头容易，但想要收尾却很难，其直接所指，是王阳明一战擒朱宸濠的开头容易，但事情的终结，却要难得多得多。

杨邃庵待隐园次韵五首①

正德十四年（1519）

其 一

嘉园名待隐，专待主人归。此日真归隐，名园竟不违。
岩花如共语，山石故相依。朝市都忘却，无劳更掩扉。②

其 二

大隐真廛市，名园陋给孤。③留侯先谢病，范老竟归湖。④
种竹非医俗，移山不是愚。⑤对时存燮理，经济自成谟。⑥

【原诗句中夹注】"移山不是愚"：是日公方移山石。

其 三

绿野春深地，山阴夜静时。冰霜缘径滑，云石向人危。
平难心仍在，扶颠力未衰。江湖兵甲满，吟罢有余思。

其 四

兹园闻已久，今度始来窥。市里烟霞静，壶中结构奇。⑦
胜游须继日，虚席亦多时。莫道东山僻，苍生或未知。⑧

其 五

芳园待公隐，屯世待公亭。⑨花竹深台榭，风尘暗甲兵。
一身良得计，四海未忘情。语及艰难际，停杯泪欲倾。

①该五诗《王阳明全集》卷二十著录。〇杨邃庵：杨一清，见前《游焦山次邃庵韵三首》注。〇待隐园：杨一清于镇江所建备归老的园子。

②朝市：朝廷和市井。

③廛市：市廛，商肆集中之处。《旧唐书·隐逸传·史德义》："骑牛带瓢，出入郊郭廛市，号为逸人。"廛，音 chán，城市平民的房地。〇给孤：音 jǐ gū，"给孤独园"的省称，古印度的佛教五大道场之一。《大正新修大藏经·史传部三》："善施长者仁而聪敏，积而能散，拯乏济贫，哀孤恤老，时美其德号'给孤独'焉。闻佛功德，深生尊敬，愿建精舍，请佛降临。世尊命舍利子随瞻揆焉。唯太子逝多园地爽垲。寻诣太子，具以情告，太子戏言：'金遍乃卖。'善施闻之，心豁如也，即出藏金，随言布地，有少未满。太子请留曰：'佛诚良田，宜植善种。'即于空地建立精舍。世尊即之，告阿难曰：'园地善施所买。林树逝多所施。二人同心式崇功业。自今已去，应谓此地为"逝多林给孤独园"。'"

④留侯：汉初辅佐刘邦建立汉朝的张良的封号，他深通明哲保身之道，常称病自保。据《史记》本传："留侯性多病，即道引不食谷，杜门不出岁余。"留，留城，江苏沛县东南。〇范老竟归湖：春秋时范蠡助越王勾践灭吴后，最终选择归隐江湖，故曰"归湖"。

⑤医俗：治疗自己的世俗之心。

⑥燮理：协和治理。《尚书·周官》："立太师、太傅、太保，兹惟三公，论道经邦，燮理阴阳。"孔《传》："和理阴阳。"〇经济：经世济民。〇谟：隐 mó，议谋。

⑦壶中：见前《屋舟为京口钱宗玉作》之"壶公"注，此借指仙境，唐钱起诗"海上春应尽，壶中日未斜"（《送柳道士》）句曾用。

⑧东山：东晋谢安隐居之山，见《堕马行》之"东山屐"注。

⑨屯世：遁世。

【评析】

王阳明和杨一清是明代同时代的两位优秀人物，二者有诸多相似之处：其一，同受刘瑾迫害，都以文人建立军功，杨于正德五年（1510）平定安化王朱寘𫔎的叛乱,王守仁平定了宁王朱宸濠的叛乱,是政治同道;其二,二人还是诗友,并以诗歌唱和体现二人友谊,此体现在该五诗和正德六年(1511)《游焦山次邃庵韵三首》。该组诗借咏杨一清待隐园,赞美了杨功成名就急流勇退的真隐,将之和史上的张良、范蠡比并;同时,"语及艰难际,停杯泪欲倾"也写到了王阳明自己此时的艰难处境。

登小孤书壁①

正德十四年(1519)

人言小孤殊阻绝,从来可望不可攀。上有颠崖势欲堕,下有剑石交巉顽。②峡风闪壁船难进,洪涛怒撞蛟龙关。帆樯摧缩不敢越,往往退次依前山。崖傍沙岸日东徙,忽成巨浸通西湾。帝心似悯舟楫苦,神斧夜辟无痕斑。风雷倏翕见万怪,人谋不得容其间。③我来锐意欲一往,小舟微服沿回澜。侧身胁息仰天窦,悬空绝栈蛛丝悭。④风吹卯酒眼花落,冻滑丹梯足力孱。⑤青鼍吹雨出仍没,白鸟避客来复还。⑥峰头四顾尽落日,宛然风景如瀛寰。⑦烟霞未觉三山远,尘土聊乘半日闲。奇观江海讵为险?世情平地犹多艰。呜呼!世情平地犹多艰,回瞻北极双泪潸!

【校注】

①该诗《王阳明全集》卷二十著录,是十一月上旬王阳明被阻入行在见正德皇帝,由镇江返南昌经彭泽,登小孤山题壁之作。小孤山,在今安徽宿松东南,屹立于长江之中,南与江西彭泽仅一江之隔,西南与庐山隔江相望,为区别于鄱阳湖的大孤山(鞋山)而有此命名。

②巉顽:高峻陡峭。

③倏翕:往来快捷。

④胁息:屏住呼吸。李白诗"扪参历井仰胁息,以手抚膺坐长叹"(《蜀道难》)句曾用。○悭:音 qiān,稀少。

⑤卯酒:早晨喝的酒。苏轼"偶饮卯酒醉,来人求书,不能复觊缕"(《答张文潜县丞书》)句曾用。○孱:音 chán,弱。

⑥青鼍:扬子鳄。鼍,音 tuó。

⑦瀛寰:海洋、陆地的总称,即全世界。

【评析】

王阳明为国建功反受猜忌,他的心情苦闷极了,也委屈极了,此是他于该诗末尾有"奇观江海讵为险?世情平地犹多艰。呜呼!世情平地犹多艰,回瞻北极双泪潺"之明确表达的原因。王阳明登此小孤山,就是为了缓解内心的苦闷。"人言小孤殊阻绝,从来可望不可攀",下自"上有颠崖势欲堕,下有剑石交巉顽"至"风雷倏翕见万怪,人谋不得容其间"十二句极写小孤之险以作渲染。但是王阳明偏要攀登以体现自己的意志力——"我来锐意欲一往,小舟微服沿回澜",其下则写自己攀登的艰险历程、入目的景色与感受。点题于篇末,原来是以小孤山之险异质同构于自己处境的艰险——"世情平地犹多艰,回瞻北极双泪潺"。

献俘南都回还登石钟山次深字韵①

正德十四年(1519)

我来扣石钟,洞野钓天深。荷蒉山前过,讥予尚有心。②

【校注】

①该诗束景南先生《王阳明佚文辑考编年》自李成谋《石钟山志》卷十三、《〔同治〕湖口县志》卷九辑出,为王阳明回南昌经湖口登石钟山时作。○石钟山:江西湖口附近,长江与鄱阳湖交汇处。○次深字韵:束景南先生《王阳明佚文辑考编年》考,此为王阳明次邵宝诗《上石钟石几》韵,《〔同治〕湖口县志》卷一谓王阳明"登石钟山,次邵文庄深字赋"。邵文庄,邵宝,弘

409

治十四年(1501)任江西按察司副使时游石钟山,作《上石钟石几》,诗为:"有石平堪隐,南溟一望深。万峰青不了,一一点湖心。"

②荷蒉:见前《乡思二首》注。○尚有心:尚有用世之心。

【评析】

该诗主旨写归隐,其所次邵宝原诗也是写归隐之情。

过鞋山戏题①

正德十四年(1519)

　　曾驾双虹渡海东,青鞋失脚堕天风。②经过已是千年后,踪迹依然一梦中。屈子漫劳伤世隘,杨朱空自泣途穷。③正须坐我匡庐顶,濯足寒涛步晓空。④

【校注】

①该诗和下《望庐山》二诗《王阳明全集》卷二十著录,是王阳明返南昌经南康过鞋山、望庐山时作。○鞋山:在南康府北六十里(今江西省九江市湖口县南九公里)处,形似鞋,独立鄱阳湖中。

②该联似乎是在写鞋山的得名,有人解释为王阳明此处之说和秦始皇东巡有关,但考之史载,秦始皇书"中流砥柱"刻石是小孤山。鞋山之得名,出于一个美丽的人神相恋的爱情传说,说鄱阳湖边有渔夫胡青,他在湖上打鱼时与天界瑶池玉女大姑相遇相爱成亲。事为渔霸盛泰得知,要抢大姑。玉帝得知此事,派天兵天将把大姑带走。盛泰乘机抓走胡青,大姑遂从天上丢下一只绣鞋,把盛泰压在湖中。绣鞋后来便成为今日之鞋山。

③该联上句用屈原《离骚》"惟夫党人之偷乐兮,路幽昧以险隘"之典。○该联下句用"杨朱泣路歧"之典。《列子·说符》:"杨子之邻人亡羊,既率其党,又请杨子之竖追之。杨子曰:'嘻!亡一羊,何追者之众?'邻人曰:'多歧路。'既反,问:'获羊乎?'曰:'亡之矣。'曰:'奚亡之?'曰:'歧路之中又有歧焉,吾不知所之,所以反也。'杨子戚然变容,不言者移时,不笑者竟

日。"又,《荀子·王霸》:"杨朱哭衢涂,曰:'此夫过举蹞步而觉跌千里者夫!'哀哭之。"《淮南子·说林训》:"杨子见逵(大道)路而哭之,为其可以南,可以北。"

④匡庐:此指庐山。

【评析】

该诗在历史时空追溯中得出世事如梦的结论。人生的真谛是"正须坐我匡庐顶,濯足寒涛步晓空"的自由自在。

望庐山

正德十四年(1519)

尽说庐山若个奇,当时图画亦堪疑。九江风浪非前日,五老烟云岂定期?①眼惯不妨层壁险,足趼须著短筇随。②香炉瀑布微如线,欲决天河泻上池。

【校注】

①五老:庐山五老峰,位于庐山东南,因山的绝顶被垭口所断,分成并列的五个山峰,仰望俨若席地而坐的五位老翁,故名。

②足趼:脚底生老茧,行路艰难。○筇:音 qióng,一种竹子,可以做手杖。

【评析】

或许是为庐山的奇险所感染,王阳明基因深处的豪情被勾起。该诗一改此一时期他情绪的郁闷与低沉,于此诗尾联结诗谓"香炉瀑布微如线,欲决天河泻上池"。

阻　风[1]

正德十四年(1519)

冬江尽说风长北,偏我北来风便南。未必天公真有意,却逢人事偶相参。残农得暖堪登获,破屋多寒且曝檐。[2]果使困穷能稍济,不妨经月阻江潭。[3]

【校注】

①该诗《王阳明全集》卷二十著录。

②登获:谷物成熟有收成。

③江潭:江水深处。

【评析】

该诗和上《望庐山》表明,经过两个月(九月中旬至十一月中旬)的献俘游历,王阳明的心情似乎平静多了。《望庐山》不经意间流露的是他的豪放本质,该诗则展现他一贯的亲民情怀:全诗由长江冬季少见的南风联想到自己情况或会好转,又联想到农人因暖风而得利,此为尾联"果使困穷能稍济,不妨经月阻江潭"所明言。

舟中至日[1]

正德十四年(1519)

岁寒犹叹滞江滨,渐喜阳回大地春。未有一丝添衮绣,谩提三尺净风尘。[2]丹心倍觉年来苦,白发从教镜里新。若待完名始归隐,桃花笑杀武陵人。[3]

【校注】

①该诗《王阳明全集》卷二十著录,于冬至日作于舟中。

②衮绣:衮衣绣裳,古代天子祭祀时所穿的绣有龙的礼服,形容衣着华丽奢华,借指显宦。○三尺:三尺剑。

③该联下句用陶渊明"桃花源"之典。

【评析】

王阳明十一月中旬至南昌,该诗是他十一月二十二日冬至于舟中感怀之作。首联一"叹"一"喜",是王阳明在憧憬自己被解除猜忌之日早点到来。颔联、颈联写自己入世建功的心苦与劳累。尾联是在嘲笑自己幻想功成名就"始归隐"的天真。总之,该诗是王阳明此时复杂心情的表现。

除夕伍汝真用待隐园韵即席次答五首①

正德十四年(1519)

其 一

一年今又去,独客尚无归。②人世伤多难,亲庭叹久违。壮心都欲尽,衰病特相依。旅馆聊随俗,桃符换早扉。③

其 二

向忆青年日,追欢兴不孤。风尘淹岁月,漂泊向江湖。济世浑无术,违时竟笑愚。④未须悲蹇难,列圣有遗谟。⑤

其 三

正逢兵乱地,况是岁穷时。天运终无息,人心本自危。忧疑纷并集,筋力顿成衰。千载商山隐,悠然获我思。⑥

其　四

世道从卮漏，人情只管窥。⑦年华多涉历，变故益新奇。莫惮颠危地，曾逢全盛时。海翁机已息，应是白鸥知。

其　五

星穷回历纪，贞极起元亨。⑧日望天回驾，先沾雨洗兵。⑨雪犹残岁恋，风已旧春情。莫更辞蓝尾，人生未几倾！⑩

【校注】

①该五诗《王阳明全集》卷二十著录。○伍汝真：伍希儒，时江西御史。○待隐园韵：即前《杨邃庵待隐园次韵五首》之韵。

②独客：王阳明自指。

③桃符：挂在门首用于辟邪的桃木板，除夕更换。

④违时：不合时宜。

⑤蹇难：困苦艰难。出《周易·蹇卦》："王臣蹇蹇。"孔颖达疏："志匡王室，能涉蹇难，而往济蹇，故曰王臣蹇蹇。"

⑥商山隐：汉初著名隐士商山四皓，见前《题四老围棋图》等注。

⑦卮漏：有漏洞的盛酒器。

⑧该联用星历和《周易·乾卦》卦辞的"元亨利贞"的循环，喻世事的循环变化。历纪，经历一纪，古历法以十九年为章，四章为蔀，二十蔀为纪。汉袁康《越绝书·外传记范伯传》："天运纪历，千岁一至。"

⑨天回驾：指南征的正德皇帝返回京师。

⑩蓝尾：蓝尾酒，饮宴时轮流斟饮，至末坐称"蓝尾酒"。白居易诗"岁盏后推蓝尾酒，春盘先劝胶牙饧"句（《岁日家宴戏示弟侄等》）曾用。

【评析】

该五诗王阳明多侧面多角度地表达了自己一战功成，却受到时君正德皇帝朱厚照及群臣猜疑、毁谤与妒忌的无奈复杂心情。

用韵答伍汝真^①

正德十四年(1519)

莫怪乡思日夜深，干戈衰病两相侵。孤肠自信终如铁，众口从教尽铄金。^②碧水丹山曾旧约，青天白日是知心。茅茨岁晚饶风景，云满清溪雪满岑。^③

【校注】

①该诗《王阳明全集》卷二十著录，和前《除夕伍汝真用待隐园韵即席次答五首》作于同时。

②该联下句用"众口铄金"之典，形容舆论力量大，连金属都能熔化，喻众口一词可以混淆是非。出《国语·周语下》："众心成城，众口铄金。"铄，音 shuò，韦昭注："消也。"

③饶：富足，多。

【评析】

据霍韬《地方疏》，当时的背景是，王阳明和伍希儒均受到奸臣张忠、许泰诬陷，大学士杨廷和、尚书乔宇(王阳明好友)又因嫉妒王阳明之功不为其辩白，故而诗中间两联谓"孤肠自信终如铁，众口从教尽铄金。碧水丹山曾旧约，青天白日是知心"。首联、尾联所写的，依然是王阳明念兹在兹的初心——归隐。

元日雾^①

正德十五年(1520)

元日昏昏雾塞空，出门咫尺误西东。人多失足投坑堑，我亦停车泣路穷。^②欲斩蚩尤开白日，还排阊阖拜重瞳。^③小臣谩有澄清志,安得扶摇万里风!④

【校注】

①该诗和下《二日雨》《三日风》为《王阳明全集》卷二十著录,作于于南昌启程赴南都献俘之时。

②该联下句用"杨朱泣路歧"之典,见前《过鞋山戏题》注。

③该联上句用"黄帝战蚩尤"之典。出《山海经·大荒北经》:"蚩尤作兵伐黄帝,黄帝乃令应龙攻之冀州之野。应龙畜水。蚩尤请风伯雨师,纵大风雨。黄帝乃下天女曰魃,雨止,遂杀蚩尤。"○蚩尤:此处代指正德皇帝身边的奸臣张忠、许泰等。○重瞳:帝舜,此代指正德皇帝,是王阳明希望正德皇帝能像帝舜那样圣明。

④澄清志:向正德皇帝说明事情的真相。

【评析】

该诗首联、颔联写当时雾很大,以寓真相为重重迷雾遮蔽。颈联、尾联写自己此行要以黄帝斩杀蚩尤的巨大决心,拨开迷雾向正德皇帝说明真相。

二日雨

正德十五年(1520)

昨朝阴雾埋元日,向晓寒云进雨声。①莫道人为无感召,从来天意亦分明。安危他日须周勃,痛苦当年笑贾生。②坐对残灯愁彻夜,静听晨鼓报新晴。

【校注】

①向晓:破晓,天刚亮时。

②周勃:西汉开国将领,受封绛侯。据《史记·高祖本纪》,刘邦死前遗言:"周勃重厚少文,然安刘氏者必勃也,可令为太尉。"刘邦死后,吕后专

权,吕后死后,周勃与陈平等合谋智夺吕禄军权,一举灭掉吕氏诸王,拥立文帝。○贾生:贾谊,汉文帝时才士,受周勃、灌婴等排挤,不为重用。

【评析】

该诗由自然的雾雨昏暗联想到人事只有私情而无正义,此为颈联"安危他日须周勃,痛苦当年笑贾生"所寓托;周勃保持了刘氏的帝统,维护了国家的安定,是正义的;但他排挤才士贾谊,却是非正义的。因而,王阳明只能寄托在"天意分明"上,"坐对残灯愁彻夜,静听晨鼓报新晴"。

三日风

正德十五年(1520)

一雾二雨三日风,田家卜岁疑凶丰。①我心惟愿兵甲解,天意岂必斯民穷。虎旅归思怀旧土,銮舆消息望还宫。②春盘浊酒聊自慰,无使戚戚干吾衷。

【校注】

①凶丰:农业的荒歉与丰收。出《周礼·地官·廪人》:"以岁之上下数邦用,以知足否,以诏谷用,以治年之凶丰。"

②虎旅:虎贲氏与旅贲氏的并称,掌王之警卫,后因以为卫士之称,此代指正德皇帝南征之师。虎贲氏,《周礼·夏官》:"虎贲氏掌先后王而趋以卒伍。军旅、会同亦如之。舍则守王闲。王在国,则守王宫。国有大故,则守王门。大丧,亦如之。及葬,从遣车而哭。适四方使,则从士大夫。若道路不通,有征事,则奉书以使于四方。"旅贲氏,《周礼·夏官》:"旅贲氏掌执戈盾,夹王车而趋,左八人,右八人。车止,则持轮。凡祭祀、会同、宾客,则服而趋。丧纪则衰葛执戈盾。军旅,则介而趋。"

【评析】

该诗王阳明表达了自己希望正德皇帝班师还朝不再扰民的殷殷爱民之情。

立春二首^①

正德十五年(1520)

其　　一

才见春归春又来,春风如旧鬓毛衰。梅花未放天机泄,
萱草先将地脉回。^②渐老光阴逢世难,经年怀抱欲谁开?孤云
渺渺亲庭远,长日斑衣羡老莱。

其　　二

天涯霜雪叹春迟,春到天涯思转悲。破屋多时空杼轴,
东风无力起疮痍。^③周王车驾穷南服,汉将旌旗守北陲。莫讶
春盘断生菜,人间菜色正离仳。^④

【校注】

①该二诗《王阳明全集》卷二十著录,是王阳明立春日赴南都献俘道
中作。

②地脉:地下水。唐孟云卿诗"地脉日夜流,天衣有时扫"(《放歌行》)
句曾用。

③杼轴:织布机上的两个部件,即用来持纬线的梭子和用来承经线的
筘,代指织布机或织事,此处进而代指家庭生活。

④菜色:以菜(而少肉食)充饥而营养不良的面色。○离仳:仳离,分
离,此指人民因战事而离散。仳,音 pǐ。

【评析】

该二诗其一所写是当此春天来临之际,自己要归家事亲的愿望;其二则写
到了战乱带给人们的食不果腹、人民离散的状况,表现了王阳明的亲民情怀。

江上望九华山二首①

正德十五年(1520)

其 一

当年一上化城峰,十日高眠雷雨中。②霁色晓开千嶂雪,涛声夜渡九江风。此时隔水看图画,几岁缘云住桂丛?③却负洞仙蓬海约,玉函丹诀在崆峒。④

其 二

穷探虽得尽幽奇,山势须从远望知。几朵芙蓉开碧落,九天屏嶂列旌麾。⑤高同华岳应无忝,名亚匡庐却稍卑。⑥信是谪仙还具眼,九华题后竟难移。⑦

【校注】

①该二诗《王阳明全集》卷二十著录。

②该联所指是王阳明弘治十四年(1501)游九华山事。

③桂丛:此指月宫,神话传说中的月中有桂树,故称。

④玉函:玉制的匣子,"玉函方"指医书。○丹诀:指炼丹的口诀、方法。○崆峒:崆峒山,道教名山,在甘肃平凉西。

⑤碧落:道家东方第一层天之称,因碧霞满空而名,泛指天空。

⑥华岳:华山。○忝:音 tiǎn,辱、有愧于,谦辞。○匡庐:庐山。

⑦谪仙:李白。○九华题:指九华山的得名来自李白的《望九华赠青阳韦仲堪》:"昔在九江上,遥望九华峰。天河挂绿水,秀出九芙蓉。我欲一挥手,谁人可相从。君为东道主,于此卧云松。"

【评析】

李白命名九华山之时曾有"昔在九江上,遥望九华峰"之句,王阳明该二诗显为应景之作，此为其二尾联"信是谪仙还具眼，九华题后竟难移"所明。该二诗自回忆弘治十四年（1501）游九华入——"当年一上化城峰"，并描写了九华山的秀伟，还在和华山、庐山的比较中予以赞扬。

江施二生与医官陶野冒雨
登山人多笑之戏作歌①

正德十五年（1520）

江生施生颇好奇，偶逢陶野奇更痴。共言山外有佳寺，劝予往游争愿随。是时雷雨云雾塞，多传险滑难车骑。两生力陈道非远，野请登高觇路歧。②三人冒雨陟冈背，即仆复起相牵携。同侪咻笑招之返，奋袂径往凌嵚崎。③归来未暇顾沾湿，且说地近山径夷。青林宿霭渐开霁，碧巘绛气浮微曦。津津指臂在必往，兴剧不到旁人嗤。予亦对之成大笑，不觉老兴如童时。平生山水已成癖，历深探隐忘饥疲。年来世务颇羁缚，逢场遇境心未衰。野本求仙志方外，两生学士亦尔为。世人趋逐但声利，赴汤踏火甘倾危。④解脱尘嚣事行乐，尔辈狂简翻见讥。⑤归与归与吾与尔，阳明之麓终尔期。⑥

【校注】

①该诗《王阳明全集》卷二十著录。其创作背景是因正月初八日，王阳明南都献俘，为江彬、张忠拒于芜湖，不得已遁入九华山中。○江施二生：据束景南先生《王阳明年谱长编》，分别为青阳县学诸生江学曾和施宗道。

②觇：音 chān，察看。

③咻：音 xiū，喘气声。○嵚崎：音 qīnqí，险峻，不平。

④声利：名利。

⑤狂简:志向远大而行事粗略。出《论语·公冶长》:"子在陈,曰:'归与! 归与! 吾党之小子狂简,斐然成章,不知所以裁之!'"

⑥归与:即归去,出处见上"狂简"注。

【评析】

该诗用生动活泼的笔触,描写了王阳明和三个追随者雨中游九华山的狂简之态。可见,此时的王阳明因眼前之事,暂时从令人烦恼的现实中解脱出来,获得了心灵的自由。最后以出于《论语》的"狂简"和"归与"作结,正所谓圣学中自有乐地也!

九华山下柯秀才家①

正德十五年(1520)

苍峰抱层嶂,翠瀑绕双溪。② 下有幽人宅,萝深客到迷。③

【校注】

①该诗《王阳明全集》卷十九著录。○柯秀才:即柯乔。他陪同王阳明游遍了九华山的奇峰异景,王阳明以《双峰遗柯生乔》(见下)一诗勉励、开导柯乔。

②层嶂:重叠如屏障的山峰。○翠瀑:翠绿的瀑布。

③幽人:幽隐山林的人。

【评析】

该诗是一五绝,主要内容是景色描写,其历史价值在于记载了王阳明游九华再住乔家的史实。

观九华龙潭^①

正德十五年（1520）

飞流三百丈，颏洞秘灵漱。^②峡坼开雷斧，天虚下月钩。^③化形时试钵，吐气或成楼。吾欲鞭龙起，为霖遍九州。

【校注】

①该诗《王阳明全集》卷二十著录。〇九华龙潭：九华山白龙潭，在神龙谷中，今属安徽省青阳县，由瀑布汇聚而成。李白有"为余话幽栖，且述陵阳美。天开白龙潭，月映清秋水"（《自梁园至敬亭山见会公谈陵阳山水兼期同游因有此赠》）句赞美之。

②颏洞：虚空混沌貌。颏，音 hòng。〇灵漱：深潭，大水池，古时以为大池中往往多灵物，故称。漱，音 qiū，水潭。

③坼：音 chè，裂开。

【评析】

该诗为一五律，为王阳明观九华山白龙潭的即兴之作。首联上句"飞流三百丈"以一"飞"字生动地写白龙潭瀑布的壮观，有李白"飞流直下三千尺"的神韵；下句"颏洞秘灵漱"写白龙潭在虚空混沌中给人神秘之感。颔联写白龙潭形成环境的鬼斧神工，颈联写出了白龙潭动静之中的莫测变化。尾联——"吾欲鞭龙起，为霖遍九州"，豪壮地写出了王阳明兼济天下苍生的儒者情怀。

游九华道中^①

正德十五年（1520）

微雨山路滑，山行入轻舟。桃花夹岸迷远近，回峦叠嶂盘深幽。奇峰应接劳回首,瞻之在前忽在后。不道舟行转屈曲,但怪青山亦奔走。薄午雨霁云亦开,青鞋布袜无尘埃。②梅蹊柳径度村落,长松白石穿林限。始攀风磴出木杪,更俯悬崖听瀑雷。③乱山高顶藏平野,茆屋高低自成社。此中那得有人家?恐是当年避秦者。④西岩日色渐欲下,且向前林秣吾马。世途浊隘不可居,吾将此地营兰若。⑤

【校注】

①该诗《王阳明全集》卷二十著录。

②薄午:临近中午。

③瀑雷:如雷声轰鸣的瀑布声。

④避秦:此为用《桃花源记》中典故,桃花源中人"自云先世避秦时乱,率妻子邑人来此绝境,不复出焉,遂与外人间隔。问今是何世,乃不知有汉,无论魏晋"。

⑤浊隘:混浊狭隘。○兰若:音 lánrě,佛教名词,阿兰若,狭义指森林、树林,也指旷野、荒凉之地;广义指供修道人禅修的寂静处。

【评析】

王阳明在时间的推移和空间转换中写了一天之中游九华山的过程。清晨"微雨山路滑,山行入轻舟",随空间转换的景色有"桃花夹岸""回峦叠嶂""奇峰应接""舟行转屈曲",其中"舟行转屈曲"相应的"青山亦奔走",写出了因参照物不同带来的真实体验所实现的审美升华,具有较高艺术价值。临近中午"雨霁云亦开",游玩的方式转为步行,"梅蹊柳径""长松白石""攀风磴""听瀑雷"自不待言,发人深思的是山高深处"村落""人家"的偶遇。尤其后者,王阳明说"乱山高顶藏平野,茆屋高低自成社。此中那得有人家?恐是当年避秦者",这不是又一处"桃花源"吗?因而,在"西岩日色渐欲下"的傍晚,王阳明触景生情,有了"世途浊隘不可居,吾将此地营兰若"的想法。

芙蓉阁①

正德十五年(1520)

九华之山何崔嵬,芙蓉直傍青天栽。刚风倒海吹不动,大雪裂地冻还开。②夜半峰头挂明月,宛如玉女临妆台。我拂沧海写图画,题诗还愧谪仙才。

【校注】

①该诗《王阳明全集》卷二十著录。〇芙蓉阁:见前《芙蓉阁二首》注。

②刚风:西方来的风,见前《泰山高诗碑》之注。

【评析】

该诗首联和颔联写芙蓉阁的高峻坚定。颈联想象出奇,将之和夜半明月一道,比作玉女临妆台。尾联则直说自己没有李白的才华,题诗写不出芙蓉阁的神韵。

重游无相寺次韵四首①

正德十五年(1520)

其　一

游兴殊未尽,尘寰不可留。山青只依旧,白尽世间头。

其　二

人迹不到地,茆茨亦数间。借问此何处?云是九华山。

其　三

拔地千峰起,芙蓉插晓寒。当年看不足,今日复来看。

其　四

瀑流悬绝壁,峰月上寒空。鸟鸣苍涧底,僧住白云中。

【校注】
①该四诗《王阳明全集》卷二十著录。

【评析】

该诗为五绝,是王阳明重游无相寺的即景描写和即情抒发。写情最直接的是其一,"尘寰不可留"和"白尽世间头",写出了王阳明被世事折磨到白头的失望。其下三首写即时之景,但景中亦自然有情,分析从略。

重游无相寺次旧韵①

正德十五年(1520)

旧识仙源路未差,也从谷口问桃花。②屡攀绝栈经残雪,几度清溪踏月华。③虎穴相邻多异境,鸟飞不到有僧家。频来休下仙翁榻,只借峰头一片霞。

【校注】
①该诗《王阳明全集》卷二十著录。
②该联行文化用了《桃花源记》之典。
③月华:月光。

【评析】

诗首联以化用《桃花源记》入诗,颔联、颈联写景。尾联"频来休下仙翁榻,只借峰头一片霞"照应开头隐逸情趣,尤其"只借峰头一片霞",活现了超脱、达观的一代大儒王阳明的形象。

登莲花峰①

正德十五年(1520)

莲花顶上老僧居,脚踏莲花不染泥。夜半花心吐明月,一颗悬空黍米珠。

【校注】

①该诗《王阳明全集》卷二十著录。

【评析】

"夜半花心吐明月,一颗悬空黍米珠",写特殊的时间、特殊的感受,创造了一个奇绝的艺术境界。特殊的时间是夜半时刻,特殊的感受是此夜半时的明月像是由莲花峰花心吐出,在作者看来,此时的明月,恰似一颗悬挂在空中的"黍米珠"。

登莲花绝顶书赠章汝愚①

正德十五年(1520)

灵峭九十九,此峰应最高。岩栖半夜日,地隐九江涛。天碍乌纱帽,霞生紫绮袍。翩翩云外侣,吾亦尔同曹。

【校注】

①该诗浙古本《全集》录自清段中律等纂修《青阳县志》卷六《艺文志·五言律》;该诗亦收录于章贻贤编纂《德庆三编·章氏会谱》卷十六《诗》。〇章汝愚:安徽池州人,和祝允明《题池州章汝愚秀才藏履吉九华山歌》中的"章汝愚"当为同一人,再由王阳明该诗"翩翩云外侣,吾亦尔同曹"推测,章当是一位追慕道仙者。

【评析】

该诗首联、颔联写景,颈联、尾联写怀,尤其尾联明确了自己追慕仙道的情怀。

登云峰望始尽九华之胜因复作歌①
正德十五年(1520)

九华之峰九十九,此语相传俗人口。俗人眼浅见皮肤,焉测其中之所有?我登华顶拂云雾,极目奇峰那有数?巨壑中藏万玉林,大剑长枪攒武库。有如智者深韬藏,复如淑女避谗妒。暗然避世不求知,卑己尊人羞逞露。②何人不道九华奇,奇中之奇人未知。我欲穷搜尽拈出,秘藏恐是天所私。旋解诗囊旋收拾,脱颖露出锥参差。从来题诗李白好,渠于此山亦潦草。曾见王维画《辋川》,安得渠来拂纤缟?③

【校注】

①该诗《王阳明全集》卷二十著录。

②暗然:隐晦深远状。出《礼记·中庸》:"故君子之道,暗然而日章;小人之道,的然而日亡。"郑玄注:"言君子深远难知,小人浅近易知。"孔颖达疏:"言君子以其道德深远谦退,初视未见,故曰暗然。"

③纤缟:细白绢,可作画于其上。

【评析】

诗写九华山之胜,没有铺陈描写,而是使用了比喻议论烘托手法。将大山沟壑中郁郁葱葱的树林比作藏满剑枪的兵器库——"大剑长枪攒武库",进而在"藏"字上用力,比作智者、淑女的韬光养晦、藏锋隐晦——"有如智者深韬藏,复如淑女避谗妒",又显然是况自己当前"暗然避世不求知,卑己尊人羞逞露"的情形。议论烘托九华山,祭出的是两个顶尖高手李白和王维:"从来题诗李白好,渠于此山亦潦草。曾见王维画《辋川》,安得渠来拂纤缟?"

双峰遗柯生乔①

正德十五年(1520)

尔家双峰下,不见双峰景。如锥处囊中,深藏未脱颖。盛德心愈卑,幽人迹多屏。悠然望双峰,可以发深省。

【校注】

①该诗《王阳明全集》卷二十著录。○双峰:在莲花峰下。○柯生乔:即柯乔。

【评析】

该诗是王阳明自莲花峰归,至于双峰,即时开悟门人之作。他勉励"锥处囊中"的柯乔,要善于观察善于思考,比如在双峰的自然景观中,悟出道理来。该诗再次呈现了王阳明教学不死搬教条,随时随地进行的灵活性特色。

归途有僧自望华亭来迎且请诗①

正德十五年(1520)

方自华峰下,何劳更望华。山僧援故事,要我到渠家。自谓游已至,那知望转佳。正如酣醉后,醒酒却须茶。

【校注】

①该诗《王阳明全集》卷二十著录。○望华亭:位于安徽九华山五溪桥侧,明代都御史彭礼所建。彭礼,江西安福人,明朝成化年间进士,官至南京都察院左副都御史。

该诗是王阳明的即时之作,充满情趣之处是运用形象的比喻,将登上莲花峰的游兴极致体验比作"酣醉",将望华亭比作"醒酒茶"。

无相寺金沙泉次韵①

正德十五年(1520)

黄金不布地,倾沙泻流泉。潭净长开镜,池分或铸莲。兴云为大雨,济世作丰年。纵有贪夫过,清风自洒然。

【校注】

①该诗《王阳明全集》卷二十著录。○金沙泉:在头陀岭下二圣殿西的无相寺南端。

【评析】

该诗咏一泉水,王阳明却使用了大手笔,在"兴云为大雨,济世作丰年"中体现着他博大的爱民情怀,"清风自洒然"则又是他自己光风霁月胸中洒然的写照。

重游化城寺二首①

正德十五年(1520)

其 一

爱山日日望山晴,忽到山中眼自明。鸟道渐非前度险,龙潭更比旧时清。会心人远空遗洞,识面僧来不记名。莫谓中丞喜忘世,前途风浪苦难行。②

其 二

山寺从来十九秋,旧僧零落老比丘。③檐松尽长青冥干,瀑水犹悬翠壁流。人住层崖嫌洞浅,鸟鸣春涧觉山幽。④年来别有闲寻意,不似当时孟浪游。⑤

【校注】

①该二诗《王阳明全集》卷二十著录。

②中丞:此为王阳明自谓。汉代御史大夫下设两丞,一称御史丞,一称御史中丞,因中丞居殿中而得名,掌管兰台图籍秘书,外督部刺史,内领侍御史,受公卿奏事,举劾按章。明朝都察院副都御史职位相当于御史中丞,常用作巡抚的加衔,王阳明时任巡抚,故称。

③十九秋:此时距王阳明弘治十四年(1501)游化城寺已整整十九年。○比丘:梵语 bhiksu 的音译,指年满二十岁,受过具足戒的男性出家人。

④该联下句"鸟鸣春涧觉山幽"化用南朝梁王籍"鸟鸣山更幽"(《入若耶溪》)和王维《鸟鸣涧》"月出惊山鸟,时鸣春涧中"句。

⑤孟浪:鲁莽,轻率。出《庄子·齐物论》:"夫子以为孟浪之言,而我以为妙道之行也。"

【评析】

该二诗在和十九年前游化城寺的比较中展开,既写事又写景,但重要的是写情:十九年前的是"孟浪游",是次则是"前途风浪苦难行"。"莫谓中丞喜忘世",道出了是次来游是排遣内心的苦楚。

游九华①

正德十五年(1520)

九华原亦是移文,错怪山头日日云。乘兴未甘回俗驾,初心终不负灵均。②紫芝香暖春堪茹,青竹泉高晚更分。③幽梦已分尘土累,清猿正好月中闻。④

【校注】

①该诗《王阳明全集》卷二十著录。

②俗驾:世俗人的车架,代指世俗。金房皞诗"我欲从君觅隐居,却恐山灵嫌俗驾"(《送王升卿》)句曾用。○灵均:屈原字。

③茹:音 rú,吃。

④幽梦:忧愁之梦。唐杜牧诗"寻僧解幽梦,乞酒缓愁肠"(《郡斋独酌》)句曾用。○清猿:猿,因其啼声凄清,故称。

【评析】

诗首联"九华原亦是移文,错怪山头日日云",或用"移文诮"典义。"移文诮"源自南朝齐孔德璋稚圭《北山移文》,主旨为讽刺先隐后仕的虚伪行为,唐代韦应物诗"欲同朱轮载,勿惮移文诮"(《题从侄成绪西林舍书斋》)句曾用。由全诗看,王阳明是在以此"自嘲",原来自己念兹在兹的归隐九华山并非"初心",此可由颔联"乘兴未甘回俗驾,初心终不负灵均"明见。

弘治壬戌,尝游九华,值时阴雾,竟无所睹。至是正德庚辰,复往游之,风日清朗,尽得其胜,喜而作歌①

正德十五年(1520)

昔年十日九华住,云雾终旬竟不开。②有如昏夜入宝藏,两目无睹成空回。每逢好事谈奇胜,即思策蹇还一来。③频年驱逐事兵革,出入贼垒冲风埃。④恐恐昼夜不遑息,岂复山水能徘徊?鄱湖一战偶天幸,远随归凯停江隈。⑤是时军务颇多暇,况复我马方痡瘣。⑥旧游诸生亦群集,遂将童冠登崔嵬。⑦

431

先晨霏霭尚暝晦，却疑山意犹嫌猜。⑧肩舆一入青阳境，忽然白日开西岭。⑨长风拥彗扫浮阴，九十九峰如梦醒。群峦踊跃争献奇，儿孙俯伏摩其顶。⑩今来始识九华面，恨无诗笔为传影。层楼叠阁写未工，千朵芙蓉抽玉井。⑪怪哉造化亦安排，天下奇山此兼并。揽衣登高望八荒，双阙下见日月光。长江如带绕山麓，五湖七泽皆陂塘。⑫蓬瀛海上浮拳石，举足可到虹可梁。⑬仙人为我启阊阖，鸾骈鹤驾纷翱翔。⑭从兹脱屣谢尘世，飘然拂袖凌苍苍。

【校注】

①该诗《王阳明全集》卷二十著录。

②该联中"十日"和"终旬"互释，继弘治十四年（1501）年仲冬后，王阳明于次年春再游九华山，逗留十天。

③策蹇：此为用"策蹇驴"之典，省为"策蹇"，引为策马。策蹇驴，出晋葛洪《抱朴子•金丹》："何异策蹇驴而追迅风，棹蓝舟而济大川乎？"蹇驴，跛蹇驽弱的驴子。

④贼垒：此指叛贼的堡垒。〇风埃：被风吹起的尘土，此喻危乱、战乱。

⑤鄱湖一战：此指于鄱阳湖平定朱宸濠叛乱之战。〇归凯：凯旋之师。〇江隈：江水曲折处。

⑥虺隤：音 huītuí，疲劳生病。出《诗经•周南• 卷耳》："陟彼崔嵬，我马虺隤。"

⑦童冠：青少年。出《论语•先进》："莫春者，春服既成，冠者五六人，童子六七人，浴乎沂，风乎舞雩，咏而归。"此指随行诸门人。

⑧霏霭：烟雾朦胧貌。〇嫌猜：猜疑、嫌忌。

⑨青阳：安徽省青阳县。

⑩儿孙：此喻群峦像儿孙一样争相献奇。〇俯伏：趴在地上表示屈服或崇敬。〇摩其顶：《法华经》谓释迦牟尼佛以大法付嘱大菩萨时，用右手摩其顶，后为佛教授戒传法时的仪轨，引为长者抚摩头顶以示喜爱，如清代

432

吴伟业诗"挽须怜尚幼,摩顶喜堪狂"(《病中别孚令弟十首》其十)之用。

⑪玉井:井的美称。

⑫五湖七泽:泛指江南众多湖泊。○陂塘:犹狭窄的池塘。出《国语·周语下》:"陂塘污庳,以钟其美。"韦昭注:"畜水曰陂,塘也。"

⑬蓬瀛:蓬莱瀛洲,代指海上仙山。○拳石:拳头大的石块。

⑭鸾軿:本义当为鸾鸟拉的有帷幔的车子,此指仙车,和下"鹤驾"同义互文。軿,音 píng,有帷盖的车子。《说文》:"辎车也。"朱骏声曰:"辎軿皆衣车,前后皆蔽曰辎,前有蔽曰軿。"

【评析】

该诗是一七古,计四十句。古体和今体相比,不受格律和字数的限制,允许行文的格式变化(如换韵),适合容纳复杂的内容。换韵能在变化中使诗篇不板滞而增加审美价值,该诗三次换韵,由四韵构成,分别是前十句偶句押"怀来韵",随后八句偶句换"灰堆辙",再随后十二句偶句换"中东辙",最后十句换"江阳辙"。就容纳内容上讲,该诗是在联想想象机制下的时空跨越创造的历史和艺术世界。关于历史世界,他开篇追溯弘治年间游九华"值时阴雾"——"昔年十日九华住,云雾终旬竟不开";又由远及近,写到近几年的戎马兵革——"频年驱逐事兵革,出入贼垒冲风埃";以及刚刚过去的"鄱湖一战偶天幸,远随归凯停江隈";写到眼下,趁此偶暇再游九华。至于跨越空间所创造的艺术境界,则又是在夸饰下实现,此由诗"揽衣登高望八荒,双阙下见日月光。长江如带绕山麓,五湖七泽皆陂塘。蓬瀛海上浮拳石,举足可到虹可梁。仙人为我启阊阖,鸾軿鹤驾纷翱翔"句建构而成。此诗是王阳明的"喜而作歌",是在时事的压抑之下久已不见的才华之作。

岩头闲坐漫成①

正德十五年(1520)

尽日岩头坐落花,不知何处是吾家。静听谷鸟迁乔木,闲看林蜂散午衙。②翠壁泉声穿乱石,碧潭云影透晴沙。③痴儿公事真难了,须信吾生自有涯。

①该诗《王阳明全集》卷二十著录。

②午衙:午时官吏集于衙门,排班参见上司,此用以形容午间群蜂飞集蜂房之状。

③晴沙:此指阳光照耀下的潭底之沙。

【评析】

该诗首联、尾联写情,写出了自己心绪的烦乱和前景渺茫的无奈。中间两联写景,写无奈之下静听谷鸟、泉声,闲看林蜂、云影。

将游九华移舟宿寺山二首①

正德十五年(1520)

其 一

逢山未惬意,落日更移船。峡寺缘溪径,云林带石泉。钟声先度岭,月色已浮川。今夜岩房宿,寒灯不待悬。

其 二

维舟谷口傍烟霏,共说前冈石径微。竹杖穿云寻寺去,藤筐采药带花归。诸生晚佩联芳杜,野老春霞缀衲衣。②风咏不须沂水上,碧山明月更清辉。

【校注】

①该诗《王阳明全集》卷二十著录。

②芳杜:芳香的杜若。杜若,一种花卉,多年生草本,诗句中象征美好、高洁的品质。屈原诗句“搴汀洲兮杜若”(《湘夫人》)曾用。

【评析】

该诗主旨在写游九华山的兴致,晚宿山寺以待来日。内容构成,主要是写见闻之景色。其二尾联"风咏不须沂水上,碧山明月更清辉"言理,意思是只要心境在,随处明月生,随处都是"风咏沂水"的恬淡自适。

书汪进之太极岩二首①

正德十五年(1520)

其　一

一窍谁将混沌开?千年样子道州来。②须知太极元无极,始信心非明镜台。③

其　二

始信心非明镜台,须知明镜亦尘埃。人人有个圆圈在,莫向蒲团坐死灰。④

【校注】

①该二诗《王阳明全集》卷二十著录,是王阳明往休宁(今属安徽黄山)吊唁汪进之时作。○汪进之:汪循,字进之,号仁峰,休宁人,弘治九年(1496)进士,卒于正德十四年(1519)二月二十日。○太极岩:在休宁大丘山麓,汪进之隐居之所。

②该联所指是周敦颐的《太极图说》。○道州:今湖南永州道县,周敦颐故里。

③太极元无极:太极即是无极的意思,此处涉及人们对周敦颐"无极而太极"(《太极图说》)的解读。一般来说,对"无极而太极"义理解的分歧在于对"而"字的训释上:将"而"训作顺接连词"而后",则该句意为"无极然后有太极","无极"和"太极"是两个东西;将"而"字训作"即"字,则句意为"无极即太极",则"无极"和"太极"是一个东西。王阳明这里用的"元"字为"原本"义,显然他主张无极即太极。○心非明镜台:该句合下其二首联"始信

435

心非明镜台,须知明镜亦尘埃",元出人所共知的禅宗五祖弘忍的两个弟子——神秀和慧能的两个著名的偈子:神秀的偈子是"身是菩提树,心如明镜台,时时勤拂拭,莫使惹尘埃";慧能的偈子是"菩提本无树,明镜亦非台,本来无一物,何处惹尘埃"。

④圆圈:指心。○蒲团:静坐所用的蒲团。

【评析】

该二诗是王阳明心学理学内容的表达,他执周敦颐的太极说统一了禅宗的"心与明镜"说,指出心学的根本在于社会实践而不是心如死灰的坐禅——"人人有个圆圈在,莫向蒲团坐死灰"。

题仁峰精舍二首①

正德十五年(1520)

其　一

仁峰山下有仁人,怪得山中物物春。②莫道山居浑独善,问花移竹亦经纶。

其　二

山居亦自有经纶,才恋山居却世尘。肯信道人无意必,人间随地著闲身。③

【校注】

①该二诗束景南先生《王阳明佚文辑考编年》自《汪仁峰先生外集》卷三辑出。○仁峰精舍:即上太极岩。

②仁人:仁德之人,即儒家道德修养高尚之人。在王阳明这里,儒家的仁人有光照万物的魅力,故而下句谓"怪得山中物物春"。

③意必:主观臆测和绝对肯定。出《论语·子罕》:"子绝四:毋意、毋必、毋固、毋我。"可见是孔子所杜绝的四种弊病中的两个。

【评析】

该二诗中王阳明提出了一些颇具形象性的理学观点:其一,他说仁人的光辉可以使万物春意盎然——"仁峰山下有仁人,怪得山中物物春";其二,"隐居"并非独善其身,花竹栽种也是经纶万物——"莫道山居浑独善,问花移竹亦经纶";其三,修道之人不臆断、绝对,而是有着通达的心胸——"肯信道人无意必,人间随地著闲身"。总之,这些观点,体现了王阳明心学理学不死板不教条的圆融通达性。

登小孤次陆良弼韵①

正德十五年(1520)

看尽东南百二峰,小孤江上是真龙。攀龙我欲乘风去,高蹑层霄绝世踪。

【校注】

①该诗《王阳明全集》卷二十著录,束景南先生《王阳明年谱长编》考谓作于正月二十三日,是王阳明奉诏再赴南都面见正德皇帝朱厚照,经彭泽登小孤山时和陆相之作。○陆良弼:陆相,浙江余姚人,孝宗弘治六年(1493)年进士。

【评析】

该诗末二句写出了王阳明欲脱离尘世烦嚣的即时情感。

繁昌道中阻风二首①

正德十五年(1520)

其 一

阻风夜泊柳边亭,懒梦还乡午未醒。卧稳从教波浪恶,地深长是水云冥。入林沽酒村童引,隔水放歌渔父听。颇觉看山缘独在,蓬窗刚对一峰青。

其 二

东风漠漠水沄沄,花柳沿村春事殷。②泊久渔樵来作市,心闲麋鹿渐同群。自怜失脚趋尘土,长恐归期负海云。正忆山中诗酒伴,石门延望几斜曛。

【校注】

①该二诗《王阳明全集》卷二十著录,是王阳明正月二十六日赴南都见正德皇帝朱厚照不得,归经繁昌道中阻风的即景之作。○繁昌:地处长江下游南岸,时属南直隶太平府,今属安徽芜湖。

②沄沄:形容水流动。

【评析】

该二诗在阻风夜泊的现实背景下,既写了实景"阻风夜泊柳边亭""入林沽酒村童引,隔水放歌渔父听""颇觉看山缘独在,蓬窗刚对一峰青""东风漠漠水沄沄,花柳沿村春事殷",也写了虚景"懒梦还乡""卧稳从教波浪恶,地深长是水云冥""正忆山中诗酒伴,石门延望几斜曛"。而实景是为了衬托虚景——"卧稳从教波浪恶,地深长是水云冥",既写出了当时王阳明所处官场的险恶,也表达了他要淡定处之的心旨。但是,在官场周旋毕竟很累,最好的方式无疑是"逃避",因而,诗的情怀倾向仍在于归隐,包括"懒梦还乡午未醒""自怜失脚趋尘土,长恐归期负海云。正忆山中诗酒伴,石门延望几斜曛"的归隐乡里,也包括"心闲麋鹿渐同群"的心隐。但就实际而言,"心隐"无疑是王阳明一生归隐的主导。

江边阻风散步至灵山寺①

正德十五年(1520)

　　归船不遇打头风,行脚何缘到此中?② 幽谷余寒春雪在,虚帘斜日暮江空。林间古塔无僧住,花外仙源有路通。随处看山随处乐,莫将踪迹叹萍蓬。③

【校注】

　　①该诗《王阳明全集》卷二十著录。○灵山寺:故址在今安徽省芜湖市繁昌区北。

　　②行脚:行走,走路。

　　③萍蓬:浮萍和蓬草(飞蓬),喻行踪漂泊不定。杜甫诗"苔竹素所好,萍蓬无定居"(《将别巫峡赠南卿兄瀼西果园四十亩》)句曾用。

【评析】

　　该诗写景之外,依然是在写不得不"达观"之情,正其所谓"随处看山随处乐,莫将踪迹叹萍蓬"。

灵山寺①

正德十五年(1520)

　　深山路僻问归樵,为指崔嵬石径遥。僧与白云归暝壑,月随沧海上寒潮。世情老去全无赖,野兴年来独未销。回首孤舟又陈迹,隔江钟磬夜迢迢。

【校注】

①该诗束景南先生《王阳明佚文辑考编年》自《〔道光〕繁昌县志》卷十七辑出,和上《江边阻风散步至灵山寺》作于同时。

【评析】

该诗在写景叙事之外,表达的依然是归隐情怀——"世情老去全无赖,野兴年来独未销"。

何石山招游燕子洞①

正德十五年(1520)

石山招我到山中,洞外烟浮湿翠浓。我向岸崖寻古句,六朝遗事寄松风。

【校注】

①该诗浙古本《王阳明全集》自清代单履中纂修《铜陵县志》卷十六《艺文下》辑出,是王阳明归经铜陵时作。○何石山:当为王阳明友人,生平不详。○燕子洞:在今安徽南陵。

【评析】

该诗在于写实怀古。

泊舟大通山溪间诸生闻之有挟册来寻者①

正德十五年(1520)

扁舟经月住林隈,谢得黄莺日日来。兼有清泉堪洗耳,更多修竹好衔杯。诸生涉水携诗卷,童子和云扫石苔。独奈华峰隔烟雾,时劳策杖上崔嵬。②

【校注】

①该诗《王阳明全集》卷二十著录。〇大通：今大通镇，位于安徽省铜陵市西南，是九华山北大门。

②华峰：九华山。

【评析】

该诗内容写惬意的山水林泉生活，和王阳明此时心境不完全相和；"扁舟经月住林隈"的"经月"，和王阳明过铜陵近两三日也不一致，此可据束景南先生《王阳明年谱长编》知：王阳明正月二十六日自芜湖归江西经繁昌、铜陵、安庆，三十日至南康。

铜陵观铁船①

正德十五年（1520）

铜陵观铁船，录寄士洁侍御道契，见行路之难也。②

青山滚滚如奔涛，铁船何处来停桡？人间刳木宁有此？疑是仙人之所操。③仙人一去已千载，山头日日长风号。④船头出土尚仿佛，后冈有石云船稍。我行过此费忖度，昔人用心无乃忉？⑤由来风波平地恶，纵有铁船还未牢。秦鞭驱之未能动，羿力何所施其篙。⑥我欲乘之访蓬岛，雷师鼓舵虹为缲。⑦弱流万里不胜芥，复恐驾此成徒劳。⑧世路难行每如此，独立斜阳首重搔。

阳明山人书于铜陵舟次，时正德庚辰春分，献俘还自南都。

【校注】

①该诗束景南先生《王阳明佚文辑考编年》自《中国书法全集》（荣宝斋出版社）第五十二册辑出；《王阳明全集》卷二十著录，题为《舟过铜陵，

野云县东小山有铁船,因往观之,果见其仿佛,因题石上》。束景南《王阳明佚文辑考编年》考谓作于此过铜陵之时,并就序、跋作出解释:"春分在二月下旬,据《阳明先生年谱》:'正德十五年正月,赴诏次芜湖。寻得旨,返江西。二月,如九江。是月,还南昌。三月,请宽租。'阳明是次乃是赴诏,并非献俘。其先是赴诏至南都上新河,阻不得见,寻返江西,正月晦日已至庐山开先寺,二月底抵九江,则其过铜陵必在一月,其作此诗并题石上当在一月中;后至二月春分,再抄写此诗寄士洁侍御,已在南昌。其称'献俘还自南都'则未当。阳明献俘在正德十四年九月,至十一月已还江西;且是次献俘钱塘,未至南都,不得谓'还自南都'。阳明如此题,或是不欲自露其行迹,故作如斯语耶?"其后,束景南先生在《王阳明年谱长编》中又谓:"阳明明确将是次赴南都之行称为'献俘'之行。春分为二月二十二日,乃是阳明抄录此诗寄谢源之日。"○铁船:"铜陵八景"之一的"铁船遗迹",在五松山前湖田之下,据清代《铜陵县志》记载:铁船在五松山前湖田之下,首尾舡形,如积铁,和晋浔阳太守张宽死后为神,一日乘铁船至有关。

②士洁侍御:谢源,字士洁,一字洁甫,闽县(治今福建福州)人,正德六年(1511)进士,曾官浙江道御史,助王阳明平定朱宸濠之乱,和王阳明关系甚密,时在南都帝侧,王阳明以此诗寄之,语以"行路之难",或有深意。

③刳木:剖开木头将中心挖空。出《周易·系辞下》:"刳木为舟,剡木为楫。"刳,音 kū,从中间破开再挖空。

④该联上句,取义晋代至于时已千年。

⑤忉:音 dāo,忧愁、焦虑貌。

⑥秦鞭:见前《过天生桥》注。

⑦缫:音 sāo,本义为抽茧出丝,此应借指拉船前行的绳索,犹纤绳。

⑧芥:芥舟,小草般大小的小船。出《庄子·逍遥游》:"覆杯水于坳堂之上,则芥为之舟;置杯焉则胶,水浅而舟大也。"

【评析】

该诗是一古体歌行,可以称为《铜陵观铁船歌》。和格律近体相比,因不受格律和句、字数的限制,更能容纳广泛的内容,可以用来记事、抒情、言理,并且可以用来长篇叙事、尽情抒情等。王阳明该诗以抒情为主,以抒回环往复之情见长,但又在回环往复中层层递进。

练潭馆二首^①

正德十五年(1520)

其　一

风尘暗惜剑光沈,拂拭星文坐拥衾。^②静夜空林闻鬼泣,小堂春雨作龙吟。不须盘错三年试,自信炉垂百炼深。^③梦断五云怀朔雁,月明高枕听山禽。^④

其　二

春山出孤月,寒潭净于练。夜静倚阑干,窗明毫发见。鱼龙互出没,风雨忽腾变。^⑤阴阳失调停,季冬乃雷电。依依林栖禽,惊飞复迟恋。远客正怀归,感之涕欲溅。风尘暗北陬,财力倾南甸。^⑥倏忽无停机,茫然谁能辨。吾生固逆旅,天地亦邮传。^⑦行止复何心,寂寞时看剑。

【校注】

①该诗浙古本《全集》录自明胡缵宗修《安庆府志》卷十六《艺文志》。束景南先生《王阳明年谱长编》考谓作于是次返回江西之时,时间是正月底,和下《梵天寺》《游龙山》作于同时。○练潭馆:馆驿名,是由九江往安庆、芜湖、南京的必经之处。练潭,湖名,在桐城之南、安庆之北。胡缵宗,时为安庆知府,正在纂修《安庆府志》。

②星文:此指宝剑上的七星文。如王维"聊持宝剑动星文"(《老将行》)句"星文"之用。

③盘错:喻错综复杂。

④朔雁:北地南飞之雁。南朝宋谢灵运有"眷转蓬之辞根,悼朔雁之赴越"(《撰征赋》)句。

⑤该联和下联暗指当时朝中鱼龙混杂、风云变幻、颠倒黑白。

⑥北陬:北隅,此句义指国家西北的威胁。○南甸:南方的郊野,此指国家南部。

⑦逆旅:旅馆。○邮传:驿传,传递文书的驿站。

【评析】

该诗写出了王阳明拂剑拥衾夜不能寐的感受与情怀。就审美创造而言,其感受有极超越极特出者,如"空林闻鬼泣""春雨作龙吟""梦断五云怀朔雁","鱼龙互出没,风雨忽腾变。阴阳失调停,季冬乃雷电"则用比喻的手法、形象的笔触写出了朝中小人翻云覆雨的无正义情状。其二还写出了王阳明忧国忧民的情怀——"风尘暗北陬,财力倾南甸。倏忽无停机,茫然谁能辨"。尽管他故作达观——"吾生固逆旅,天地亦邮传",但终归还是无奈——"行止复何心,寂寞时看剑"。

游龙山①

正德十五年(1520)

探奇凌碧峤,访隐入丹丘。②树老能人语,麋驯伴客游。云岩遗鸟篆,石洞秘灵湫。③吾欲鞭龙起,为霖遍九州。

【校注】

①该诗浙古本《全集》录自明胡缵宗修《安庆府志》卷十六《艺文志》(收入《四库全书存目丛书》史部第一八五册)。○龙山:大龙山,位于今安徽安庆北郊。

②碧峤:碧山。○丹丘:传说中神仙所居之地。《楚辞·远游》:"仍羽人于丹丘兮,留不死之旧乡。"

③鸟篆:此指岩石上的篆书石刻。

【评析】

该诗前三联写探奇、访隐、寻仙秘,尾联写兼济天下的爱民情怀。

梵天寺①

正德十五年(1520)

晴日下孤寺,春波上浅沙。颓垣从草合,虚阁入松斜。
僧供余纹石,经幡落绣花。②客怀烦渴甚,寒嗽佛前茶。③

【校注】

①该诗浙古本《全集》录自明胡缵宗修《安庆府志》卷十六《艺文志》(收入《四库全书存目丛书》史部第一八五册)。束景南先生《王阳明佚文辑考编年》谓该诗作于正德十五年。○梵天寺:在桐城。

②经幡:寺庙中印有佛教语言的旗子。

③烦渴:烦躁干渴。

【评析】

该诗在于写实,包括实景和实事。实景是前三联,尾联则写实事。

游庐山开先寺①

正德十五年(1520)

僻性寻常惯受猜,看山又是百忙来。②北风留客非无意,
南寺逢僧即未回。白日高峰开雨雪,青天飞瀑泻云雷。缘溪
踏得支茆地,修竹长松覆石台。

①该诗《王阳明全集》卷二十著录,是王阳明正月三十日归至南康游庐山开先寺时作。○开先寺:南唐中主李璟于南唐保大九年(951)建,取开国先兆之意,是他年少时筑台读书之所,在鹤鸣峰下,后因清康熙皇帝南巡时手书"秀峰寺"而改名。

②僻性:此为自言其性格孤僻。

【评析】

该诗是王阳明的即时之作,以写景为主,意与怀在其中。其写意——"僻性寻常惯受猜",是说自己此次受到朝廷猜忌。其写怀,尾联——"缘溪踏得支茆地,修竹长松覆石台",所写依然是隐逸怀抱。

游庐山开先寺①

正德十五年(1520)

清晨入谷到斜曛,遍历青霞蹑紫云。②阊阖远从双剑辟,银河真自九天分。③驱驰此日原非暇,梦想当年亦自勤。断拟罢官来驻此,不教林鹤更移文。

【校注】

①该诗《王阳明全集》卷二十著录。

②斜曛:犹斜晖。

③双剑:庐山双剑峰。○银河:天河。该句用李白"疑是银河落九天"(《望庐山瀑布》)意旨。

【评析】

该诗写怀和上诗同,由尾联文意可见。

446

云　岩①

正德十五年(1520)

　　岩高极云表,溪环疑磬折。②壁立香炉峰,正对黄金阙。③
钟响天门开,笛吹岩石裂。掀髯发长啸,满空飞玉屑。④

【校注】

①该诗浙古本《全集》录自明鲁点编《齐云山志》卷四《五言古诗》(收入
《中国道观志丛刊》第十册)。

②磬折:此谓溪水像磬一样弯曲。

③香炉峰:庐山香炉峰。○黄金阙:指庐山的金阙岩,又叫石门,前有
香炉峰、双剑峰。

④玉屑:此或指雪末。

【评析】

　　该诗为一五律,是王阳明游庐山香炉峰之作。该诗的审美价值在于写
"极致",其中"岩高极云表""钟响天门开,笛吹岩石裂"是以夸张的手法写
极致之景,尾联"掀髯发长啸,满空飞玉屑"则在承上的极致之景后写了极
致之情和极致之景的交融。当然,归根结底——"掀髯发长啸",王阳明要
表达的是自己的极致情感,或乐极、或悲极、或郁闷之极,读者们可以结合
自己的经历去体会。

书九江行台壁①

正德十五年(1520)

　　九华真实是奇观,更是庐山亦耐看。②幽胜未穷三日兴,
风尘已觉再来难。眼余五老晴光碧,衣染天池积翠寒。③却怪
寺僧能好事,直来城市索诗刊。

【校注】

①该诗《王阳明全集》卷二十著录。由首联、颔联句意可知，当为王阳明是次献俘返南昌经游九华山、庐山后，至九江行台总结时作。

②九华：九华山。〇真实：实在。

③五老：庐山五老峰。〇天池：庐山天池。

【评析】

诗中所写九华山、庐山、庐山五老峰、庐山天池等，王阳明当时并未亲至，而是自记忆中得来。首联"九华真实是奇观，更是庐山亦耐看"是议论，观点是九华山和庐山风景等齐。尾联写了山僧追来九江城索诗的趣事。

劝　酒①

正德十五年(1520)

平生忠赤有天知，便欲欺人肯自欺？②毛发暗从愁里改，世情明向笑中危。春风脉脉回枯草，残雪依依恋旧枝。谩对芳樽辞酩酊，机关识破已多时。③

【校注】

①该诗《王阳明全集》卷二十著录。王阳明是次自南都返至南昌在二月初，该诗当作于此时。

②忠赤：赤胆忠心。

③芳樽：精致的酒器，借指美酒。

【评析】

该诗借酒浇愁，写出了自己忠贞被疑的忧愤，以及虽已洞破世事却无能为力的无奈。

庐山东林寺次韵①

正德十五年(1520)

　　东林日暮更登山,峰顶高僧有兰若。云萝磴道石参差,水声深涧树高下。远公学佛却援儒,渊明嗜酒不入社。②我亦爱山仍恋官,同是乾坤避人者。我歌白云听者寡,山自点头泉自泻。月明壑底忽惊雷,夜半天风吹屋瓦。

【校注】

　　①该诗《王阳明全集》卷二十著录,是王阳明二月中如九江督导军务,游庐山东林寺时作。○东林寺:东晋惠远修建。

　　②该联上句言惠远大事援儒入佛会通三家,下句言陶渊明因为嗜酒拒绝惠远邀请,不入莲社事。

【评析】

　　该诗最有价值的是王阳明心迹的直接流露——"我亦爱山仍恋官",由此,他诗篇中反复表达归隐之志却终究没有归隐的原因,找到了!当然,王阳明此处是艺术地表达出来的,即以自己恋官而不归隐,类比于陶渊明因嗜酒而不入莲社。

又次壁间杜牧韵①

正德十五年(1520)

　　春山路僻问归樵,为指前峰石径遥。僧与白云还暝壑,月随沧海上寒潮。②世情老去浑无懒,游兴年来独未消。回首孤航又陈迹,疏钟隔渚夜迢迢。

【校注】

①该诗《王阳明全集》卷二十著录。

②暝壑：黄昏的山谷。

【评析】

　　该诗价值在于首联、颔联的意境创造，呈现在读者面前的是一幅分层"山游晚归图"。近处是诗人问路归樵，归樵用手指以石径连通的遥远山峰；远处山僧与白云还归黄昏的山谷，明月升起，山谷渐生凉意。

山　僧①

正德十五年（1520）

　　岩下萧然老病僧，曾求佛法礼南能。②论诗自许窥三昧，入圣无梯出小乘。③高阁松风飘夜磬，石床花雨落寒灯。更深月出山窗曙，漱齿焚香诵《法》《楞》。④

【校注】

①该诗《王阳明全集》卷二十著录。

②南能：禅宗南宗慧能，以顿悟为法门，和北宗神秀的渐悟法门相对。

③三昧：梵语 samadhi 音译，止息杂念，使心神平静义，借指事物要领、真谛。○小乘：小乘佛教，相对于度脱他人的大乘佛教而言，其修行以自我解脱为目的。

④《法》《楞》：《法华经》和《楞严经》。

【评析】

　　该诗形象地写出了一位老病山僧。说他求佛法尊礼南宗慧能；说他论诗时自认窥见其真谛，但仍然停留在小乘阶段。颈联、尾联描写了他清寒的生活。就下字而言，颈联上句"高阁松风飘夜磬"中的"飘"字用得极妙，读来耳畔仿佛传来缥缈的磬声。

远公讲经台①

正德十五年(1520)

远公说法有高台,一朵青莲云外开。台上久无狮子吼,野狐时复听经来。②

【校注】

①该诗《王阳明全集》卷二十著录。○远公讲经台:惠远讲经之处,在东林寺山门飞来石旁。

②狮子吼:佛出家前为古印度迦毗罗卫国太子悉达多,传说他出生时,一手指天,一手指地,作狮子吼,云:"天上地下,唯我独尊。"后引为佛菩萨演说降伏一切外道异说,以及高僧说法时的称呼。○野狐:野狐禅,禅家对外道之称,见前《书〈悟真篇〉答张太常二首》之注。

【评析】

就历史价值而言,该诗写出了当时佛教禅宗的真精神已不在的情况——"台上久无狮子吼,野狐时复听经来"。

太平宫白云①

正德十五年(1520)

白云休道本无心,随我迢迢度远岑。拦路野风吹暂断,又穿深树候前林。

【校注】

①该诗《王阳明全集》卷二十著录。○太平宫:在庐山西北麓,为唐开元年间修建的道教宫观。

【评析】

该诗以拟人的手法,将无心之物——白云,写活了。白云先是追随自己游山,后被野风暂时吹断,又穿过树林迎接自己。读来给人妙趣横生之感。

夜宿天池月下闻雷次早知山下大雨三首①
正德十五年(1520)

其 一

昨夜月明峰顶宿,隐隐雷声在山麓。晓来却问山下人,风雨三更卷茆屋。

其 二

野人权作青山主,风景朝昏颇裁取。②岩傍日脚半溪云,山下声声一村雨。

其 三

天池之水近无主,木魅山妖竞偷取。③公然又盗山头云,去向人间作风雨。

【校注】

①该诗《王阳明全集》卷二十著录。○天池:在庐山西北的天池山顶,池西有一半月形的拜月台,名文殊台。

②朝昏:犹晨昏。

③木魅:树精灵。

452

该诗颇有价值的地方在于：其一，以艺术手法言天池之高——"隐隐雷声在山麓"，说雷声自山脚下传来；其二，说木魅山妖盗取天池水又盗取山头云，向人间兴风雨为害，似有所暗指。

文殊台夜观佛灯①

正德十五年(1520)

老夫高卧文殊台，拄杖夜撞青天开。散落星辰满平野，山僧尽道佛灯来。

【校注】

①该诗《王阳明全集》卷二十著录。〇佛灯：文殊台前神异的灵光，因出现于文殊台下，人们以为是文殊菩萨的化现之光。

【评析】

王阳明该诗科学地解开了佛灯之谜，原来是"散落星辰满平野"的结果。

江上望九华不见①

正德十五年(1520)

五旬三过九华山，一度阴寒一度雨。②此来天色稍晴明，忽复昏霾起亭午。平生山水最多缘，独此相逢容有数。人言此山天所秘，山下居人不常睹。蓬莱涉海或可求，瑶水昆仑俱旧游。③洞庭何止吞八九，五岳曾向囊中收。不信开云扫六合，手扶赤日照九州。驾风骑气览八极，视此琐屑真浮沤。④

【校注】

①该诗《王阳明全集》卷二十著录,是王阳明三月献俘经九华山往游时作。

②该联上句"五旬"指五十岁,王阳明此时四十九岁,故言;"三过",盖指弘治十四年(1501)、正德十五年(1520)一月中和此次三月之三次经过。

③瑶水:瑶池,西王母所居,在昆仑山。

④八极:八方极远处。○浮沤:水面上的泡沫。

【评析】

该诗前六句写自己年近五十,已三过九华山,写了自己和九华山的缘分和情感——"平生山水最多缘,独此相逢容有数"。之后的十句,则是王阳明的逞才之作,其表现,可以说是极尽想象夸饰之能事,东海蓬莱、昆仑瑶池、八百里洞庭、五岳之尊都不在话下了——"驾风骑气览八极,视此琐屑真浮沤",王阳明要做的是"不信开云扫六合,手扶赤日照九州",此处,也只有一个"狂"字能了得。当然,"琐屑""浮沤"于现实应是有所指的,所指的是朝中搬弄是非的群小。

送周经和尚①

正德十五年(1520)

岩头有石人,为我下嶙峋。足曳破履五千两,身披旧衲四十斤。任重致远香象力,餐霜坐雪金刚身。②夜寒猛虎常温足,雨后毒龙来伴宿。手握顽砖镜未成,舌底流泉梅未熟。③夜来拾得过寒山,翠竹黄花好共看。④同来问我安心法,还解将心与汝安。

岩僧周经,自少林来,坐石窦中且三年。闻予至,与医官陶埜来谒。金(经)盖有道行者,埜素精医,有方外之缘,故诗及之。

【校注】

①该诗束景南先生《王阳明佚文辑考编年》自明代顾元镜《九华山志》卷五辑出,并于《九华山志》卷四辑出《赠周经和尚偈》,谓二者作于同时。《赠周经和尚偈》:"不向少林面壁,却来九华看山。锡杖打翻龙虎,只履踏破巉岩。这个泼皮和尚,如何容在世间? 呵呵,会得时,与你一棒;会不得,且放在黑漆桶里偷闲。正德庚辰三月八日,阳明山人王守仁到此。""正德庚辰三月八日"即正德十五年(1520)三月八日,可见此《送周经和尚》诗作于三月八日。〇周经和尚:又名周金,曾游少林,还居九华山东岩。

②香象:佛教中指交配期的大象,此时期之象,身青色,有香气,其力特强,一象能抵十象之力。

③顽砖:佛教语,粗劣的砖块,喻笨拙的修行方法。出《景德传灯录·南岳怀让禅师》:"开元中,有沙门道一,住传法院,常日坐禅。师知是法器,往问曰:'大德坐禅图什么?'一曰:'图作佛。'师乃取一砖于彼庵前石上磨。一曰:'师作什么?'师曰:'磨作镜。'一曰:'磨砖岂得成镜邪?''坐禅岂得成佛邪?'"

④拾得过寒山:寒山和拾得是相互知遇的两个高僧,故事见伪托隋末唐初闾丘胤撰《寒山子诗集序》:"详夫寒山子者,不知何许人也,自古老见之,皆谓贫人风狂之士。隐居天台唐兴县西七十里,号为寒岩,每于兹地时还国清寺。寺有拾得,知食堂,寻常收贮余残菜滓于竹筒内,寒山若来,即负而去。"相传是寒山和拾得分别是文殊菩萨与普贤菩萨的化身,《古尊宿语录》记载二人的问答很经典,寒山问曰:"世间谤我、欺我、辱我、笑我、轻我、贱我、恶我、骗我,该如何处之乎?"拾得答曰:"只需忍他、让他、由他、避他、耐他、敬他、不要理他,再待几年,你且看他。"此处王阳明将自己比作拾得,将周经和尚比作寒山。

【评析】

如果说上《江上望九华不见》展现的是王阳明狂者胸次的一面的话,该《送周经和尚》展示的则是他性格中戏谑的一面。戏谑最明显的是该诗的注脚《送周经和尚偈》,其句"这个泼皮和尚,如何容在世间? 呵呵,会得时,与你一棒;会不得,且放在黑漆桶里偷闲"云云,而该《送周经和尚》中的"岩头有石人"戏称坐禅于岩头的周经和尚为"石人"，"足曳破履五千两，身披旧衲四十斤。任重致远香象力，餐霜坐雪金刚身"云云，亦是。当然，这也体现了王阳明和佛禅中人的友好关系是何等的随性自然、心契（和周经和尚的关系，诗中"夜来拾得遇寒山"句表明，王阳明比为寒山子与拾得的关系），比同朝为官的那些阴险狡诈的同事们好多了。再者，末二句"同来问我安心法，还解将心与汝安"，连佛禅中人也向他问"安心之法"，可见王阳明当时的心学影响之大。

登云峰二三子咏歌以从欣然成谣二首①

正德十五年（1520）

其　一

淳气日凋薄，邹鲁亡真承。②世儒倡臆说，愚瞀相因仍。③晚途益沦溺，手援吾不能。弃之入烟霞，高历云峰层。开茅傍虎穴，结屋依岩僧。④岂曰事高尚，庶免无予憎。好鸟求其侣，嘤嘤林间鸣。⑤而我在空谷，焉得无良朋？飘飘二三子，春服来从行。咏歌见真性，逍遥无俗情。⑥各勉希圣志，毋为尘所萦！

其　二

深林之鸟何间关？我本无心云自闲。⑦大舜亦与木石处，醉翁惟在山林间。⑧晴窗展卷有会意，绝壁题诗无厚颜。顾谓从行二三子，随游麋鹿俱忘还。

【校注】

①该诗《王阳明全集》卷二十著录。〇云峰：或为九华山赭云峰。

456

②邹鲁：代指孔孟真传之道，也即王阳明所谓的心学。邹，代指孟子，孟子是鲁国邹人。

③世儒：当时俗儒，指株守朱子之学的儒者。王阳明认为，朱熹向心外求理的方法违背了孔孟原始儒学向内心求理的本旨。○愚瞽：愚钝而昧于事理。○因仍：因袭。

④岩僧：此指周经和尚，前《送周经和尚》中的"岩头石人"。

⑤该联用《诗经·伐木》典句"伐木丁丁，鸟鸣嘤嘤。出自幽谷，迁于乔木。嘤其鸣矣，求其友声"之义，在于写友情。

⑥逍遥：此用庄子逍遥游之义。

⑦间关：拟声词，鸟鸣声。

⑧醉翁：欧阳修，出其《醉翁亭记》。

【评析】

该诗主于写理，可以看作他心学理学的歌谣。就其内容而言，顺次是说，孔孟心学不得真传，当下俗儒之学不是孔孟心学本旨，暗喻自己是孔孟心学的承传者。就心学的生活状态而言，他落脚于"浴乎沂，风乎舞雩，咏而归"的自适境界，但又不纯粹，因为"逍遥"一词来源于《庄》学，难道说是因为在王阳明这里，当思想达到最高境界的时候，儒学和庄学就打通了呢？！

有僧坐岩中已三年，诗以励吾党①

正德十五年(1520)

莫怪岩僧木石居，吾侪真切几人如？经营日夜身心外，剽窃糠粃齿颊余。俗学未堪欺老衲，昔贤取善及陶渔。②年来奔走成何事？此日斯人亦起予。

【校注】

①该诗《王阳明全集》卷二十著录。此中所写之僧，即周经和尚。○吾

党:追随王阳明的门弟子。

②陶渔:制陶与捕鱼。《孟子·公孙丑上》:"自耕稼陶渔以至为帝,无非取于人者。取诸人以为善,是与人为善者也。"

【评析】

王阳明该诗是以周经和尚的境界对自己的启发教导门弟子。意思是说,俗儒瞧不起穷僧人,殊不知他的境界比咱们这些俗儒高多了,况且儒学先贤孟子曾教导要向制陶者、捕鱼者学习。在我们嘲笑僧人们整天静坐无所事事的时候,反问一下自己,我们整天忙忙碌碌,又做成了什么事呢?

寄隐岩①

正德十五年(1520)

每逢山水地,便有卜居心。终岁风尘里,何年沧海浔? 洞寒泉滴细,花暝石房深。青壁须留姓,他时好共寻。

【校注】

①该诗《王阳明全集》卷二十著录,定为正德五年(1510)在南京作,束景南先生《王阳明年谱长编》考谓"大误",谓作于正德十五年(1520)三月游齐山之时,并谓题目为"寄隐岩"是"不知何意",改题目为"游寄隐岩题"。

【评析】

该诗王阳明惯常地表达了厌倦世俗、归隐山林的心志。

春日游齐山寺用杜牧之韵二首①

正德十五年(1520)

其 一

即看花发又花飞,空向花前叹式微。②自笑半生行脚过,何人未老乞身归？江头鼓角翻春浪,云外旌旗闪落晖。羡杀山中麋鹿伴,千金难买芰荷衣。

其 二

倦鸟投枝已乱飞,林间暝色渐霏微。③春山日暮成孤坐,游子天涯正忆归。古洞湿云含宿雨,碧溪明月弄清晖。桃花不管人间事,只笑山人未拂衣。

【校注】

①该诗《王阳明全集》卷二十著录。〇齐山:位于安徽池州东南。

②式微:天黑了。出《诗经·邶风·式微》:"式微,式微！胡不归？"诗的主旨是长久工作在外地的人思念故乡。

③霏微:迷蒙模糊貌。

【评析】

该诗在内容上,一是描写暮春三月之景;再者,依然是表达归隐怀抱。写景之句有"花发又花飞""江头鼓角翻春浪,云外旌旗闪落晖""倦鸟投枝已乱飞,林间暝色渐霏微""古洞湿云含宿雨,碧溪明月弄清晖"。写归隐怀抱之句有"羡杀山中麋鹿伴,千金难买芰荷衣""春山日暮成孤坐,游子天涯正忆归""桃花不管人间事,只笑山人未拂衣"。当然,就诗的整体而言,则又是情景交融的风格,而"空向花前叹式微"则直接是借景抒怀。

重游开先寺戏题壁①

正德十五年（1520）

中丞不解了公事，到处看山复寻寺。②尚为妻孥守俸钱，至今未得休官去。三月开花两度来，寺僧倦客门未开。③山灵似嫌俗士驾，溪风拦路吹人回。君不见，富贵中人如中酒，折腰解醒须五斗。④未妨适意山水间，浮名于我亦何有！

【校注】

①该诗《王阳明全集》卷二十著录，据束景南先生《王阳明年谱长编》，是王阳明三月二十二日与巡按江西御史唐龙、朱节往游东林寺、开先寺时作。○重游：相对于正月三十日游开先寺而言。

②中丞：王阳明自指。

③该联上句"三月开花两度来"，指是次和上次正月三十之来游。

④醒：音 chéng，喝醉了神志不清。

【评析】

该诗主旨依然是他念兹在兹的归隐之志，此不予多解，值得一提的是与诗题"戏题"对应的内容。既然是"戏题"，则必然不是严整的格律和严肃的主题，而是具有生活化的亲切特征，此表现为"尚为妻孥守俸钱，至今未得休官去"的直说，"三月开花两度来，寺僧倦客门未开"的趣味，还有"山灵似嫌俗士驾，溪风拦路吹人回"的活泼。

游东林次邵二泉韵①

正德十五年（1520）

昨游开先殊草草，今日东林游始好。②手持苍竹拨层云，直上青天招五老。万壑笙竽松籁哀,千峰掩映芙蓉开。③坐俯西岩窥落日,风吹孤月江东来。莫向人间空白首,富贵何如一杯酒!种莲栽菊两荒凉,慧远陶潜骨同朽。④乘风我欲还金庭,三洲弱水连沙汀。⑤他年海上望庐顶,烟际浮萍一点青。⑥

　　游东林,次邵二泉韵。正德庚辰三月廿三日,阳(明)山人识。

【校注】

　　①该诗《王阳明全集》卷二十著录,题为《又次邵二泉韵》,但无后题;束景南《王阳明佚文辑考编年》据吴宗慈《庐山志·艺文志·金石目》:"明王守仁作七古一章,并书。其真迹初在三笑堂壁间,后移于影堂。"束先生并考谓"今有此诗碑刻存江西庐山东林寺"。谓该诗作于正德十五年(1520)。○邵二泉:邵宝(1460—1527),字国贤,号泉斋,别号二泉,江苏无锡人,成化二十年(1484年)进士,曾为江西提学副使,王阳明此处所次韵,即为邵宝提学江西任上作。

　　②开先:开先寺。○东林:东林寺。

　　③笙竽:两种竹制乐器,此代满山竹子风吹之下发出的声音。○松籁:风吹松林发出的声音。

　　④种莲:代指惠远法师。○栽菊:代指陶渊明。

　　⑤金庭:道教中指天上神仙所居之处。○三洲:传说中的东海蓬莱、方丈和瀛洲三座神山。

　　⑥庐顶:庐山。

【评析】

　　该诗在想象夸张的手法运用之下,形成了堪称禅仙气弥漫的审美风貌。"手持苍竹拨层云,直上青天招五老",呈现在读者眼前的是一位豪壮执着的诗人形象。"坐俯西岩窥落日,风吹孤月江东来"则又创造了独特的禅境。"种莲栽菊两荒凉,慧远陶潜骨同朽"结合"乘风我欲还金庭",连惠远和陶渊明也超越了。"他年海上望庐顶,烟际浮萍一点青",带给人的是物体在视觉上的大小随距离远近变化的智慧。王阳明该诗带给人的启示是,心境向好,原来是在大对小的超越中实现的。

游落星寺①

正德十五年(1520)

女娲炼石补天漏,璇玑昼夜无停走。②自从堕却玉衡星,至今七政迷前后。③浑仪昼夜徒揣摩,敬授人时亦何有?④玉衡堕却此湖中,眼前谁是补天手!

【校注】

①该诗《王阳明全集》卷二十著录。〇落星寺:在鄱阳湖中落星墩上,星子镇(今属江西庐山)境内。落星墩,《水经注》:"湖中有落星石,周回百余步,高五丈,上生竹木,传曰有星坠此,以名焉。"北宋元祐年间敕建禅寺于石上,寺名"福星龙安院",又名"落星寺"。

②璇玑:北斗星的第一星至第四星。

③玉衡:北斗七星之一,又名北斗五,位于斗柄与斗勺连接处,即斗柄的第一颗星。〇七政:《甘石星经》:"北斗星谓之七政,天之诸侯,亦为帝车。"

④浑仪:以浑天说为理论基础制造的测量天体的仪器。

【评析】

该诗主旨,王阳明显然是以落星寺落星墩是北斗七星的玉衡星坠落设喻。玉衡星坠落是七政乱,喻指当时政治混乱。女娲补天,也是寓托补救时乱之意。反映了王阳明对时局的忧虑。

端阳日次陈时雨写怀寄程克光金吾①

正德十五年(1520)

艾老蒲衰春事阑,天涯佳节得承欢。②穿杨有技饶燕客,赐扇无缘愧汉官。③自笑独醒还强饮,贪看竞渡遂忘餐。④苍生日夜思霖雨,一枕江湖梦未安。⑤

【校注】

①该诗束景南先生《王阳明佚文辑考编年》自《〔光绪〕淳安县志》卷十五辑出。〇陈时雨:陈霖,字时雨,号四山,弘治六年(1493)进士,时任南康知府,曾助王阳明平朱宸濠乱。〇程克光金吾:据束景南先生《王阳明佚文辑考编年》考,当为时任南京北城兵马指挥程燧。程燧,字克光,王阳明友人程文楷之子,浙江淳安人。金吾,负责皇帝和大臣的警卫、仪仗以及徼循京师、掌管治安的武职官员。

②艾老蒲衰:艾、蒲老衰。艾、蒲,民俗中端午节用来避邪的神草。

③穿杨:指王阳明和张忠、许泰校场比武三射三中穿杨事。〇燕客:指张忠、许泰率自京师来南昌的北军。〇赐扇:赐羽,即赐羽葆。羽葆,以鸟羽联缀为饰的华盖,此指君主赐有功臣下的以示信任之物。

④独醒:独自清醒,喻不同流俗。出屈原《渔父》:"屈原曰:'举世皆浊我独清,众人皆醉我独醒,是以见放!'"〇竞渡:龙舟竞渡,端午节纪念屈原的民俗活动。

⑤一枕江湖:指自己归隐江湖田园的梦想。

【评析】

该诗是借端午节屈原故事写怀之作。首联"艾老蒲衰春事阑,天涯佳节得承欢"写过节之实。颔联、颈联"穿杨有技饶燕客,赐扇无缘愧汉官。自笑独醒还强饮,贪看竞渡遂忘餐"写和北军较量事,叹惋自己有功不得封赏反受诬陷的委屈。尾联"苍生日夜思霖雨,一枕江湖梦未安"上句写百姓艰苦的生活,下句写自己归隐梦不成的遗憾。另据束景南先生《王阳明佚文辑考编年》,该诗寄程克光金吾程爌,有委托程安抚北军之意。

又次李佥事素韵①

正德十五年(1520)

省灾行近郊,探幽指层麓。②回飙振玄冈,颓阳薄西陆。③畬田收积雨,禾稼泛平菉。④取径历村墟,停车问耕牧。清溪厉月行,暝洞披云宿。淅米石涧溜,斧薪涧底木。田翁来聚观,中宵尚驰逐。将迎愧深情,疮痍惭抚掬。⑤幽枕静无寐,风泉朗鸣玉。虽缪真诀传,颇苦尘缘熟。终当遁名山,练药洗凡骨。缄辞谢亲交,流光易超忽。⑥

【校注】

①该诗《王阳明全集》卷二十著录,作于五月初十日前后,背景是王阳明和江西佥事李素、邹守益往南昌近郊视察水灾情况。

②省灾:视察灾情。

③玄冈:深黑色的山冈。

④畬田:第一年新开垦的土地,相对于开垦后经过一年到第二年才能够种植的新田和经过三年才能够种植的畲田而言。○菉:音 lù,草名,荩草。

⑤将迎:相迎。○抚掬:抚慰掬捧,此指对灾民的安抚、抚慰。

⑥缄辞:闭口。

【评析】

该诗是一古风,内容有三个方面:一是对灾情的描写与不能有效应对而愧对灾民爱戴的自责;二是写游览;其三,也即诗的旨归,依然是他念兹在兹的归隐——"终当遁名山,练药洗凡骨。缄辞谢亲交,流光易超忽"。

石屋山①

正德十五年(1520)

　　云散天宽石径通,清飙吹上最高峰。②游仙船古苍苔合,伏虎岩深绿草封。③丈室寻幽无释子,半崖呼酒唤奚童。④凭虚极目千山外,万井江楼一望中。⑤

【校注】

　　①该诗束景南先生《王阳明佚文辑考编年》自《〔同治〕临江府志》卷二辑出,是王阳明六月上旬赴赣州巡抚地方,处置宸濠叛乱善后事宜,经新淦县(今江西新干)游石屋山时作。〇石屋山:在新淦县东北七十余里,因有岩石如屋得名。

　　②清飙:清风。

　　③游仙船:在石屋山中。〇伏虎岩:在石屋山中。

　　④丈室:佛教语。据《释氏要览·住处·方丈》,毗耶离维摩诘大士以称病为由,与前来问疾的文殊等讨论佛法,妙理贯珠。其卧疾之室虽一丈见方而能容纳无数听众。唐显庆年间,王玄策奉勅出使印度,过维摩诘故宅,乃以手板纵横量之,仅得十笏,因号方丈、丈室,后因以称寺主的房间。〇释子:僧徒的通称。〇奚童:未成年的男仆。

　　⑤万井:古以三百步为一里,地方一里为一井,万井即一万平方里。此代指千家万户。

【评析】

　　该诗首联上句"云散天宽"是写实,或也寓此时王阳明因宸濠事洗脱清白。颔联、颈联写实景实事。尾联登高极目,一般情况下写心情开阔,王阳明此处也应不例外,如果是这样,则寓意显是照应首联。

石溪寺①

正德十五年(1520)

　　杖锡飞身到赤霞,石桥闲坐演三车。②一声野鹤波涛起,仙风吹送宝灵花。③

【校注】

　　①该诗束景南先生《王阳明佚文辑考编年》自《〔同治〕新淦县志》卷二辑出。○石溪寺:据《〔同治〕新淦县志》,在五都(今属江西上饶)。

　　②三车:炼丹家三种运药方式。据束景南先生《王阳明佚文辑考编年》考自李涵虚《三车密旨》:"三车者,三件河车也。第一件运气,即小周天子午运火也;第二件运精,即玉液河车,运水温养也;第三件精气兼运,即大周天运先天金汞,七返还丹,九还大丹也。此三车者,皆以真神、真意,斡乎其中,人能知三车秘谛,则精、气、神三品圆全,天、地、人三仙成就。"

　　③宝灵花:应指佛教莲花。

【评析】

　　该诗充满着佛禅道仙之气,可见,尽管王阳明在哲学思想上属于儒家,但在生活上,他依然具有浓郁的道佛属性。

大秀宫次一峰韵三首①

正德十五年(1520)

其　一

　　兹山堪遁迹,上应少微星。②洞里乾坤别,壶中日月明。③道心空自警,尘梦苦难醒。方峤由来此,虚无隔九溟。④

其　二

清溪曲曲转层林，始信桃源路未深。晚树烟霏山阁静，古松雷雨石坛阴。丹炉遗火飞残药，仙乐浮空寄绝音。莫道山人才一到，千年陈迹此重寻。

其　三

落日下清江，怅望阁道晚。人言玉笥更奇绝，漳口停舟路非远。⑤肩舆取径沿村落，心目先驰嫌足缓。山昏欲就云储眠，疏林月色与风泉。⑥梦魂忽忽到真境，侵晓循迹来洞天。洞天非人世，予亦非世人。当年曾此寄一迹，屈指忽复三千春。岩头坐石剥落尽，手种松柏枯龙鳞。三十六峰仅如旧，涧谷渐改溪流新。空中仙乐风吹断，化为鼓角惊风尘。风尘惨淡半天地，何当一扫还吾真？从行诸生骇吾说，问我恐是兹山神。君不见，广成子，高卧崆峒长不死。到今一万八千年，阳明真人亦如此。

【校注】

①该三诗《王阳明全集》卷二十著录，是王阳明六月十四日从漳口入玉笥山游大秀宫时作。玉笥山，位于今江西省吉安市峡江县，赣江东岸，背临峡江。传说汉武帝时天降玉笥于山，遂名。自秦代以来为方士、道士修真炼丹之所，为道教第十七洞天——大秀法乐洞天，第八福地——郁木福地。玉笥，传说中的玉筐。○大秀宫：玉笥道教宫宇。○一峰：应指罗伦。罗伦（1431—1478），字应魁，一字彝正，号一峰，吉安永丰人，成化二年（1466）进士第一，授翰林院修撰，为文有刚毅之气，诗作磊落不凡，有《一峰集》。

②遁迹：此指避世隐居。

③该联为化用李白"袖里乾坤大，壶中日月长"（《下途归石门旧居》）

之句。

④方峤：此指玉笥山。○九溟：犹四海。唐王勃"吞九溟于笔海，若控牛涔；抗五岳于词峰，如临蚁蛭"（《上武侍极启》）曾用。

⑤漳口：在峡江县。

⑥云储：玉笥山云储洞。

【评析】

该三诗其一为五律，其二为七律，其三为古风。就情怀倾向而言，三诗充满着道仙之气。尤其第三首，显示了王阳明"狂想"的奇特，创造了奇幻的艺术境界，此由"洞天非人世，予亦非世人。当年曾此寄一迹，屈指忽复三千春""空中仙乐风吹断，化为鼓角惊风尘""君不见，广成子，高卧崆峒长不死。到今一万八千年，阳明真人亦如此"等句所蕴含的意义共同构成。

云腾飙驭祠诗①

正德十五年（1520）

玉笥之山仙所居，下有玄窟名云储。人言此中感异梦，我亦因之梦华胥。②碧山明月夜如昼，清溪涓涓流阶除。地灵自与精神冥，忽入清虚睹真境。贝阙珠宫炫凡目，銮舆鹤辂分驰骋。③金童两两吹紫箫，玉笥真人坐相并。笑我尘寰久污浊，胡不来游凌倒景。④觉来枕席尚烟霞，乾坤何处真吾家。醒眼相看世能几，梦中说梦空咨嗟。

【校注】

①该诗束景南先生《王阳明佚文辑考编年》自《〔同治〕峡江县志》卷三辑出。○云腾飙驭祠：俗名南祠，在玉笥山元阳峰下，相传贞观年间吉州刺史吴世云弃官于此处修道飞升，天宝年间为建祠庙；后来，宋真宗赐匾额"云腾飙驭祠"。

②华胥:古代神话中指无为而治的理想国度。出《列子·黄帝》:"(黄帝)昼寝而梦,游于华胥氏之国。华胥氏之国在弇州之西,台州之北,不知斯齐国几千万里。盖非舟车足力之所及,神游而已。其国无师长,自然而已;其民无嗜欲,自然而已……黄帝既寤,怡然自得。"

③贝阙珠宫:用紫贝明珠装饰的宫殿,此喻指仙境。屈原《九歌·河伯》:"鱼鳞屋兮龙堂,紫贝阙兮朱宫。"○鸾舆鹤辂:鸾凤仙鹤拉的车驾,此指仙车。

④凌倒景:登上天极高处。倒景,道家指天空极高处,日月之光反由下往上照,而由此处往下看日月,其影皆倒,故称。《汉书·郊祀志下》:"及言世有仙人,服食不终之药,遥兴轻举,登遐倒景,览观县圃,浮游蓬莱。"

【评析】

该诗借云腾飙驭祠的道仙色彩和属性,以写梦境的方式表达了自己对自得生活的理想追求——"人言此中感异梦,我亦因之梦华胥"。同时,也是对现实生活价值观颠倒的无奈与厌倦——"觉来枕席尚烟霞,乾坤何处真吾家。醒眼相看世能几,梦中说梦空咨嗟"。

青原山次黄山谷韵①

正德十五年(1520)

咨观历州郡,驱驰倦风埃。名山特乘暇,林壑盘萦回。云石缘欹径,夏木深层隈。②仰穷岚霏际,始睹台殿开。③衣传西竺旧,构遗唐宋材。④风松溪溜急,湍响空山哀。妙香隐玄洞,僧屋悬穹崖。⑤扳依俨龙象,陟降临纬阶。⑥飞泉泻灵窦,曲槛连云榱。⑦我来慨遗迹,胜事多湮埋。邈矣西方教,流传遍中垓。⑧如何皇极化,反使吾人猜?⑨剥阳幸未绝,生意存枯荄。⑩伤心眼底事,莫负生前杯。烟霞有本性,山水乞归骸。崎岖羊肠坂,车轮几倾摧。萧散麋鹿伴,涧谷终追陪。恬愉

返真淡,阒寂辞喧豗。⑪至乐发天籁,丝竹谢淫哇。⑫千古自同
调,岂必时代偕!⑬珍重二三子,兹游非偶来。且从山叟宿,勿
受役夫催。东峰上烟月,夜景方徘徊。⑭

【校注】

①该诗《王阳明全集》卷二十著录,是王阳明六月十八日至吉安偕李
素、伍希儒、邹守益游青原山次黄庭坚韵之作。○青原山:位于今江西吉
安,佛教胜地,有净居寺。○黄山谷韵:指黄庭坚的《次韵周法曹游青原山
寺》:"市声故在耳,一原谢尘埃。乳窦响钟磬,翠峰丽昭回。俯看行磨蚁,
车马度城隈。水犹曹溪味,山自思公开。浮图涌金碧,广厦构坏材。蝉蜕
三百年,至今猿鸟哀。祖印平如水,有句非险崖。心花照十方,初不落梯
阶。我行暝托宿,夜雨滴华榱。残僧四五辈,法筵叹尘埋。石头麟一角,道
价直九垓。庐陵米贵贱,传与后人猜。晓跻上方上,秋塍乱其荄。寒藤上
老木,龙蛇委筋骸。鲁公大字石,笔势欲崩摧。德人曩来游,颇有嘉客陪。
忆当拥旌旗,千骑相排豗。且复歌舞随,丝竹写烦哇。事如飞鸿去,名与南
斗偕。松竹吟高丘,何时更能来。回首翠微合,于役王事催。猿鹤一日雅,
重来尚徘徊。"

②欹:音 qī,斜。

③岚霏:山间云雾。

④该联写禅宗传法世系,大致为,唐开元二年(714),行思禅师受佛教
南宗六祖慧能委派,从韶州南华寺来到青原山弘扬顿悟禅法,被尊为禅宗
七祖。行思在青原山净居寺弘法二十八年,青原山也由此成为顿悟学派的
传承地。开元二十八年(740),七祖圆寂后,弟子湖南衡山的希迁和尚、浙
江天台的韶国师、山西五台山的释钦禅师,各自创立"曹洞宗""云门宗""法
眼宗"三派,即"禅宗青原派系"。

⑤穹崖:巨大如庐的山崖。

⑥扳依:和下句"陟降"对,或为攀爬义。○龙象:龙与象,佛教用来喻
力气大。○纬阶:横阶梯。

⑦云榱:高处殿宇的椽子。榱,音 cuī,椽子。

⑧西方教:佛教。○中垓:中土。垓,音 gāi。

⑨皇极化:帝王以大中至正之道施政教于天下。《尚书·洪范》:"五,皇极,皇建其有极。"孔颖达疏:"皇,大也;极,中也。施政教,治下民,当使大得其中,无有邪僻。"隋代王通《中说·魏相》:"夫子六经,皇极之能事毕矣。"

⑩剥阳:《易经》六十四卦之《剥卦》卦象,初、二、三、四、五爻为阴爻,其第六爻为阳爻(上九),故谓剥阳。卦意为群阴剥阳的形势已到尽头,物极必反,阳将呈上升趋势。此指佛教侵袭本土儒学已到极端,本土儒学将见上升。○枯荄:干枯的草根。荄,音 gāi,草根。

⑪恬愉:恬静愉悦。○真淡:率真淡泊。○阒寂:寂静。阒,音 qù,形容寂静。○喧豗:音 xuānhuī,喧嚣。

⑫淫哇:淫邪之声,多指乐曲诗歌。

⑬该联王阳明是说,自己的心学得孔孟之学的真传。

⑭烟月:朦胧的月亮。

【评析】

该诗是王阳明游佛教胜地的写景写怀之作。其写景,见诗文,不详述。其写怀,写出的是本土儒学不被信仰,而西来佛教却受追捧的现实,以及自己对此的忧虑:"邈矣西方教,流传遍中垓。如何皇极化,反使吾人猜?"但王阳明也没有绝望,他的"剥阳幸未绝,生意存枯荄""千古自同调,岂必时代偕",是在说自己的心学为本土儒学保存了一点火种吧?但面对现实,他又没有巨大的龙象之力,诗的旨归,依然是隐逸的情怀——"恬愉返真淡,阒寂辞喧豗""东峰上烟月,夜景方徘徊"。

睡起偶成①

正德十五年(1520)

四十余年睡梦中,而今醒眼始朦胧。不知日已过亭午,起向高楼撞晓钟。起向高楼撞晓钟,尚多昏睡正懵懵。纵令日暮醒犹得,不信人间耳尽聋。

①该诗《王阳明全集》卷二十著录。

【评析】

该诗在于写实,其更有价值的是在意。"纵令日暮醒犹得,不信人间耳尽聋",似在期待有人能够公正对待自己。王阳明因平定朱宸濠之乱而反为猜忌,故有此心境。

啾啾吟①

正德十五年(1520)

知者不惑仁不忧,君胡戚戚眉双愁?②信步行来皆坦道,凭天判下非人谋。用之则行舍即休,此身浩荡浮虚舟。③丈夫落落掀天地,岂顾束缚如穷囚!千金之珠弹鸟雀,掘土何烦用镯镂?④君不见东家老翁防虎患,虎夜入室衔其头?西家儿童不识虎,执竿驱虎如驱牛。痴人惩噎遂废食,愚者畏溺先自投。⑤人生达命自洒落,忧谗避毁徒啾啾!⑥

【校注】

①该诗《王阳明全集》卷二十著录,作于六月下旬,时江彬遣人来窥探王阳明动静(是否有造反的迹象),有好友劝他向江彬说明情况,王阳明不从而写此明志之作。○啾啾:象声词,凄厉的鸣叫声。

②该联上句典出《论语·子罕》:"知者不惑,仁者不忧,勇者不惧。"意谓自己是正义的光明磊落的,不惮别人的猜忌,不会因别人的猜忌而忧虑迷惑。

③该联上句典出《论语·述而》:"子谓颜渊曰:'用之则行,舍之则藏。唯我与尔有是夫!'"

④镯镂:剑名,泛指宝剑。明代梁辰鱼《浣纱记·吴刻》:"偷瞧,镯镂在

腰,拼血贱团花战袍。"

⑤该联上句用"因噎废食"之典。

⑥洒落:潇洒磊落。

【评析】

通俗地说,王阳明该诗创作有着临近危难的背景,所表明的是"身正不怕影子歪""清者自清"之志。其"知者不惑仁不忧""用之则行舍即休""丈夫落落掀天地,岂顾束缚如穷囚""人生达命自洒落,忧谗避毁徒啾啾",是说自己坦坦荡荡、光明磊落,因而可以说有大无畏的精神在。其中"君不见东家老翁防虎患,虎夜入室衔其头? 西家儿童不识虎,执竿驱虎如驱牛""因噎废食"的寓言,寓哲理于形象之中,具有较高艺术价值。值得提出的是,王阳明这种临危淡定的心态,来源于他的心学,来源于儒家先圣如孔颜精神的伟大力量。

忘归岩题壁①

正德十五年(1520)

青山随地佳,岂必故园好。但得此身闲,尘寰亦蓬岛。西林日初暮,明月来何早。醉卧石床凉,洞云秋未扫。

正德庚辰八月八日,访邹、陈诸子于玉岩,题壁。阳明山人王守仁书。

【校注】

①该诗束景南先生《王阳明佚文辑考编年》自邵启贤《赣石录》卷二《王阳明先生遗墨》辑出,诗有王阳明手迹石刻存江西赣州通天岩。《王阳明全集》卷二十《通天岩》即此诗,但无后款,至不明此诗作于何时,误为正德十三年中。诗作于八月八日,是王阳明和邹守益、陈九川游忘归岩时作。陈九川(1494—1562),字惟濬,号竹亭,后号明水,江西临川(今属江西抚州)人。〇忘归岩:又名忘言岩,在通天岩中,通天岩又名玉岩。

该诗王阳明所表达的,依然是忘情于山水幽洞的隐逸情怀。前四句很有意思,反映出王阳明的达观。

游通天岩示邹陈二子①

正德十五年(1520)

邹陈二子皆好游,一往通天十日留。候之来归久不至,我亦乘兴聊寻幽。岩扉日出云气浮,二子晞发登岩头。②谷转始闻人语响,苍壁杳杳长林秋。嗒然坐我亦忘去,人生得休且复休。③采芝共约阳明麓,白首无惭黄绮俦。④

【校注】

①该诗《王阳明全集》卷二十著录。

②晞发:晒发使干,指高洁脱俗的行为。出《楚辞·九歌·少司命》:"与女沐兮咸池,晞女发兮阳之阿。"

③嗒然:形容神情懊丧。嗒,音 tà。

④黄绮:商山四皓中的绮里季、夏黄公,代商山四皓,进而代指自己的归隐之志。

【评析】

该诗写王阳明和邹守益、陈九川的好名山游,在通天岩一游玩就是十来天。诗的内容写游玩之实,也写景色。意旨依然是道仙的归隐志向。

游通天岩次邹谦之韵①

正德十五年(1520)

天风吹我上丹梯,始信青霄亦可跻。俯视氛寰成独慨,却怜人世尚多迷。②东南真境埋名久，闽楚诸峰入望低。莫道仙家全脱俗，三更日出亦闻鸡。

【校注】

①该诗《王阳明全集》卷二十著录。

②氛寰：犹尘寰、尘俗。

【评析】

该诗和上二诗以及下五诗作于同一时段，在八月十日前后十天时间里写成，为寓道仙超逸怀抱于情景与志向的交融中。

又次陈惟浚韵①

正德十五年(1520)

四山落木正秋声，独上高峰望眼明。树色遥连闽峤碧，江流不尽楚天清。云中想见双龙转，风外时传一笛横。莫遣新愁添白发，且呼明月醉沉觚。

【校注】

①该诗《王阳明全集》卷二十著录。

【评析】

该诗尾联可见，王阳明在写愁情，并且以酒浇愁，和此时期所创作的其余七首诗的逸怀旨趣有所不同。

忘言岩次谦之韵①

正德十五年(1520)

意到已忘言，兴剧复忘饭。②坐我此岩中，是谁凿混沌？

尼父欲无言,达者窥其本。此道何古今? 斯人去则远。空岩不见人,真成面墙立。③岩深雨不到,云归花亦湿。

【校注】

①该诗《王阳明全集》卷二十著录。

②该联上句王阳明使用了《庄子》的"得意忘言"思想,对应忘言岩之名意。"得意忘言"出《庄子·外物》:"荃者所以在鱼,得鱼而忘荃;蹄者所以在兔,得兔而忘蹄;言者所以在意,得意而忘言。吾安得夫忘言之人而与之言哉!"其哲义为,事物的外在形式是认识事物内在本质的工具和手段,一旦获得了对事情内在本质的认识,则不必再拘泥、执着于事物的外在形式,这正是王阳明良知心学的要义所在。

③面墙立:本义是面墙而立不能行走,喻义为知识浅薄,无法在社会上进行交流。典出《尚书》和《论语》。《尚书·周官》:"不学墙面,莅事惟烦。"孔安国《传》:"人而不学,其犹正墙面而立。"《论语》:"子谓伯鱼曰:'女为《周南》《召南》矣乎? 人而不为《周南》《召南》,其犹正墙面而立也与?'"

【评析】

该诗就思想倾向而言,非常有意思,王阳明利用了儒道两家的话语,创造了空寂的禅境,如实地再现了他的心学自然圆融地在审美的境域打通了儒道佛三家的特征。

圆明洞次谦之韵①

正德十五年(1520)

群山走波浪,出没龙蛇脊。岩栖寄盘涡,沉沦遂成癖。②我来汲东溟,烂煮南山石。千年熟一炊,欲饷岩中客。

【校注】

①该诗《王阳明全集》卷二十著录。

②盘涡:本义指水旋流形成的深涡、涡状回旋,此或喻危险境地或冲突中心。

【评析】

该诗最大价值是艺术地再现了王阳明开阔的胸怀。一是首联"群山走波浪,出没龙蛇脊"运用形象比喻和夸饰,将群山比作波浪和龙蛇之脊。其二是他夸饰中体现的大度,即愿意花费千年时间用"东溟"水煮"南山石",招待岩洞(圆明洞)中的游客。

潮头岩次谦之韵^①

正德十五年(1520)

潮头起平地,化作千丈雪。棹舟者何人? 试问岩头月。

【校注】

①该诗《王阳明全集》卷二十著录。

【评析】

该诗是一五绝,于简洁中创造了神韵。首联于夸张中陡然呈现出一幅画作。尾联突然设问收起,在遏止中将读者引入思索追问中。想起同为五绝佳篇的李白的"白发三千丈,缘愁似个长。不知明镜里,何处得秋霜"(《秋浦歌》),两者相互比较,审美境界何其相似!

坐忘言岩问二三子^①

正德十五年(1520)

几日岩栖事若何? 莫将佳景复虚过。未妨云壑淹留久,终是尘寰错误多。洞道霜风疏草木,洞门烟月挂藤萝。不知相继来游者,还有吾侪此意么?^②

【评析】

该诗题为"问二三子",实为一即时即地即情即景的开悟之作。提问在尾联"不知相继来游者,还有吾侪此意么"。其意为何? 即忘情山水与山水为一体的真山水意,而不是别的。

纪梦二首 并序①

正德十五年(1520)

正德庚辰八月廿八夕,卧小阁,忽梦晋忠臣郭景纯氏以诗示予,且极言王导之奸,谓世之人徒知王敦之逆,而不知王导实阴主之。②其言甚长,不能尽录。觉而书其所示诗于壁,复为诗以纪其略。嗟乎! 今距景纯若干年矣,非有实恶深冤郁结而未暴,宁有数千载之下尚怀愤不平若是者耶!

其 一

秋夜卧小阁,梦游沧海滨。海上神仙不可到,金银宫阙高嶙峋。中有仙人芙蓉巾,顾我宛若平生亲。欣然就语下烟雾,自言姓名郭景纯。携手历历诉衷曲,义愤感激难具陈。切齿尤深怨王导,深奸老猾长欺人。③当年王敦觊神器,导实阴主相缘夤。④不然三问三不答,胡忍使敦杀伯仁?⑤寄书欲拔太真舌,不相为谋敢尔云!⑥敦病已笃事已去,临哭嫁祸复卖敦。⑦事成同享帝王贵,事败乃为顾命臣。⑧几微隐约亦可见,世史掩覆多失真。⑨袖出长篇再三读,觉来字字能书绅。开窗试抽《晋史》阅，中间事迹颇有因。因思景纯有道者，世移事往千余春。若非精诚果有激，岂得到今犹愤嗔？⑩不成之语以筮戒，敦实气沮竟殒身。⑪人生生死亦不易，谁能视死如轻尘？烛微先几炳《易》道，多能余事非所论。取义成仁忠晋室，龙逢龚胜心可伦。⑫是非颠倒古多有，吁嗟景纯终见伸。御风骑气游八垠，彼敦之徒草木粪土臭腐同沉沦！⑬

其　二

我昔明《易》道，故知未来事。时人不我识，遂传耽一技。一思王导徒，神器良久觊。诸谢岂不力？伯仁见其底。所以敦者佣，罔顾天经与地义。⑭不然百口未负托，何忍置之死？⑮我于斯时知有分，日中斩柴市。我死何足悲，我生良有以！九天一人抚膺哭，晋室诸公亦可耻。举目山河徒叹非，携手登亭空洒泪。王导真奸雄，千载人未议。偶感君子谈中及，重与写真记。⑯固知仓卒不成文，自今当与频谑戏。倘其为我一表扬，万世万世万万世。

右晋忠臣郭景纯自述诗，盖予梦中所得者，因表而出之。

【校注】

①该诗《王阳明全集》卷二十著录，其"序"言"忽梦晋忠臣郭景纯氏以诗示予"云云，实为王阳明假托之作。

②郭景纯：郭璞（276—324），河东闻喜县（治今山西闻喜）人，东晋著名学者、文学家、训诂学家、道学术数大师，擅长写游仙诗。西晋末为王敦记室参军。东晋明帝太宁二年（324），王敦欲谋反，命郭璞占卜，言必败被杀，时年四十九岁。○王导（276—339）：字茂弘，琅邪郡临沂县（治今山东临沂）人，出身名门"琅邪王氏"。东晋政治家，历仕晋元帝、明帝和成帝三朝，东晋中兴名臣之最。东晋建立后，先拜骠骑大将军、仪同三司，封武冈侯，又进位

侍中、司空、假节、录尚书事，领中书监，与其从兄王敦一内一外，形成"王与马，共天下"的格局。王敦之乱时，王导拒绝王敦欲废元帝而立幼主的想法。不久，又受元帝遗诏辅立晋明帝，进位太保。于咸康五年(339)逝，时年六十四岁，谥"文献"。〇王敦(266—324)：王导堂兄，曾与王导一同协助司马睿建立东晋政权，成为当时权臣，但一直有夺权之心。永昌元年(322)正月，王敦从荆州起兵，以诛刘隗为名进攻建康，杀周颛，后病逝，时年五十九岁。

③该联谓郭璞切齿王导，说他是老奸巨猾的奸雄。

④缘夤：夤缘，攀附上升。

⑤伯仁：周颛(269—322)字，汝南安成(治今河南汝南)人，两晋时期名士、大臣，曾任荆州刺史，官至尚书左仆射，王敦之乱时被王敦杀害，时年五十四岁。他和王导、王敦的恩怨情仇，据《晋书》本传："初，敦之举兵也，刘隗劝帝尽除诸王，司空导率群从诣阙请罪，值颛将入，导呼颛谓曰：'伯仁，以百口累卿！'颛直入不顾。既见帝，言导忠诚，申救甚至，帝纳其言。颛喜饮酒，致醉而出。导犹在门，又呼颛。颛不与言，顾左右曰：'今年杀诸贼奴，取金印如斗大系肘。'既出，又上表明导，言甚切至。导不知救己，而甚衔之。敦既得志，问导曰：'周颛、戴若思南北之望，当登三司，无所疑也。'导不答。又曰：'若不三司，便应令仆邪？'又不答。敦曰：'若不尔，正当诛尔。'导又无言。导后料检中书故事，见颛表救己，殷勤款至。导执表流涕，悲不自胜，告其诸子曰：'吾虽不杀伯仁，伯仁由我而死。幽冥之中，负此良友！'"又据《晋书·谢鲲传》："初，敦谓鲲曰：'吾当以周伯仁为尚书令，戴若思为仆射。'及至都，复曰：'近来人情何如？'鲲对曰：'明公之举，虽欲大存社稷，然悠悠之言，实未达高义。周颛、戴若思，南北人士之望，明公举而用之，群情帖然矣。'是日，敦遣兵收周、戴，而鲲弗知，敦怒曰：'君粗疏邪！二子不相当，吾已收之矣。'鲲与颛素相亲重，闻之愕然，若丧诸己。"

⑥该联据《晋书·温峤传》："敦与王导书曰：'太真别来几日，作如此事！'表诛奸臣，以峤为首。募生得峤者，当自拔其舌。"〇太真：温峤(288—329)字，东晋政治家，太原祁县(今山西祁县)人。晋明帝即位，拜侍中，转中书令，王敦请为左司马，入补丹阳尹，加中垒将军，持节，都督安东北部诸军事。敦平，封建宁县公，进号前将军。苏峻平，拜骠骑将军、开府仪同三

司,加散骑常侍,封始安郡公。卒赠侍中大将军,使持节,谥"忠武"。

⑦该联指王敦叛乱,病重尚未死去,王导就宣布王敦已死,带领家族子弟为其发丧事。

⑧该联王阳明认为王导是一个两面派,如果王敦叛乱成功,那么敦、导二人可共享帝王富贵;如果王敦兵败,王导便是掌握朝廷重权的大臣。○顾命:临终遗命,多用以称帝王遗诏。出《尚书·顾命》:"成王将崩,命召公、毕公率诸侯相康王,作《顾命》。"孔《传》:"临终之命曰顾命。"孔颖达疏:"顾是将去之意,此言临终之命曰顾命,言临将死去回顾而为语也。"

⑨几微:细微却重要之处。

⑩愤嗔:愤恨。

⑪筮戒:此指郭璞以占筮方式告诫王敦叛乱必败。

⑫龙逢:关龙逢,因引黄图谏夏桀荒淫被冠以"妖言犯上"的罪名囚禁杀死。○龚胜(前68—11):字君宾,西汉彭城(治今江苏徐州)人,正直,多次向汉哀帝进谏,王莽代汉后强征,不受绝食而死。

⑬八垠:八垓,八方的边界。杜甫诗"赋诗宾客间,挥洒动八垠"(《寄薛三郎中》)句曾用。

⑭佣:雇用,此谓王敦被阴险的王导所利用。

⑮该联意为,周颛没有辜负王导的请求,在晋帝面前说情,但却被王敦杀害。

⑯该联意为,有感于王阳明谈到王导,因而夜间托梦叙述真相。

【评析】

　　该二诗王阳明假托梦中郭璞所示,而实为自作。第一首是"纪梦",自"秋夜卧小阁,梦游沧海滨"至"御风骑气游八垠,彼敦之徒草木粪土臭腐同沉沦",将梦见郭璞的过程记录下来;第二首自"我昔明《易》道,故知未来事"至"倘其为我一表扬,万世万世万万世",是假托郭璞的自作之作。诗是一比体,以王敦比朱宸濠,以王导比张忠、江彬、许泰,以郭璞比冀元亨。但是,就翻案历史而言,王阳明持阴谋论谓王导为"奸雄"并谓是"写真记",具有合逻辑之处,但却未必就是真实的历史。因而,将其视作文学创作的艺术加工与创造,是最符合该《纪梦二首》的。

天成素有志于学,兹得告东归林居静养, 其所就可知矣。临别以此纸索赠, 漫为赋此,遂寄声山泽诸贤[1]

正德十五年(1520)

予有山林期,苒冉风尘际。[2]高秋送将归,神往迹还滞。回车当盛年,养疴非遁世。垂竿鉴湖云,结庐浮峰树。爱日遂庭趋,芳景添游诣。搘生悟玄魄,妙静息缘虑。[3]眇眇素心人,望望沧洲去。东行访天沃,云中倘相遇。[4]

【校注】

①该诗《王阳明全集》卷二十著录。

②苒冉:亦作"苒苒",形容时间渐渐逝去。晋潘岳诗"苒苒冬春谢,寒暑忽流易"(《悼亡诗》)句曾用。

③搘:音zhī,拖住。○玄魄:元魄,元魂,真精神。

④天沃:自然沃土。

【评析】

该诗是王阳明送人东归故里之作,价值取向是他数次提起又不得实现的遁世归隐之志。

留陈惟濬[1]

正德十五年(1520)

闻说东归欲问舟,清游方此复离忧。却看阴雨相淹滞,莫道山灵独苦留。薜荔岩高兼得月,桂花香满正宜秋。烟霞到手休轻掷,尘土驱人易白头。[2]

【校注】

①该诗《王阳明全集》卷二十著录。

②烟霞:代指归隐。○尘土:代指世俗。

【评析】

该诗写了王阳明和陈九川的感情甚笃,以及对归隐生活的向往和对世俗生活的厌倦。

送王巴山学宪归六合①

正德十五年(1520)

衡文岂不重,竹帛总成尘。②且脱奔驰苦,归寻故里春。人生亦何极,所重全其贞。去去勿复道,青山不误人。

【校注】

①该诗束景南先生《王阳明佚文辑考编年》自《〔光绪〕六合县志》卷七辑出。○王巴山:王弘,字叔毅,家住六合巴山,因以为号。巴山,在六合县(今属江苏南京)西北四十五里处。○学宪:学政,学官名,提督学政,主管一省教育科举。时王弘自广东副使任罢归六合,经赣州访王阳明,王阳明作此诗送归。

②衡文:品评文章,特指主持科举考试。

【评析】

该诗劝勉王弘不要因为遭罢免而过分失落,指出仕宦虽然重要,但总不是人生真谛。人生真谛是归隐山林的自在,和与万物一体的境界。

月下吟三首①

正德十五年(1520)

其 一

露冷天清月更辉,可看游子倍沾衣。催人岁月心空在,满眼兵戈事渐非。方朔本无金马意,班超惟愿玉门归。②白头应倚庭前树,怪我还期秋又违。

其 二

江天月色自清秋,不管人间底许愁。谩拟翠华旋北极,正怜白发倚南楼。③狼烽绝塞寒初入,鹤怨空山夜未休。莫重三公轻一日,虚名真觉是浮沤。④

其 三

依依窗月夜还来,渺渺乡愁坐未回。素位也知非自得,白头无奈是亲衰。⑤当年竹下曾裴仲,何日花前更老莱?⑥恳疏乞骸今几上,中宵翘首望三台。⑦

【校注】

①该三诗《王阳明全集》卷二十著录,是王阳明于闰八月上旬的月夜,盼望正德皇帝朱厚照北还京师的感怀之作。

②方朔:西汉文人东方朔。○金马:西汉宫殿金马门,东方朔曾待诏于此。○班超:东汉军事家、外交家,曾出使西域,三十一年间收复西域五十多国,为西域回归做出了巨大贡献,官至西域都护,封定远侯。汉和帝永元十二年(100)因年迈请求还朝,两年后返抵洛阳,拜射声校尉,不久病逝。○玉门:玉门关。

③翠华:代指帝驾。〇北极:指京师。

④浮沤:水面上的泡沫,因其易生易灭,常比喻变化无常的世事。

⑤素位:安于现在所处的地位,并努力做好应当做的事情。出《礼记·中庸》:"君子素其位而行,不愿乎其外。"〇自得:自由自在。

⑥裘仲:汉代名士"二仲"之一(另一人为羊仲)。《初学记》卷十八引汉赵岐《三辅决录》:"蒋诩字元卿,舍中三径,唯羊仲、裘仲从之游。二仲皆推廉逃名。"后用以泛指廉洁隐退之士。晋陶潜《与子俨等疏》:"但恨邻靡二仲,室无莱妇,抱兹苦心,良独内愧。"

⑦该联上句意指,王阳明此时已三上"乞省葬疏"。〇中宵:中夜,夜半。〇三台:朝廷台省尚书省、中书省、门下省,代指朝廷。

【评析】

该诗写清秋月夜之景,"露冷天清月更辉""江天月色自清秋""依依窗月夜还来";写思乡愁情,"可看游子倍沾衣""不管人间底许愁""渺渺乡愁坐未回",二者情景交融为一体。写世事无奈,"催人岁月心空在,满眼兵戈事渐非""狼烽绝塞寒初入,鹤怨空山夜未休""谩拟翠华旋北极,正怜白发倚南楼""素位也知非自得,白头无奈是亲衰";因而有隐归事亲志意,"白头应倚庭前树,怪我还期秋又违""莫重三公轻一日,虚名真觉是浮沤""恳疏乞骸今几上,中宵翘首望三台";此又联系史上东方朔、班超、裘仲自比,"方朔本无金马意,班超惟愿玉门归""当年竹下曾裘仲,何日花前更老莱"。总之,将写景、写情、写志、写史融于诗中,体现了王阳明较高的驾驭能力。

月夜二首①

正德十五年(1520)

其　一

高台月色倍新晴,极浦浮沙远树平。客久欲迷乡国望,乱余愁听鼓鼙声。湖南水潦频移粟,碛北风烟且罢征。②濡手未辞援溺苦,白头方切倚闾情。③

其　二

举世困酣睡,而谁偶独醒? 疾呼未能起,瞪目相怪惊。反谓醒者狂,群起环门争。洙泗辍金铎,濂洛传微声。④谁鸣涂毒鼓,闻者皆昏冥。⑤嗟尔欲奚为? 奔走皆营营? 何当闻此鼓,开尔天聪明!

【校注】

①该二诗《王阳明全集》卷二十著录,和上《月下吟三首》作于同时。

②湖南:鄱阳湖南。○碛北:蒙古高原大沙漠以北地区。碛,音 qì,水中沙堆,引申为沙漠、沙碛。

③援溺:救人于苦难。○倚闾:靠着家门向远处眺望,形容父母盼望子女归来的迫切心情。《战国策·齐策六》:"女朝出而晚来,则吾倚门而望;女暮出而不还,则吾倚闾而望。"闾,古代里巷的门。

④洙泗:代指孔孟原始儒学。○金铎:铎,以木为舌的大铃,铜质,古代宣布政教法令时,巡行振鸣以引起众人注意,此代指孔子。○濂洛:周濂溪和二程,结合王阳明心学,确切应指周敦颐和程颢,代北宋理学心学倾向。

⑤涂毒鼓:鼓上涂有毒料,使人闻声而即死。《传灯录》曰:"全豁禅师上堂,一僧出礼拜请。师曰:'吾教意犹如涂毒鼓。击一声,远近闻者皆丧。'"○昏冥:昏然无知。

【评析】

该二诗主旨差别很大。其一在于写景抒怀,所抒之怀依然是归隐事亲之情——"白头方切倚闾情";但有国事民情糅合于其中,如"湖南水潦频移粟,碛北风烟且罢征""濡手未辞援溺苦",是写月夜之景、家国之感和归隐之情融为一体之作。其二,则是在写他的心学,感慨孔孟所创儒学和北宋周敦颐、程颢所传理学不为世知,自己疾呼发明却被目为"怪""狂",但是,王阳明此诗表明,他要知难而进,以鸣"涂毒鼓"的勇气,发明、大倡心学理学于当世!

后中秋望月歌^①

正德十五年(1520)

一年两度中秋节,两度中秋一样月。两度当筵望月人,几人犹在几人别？此后望月几中秋？此会中人知在否？^②当筵莫惜殷勤望,我已衰年半白头。

【校注】

①该诗《王阳明全集》卷二十著录。束景南先生《王阳明年谱长编》谓,正德十五年有闰八月,故有两度中秋节,《王阳明全集》将此诗置于嘉靖中"居越诗"中,乃误。

②此会中人:指王阳明此前已办的心学学会,抑或指龙山诗社、浮峰诗社等。

【评析】

该诗是王阳明于闰八月中秋夜怀故人之作,是传统的望月怀人主题。但其所怀之人不是情人和家人,而是学术同道的友人,此从一个侧面可见王阳明对其心学理学的重视。

丰城阻风 并序^①

正德十五年(1520)

前岁遇难于此,得北风幸免。^②

北风休叹北船穷,此地曾经拜北风。勾践敢忘尝胆地？齐威长忆射钩功。^③桥边黄石机先授,海上陶朱意颇同。^④况是倚门衰白甚,岁寒茅屋万山中。

【校注】

①该诗《王阳明全集》卷二十著录，是王阳明九月初还南昌经丰城时作。

②该序所写或为王阳明正德十三年（1518）举义师赴南昌经丰城遇险事。

③该联下句意为，战国时期的齐威王，经常回忆春秋五霸之一的齐桓公不记前仇，任用曾箭射其衣带钩的管仲为相，作为任人唯贤的表率。○齐威：齐威王，妫姓，田氏，名因齐，田齐桓公田午之子，战国时期齐国第四代国君，以善于纳谏用能、励志图强闻名，任用邹忌为相、田忌为将、孙膑为军师，选贤任能，并礼贤重士，在国都临淄（今山东淄博东北）稷门外修建稷下学宫，广招天下贤士议政讲学。○射钩：指管仲曾射中齐桓公衣带钩事，但齐桓公不计前仇，仍以之为相。《韩非子·难一》："桓公解管仲之束缚而相之。管仲曰：'臣有宠矣，然而臣卑。'公曰：'使子立高、国之上。'管仲曰：'臣贵矣，然而臣贫。'公曰：'使子有三归之家。'管仲曰：'臣富矣，然而臣疏。'于是立以为仲父。"

④该联上句用圯上老人黄石公授张良《太公兵法》之典，下句用范蠡功成下海经商之典。

【评析】

该诗王阳明以史为鉴，将自己丰城阻风因北风而功成的经历，比作勾践卧薪尝胆、齐威王常记齐桓公以射其钩的管仲为相、圯上老人赠张良兵书、范蠡功成身退下海经商等事，尤其以范蠡功成身退的智慧提醒自己平宸濠之乱后，要及时归隐，此为尾联"况是倚门衰白甚，岁寒茅屋万山中"所点出。

雪望四首①

正德十五年(1520)

其 一

风雪楼台夜更寒,晓来霁色满山川。当歌莫放阳春调,几处人家未起烟。②

其 二

初日湖上雪未融,野人村落闭重重。安居信是丰年兆,为语田夫莫惰农。

其 三

霁景朝来更好看,河山千里思漫漫。茅檐日色犹堪曝,应是边关地更寒。③

其 四

法象冥蒙失巨纤,连朝风雪费妆严。④谁将尘世化珠玉?好与贫家聚米盐。

【校注】

①该四诗《王阳明全集》卷二十著录。

②阳春:温暖的春天。出《管子·地数》:"君伐菹薪,煮沸水为盐,正而积之三万钟,至阳春,请籍于时。"

③曝:晒。

④法象:哲学术语,对自然界一切事物现象的总称。〇冥蒙:幽暗不

明。南朝梁江淹诗"青林结冥蒙,丹巘被葱蒨"(《颜特进延之侍宴》)句曾用。○巨纤:巨细,大和小。○妆严:妆束,打扮。晋干宝《搜神记》:"及至黄昏,内白:'女郎妆严已毕。'"

【评析】

该四诗是王阳明于十二月下旬大雪感怀之作。四诗写雪景,但其旨趣更在于通过写雪景表达忧国爱民情怀。其爱民句有"当歌莫放阳春调,几处人家未起烟""安居信是丰年兆,为语田夫莫惰农""谁将尘世化珠玉? 好与贫家聚米盐",其忧国之句是"茅檐日色犹堪曝,应是边关地更寒"。作为绝句体,其结构特征是上联写雪景,下联写情怀。

归　怀[①]

正德十六年(1521)

行年忽五十,顿觉毛发改。四十九年非,童心独犹在。[②]世故渐改涉,遇坎稍无馁。每当快意事,退然思辱殆。[③]倾否作圣功,物睹岂不快?[④]奈何桑梓怀,衰白倚门待!

【校注】

①该诗《王阳明全集》卷二十著录。

②童心:真心、初心,此指恋亲之心。

③退然:谦卑,恬退。唐柳宗元《与太学诸生喜诣阙留阳城司业书》:"太学生聚为朋曹,侮老慢贤⋯⋯有凌傲长上,而诟骂有司者。其退然自克,特殊于众人者无几耳。"○辱殆:困辱和危险。出《老子》第四十四章:"知足不辱,知止不殆,可以长久。"

④倾否:出《周易·否卦》之上九爻辞:"倾否;先否后喜。"《象》曰:"否终则倾,何可长也!"闭塞到了极点必然要发生倾覆,物极必反,否极泰来,一种局面不会长久持续不发生变化。此处指朝廷对王阳明的怀疑经过一年多时间,终于解除。○圣功:至圣之功。《周易·蒙卦》:"蒙以养正,圣

功也。"

【评析】

该诗是王阳明五十感怀之作,诗句中多用《易》学智慧。第三、四句是说四十九年的人生历程和初心不一致。初心是什么呢,是末二句所谓的"奈何桑梓怀,衰白倚门待",即事亲尽孝。第五、六句回顾了自己人生的大致经历,逐渐进取碰到坎坷而能不胆怯地勇敢渡过。第七、八句是说自己奉行老子的方法论——乐不忘忧。第九、十句是说自己否极泰来,因平宸濠之乱所遭遇的怀疑、猜忌解除,功劳即将得到认可,是人生大快意。末二句结以事亲的初心。

岩下桃花盛开携酒独酌①

正德十六年(1521)

小小山园几树桃,安排春色候停桡。开樽旋扫花阴雪,展席平临松顶涛。地远不须防俗驾,溪晴还好著渔舠。②云间石路稀人迹,深处容无避世豪。

【校注】

①该诗《王阳明全集》卷二十著录。

②俗驾:世俗人的车驾,代世俗之人。○渔舠:打鱼的小船。舠,音dāo,取象"刀"而音形。

【评析】

该诗主旨在于写王阳明此时此刻的闲情逸致。

白鹿洞独对亭①

正德十六年(1521)

五老隔青冥,寻常不易见。我来骑白鹿,凌空陟飞巘。长风卷浮云,褰帷始窥面。②一笑仍旧颜,愧我鬓先变。我来尔为主,乾坤亦邮传。③海灯照孤月,静对有余眷。④彭蠡浮一觞,宾主聊酬劝。⑤悠悠万古心,默契可无辩!

【校注】

①该诗《王阳明全集》卷二十著录,作于五月中旬,是王阳明集门人夏良胜、舒芬、万潮、陈九川、邹守益等于白鹿洞讲学唱酬时作。○独对亭:在白鹿洞书院之南,左翼山下,朱熹兴复白鹿洞书院时建此亭,名接官亭,明弘治十四年(1501)江西提学副使邵宝为纪念朱熹,名其为独对亭,取朱熹理学思想可与五老峰相对义,其在《独对亭记》谓:"五老之胜,有目者共睹,而非公莫之能当。……或谓峰以老称,不独以秀、以奇,而以其寿。是五老者,天始与始,地终与终,寿孰对之,谓公独焉。"

②褰帷:撩起帷幔。

③邮传:驿传,传递文书的驿站。

④余眷:不尽的顾眷。

⑤彭蠡:鄱阳湖。

【评析】

该诗是王阳明立独对亭对五老峰的遐想之作。诗的创作使用了拟人手法,将五老峰和自己作了主与宾的区别。然后在此前提下,创造了生动的生活情趣:骑上白鹿凌空而起,撩起帷幔才能看到五老峰的真面目,五老峰容颜依旧而自己却鬓发渐白;其下"彭蠡浮一觞,宾主聊酬劝"是于夸张中想象和五老对饮。当然,诗中关于宇宙人生的思考——"乾坤亦邮传",以及"悠悠万古心,默契可无辩",因更能带给人哲理的深思而具有魅力。

贾胡行①

正德十六年(1521)

　　贾胡得明珠,藏珠剖其躯。珠藏未能有,此身已先无。轻己重外物,贾胡一何愚! 请君勿笑贾胡愚,君今奔走声利途。钻求富贵未能得,役精劳形骨髓枯。②竟日惶惶忧毁誉,终宵惕惕防艰虞。③一日仅得五升米,半级仍甘九族诛。④胥靡接踵略无悔,请君勿笑贾胡愚!⑤

【校注】

　　①该诗《王阳明全集》卷二十著录,是一歌行体。○贾胡:典出《资治通鉴·唐纪·太宗贞观元年》:"上谓侍臣曰:'吾闻西域贾胡得美珠,剖身以藏之,有诸?'侍臣曰:'有之。'上曰:'人皆知彼之爱珠而不爱其身也,吏受赇抵法,与帝王徇奢欲而亡国者,何以异于彼胡之可笑邪!'"

　　②役精劳形:劳费精神。

　　③惕惕:小心翼翼。○艰虞:困难忧患。

　　④半级:非常低微的官职。出北齐颜之推《颜氏家训·勉学》:"或因家世余绪,得一阶半级,便自为足,全忘修学。"○九族诛:诛九族,封建时代的连坐惩罚制度。

　　⑤胥靡:音 xūmí,服劳役的囚犯,代指得罪。

【评析】

　　该诗以贾胡藏珠的寓言说理,和下《送邵文实方伯致仕》诗的旨趣相同,应作于同时。提醒人们在嘲笑贾胡重外物而不爱己身的同时,没有想到自己追逐名利而不爱自身,两者背后的逻辑毫无分别。当然,这也可以理解为王阳明的自警,诗的旨趣和他的归隐志相吻合。

送邵文实方伯致仕①

正德十六年(1521)

　　君不见埘下鸡,引类呼群啄且啼?②稻粱已足脂渐肥,毛羽脱落充庖厨。又不见笼中鹤,敛翼垂头困牢落?③笼开一旦入层云,万里翱翔从廖廓。人生山水须认真,胡为利禄缠其身?高车驷马尽桎梏,云台麟阁皆埃尘。④鸱夷抱恨浮江水,何似乘舟逃海滨?⑤舜水龙山予旧宅,让公且作烟霞伯。⑥拂衣便拟逐公回,为予先扫峰头石。

【校注】

　　①该诗《王阳明全集》卷二十著录,作于五月中。背景是邵蕡自广东右布政使致仕返余姚,经南昌时访王阳明,王阳明为其送别。○邵文实:邵蕡字,浙江余姚人,弘治三年(1490)进士。○方伯:对布政使的称呼,地方大员之义。○致仕:交还官职,即退休。

　　②埘:音 shí,墙壁上挖洞做成的鸡窝。

　　③牢落:牢笼。

　　④桎梏:音 zhìgù,脚镣和手铐。○云台麟阁:代指高官厚禄。

　　⑤鸱夷:鸱夷子皮,春秋越国范蠡之号。据《史记·越王句践世家》:"范蠡事越王句践,既苦身戮力,与句践深谋二十余年,竟灭吴,报会稽之耻,北渡兵于淮以临齐、晋,号令中国,以尊周室,句践以霸,而范蠡称上将军。还反国,范蠡以为大名之下,难以久居,且句践为人可与同患,难与处安,为书辞句践曰:'臣闻主忧臣劳,主辱臣死。昔者君王辱于会稽,所以不死,为此事也。今既以雪耻,臣请从会稽之诛。'句践曰:'孤将与子分国而有之。不然,将加诛于子。'范蠡曰:'君行令,臣行意。'乃装其轻宝珠玉,自与其私徒属乘舟浮海以行,终不反。于是句践表会稽山以为范蠡奉邑。范蠡浮海出齐,变姓名,自谓鸱夷子皮,耕于海畔,苦身戮力,父子治产。"

⑥舜水:舜水湾。

【评析】

　　该诗王阳明所表达的观点相当超逸,将高官厚禄视作被利用的工具,就像鸡窝中的鸡一样,养肥了就要宰杀掉;视作牢笼中的仙鹤;视作"桎梏""埃尘"——"高车驷马尽桎梏,云台麟阁皆埃尘";并以历史人物范蠡作比,认为功成身退是明智的选择。可见,王阳明对封建时代官场看得多么的透彻,故而有立即随邵黄归隐乡里的冲动——"拂衣便拟逐公回,为予先扫峰头石"。

次谦之韵①

正德十六年(1521)

　　珍重江船冒暑行,一宵心话更分明。须从根本求生死,莫向支流辨浊清。②久奈世儒横臆说,竞搜物理外人情。③良知底用安排得? 此物由来自浑成。

【校注】

　　①该诗《王阳明全集》卷二十著录,束景南先生考谓《全集》将之编入"归越后作"乃误,而是即将奉诏赴京师别江西诸门人时作,作于六月二十日前夕。○谦之:邹守益。邹守益有《赠阳明先生》:"短棹三年冲盛暑,迷途万里睹重明。谶符沙井西山定,派接濂溪赣水清。傅野初关霖雨梦,东人谁慰绣裳情? 瞻依多少丹丘兴,惭愧经时炼未成。"

　　②根本:本心,即良知,或指孔孟原始儒学。○支流:指本心之外的经书或外物等,或指朱子学对群经的注解。

　　③世儒:当时儒者。○物理:万物之理。○人情:人的本心,即良知。

【评析】

　　据束景南先生《王阳明年谱长编》,王阳明大揭"良知"之教是在正德十五年(1520)岁尾:以"良知"为心之本体,立"致良知"为"心学"诀窍,通过致良知工夫以复心之本体。就诗作而言,该诗是王阳明诗中首次出现"良知"二字,证明着他致良知学的正式形成。而就内容看,该诗也已是他致良知学的精准阐述:良知是先天自在的心之本体,其根本认识在孔孟原始儒学那里,而不是后儒朱子学尤其世儒的支离解说,说白了,万物之理就是人的本心,而不在本心之外。

归兴二首①

正德十六年(1521)

其　一

百战归来白发新,青山从此作闲人。峰攒尚忆冲蛮阵,云起犹疑见虏尘。岛屿微茫沧海暮,桃花烂漫武陵春。而今始信还丹诀,却笑当年识未真。②

其　二

归去休来归去休,千貂不换一羊裘。青山待我长为主,白发从他自满头。种果移花新事业,茂林修竹旧风流。多情最爱沧州伴,日日相呼理钓舟。

【校注】

①该二诗《王阳明全集》卷二十著录,是王阳明升南京兵部尚书,自钱塘便道归省,于八月下旬归至绍兴时作。

②还丹诀:道教炼丹家的口诀,王阳明早年曾迷恋导引术,此谓重操旧业而得其真谛。

【评析】

王阳明念兹在兹百般请求的故里之归终于实现,该二诗体现了他轻松欣喜的心情。

题倪小野清晖楼①

正德十六年(1521)

经锄世泽著南州,地接蓬莱近斗牛。②意气元龙高百尺,文章司马壮千秋。③先几入奏功名盛,未老投簪物望优。④三十年来同出处,清晖楼对瑞云楼。⑤

【校注】

①该诗束景南先生《王阳明佚文辑考编年》自《倪小野先生全集》后《清晖楼诗附》辑出,是王阳明九月中旬归余姚省祖茔访倪小野清晖楼时作。○倪小野:倪宗正,字本端,号小野,浙江余姚人,弘治十八年(1505)进士,历迁兵部武选司员外郎,尝以言事忤刘瑾,遭廷杖,贬太仓知州,后终于南雄府知府;和王阳明自小友善,遭际相似;能文章,有诗数万首,数量堪称明诗之冠。王阳明曾评价倪小野"诗文逼陶、杜,近日何、李远不能逮""世传小野为东坡后身,乃观其文章、气节、生平出处去就,亦略与东坡相似""东坡洵才美,然未免出于内典;若吾友小野,生平学问原本六经,讵非所谓粹然无瑕疵者也"(《〔光绪〕余姚县志》卷二十三《倪宗正传》)。○清晖楼:清晖佳气之楼,倪小野所居,和王阳明出生地瑞云楼相对。

②经锄:耕读。○斗牛:二十八宿中的斗宿和牛宿,指吴越地区。因其当斗、牛二宿之分野。

③意气元龙:又元龙意气、元龙豪气,典关三国时期陈登。《三国志·魏志·陈登传》:"(许)汜曰:'陈元龙湖海之士,豪气不除。'"陈登,字元龙,下邳淮浦(治今江苏涟水)人。○文章司马:司马迁。

④先几入奏:指倪小野先于自己忤逆刘瑾而被贬为太仓知州。

⑤三十年来同出处:指王阳明弘治五年(1492)举乡试以来,和倪小野遭际相似。

该诗在于赞扬倪小野文章气节,可视为王阳明的文学评论之作。尾联写到的是二人的友谊。

春晖堂①

嘉靖元年(1522)

春日出东海,照见堂上萱。②游子万里归,班衣戏堂前。春日熙熙萱更好,萱花长春春不老。森森兰玉气正芬,翳翳桑榆景犹早。③忘忧愿母长若萱,报德儿心苦于草。君不见,柏台白昼飞清霜,到处草木皆生光。④若非堂上春晖好,安能肃杀回春阳?

【校注】

①该诗束景南先生《王阳明佚文辑考编年》自《〔万历〕兰溪县志》卷六、《〔嘉庆〕兰溪县志》卷十七下辑出,是王阳明为唐龙乞休归兰溪奉母所作的贺诗,作于三月。唐龙(1477—1546),字虞佐,号渔石,浙江兰溪人,官至太子太保、吏部尚书,卒赠少保,谥号文襄,正德十四年(1519)宁王之乱平定,唐龙被派往赈灾,与王阳明交往甚密,曾力辩阳明清白,助推王阳明"致良知"学说形成。○春晖堂:在兰溪城中。

②堂上萱:萱堂,母亲居室为萱堂,后因以萱为母亲或母亲居处的代称。

③兰玉:玉兰,别名望春花。○桑榆:夕阳光照桑榆树梢,因以指日暮,喻晚年。

④柏台:御史台的喻称,因唐龙以江西按察御史乞归奉母,故称。

【评析】

作为贺诗,该诗前十句充满祥和喜庆的气氛。后四句隐含历史故事,唐龙此次乞休,和他履职御史仗义执言得罪朝中权臣有关,此由"柏台白昼飞清霜"隐约可见。

题镇海楼①

嘉靖二年(1523)

　　越峤西来此阁横,隔波烟树见吴城。春江巨浪兼山涌,斜日孤云傍雨晴。尘海茫茫真断梗,故人落落已残星。②年来出处嗟无累,相见休教白发生。

【校注】

　　①该诗束景南先生《王阳明佚文辑考编年》自《〔万历〕萧山县志》卷二辑出,是送别邹守益北上入都至萧山时作,作于二月。○镇海楼:在萧山江边。

　　②断梗:折断的苇梗,比喻漂泊不定。北宋秦观诗"人生百龄同臂伸,断梗流萍暂相亲"(《别贾耘老》)句曾用。

【评析】

　　诗首联、颔联写景,写登镇海楼遇目壮阔之景。颈联、尾联写情,一写王阳明和邹守益的离别之情,再是对心学同道零落的忧虑之情。

夜宿浮峰次谦之韵①

嘉靖二年(1523)

　　日日春山不厌寻,野情原自懒朝簪。几家茅屋山村静,夹岸桃花溪水深。石路草香随鹿去,洞门萝月听猿吟。禅堂坐久发清磬,却笑山僧亦有心。

①该诗《王阳明全集》卷二十著录,和上《题镇海楼》、下《再游浮峰次韵》《再游延寿寺次旧韵》作于同时。

【评析】

诗写浮峰恬静之景。

再游浮峰次韵①

嘉靖二年(1523)

廿载风尘始一回,登高心在力全衰。②偶怀胜事乘春到,况有良朋自远来。还指松萝寻旧隐,拨开云石翦蒿莱。后期此别知何地?莫厌花前劝酒杯。

【校注】

①该诗《王阳明全集》卷二十著录。

②廿载:二十年,自王阳明于弘治十六年(1503)来游浮峰至今,恰好二十年。

【评析】

该诗在于写实、怀旧、写情。其写实为首联、颔联,怀旧为颈联,尾联写别情。

再游延寿寺次旧韵①

嘉靖二年(1523)

历历溪山记旧踪,寺僧遥住翠微重。扁舟曾泛桃花入,歧路心多草树封。谷口鸟声兼伐木,石门烟火出深松。②年来百好俱衰薄,独有幽探兴尚浓。③

【校注】

①该诗《王阳明全集》卷二十著录,所次之韵为《游牛峰寺四首》(见上)。○延寿寺:即牛峰寺。

②伐木:典出《诗经·小雅·伐木》篇,该诗主旨写友情。

③百好:各种爱好。

【评析】

诗首联、颔联怀旧,颈联写友情。尾联表明,探幽访胜是王阳明终生的爱好。

林汝桓以二诗寄次韵为别①

嘉靖三年(1524)

其 一

断云微日半晴阴,何处高梧有凤鸣?②星汉浮槎先入梦,海天波浪不须惊。③鲁郊已自非常典,膰肉宁为脱冕行。④试向沧浪歌一曲,未云不是《九韶》声。⑤

其 二

尧舜人人学可齐,昔贤斯语岂无稽?⑥君今一日真千里,我亦当年苦旧迷。万理由来吾具足,六经原只是阶梯。山中仅有闲风月,何日扁舟更越溪?

【校注】

①该诗《王阳明全集》卷二十著录,是王阳明写给林应骢的赠别之诗。

林应骢(1488—1540),字汝桓,号次锋,福建莆田人,正德十二年(1517)进士,授行人,转户部主事,后升员外郎,嘉靖三年(1524)因论救御史朱漳、马明衡下诏狱,谪贬为徐闻县丞。该诗创作背景是林应骢赴徐闻,途经钱塘,呈王阳明《梦槎奇游集》,并寄别诗二首,王阳明遂撰此二诗赠答。

②该联下句赞赏林应骢是鸣凤。

③浮槎:音 fúchá,传说中来往于海上和天河之间的木筏。典出《论语·公冶长》:"子曰:'道不行,乘桴浮于海。从我者,其由与!'子路闻之喜。"义为归隐海外。

④鲁郊:用春秋时期鲁哀公西狩获麟之典。○膰肉:祭祀用的熟肉。出《孟子·告子下》:"孔子为鲁司寇,不用。从而祭,膰肉不至,不税冕而行。"

⑤九韶:音乐名,周朝雅乐之一,简称《韶》,传说作于舜时。《史记·夏本纪》:"舜德大明,于是夔行乐,祖考至,群后相让,鸟兽翔舞,箫韶九成,凤凰来仪,百兽率舞,百官信谐。"

⑥该联意出《孟子·告子下》:"曹交问曰:'人皆可以为尧舜,有诸?'孟子曰:'然。'"

【评析】

该二诗是七律。其一,赞赏林应骢在"鲁郊已自非常典,膰肉宁为脱冕行"之道礼不行的时代,能够"浮槎先入梦""沧浪歌一曲",做法高明,因而是人中鸣凤。其二,在于阐发自己的理学思想,谓因为人人具有良知,故而人人可以为尧舜、成圣人;万事万物之理就是自己的本心——良知,故而理不在六经中,而是在自己的心中,求理只须向本心求,六经只是通达本心的途径而已。此诗写在王阳明心学成熟之时,正所谓随处指认良知也。

月夜二首①

嘉靖三年(1524)

与诸生歌于天泉桥。

其　一

万里中秋月正晴,四山云霭忽然生。须臾浊雾随风散,依旧青天此月明。肯信良知原不昧,从他外物岂能撄!② 老夫今夜狂歌发,化作钧天满太清。③

其　二

处处中秋此月明,不知何处亦群英?须怜绝学经千载,莫负男儿过一生!④ 影响尚疑朱仲晦,支离羞作郑康成。⑤ 铿然舍瑟春风里,点也虽狂得我情。⑥

【校注】

①该诗《王阳明全集》卷二十著录。其创作背景,据钱德洪《年谱》:"八月,宴门人于天泉桥。中秋月白如昼,先生命侍者设席于碧霞池上,门人在侍者百余人。酒半酣,歌声渐动。久之,或投壶聚算,或击鼓,或泛舟。先生见诸生兴剧,退而作诗,有'铿然舍瑟春风里,点也虽狂得我情'之句。"又据钱氏《文录叙说》:"先生顾而乐之,遂即席赋诗,有曰'铿然舍瑟春风里,点也虽狂得我情'之句。既而曰:'昔孔门求中行之士不可得,苟求其次,其惟狂者乎!狂者志存古人,一切声利纷华之染,无所累其衷,真有凤皇翔依千仞气象。得是人而裁之,使之克念,日就平易切实,则去道不远矣。予自鸿胪以前,学者用功尚多拘局;自吾揭示良知头脑,渐觉见得此意者多,可与裁矣。'"

②撄:音 yīng,扰乱。

③钧天:钧天广乐,天上的音乐。《史记·赵世家》:"我之帝所甚乐,与百神游于钧天,广乐九奏万舞,不类三代之乐,其声动人心。"○太清:天空,太空。

④绝学:此指孔孟儒学。

⑤影响:此谓朱子学仅是孔孟原始儒学的影子和回音,而未得其真谛。

○朱仲晦:朱熹,字仲晦。○郑康成:郑玄,字康成。

⑥该联用《论语·先进》曾点鼓瑟之典。

【评析】

王阳明该二诗作于其致良知之学大成之时,此可由校注知。因而,诗在不假掩饰、不假思索、兴之所至、胸中洒然状态下写成,故而,堪称他良知之学的宣言书。其一,就其艺术创造而言,显是以中秋明月比良知,"云霭""浊雾"比遮蔽良知的人欲,"浊雾随风散"是克去人欲,"依旧青天此月明"是良知依然自在,鉴于此,王阳明豪迈宣称:良知原不昧,外物岂能撄! 其二,王阳明铿锵宣告,对于产生于孔孟的原始心学,郑玄、朱熹作了支离解释,仅得其影响而未得其精髓,为了使圣学真精神复明于世,自己要效法曾点之狂,勇敢担当。但也必须指出,王阳明清醒地知道,在儒家圣学这里,"中行"才是最高的道,而"狂",是等而下之的。之所以选择"狂",是圣学真谛久被蒙蔽,自己不得已而为之的选择吧。

寄江西诸士夫①

嘉靖三年(1524)

甲马驱驰已四年,秋风归路更茫然。惭无国手医民病,空有官衔縻俸钱。湖海风尘虽暂息,江湘水旱尚相沿。题诗忽忆并州句,回首江西亦故园。②

【校注】

①该诗《王阳明全集》卷二十著录。

②并州:山西太原、大同一带,是时和蒙古冲突的前线。

【评析】

该诗首联、尾联表达了王阳明对江西的深沉情感,颔联、颈联表现了他的忧国爱民情怀。

太　息①

嘉靖三年(1524)

一日复一日,中夜坐叹息。庭中有嘉树,落叶何淅沥。蒙翳乱藤缠,宁知绝根脉。丈夫贵刚肠,光阴勿虚掷。②头白眼昏昏,吁嗟亦何及!

【校注】

①该诗《王阳明全集》卷二十著录,归入"江西诗"中,误。

②刚肠:刚正之气。嵇康《与山巨源绝交书》:"刚肠疾恶,轻肆直言。"

【评析】

结合上《寄江西诸士夫》表明,经过两年的修养,王阳明感叹时光流逝,又萌生了为国建功的情怀。

碧霞池夜坐①

嘉靖三年(1524)

一雨秋凉入夜新,池边孤月倍精神。潜鱼水底传心诀,栖鸟枝头说道真。莫谓天机非嗜欲,须知万物是吾身。无端礼乐纷纷议,谁与青天扫宿尘?②

【校注】

①该诗《王阳明全集》卷二十著录。和下《秋声》《秋夜》《夜坐》为同时之作。

②尾联表达的是对大礼议的不满,因为双方都不是从良知而是从一己之私出发。

该诗为九月五日朝廷定大礼颁诏天下,王阳明秋夜有感国事之作。首联写景,颔联、颈联写他的良知心学,尾联写对大礼议时事的感慨。

秋　声①

嘉靖三年(1524)

秋来万木发天声,点瑟回琴日夜清。绝调回随流水远,余音细入晚云轻。洗心真已空千古,倾耳谁能辩九成? 徒使清风传律吕,人间瓦缶正雷鸣。②

【校注】

①该诗《王阳明全集》卷二十著录。

②据束景南先生《王阳明年谱长编》,该联王阳明是在批评嘉靖皇帝朱厚熜手定颁行大礼完全是出于一己之私,故而有"瓦缶正雷鸣"之说。

【评析】

该诗以秋声为题,也是以秋声为喻。有实写的"秋来万木发天声",也有孔孟儒学不传的叹息,以及对大礼议的批评。

秋　夜①

嘉靖三年(1524)

春园花木始菲菲,又是高秋落叶稀。天迥楼台含气象,月明星斗避光辉。闲来心地如空水,静后天机见隐微。深院寂寥群动息,独怜乌鹊绕枝飞。

①该诗《王阳明全集》卷二十著录。

【评析】

　　该诗将写景、言理、用典与写怀融于一体,需要指出的是用典和写怀的有机融合。其所用之典是曹操的《短歌行》:"月明星稀,乌鹊南飞。绕树三匝,何枝可依?"此处乌鹊喻人才。王阳明是在说,独断的嘉靖皇帝朱厚熜,会是值得自己效力的圣明君主吗?

夜　坐①

嘉靖三年(1524)

　　独坐秋庭月色新,乾坤何处更闲人?高歌度与清风去,幽意自随流水春。千圣本无心外诀,六经须拂镜中尘。②却怜扰扰周公梦,未及惺惺陋巷贫。③

【校注】

①该诗《王阳明全集》卷二十著录。

②该联上句所述是儒家千圣相传的所谓"十六字心传"——"人心惟危,道心惟微。惟精惟一,允执厥中"(《尚书·大禹谟》)。○拂镜中尘:典出著名的神秀的偈子"身是菩提树,心如明镜台。时时勤拂拭,莫使惹尘埃"。

③周公梦:孔子梦周公之典。出《论语·述而》:"甚矣吾衰也! 久矣吾不复梦见周公!"○惺惺:神志清醒。

【评析】

　　诗的内容有两点值得注意:其一,是颈联"千圣本无心外诀,六经须拂镜中尘"对"万理由来吾具足,六经原只是阶梯"的重复;其二,首联和尾联表明,王阳明念兹在兹的归隐故里一旦实现,他又不能安心隐居,而是想要建功立业了。

次张体仁联句韵四首①

嘉靖三年(1524)

其 一

眼底湖山自一方,晚林云石坐高凉。闲心最觉身多系,游兴还堪鬓未苍。树杪风泉长滴翠,霜前岩菊尚余芳。②秋江画舫休轻发,忍负良宵灯烛光。

其 二

问俗观山两剧匆,雨中高兴谅谁同?青云薄霭千峰晓,老木苍波万里风。客散野凫从小艇,诗成岩桂发新丛。③清词寄我真消渴,绝胜金茎吸露筒。④

其 三

山寺幽寻亦惜忙,长松落落水浪浪。深冬平野风烟淡,斜日沧江鸥鹭翔。海内交游唯酒伴,年来踪迹半僧房。相过未尽青云话,无奈官程促去航。⑤

其 四

青林人静一灯归,回首诸天隔翠微。千里月明京信远,百年行乐故人稀。已知造物终难定,唯有烟霞或可依。总为迂疏多抵牾,此生何忍便脂韦。⑥

【校注】

①该四诗《王阳明全集》卷二十九著录,是张体仁赴京任过绍兴时的来访唱酬之作。原诗排序较乱,今据束景南先生《王阳明年谱长编》,其一、其

二作于九月下旬,其三作于十月王阳明送张体仁赴京时,其四作于张体仁赴京后,约在冬十一月。○张体仁:不可考,束景南先生《王阳明年谱长编》疑为张文渊。张文渊,浙江上虞(今属浙江绍兴)人,弘治十二年(1499)进士,官至南京礼部郎中。

②风泉:风吹树冠如泉涌,故谓。唐孟浩然诗"松月生夜凉,风泉满清听"(《宿业师山房期丁大不至》)句曾用。

③野凫:野鸭子。

④金茎:用以擎承露盘的铜柱。

⑤青云:此当为喻隐居义。如《南史·齐衡阳王钧传》"身处朱门,而情游江海;形入紫闼,而意在青云"中之"青云"。

⑥脂韦:油脂和软皮。出《楚辞·卜居》:"宁廉洁正直以自清乎? 将突梯滑稽如脂如韦以絜楹乎?"后以喻阿谀或圆滑。

【评析】

该四诗是唱酬之作,但因是闲居之况,所创造的是孤寂的意境。就其所表达的情感与怀抱而言,可由各诗尾联点题知:其一的"秋江画舫休轻发,忍负良宵灯烛光"和其二的"清词寄我真消渴,绝胜金茎吸露筒"可见王阳明和张体仁的相知相得;其三"相过未尽青云话,无奈官程促去航"表明二人临别的难舍难分;其四的颈联、尾联表明,此时王阳明尚有用事之意,但却因自己的"迂疏"而不愿"脂韦",有不能得到重用的抱憾。

嘉靖甲申冬二十一日,再登秦望,
自弘治戊午登后二十七年矣。
将下适董萝石与二三子来,
复坐久之,暮归同宿云门僧舍①

嘉靖三年(1524)

初冬风日佳,杖策登崔嵬。自予羁宦迹,久与山谷违。②
屈指廿七载,今兹复一来。沿溪寻往路,历历皆所怀。跻险还屡息,兴在知吾衰。③薄午际峰顶,旷望未能回。④良朋亦偶至,归路相徘徊。⑤夕阳飞鸟静,群壑风泉哀。悠悠观化意,点也可与偕。⑥

【校注】

①该诗《王阳明全集》卷二十著录。○秦望:秦望山,在今浙江杭州西南,相传秦始皇东巡时曾登上此山以望南海,故名。○董萝石:董沄,字复宗,号萝石,浙江海宁人,晚号从吾道人,王阳明弟子。关于董萝石入王门,王阳明《从吾道人记》(《王阳明全集》卷七)有详细记载。○云门僧舍:云门寺。

②羁宦:羁留他乡做官。

③跻险:攀登险要。

④薄午:临近中午。

⑤良朋:董萝石与二三子。

⑥化意:万事万物变化的真谛。

【评析】

该诗的史料价值,题目已明确,诗文是题目的详细化。其旨归,可见于末四句,"夕阳飞鸟静,群壑风泉哀"中的"静"字与"哀"字,难免是王阳明此时心境的折射;末二句的归趣,又回到"曾点气象"上来。

登香炉峰次萝石韵①

嘉靖四年(1525)

曾从炉鼎蹑天风,下数天南百二峰。胜事纵为多病阻,幽怀还与故人同。旌旗影动星辰北,鼓角声回沧海东。世故茫茫浑未定,且乘溪月放归蓬。②

【校注】

①该诗和下《观从吾登炉峰绝顶戏赠》,《王阳明全集》卷二十著录。诗作于八月上旬。○香炉峰:此为绍兴香炉峰,亦称天柱山,与大禹陵所在的会稽山相连。

②归蓬:归舟。

【评析】

该诗是王阳明次韵董萝石之作,是一七律,对仗工整。就内容而言,写到了自己生平经历,旨归为归隐——"且乘溪月放归蓬"。

观从吾登炉峰绝顶戏赠

嘉靖四年(1525)

道人不奈登山癖,日暮犹思绝栈云。岩底独行窝虎穴,峰头清啸乱猿群。清溪月出时寻寺,归棹城隅夜款门。^①可笑中郎无好兴,独留松院坐黄昏。^②

【校注】

①款门:敲门。

②松院:栽有松树的庭院。

【评析】

该诗是王阳明戏赠董萝石之作。首联说董萝石不懂登山,傍晚了还要向上攀登;颔联说他岩底独行和峰头清啸,打扰了虎穴和猿群,会给自己带来危险;颈联说他很晚了才回去。诗中善意的玩笑,充满生活气息。

书扇赠从吾①

嘉靖四年（1525）

君家只在海西隈，日日寒潮去复回。②莫遣扁舟成久别，炉峰秋月望君来。

【校注】

①该诗《王阳明全集》卷二十著录，作于九月。

②海西：海宁在杭州湾西面，故谓。

【评析】

该诗可见，王阳明和董萝石感情之深。

和董萝石菜花韵①

嘉靖五年（1526）

油菜花开满地金，鹁鸠声里又春深。②闾阎正苦饥民色，畎亩长怀老圃心。③自有牡丹堪富贵，也从蜂蝶谩追寻。年年开落浑闲事，来赏何人共此襟？

【校注】

①该诗和下《天泉楼夜坐和萝石韵》，《王阳明全集》卷二十著录，是董萝石三月来绍兴问学时王阳明的唱和之作。○菜花：油菜花。

②鹁鸠：音 bójiū，鸟名，天将雨时其鸣甚急，俗称水鹁鸪。

③闾阎：本指里巷内外的门，后多指里巷，借指平民。○畎亩：田间，田地。○老圃：有经验的菜农。

【评析】

该诗写春深油菜花开之景,同时也有写怀。所写之怀有忧民情怀——"闾阎正苦饥民色",亦有归农情怀——"畎亩长怀老圃心"。颈联所写,是富贵仍有闲逸心。尾联,在写和董萝石的友情呢!

天泉楼夜坐和萝石韵
嘉靖五年(1526)

莫厌西楼坐夜深,几人今夕此登临?白头未是形容老,赤子依然浑沌心。隔水鸣榔闻过棹,映窗残月见疏林。^①看君已得忘言意,不是当年只苦吟。

【校注】

①鸣榔:敲击船舷使作声。用以惊鱼,使入网中,或为歌声之节。

【评析】

该诗首联写实;颔联写自己虽然年老,但仍保留着赤子之心;颈联写景;尾联表扬董萝石经过两年的追随,已从"苦吟"的诗匠升级为超越具象得良知心学真髓的得道者。

答人问良知二首^①
嘉靖五年(1526)

其 一

良知即是独知时,此知之外更无知。^②谁人不有良知在,知得良知却是谁?

其　二

知得良知却是谁? 自家痛痒自家知。若将痛痒从人问,痛痒何须更问为?

【校注】

①该二诗《王阳明全集》卷二十著录,作于三月间。○人:据束景南先生《王阳明年谱长编》考,诗为答僧法聚,并抄赠袁仁,是王阳明故意隐去的。法聚,资圣寺僧;袁仁,董萝石诗社中人。二人是时和董萝石一起来与王阳明论道。

②独知:是法聚向王阳明发问的概念。徐谓《玉芝大师法聚传》:"从师海盐资圣寺。与董从吾翁谒阳明先生于会稽山中,问'独知'旨,持诗为贽,先生器重之,答以诗。"

【评析】

该二诗是王阳明以诗的形式专论良知之篇。其旨,可以概括为一切"知"根本就是一个"知"——"良知";良知,人人具有,不假外求。

咏良知四首示诸生①

嘉靖五年(1526)

其　一

个个人心有仲尼,自将闻见苦遮迷。②而今指与真头面,只是良知更莫疑。

其　二

问君何事日憧憧? 烦恼场中错用功。③莫道圣门无口诀,良知两字是参同。④

其　三

人人自有定盘针,万化根源总在心。⑤却笑从前颠倒见,枝枝叶叶外头寻。

其　四

无声无臭独知时,此是乾坤万有基。抛却自家无尽藏,沿门持钵效贫儿。

【校注】

①该四诗《王阳明全集》卷二十著录,成于五月间,和下《示诸生三首》《答人问道》同时。

②仲尼:孔子,此代良知。〇闻见:后天见闻的知识。

③憧憧:音 chōngchōng,心神不定貌。出《周易·咸卦·九四》:"憧憧往来,朋从尔思。"

④参同:验证。

⑤万化:万事万物的变化。

【评析】

该组诗是王阳明以诗的形式就良知所展开的系统论述。其一,良知人人具有——"个个人心有仲尼""人人自有定盘针";其二,良知是没有任何规定性的独立存在——"无声无臭独知时";其三,就是这个人人具有的良知,是万事万物变化的根源、根基——"万化根源总在心""此是乾坤万有基";其四,良知是儒学修养的金丹妙诀——"莫道圣门无口诀,良知两字是参同"。因而,王阳明指出,人们的弊病,是认识不到良知的本体性和方法论价值,被后天见闻之知识遮蔽而向外寻求真理——"自将闻见苦遮迷",因而终日心神不定陷于烦恼之中——"问君何事日憧憧?烦恼场中错用功""却笑从前颠倒见,枝枝叶叶外头寻""抛却自家无尽藏,沿门持钵效贫儿"。此处,王阳明的理路是:认识良知的本体性和方法性,进而致良知。

示诸生三首①

嘉靖五年(1526)

其 一

尔身各各自天真,不用求人更问人。②但致良知成德业,谩从故纸费精神。③乾坤是易原非画,心性何形得有尘?④莫道先生学禅语,此言端的为君陈。⑤

其 二

人人有路透长安,坦坦平平一直看。尽道圣贤须有秘,翻嫌易简却求难。只从孝弟为尧舜,莫把辞章学柳韩。⑥不信自家原具足,请君随事反身观。

其 三

长安有路极分明,何事幽人旷不行?⑦遂使榛茅成间塞,仅教麋鹿自纵横。⑧徒闻绝境劳悬想,指与迷途却浪惊。冒险甘投蛇虺窟,颠崖堕壑竟亡生。

【校注】

①该三诗《王阳明全集》卷二十著录。

②天真:良知。

③故纸:指儒家经书,尤其是经过朱熹传注,世儒作支离解释的儒家经书,当然也包括道佛典籍。

④易:《易》的精神,即良知。○画:《易》的卦形,由阴爻、阳爻组成。○心性:良知。

⑤先生:据束景南先生《王阳明年谱长编》,指董萝石。

⑥尧舜:此代重视人格修养的儒家圣贤。○柳韩:柳宗元和韩愈,唐代古文大家,此代专注于技艺的文学艺术创作。

⑦幽人:拘泥、局促、限制人。

⑧间塞:梗阻。

【评析】

诗在重复上四诗基础上,关于良知之学,又有两点新说法:其一,良知操持"易简"说,也就是遇事时反问自己的良心——"随事反身观";其二,如果不是向内问良知(良心)而是向外寻求,就会造成间塞(梗阻),并形象地警告说,这样做甚至会步入险境走向毁灭——"冒险甘投蛇虺窟,颠崖堕壑竟亡生"。

答人问道①

嘉靖五年(1526)

饥来吃饭倦来眠,只此修行玄更玄。说与世人浑不信,却从身外觅神仙。②

【校注】

①该诗《王阳明全集》卷二十著录。

②神仙:道。

【评析】

该诗承上诗,王阳明形象地将他的易简良知学比作饿了吃饭困了睡觉——"饥来吃饭倦来眠",他于该诗再次强调,良知就是自己的本心——良心,不是玄之又玄的身外神仙。

挽潘南山①

嘉靖五年(1526)

圣学宫墙亦久荒,如公精力可升堂。②若为千古经纶手,只作终年著述忙。③末俗浇漓风益下,平生辛苦意难忘。④西风一夜山阳笛,吹尽南冈落木霜。

【校注】

①该诗《王阳明全集》卷二十著录,作于六月二十二日。○潘南山:潘府,字孔修,号南山,上虞(今属浙江绍兴)人,成化二十三年(1487)进士,历官长乐县令、南京兵部主事、南京兵部武选员外郎、广东提学副使、太仆少卿、太常少卿,仕归乡居南山二十年,创办南山书院聚徒讲学,著有《素言》《孝经正误》等著作二十多种。

②升堂:登堂入室,此赞潘南山的儒学修养甚高。

③经纶:经营。

④末俗:儒学末流。○浇漓:肤浅,不厚道。

【评析】

该诗赞扬潘南山为儒学做出的贡献。

寄题玉芝庵①

嘉靖五年(1526)

尘途骏马劳千里,月树鹓鹔足一枝。②身既了时心亦了,不须多羡碧霞池。

【校注】

①该诗《王阳明全集》卷二十著录,作于六月下旬。是时,法聚别归,入

武康天池山说法谈禅，王阳明作此诗寄题。

②鹪鹩：音 jiāoliáo，小型鸣禽，羽毛为赤褐色，尾羽短，略上翘。

【评析】

该诗写给高僧玉芝和尚，故而充满着禅意禅趣、话语机锋。

赠岑东隐先生二首①

嘉靖五年(1526)

岑东隐老先生，余祖母族弟也。今年九十有四矣。双瞳炯然，饮食谈笑如少壮，所谓圣世之人瑞者非耶？涉江来访，信宿而别。②感叹之余，赠之以诗。

其 一

东隐先生白发垂，犹能持竹钓江湄。③身当百岁康强日，眼见九朝全盛时。寂寂群芳摇落后，苍苍松柏岁寒枝。结庐闻说临瀛海，欲问桑田几变移。

其 二

圣学工夫在致知，良知知处即吾师。勿忘勿助能无间，春到园林鸟自啼。④

【校注】

①该二诗《阳明先生文录》卷四著录，作于九月上旬，时岑鼎涉江来访，信宿而归，王阳明作诗赠别。〇岑东隐：岑鼎，字懋实，号东隐，王阳明祖母岑太夫人族弟(王阳明舅爷)。束景南先生《王阳明年谱长编》谓，岑鼎是次来访归后不久即去世，是二诗是王阳明晚年归越"日与宗族亲友宴游，随地指示良知"的代表作。

②信宿:连宿两夜。出《诗经·豳风·九罭》:"公归不复,于女信宿。"毛《传》:"再宿曰信;宿,犹处也。"

③江湄:江边水与草交接处。

④勿忘勿助:不懈怠不助长。出《孟子·公孙丑上》:"必有事焉,而勿正,心勿忘,勿助长也。"

【评析】

该组诗其一是赞赏岑鼎的老当益壮;其二是王阳明向岑指示良知,提出了致良知是儒学修养工夫的命题——"圣学工夫在致知",进而提出了工夫论的心态层面——"勿忘勿助",顺其自然——"春到园林鸟自啼"。

嘉靖丙戌十二月庚申,始得子,年已五十有五矣。六有、静斋二丈昔与先公同举于乡,闻之而喜,各以诗来贺,蔼然世交之谊也。次韵为谢二首①

嘉靖五年(1526)

其 一

海鹤精神老益强,晚途诗价重珪璋。②洗儿惠兆金钱贵,烂目光呈奎井祥。③何物敢云绳祖武,他年只好共爷长。④偶逢灯事开汤饼,庭树春风转岁阳。⑤

其 二

自分秋禾后吐芒,敢云琢玉晚珪璋。漫凭先德余家庆,岂是生申降岳祥。⑥携抱且堪娱老况,长成或可望书香。不辞岁岁临汤饼,还见吾家第几郎?

①该诗《王阳明全集》卷二十著录,作于十二月十二日,是时王阳明继室张氏生子王正聪,乡先达以诗来贺,王阳明次韵答谢。○六有、静斋:据束景南先生《王阳明年谱长编》考,当为严瑾、魏澄。

②海鹤精神:喻人精神高昂旺盛。用如唐李郢诗"四朝忧国鬓如丝,龙马精神海鹤姿"(《上裴晋公》)。○珪璋:两种贵重的玉制礼器,比喻高尚的品德。珪,同"圭"。《诗经·大雅·卷阿》:"颙颙卬卬,如圭如璋。"弄璋之喜,典出《诗经·小雅·斯干》:"乃生男子,载寝之床,载衣之裳,载弄之璋。"

③洗儿:旧时风俗,婴儿出生三天或满月,亲朋集会庆贺,给婴儿洗身。○奎井:二十八宿的奎宿和井宿,二者是配对关系。

④绳祖武:继承祖先的事功。《诗经·大雅·下武》:"昭兹来许,绳其祖武。"

⑤汤饼:类似于现在的面条。汤饼之会,小孩出生满三天时举行的庆贺宴会,因备有象征长寿的汤面,故名。

⑥生申:申伯诞生之日,后为生日之祝辞。语本《诗经·大雅·崧高》:"崧高维岳,骏极于天。维岳降神,生甫及申。"

【评析】

该诗是答谢之辞,谦虚中难掩老年得子的喜悦之情。

守岁诗并序①

嘉靖五年(1526)

嘉靖丙戌之除,从吾道人自海宁渡江来访,因共守岁。人过中年,四方之志益倦。客途岁暮,恋恋儿女室家,将舍所事走千里而归矣。道人今年已七十,终岁往来湖山之间,去住萧然,曾不知有其家室。其子毂又贤而孝,谓道人老矣,出辄长跪请留。道人笑曰:"尔之爱我也以姑息。吾方友天下之善士，以与古之贤圣者游，正情养性，固无入而不自得。天地且逆旅，奚必一亩之宫而后为吾舍耶？"呜呼！若道人者，要当求之于古，在今时则吾所罕睹也。是夜风雪，道人有作，予因次韵为谢。

多情风雪属三余，满目湖山是旧庐。②况有故人千里至，不知今夜一年除。天心终古原无改，岁时明朝又一初。白首如君真洒脱，耻随儿子恋分裾。③

阳明山人王守仁书。

【校注】

①该诗束景南先生《王阳明佚文辑考编年》自董沄《从吾道人语录》附录、周汝登《王门宗旨》卷十三辑出，是王阳明次韵董萝石《丙寅除夕》之作，董萝石诗为："南渡江来乐有余，广堂守岁即吾庐。二三千个同门聚，六十九年今夜除。文运河图呈象日，寒梅禹穴见花初。阳明甲第春风转，老我明朝□曳裾。"

②三余：冬者岁之余，夜者日之余，阴雨者时之余。

③分裾：分离。裾，音jū，衣服的前襟或后襟。

【评析】

该诗王阳明赞赏了董萝石真诚执着的追随。

书扇示正宪①

嘉靖六年(1527)

汝自冬春来，颇解学文义。②吾心岂不喜？顾此枝叶事。如树不植根，暂荣终必瘁。植根可如何？愿汝且立志！

【校注】

①该诗《王阳明全集》卷二十著录，作于四月，是王阳明写在扇子上教

导王正宪之诗。

②冬春来:嘉靖五年(1526)冬至嘉靖六年(1527)春。○学文:学写文辞。

【评析】

该诗的意思,是自去年冬天以来,你文辞写作的技巧有所长进,我心中能不高兴吗？但是,文辞写作技巧毕竟只是枝叶,如果根本不深,枝叶暂时繁荣后也会枯死。王阳明此处所谓的"植根",指的是立定做儒家圣贤之志。

送萧子雝宪副之任①

嘉靖六年(1527)

衰疾悟止足,闲居便静修。采芝深谷底,考槃南涧头。②之子亦早见,枉帆经旧丘。幽寻意始结,公期已先遒。星途触来暑,拯焚能自由。③黄鹄一高举,刚风翼难收。怀兹恋丘陇,回顾未忘忧。往志局千里,岂伊枋榆投?④哲士营四海,细人聊自谋。圣作正思治,吾衰亮何酬!⑤所望登才俊,济济扬鸿休。⑥隐者嘉肥遁,仕者当谁俦?⑦宁无寥寂念？且急疮痍瘼。⑧舍藏应有时,行矣毋淹留。⑨

子雝怀抱弘济,而当道趋驾甚勤。恋恋庭闱,孝情虽至,顾恐事君之义□未为得也。诗以践之,亦见老怀耳。⑩

阳明山人守仁识,时嘉靖丁亥五月晦。

【校注】

①该诗《王阳明全集》卷二十著录,但无后题,致使不知作年,置于正德庚辰十五年中,束景南先生《王阳明佚文辑考编年》自藏于故宫博物院的真迹辑出。○萧子雝:萧鸣凤(1488—1572),号静庵,山阴(治今浙江绍兴)人,王阳明门人,正德九年(1514)进士,时由绍兴赴任湖广兵备副使,王阳

明送行作此诗。

②考槃:山中筑舍以隐。

③拯焚:拯救百姓于水火之中。

④枋榆:指志向短浅。

⑤圣作正思治:指时君嘉靖皇帝正要有所作为。○亮:相信、信任。

⑥鸿休:鸿业。《北齐书·文宣帝纪》:"朕入纂鸿休,将承世祀,籍援立之厚,延宗社之算。"

⑦肥遁:出《周易·遁卦》:"上九,肥遁,无不利。"孔颖达疏:"子夏传曰:'肥,饶裕也。……上九最在外极,无应于内,心无疑顾,是遁之最优,故曰肥遁。"后以喻隐居避世而自得其乐。

⑧瘳:音 chōu,病愈。

⑨舍藏:行藏,出仕和隐居。

⑩庭闱:内舍,多指父母居住处。晋束晳《补亡》诗:"眷恋庭闱,心不遑安。"李善注:"庭闱,亲之所居。"○践:践行。

【评析】

该诗是一古体,内容上是勉励萧鸣凤乘势出仕,为国建功。仕与隐是传统中国士子因势而纠结的情怀,是仕还是隐,基本上不是出于个人好恶,而是在于朝廷时君的重用与否。作为传统士子中的一员,王阳明也不例外。在评注其诗即将完结之际,可见就仕与隐的情怀书写上,他念兹在兹的是隐,而仕,则是他一段时间归隐生活修整后的再出发,这在该诗中得到最明确的认证,因其结论是明确勉励萧鸣凤——"舍藏应有时,行矣毋淹留"。

中 秋①

嘉靖六年(1527)

去年中秋阴复晴,今年中秋阴复阴。百年好景不多遇,况乃白发相侵寻!吾心自有光明月,千古团圆永无缺。山河大地拥清辉,赏心何必中秋节!②

①该诗《王阳明全集》卷二十著录。

②清辉:清亮的光辉。

【评析】

该诗作于王阳明良知心学成熟之时,最大价值是从心学角度看待月亮的阴晴圆缺问题。自《诗经·陈风·月出》的"月出皎兮,佼人僚兮。舒窈纠兮,劳心悄兮"起,月亮带给人的就是低沉的情思,此后,唐代张九龄的"海上生明月,天涯共此时。情人怨遥夜,竟夕起相思"(《望月怀远》),李白的"床前明月光,疑是地上霜。举头望明月,低头思故乡"(《静夜思》)、"我寄愁心与明月,随风直到夜郎西"(《闻王昌龄左迁龙标遥有此寄》),杜甫的"露从今夜白,月是故乡明。有弟皆分散,无家问死生"(《月夜忆舍弟》),或思乡或怀人,以至于苏轼"人有悲欢离合,月有阴晴圆缺,此事古难全,但愿人长久,千里共婵娟"的明确表达,终究难以摆脱情感的低沉指向。终于,到王阳明这里,他用心学哲学解决了诗人的情感问题,并以诗的形式表达出来——"吾心自有光明月,千古团圆永无缺"!只要心中有圆月,花,就会常好;月,就会长圆!

别诸生①

嘉靖六年(1527)

绵绵圣学已千年,两字良知是口传。欲识浑沦无斧凿,须从规矩出方圆。不离日用常行内,直造先天未画前。②握手临歧更何语?殷勤莫愧别离筵!③

【校注】

①该诗《王阳明全集》卷二十著录,作于九月八日启程赴两广别诸生时。束景南先生《王阳明年谱长编》谓,是夕,钱德洪、王畿侍于天泉桥,王阳明发明"王门八句教"("四有教"与"四无教"),扬弃"王门四句教"旧说,

讲论本体工夫,证道印心,是谓"天泉证道",实是王阳明仿佛教对己之心学所作之"判教",是对自己生平心学所作的最后总结。关于王阳明的"天泉证道",历来争论颇多,其中以证明"四句教"——"无善无恶是心之体,有善有恶是意之动,知善知恶是良知,为善去恶是格物"为主。笔者不想参与论争,并认为问题早在《邹守益集》卷三《青原论处》中就已解决:"钱、王二子送于富阳。夫子曰:'予别矣,盍各言所学?'德洪对曰:'至善无恶者心,有善有恶者意,知善知恶是良知,为善去恶是格物。'畿对曰:'心无善无恶,意无善无恶,知无善无恶,物无善无恶。'夫子笑道:'洪甫须识汝中本体,汝中须识洪甫工夫,二子打并为一,不失吾传矣。'"

②先天未画前:伏羲画八卦之前。

③临歧:临别。

【评析】

该诗是王阳明临别对门人的殷切寄语,寄语他们要准确理解并承传他的良知之学。因为他的良知之学,是儒家宇宙的真理——"直造先天未画前"。但是,他的良知又不是虚空、虚无,而是生动鲜活地存在于日用伦常之中。

秋日饮月岩新构别王侍御①

嘉靖六年(1527)

湖山久系念,块处限形迹。②遥望一水间,十年靡由即。军旅起衰废,驱驰岂遑息! 前旌道回冈,取捷上畸侧。③新构郁层椒,石门转深寂。④是时霜始降,风凄群卉拆。謦静响江声,窗虚涵海色。夕阴下西岑,凉月穿东壁。观风此余情,抚景见高臆。匪从群公饯,何因得良觌?⑤南徼方如毁,救焚敢辞沤!⑥来归幸有期,终遂幽寻癖。⑦

【校注】

①该诗《王阳明全集》卷二十著录,是王阳明赴两广,驻节杭州,游访巡

按御史王璜时作。〇月岩新构:万松岭上月岩旁的月榭。〇王侍御:王璜,字廷实,号大伾,正德十六年(1521)进士,官陕西道监察御史,巡按江浙。据束景南先生《王阳明年谱长编》考,王璜巡按浙江时,因为严威俨恪被构陷罢官,该诗即作于他将罢之时。

②块处:块然静处,不常出去运动。块,土块。

③回冈:曲折回环的山冈。

④层椒:高山之颠。

⑤群公饯:指时浙江官员为王璜钱别。〇觌:音 dí,相见。

⑥南徼:国家的南部边疆,此指两广。徼,音 jiào,边界。〇毁:烈火。出《诗经·周南·汝坟》:"鲂鱼赪尾,王室如毁。"〇亟:音 jí,急迫。

⑦幽寻:寻幽访胜。

【评析】

该诗是一五古,融写事、写景、写情于一体。写景,此不详评。写事,点明饯别王璜的时间和地点,具有史学价值。写情内容很丰富:一,写自己对杭州湖山的挂怀——"湖山久系念,块处形影迹";二,写和王璜的友情——"匪从群公饯,何因得良觌";三,写自己急于国事的家国情怀——"南徼方如毁,救焚敢辞亟";当然,还有自己念兹在兹的隐逸情怀——"来归幸有期,终遂幽寻癖"。

御校场①

嘉靖六年(1527)

绝顶秋深荒草平,昔人曾此驻倾城。干戈消尽名空在,日夜无穷潮自生。谷口岩云扬杀气,路边疏树列残兵。山僧似与人同兴,相趁攀萝认旧营。②

【校注】

①该诗束景南先生《王阳明佚文辑考编年》自李卫《西湖志》卷十六辑

出。○御校场:宋御校场,即宋殿前司营,在凤凰山中。

②旧营:即宋殿前司营。

【评析】

该诗是一七律,主题是咏怀古迹。颔联"干戈消尽名空在,日夜无穷潮自生"写宇宙人生的辩证逻辑,其义同于"是非成败转头空,青山依旧在,几度夕阳红"(明代杨慎《临江仙·滚滚长江东逝水》)。颈联"谷口岩云扬杀气,路边疏树列残兵",体现的是王阳明独特的军事家视角,"云扬杀气""树列残兵",没有军事眼光的常人是看不见的。尾联下句"攀萝认旧营",可以理解为两广战前的孕育灵感的热身。

恭吊忠懿夫人①

嘉靖六年(1527)

夫人兴废蚤知几,堪叹山河已莫支。夜月星精归北斗,秋风环佩落西池。②仲连蹈海心偏壮,德曜投山隐未迟。③千古有谁长不死,可怜羞杀宋南儿。

【校注】

①该诗束景南先生《王阳明佚文辑考编年》自《〔同治〕江山县志》卷十一下辑出,并考谓作于此赴两广任经钱塘之时。○忠懿夫人:南宋咸淳末徐应镳妻方氏,钱塘(治今浙江杭州)人,因不忍看到南宋灭亡,劝丈夫自朝中辞官,自己椎髻练裳以从,后投后园瑞莲池以死明志,葬西湖八盘岭,明正德年间封忠懿夫人。

②环佩:环形玉佩,妇女的饰物。

③仲连:战国时齐人鲁仲连,高蹈不仕,当国家危亡之际,以蹈海而死表明忠于国家的志向,《战国策·赵策·秦围赵之邯郸》:"鲁连见辛垣衍而无言。辛垣衍曰:'吾视居此围城之中者,皆有求于平原君者也;今吾视先生之玉貌,非有求于平原君者,曷为久居此围城之中而不去也?'鲁仲连曰:

'世以鲍焦无从容而死者,皆非也。今众人不知,则为一身。彼秦者,弃礼义而上首功之国也,权使其士,虏使其民。彼即肆然而为帝,过而遂正于天下,则连有蹈东海而死矣,吾不忍为之民也。所为见将军者,欲以助赵也。'"○德曜:汉梁鸿妻孟光的字,据《后汉书·梁鸿传》,初,夫妇耕织于霸陵山中,后光随夫至吴地,鸿为人佣工,每归,光为具食,举案齐眉,恭敬尽礼。

【评析】

忠,忠于国家;懿,侍夫爱敬。该诗从三个方面对忠懿夫人进行了颂扬:其一,首联颂扬其智慧——"夫人兴废蚤知几,堪叹山河已莫支";其二,颔联"夜月星精归北斗,秋风环佩落西池"和颈联上句"仲连蹈海心偏壮"颂扬其忠烈;颈联下句"德曜投山隐未迟"颂扬其侍夫爱敬的美德。

复过钓台①

嘉靖六年(1527)

忆昔过钓台,驱驰正军旅。十年今始来,复以兵戈起。②空山烟雾深,往迹如梦里。微雨林径滑,肺病双足胝。③仰瞻台上云,俯濯台下水。人生何碌碌?高尚当如此。疮痍念同胞,至人匪为己。④过门不遑入,忧劳岂得已!滔滔良自伤,果哉末难矣!

右正德己卯献俘行在,过钓台而弗及登。今兹复来,又以兵革之役,兼肺病足疮,徒顾瞻怅望而已。书此付桐庐尹沈元材刻置亭壁,聊以纪经行岁月云耳。

嘉靖丁亥九月廿二日书,时从行进士钱德洪、王汝中、建德尹杨思臣及元材,凡四人。

【校注】

①该诗《王阳明全集》卷二十著录,作于九月二十二日。○钓台:在富阳严滩,汉严子陵隐钓处。

②十年:正德十二年(1517)王阳明赴任南赣巡抚时曾经过此处。

③胝:音 zhī,脚掌上的厚皮,俗称茧子。

④同胞:一母同胞的兄弟姐妹。张载《西铭》:"民吾同胞,物吾与也。"其义是儒者的万物一体情怀。○至人:取"至人无己"说。出《庄子·逍遥游》:"若夫乘天地之正,而御六气之辩,以游无穷者,彼且恶乎待哉? 故曰:'至人无己,神人无功,圣人无名。'"但《庄》说指人和自然为一的境界,而王阳明此处借用来指儒家大公为民的思想。

【评析】

该诗,王阳明感叹人生经历的相似——"十年今始来,复以兵戈起",给人如在梦中之感——"空山烟雾深,往迹如梦里"。"疮痍念同胞,至人匪为己。过门不遑入,忧劳岂得已",则表达的是王阳明以天下苍生为念的亲民、忧民情怀,是他一体之仁的良知,那么"过门不遑入,忧劳岂得已"是实践,是致良知。

西安雨中诸生出候因寄德洪汝中
并示书院诸生①

嘉靖六年(1527)

几度西安道,江声暮雨时。机关鸥鸟破,踪迹水云疑。
仗钺非吾事,传经愧尔师。天真石泉秀,新有鹿门期。②

【校注】

①该诗《王阳明全集》卷二十著录,和下《德洪汝中方卜书院盛称天真之奇并寄及之》作于同时。○西安:明代西安县,治今浙江衢州。○德洪汝中:钱德洪、王畿。○书院:天真书院,在杭州城。

②天真:天真山,在杭州城南,又名玉皇山。

【评析】

该诗为一五律,是王阳明慰人求学诚意之作。门人包括效法程门立雪在西安雨中等候者,还有在杭州卜筑天真书院候王阳明功成归来讲学者。

德洪汝中方卜书院盛称天真之奇并寄及之
嘉靖六年(1527)

不踏天真路,依稀二十年。①石门深竹径,苍峡泻云泉。泮壁环胥海,龟畴见宋田。②文明原有象,卜筑岂无缘?③

【校注】

①二十年:正德二年(1507)王阳明谪龙场隐居杭州时。

②泮:音 pàn,古代学宫前的水池。○胥海:在天真山前。○龟畴:指八卦。出《尚书·洪范》:"天乃锡禹洪范九畴,彝伦攸叙。"孔《传》:"天与禹,洛出书,神龟负文而出,列于背,有数至于九。禹遂因而第之,以成九类常道。"○宋田:杭州八卦田,南宋皇家籍田遗址。籍田,天子亲耕之田,出《诗经·周颂·载芟·序》:"载芟,春籍田而祈社稷也。"

③文明:此指八卦卦爻。○卜筑:择地建筑住宅。

【评析】

该诗王阳明描写了天真书院的地理环境,表现了他的堪舆美学思想。

方思道送西峰①
嘉靖六年(1527)

西峰隐真境,微境临通衢。行役空屡屡,过眼被尘迷。青林外延望,中阆何由窥?②方子岩廊器,兼已云霞姿。③每逢泉

531

石处,必刻棠陵诗。兹山秀常玉,之子囊中锥。群峰灏秋气,乔木含凉吹。④此行非佳饯,谁为发幽奇?奈何眷清赏,局促牵至期。悠悠伤绝学,之子亦如斯。为君指周道,直往勿复疑!⑤

【校注】

①该诗《王阳明全集》卷二十著录,束景南先生《王阳明年谱长编》谓九月二十八日作于常山,和下《长生》作于同时。○方思道:方豪(1482—1530),号棠陵,浙江开化人,正德三年(1508)进士,时值方起废广东按察司佥事赴任前居家时。○西峰:为时方豪隐居之所。

②中阃:此指朝廷宫中。

③岩廊器:高峻的廊庑,借指朝廷。

④灏:音 hào,本义为水势大,引申为广大义。

⑤周道:大路,正路。《诗经·小雅·四牡》:"四牡骈骈,周道倭迟。"朱熹《集传》:"周道,大路也。"

【评析】

该诗是王阳明和方豪送别于方的隐居之所——西峰之作。诗在写景之中,劝告、勉励方豪遵从朝廷之命赴任新职。"青林外延望,中阃何由窥"是规劝方豪不要猜测朝廷心思,安排的工作只管去做。"方子岩廊器,兼已云霞姿。每逢泉石处,必刻棠陵诗。兹山秀常玉,之子囊中锥"是赞赏方豪的才能和才气,形容他是囊中之锥,迟早会脱颖而出。最后鼓励方豪"为君指周道,直往勿复疑",此处表现了王阳明能深明大义,关键时候,不计较个人得失,随时为国出力的品格。

长 生①

嘉靖六年(1527)

长生徒有慕,苦乏大药资。名山遍探历,悠悠鬓生丝。微躯一系念,去道日远而。中岁忽有觉,九还乃在兹。②非炉亦非鼎,何坎复何离?③本无终始究,宁有死生期? 彼哉游方士,诡辞反增疑。④纷然诸老翁,自传困多歧。乾坤由我在,安用他求为? 千圣皆过影,良知乃吾师。

【校注】

①该诗《王阳明全集》卷二十著录。

②中岁:中年。○九还:九转,道教功法。

③该联上句中的炉、鼎,是道教炼丹工具,代指道教修炼;下句中的坎、离,指《周易》的坎卦和离卦,卦本义指水与火。

④诡辞:此指游方之士诡秘的言辞。

【评析】

王阳明以诗的形式论述了他的长生观点,束景南先生《王阳明年谱长编》谓为和方豪论道之作。他说遍访名山寻找长生不老之药,不但没有找到,反而"去道日远而";到了中年忽然觉悟了长生的秘诀,此指他37岁前后龙场所悟的良知精神,但还没有拈出"良知"二字;他说他体悟到,长生的秘诀不是道教炼丹炼出来的,而是不假外求的自己的内心——"乾坤由我在,安用他求为",这个作为长生秘诀的自己的内心,王阳明说就是良知——"千圣皆过影,良知乃吾师"。该诗可以理解为,王阳明从长生视角阐释他的良知之学。

寄石潭二绝①

嘉靖六年(1527)

仆兹行无所乐,乐与二公一会耳。②得见闲斋,固已如见石潭矣。留不尽之兴于后期,岂谓乐不可极耶? 闻尊恙已平复,必于不出见客,无乃太以界限自拘乎? 奉次二绝,用发一笑,且以致不及请教之憾。

其 一

见说新居止隔山，肩舆晓出暮堪还。知公久已藩篱撤，何事深林尚闭关？

其 二

乘兴相寻涉万山，扁舟亦复及门还。莫将身病为心病，可是无关却有关。

【校注】

①该二诗《王阳明全集》卷二十著录，是王阳明十月上旬至弋阳访石潭汪俊与闲斋汪伟之作。

②二公：石潭汪俊与闲斋汪伟兄弟，二人时正罢归弋阳。汪俊，字抑之，江西广信府弋阳县（今江西弋阳）人，汪伟之兄，弘治九年（1496）进士，授庶吉士，进翰林院编修，正德年间，参与修撰《孝宗实录》，因不附刘瑾调任南京工部员外郎，后复原职，升任翰林院侍读学士、礼部右侍郎。嘉靖元年（1522）转吏部左侍郎，后为礼部尚书，因大礼议罢免离去，卒于家。尊崇程朱理学，与王阳明交好而学术观点不同，学者称为石潭先生。汪伟，字器之，号闲斋，曾任国子监祭酒、吏部左侍郎，赠礼部尚书。

【评析】

该二诗是王阳明写给汪俊之作，创作背景与趣尚，序已明言。情况是，王阳明已见汪伟，可是汪俊称病不愿见，王阳明作此二诗作了善意"嘲笑"，"嘲笑"他格局小——"太以界限自拘"——"莫将身病为心病，可是无关却有关"。读来给人意趣横生之感。

和理斋同年浩歌楼韵^①

嘉靖六年(1527)

　　长歌浩浩忽思休,拂枕山阿结小楼。吾道蹉跎中道止,苍生困苦一生忧。^②苏民曾作商家雨,适志重持渭水钩。^③歌罢一篇怀马子,不思怒后佐成周。^④

【校注】

　　①该诗束景南先生《王阳明佚文辑考编年》自《〔同治〕弋阳县志》卷十三《艺文》辑出,是王阳明访江潮时作。江潮,字天信,号钟石,理斋或为其晚年之号,弘治十二年(1499)进士,和王阳明同年,曾提学广东,官至副都御史,巡抚山西,时因事革职罢归。○浩歌楼:在弋阳北。《〔同治〕弋阳县志》卷十三《艺文》载江潮《浩歌楼》原诗为:"太仓解带食知休,动辄经旬懒下楼。金马玉堂何处乐,云山石室自忘忧。低头莘野甘扶末,横足君王梦把钩。斗酒春风和满面,孔颜谁憾不逢周。"

　　②吾道:儒家大中至正之道,即王道。○中道:半道。

　　③苏民:救民。○商家雨:此或赞扬江潮德政,暂不可解。○渭水钩:此用姜尚钓于渭水待用之典。

　　④马子:据束景南先生《王阳明佚文辑考编年》考,指马录。马录,正德三年(1508)进士,嘉靖五年(1526年)出按山西,因事被贬戍广西南州卫,卒于任。

【评析】

　　该诗王阳明表达的是对江潮、马录的同情。

南浦道中①

嘉靖六年(1527)

南浦重来梦里行,当年锋镝尚心惊。②旌旗不动山河影,鼓角犹传草木声。已喜闾阎多复业,独怜饥馑未宽征。③迂疏何有甘棠惠,惭愧香灯父老迎!④

【校注】

①该诗《王阳明全集》卷二十著录。

②锋镝:泛指兵器,此指两军激烈交锋。锋,刀口;镝,箭头。

③宽征:减轻或缓征赋税。

④甘棠:棠梨。《诗经·召南》之篇名,诗为:"蔽芾甘棠,勿翦勿伐,召伯所茇。蔽芾甘棠,勿翦勿败,召伯所憩。蔽芾甘棠,勿翦勿拜,召伯所说。"《毛诗序》:"甘棠,美召伯也。"或以为南国之人,爱召穆公虎而及其所曾憩息之树,因作是诗。《史记·燕召公世家》:"周武王之灭纣,封召公于北燕……召公巡行乡邑,有棠树,决狱政事其下,自侯伯至庶人各得其所,无失职者。召公卒,而民人思召公之政,怀棠树不敢伐,哥咏之,作《甘棠》之诗。"后遂以甘棠称颂官吏的美政和遗爱。○香灯:焚香提灯迎接,表示爱戴。

【评析】

该诗是王阳明抵南昌府南浦驿感怀之作,是一七律。首联、颔联感慨当年平定宁王朱宸濠叛乱时的惨烈情形。颈联写实,说战乱后,人们虽然恢复了正常的稳定生活,但导致饥馑的繁重税征却依然存在,再次表现了王阳明的爱民之情。尾联说,自己没有召公那样的德政,不值得百姓焚香迎接。此诗从一个侧面,反映出王阳明深受江西人民爱戴的情况。

重登黄土脑①

嘉靖六年(1527)

一上高原感慨重,千山落木正无穷。②前途且与停西日,此地曾经拜北风。③剑气晚横秋色净,兵声寒带暮江雄。水南多少流亡屋,尚诉征求杼轴空。④

【校注】

①该诗《王阳明全集》卷二十著录。

②落木:落叶。

③西日:犹落日,可见诗作于傍晚时分。

④征求:征收,求索。《榖梁传·桓公十五年》:"古者诸侯时献于天子,以其国之所有,故有辞让而无征求。"○杼轴:杼和轴,旧式织布机上管经纬线的两个部件,此喻正常的家庭生活。

【评析】

该诗是他过丰城登黄土脑感怀之作。丰城黄土脑是王阳明当年平朱宸濠之乱时,拜北风誓师之地。全诗在肃杀的秋景中充溢着雄阔悲凉的气象。这一气象由"千山落木""西日""北风""剑气""兵声"和反映百姓生活的"流亡屋""杼轴空"共同构成。尾联——"水南多少流亡屋,尚诉征求杼轴空",再次展现了王阳明的爱民情怀。

过新溪驿①

嘉靖六年(1527)

犹记当年筑此城,广瑶湖寇正纵横。②人今乐业皆安堵,我亦经过一驻兵。③香火沿门惭老稚,壶浆远道及从行。峰山拿手疲劳甚,且放归农莫送迎。④

　　嘉靖丁亥十一月四日,有事两广,驻兵新城。此城予巡抚时所筑。峰山弩手,其始盖优恤之,以俟调发,其后渐苦于送迎之役,故诗及之。

【校注】

①该诗束景南先生《王阳明佚文辑考编年》自《阳明诗录》辑出,据诗后跋文,是王阳明十一月四日过大庾岭宿新城时的感怀之作。《王阳明全集》卷二十题为"过新溪驿",但无后跋。浙古本《全集》题为"过新城",并考谓,文渊阁《四库全书》本《江西通志》卷一五五亦有录,然诗中"正"字作"尚"字,"人"字作"民"字,"兵"字作"旌"字。

②广瑶湖寇:广东诸州和湖广郴州的瑶族起义军。

③安堵:安定,安居。《史记·田单列传》:"即墨即降,愿无虏掠吾族家妻妾,令安堵。"

④拿手:有把握,擅长,此当为劳手义。

【评析】

　　该诗首联回忆当年筑新城据地以镇压起义军的情景。颔联写自己再次经过驻扎军队,发现当下人民已过上安居生活。颈联写人民老幼咸至、箪食壶浆迎接他的情况。尾联——"峰山拿手疲劳甚,且放归农莫送迎",则写他爱惜民力不让人们迎接他。此处,真的应了孟子"爱人者,人恒爱之"(《孟子·离娄下》)的格言。

破断藤峡①

嘉靖七年(1528)

　　才看干羽格苗夷,忽见风雷起战旗。②六月徂征非得已,一方流毒已多时。③迁宾玉石分须早,聊庆云霓怨莫迟。④嗟尔有司惩既往,好将恩信抚遗黎。⑤

【校注】

①该诗《王阳明全集》卷二十著录,作于王阳明四月十日攻入断藤峡之时。○断藤峡:今广西桂平西北的大藤峡。据《明史·王守仁传》,断藤峡瑶族起义军,上连八寨,下通仙台、花相诸洞蛮,盘亘三百余里。

②干羽格苗夷:意为修文德礼乐而苗民归附。典出《尚书·大禹谟》:"帝曰:'咨,禹!惟时有苗弗率,汝徂征。'禹乃会群后,誓于师曰:'济济有众,咸听朕命。蠢兹有苗,昏迷不恭,侮慢自贤,反道败德,君子在野,小人在位,民弃不保,天降之咎,肆予以尔众士,奉辞伐罪。尔尚一乃心力,其克有勋。'三旬,苗民逆命。益赞于禹曰:'惟德动天,无远弗届。满招损,谦受益,时乃天道。帝初于历山,往于田,日号泣于旻天,于父母,负罪引慝。祗载见瞽瞍,夔夔斋栗,瞽亦允若。至诚感神,矧兹有苗。'禹拜昌言曰:'俞!'班师振旅。帝乃诞敷文德,舞干羽于两阶,七旬有苗格。"

③六月徂征:束景南先生《王阳明年谱长编》按谓:所谓"六月徂征"乃用徂征有苗典故,非谓破断藤峡在六月夜。徂征,前往征讨。

④迁宾:来宾,来宾县,和下"聊庆"指"庆远府",均为王阳明使用的军事暗语。○云霓:虹。出《孟子·梁惠王下》:"民望之,若大旱之望云霓也。"赵岐注:"霓,虹也,雨则虹见,故大旱而思见之。"孙奭疏:"云霓,虹也。"又:恶气。出《楚辞·离骚》:"飘风屯其相离兮,帅云霓而来御。"王逸注:"云霓,恶气。以喻佞人。"虹,雨后天空出现的弧形彩晕,主虹称虹,副虹称霓,《说文》:"螮蝀(dìdōng)也,状似虫。"《幼学琼林》:"虹名螮蝀,乃天地之淫气。"可见,由于"云霓"有褒义和贬义两种解释,故而王阳明有此"聊庆云霓怨莫迟"句。

⑤恩信:恩德信义。○遗黎:劫后残留的人民。

【评析】

该诗内容在于记史。首联上句说的是正月下旬、二月上旬成功招抚起义军领袖卢苏、王受,使二人归降事,下句和颔联写不得已于此三月下旬、四月上旬前往断藤峡镇压起义。颈联、尾联表明,王阳明此次镇压并非格杀勿论,而是有种种考量:镇压的是必须严惩的"有罪者";而对跟随起义军的百姓,却采取恩信安抚的政策。此处表明,王阳明在面对与之敌对的起义军时,仍存有仁义之心,其根本出发点是"平心中贼"。

平八寨①

嘉靖七年(1528)

　　见说韩公破此蛮,犰狳十万骑连山。②而今止用三千卒,遂尔收功一月间。岂是人谋能妙算?偶逢天助及师还。穷搜极讨非长计,须有恩威化梗顽。③

【校注】

　　①该诗《王阳明全集》卷二十著录,是王阳明四月二十三日攻入八寨时作。○八寨:位于今广西忻城、上林两县相邻地区的思吉、周安、古卯、古蓬、古钵、都者、罗墨、剥丁等八所要寨。

　　②韩公破此蛮:或指北宋狄青奉韩琦命于此破侬智高。○犰狳:传说中的猛兽。多比喻勇猛的战士。

　　③恩威:恩惠与威力,一般指仁政与刑治。○梗顽:顽固。

【评析】

　　该诗在于议论,王阳明说,他只用了三千人,花了一个月的时间镇压八寨,和前人十万大军比较等功,只能说是奇人立奇功。但其实一点也不奇怪,他道出了其中的秘诀——"穷搜极讨非长计,须有恩威化梗顽",也就是说,他采取的是恩威并施、良知教化的方法。

南宁二首①

嘉靖七年(1528)

其　一

　　一驻南宁五月余,始因送远过僧庐。浮屠绝壁经残燹,

井灶沿村见废墟。②抚恤尚惭凋弊后，游观正及省耕初。③近闻
襁负归瑶僮，莫陋夷方不可居。④

其　二

劳矣田人莫远迎，疮痍未定犬犹惊。燹余破屋须先缉，
雨后荒畲莫废耕。⑤归喜逃亡来负襁，贫怜缛绮缀旗旌。⑥圣朝
恩泽宽如海，甑鲋盆鱼纵尔生。⑦

【校注】

①该二诗《王阳明全集》卷二十著录，作于五月间。

②浮屠：也作"浮图"，梵语音译词，义为佛陀，原指佛教的创始人释迦
牟尼，古时曾把佛塔误译为浮屠，故又称佛塔为浮屠。〇井灶：井与灶。亦
借指家园。

③游观：游玩观赏。〇省耕：本指古代帝王视察春耕。出《孟子·梁惠
王下》："春省耕而补不足，秋省敛而助不给。"此指王阳明出郊视察农业生
产情况。

④襁负：用襁褓背负。《韩诗外传》："道无襁负之遗育。"〇瑶僮：瑶族
与壮族。僮，僮族，今改"壮族"。

⑤缉：补。

⑥该联下句意为，贫穷得无钱买锦，用衣服作旗子。〇缛绮：上衣和裤
子，指衣服。

⑦甑鲋：蒸鱼。甑，音 zèng，古代炊具，底部有许多小孔，放在鬲(lì)上
蒸食物。鲋，音 fù，鲫鱼。

【评析】

该诗是王阳明驻扎南宁五月，出郊送军的咏怀之作，写兵灾之后民生
凋敝的景象。在写此景象之中，王阳明表达了他居夷行教化、开发少数民
族地区的伟大情怀。其二尾联——"圣朝恩泽宽如海，甑鲋盆鱼纵尔生"，
是在劝慰人们对政府要有信心。

往岁破桶冈，宗舜祖世麟老宣慰实来督兵，今兹思田之役，乃随父致仕。宣慰明辅来从事，目击其父子孙三世，皆以忠孝相承、相尚也，诗以嘉之^①

嘉靖七年(1528)

宣慰彭明辅，忠勤晚益敦。归师当五月，冒暑净蛮氛。九霄虽已老，报国意犹勤。五月冲炎暑，回军立战勋。爱尔彭宗舜，少年多战功。从亲心已孝，报国意尤忠。

【校注】

①该诗《王阳明全集》卷二十著录，作于五月下旬。〇父子孙三世：彭世麒、彭明辅、彭宗舜，祖孙三代皆于镇压民间起义有功。

【评析】

该诗是王阳明送先行湖兵归师南宁之作。该诗赞扬了民族将领——湖广永顺宣慰司彭世麒、彭明辅、彭宗舜父、子、孙三代忠于朝廷的忠义行为。

谒伏波庙二首^①

嘉靖七年(1528)

其　一

四十年前梦里诗，此行天定岂人为！^②祖征敢倚风云阵，所过须同时雨师。^③尚喜远人知向望，却惭无术救疮痍。^④从来胜算归廊庙,耻说兵戈定四夷。⑤

其　二

　　楼船金鼓宿乌蛮,鱼丽群舟夜上滩。⑥月绕旌旗千嶂静,
风传铃柝九溪寒。⑦荒夷未必先声服,神武由来不杀难。⑧想见
虞廷新气象,两阶干羽五云端。⑨

【校注】

　　①该诗《王阳明全集》卷二十著录,是王阳明八月二十七日自南宁启程
赴广城待命,经横州拜谒伏波将军马援庙时的感怀之作。

　　②该联上句即指成化二十二年(1486)梦中拜谒伏波庙,见前《梦中绝
句》。

　　③风云阵:变幻莫测的军阵。○时雨师:人们所需要的化导心灵的
导师。

　　④远人:指广西边远地带教育落后地区的人民。○向望:向往,此指对
道德之善的向往。

　　⑤廊庙:朝廷。

　　⑥鱼丽:此指舟船像鱼一样排列。

　　⑦铃柝:巡逻报警用的铜铃、木梆等响器。柝,音 tuò,巡夜打更用的
梆子。

　　⑧先声:指声威。○神武:谓以吉凶祸福威服天下而不用刑杀。出《周
易·系辞上》:"古之聪明睿知,神武而不杀者夫。"孔颖达疏:"《易》道深远,
以吉凶祸福威服万物,故古之聪明睿知神武之君,谓伏牺等,用此《易》道,
能威服天下,而不用刑杀而畏服之也。"

　　⑨该联义见前《破断藤峡》之"干羽格苗夷"注。

【评析】

　　该诗是王阳明圆四十年前梦之作,是也? 非也? 离奇而不易解。其一
颔联"徂征敢倚风云阵,所过须同时雨师",王阳明再次表明,此行功成的根

本不是变幻莫测谓之诡道的用兵如神,而是人们最需要的道德之善——良知的感化;但又不全是,因为"荒夷未必先声服,神武由来不杀难",兵不血刃也是困难的;此处,王阳明以自己的亲身经历,阐发了仁义之师以德服人和以力服人的辩证之理;但他最终所向往的,依然是以文德服人——"想见虞廷新气象,两阶干羽五云端"。

谒增江祖祠①

嘉靖七年(1528)

　　海上孤忠岁月深,旧垅遗荒落杳难寻。②风声再树逢贤令,庙貌重新见古心。③香火千年伤旅寄,烝尝两地叹商参。④邻祠父老皆仁里,从此增城是故林。⑤

【校注】

　　①该诗束景南先生《王阳明佚文辑考编年》自《〔雍正〕广东通志》卷六十辑出,是王阳明闰十月赴增城谒祖祠的题壁之作。○祖祠:是洪武年间王阳明六世祖王纲祠,祠为时提学副使萧鸣凤建,谓"忠孝祠",此可见萧撰《忠孝祠记》:"公讳纲,字性常,家世余姚人。洪武四年以文学征,上亲策之,对称旨,拜兵部郎中,时年已七十余矣。值潮民弗靖,推广东布政使参议,督理兵饷。公即与家人诀,携其子彦达以行。既至省,乃单舸往谕乱者以顺逆祸福,皆稽首服罪,听约束,威信遂以大行。回过增城,遇海寇曹真窃发,鼓噪截舟,愿得公为师。公以理开谕不从,则厉声斥骂之,遂共扶异而去。贼为坛位,日罗拜请不已,公斥骂不绝声,遂遇害。时彦达亦随入贼中,奋救不能得,因哭骂求死。其魁曰:'父忠子孝,杀之不祥。'戒其党毋加害,与之食,不顾。贼悯其诚,容令缀羊革裹尸而出,得归葬焉……嘉靖戊子岁,知增城县朱道润始立祠于城南,并置田三十九亩,图岁祀焉。适公六世孙新建伯、兵部尚书阳明先生总督南方列省诸军事,既平雍、桂,旋节广东,因设祭于祠下。先生素倡明正学,以继往开来为己任,出其余绪,勉业

遂以满天下。兹复天假之便,得以展公之庙貌,忠孝之传固信有攸宅,于是万姓咨嗟兴怀,公之英爽直若飞动于目前者……鸣凤观风此邦,深乐此庙之成,有裨于教事,故书颠末,丽牲之石。"

②海上孤忠:指王阳明六世祖王纲忠国而死,见前注。○壝:音 wěi,古代围绕祭坛或行宫的矮墙,也为坛、埠的通称。

③贤令:时增城县知县朱道润。

④烝尝:本指秋冬二祭。后亦泛称祭祀。○商参:二十八宿的商星与参星,商在东,参在西,此出彼没,永不相见。

⑤仁里:厚道的乡邻。○故林:故乡。

【评析】

该诗情真意切,催人泪下,表现了王阳明对六世祖王纲忠于国家的景仰,也表现了基因传承的血缘深情。

题甘泉居①

嘉靖七年(1528)

我闻甘泉居,近连菊坡麓。十年劳梦思,今来快心目。徘徊欲移家,山南尚堪屋。渴饮甘泉泉,饥餐菊坡菊。行看罗浮去,此心聊复足。②

【校注】

①该诗《王阳明全集》卷二十著录,和下《书泉翁壁》,是王阳明谒祖庙后过湛甘泉旧居题壁之作。

②罗浮:罗浮山,在博罗县(今属广东)西北境内,西北与增城接壤。

【评析】

该诗情真意切地描写了王阳明和湛甘泉间的交契情深,详诗文,不详评。

书泉翁壁①

嘉靖七年（1528）

　　我祖死国事，肇禋在增城。②荒祠幸新复，适来奉初蒸。③亦有兄弟好，念言思一寻。苍苍兼葭色，宛隔环瀛深。④入门散图史，想见抱膝吟。⑤贤郎敬父执，童仆意相亲。⑥病躯不遑宿，留诗慰殷勤。落落千百载，人生几知音？道通著形迹，期无负初心！

【校注】

①该诗《王阳明全集》卷二十著录。

②肇禋：音 zhàoyīn，开始祭祀。

③初蒸：第一次冬祭。

④环瀛：出《史记·孟子荀卿列传》："中国名曰赤县神州。……中国外如赤县神州者九，乃所谓九州也。于是有裨海环之，人民禽兽莫能相通者，如一区中者，乃为一州。如此者九，乃有大瀛海环其外，天地之际焉。"后因以"环瀛"指宇宙、世界，亦泛指大海。

⑤图史：图书和史籍，泛指书。○抱膝吟：出《三国志·诸葛亮传》，诸葛亮"躬耕陇亩，好为《梁父吟》"，本传注引《魏略》，谓诸葛亮"每晨夜从容，常抱膝长啸"。

⑥贤郎：对湛甘泉之子的爱称。○父执：父亲所交游的友人。

【评析】

　　和上《题甘泉居》直抒胸臆表达自己和湛甘泉交契情深不同，该诗以写实的内容，再现了二人道契情深，尤其"贤郎敬父执，童仆意相亲"，侧面于此进行了展示。后四句是二人知音关系的明说，并寄语湛甘泉不要辜负初心。

疑存之篇 |
浙古本《王阳明全集》

（23题,24首）

题郭诩濂溪图^①

郭生作濂溪像,其类与否吾何从辨之?使无手中一图,盖不知其为谁矣。然笔画老健超然,自不妨为名笔。

郭生挥写最超群,梦想形容恐未真。霁月光风千古在,当时黄九解传神。^②

【校注】

①该诗《王阳明全集》卷二十九著录。〇郭诩(1456—1532):字仁弘,号清狂道人,江西泰和人,工书画,宁王朱宸濠曾欲招揽他,他故犯微罪,得王阳明相助脱罪后,写诗以明志。诗或作于平定朱宸濠前夕。

②黄九:黄庭坚,行九,故名。黄庭坚《濂溪诗序》评周敦颐:"春陵周茂叔人品甚高,胸中洒落,如光风霁月。"

【评析】

该诗是王阳明题郭诩画濂溪图之作,诗旨已于序中言明。其实,郭诩是想向王阳明表明,他没有依附朱宸濠,他的胸怀像周敦颐一样光明磊落。王阳明该诗是赞扬周敦颐,也是在赞扬郭诩。

墨池遗迹^①

千载招提半亩塘,张颠遗迹已荒凉。当时自号书中圣,异日谁知酒后狂。骤雨颠风随变化,秋蛇春蚓久潜藏。惟余一脉涓涓水,流出烟云不断香。

【校注】

①原载清应先烈编《常德文征》卷八,现据梁颂成《王守仁在常德的诗

歌创作》移录。

【评析】

　　梁颂成认为该诗是王阳明于正德五年(1510)二月离谪赴庐陵任,经常德时作,墨池遗迹是唐代"草圣"张旭在时龙阳(治今湖南汉寿)留下的从事书艺活动的遗迹,遗址在县城西一里许的原净照寺中。束景南先生《王阳明佚文辑考编年·王阳明佚文辨伪考录》考为应履平作:"《〔嘉靖〕常德府志》卷十九著录此诗,即题'应履平'作。应履平字锡祥,奉化人,永乐中知常德府,此诗即作在此时。"

寄京友①

　　不藉东坡月满庭,雁来尝寄砚头青。自从惠我庄骚句,始见山中有客星。

　　正德二年立秋前二日,邸龙场署中,作句复都门友人,时有索字,因笔以应。余姚王守仁。

【校注】

　　①录自清张大镛《自怡悦斋书画》卷四《立轴类》,收入上海书画出版社《中国书画全书》第十一册。

【评析】

　　该诗款识时间、地点皆与史实不符,或非王阳明所作。如果时间有争议,那么"邸龙场署中"和《初至龙场无所止结草庵居之》一诗所谓的"结草庵居之"严重不符。再者,"庄骚句"的道家倾向和《初至龙场无所止结草庵居之》诗"缅怀黄唐化,略称茅茨迹"的儒家倾向也相抵牾。该诗束景南先生《王阳明佚文辑考编年·王阳明佚文辨伪考录》亦辨为伪作。

宿谷里①

石门风高千树愁,白雾猛触群峰流。有客驱驰暮未休,山寒五月仍披裘。饥鸟拉沓抢驿楼,迎人山鬼声啾啾。残月炯炯明吴钩,竹床无眠起自讴。

【校注】

①该诗和下《饭金鸡驿》,录自明王丰贤、许一德纂修《贵州通志》卷二十四《艺文志·诗类》。

【评析】

该诗和下《饭金鸡驿》,束景南先生《王阳明佚文辑考编年·王阳明佚文辨伪考录》断为伪作,判定为明代吴国伦(1524—1593)诗。单从辞气和诗歌风貌看,该诗即非王阳明所作。就意象而言,诗中的"风高""千树愁""白雾""山寒""饥鸟""山鬼""残月""竹床无眠",带给人的是凄厉的审美境界,这和王阳明或平和或秀逸有致的诗风严重不符。

饭金鸡驿

金鸡山头金鸡驿,空庭芳草平如席。瘴雨蛮云天杳杳,莫怪金鸡不知晓。问君远游将抵为,脱粟之饭甘如饴。

涵碧潭①

岩寺逢春长不夏,江花映日艳于桃。

【校注】

①录自明王丰贤、许一德纂修《贵州通志》卷三《山川》、卷二十四《艺文志·诗类》。

谒武侯祠①

殊方通道是谁功,汉相威灵望眼中。八□风云布时雨,七擒牛马壮秋风。豆笾远垒溪蘋绿,灯火幽祠夕照红。千载孤负独凛烈,口碑时听蜀山翁。

【校注】

①录自明王丰贤、许一德纂修《贵州通志》卷二十四《艺文志·诗类》。一说为时贵州巡按御史王杏作。

【评析】

该诗和下《给书诸学》,束景南先生《王阳明佚文辑考编年·王阳明佚文辨伪考录》断为伪作,判定为明代王杏诗。

给书诸学①

汗牛谁著五车书,累牍能逃一掬余。欲使身心还道体,莫将口耳任筌鱼。乾坤竹帙堪寻玩,风月山窗任卷舒。诲尔贵阳诸士子,流光冉冉勿踌躇。

【校注】

①录自清靖道谟等撰《贵州通志》卷四十五《艺文·诗》。

登妙高观石笋峰①

双笋参差出自然,何曾穿破碧苔钱。好操劲节盟三友,懒秉虚心待七贤。纵使狂风难落箨,任教骤雨不生鞭。时人若问荣枯事,同与乾坤无变迁。

【评析】

该诗尾联"时人若问荣枯事,同与乾坤无变迁"符合王阳明良知心学,和良知本是"定盘针"同旨,故而,或为王阳明所作。

石牛山①

一拳怪石老山巅,头角峥嵘几百年。毛长紫苔因夜雨,身藏青草夕阳天。通宵望月何时喘,镇日看云自在眠。恼杀牧童鞭不起,数声长笛思凄然。

【校注】

①录自清褚人获《坚瓠三集》卷三《嫁女题石牛》。按:诗前载文:"正德中,江西士夫郭某,有女善诗词。一日嫁女,过湖,阻风于安仁铺。时都宪王守仁亦阻风于此,闲中以'石牛'为题,作一绝,云:'安仁铺内倚阑干,遥望孤牛俯在山。'下句搜求,终不快意,问其处有文人才子能续者,赏之。郭某闻之,即续云:'任是牧童鞭不起,田园荒尽至今闲。'时宸濠肆虐,百姓逃亡,田园多至荒芜者,故诗及之。守仁见诗大喜,仍命作《石牛》律诗,云:'怪石崔嵬号石牛,江边独立几千秋。风吹遍体无毛动,雨洗浑身有汗流。嫩草平抽难下嘴,长鞭仍打不回头。至今鼻上无绳束,天地为栏夜不收。'守仁称赏,命备彩币,送过湖完亲,挑灯集异,亦载《石牛山诗》云。"

【评析】

该诗鄙俗如打油,出自小说家语,束景南先生《王阳明佚文辑考编年·王阳明佚文辨伪考录》断为伪作。

游阴那山①

路入丛林境,盘旋五指巅。奇峰青卓玉,古石碧铺泉。吾自中庸客,闲过隐怪阡。菩提何所树,槃涅是其偏。轮回非曰释,寂灭岂云禅。有偈知谁解,舞声合自然。风幡自不定,予亦坐忘言。

【校注】

①录自清吴颖纂修《潮州府志》卷十一《古今文章部·诗部》。一说作者为薛中离,见孙占卿《薛中离散逸诗文考》。

【评析】

该诗不能确定是王阳明所作,束景南先生《王阳明佚文辑考编年·王阳明佚文辨伪考录》,以王阳明生平未曾到过潮州阴那山为据,定为伪作,故笔者不予评注。

赠侍御柯君双峰(长短行)①

九华天作池阳东,翠微堤边复九华。两华亘起镇南极,一万七千罗汉松。松林繁阴霭灵密,疑有神物通其中。大者孕精储人杰,次者凝质成梁虹。荡摩风雷状元气,推演八卦连山重。大华一百四峰出愈奇,芙蓉开遍花丛丛。小华二十四洞华盖虚,连珠累累函崆峒。云门高士祷其下,少微炯炯汹溟冲。华山降神尼父送,宁馨儿子申伯同。三岁四岁貌岐嶷,五岁颖异如阿蒙。六岁能知日远近,七岁默思天际穷。十岁卓荦志不羁,十四五六诗书通。二十以外德义富,仰止先觉涉高风。谪仙遗躅试一蹴,文晶吐纳奔霓虹。阳明山人亦忘年,倾盖独得斯文宗。良知亲唯吾道诀,荒翳尽扫千峰融。千峰不断连一脉，岩崿嶙峋咸作容。中有两峰如马耳，壁立万仞当九空。龙从此起云泼岫，膏霖海宇资化工。化工一赞两仪定，上有丹凤鸣雍雍。和气充餐松，啖芝欲不老，飘飘洒逸如仙翁。小华巨人迹，可以匡天步；大华仙人坂，可以登鸿蒙。双华之颠真大观，尚友太华峨岷童。俯晌八荒襟四渎，我欲跻攀未由从，登登复登安所止。太乙三极罗胸中，双华之居夫子宫。

【校注】

①录自清刘权之、张士范等纂《池州府志》卷四十六《儒林》。

【评析】

　　该诗和《上九华山下柯秀才家》《双峰遗柯生乔》似有关联，但题目称呼"侍御柯君"不当，因为柯乔（1497—1550）是嘉靖八年（1529）进士，他中进士时，王阳明已病殁于自广西回乡的路上。则任御史当更在后，断不会有王阳明以"侍御"称呼他的可能。因而断该诗非王阳明作。既为伪作，故不予评注。

送人致仕①

　　人生贵适意，何事久天涯。栗里堪栽柳，青门好种瓜。冥鸿辞网罟，尘土换烟霞。有子真麒麟，归欤莫怨嗟。

【校注】

①录自《新刊阳明先生文录续编》卷三《诗类》。束景南《阳明佚文辑考编年》谓该诗"疑正德十六年，一五二一年"作。

【评析】

　　束景南先生《阳明佚文辑考编年》考此诗为送唐龙致仕。

铁笔行为王元诚作①

　　王郎宋代中书孙,铸铁为笔书坚珉。画沙每笑唐长史,拔毫未数秦将军。高堂落笔神鬼怒,九万鸾笺碎如雾。铅泪霏霏洒露盘,金声铮铮入秋树。鸟迹微茫科斗变,柳薤凋伤悲籀篆。鼓文已裂岐阳石,漆灯空照山阴茧。王郎笔艺精莫传,几度索我东归篇。毛锥不如铁锥利,吾方老钝君加鞭。矢尔铁心磨铁砚,淬锋要比婆留箭。太平天子封功臣,脱囊去写黄金券。

【校注】

　　①录自清张玉书、汪霦等编《御定佩文斋咏物诗选》卷一七九,文渊阁《四库全书》第一四三三册。另说为明梦观法师作。

【评析】

　　该诗束景南先生《王阳明佚文辑考编年・王阳明佚文辨伪考录》考为伪作:"此为元释大圭诗,见其《梦观集》。"故笔者不予评注。

扇面诗①

　　秋山日摇落,秋水急波澜。独有鱼龙气,长令烟水寒。谁穷造化力,空向两崖看。山叶傍崖赤,千峰秋色多。夜泉发清响,寒渚生微波。稍见沙上月,归人争渡河。寂寞对伊水,经行长未还。东流自朝暮,千载空云山。唯见白鸥鸟,无心渊渚间。松路向清寺,花龛归老僧。闲云低锡杖,落日低金绳。入夜翠微里,千峰明一灯。谁识往来意,孤云长自闲。风寒未渡水,落日更看山。木落众山出,龙宫苍翠间。

①录自中国嘉德国际拍卖有限公司二〇〇六年十一月二十二日秋季拍卖会明清书画专场。角茶轩藏扇。钤印"守仁题识",鉴藏印"张则之"。

【评析】

该诗绝类唐刘长卿《龙门八咏》,故非王阳明作,故不予评注。

题画诗①

绿树阴阴复野亭,绿波漾漾没沙汀。短藜记得寻幽处,一路莺声酒半醒。

【校注】

①录自中国嘉德国际拍卖有限公司二〇〇七年十二月十三日至十七日嘉德四季第十二期拍卖会中国书画专场。钤印"王守仁印"。束景南先生《阳明佚文辑考编年》谓该诗"疑正德元年,一五〇六年"作。或谓为明代刘泰作。

【评析】

该诗不能确定是王阳明作,故不予评注。

无题诗①

铜鼓金川自古多,也当军乐也当锅。偶承瀑布疑兵响,吓倒蛮兵退太阿。

【校注】

①录自清袁枚《随园诗话·补遗》卷四第三十八条。袁枚按:"此诗载王阳明《征南日记》,余从阿广廷中堂处借阅,世间孤本也。"

【评析】

该诗束景南先生《王阳明佚文辑考编年·王阳明佚文辨伪考录》断为

伪作："按阳明生平向不作日记,此所谓'王阳明《征南日记》'必为后人伪作。细审此条,根本不是出于《随园诗话·补遗》,而是出于《批本随园诗话》,不是袁枚诗话语,而是后人批语。"故而,笔者不作评注。

送启生还丹徒①

乃知骨肉间,响应枹鼓然。我里周处士,伏枕逾半年。靡神罔不祷,靡医罔不延。巫觋与药饵,抱石投深渊。懿哉膝下儿,两卟甫垂肩。惶惶忧见色,迫切如熬煎。袖中刲臂肉,杂糜进床前。一餐未及已,顿觉沈疴痊。乃知至孝德,诚能格苍天。我闻古烈士,长征负戈铤。苦战救国难,有躯甘弃捐。守臣御社稷,一旦离迍邅。白刃加于首,丹心金石坚。忠孝本一致,操守无颇偏。但知国与父,宁复身求全。因嗟闾阎间,孩提累百千。大儿捉迷藏,小儿舞翩跹。狃恩复恃爱,那恤义礼愆。所以周氏子,举邑称孝贤。我知周氏门,福庆流绵绵。作诗警薄俗,冀以荐永传。

【校注】

①录自明陈仁锡《京口三山志选补》卷十七《京口选诗》。

【评析】

该诗束景南先生《王阳明佚文辑考编年·王阳明佚文辨伪考录》断为伪作,理由是文不对题,题为"送启生还丹徒",但诗的内容却不关涉送别;再由"我里周处士"可知,"周处士"是丹徒(今属江苏镇江)人,则作者也是丹徒人,但王阳明是浙江余姚人。因而,笔者不予评注。

望夫石二首①

其　一

　　山头怪石古人妻,翘首巍巍望陇西。云鬟不梳新样髻,月钩懒画旧时眉。衣衫岁久成苔藓,脂粉年深化土泥。两眼视夫别去后,一番雨过一番啼。

其　二

　　一上青山便化身,不知何代怨离人。古来节妇皆销朽,尔独亭亭千古新。

【校注】

　　①录自清李国相纂修《广德州志》卷三十《艺文》,收入《稀见中国地方志汇刊》第二十三册。

【评析】

　　束景南先生《王阳明佚文辑考编年·王阳明佚文辨伪考录》断为伪作,谓:"阳明生平未尝一至广德,此二诗非阳明作,而是唐人所作诗。望夫石在咸阳,卢象升《忠肃集》卷二有《望夫石》诗:'咸阳古道有望夫山望夫石,前人题云:"山头怪石古人妻,翘首巍巍望陇西。云鬟不梳新样髻,月钩懒画旧时眉。衣衫岁久成苔藓,脂粉年深化土泥。两眼视夫别去后,一番雨过一番啼。"诗颇有情,未免色相,余为赓其韵。'可见此第一首是唐人无名氏作。又曾有《咏史诗·望夫石》:'一上青山便化身,不知何代怨离人。古来节妇皆销朽,尔独亭亭千古新。'(《全唐诗》)可见第二首诗为胡曾作。"既为伪作,故笔者不予评注。

玉山斗门①

胼胝深感昔人劳,百尺洪梁压巨鳌。潮应三江天堑逼,
山分两岸海门高。溅空飞雪和天白,激石冲雷动地号。圣代
不忧陵谷变,坤维千古护江皋。

【校注】

①录自明张元忭纂《会稽县志》卷八《水利》。一说南宋王十朋作。

【评析】

该诗不能确定是王阳明作,故不予评注。

题倪云林春江烟雾①

烟渚晓日候,高林清啸余。轻舟来何处,幽人遗素书。
笋脯煮菰米,松醪荐菊俎。子有林壑趣,天地一迂疏。

阳明王守仁识。

【校注】

①录自清张大镛《自怡悦斋书画录》卷一《倪云林春江烟雾》,收入《历
代书画录辑刊》第二册。束景南《王阳明佚文辑考编年》谓该诗"疑正德十
四年,一五一九年"作,并有异文。另据秦蓁《释守仁不是王守仁:阳明佚文
辨析》,该诗歌"实为倪瓒诗,见《清閟阁全集》卷三,题作《寄张景昭》,文字
稍有异同。阳明题云林诗于云林画上,而未有一言以说明,于理不合,此画
之真伪恐亦有疑,原画今不知所在,无从深考"。○倪云林:倪瓒(1301—
1374),初名珽,字泰宇,别字元镇,号云林子、荆蛮民、幻霞子。江苏无锡
人,元末明初画家。

【评析】

该诗不能确定是王阳明作,故不予评注。

行书立轴①

红叶满林无正义,隔堤遥见片帆归。

　阳明王守仁。

【校注】

①录自中鸿信国际拍卖有限公司二〇〇八年四月二十九日春季艺术品拍卖会中国古代书画专场。立轴朱文方印"阳明山人",白文方印"王守仁印"。

答友人诗残句①

尽把毁誉供一笑,由来饥饱更谁知。

【校注】

①录自明邹守益《邹东廓先生文集》卷六《简程松溪司成》之二,收入《四库全书存目丛书》集部第六十五册。束景南先生《王阳明佚文辑考编年》谓约作于正德十四年(1519)。

疑存之篇 |

束景南先生《王阳明佚文辑考编年》

（3题，3首）

题温日观葡萄次韵[①]

弘治五年(1492)

　　龙肩失钥十二重,骊珠迸落鲛人宫。镔刀剪断紫璎珞,累累马乳垂金风。树根吹火照残墨,冷雨松棚秋鬼哭。熊丸嚼碎流沙冰,鸭酒呼来汉江绿。铁削虬藤剑三尺,雷梭怒穴陶家壁。瞿昙卧起面秋岩,一索摩尼挂空宅。

【校注】

　　①该诗束景南先生《王阳明佚文辑考编年》辑自《雍正山西通志》卷二百二十二。一说明代梦观法师作,秦蓁《释守仁不是王守仁:阳明佚文辨析》。谓:"此非阳明诗,乃明初僧人释守仁之作,《山西通志》误作王守仁。钱谦益《列朝诗集》闰集卷二收入此诗,小传云:'守仁字一初,号梦观,富阳人。'曹学佺《石仓历代诗选》卷三六六亦选此诗,系于释大圭名下,朱彝尊《明诗综》卷八九'守仁'条辨其误云:'梦观道人有二,一晋江人,名大圭,一富阳人,名守仁,石仓曹氏乃误合为一。'释守仁有《梦观集》六卷,刻于建文二年,牧斋编集《列朝诗集》时尚能见到,惜今已不传。惟日本国立公文书馆内阁文库藏有旧抄本一部,此诗即见于卷一,题作《题温日观葡萄次唐温如韵》。"○温日观:宋末元初画家,杭州葛岭玛瑙寺僧,俗姓温,法名子温,字仲言,号日观,一号知非子,通称温日观,华亭(治今上海市松江区)人,生卒年不详。

【评析】

　　该诗或为伪作,故不予评注。

赠陈惟浚诗[①]

正德十五年(1520)

　　况已妙龄先卓立,直从心底究宗元。

①该残句束景南先生《王阳明佚文辑考编年》辑自《聂豹集》卷六《礼部郎中陈明水先生墓碑》。

贺孙老先生入泮^①

疑正德十六年(1521)

廿载名邦负笈频,循循功业与时新。天池朝展柔杨枝,泮水先藏细柳春。

恭贺孙老先生入泮之禧。阳明王守仁。

广兴□张大直顿首□。

【校注】

①该诗束景南先生《王阳明佚文辑考编年》辑自阳明手迹立轴(长一百三十七厘米,宽四十六厘米,墨笔绢本),在二〇〇八年迎春书画拍卖会(北京东方艺都拍卖有限公司)上出现,并在网上公布。并考谓,孙老先生为孙燧之父。孙燧,浙江余姚人,和王阳明弘治五年(1492)同举乡试,以后两人一直保持联系,有诗唱和。该诗的创作背景,是孙燧不从宁王朱宸濠而死难,朝廷抚恤死难者家属,孙燧之父因而入泮(入为学官),正德十六年王阳明归余姚省祖茔,作此诗面贺。

【评析】

该七绝旨在贺孙老先生入泮之喜。

图书在版编目（CIP）数据

王阳明诗全集 / 郝永评注． -- 武汉：崇文书局，
2022.10（2024.10 重印）
　（中国古典诗词校注评丛书）
　ISBN 978-7-5403-6734-3

　Ⅰ．①王… Ⅱ．①郝… Ⅲ．①古典诗歌－诗集－中国
－明代 Ⅳ．① I222.748

中国版本图书馆 CIP 数据核字（2022）第 071793 号

出品人：韩　敏
选题策划：王重阳
项目统筹：程可嘉
责任编辑：黄振华
封面设计：杨　艳
责任校对：董　颖
责任印刷：李佳超

王阳明诗全集
WANGYANGMING SHI QUANJI

出版发行：长江出版传媒｜崇文书局
地　　址：武汉市雄楚大街 268 号 C 座 11 层
电　　话：(027)87677133　邮政编码　430070
印　　刷：湖北恒泰印务有限公司
开　　本：880mm×1230mm　　1/32
印　　张：18.875
字　　数：485 千
版　　次：2022 年 10 月第 1 版
印　　次：2024 年 10 月第 2 次印刷
定　　价：85.00 元

（如发现印装质量问题，影响阅读，由本社负责调换）

CHONGWENGUAN

中国古典诗词校注评丛书

（已出书目）